Norman
Mailer

DAS
SCHLOSS
IM
WALD

Norman
Mailer

DAS SCHLOSS IM WALD

Aus dem Amerikanischen
von Alfred Starkmann

LANGENMÜLLER

Das Schloss im Wald ist ein Roman auf historischer Grundlage.
Einige Namen und Ereignisse entstammen der Fantasie des Autors,
oder sie werden fiktiv eingesetzt. In diesen Fällen ist jede Ähnlichkeit
mit aktuellen Begebenheiten, Orten oder Personen,
ob lebend oder tot, rein zufällig.

Umschlaggestaltung: STUDIO LZ, Stuttgart
Übersetzung: Alfred Starkmann
Umschlagmotiv: Inès Longevial
Satz: VerlagsService Dr. Helmut Neuberger
& Karl Schaumann GmbH, Heimstetten
Druck und Binden: CPi-books GmbH, Leck
Printed in Germany
ISBN 978-3-7844-3442-1

www.langen-mueller-verlag.de

Inhalt

Für meine Enkelkinder
Valentina Colodro, Alejandro Colodro, Antonia Colodro, Isabelle Moschen, Christina Marie Nastasi, Callan Mailer, Theodore Mailer, Natasha Lancaster, Mattie James Mailer, Cyrus Force Mailer und für meine Großnichte Eden River Alson wie auch für meine Patenkinder Dominique Malaquais, Kittredge Fisher, Clay Fisher, Sebastian Rosthal und Julian Rosthal

Buch I

Die Suche nach Hitlers Großvater

1

Nennen Sie mich einfach D.T., wobei D. für Dieter steht. Das wird zu Ihrem Verständnis hinreichen, nachdem ich jetzt in Amerika lebe, dieser kuriosen Nation. Wenn ich mittlerweile an den Reserven meiner Geduld zehre, so deshalb, weil die Zeit hier sinnlos für mich verstreicht, und das ist ein Zustand, in dem man zur Rebellion neigt. Kann das der Grund sein, warum ich jetzt ein Buch schreibe? Meine Kameraden und ich mussten früher für alle Zukunft absolute Geheimhaltung schwören, denn wir waren Mitglieder einer unvergleichlichen Geheimdienst-Gruppe. Ihre Klassifizierung war SS, Sonderabteilung IV-2a, und wir unterstanden direkt der Aufsicht von Heinrich Himmler. Heute gilt der Mann als Monstrum, und ich würde das nicht abstreiten – er stellte sich in der Tat als ein wahrhaft höllisches Monstrum heraus. Trotzdem, Himmler hatte einen originellen Verstand, und eine seiner Thesen führt mich zu meinen literarischen Intentionen, die – seien Sie versichert – keine Routine sind.

2

Der Raum, den Himmler benutzte, wenn er zu unserer Elitegruppe sprach, war ein kleiner Vorlesungssaal mit dunklen Walnusspaneelen und nur zwanzig Sitzen, die in vier Reihen zu je fünf hochstiegen. Solche Einzelheiten sind jedoch nebensächlich, ich werde mich im Folgenden vielmehr mit Himmlers unorthodoxen Ideen beschäftigen. Sie haben mich wahrscheinlich überhaupt bewogen, dieses brisante Memoir niederzuschreiben. Ich weiß, dass ich dadurch in ein Meer der Turbulenzen geraten werde, denn ich muss radikal mit vielen konventionellen Vorstellungen aufräumen. Bei dem Gedanken hämmerte es in meinem Kopf – es war ein deutlicher Missklang. Als Geheimdienstoffiziere versuchen wir oft unsere Befunde zu verschleiern, denn die Verlogenheit gehört zu unseren Künsten, aber bei meinem Unterfangen verbieten sich solche Tricks.

Genug! Lassen Sie mich Ihnen Heinrich Himmler vorstellen. Sie als Leser müssen sich auf eine schwierige Begegnung einstellen. Dieser Mann, dessen Spitzname hinter seinem Rücken Heini lautete, war 1938 einer der vier wirklich wichtigen Anführer in Deutschland. Doch seine liebste und geheimste Beschäftigung war das Studium des Inzests. Die Blutschande dominierte unsere Forschungen auf höchster Ebene, und unsere Befunde verblieben in geschlossenen Akten. Inzest, erläuterte Heini, gab es schon immer bei den Armen aller Nationen. Sogar unsere eigene Bauernschaft sei arg davon betroffen gewesen, sogar noch im neunzehnten Jahrhundert. »Normalerweise will in den gelehrten Kreisen niemand darüber reden«, bemerkte er. »Schließlich kann man nichts dagegen tun. Wer macht sich schon die Mühe, irgendeinen elenden Wicht als das gesicherte Ergebnis eines Inzests zu identifizieren? Nein, die Führung jeder zivilisierten Nation kehrt solchen Kram lieber unter den Teppich.«

Das trifft auf alle höheren Regierungsvertreter der Welt zu außer auf unseren Heinrich Himmler. Hinter seiner seltsamen Brille brodelten die abartigsten Ideen. Ich muss wiederholen, dass er für einen Mann mit glatter und kinnloser Visage eine frustrierende Mischung aus Brillanz und Dummheit an den Tag legte. Er bezeichnete sich zum Beispiel als einen Heiden. Er prophezeite, dass die Menschheit einer blühenden Zukunft entgegengehe, sobald das Heidentum die Welt übernommen habe. Dann wären der menschlichen Seele keine Ausschweifungen mehr untersagt. Niemand von uns konnte sich allerdings eine Orgie der Fleischeslust vorstellen, bei der eine Frau bereit wäre, sich im Rausch Heinrich Himmler hinzugeben. Nein, selbst im innovativsten Sinn nicht! Denn man konnte immer noch sein Gesicht sehen, wie es früher bei einem Tanzabend in der Schule gewirkt haben musste, dieses bebrillte, missbilligende Beobachten des Milchgesichts, ein Jüngling, aufgeschossen, dünn, voller physischer Unzulänglichkeit. Er hatte bereits einen kleinen Bauch. Da stand er, an der Wand wartend, während die Tänzer sich vor ihm drehten.

Im Laufe der Jahre wurde er von Dingen besessen, die andere nicht einmal laut zu erwähnen wagten (was ja gewöhnlich der erste Schritt zu neuem Denken ist). Sein ganzes Interesse konzentrierte sich auf Geisteskrankheiten. Himmler bejahte die Theorie, dass die besten menschlichen Fähigkeiten eng neben den schlechtesten liegen. Also nahm er an, dass vielversprechende Kinder in unbedeutenden Familien aus einem inzestuösen Verhältnis stammten, dass sie *Inzestuarier* waren. Er mochte nicht den gebräuchlicheren Ausdruck *Blutschande* oder *Blutdrama,* den man in vornehmen Kreisen benutzte.

Niemand von uns hielt sich für genügend qualifiziert, um seine Theorien als abwegig zu bezeichnen. Schon in den frühen Jahren der SS hatte Himmler erkannt, dass wir unbedingt hoch spezialisierte Forschungsgruppen einrichten mussten. Wir hatten die Pflicht, nach dem Ultimativen zu suchen. Wie Himmler es ausdrückte, hing das Gedeihen des Nationalsozialismus von nichts weniger als den *letzten Fragen* ab. Wir hatten Probleme zu erkunden, an die andere Nationen sich nicht heranwagten. Inzest stand ganz oben auf seiner Liste. Der deutsche Geist musste sich in der gelehrten Welt wieder als die führende Inspiration etablieren. Als Gegenleistung – so lautete seine unausgesprochene Folgerung – würde Heinrich Himmler möglicherweise weltweite Anerkennung für seinen profunden Zugriff auf Probleme ernten, die aus dem landwirtschaftlichen Milieu stammten. Er pflegte den gravierenden Punkt zu betonen: Man kann schlecht die Landwirtschaft erforschen, ohne den Bauern zu begreifen. Um jedoch den Mann des Bodens zu verstehen, muss man von Inzest reden.

An dieser Stelle, versichere ich Ihnen, erhob er immer seine Hand zu exakt derselben kleinen Geste, die Hitler oft benutzte – einem gezierten kleinen Ruck mit dem rechten Handgelenk. Das war Heinrichs Art zu sagen: »Jetzt kommt das Fleisch. Und dann die Kartoffeln!« Weiter floss seine Rede. »Ja«, sagte er, »Inzest! Das ist ein triftiger Grund, warum alte Bauern fromm sind. Die akute Angst von Sündern äußert sich zwangsläufig in einem von zwei Extremen: absolute Hingabe an religiöse Riten oder Nihilismus. Ich kann mich aus meiner Studentenzeit daran erinnern, dass der Marxist Friedrich Engels einmal geschrieben hat: ›Als die katholische Kirche erkannte, dass es unmöglich sei, den Ehebruch zu verhindern, machte sie die Scheidung unmöglich.‹ Eine brillante Anordnung, wenn auch von der falschen Instanz. Ähnlich verhält es sich mit der Blutschande. Die kann man ebenso wenig verhindern. Also verhält sich der Bauer fromm.« Er nickte. Er nickte noch einmal, als wenn mindestens dies zweimal notwendig sei, um uns zu überzeugen, dass er aus tiefem Herzen sprach.

Wie oft, fragte er, konnte wohl der durchschnittliche Bauer des vergangenen Jahrhunderts den Lockungen der Lust widerstehen? Das war keineswegs einfach. Bauern sind gewöhnlich keine attraktiven Menschen. Ihre Gesichtszüge sind durch schwere Arbeit gezeichnet. Außerdem stinken sie nach Feld und Stall. Heiße Sommer bewirken Körpergeruch. Unter solchen Umständen erwachen in ihnen triebhaft verbotene Neigungen. Wegen des Mangels an anderem Umgang besitzen sie nicht die Kraft, sich von Verstrickungen mit Brüdern und Schwestern, mit Vätern und Töchtern fernzuhalten.

Er redete nicht näher über das wilde Durcheinander aus Beinen und Körpern von drei oder vier Kindern in einem Bett oder über den Prozess selbst, das fieberhafte, keuchende Anschwellen der Lust bis zum Höhepunkt, aber er erklärte: »Immer mehr Leute im landwirtschaftlichen Sektor sehen allmählich, ob sie wollen oder nicht, den Inzest als eine akzeptable Option. Wer findet denn am ehesten die ehrlichen, von der Arbeit gezeichneten Gesichtszüge des Vaters oder des Bruders attraktiv? Die Schwestern natürlich! Oder die Töchter. Oft sind sie die Einzigen. Nachdem der Vater sie gezeugt hat, bleibt er im Mittelpunkt ihrer Beachtung.«

Man muss es Himmler lassen: Er hatte seit zwei Jahrzehnten Theorien in seinem Kopf gespeichert. Als großer Bewunderer Schopenhauers stellte er auch ein Wort in den Vordergrund, das 1938 noch relativ neu war – *Gene*. Diese Gene, sagte er, seien die biologische Verkörperung von Schopenhauers Konzept des Willens. Sie seien das grundlegende Element seines mysteriösen Willens. »Wir wissen«, sagte er, »dass Instinkte von einer Generation auf die nächste vererbt werden können. Warum? Ich würde sagen, dass es in der Natur des Willens liegt, seinen Ursprüngen treu zu bleiben. Das bezeichne ich sogar als Vision oder Vorsehung, meine Herren, als Kraft, die im Kern des menschlichen Wesens lebt. Es ist diese Vorsehung, die uns von den Tieren unterscheidet. Seit dem Beginn seiner Existenz auf diesem Planeten strebt der Mensch danach, in vor ihm unbekannte Höhen emporzusteigen.

Natürlich gibt es Hindernisse auf dem Weg zu diesem hehren Ziel. Die edelsten unserer Gene müssen stets stark genug bleiben, um die Entbehrungen, Erniedrigungen und Tragödien des Lebens zu verkraften, da die Gene ja Generation nach Generation, vom Vater auf das Kind, übertragen werden. Große Anführer, hören Sie zu, sind selten das Produkt eines Vaters und einer Mutter. Wahrscheinlicher ist, dass der außergewöhnliche Anführer erfolgreich die Fesseln von zehn frustrierten Generationen gesprengt hat, die in ihrem eigenen Leben keine Vision hatten, sie jedoch durch ihre Gene weitergeben konnten.

Selbstverständlich bin ich zu diesen Gedanken gelangt, indem ich über das Leben von Adolf Hitler nachgedacht habe. Sein heldenhafter Aufstieg klingt in unseren Herzen nach. Da er, wie wir wissen, aus einer langen Linie bescheidenen Bauernvolks stammt, demonstriert sein Leben eine übermenschliche Errungenschaft. Totale Ehrfurcht muss uns übermannen.«

Als Geheimdienstagenten lächelten wir innerlich. Nach dieser Ansprache ging unser Heinrich dann ans Eingemachte. »Die eigentlich zu stellende Frage«, sagte er, »ist doch die, wie sich die strahlende Vision dagegen schützt, durch Vermischung verdunkelt zu werden. Das ist im Prozess der sogenannten normalen Reproduktion inbegriffen. Stellen Sie sich die Multimillionen von Spermien vor. Eines davon muss den ganzen Weg zum Ovum der Frau schaffen. Für jede einsame Samenzelle, die im Meer des Uterus schwimmt, ragt dieses Ovum so hoch wie ein Schlachtschiff.« Er hielt inne, bevor er nickte. »Die gleiche Bereitschaft zur Selbstaufopferung, die im Krieg Männer zum Angriff auf einen befestigten Hügelkamm treibt, muss auch in gesunden Spermien existieren. Das Grundwesen des männlichen Samens besteht in seiner Bereitschaft eben zu dieser Hingabe, damit wenigstens eine Zelle das Ovum erreicht!«

Er starrte uns an. Teilten wir seine Erregung? »Sofort«, sagte er, »erhebt sich die nächste Frage. Sind die Gene der Frau kompatibel mit der Samenzelle, die es geschafft hat, sie zu erreichen? Oder geraten die einzelnen Elemente der jeweiligen Gene in Widerstreit? Werden sie dann zu unglücklichen Ehepartnern? Ja, würde ich antworten, die Diskrepanz überwiegt häufig. Das Zusammentreffen mag kompatibel genug zur Fortpflanzung sein, aber die Kombination ihrer Gene garantiert noch längst keine Harmonie.

Wenn wir daher von der menschlichen Sehnsucht sprechen, einen Mann zu erschaffen, der die Vision verkörpert – den Übermenschen –, müssen wir die Chancen betrachten. Keine zehn Millionen Familien bringen ein Paar hervor, dessen Gene so zueinander passen, dass sie ein Wunderkind zeugen. Vielleicht noch nicht einmal hundert Millionen. Nein!« – wieder die erhobene Hand – »sagen wir eine Million Million. Im Fall Adolf Hitlers reichen die Zahlen sogar bis in die ehrfurchtgebietenden Dimensionen, die wir aus der Astronomie kennen.

Deshalb, meine Herren, legt uns die Logik nahe, dass jeder Übermensch, der die Vision verkörpert, aus einer Verbindung von außergewöhnlich ähnlichen genetischen Inhalten stammt. Nur so sind die Gene in der Lage, einander *zu verstärken*.«

Wer wusste nicht, worauf Heinrich hinauswollte? Der Inzest bot die besten Voraussetzungen für sein Ziel.

»Trotzdem«, sagte Himmler, »müssen wir vernünftig bleiben und zugeben, dass die genetische Entwicklung einen solchen Fall eher verhindert. Viel häufiger sind es minderwertige männliche und weibliche Nachkommen, die aus diesen intimen Familienbeziehungen in die Welt gelangen. Produkte des Inzests leiden gewöhnlich unter Kinderkrankheiten und sterben früh. Anomalien überwiegen, darunter sogar monströse Verunstaltungen.«

Da stand er, traurig und ernst. »Das ist der Preis. Einerseits kann es sein, dass sich erhöhte Begabungen in einem Inzestuar wiederfinden, andererseits aber auch verstärkte bösartige Neigungen. Labilität ist eine häufige Folge des Inzests, ebenso latente Idiotie. Und wenn eine echte Chance bestehen soll, dass jemand sich zu einem großen Geist entwickelt, dann muss dieser seltene Mensch noch eine Menge Frustrationen überwinden, die ihm den Verstand rauben oder ihn in ein frühes Grab bringen könnten.« Also sprach Heinrich Himmler.

Ich glaube, alle Anwesenden begriffen den Unterton seiner Anmerkungen. Im Jahr 1938 suchten wir (absolut geheim, wie sich versteht) nach einem Anhaltspunkt, ob unser Führer aus einem Inzest ersten oder zweiten Grades stammte. Oder aus keinem. Falls beides nicht zutraf, würde Himmlers Theorie der Boden entzogen. Wenn aber unser Führer wirklich das Produkt eines Inzests war, dann wäre er nicht nur ein strahlendes Beispiel für die Wahrscheinlichkeit seiner These, sondern sogar ihr Beweis.

3

Ich komme nun auf die Besessenheit zu sprechen, die sich um Adolf Hitler rankt. Es verdirbt einem die Stimmung, wenn man mit einer Frage leben muss, auf die es keine Antwort gibt. Noch heute ist Hitler die erste aller Besessenheiten. Wo gibt es einen Deutschen, der nicht versuchte, ihn zu verstehen? Und wo findet man jemanden, der sich mit der fehlenden Antwort begnügen würde?

Ich werde Sie überraschen. Ich habe dieses Problem nicht. Ich lebe in dem festen Glauben, dass ich Adolf verstehen kann. Denn Tatsache ist, dass ich ihn kenne. Ich wiederhole, ich kenne ihn durch und durch, bis in die letzten Winkel seines Körpers.

Nichtsdestoweniger bin auch ich besessen. Es handelt sich dabei aber um ein völlig anderes Problem. Wenn ich daran denke, was ich Ihnen alles mitteilen werde und woher ich es weiß, bricht mir der Angstschweiß aus – wie wenn ich nachts von einer steilen Klippe ins tiefe Wasser springen müsste.

Deshalb will ich am Anfang behutsam vorgehen und nur darüber reden, was damals der SS an Material zur Verfügung stand. Das mag vorerst genügen.

Uns lagen Einzelheiten über Hitlers Familienwurzeln vor. In der Sonderabteilung IV-2a hüteten wir unsere Befunde – wie schon erklärt – mit absoluter Vertraulichkeit. Das war notwendig. Wir hatten als Einzige den Auftrag, uns mit äußerst delikaten Fragen zu befassen, wobei wir stets befürchten mussten, solch böse Antworten zu entdecken, dass sie das Dritte Reich gefährdeten.

Andererseits genossen wir ein besonderes Vertrauen. Wenn die Fakten, die wir gesammelt hatten, sich als brisant erwiesen, konnten wir immer noch geeignete Unwahrheiten verbreiten, um die patriotischen Gefühle in der Bevölkerung zu fördern. Natürlich gab es im Voraus keine Garantie, dass man mit jedem Befund umgehen konnte. Es gab Fragen voll Sprengstoff, zum Beispiel: War Adolf Hitlers Großvater väterlicherseits ein Jude?

4

Das war nur eine Möglichkeit. Andere waren fast ebenso entsetzlich. Eine Zeit lang tüftelten wir an einem fast schon komischen, aber heiklen Gerücht: Monorchidismus. Gehörte unser Führer zu jener Gruppe von unglücklichen und hyperaktiven Männern, die nur einen Hoden besitzen? Tatsächlich bedeckte er immer seinen Schritt mit der Hand, wenn ein Foto von ihm gemacht werden sollte – eine klassische Geste verständlicherweise, wenn man seinen einzigen Hoden schützen will. Aber so etwas zu beobachten ist leichter, als eine eventuelle Anfälligkeit zu verifizieren.

Obwohl wir durch Gespräche mit den wenigen Frauen, die intimen Umgang mit dem Führer hatten und noch lebten, ohne Weiteres Informationen einholen konnten, mussten wir vor den Auswirkungen auf der Hut sein. Was wäre zum Beispiel, wenn Hitler davon Wind bekäme, dass zwei SS-Offiziere sozusagen an seinen Genitalien (beziehungsweise Genital) fummelten? Wir mussten das Projekt aufgeben. Himmlers Entscheidung lautete so: »Falls sich unser verehrter Führer als Inzestuar ersten Grades herausstellen sollte, sind alle Fragen des Monorchidismus subsummiert. Denn Monorchidismus ist ein wahrscheinliches Nebenprodukt des Inzests ersten Grades.«

Es lag mithin auf der Hand, dass wir auf die beste Erklärung für den legendären Willen des Führers zurückgriffen – Blutschande!

Zudem hassten wir alle die Vorstellung, dass Adolf Hitlers Großvater väterlicherseits ein Jude gewesen sein könnte. Das würde nicht nur Himmlers These vernichten, sondern uns auch zwingen, einen enormen Skandal zu vertuschen. Unser Unbehagen rührte teilweise von einem Gerücht her, das bei uns vor acht Jahren, 1930, für Aufregung gesorgt hatte, als ein Brief auf Hitlers Schreibtisch landete. Der junge Mann, der ihn unterschrieben hatte, hieß William Patrick Hitler und stellte sich als Sohn von Adolfs älterem Halbbruder Alois Hitler junior vor. Der Brief des Neffen deutete Erpressung an. Er bezog sich auf »gemeinsame Umstände in unserer Familiengeschichte«. (Der Bursche hatte diese Wörter sogar unterstrichen). Ein derartiger Brief wäre für den Absender gefährlich gewesen, wenn er in Deutschland gelebt hätte, aber er hielt sich damals in England auf.

Was bedeuteten also diese »gemeinsamen Umstände«? William Patrick Hitler erwähnte die Großmutter des Führers, Maria Anna

Schicklgruber. Im Jahr 1837 hatte sie einen Sohn geboren, den sie Alois nannte. Zu der Zeit und auch danach wohnte Maria Anna in einem elenden Ort namens Strones, einem armseligen Dorf im Waldviertel, wo sie geringe, aber regelmäßige Geldbeträge erhielt. Leute in ihrer Umgebung vermuteten, dass sie von dem ungenannten Vater ihres Jungen stammten.

Dieser Junge sollte zu Adolf Hitlers Vater heranwachsen. Da Adolf erst 1889 geboren wurde und 1933 an die Macht kam, hielt sich unter den Bauern von Strones hartnäckig das Gerücht, die Alimente kämen von einem wohlhabenden Juden, der in der Provinzstadt Graz lebte. Nach dieser Lesart arbeitete Maria Anna Schickelgruber als Dienstmädchen in dem Haus des Juden, wurde schwanger und musste in ihr Dorf zurückkehren. Als sie das Kind zur Taufe brachte, registrierte der Pfarrer die Geburt als »unehelich«, ein verbreiteter Eintrag in dieser Gegend. Das Waldviertel galt als Armenhaus Österreichs. Hundert Jahre später, nach dem Anschluss 1938, wurde ich in diese Region geschickt, und meine Recherchen erwiesen sich als wahrhaft faszinierend. Während es noch verfrüht wäre zu berichten, wie ich an meine Ergebnisse gelangt bin, kann ich doch schon meine Schlussfolgerungen darlegen. Das soll im Moment genügen. Ich hoffe später den Mut zu haben, auf Details einzugehen.

5

Das Waldviertel nördlich der Donau ist ein Land voll schöner hoher Kiefern. Das Schweigen der Wälder ist dunkel und steht im Kontrast zum Grün der eingestreuten Felder. Der Boden eignet sich jedoch nicht für die Landwirtschaft. In jener Zeit lebten die Hiedlers (woraus später Hitlers wurden) in dem Flecken Spital, und die Schicklgrubers lebten in der Nähe im vorher erwähnten Strones, an dessen einziger Straße tiefer Schlamm lag, nicht mehr als ein paar Dutzend Hütten mit Strohdächern. Gab es in Strones selbst reichlich Schweine, die sich um die Häuser herum suhlten, so wogen auf den Wiesen des Orts Kuhfladen und vergleichsweise angenehm riechende Pferdeäpfel vor.

In dieser Gegend mussten viele Bauern noch ihren Pflug selbst durch verschieden dicke Schlammschichten ziehen. Es gab Morast so zäh wie Lava, Bäche aus Schlick, Kiesgruben, Dreck und Matsch, Klumpen, Steinbrocken, gewöhnlichen Lehm. Auch hatte Strones nicht einmal eine Kirche. Die Einwohner mussten in ein anderes Dorf laufen, nach Döllersheim. Im Register der Pfarrei dort war der Name von Maria Annas Sohn als »Alois Schicklgruber, katholisch, männlich« eingetragen – und dazu, wie wir wissen, »unehelich«.

Die 1795 geborene Maria Anna war zweiundvierzig, als Alois 1837 geboren wurde. Da sie aus einer Familie mit elf Kindern kam, von denen fünf schon tot waren, hätte sie bestimmt mit einem ihrer Brüder beischlafen können. (Himmler hatte natürlich keine Einwände, da ihr Bastard Alois somit Adolfs Vater war.) Jedenfalls wohnte Anna Maria trotz der unsäglichen Armut ihrer Eltern die nächsten fünf Jahre in einem der zwei kleinen Zimmer ihres Vaters. Die mysteriösen Gelder, die in kleinen, aber zuverlässigen Beträgen eintrafen, trugen zum Unterhalt der Schicklgrubers bei.

Obwohl wir natürlich bemüht waren, eine Fundgrube an interfamiliären Kopulationen zu entdecken, durfte dieser Wunsch uns nicht dazu verleiten, den Juden aus Graz abzutun. In der Tat waren schon vor acht Jahren, 1930, Nachforschungen in dieser Richtung angestellt worden. Wie Himmler uns mitteilte, hatte Hitler den Brief seines Neffen, nachdem er ihn gelesen hatte, sofort an einen Nazi-Anwalt namens Hans Frank weitergeleitet. Der Führer, was manche vergessen haben mögen, wurde erst 1933 Reichskanzler, aber Hans Frank hatte schon 1930 begonnen, in den inneren Kreis um den Führer vorzudringen.

Frank musste Hitler nun einen ungünstigen Bescheid übermitteln, was Maria Annas Schwangerschaft betraf. In aller Wahrscheinlichkeit, so erklärte er, sei der Vater ein Neunzehnjähriger gewesen, der Sohn eines reichen Kaufmanns namens Frankenberger, der – ja – ein Jude war. Es passte zusammen. In diesen Zeiten hatte der Spross so mancher wohlhabenden Familie sein erstes sexuelles Erlebnis mit einem Hausmädchen. Sie brauchte keineswegs in seinem Alter zu sein. Diese Art Initiation wurde von der bürgerlichen Moral einer Provinzstadt wie Graz als vernünftige, wenngleich verschwiegene Praxis akzeptiert. Es war doch vernünftiger, als wenn ein betuchter Bursche sich mit Huren abgab oder vorzeitig sein Liebchen aus einer weniger wohlhabenden Familie heiratete.

Frank behauptete, er habe schlüssige Beweise gesehen. Er erzählte Hitler, man habe ihm einen Brief von Herrn Frankenberger gezeigt, dem Vater des jungen Mannes, mit dem Maria Anna das Bett geteilt hatte. Dieser Brief versprach regelmäßige Zahlungen für Alois bis zum Alter von vierzehn Jahren.

Unser Adolf jedoch bestritt diese Befunde. Er sagte Hans Frank, sein Vater Alois habe ihm selber den wahren Sachverhalt mitgeteilt, dem zufolge Maria Annas Cousin Johann Georg Hiedler sein Großvater gewesen sei, der sie schließlich fünf Jahre nach der Geburt von Alois auch geheiratet habe. »Trotzdem«, sagte Hitler zu Hans Frank, »ich möchte diesen Brief von dem Juden an meine Großmutter überprüfen.«

Frank sagte Hitler, er sei nicht in seinem Besitz. Der Mann, der ihn habe, verlange einen zu hohen Preis. Außerdem sei der Brief bestimmt fotografiert worden.

»Haben Sie das Original gesehen?« fragte Hitler.

»Ja, in seinem Büro. Neben ihm standen zwei große Kerle. Es lag auch eine Pistole auf dem Tisch. Womit hat er wohl gerechnet?«

Hitler nickte. »Man kann diesen Mann nicht einmal verurteilen. Es gibt bestimmt eine fotografische Kopie des Briefs.«

Eine weitere Bürde auf Hitlers Schultern.

Jedoch, im Jahr 1938 lieferten unsere Nachforschungen Alternativen. Es schien nicht mehr sicher, dass Maria Anna fünf Jahre nach der Geburt von Alois noch feste Gelder bezog. Nach ihrer Heirat 1842 waren sie und ihr Mann, Johann Georg Hiedler, so arm, dass sie zeitweilig in einem abgenutzten alten Trog schlafen mussten, der früher als Futtertrog für das Vieh in der Scheune eines Nachbarn gedient hatte. Das bewies natürlich noch nicht, dass kein Geld mehr gekommen war. Johann Georg hätte es ohne Weiteres vertrinken können.

In Strones war er eine Legende, was das Ausmaß seines Saufens betraf. Sein Schnapskonsum stand eigentlich der Vermutung entgegen, dass sie arm waren: Warum sonst sollte ein Trinker wie der fünfzigjährige Johann Georg eine Frau von siebenundvierzig mit einem fünfjährigen Balg heiraten, wenn sie nicht ein genügendes Einkommen hatte, um ihm das Trinken zu ermöglichen? Darüber hinaus machten es seine Saufgewohnheiten wenig wahrscheinlich, dass er der Vater von Alois war. In der Tat erhob dieser Johann Georg Hiedler keine Einwände, als Johanns jüngeren Bruder, der auch Johann hieß (aber genauer Johann *Nepomuk* Hiedler), darum bat, den Jungen bei sich aufnehmen und erziehen zu dürfen. Dieser jüngere Bruder Johann Nepomuk war ein vergleichsweise nüchterner, fleißiger Bauer mit einer Frau und drei Töchtern, aber er hatte keinen Sohn.

Mithin schien Johann Nepomuk nun eine echte Alternative. Konnte er nicht der Vater sein? Es war gewiss möglich. Wir mussten aber erst noch genügend Beweise sammeln, um den Juden auszuschalten.

Himmler schickte mich nach Graz, und ich prüfte gewissenhaft die jahrhundertealten Listen. In den Büchern der Stadt fand sich niemand mit dem Namen Frankenberger. Ich durchforschte die *Israelitische Kultusgemeinde* des jüdischen Registers von Graz, und meine Vermutung wurde bestätigt: Im Jahr 1496 waren die Juden aus der Region vertrieben worden. Selbst dreihunderteinundvierzig Jahre später, also 1837, im Geburtsjahr von Alois, war ihnen immer noch nicht die Rückkehr gestattet. Hatte Hans Frank gelogen?

Nachdem er sich meine Resultate angesehen hatte, erklärte Himmler: »Frank ist ein Teufelskerl!« Um das zu verstehen, sagte mir Heinrich, müsse man von 1938 nach 1930 zurückkehren. Als damals das Schreiben von William Patrick Hitler eintraf, war Hans Frank nur einer von vielen Anwälten, die bei unseren Leuten in München herumlungerten, aber jetzt war sein Vorgehen offenbar: Er hatte den kompromittierenden Brief erfunden, um eine engere Verbindung zum Führer herzustellen. Da das Dokument fehlte, konnte Hitler nicht wissen, ob Frank es gefälscht hatte, ob er log oder ob er, schlimmstenfalls, tatsächlich ein solches Schreiben besaß. Es wäre das Ende von Hans Frank gewesen, wenn Hitler einen Rechercheur nach Graz geschickt hätte, aber der Anwalt setzte wohl darauf, dass Hitler die Wahrheit gar nicht wissen wollte.

Da Himmler mich auf die Rolle seines engsten Mitarbeiters vorbereitete, vertraute er mir auch an, er werde meine Recherchen von 1938, nach denen es 1837 überhaupt keine Juden in Graz gab, nicht an Hitler weiterleiten. Stattdessen sagte er es Frank. Wir lachten unisono, denn ich begriff sofort. Es gab keinen Funktionär in unserer herrschenden Gruppe, der nicht danach trachtete, ein paar oder alle anderen in den Griff zu bekommen. Frank war jetzt in Himmlers Griff. Aus dieser Übereinkunft leistete er Himmler gute Dienste. Im Jahr 1942 (Frank war damals bekannt als »der Schlächter von Polen«) wurde Hitler wieder nervös hinsichtlich des jüdischen Großvaters, und er bat uns, einen verlässlichen Mann nach Graz zu schicken. Himmler wollte Hans Frank schützen und berichtete dem Führer, er habe einen Agenten nach Graz geschickt, der aber keine greifbaren Beweise gefunden habe. Weil jeder nun vorrangig mit dem Krieg beschäftigt sei, könne man die Sache mehr oder weniger zu den Akten legen. So lautete Himmlers Rat an Hitler.

Buch II

Adolfs Vater

1

Die Jahre 1938 und 1942 folgten jedoch erst mehr als hundert Jahre später auf 1837. Ich erwähne 1938 noch einmal wegen einer kleinen Episode, die sich in Österreich während des Anschlusses abspielte. Sie ermöglicht einen Blick in Himmlers Inneres. Wenn er hinter seinem Rücken als Heini verhöhnt wurde – schiefe Haltung, aufgeblasen, breitarschig –, so beschrieben seine Lästerer lediglich die Schale. Niemand, selbst Hitler nicht, glaubte tiefer an die philosophischen Prinzipien des Nazismus als er.

Ich erinnere mich, wie am ersten Morgen nach dem Einmarsch der Braunhemden ein Trupp von ihnen, Biersaal-Typen mit dicken Bäuchen, eine Gruppe alter und jüngerer Juden zusammentrieb – Angehörige gehobener Berufe, den Kneifer korrekt auf der Nase – und sie zwang, den Gehsteig mit Zahnbürsten zu schrubben. Die Sturmtruppler schauten ihnen lachend zu. Fotografien des Vorfalls erschienen auf den Titelseiten vieler Zeitungen in Europa und Amerika.

Am nächsten Tag sprach Himmler mit einigen von uns. »Das war eine teure Orgie, und ich bin froh, dass keiner unserer SS-Männer etwas mit dieser Rohheit zu tun hatte. Wir alle wissen, wie solche Exzesse die Moral sogar unserer besten Leute untergraben. Sie ermutigen sicher die Rüpel in Wien. Trotzdem sollten wir nicht voreilig den primitiven Instinkt dieser Aktion verurteilen. Nach langem Überlegen kann ich nur sagen, es war ein erfolgreiches Spottstück.« Er hielt inne. Er hatte unsere Aufmerksamkeit. »Bei vielen Menschen in unserem Volk gibt es ein kurioses, ein verborgenes Gefühl der Minderwertigkeit. Sie meinen, die Juden könnten bei jedem Wettbewerb mehr Konzentration aufbringen als die meisten von uns, und die Juden verstünden das richtige Studieren, weshalb sie so unverschämt erfolgreich seien. Bei diesen Leuten herrscht die Vorstellung, die Juden würden immer gewinnen, weil sie härter arbeiteten als die Gastgeber-Rasse aller Länder, in denen sie wohnen.

Diese Meinung entspringt einer groben, aber instinktiven Einstellung unseres deutschen Volks. Sie übermittelt den Juden die Botschaft, dass Arbeit sinnlos ist, wenn sie nicht einem edlen Ziel dient. ›Schrubbt nur weiter mit euren Zahnbürsten‹, sagen unsere Straßenjungen, ›weil ihr Juden ja jeden Tag genau das Gleiche tut, ob ihr es wisst oder nicht. Eure tugendhafte Gelehrtheit bringt euch nur in endlose Widersprüche.‹ Nach reiflicher Überlegung«, schloss Himmler, »möchte ich daher die Taten dieser gemeinen Nazis nicht vorschnell verurteilen.«

Die Geschichte ist lehrreich, wenn man Himmler verstehen will, aber sie unterbricht meinen Bericht darüber, wie ich erfuhr, wer in Wahrheit Hitlers Vater war. Ich bin zwar bereit, Ross und Reiter zu nennen, erkenne aber an, dass es manche Leser ärgern wird, meine Enthüllungen ohne Angabe der Quellen präsentiert zu bekommen. Eine Tatsache ist keine Tatsache, mögen sie sagen, wenn die Mittel und Wege zu ihrer Ermittlung fehlen.

Dem stimme ich zu. Nichtsdestoweniger können meine wirklichen Mittel vorläufig noch nicht enthüllt werden. Selbst die Vorteile der Abteilung IV-2a reichten damals nicht zur Klärung des Falls aus, aber ich bemühte mich trotzdem um eine Antwort für Heinrich, die ich aus vielen Nachforschungen zusammensetzte. Ich wusste, wenn mein Endprodukt seine These unterstützte, würde er es akzeptieren.

Begnügen wir uns also im Augenblick mit den Schlussfolgerungen, die ich Himmler 1938 vorlegte. Nachdem ich ihm mitgeteilt hatte, dass der Jude aus Graz nicht existierte, schlug ich vor, unsere Nachforschungen auf das Verhalten des einen Bruders von Maria Anna Schicklgruber zu verlagern, der es tatsächlich geschafft hatte, dem Schlamm von Strones zu entrinnen und als Handlungsreisender ein wenig Geld zu verdienen. Das Beste an diesem Bruder war, dass er regelmäßig durch Graz kam; deshalb beschloss ich, unseren Fall von ihm aus aufzurollen und die eigentliche Familie, für die Maria Anna gearbeitet hatte – eine Witwe mit zwei Töchtern – zu vergessen. Aus ihren alten Bankauszügen ging hervor, dass diese Damen nie Sonderzahlungen überwiesen und Maria Anna viel mehr wegen irgendeines dummen Diebstahls entlassen hatten. Die Schwangerschaft eines unverheirateten Mädchens konnte man hinnehmen, aber nicht den Verlust von ein paar Münzen! Dann erwog ich, dass Maria Anna vielleicht ihren Bruder schützen wollte, indem sie ihrem Vater und ihrer Mutter erzählte, das Geld komme von einem Juden. Das würde sie von der Spur ablenken.

Bevor ich jedoch diese Spekulation an Himmler weiterleitete, dachte ich mir eine noch mehr versprechende Alternative aus: Warum nicht Johann Nepomuk Hiedler, den fleißigen jüngeren Bruder, als den Samenspender in Betracht ziehen? Er würde einen Prima-facie-Fall von Inzest liefern, obwohl das immer noch einen Schritt von Himmlers wahrem Ziel entfernt wäre, denn es würde bedeuten, dass nur der Vater, Alois, ein Inzestuar war, und nicht Adolf selbst.

Jedoch, wenn Maria Anna ihren Sohn Alois von Johann Nepomuk empfangen hatte, würde Himmlers These ganz enorm gestützt, denn die junge Klara Pölzl, die Alois' dritte Frau und Adolf Hitlers Mutter werden sollte, war auch eine Enkelin von Johann Nepomuk. Wenn Alois der Sohn Nepomuks war, wäre Klara eine Nichte von Alois! Ein Onkel und seine Nichte hätten demnach unseren Führer gezeugt. Das ergäbe eine solide Präsentation. Darüber hinaus wusste ich, wie man sie für Heini ausschmückte. Mein abschließendes Szenario enthielt erotischen Reiz: Ich erklärte, Maria Anna Schicklgruber und Johann Nepomuk Hiedler hätten Alois an dem Tag gezeugt, als sie von Graz auf einen Besuch nach Strones kam. Nepomuk, der in Spital wohnte, war zufällig auch gerade dort und legte sich eine Stunde mit Maria Anna ins Heu. Sie wurde auf der Stelle schwanger. Nepomuk zweifelte nie daran, denn der Akt war außergewöhnlich gewesen. Sobald sie ihren Atem wiedergewonnen hatte, sagte sie ihm: »Du hast mir ein Baby gemacht. Ich schwöre es. Ich habe es gespürt!«

Wie mein Szenario weiterhin erläuterte, liebte Johann Nepomuk seine Frau und seine drei Töchter, und er würde seine Familie nie zerstören. Trotzdem war er bereit, die Sache aus Maria Annas Sicht zu betrachten. Er war ein anständiger Mann. Deshalb ermunterte er sie, ihren Eltern zu erzählen, sie erhalte Geld aus Graz, während in Wirklichkeit er, Johann Nepomuk, regelmäßig für das Kind zahlen würde. Sie sagte also später ihrer Familie, das Geld käme jeden Monat aus Graz, obwohl niemand je die Briefumschläge sah.

Maria Anna fand sich mit der Situation ab, aber sie war nicht zufrieden. Nachdem fünf Jahre verstrichen waren, sagte sie Nepomuk, sie müsse die Wahrheit erzählen. Es sei erniedrigend, jedes Mal, wenn sie mit ihrem fünfjährigen Jungen an der Hand aus der Tür trete, die Blicke der Frauen von Strones ertragen zu müssen.

Nepomuk schlug vor, statt seiner solle sein älterer Bruder Georg als Bräutigam eingeführt werden. Nepomuk mochte seinen Bruder nicht, und Georg mochte Nepomuk nicht, doch eine neue Geldquelle ist Herzblut für einen Trinker. Ich übertreibe, aber nicht stark. Georg heiratete Anna wegen ihrer Alimente und genoss das Bewusstsein, dass sie von Nepomuk stammten, der sich noch mehr auf seinen Feldern mühen musste, um die Extra-Kronen zu beschaffen. Für Georg war es ein besonderes Vergnügen, sich seine Ausschweifungen von dem schwer arbeitenden jüngeren Bruder bezahlen zu lassen. Er hatte ein rundum niederes Gemüt. Er war ein ungehobelter Mensch und Versager.

Als Maria Anna endlich verheiratet war, wollte sie ihren Mann dazu bewegen, dass er sich als der Vater von Alois bekannte, aber Georg bedeutete ihr schnell, sie solle sich nicht in Angelegenheiten seiner persönlichen Ehre einmischen. Da er im Verlauf so manchen Gelages schon etliche Trinkkumpane über das Motiv seiner Heirat informiert hatte – wegen des Geldes, Dummkopf! –, sah er jetzt überhaupt keinen Grund, sich lächerlich zu machen, indem er dieses Balg legitimierte, von dem jeder wusste, dass es nicht seines war. Er mochte ein Trunkenbold und ein Versager sein, aber er war bestimmt kein Hahnrei. Sollte dieser Bastard doch ein Bastard bleiben!

So sah die Legende aus, die ich Himmler präsentierte. Sie stützte sich auf Gespräche, die ich mit den wenigen alten Einwohnern von Strones geführt hatte, die vor dem Tod unseres Trunkenboldes Johann Georg Hiedler 1857 geboren waren. Die Geschichte stimmte zwar hinten und vorn nicht, wenn man sie näher untersuchte, aber Himmler gefielen meine Schlussfolgerungen, und darum hielt sie stand. Ich hatte ihm eine Familiengeschichte geliefert, nach der kein jüdisches Blut in Hitlers Adern floss und derzufolge sein Vater und seine Mutter als Onkel und Nichte blutsverwandt waren. Es war mir damit gelungen, Adolf Hitler zu einem erstrangigen Inzestuar zweiten Grades zu erklären.

Himmler hatte eine Offenbarung. »Dies«, sagte er, »enthüllt mehr als alles andere die unglaubliche Tapferkeit und Standhaftigkeit des Führers. Wie ich schon oft angemerkt habe, sind ein früher Tod oder schwere Verunstaltungen die wahrscheinlichsten Erwartungen für Inzestuare ersten Ranges, aber wieder einmal hat uns der Führer seine unvergleichliche Kraft des Beharrens gezeigt. Genie und Wille, seine einzigartigen Charaktereigenschaften, leiten sich aus der seltenen Intensivierung her, wie man sie bei erstrangigen Inzestuaren findet, selbst wenn sie zweiten Grades sind. Unser Volk ist mit einem herrlichen genetischen Resultat gesegnet. Die agrarischen Gene des Führers sind über Generationen hinfort gestärkt worden und haben eine triumphale Metamorphose in seine transzendenten Tugenden erfahren.«

Hier schloss Himmler die Augen, lehnte sich zurück und atmete langsam aus. Es war, als wolle er jeglichen Zweifel aus seinen Lungen blasen. »Ich werde mit Ihnen nie wieder darüber reden«, fuhr er mit leiser Stimme fort, »aber Fälle des engen Inzests sind wahrhaft gefährlich. Man braucht den Willen des Führers, um eine solche Situation zu meistern. Ich bin überzeugt, dass es in der Welt der übernatürlichen Geister um uns herum viele Elemente gibt, die wir zu Recht böse nennen. Es ist sogar möglich, dass die ärgsten dieser Geister sich um eine Präsenz scharen, die man in früheren Zeiten als Satan bezeichnet hat. Sollte diese Verkörperung tatsächlich existieren, würde sie bestimmt Inzestuaren höheren Ranges die größte Aufmerksamkeit widmen. Jeder böse Geist bemüht sich, die außerordentlichen Chancen zu vereiteln, die aus der Symbiose von gottgegebenen Genen resultieren. Umso mehr Kraft besitzt mithin Adolf Hitler. Er hat es geschafft, möchte ich behaupten, mit seiner Vision dem Teufel selbst zu widerstehen.«

Himmler ahnte nicht, dass er noch mehr Grund zur Begeisterung hatte, denn die Geschichte – und das war die Ironie –, die er aus den kleinsten Beweisen zusammengebraut hatte, war zufällig wahr. Es war Johann Nepomuk Hiedler, der das Geld zur Verfügung gestellt hatte, und Alois Schicklgruber war sein verheimlichtes Kind. Die Ironie des Ganzen bestand darin, dass der Sohn von Alois, Adolf Hitler, nicht nur ein erstrangiger Inzestuar zweiten Grades, sondern sogar in einem vollen Inzest gezeugt worden war. Die Nichte Klara Pölzl, die Alois' dritte Frau und Adolf Hitlers Mutter werden sollte, war nämlich nicht nur Alois' Ehefrau, sondern auch seine eigene Tochter. Über diese Beziehung kann ich bald mehr Details vorlegen.

2

Erst jedoch muss ich mein Memoir ausweiten und wie ein konventioneller Romanautor der alten Schule die Familiengeschichte ausbreiten. Ich werde dabei in die Gedanken von Johann Nepomuk dringen, ebenso in die Sichtweisen seines illegitimen Sohnes Alois Hitler, und ich werde auch die Empfindungen von Alois' drei Frauen und seinen Kindern mit einschließen.

Wir sind nun mit Maria Anna Schicklgruber fertig. Diese unglückliche Mutter kam 1847 im Alter von zweiundfünfzig ums Leben, zehn Jahre nach der Geburt von Alois. Als Ursache wurde »Tuberkulose wegen Lungenödem« angegeben, eine galoppierende Schwindsucht, die sie sich zugezogen hatte, als sie während ihrer zwei letzten Winterjahre in dem Viehtrog schlafen musste. Eine zusätzliche Ursache war Wut. Vor ihrem Tod dachte sie oft daran zurück, wie gesund sie im Alter von neunzehn gewesen war, wie biegsam ihr Körper war, und wie man ihre schöne Singstimme bewundert hatte, als sie die Solistin im Kirchenchor von Döllersheim war. Nach drei Jahrzehnten verlorener Hoffnungen staute sich dann in der Ehe neben dem Frust die gleiche Wut an, mit der Georg sie jedes Mal bei ihrem gelegentlichen Beischlaf überfallen hatte. Er jedoch schaffte es, wie mancher Trunkenbold vor ihm, entgegen der allgemeinen Vermutung keines frühen Todes zu sterben. Nach ihrem Hinscheiden hielt er noch zehn Jahre durch. Das Trinken war nicht nur seine Nemesis, sondern auch seine geliebte Medizin und erst zum Schluss sein Henker gewesen. Er starb innerhalb eines Tages. Schlaganfall, hieß es. Da er sich nie die Mühe gemacht hatte, Nepomuk oder Alois zu besuchen, wurde er nicht vermisst, aber Alois war damals zwanzig und arbeitete in Wien.

Alois hatte auch nicht sonderlich gelitten, als er seine Mutter verlor. Spital, wo er mit Johann Nepomuk, der Frau und den drei Töchtern der Hiedler-Familie wohnte, lag einen langen Fußmarsch von Strones entfernt, und er hatte Maria Anna fast vergessen. Er war glücklich in seiner neuen Familie. Anfangs waren Nepomuks Töchter Johanna, Walburga und Josefa, zwölf, zehn und acht Jahre alt, begeistert von ihrem fünfjährigen Bruder und ließen ihn gern in ihr Schlafzimmer. Da Spital eher schon eine beträchtliche Gemeinde als ein Dorf war, hatte sich eine Trennung zwischen arm und reich vollzogen. Sogar ein Bauer konnte als wohlhabend gelten, zumindest in seinem eigenen Ort. Davon gab es einige in Spital, Johann Nepomuk an erster Stelle. Seine Frau Eva führte ein gutes Heim. Sie war außerdem sehr praktisch veranlagt. Obwohl sie argwöhnte, Nepomuk mochte vielleicht mehr als nur der Onkel des Jungen sein, konnte sie anderseits nicht die Enttäuschung in seinen Augen vergessen, wenn sie ihm eine Tochter nach der anderen gebar. Es war wohl besser für alle Beteiligten, einen Jungen im Haus zu haben. Ja, sie war praktisch veranlagt.

Und Alois wurde geliebt! Von seinem Vater, von den Mädchen, sogar von Eva. Er sah gut aus und hatte wie seine Mutter eine schöne Stimme. Als er älter wurde, bewies er auch, dass er zur Feldarbeit taugte. Eine Zeit lang erwog Nepomuk sogar, ihm den Hof zu vererben, aber der Junge war unruhig. Er würde vielleicht nicht mehr da sein, um all die unvorhersehbaren kleinen und großen Hindernisse in den täglichen Mühen des Bauern zu beseitigen. Johann Nepomuk liebte hingegen seine Arbeit so sehr, dass er an guten Tagen meinte, er könne das Murmeln der Erde hören. In dem langen lastenden Schweigen am Ende eines Nachmittags wurde ihm manchmal unbehaglich, aber nachts drang oft ein Zauber in seine Träume. Seine Felder, seine Ställe, seine Tiere und seine Scheune wuchsen ihm darin zu einem Wesen gleich einer verlangenden Frau zusammen, gewölbt, magisch, riechend, gierig, immer mehr aus ihm heraussaugend. Er wachte dann in der Gewissheit auf, dass er Alois den Hof nie überlassen konnte – Alois war das Kind der Frau in seinem Traum. Er musste die Idee ohnehin aufgeben, denn dieses Geschenk an Alois hätte seine Frau Eva erzürnt. Sie wollte ihre Töchter versorgen, und der Hof würde für mehr als zwei ansehnliche Brautaussteuern nicht hinreichen.

Im Laufe der Jahre tauchten weitere Probleme mit dieser Mitgift auf. Bei der ersten Ehe erhielt die älteste Tochter Johanna nur einen Bruchteil des Landes. Sie hatte einen armen Mann geheiratet, einen fleißigen, aber glücklosen Bauern namens Pölzl. Als es um die Aussteuer für die zweite Tochter Walburga ging, die schon einundzwanzig war, musste Nepomuk großzügiger sein. Der künftige Bräutigam, Josef Romeder, war ein robuster Bursche von einem wohlhabenden Hof in Ober-Windhag, dem nächstgelegenen Dorf, und die Verhandlungen über Walburgas Mitgift verliefen zäh. Schließlich überschrieb Nepomuk ihm den fruchtbarsten Teil seines Landes. Das ließ nur einen bescheidenen Streifen für die dritte Tochter Josefa übrig, die kränklich und jungfernhaft war. Für Eva und sich selbst behielt er einen hübschen kleinen Wohnsitz in einem Obstgarten, der an Romeders Grundstücke grenzte. Das kleine Haus in dem Obstgarten genügte ihnen. Er war so weit, sich zur Ruhe zu setzen.

Nepomuk führte seinen neuen Schwiegersohn über das Gelände, Grenzlinie nach Grenzlinie, und hielt an jedem Stein inne, der eine Trennung zwischen seinen Feldern und denen des nächsten Bauern markierte. Nepomuk sagte: »Und wenn du je Früchte aus dem Obstgarten dieses Mannes aufsammelst, wird dich der schwarze Himmel strafen.« Danach versetzte er Josef Romeder einen Hieb an den Kopf. Bei jedem der acht Gänge die Grenzlinien entlang wiederholte er die Prozedur. Johann Nepomuk betrauerte nicht die Abtretung seines Hofs, sondern die Abwesenheit von Alois. Sein lieber adoptierter Sohn Alois war fort, weil er ihn vor drei Jahren, als der Junge dreizehn und Walburga achtzehn war, verbannt hatte. Er hatte sie im Heuschober seiner Scheune erwischt, und das hatte ihn an die andere Scheune erinnert, in der er einst mit Maria Anna im Stroh gelegen und Alois gezeugt hatte.

Die Erinnerung an die Pracht dieses Liebesakts mit Maria Anna Schicklgruber war ihm stets gegenwärtig geblieben. Er hatte nur zwei Frauen in seinem Leben besessen, und Maria war die zweite – für ihn keineswegs eine Bauerndirne, grobschlächtig und nacktarschig im Heu, sondern eine vom Sonnenlicht beleuchtete Madonna, dem Bild entsprechend, das sich ihm früher in einem bunten Glasfenster der Kirche von Strones eingeprägt hatte. Dieses Bild vergrößerte ihm immer das Ausmaß seiner Schuld. Er lebte in Schande, er wusste es, und trotzdem ging ihm das Bild von Maria Annas Gesicht in dem bemalten Fenster nicht aus dem Sinn. Deshalb ging er nur selten zur Beichte, und wenn er es tat, erfand er im Beichtstuhl andere schwere Sünden. Einmal beichtete er sogar einen Koitus mit der Stute des Hofs, was er nie versucht hatte, und der Priester fragte ihn, wie oft er diese Sünde begangen habe. »Nur einmal, Herr Pfarrer.«

»Wann war das? Wie lange ist es her?«

»Monate, glaube ich.«

»Und welche Gefühle haben Sie, wenn Sie jetzt mit dem Tier arbeiten? Kommen Ihnen wieder ähnliche Begierden?«

»Nein, nie. Ich schäme mich.«

Der Priester war mittleren Alters, und er konnte kaum noch etwas über die Bauernschaft dazulernen; deshalb spürte er, dass Nepomuk log. Trotzdem nahm er das Geständnis als wahr hin, weil Sodomie zwar ebenso wie Ehebruch oder Inzest eine Todsünde war, aber nach seiner Meinung nicht so schädlich. Es konnten schließlich keine Nachkommen dadurch entstehen. Er fuhr also im Gespräch fort und tat, was sein Amt von ihm erforderte.

»Sie haben sich als ein Kind Gottes entwürdigt«, sagte er zu Nepomuk, »Sie haben eine schwere Sünde der Lust begangen. Sie haben ein unschuldiges Tier verletzt. Als Buße erlege ich Ihnen fünfhundert Vaterunser und fünfhundert Gegrüßet seist du Maria auf.«

Das war die gleiche Buße, die der Priester früher am Morgen einem Schuljungen auferlegt hatte, der im Unterricht in seine Hand gespuckt und dann heimlich masturbiert hatte, um anschließend seine Spucke und seinen Samen in das Haar des Jungen vor ihm zu schmieren, eines kleinen Jungen. Johann Nepomuk beichtete später demselben Priester gelegentlich, er habe immer noch lüsterne Gedanken der Stute gegenüber, aber er hüte sich davor. Damit war das Kapitel Beichte für ihn abgeschlossen.

Die fortwährende Abwesenheit von Alois verursachte Johann Nepomuk Hiedler wahre Liebesmartern. Er hatte gleich einem biblischen Vater geweint und sein Hemd zerrissen, als er seinen Sohn und seine Tochter im Heu entdeckte. Er wusste in dem Augenblick, dass er seinen Sohn verloren hatte. Er musste das hellste Licht seiner Tage, dieses lebhafte junge Gesicht, verbannen. Zum Entsetzen der anderen Frauen in der Familie wurde Alois noch am selben Abend in das Haus eines Nachbarn geschickt und am nächsten Morgen in eine Kutsche nach Wien gesteckt.

Nepomuk erzählte Eva nichts davon, sie wusste aber auch so Bescheid, denn er verbot Walburga drei Jahre lang, das Haus zu verlassen. Die Heirat der jungen Frau mit Romeder sollte ohne Brautzeit stattfinden. Doch obwohl Eva wie ein Feldwebel, der bei der Uniformparade die Kleiderordnung seines Zugs prüft, über die Keuschheit ihrer Töchter wachte, quälte sie Johann Nepomuk ständig mit der Bitte, dass er Walburga wenigstens am Sonntag einen Spaziergang mit ihrer Freundin erlaubte.

»Nein«, entgegnete Nepomuk. »Die beiden werden in den Wald wandern. Dann werden ihnen die Jungen folgen.«

Als er mit Romeder die Grenzlinien entlangschritt, war es ihm jedes Mal peinlich, wenn er den Mann seiner Tochter schlug. Welches Unrecht tat er seinem neuen Schwiegersohn an! Deshalb schlug er noch fester zu. Diese Ehe gründete auf einer Lüge. Folglich durfte das Land des Nachbarn nicht betreten werden. Das wäre ein Sakrileg gegen die Erde. Wie tief Nepomuk die Abwesenheit seines Sohnes betrauerte!

3

Alois erging es gut in Wien. Mit seinem hübschen und angenehmen Gesicht war er in einem Geschäft untergekommen, das Kavalleriestiefel für Offiziere anfertigte.

Er bediente jetzt junge Männer, die so wirkten, als stammten ihre Körper, ihre Uniformen, ihre Schuhe, ihr Schmuck und ihre Seelen allesamt von demselben vornehmen Hersteller. Ihr Vertrauen auf ihre persönliche Erscheinung imponierte Alois. Sie waren offensichtlich gegenüber den elegant gekleideten Damen in ihrer Begleitung völlig unbefangen. Fast jeden Sonntag beobachtete er sie bei ihrer Promenade. Die Hüte der Frauen waren so zierlich gewirkt. Eine Zeit lang träumte er, wenn er eine junge Hutmacherin träfe, könne er mit ihr ein Geschäft eröffnen, in das junge Paare der besten und höchsten Klasse Hand in Hand einträten und nach modischen Schuhen und feschen Hüten suchten. Es war seine einzige Geschäftsidee auf Jahre hinaus, aber er spielte mit diesem Traum, weil schöne Damen ihn stimulierten. Er liebte junge Frauen. Hatte er sich nicht beim Spiel mit seinen Stiefschwestern oder besser mit seinen Halbschwestern, was aber nur Nepomuk wusste, höchst vergnügt!

Er traf jedoch keine junge Hutmacherin, und die Idee machte einer besseren Platz. Er konnte nie Kavallerieoffizier werden, da man dafür aus einer angemessenen Familie stammen musste und er aus einer Gegend kam, wo man eher über die Gewohnheiten von Schweinen Bescheid wusste als darüber, welches Parfum ein Mann auf seinem Taschentuch benutzen sollte. Alois wollte nicht etwas anstreben, was es für ihn nicht gab. Aber eines wusste er – das Leben in Wien lag ihm. Niemand sonst in Spital hatte so sehr danach getrachtet, sich zu verbessern. Und bald spürte er seinen Ehrgeiz: Er wollte sein Leben in einer anständigen Uniform verbringen und wegen seiner Haltung bewundert werden. Und wegen seiner Intelligenz. Er war bestimmt nicht dumm, das wusste er.

Mit achtzehn bewarb er sich nach fünf Jahren in dem Stiefelgeschäft beim österreichischen Finanzministerium um eine Stelle in der Zollbehörde, und er wurde angenommen. Nach weiteren fünf Jahren war er in den Rang eines Oberaufsehers der Finanzwache aufgestiegen, der zwar nur dem eines Korporals entsprach, aber seine Uniform war schon beeindruckend, und es dauerte gewöhnlich sogar zehn Jahre, bis man diese Stufe erreichte, besonders wenn man ohne Verbindungen in den Dienst eingetreten war.

Er hatte Johann Nepomuk mehrfach geschrieben und über seine Fortschritte berichtet, und schließlich kam im Jahr 1858 ein Brief von ihm zurück. Nepomuks jüngste Tochter Josefa war gestorben, ein schwerer Schlag für die Familie, und Nepomuk deutete an, dass er einen Besuch von Alois begrüßen würde.

Er wirkte ungewöhnlich groß für einen Mann von mittlerer Statur, als er 1859 nach Spital zurückkehrte: In den Augen seiner Familie war sein Auftreten so gebieterisch, als sei er von hoher Abstammung.

Es dauerte nicht lange, bis Johann Nepomuk merkte, dass die Einladung an Alois ein schwerwiegender Fehler war, aber Nepomuk war mittlerweile so gebeugt wie ein Baum, der zu viele Jahre lang zu vielen Stürmen getrotzt hatte. Josefas Tod pochte in seiner Seite gleich der Wunde, die eine Axt geschlagen hatte. Er fühlte sich zu müde, um Alois zu überwachen.

Ja, was konnte er tun? Seine älteste Tochter Johanna, sieben Jahre älter als Alois, war mit achtzehn verheiratet worden und ihrem Mann Johann Pölzl, der sie regelmäßig schwängerte, während der letzten elf Jahre treu geblieben. Sie hatte einmal ganz gut ausgesehen. Jetzt waren ihre Hände und Füße rau, und ihre Gesichtszüge waren aufgedunsen durch das Austragen von sechs Kindern, von denen nur noch zwei lebten.

Johannas ausgezehrtes, einst so fröhliches Gemüt belebte sich wieder, als sie Alois erblickte. Er war ihr Liebling gewesen, seit er zum ersten Mal ins Haus kam. Sie hatte den Fünfjährigen jedes Mal liebkost, wenn sie ihn zum Schlafen in ihr Bett holte. All die Jahre hindurch hatte sie ihn an den Haaren gezogen und auf die Wange geküsst, bis sie einmal, als er acht und sie fünfzehn war, wie in einem Ringkampf im Heu der Scheune herumrollten. Aber es war nichts passiert.

Diesmal gab es keine Frage. Bei der ersten Gelegenheit, die sich als die einzige erwies, setzte Alois seines Vaters Tradition des apokalyptischen Beischlafs im Scheunenstroh fort, und Klara Pölzl wurde gezeugt. Daran bestand für Johanna kein Zweifel. Sie hatte es zwar auch jedes Mal gespürt, wenn ihr Mann Johann Pölzl ihr ein Kind machte. Aber dieses Ereignis war höherer Art. In ihrem Körper geschah Großes. »Ich habe mich mit dir so gefühlt wie noch nie zuvor«, sagte sie, als es vorbei war, und als Klara geboren wurde, schickte ihm Johanna einen Brief, der ihn mitten in den strengen Vorbereitungen für eine Prüfung erreichte, die ihn zum Finanzwachen-Respizienten befördern sollte, dem höchsten verfügbaren Posten für Angehörige der unteren Dienststufen in der Zollbehörde. Vorgänge in Spital kümmerten ihn deshalb wenig.

Trotzdem blieb der Brief die Jahre hindurch in seinem Gedächtnis haften. Er bestand nur aus drei Wörtern, die Johanna mit Sicherheit richtig buchstabieren konnte, und er las sie viele Male. »*Sie ist hier*«, schrieb Johanna voller Stolz auf dieses bedeutende Ereignis (allerdings ohne Unterschrift), und »Sie ist hier« nahm einen Platz in der Wachstube seines Herzens ein, obgleich Alois' Trachten seiner Karriere galt. Ja, vielleicht hätte er Johanna bei diesem Besuch gar nicht berührt, wenn er nicht vor vielen Jahren schon mit Walburga zusammen gewesen wäre und ein Jahr zuvor mit der Jüngsten, Josefa, seinem Liebling damals, als er zwölf war (sein erstes Mal), und deshalb glaubte er es, sich selbst schuldig zu sein, auch die übrig gebliebene Schwester zu nehmen. Wie viele Männer konnten sich schon brüsten, drei Schwestern so intim gekannt zu haben?

Wenn er sich selbst an solchen Taten maß, zog er auch Vergleiche zu den Errungenschaften anderer niedrigrangiger Beamten in der Finanzwache. Sein Aufstieg war für einen Mann mit seiner kargen Bildung bemerkenswert. Trotzdem folgte nach vier Jahren eine weitere Beförderung und 1870 noch eine, sodass er sich mit fünfunddreißig zum Zolleinnehmer hochgearbeitet hatte. Im Jahr 1875 wurde er ein echter Inspektor und vermerkte nun auf allen Regierungsdokumenten nach seiner Unterschrift die gesamte Titulierung: »Beamter Erster Klasse der Kaiserlichen Zollstation im Bahnhof Simbach, Bayern. Residenz Braunau, Linzer Gasse.«

Während seines ganzen beruflichen Aufstiegs verließ ihn nie seine Lust auf Frauen. Das erste Prinzip der österreichischen Bürokratie gebot, seine Arbeit zu erledigen, und je effektiver man dabei war, desto weniger hatte man bei den kleinen Ausschweifungen in seinem Privatleben zu befürchten. Dieser Übereinkunft gehorchte er aufs Wort. Er wohnte an seinen Einsatzorten gewöhnlich in einem Gasthof. Mit seiner Selbstsicherheit hatte er bald die nur schwach verteidigten Bastionen der Köchinnen und Zimmermädchen des Wirtshauses überwunden. Wenn er dann alle verfügbaren Frauen genommen hatte, zog er gewöhnlich in einen größeren Gasthof. In den vierzig Jahren seiner Karriere wechselte seine Adresse häufig. In Braunau zum Beispiel zog er zwölf Mal um. Es störte ihn nicht, dass seine Frauen nicht von der eleganten Art waren, mit der Kavallerieoffiziere spazieren gingen. Überhaupt nicht! Elegante Frauen, so hatte er für sich entschieden, waren zu schwierig, gar kein Zweifel, während Zimmermädchen und Köchinnen ihm für seine Zuwendung dankbar waren und nicht aufbegehrten, wenn er weiterzog.

Im Jahr 1873 heiratete er eine Witwe. Da er ein Auge für den gesellschaftlichen Status von Frauen bekommen hatte, die als Damen gelten wollten – sein Beruf verlangte schließlich einige Fähigkeiten in dieser Richtung –, war er mit seiner Wahl nicht unzufrieden. Er mochte sechsunddreißig und die Witwe schon fünfzig sein, er begehrte sie nicht, er respektierte sie. Sie stammte aus einer ehrbaren Familie. Vielleicht sah sie nicht blendend aus, aber sie war die Tochter eines Beamten beim kaiserlichen Tabakmonopol, welcher der Krone einen Teil ihres Einkommens sicherte, und ihre Mitgift war zufriedenstellend. Sie lebten gut, sie hatten ein Dienstmädchen. Sein eigenes Gehalt war mittlerweile beträchtlich, selbst der Direktor des Gymnasiums in Braunau verdiente nicht mehr.

Indem sein Rang stieg, vermehrten sich die Goldstreifen und die vergoldeten Knöpfe an seiner Uniform entsprechend, und an seiner schief aufgesetzten Mütze prangten elegante offizielle Stickereien. Sein Schnauzbart war mittlerweile eines ungarischen Edelmanns würdig, und sein Gesicht mit dem vorgestreckten Kinn zeigte sein ganzes Selbstbewusstsein. Seine Untergebenen in der Zollstation wurden angewiesen, ihn immer mit seinem korrekten Titel anzureden. Auch nahm er an Körpergewicht zu. Bald nach seiner Heirat rasierte er auf Drängen seiner Frau den Schnäuzer ab und ließ sich Koteletten wachsen, sodass sie seinem Gesicht den entsprechenden Rahmen gaben. Da er sie sorgsam pflegte, wurden sie bald so imposant wie Schlosstore. Nun sah er nicht nur wie ein Zollbeamter im Dienst der Habsburger aus, sondern er ähnelte sogar Franz Joseph selbst! Da stand er also, eine gelungene Nachbildung des Kaisers, mit dem hehren Ausdruck von Pflicht und harter Arbeit im kaiserlichen Gesicht.

Seine Ehefrau, Anna Glassl-Hörer, büßte jedoch ihre Anziehungskraft auf ihn ein, als er zwei Jahre nach dem Beginn ihrer Ehe entdeckte, dass auch sie eine Waise und adoptiert worden war. Im Gegenzug verlor sie jeglichen Respekt vor ihm, als er ihr gestand (nachdem er es müde geworden war, Geschichten über einen imaginären und sagenhaften Herrn Schicklgruber zu erfinden), dass es auf der väterlichen Seite seines Geburtsregisters keinen Eintrag, sondern nur eine leere Stelle gab.

Sie begann eine Kampagne. Alois sollte sich legitimieren lassen. Schließlich war seine Mutter verheiratet gewesen. Warum sollte also Johann Georg Hiedler nicht sein Vater sein? Alois wusste, dass es unwahrscheinlich war, aber nachdem seine Frau jetzt ein Problem daraus machte, war er einem Versuch nicht abgeneigt. Sein Nachname hatte ihm ohnehin nie gefallen, und Anna Glassl hatte recht damit, dass ihm in seiner Karriere trotz aller Erfolge der Klang des Namens, den er jeden Tag vernahm, ziemlich unangenehm war.

Er fuhr von Braunau über Weitra nach Spital, um zu sehen, ob Johann Nepomuk ihm helfen würde. Der alte Mann, jetzt siebzig, verstand ihn erst nicht. Als Alois ihm erzählte, er wolle seinen Nachnamen auf den eigentlich richtigen ändern – Hiedler! –, empfand dieser eine heftige Scham. Er glaubte, er solle selbst als der Vater benannt werden, und wehrte es innerlich sofort mit dem Argument ab, dass er an die zwei ihm verbliebenen verheirateten Töchter denken müsse (seine Frau Eva gar nicht zu erwähnen!) und dass er sich unmöglich als Vater von Alois bekennen könne. Diese Ausflüchte drangen ihm jedoch nicht über die Lippen. Am Ende begriff er, dass es Alois darum ging, Johann Georg als seinen Erzeuger zu benennen. Woraufhin er – alte Männer können gleich jungen Mädchen augenblicklich von einem extremen Gefühl in das andere fallen – auf Alois wütend wurde. Sein eigener Sohn wollte ihn, Nepomuk, als seinen Vater verleugnen. Es dauerte ein wenig, bis er einsah, dass nur Georg aufgrund seiner Heirat mit Maria Anna legal ins Register eingetragen werden konnte.

In einem von zwei alten Pferden gezogenen Polterwagen fuhr er mit Alois und Romeder und zwei Nachbarn, die sich als Zeugen zur Verfügung gestellt hatten, die langen Meilen von Spital nach Strones, dann ein paar Meilen weiter nach Döllersheim, insgesamt knapp vier Stunden in einem engen, rutschenden Gefährt auf einem mit vielen abgebrochenen Ästen und entwurzelten Bäumen übersäten Weg, der aber frei von Schlamm war. (Mit Schlamm hätte es vielleicht acht Stunden gedauert.) Bei ihrer Ankunft stand Johann Nepomuk demselben Priester gegenüber, an den er sich nicht erinnern mochte. Er war inzwischen ein sehr alter Priester, etwas gebeugt, aber immer noch derselbe Priester, der ihn wegen seines Umgangs mit der Vulva einer Stute gescholten hatte.

Beide Männer erinnerten sich, obwohl sie keine Blicke austauschten. Alois, Nepomuk, Romeder und die zwei Zeugen, die sie aus Strones mitgebracht hatten, waren nur zum Zweck der Namensänderung hier. Da außer Alois keiner des Schreibens mächtig war, unterzeichneten die anderen das Dokument mit drei Kreuzen. Sie erklärten, sie hätten Georg Hiedler gekannt, und er habe »in ihrer Gegenwart und wiederholt« eingestanden, dass er der Vater dieses Kindes sei. Die Mutter habe es bestätigt. Das schworen sie.

Der Priester sah, dass im legalen Sinn kaum etwas korrekt daran war. Alle Hände der Zeugen hatten vor lauter Gottesfurcht gezittert, als sie ihre Kreuze malten. Einer von ihnen, der Schwiegersohn Romeder, war nicht einmal fünf Jahre alt gewesen, als Maria Anna starb! Abgesehen davon war auch Johann Georg schon lange tot. In einem solch dubiosen Fall hätte man behutsamer verfahren sollen.

Doch der Priester tat, was er immer tat: Er beglaubigte das Dokument mit einem Lächeln um seinen alten und zahnlosen Mund. Er wusste, dass sie logen.

Er lehnte es aber ab, das Datum einzutragen. Auf dem vergilbten Blatt des alten Pfarreiregisters vom 1. Juni 1837 strich er »unehelich« durch, setzte den Namen Johann Georgs in die leere Stelle und lächelte wieder. In legaler Hinsicht war das Dokument anfechtbar, aber das spielte keine Rolle. Welche Kirchenbehörde in Wien würde schon diese Änderung anzweifeln? Man war dort für jede Bestätigung einer Vaterschaft dankbar, auch wenn sie spät im Leben erfolgte. In manchen Gegenden Österreichs war die Zahl der unehelichen

Geburten bereits auf vierzig Prozent gestiegen. Konnte man unter diesen vierzig auch nur die Hälfte von verbotenen Intimitäten in der Familie freisprechen? Der Priester missbilligte die Oberflächlichkeit des Vorgangs und verweigerte deshalb seine Unterschrift. Wenn es jemals schiefging, konnte er das Dokument ableugnen.

Er buchstabierte die Namen der freiwilligen Zeugen, und da es zwischen den Provinzen keine orthografische Übereinkunft gab, wurde aus Hiedler schließlich Hitler.

Nachdem Alois nun seinen neuen Namen hatte, beschloss er, noch eine Stunde in Spital zu bleiben, statt sofort mit Nepomuks Wagen zum Bahnhof von Weitra zu fahren. Der Wechsel von Schicklgruber zu Hiedler gefiel ihm so gut, dass er ein Aufwallen in der Gegend unterhalb seines Nabels spürte. Das war eine Gabe der Natur, wie er aus langer Erfahrung wusste. Schnell wie ein Hund spürte er, wann weibliche Gesellschaft in der Nähe war.

War es Johanna, die den Hund geweckt hatte? Sie lebte in dem Haus neben ihrem Vater, und in diesem Moment sah Alois eine Frau aus dem Fenster schauen. Aber nein, das konnte nicht Johanna sein. Sie sah älter aus als seine eigene Frau. Mit dem Besuch hatte es also keine Eile.

Seine Schritte führten ihn trotzdem an die Tür. Wieder einmal hatte der Hund ihn nicht getrogen. Denn neben der frühzeitig gealterten Johanna stand ein sechzehnjähriges Mädchen im Türeingang. Sie war so groß wie er selbst, mit den hübschesten und angenehmsten Gesichtszügen, bescheiden, wohlgeformt, mit einem Kopf voll üppiger dunkler Haare und den blauesten Augen, die er je erblickt hatte – sie waren so blau wie das reflektierte Licht des großen Diamanten, den er einmal in der Vitrine eines Museums gesehen hatte.

Sobald er sich von der kräftigen Umarmung und den zahlreichen feuchten Küssen, die Johanna mit ihrem Speichel auf seinem Mund hinterließ, befreit hatte, zog er seinen schief sitzenden Hut und verbeugte sich. »Das ist dein Onkel Alois«, sagte sie zu ihrer Tochter. »Er ist ein wunderbarer Mann.« Sie drehte sich zu ihm um und fügte hinzu: »Du siehst besser aus als je – und es ist auch noch mehr an deiner Uniform dran, ja?« Sie zog ihre Tochter an sich. »Das ist Klara.«

Johanna fing an zu weinen. Klara war ihr siebentes Kind. Von den anderen waren vier bereits tot, eines hatte einen Buckel, und ihr neunzehnjähriger Sohn, der Älteste der Übriggebliebenen, hatte die Schwindsucht. »Gott hört nie auf, uns zu bestrafen«, sagte sie, wozu Klara nickte.

Alois wollte nichts von Gott zu hören. Wenn er sich darauf einließ, begann sein Hund vor Scham zu winseln. Lieber genoss er die Vorstellung, dass er bald mehr von seiner Nichte sehen könnte.

Er spazierte mit Mutter und Tochter zum Dorf hinaus. Sie gingen zu dem Teil von Nepomuks Feldern, der jetzt Johannas Ehemann Johann Pölzl gehörte. Er hatte keinerlei Ähnlichkeit mit der köstlichen blauäugigen Klara, was Alois nicht überraschte. Pölzl hatte graue, trübe Augen und ein Gesicht voller Furchen. Er hatte seine feste Hoffnung aufgegeben, früher oder später zu Wohlstand zu gelangen, weil er ein ehrlicher Bauer war. Alois blieb nicht lange. Pölzl ließ deutlich erkennen, dass viel Arbeit auf ihn wartete. In den Stoppelreihen lagen Kornähren, die noch nicht zu verfault waren, um die Schweine damit zu füttern, und Pölzl trat von einem Fuß auf den anderen, als ob die Ähren vollends verderben würden, wenn er sie nicht sofort aufhob. Pölzl fühlte sich schon unbehaglich angesichts des Wohlstands, den Alois' Uniform verriet, und seine Verstimmung wuchs, als Alois bemerkte, seine eigene Frau sei kränklich und brauche ein Dienstmädchen, das fromm und von zuverlässiger Herkunft sei. Wäre vielleicht Klara (nur nichts überstürzen!) die richtige Person?

Pölzl würde kaum ablehnen, wenn man ihm die Summe nannte, die seine Tochter nach Hause schicken könnte. Bargeld, das nicht von der Ernte abhing, war der beste Ertrag von allen, und wie immer brauchte er Geld. Die Alternative, wieder seinen Schwager Romeder zu hören oder seinen Schwiegervater Nepomuk anzupumpen, war ihm zuwider. Pölzl konnte schon die Schmähungen aus der Familie seiner Frau hören. Johannas Verhalten ihm gegenüber war so bitter geworden, dass er oft dachte (obwohl nur insgeheim), ihr Blut müsse wie Essig schmecken. Er wollte nicht wieder das laute Seufzen seines Schwagers Romeder hören, wenn er ein paar Kronen herausrückte. Schon gar nicht wollte er den Rat hören, den Nepomuk ihm unweigerlich gab. Er beleidigte sein Urteilsvermögen. Ein Bauer konnte sehr wohl einen feinen Instinkt für die Landwirtschaft besitzen und trotzdem dem Pech zum Opfer fallen. Musste er deshalb doppelt leiden, unter den Vorhaltungen seiner Verwandten und dem kargen Erlös seiner Felder? Also akzeptierte er widerwillig, dass Klara für Onkel Alois arbeiten sollte, aber sein Widerwille war nicht stark genug, er war dagegen, ohne Zorn zu empfinden.

Eine Woche nach Alois' Rückkehr auf seinen Posten in Braunau folgte ihm Klara mit einem bescheidenen Kleiderbündel und ein paar persönlichen Sachen in ihrem kleinen Koffer.

4

Alois und Anna Glassl bewohnten drei Zimmer im zweitbesten Hotel der Stadt, dem Gasthaus Streif. Es gab außerdem ein kleines Zimmer im obersten Geschoss, wo noch andere Zimmermädchen und Bedienstete schliefen.

Eine Weile liebäugelte Alois mit der Idee, er könne da oben vielleicht ein wenig Zeit mit Klara verbringen, aber seine Nichte hieß ihn nicht willkommen – zumindest nicht ausdrücklich. Es war allen einschließlich seiner Frau klar, dass Klara tiefen Respekt vor ihrem Onkel hatte, doch das schien Anna kein Grund zur Besorgnis – noch nicht! Das Mädchen war unglaublich fromm, was daran lag, dass der Tod ihr engster Verwandter war. In ihren blassblauen Augen war ein Licht wie von Engeln, von göttlichen und gefallenen Engeln. Ihr Gesicht erschien so unschuldig, dass man sich fragte, was sie denn über gefallene Engel wissen konnte. Es sei denn, ihr zweites Gesicht sagte ihr, dass die Teufel gleich Motten um das Ausgangstor des Lebens schwirren. Selbst Unschuldige träumen nicht gern von Hingeschiedenen.

Alois stellte sich andere Öffnungen vor – die Portale zu Klaras Keuschheit mochten sich in ein Eishaus öffnen, wenn man nicht behutsam vorging. Also war er charmant zu seiner Nichte und achtete darauf, sie nicht zu berühren. Seine Frau, die inzwischen so unglücklich war wie eine Krähe mit gebrochenen Flügeln, hatte sich mit seiner Gier nach Dienstmädchen und Köchinnen abgefunden, aber ungefähr um die Zeit, als sie ihre Kampagne gegen den Namen Schicklgruber begann, wurde ihr Misstrauen noch gestärkt. Noch nie hatte Alois eine derart leidenschaftliche, weitreichende und berechtigte Eifersucht erlebt. Doch er fühlte sich in der Lage, damit fertig zu werden.

Obwohl er die Hingabe an den Beruf, an die Sauberkeit der persönlichen Erscheinung und an die Form, die man in jeder Arbeitsstunde zu wahren hatte, als die höchste Mannestugend betrachtete, hatte er nicht umsonst jahrelang an verschiedenen Grenzposten gestanden, wo er Reisende und Kaufleute daran hinderte, die habsburgische Krone um ihre Gebühren zu betrügen. Dabei hatte er nämlich eine Menge über falsche Angaben und direkte Lügen gelernt. Jetzt musste er diese Fähigkeiten nutzen, um den Verdacht Annas von einem Mädchen abzulenken, das er seit Kurzem im Obergeschoss des Gasthofs besuchte.

Einem alten Wiener Witz zufolge müssen die Polizei und die Diebe ständig ihre Arbeit verbessern, um eine funktionierende Gesellschaft aufzubauen. Er dachte oft darüber nach. Es traf auf Anna Glassl und ihn selbst zu. Je schärfer ihr Argwohn gegen ihn wurde, desto raffinierter seine Lügen.

Sie hatte Grund zum Misstrauen. Es gab Tage, an denen er jede der Frauen beglückte, die er als seine regelmäßigen betrachtete. Am Morgen, voll von der Ausbeute des Schlafs, nahm er sich seiner Ehefrau an, und am Nachmittag, wenn Anna Glassl schlummerte und seine Freizeit zu der Stunde passte, in der das Zimmermädchen die

Böden wusch, genoss er das Tändeln ihrer Hüften, wenn sie auf Händen und Knien das nasse Tuch hin und her schwang – obwohl er dabei selten ihr Gesicht sah. Und wenn am Abend Anna Glassl zu Bett gegangen war, gab es noch Fanni.

Wegen seines nächtlichen und momentan echten Interesses an dieser Kellnerin im Gasthof, einer Neunzehnjährigen namens Fanni Matzelberger, die üppig, aber gelenkig war und in der es ordentlich kochte, war er bereit, auf Klara Pölzl zu warten. Er versuchte jeden Ausdruck aus seinen Augen zu tilgen, wenn Fanni durchs Zimmer schritt, aber sie hatte ein nicht zu unterdrückendes Schwingen in ihren Hüften, das ihn ansprach – sie war ein gutes Mädchen, das nicht ganz so gut sein wollte.

Wie er rasch bei seinen Besuchen in ihrem Dachbodenzimmer merkte, war sie eine Jungfrau der schmerzhaftesten Sorte, ein Mädchen nach alter bäuerlicher Tradition. Sie hatte den normalen Eingang zu ihrer Keuschheit intakt gehalten, aber das Gleiche traf nicht auf den umseitigen Nachbarn zu. Das war nicht so angenehm für Alois. Sein Hund war zu groß, um ein glattes Eindringen in das »Riechende und Verfluchte« (wie er es nannte) zu ermöglichen. Fanni stöhnte dabei unterdrückt, damit die anderen auf dem Dachboden nichts hörten, aber sie litten beide. Umso inniger wurde ihre Umarmung. In der Hitze der Stunde liebten sie sich eben auf diese Weise – eine recht gewöhnliche Reaktion, wenn die fleischliche Goldader versperrt ist.

Er redete sich ein, sie sei nicht mehr als die hübsche Tochter eines wohlhabenden Bauern (immerhin verfügte sie über eine ansehnliche Mitgift), aber er sagte ihr, dass er sie liebte. Sie entgegnete: »Genug, um deine Frau zu verlassen und mit mir zu leben?«

»Ich werde sie verlassen«, sagte er, »wenn du mir etwas anderes gibst!«

Doch nein, sie wollte Jungfrau bleiben. Wenn sie seinen Wunsch erfüllte, würde sie ein Kind bekommen. Sie wusste es. Dann würde noch ein Kind kommen. Und dann würde sie sterben.

»Woher weißt du solche Sachen?«

»Wir haben Zigeuner in meiner Familie. Vielleicht bin ich eine Hexe.«

»Was für ein Unfug!«

»Nein, du bist ein böser Mann, und ich bin eine Hexe. Nur Hexen legen ihren Mund an verbotene Stellen. Jetzt habe ich Angst zu beichten.«

»Hüte dich vor den Priestern. Sie saugen dir das Blut aus. Sie machen dich schwach und nutzlos.«

Sie stritten hin und her, ob sie zur Beichte gehen sollte oder nicht. Sie ließ ihn gewinnen und gab der Wucht seines Begehrens nach. Einen Monat später teilte sie ihm mit, dass sie schwanger war. Sei der Zeitpunkt nun da, fragte sie, es seiner Frau zu erzählen?

Er traute Fanni nicht. Er glaubte nicht, dass sie schwanger geworden wäre, wenn sie wirklich Angst gehabt hätte zu sterben. Außerdem hatte er seine Frau bisher so geschickt belogen, dass er jetzt Angst vor einem Geständnis hatte. Ausflüchte sind gleich der Wahrheit reflexiv und verwandeln sich schnell in feste Angewohnheiten, die ebenso verlässlich sind wie die Wahrheit selbst. Anna Glassl-Hörer war siebenundfünfzig und wirkte zehn Jahre älter, obwohl sie zu seinem Erstaunen morgens immer noch ein Vollweib sein konnte. Sie zu verlieren würde seine finanzielle Situation beträchtlich mindern. Darüber hinaus würde er eine Dame für ein Bauernmädchen eintauschen, zwar ein sehr attraktives Bauernmädchen, aber er hatte schon vor Langem entschieden, dass am Ende ein Bauer wie ein Stein war. Wirfst du ihn in die Luft, fällt er plump herunter. Dagegen wog eine Dame wie eine Feder. Eine Dame konnte seine Intelligenz herausfordern. Er wollte auf keinen Fall sein stetig wachsendes Geschick als Lügner einbüßen.

Hier eine Gesprächsprobe aus dem Esszimmer im Gasthaus Streif:

ANNA GLASSL: Ich merke, du siehst sie wieder an.

ALOIS: Ja. Du hast mich ertappt. Wenn deine Augen nicht so schön wären, würde ich sagen, es sind Adleraugen.

ANNA GLASSL: Warum läufst du nach dem Essen nicht hoch? Verpass ihr einen Guten statt mir.

ALOIS: Du hast ein böses Gemüt. Mir gefällt es, wenn deine Zunge so grob ist.

ANNA GLASSL: Gröber als früher.

ALOIS: Anna, du bist außerordentlich klug, aber diesmal liegst du falsch.

ANNA GLASSL: Schau her, mein Lieber. Ich habe Zimmermädchen und Köchinnen ertragen. Du bist in vielen Nächten mit dem Geruch nach Zwiebeln ins Bett gekommen. Und das ist besser als der Duft von Waschseife. Ich rede mir ein, es stört mich nicht. Der Mann soll sein Vergnügen haben. Warum aber beleidigst du dazu noch meine Intelligenz? Wir wissen, das Mädchen ist schön. Wenigstens einmal in deinem Leben liebst du eine Kellnerin, die nicht aussieht wie der Pudding von gestern.

ALOIS: In Ordnung, ich werde dir die Wahrheit sagen. Mir gefällt ihr Aussehen, ja, ein bisschen. Obwohl sie eigentlich nicht mein Typ ist. Nein, sie ist es nicht. Ich würde mich ihr nie nähern. Man hört die schlimmsten Gerüchte. Ich möchte es dir nicht einmal erzählen, weil du sie magst.

ANNA GLASSL: Ich mag sie? Sie lernt das Huren. Genau dein Typ.

ALOIS: Nein, sie hat eine Krankheit. Ich habe gehört, dass sie eine ansteckende Krankheit zwischen ihren Beinen hat. Ich würde sie nicht anfassen.

ANNA GLASSL: Ich glaube dir nicht. Ich kann es nicht glauben.

ALOIS: Wie du willst. Aber ich verspreche dir, über dieses Mädchen brauchst du dir am wenigsten Sorgen zu machen.

ANNA GLASSL: Über wen soll ich mir denn sonst Sorgen machen? Klara?

ALOIS: Du hast einen glänzenden Sinn für Humor. Wenn man mich nicht hören könnte, würde ich laut lachen, und dann würdest du spüren, was ich tun möchte. Du bist so attraktiv, so verdorben. Du könntest mich so weit bringen, dass ich eine Nonne küsse.

5

Schließlich erzählte Fanni Frau Anna Glassl, dass sie im zweiten Monat schwanger sei und dass man es bald sehen werde. Für Anna bedeutete es das Ende ihrer Ehe. Alois hatte ihr erzählt, Fanni habe eine Krankheit zwischen den Beinen, während er die ganze Zeit wusste, dass sie schwanger war – unverzeihlich! Zudem war Anna Glassl mittlerweile seiner so leid, dass ihr das Alleinsein keine Angst mehr bereitete. Es war wirklich anstrengend, bei nachlassenden Kräften im Morgengrauen noch das Vollweib zu spielen. Sie sehnte sich jetzt nach Frieden. Ihre Eifersucht empfand sie nun als eine Art Schutz gegen etwas Schlimmeres, nämlich die schleichende kühle Verachtung für einen Gatten, wenn die Eifersucht erlischt. Sie zog also aus. Da sie katholisch waren, kam eine Scheidung nicht in Betracht. Um eine legale Trennung zu erreichen, musste Anna nach österreichischem Recht nicht nur ihre gegenseitige Unverträglichkeit erklären, sondern auch schriftlich niederlegen, dass sie eine direkte Abneigung gegen ihn empfand. Für Alois stach diese Formulierung in dem Dokument hervor wie die Beule an einem Kinn. Sie verdross ihn so sehr, dass er seinen Trinkkumpanen die Kopie zeigte. »Schaut her, sie redet von persönlicher Abneigung. Das ist empörend. Wäre es nicht unanständig, könnte ich euch erzählen, wie viel Aversion sie hatte. Sie war auf ihren Händen und Knien, sobald ich sagte, mach dich bereit.«

Sie lachten und wandten sich anderen Themen zu. Er war in diesen Tagen nicht nur wegen Anna Glassls Auszug irritiert. Fanni und er lebten jetzt in derselben Zimmerflucht im Gasthaus Streif zusammen. Das gefiel ihm. Er sagte als Erster, dass er der Vergangenheit nicht nachhänge. Dann entdeckte er, dass Fanni nicht schwanger war – sie hatte nur geglaubt, sie sei es. Oder hatte sie eine frühe Fehlgeburt gehabt? Sie ließ ihn störrisch im Unklaren.

Er meinte, sie habe ihn schrecklich belogen, aber was konnte er tun? Er hatte nie zuvor solche Lust mit einer Frau genossen. Natürlich wurde Fanni bald ebenso eifersüchtig wie Anna Glassl, und sie entwickelte das perfekte Gehör, um selbst die leiseste Begierde nach einer anderen Frau in seiner Stimme zu vernehmen. Schon bald schlug sie ein Loch in das wohlbehütete Gefäß seiner Zukunftspläne. Klara, bedeutete sie ihm, musste gehen. Sonst würde Fanni gehen.

Das war eine Zerreißprobe für Alois. Fanni würde bald wirklich schwanger sein, wie er aufgrund des unverkennbaren Wallens in ihrem Schoß auf dem Höhepunkt vermutete, wenn er sich voll in sie ergoss. Zu dieser Empfindung gelangte er selten bei anderen Frauen, außer vor langer Zeit bei Johanna. Außerdem wünschte er sich jetzt ein Kind, vorzugsweise einen Sohn, der seinen Namen tragen sollte. Wenn er sich nicht gerade köstlich mit Fanni vergnügte, dachte er oft an die kommenden Zeiten, wenn sie im sechsten oder siebten Monat sein würde und Klara an der Reihe wäre. Die Wahrscheinlichkeit künftiger Komplikationen schreckte ihn nicht. Es lag in der Natur seines Charakters, mit mehreren Problemen gleichzeitig fertig zu werden.

Was Skandale betraf, machte er sich keine übermäßigen Sorgen. In Braunau war er daran gewöhnt, im Mittelpunkt des Klatsches zu stehen. Die Stadtbewohner mochten es den Sternen klagen, dass er in einer unehelichen Gemeinschaft lebte, es störte ihn nicht. Er fühlte sich wie ein Offizier in einer Garnisonsstadt, der er nichts schuldete. Er bekam sein Geld von der Finanzwache in Wien. Solange seine Arbeit nicht beanstandet wurde, hatte der weit entfernte Arm der habsburgischen Regierung kaum ein Interesse daran, was er in seinem Privatleben tat.

Nachdem er auf die höchste Ebene des mittleren Dienstes gestiegen war, ging es vermutlich nicht weiter. Seine Stelle war sicher. Der Zoll brauchte ihn. Schließlich dauerte es Jahre, bis ein Beamter so erfahren war wie er. Umgekehrt brauchte er den Zoll. Wo sonst konnte er eine derart gut bezahlte Stellung finden? Er hatte sich zu einem perfekten Instrument für die Aufgaben entwickelt, die ihm oblagen, aber diese Fähigkeiten ließen sich nirgendwo anders einsetzen. Er war deshalb auf seine Stelle angewiesen, und die Finanzwache war an ihn gebunden. Zum Teufel also mit den Städtern. Ihr

Gerede mochte ihn wurmen, aber das lenkte ihn nicht von seinen interessanteren Zielen ab. Ein Mädchen trug sein Kind aus, und die Nichte (die vor ihm zitterte, wenn er sprach) sollte seine Geliebte werden. Natürlich würde sie mehr als willig sein, wenn der Zeitpunkt kam. Warum sonst zitterte sie? Weil die Nichte wusste, dass er sie Dinge lehren konnte, von denen sie nichts verstand und an die sie nicht einmal zu denken wagte.

Sein Projekt war geheim, bis Fanni es entdeckte. Kein Mädchen namens Klara durfte nun weiter für sie arbeiten.

»Du bist verrückt«, entgegnete Alois. »Bist du blind? Klara wäre in einem Kloster glücklicher.«

»Du bist nicht an ihrem Glück interessiert, sondern an deinem. Sie muss gehen.«

»Rede nicht so mit mir. Du bist jung genug, um meine Tochter zu sein.«

»Ja, das stimmt, und die Polen sagen, dass ein Vater nie seine Tochter verführen soll, weil sie sonst den Respekt vor ihm verliert.«

Klara musste gehen. Er konnte nicht aufs Spiel setzen, was er jetzt an Fanni hatte, nicht für die ungewisse Aussicht, dass sich eine engelgleiche Nonne in eine bereitwillige liebestolle Nichte verwandelte. Dafür gab es keine Garantie.

6

Als Klara fort war, litt Fanni am meisten. Dahin waren nun die Vertraulichkeiten, die sie ausgetauscht hatten. Sie mussten beide noch viel lernen – sie waren einander so nahe und doch so unterschiedlich. Der Bruch kam, weil Klara nicht lügen konnte. Sie wurde puterrot vor Verlegenheit, wenn Fanni ihr erzählte, was zwischen Onkel Alois und ihr passierte. (Da Klara ihn Onkel nannte, hatte es Fanni sich auch angewöhnt.)

»Gib's zu«, sagte Fanni, »du möchtest auch mit deinem Onkel im Bett sein.«

»Nein«, entgegnete Klara und fürchtete sogleich, sie würde erröten, wenn sie log. »Ja, es gibt Augenblicke, wenn, ja, bitte, wenn ich das möchte. Aber du sollst wissen, ich werde es nie tun.«

»Warum nicht?«

»Weil er mit dir zusammen ist.«

»Ach«, sagte Fanni, »das würde mich keine Sekunde daran hindern.«

»Dich vielleicht nicht«, sagte Klara, »aber ich würde bestraft.«

»Woher weißt du das?«

»Bitte, ich weiß es.«

»Vielleicht doch nicht«, sagte Fanni. »Ich habe deinem Onkel gesagt, ich würde sterben, wenn er mir ein Kind macht, aber jetzt denke ich anders. Ich will ein Baby, ich bin kurz davor.«

»Du wirst es bekommen«, sagte Klara. »Und vertraue mir. Ich werde nie mit Onkel Alois zusammen sein. Du bist seine Frau. Ich schwöre es.«

Sie küssten sich, doch Fanni misstraute dem Aroma dieses Kusses. Klaras Lippen waren fest und zuverlässig – aber nicht ganz. In dieser Nacht träumte Fanni, wie Alois Klara liebte.

Bevor sie ging, weinte Klara ein wenig. »Wie kannst du mich wegschicken?« fragte sie. »Ich habe dir doch geschworen.«

»Und worauf stützt du dein heiliges Versprechen?« fragte Fanni.

»Ich schwöre es bei dem Seelenfrieden meiner toten Brüder und Schwestern.«

Das war eine schlechte Antwort. Fanni hatte plötzlich den Verdacht, dass auch in Klara eine Hexe lauerte – vielleicht hatte sie ihre Brüder und Schwestern verachtet.

Mithilfe der Finanzwache traf Alois angemessene Vorkehrungen für Klara in Wien. Sie fand eine saubere und einträgliche Stellung im Haus einer sittsamen älteren Dame. (Alois lag mehr denn je daran, ihre Keuschheit zu bewahren.) Also packte Klara nach vier Jahren ehrlicher Arbeit in dem Gasthaus, in dem sie jede Nacht den kleinsten Raum mit den Zimmermädchen geteilt hatte, ihre Habseligkeiten in denselben kleinen Koffer, den sie bei ihrer Ankunft mitgebracht hatte, und verließ das Haus zu ihrer neuen Stellung in Wien.

Obwohl Fanni sich jetzt mit Alois entspannter fühlte, wechselten ihre Stimmungen oft abrupt. War ihr Misstrauen Klara gegenüber wirklich begründet? Oder lag es an ihrer eigenen Gehässigkeit, die Schmerzen verursachte wie ein faulender Zahn? Sie wusste, dass sie voller Bosheit steckte. Deshalb bezeichnete sie sich als Hexe.

Wie sie vorhergesehen hatte, war sie inzwischen schwanger. Das verschaffte ihr zwar Befriedigung, aber sie spürte immer noch Reue. Sie hatte das liebste Mädchen, das sie kannte, verstoßen, und es gab Tage, an denen sie nahe daran war, Klara zu bitten, dass sie zurückkehrte, doch dann fragte sie sich: Was ist, wenn Alois mir Klara vorzieht? Dann mochte das Mädchen sich nicht mehr an seinen Schwur gebunden fühlen. Wie ungerecht wäre das gegenüber dem ungeborenen Kind!

Vierzehn Monate nachdem Anna Glassl die Scheidungsurkunde erhalten hatte, brachte Fanni einen Jungen zur Welt, den Alois ohne zu zögern Alois nannte. Sie konnten ihn aber noch nicht Alois junior nennen. Er hieß weiterhin Alois Matzelberger, und das ärgerte Alois Hitler. Er erinnerte sich daran (was er bewusst verdrängt hatte), wie leer sich ein Kind innerlich fühlte, wenn es nur unter dem Nachnamen seiner Mutter bekannt war. Alois senior verfluchte Anna Glassl jeden Abend, wenn er zu Bett ging.

Obwohl sein Fluch keine Waffe war, stieß er ihn jeden Abend aus – und er enthielt Gift. Deshalb war er nicht sonderlich überrascht, als Anna starb. Und ganz plötzlich! Das sonderbare Ereignis erfolgte erst vierzehn Monate nach der Geburt von Alois' Sohn, als Fanni wieder hochschwanger war, aber Alois glaubte trotzdem, dass seine Verwünschungen eine Wirkung ausgeübt hatten.

In Annas Sterbeurkunde stand, dass die Todesursache unbekannt war. Deshalb glaubte Alois, dass es Selbstmord war. Der Gedanke gefiel ihm nicht. Er war kein abergläubischer Mensch, und er leugnete die Existenz Gottes und des Teufels. Wie er über einem Bierkrug gern erklärte, setzte er vielmehr sein volles Vertrauen in die soliden und klugen Prozesse erprobter Regierungsformen. Wie erhaben und weit entfernt Gott auch sein mochte, er schätzte bestimmt eine vernünftige Regierung ebenso wie Alois als die menschliche Erfüllung des göttlichen Willens, vorausgesetzt, der Wille wurde von sorgfältigen Beamten wie ihm ausgeführt. Dieses Licht war ihm nicht bei der Lektüre von Hegel aufgegangen, Alois hatte nie ein Wort von Hegel gelesen, aber warum auch? Er und Hegel stimmten wortlos überein – die Macht dieser Idee musste allen einleuchten. Für Alois war sie selbstverständlich.

Er selbst wünschte sich daher einen unmissverständlichen Tod. Er mochte von einem geplatzten Blinddarm kommen oder von der Schwindsucht, so wie seine Mutter Maria Anna geendet hatte. Ein Selbstmord aber berührte ihn unangenehm – er wollte gern (wie er seinen Trinkkumpanen erklärte) »schnell mit einem Furz und einem Schnarchen einschlafen«. Der Gedanke an Anna Glassls Selbstmord hielt ihn wach. Er wäre zu ihrer Beerdigung gegangen, aber er wollte sein nächtliches Unbehagen vor ihrem Gesicht im Sarg verbergen. Also blieb Alois fort. Das war wieder ein Leckerbissen für die Klatschmäuler in der Stadt.

Wie Anna Glassl auch geendet haben mochte, sie war jedenfalls nicht mehr da. Deshalb konnte er jetzt Franziska Matzelberger heiraten, was er auch tat. Das zweite Kind war schon gute sieben Monate in ihrem Schoß, und Fannis Bauch sah langsam aus wie ein preisgekrönter Kürbis auf dem Feld. Er war sechsundvierzig, sie war zweiundzwanzig, und die Hochzeit fand in einem anderen Ort statt, in Ranshofen, was vier Meilen hin und weitere vier beschwerliche Meilen zurück für die schwangere Braut bedeutete. Sie hatte sich geweigert, die Zeremonie in Braunau zu vollziehen. Es lag nicht nur an den missbilligenden Blicken der Frauen. Auch junge Männer kicherten, wenn sie vorbeiging.

Alois ärgerte sich. Es kostete extra, die beiden Zollbeamten, die er eingeladen hatte, in der gemieteten Kutsche zu transportieren. Es war keine beträchtliche Ausgabe, aber sie war unnötig. Außerdem war er enttäuscht von Fanni. Seine neue Frau scheute immer noch die Gesellschaft anderer Menschen.

Darüber hinaus war sie eine nervöse Mutter. Sie bestand darauf, ihr zweites Kind in Wien zu gebären. Die Hebamme dort würde nicht so gehässig sein, sagte sie ihm. Wer in ihrer Situation könne noch irgendeiner Frau in Braunau trauen? Weitere Kosten.

Trotz all ihrer Fehler war Anna Glassl eine Dame gewesen – das Gleiche, gestand er sich widerwillig ein, konnte er von Fanni nicht behaupten. Er erwartete es auch nicht von ihr, nicht von einer Bauerntochter, obwohl sie schon einmal Fortschritte in dieser Richtung gemacht hatte. Jetzt lief alles rückwärts. Als er sie kennenlernte, bewegte sie sich leicht, sie war schnell, sie entzückte die Gäste, wenn sie abends im Gasthof bediente. Für eine Kellnerin war sie erstaunlich gewitzt.

Jetzt schrie sie das Dienstpersonal an – all ihr inneres Feuer war in Jähzorn umgeschlagen. Ihre Zimmer im Gasthaus wurden vernachlässigt. Als er vorschlug, Klara zurückzuholen, ließ sie ihm einen ganzen Abend lang keine Ruhe.

»Ja«, sagte sie, »dann kannst du Klara antun, was du mir angetan hast. Die arme Anna Glassl.«

Arme Anna Glassl! Ob Fanni jetzt von Anna träumte? Warum konnten sie nicht als Mann und Frau vorwärts schauen? Es war keine gute Ehe, entschied er. Man sollte nicht jeden Abend denselben Kampf führen müssen.

Sie verbrachte zwei Wochen in Wien, bevor ihre Tochter Angela geboren wurde, und während dieser Zeit musste er ein Kindermädchen für Alois Hitler junior bezahlen. Noch vor dem Ende der ersten Woche hatte der Senior das Mädchen verführt. Sie war fünfzehn Jahre älter als Fanni, untersetzt, eine fleißige Arbeiterin, wenn er sie einmal im Bett hatte, und sie störte nicht seinen Schlaf, denn sie stand ohne Murren mitten in der Nacht auf, wenn der Junge nach seiner Mutter rief.

Bis dahin war er Fanni treu gewesen. Die einzige Möglichkeit, sich das Kindermädchen schmackhafter zu machen, bestand nun für ihn darin, sie mit der Köchin abzuwechseln. Fanni kam schwach und müde aus Wien zurück und erfuhr bald alles. Sie schrie ihn nicht

Buch III

Adolfs Mutter

1

Während dieser Monate war Klara häufiger bei Fanni als Alois, und die Wunde, die sie einander zugefügt hatten, war fast verheilt. Bei ihrem ersten Besuch fiel Klara vor dem Bett, in dem Fanni sich ausruhte, auf die Knie und sagte: »Du hattest recht. Ich weiß nicht, ob ich meinen Schwur hätte halten können.« Als Antwort weinte Fanni. »Du hättest ihn gehalten«, sagte sie. »Jetzt sage ich dir, gib ihn auf. Alois ist fertig mit mir.«

»Nein«, sagte Klara, »mein Versprechen steht! Fester als je zuvor.« Einen Moment lang glaubte sie die wahre Bedeutung eines Opfers verstehen. Das verlieh ihr ein erhebendes Gefühl. Man hatte sie angeleitet, einen reinen Zustand der Seele anzustreben. Der Lehrer war ihr Vater, das heißt, ihr Vater dem Namen nach, der alte Johann Pölzl, dem alles zuwider war außer der Frömmigkeit. »Die Hingabe an unseren Herrn Jesus Christus ist jeden Tag mein Ein und Alles«, sagte er ihr oft – er war frommer als alle Frauen in Spital. Nachdem er das Tischgebet gesprochen hatte, belehrte er Klara bei vielen Mahlzeiten (besonders seit sie zwölf Jahre alt war), man müsse das hingeben, was man am meisten begehrte, um der Herrlichkeit Gottes nahe zu kommen. Für dieses Ziel müsse man bereit sein, seine schönsten Träume zu opfern. Hatte Gott nicht seinen eigenen Sohn geopfert?

Klara versuchte nun, ihre Sehnsucht nach Onkel Alois zu unterdrücken. Dieses Fieber hatte sie während der vier Jahre, die sie für Anna Glassl arbeitete, nie verlassen, und auch nicht in den folgenden vier Jahren, als sie der alten Dame in Wien diente, die Klara abwechselnd verwöhnte und des Diebstahls an ihrem Silber verdächtigte. Die alte Dame litt unter einem bösen Argwohn – es irritierte sie, dass an ihren Silberwaren nie etwas fehlte, wenn sie nachzählte, denn ein unbestätigter Wahn ist schwerer zu ertragen als ein konkreter Verlust durch Diebstahl. Insgeheim war die alte Dame stolz darauf, wie perfekt diese junge Frau ihr den Haushalt führte – es zeugte von Respekt gegenüber ihrer Herrin –, aber ihre Ehrlichkeit machte sie nervös.

Vor vielen Jahren hatte Johanna sich als Buße für ihre einzige Todsünde mit Alois in eine sorgfältige Hausfrau verwandelt, und auch Klara lagen solche Pflichten. Es war, als ob Mutter und Tochter meinten, das Wohlergehen der restlichen Familie – angesichts der Geister all der toten Kinder – hinge davon ab, dass sie sich pausenlos auf den täglichen Kampf gegen Schlamm, Staub, Asche, Schlabber und verkrustete Teller, Tassen, Töpfe und Bestecke konzentrierten.

Auch jetzt war Klara nie nachlässig. Jede Aufgabe im Haushalt erforderte Respekt vor der Arbeit, selbst wenn sie sich leicht erledigen ließ. Ein Opfer jedoch war etwas ganz anderes. Opfern war ein Schmerz, der dicht neben dem Herzen wohnte. Obgleich sie Alois begehrte und von ihm träumte, musste sie Methoden finden, um ihn auf Distanz zu halten, nachdem sie Fannis zwei Kinder ins Bett gebracht hatte.

Es gab keinen Abend im Gasthaus Pommer, dem besten in Braunau, in das sie umgezogen waren, an dem Alois sie nicht anstarrte. Leicht betrunken von drei Krügen Bier, die er jeden Abend mit einigen Zollbeamten zu sich nahm, bevor er ins Haus Pommer zurückkehrte, wo Klara ihm in der Hotelküche das Mahl zubereitete und nach oben in ihre Wohnung brachte, aß er mit Genuss, wortlos, nur hin und wieder nickend, um ihr sein Wohlgefallen kund zu tun. Dann starrte er sie in ihrem gemeinsamen Wohnzimmer an, die Augen weit geöffnet, als sollte sie seine Gedanken lesen. Bald hatte seine Fantasie schon ihre Körpernischen befingert. Ihre Schenkel brannten, ihre Wangen brannten, ihr Atem lechzte nach seinem Atem. Wenn eines der Kinder im Schlaf aufschrie, sprang sie sofort auf. Der Laut glich dem Schrei, den Fanni einst im fernen Lachwald ausgestoßen hatte.

Manchmal wollte Alois seinen Trinkgefährten beschreiben, wie sehr er ihre Augen liebte. Sie waren so tief, so klar, so voll brennendem Verlangen nach ihm. Warum auch nicht? Alois hielt sich immer noch für einen Teufelskerl. Wer in seinem Bekanntenkreis wagte es wie er, offen zu erklären, dass er keine religiösen Ängste kannte? Es war seine eigene Art der Tapferkeit. Oft brüstete er sich damit, dass er nie zur Kirche ging. Auch zur Beichte nicht. Kein Allerweltspriester war ihm ebenbürtig. Er hatte seinen Gehorsam gegenüber der Krone, und mehr brauchte er nicht. Würde Gott einen Mann bestrafen, der dem Staat so treu diente?

Vor einer Woche hatte ein Cousin angefragt, ob es seinem eben volljährig gewordenen Sohn in der Finanzwache gefallen würde. Alois schrieb zurück:

> *Dein Junge darf nicht denken, dass es eine Art Spiel ist, weil er sonst schnell enttäuscht wird. Er muss seinen Vorgesetzten auf allen Ebenen absoluten Gehorsam leisten. Ferner gibt es in diesem Beruf eine Menge zu lernen, umso mehr, je weniger vorherige Bildung man hat. Schwere Trinker, Männer, die Schulden machen, Glücksspieler und alle, die ein unmoralisches Leben führen, halten sich nicht lange. Schließlich muss man tags oder nachts bei jedem Wetter nach draußen.*

Natürlich meinte er, selber den Bedingungen in seinem Brief voll zu genügen, und über »alle, die ein unmoralisches Leben führen«, brauchte er auch nicht nachzudenken. Unmoral, das wusste Alois, durfte man nicht mit Einzelheiten des Privatlebens verwechseln. Unmoralisch war es, sich von einem Schmuggler bestechen zu lassen, während das Privatleben viel zu kompliziert für eine Beurteilung war. Er wusste nicht mit Sicherheit, ob Klara seine Tochter war – konnte er Johanna Hiedler-Pölzls Wort trauen? Wozu war eine Frau schließlich eine Frau, wenn sie nicht einmal geschickt lügen durfte? *Sie ist hier!* Wahr oder nicht wahr?

Wie auch immer, sie könnte seine Tochter sein.

Alois wusste, warum er nicht in die Kirche oder zur Beichte zu gehen brauchte, er wusste, warum er tapfer war. Er beschritt denselben verbotenen Weg, auf dem betrunkene Bauern und Heranwachsende taumeln, wenn sie das Bett von Frauen suchen. Aber anders als sie blickte er nie in Angst und Reue zurück. Er tat es einfach. Jawohl.

Und er tat es schließlich am Ende eines kurzen Abends, an dem das Essen wie immer verlaufen war. Er blickte sie ohne Hinterlist in den Augen an und ohne Regung, außer dass er hin und wieder aufstand, seine Hose in vollem Profil, so dass die stolze Wölbung vorn für sich selbst sprach. Dann stocherte er im Feuer, setzte sich wieder hin und blickte sie an. An diesem Abend sagte er nicht wie sonst Gute Nacht, als sie ihre Hand an die Tür zum Kinderzimmer legte, wo auch sie schlief, sondern trat auf sie zu, ergriff ihre Hand, küsste sie auf den Mund und brachte sie in sein Schlafzimmer und in sein Bett, und als sie ihn mit leise bebender Stimme bat aufzuhören – »bitte, nicht mehr« –, bahnte er sich einen Weg mit der Hand, wobei seine erfahrenen Finger sich durch die Verteidigungslinien aus Kleidern und Korsetts bis zu dem Haarnest wanden, das sie so lange verborgen hatte.

Da war es also, Daunenfedern ähnlich, so wie er es erwartet hatte. Ihr halber Körper brannte, aber die andere, die untere Hälfte war wie von Eis umschlossen. Wäre sein Hund nicht gewesen, er hätte vielleicht den Angriff auf diesen gefrorenen Eingang abgebrochen, aber ihr Mund war glühend heiß, und sie küsste ihn, als ob ihr Herz in ihren Lippen wäre, so reich, so frisch, so verlangend, dass er in dem Augenblick explodierte, als er in sie eindrang, ihr das Hymen zerriss und tief und tiefer drinnen war und sie zu schluchzen begann vor Jammer und Angst und – schlimmer – vor dem Pochen der Leidenschaft, die wie in einem Strahl ihren Körper durchdrungen hatte. Sie wusste, dies war das Gegenteil eines Opfers. Sie konnte nicht aufhören, ihn zu küssen. Sie fuhr damit fort gleich einem Kind, das einem geliebten Erwachsenen das Gesicht mit Küssen bedeckt, und dann kamen andere Küsse, weicher, tiefer. Er war der erste fremde Mann, den sie küsste, nicht wie früher ein Verwandter der Familie – ja, es war die falsche Art Leidenschaft. Sie konnte nicht aufhören zu weinen. Und er konnte nicht aufhören zu lächeln.

2

Klara war jetzt also seine Geliebte, seine Putzfrau und das Kindermädchen für Alois junior und Angela. An vielen Abenden war sie auch seine Köchin, wenn sie nicht eins der Zimmermädchen für eine Stunde zum Hüten der Kinder bestellt hatten und nach unten in den Speisesaal des Pommer-Hofs gingen, um sich dort öffentlich als Onkel und Nichte zu präsentieren, der uniformierte Zollbeamte mittleren Alters und seine schüchterne junge Geliebte. Niemand in Braunau ließ sich täuschen, wie oft sie ihn auch Onkel nannte. Den Betrachtern trieb es schier die Zornesröte ins Gesicht, wie er dasaß, als sei er Franz Joseph persönlich und als wollte er gleich ausrufen: »Gemeinsam mit dem Kaiser habe auch ich eine schöne Geliebte.« Wenn er sie nach unten zum Essen geführt hatte, geschah jedes Mal das Gleiche – er liebte sie, sobald sie zurück waren, seine Stimme so heiser, dass er kaum sprechen konnte. »Ich bin dein böser Onkel«, sagte er mitten in der heißen Umarmung, »dein ganz böser Onkel.«

»Ja, ja, mein böser Onkel«, und sie umklammerte ihn, während sich ihr Schmerz in Lust verwandelte – eine höchst unheilige Lust. »Oh!« rief sie aus. »Wir werden die Strafe bekommen.«

»Wen zum Teufel schert das?«, knurrte er dann, und das brachte sie der unheiligen Lust noch näher.

Unweigerlich weinte sie immer, wenn es vorbei war. Mehr Kraft hatte sie nicht, sonst hätte sie ihn angeschrieen. In ihrem Inneren spürte sie den Druck all dessen, was noch kommen sollte. Sie fühlte sich so schuldig.

Jetzt ging auch Klara nicht mehr zur Messe. Sie arbeitete für den Teufel (sie wusste es!). Sie glaubte, dass selbst ihre edelsten Regungen sie nun dem Bösen näherbrachten, sogar ihre liebevolle Fürsorge für Alois junior und Angela. Je mehr sie die beiden anbetete, desto schlimmer wurde ihr Schuldgefühl. Klaras befleckte Anwesenheit konnte ihre Unschuld verderben.

Dazu noch Fanni. Klara hatte ihr bislang nichts erzählt, aber nun musste sie es tun. Denn wenn Fanni es jetzt nicht erfuhr, würde sie es gewiss gleich nach ihrem Tod herausfinden, weil sie dann von der anderen Seite zuschauen konnte. Sie würde dann unsäglich unter dem Gedanken leiden, dass Klara sie nicht genug gemocht hatte, um ihr alles zu erzählen.

In der letzten Woche von Fannis Krankheit jedoch, als Klara es ihr gestand, war die Antwort kurz: »Das ist meine Strafe dafür, dass ich dich vor vier Jahren fortgeschickt habe. Es ist gerecht.«

»Ich werde den Jungen und das Mädchen versorgen, als wenn sie meine eigenen wären.«

»Du wirst sie besser versorgen, als ich es könnte«, sagte Fanni und wandte ihr Gesicht ab. »Es ist in Ordnung«, sagte sie, »aber du darfst nicht wieder hierher kommen.«

Da wurde Klara wieder bewusst, dass sie in den Klauen des Bösen lebte. Erst war sie verletzt, doch dann wurde sie wütend, weil Fanni immer noch die Macht besaß, sie fortzuschicken, und der Zorn war auch am Tag von Fannis Beisetzung noch nicht verflogen, einem sehr langen Tag, da Alois sie nicht in Braunau begraben ließ. Stattdessen suchte er Ranshofen aus, wo sie geheiratet hatten – nicht aus Sentimentalität, sondern aus Verärgerung. In Braunau hieß es, er habe Fannis Sarg schon Monate vor ihrem Tod gekauft.

Die Stadtleute tuschelten, er habe ein gutes Geschäft gemacht, es sei eine Anfertigung aus Mahagoniholz, die bei einem Schmuggler an der Zollschranke konfisziert worden war. In Wirklichkeit hatte er die verdammte Kiste erst zehn Tage vor Fannis Tod gekauft. Es traf nicht zu, dass er monatelang darauf gesessen hatte. Deshalb konnte er den Klatsch nicht verwinden. Außerdem wurde nach seiner Auffassung die Tragödie des Todes überschätzt. Oft ging es doch nur um Abschiedsgrüße an alte Freunde, die niemandem mehr willkommen waren. Er hatte nicht vor, regelmäßig den Friedhof zu besuchen. Sein Blick richtete sich auf die Nächte mit Klara. Am Abend nach der Beerdigung konnte er die Augen nicht von ihr wenden. Ihre blauen Augen – vom gleichen Blau wie damals der Diamant im Museum!

In dieser heißen Augustnacht empfing Klara ein neues Leben. Es war direkt in ihr Herz gedrungen, so empfand sie es. Ihre Seele schien nun unter ihrem Herzen zu wohnen, und sie fiel fast in Ohnmacht vor Lust – doch die Lust dauerte fort und fort. Sie gehörte dem Teufel. Er hatte sie mit einer bösen Sucht vergiftet, und deshalb wog ihre Schuld am nächsten Morgen so schwer wie ein regengetränkter Baum. Einen schrecklichen Moment lang begriff sie, dass ihre Ekstase auch von Fannis Hinscheiden rührte. Ja. All die Liebe, die sie für die dahinsiechende Freundin empfunden hatte, war in dieser unheiligen Freude aufgegangen, diesem lange abgewehrten und so schrecklichen Entzücken, das sie endlich herauslassen konnte, weil die Frau, die sie vor vier Jahren verstoßen hatte, tot war. Jetzt war sie die Frau.

Sie wurde schwanger. Nicht überraschend.

Sie deutete nie an, dass sie ihn heiraten wollte, doch er wusste es. »Ein Mann mag ein Narr sein«, sagte er gern, »aber selbst ein Narr kann aus der Erfahrung lernen. Daran sollte er gemessen werden.« Alois würde seiner Pflicht genügen.

Außerdem wollte er heiraten. Die Missbilligung der guten Leute in Braunau war ihm unter die Haut gegangen. Buchstäblich. Ein unerträgliches Jucken quälte ihn, und es dauerte manchmal eine ganze Stunde an – es musste an dem Missfallen der Stadtbewohner liegen. Zum ersten Mal erwog er die Möglichkeit, dass die Beamten der Finanzwache, wenn sie anonyme Briefe über ihn erhielten, sie nicht einfach fortwerfen würden, sondern Nachforschungen anstellten. Solche Dinge bewegten sich langsam, aber da Klara schwanger war, mochte man es als anstößig empfinden, wenn sie in vier oder fünf Monaten mit ihrem dicken Bauch auf die Straße träte. Das würde die Briefe an die Finanzwache kaum mit Honig versüßen.

Auch fand er zum ersten Mal in seinem Leben Gefallen an der Frau, die er heiraten würde. Anna Glassl hatte sein Standesbewusstsein befriedigt, aber er mochte nicht den blassen Duft ihres Parfüms. Und Fanni, um das Schlimmste nur anzudeuten, glich mit ihren wechselnden Launen einer Wilden. Klara hingegen war friedlich, und sie wusste, woher sie stammte. Es gefiel ihm, wie sie seine Kinder versorgte, und wenn sie seine Familie nun noch vergrößerte, war nichts Schreckliches daran. Es würde den Städtern das Maul stopfen.

Außerdem war eine große Familie angesichts der Kindersterblichkeit eine zusätzliche Form der Versicherung. Andererseits waren er und Klara technisch Cousin und Cousine. Als Alois im Braunauer Pfarrhaus Erkundigungen einholte, erfuhr er, dass er einen Antrag stellen musste.

Jetzt plagten ihn Sorgen über die Lüge, die vor knapp neun Jahren beurkundet wurde, als er mit Johann Nepomuk und den drei Zeugen nach Strones gefahren war. Konnte das einer schnellen Heirat im Weg stehen? Amtlich war er als Johann Georg Hiedlers Sohn eingetragen und folglich Klaras Cousin zweiten Grades. War die Verwandtschaft zu nah? Wenn er jetzt aber behauptete, Johann Georg sei keineswegs sein Vater, musste er wieder Alois Schicklgruber werden. Das kam nicht in Betracht! Also mussten er und Klara den langen Weg zu einer kirchlichen Entscheidung einschlagen.

In Braunau machte sich der amtierende Pfarrer Koestler daran, das Problem zu untersuchen. Einen Monat später kam seine entmutigende Antwort: Er habe nicht die Befugnis, in Fällen wie dem von Herrn Hitler Dispensation zu erteilen. Klara und Alois müssten sich an den Bischof von Linz wenden. Pfarrer Koestler würde ihnen beim Abfassen des Briefs helfen.

3

Hochwürdiges Episkopat:

Die mit demütigster Ergebenheit ihre Unterschrift leisten, haben sich zur Ehe entschlossen. Doch gemäß dem beigefügten Stammbuch hindert sie das kanonische Recht der gegenseitigen Verwandtschaft daran. Deshalb reichen sie demütig den Antrag ein, das Hochwürdige Episkopat möge ihnen gnädig eine Dispensation aus folgenden Gründen gewähren:

Der Bräutigam ist seit dem 10. August dieses Jahres Witwer, und er ist der Vater von zwei Minderjährigen, einem Jungen von zweieinhalb (Alois) und einem Mädchen von einem Jahr und zwei Monaten (Angela), und sie benötigen beide den Dienst eines Kindermädchens, umso mehr, da er als Zollbeamter den ganzen Tag und oft auch nachts von zu Hause fort und deshalb nicht in der Lage ist, die Erziehung und Bildung seiner Kinder zu beaufsichtigen. Die Braut hat diese Kinder seit dem Tod ihrer Mutter versorgt, und sie hängen sehr an ihr. Daher kann man mit Recht annehmen, dass sie gut erzogen werden und dass die Ehe glücklich wird. Darüber hinaus ist die Braut mittellos, und es ist unwahrscheinlich, dass sie eine weitere Gelegenheit für eine gute Ehe erhalten wird.

Aus diesen Gründen wiederholen die Unterzeichnenden ihre demütige Bitte um die gnädige Verfügung einer Dispensation von dem Hindernis der Verwandtschaft.

Braunau am Inn, 27. Oktober 1884
Alois Hitler, Bräutigam
Klara Pölzl, Braut

Alois hatte sich mit Pfarrer Koestlers Haushälterin angefreundet, einer fülligen Frau mittleren Alters mit Glanz in den Augen. Er entsprach dem Glanz in seinen eigenen Augen, und so zeigte er ihr den Brief und sagte: »Ein ganz wichtiger Grund für unsere Heirat steht nicht darin. Die Braut ist schwanger.«

»Oh, das wissen wir«, sagte sie, »aber es ist keine gute Idee, einen zusätzlichen Stein in den Briefumschlag zu stecken.«

Nachdem er begriffen hatte, sagte Alois: »Das ist ein kluger Ratschlag. Er sitzt gut«, und er legte seine Hand auf ihren Hintern, als ob er das Zentrum ihrer Weisheit prüfen wollte. Sie versetzte ihm eine Ohrfeige.

»Wie konnten Sie das tun?«, fragte er.

»Herr Hitler, werden Sie nicht oft geohrfeigt?«

»Doch, aber ich erlebe oft auch nette Überraschungen. Von guten Frauen, die nicht so hoch erhaben sind wie Sie.«

Sie lachte. Sie konnte sich nicht helfen. Die Wangen ihres Gesichts waren so rot wie der Ort, an dem er sein Kompliment hinterlassen hatte. »Viel Glück mit dem Bischof von Linz«, sagte sie. »Er ist ein ängstlicher Bursche.«

Erst einen Monat später kam die Antwort aus Linz. Der Bischof verweigerte die Dispens.

Da Alois ohnehin wenig Vorliebe für die Kirche hatte, konnte er sie jetzt hemmungslos schmähen. »Kirchenmänner tragen schwarze Soutanen«, sagte er, »um ihre lilienweißen Ärsche zu bedecken.«

Doch er fragte Pfarrer Koestler respektvoll: »Was ist nun der nächste Schritt?«

»Der Brief mit Ihrem Gesuch muss von den Gelehrten der Linzer Diözese ins Lateinische übersetzt werden. Dann können wir ihn nach Rom schicken. Ich glaube, das päpstliche Gericht ist zugänglicher. Meistens jedenfalls.«

Ja, dachte Alois, die sind zu weit entfernt, um sich um einen Mann und eine Frau aus Österreich zu kümmern. Zu dem Priester sagte er: »Ich danke Ihnen für Ihre Weisheit. Ich glaube, man wird in Rom einsehen, dass es zu guter katholischer Tugend gereicht, wenn man meinen zwei Kindern eine anständige Mutter gibt. Diese Tugend möchte ich erwerben.«

Seine Andeutung war klar: Er war ein Sünder, der in die Mutterherde zurückkehren wollte.

Pfarrer Koestler war so erfreut, dass er ihn auch finanziell beriet. Da Übersetzungen ins Lateinische teuer waren, sollte Alois ein *Testimonium Pauperitatis* einreichen.

»Heißt das eine Armutserklärung?« So viel Latein konnte Alois noch.

»Es befreit Sie von der Pflicht, Herr Hitler, für die Übersetzung zu bezahlen.«

Herr Hitler verkniff sich die Bemerkung, dass er als Beamter der Krone keineswegs am Hungertuch nagte. Er nahm den Rat aber an, denn er besaß irdische Klugheit genug, um die Zahlung eines kirchlichen Zehnten zu vermeiden, wann immer es ging.

Drei Wochen später, kurz vor Weihnachten 1884, erteilte Rom die Dispens. Doch Alois und Klara mussten weiter warten. Trauungen konnten erst zwei Wochen nach der Jahresfeier der heiligen Geburt vollzogen werden. Diese Verzögerung war prekär für Klara, bis dahin würde ihr Bauch vier Monate Schwangerschaft nicht mehr verhehlen können.

»Es wird ein großer Bursche«, sagte Alois.

»Hoffentlich«, sagte Klara. Was würde wohl aus einer Mutter wie ihr herauskommen, die sich in der kritischen Nacht dem Bösen so nahe gefühlt hatte? Und wenn das Kind am Leben blieb, würde es gezeichnet sein? Der Gedanke überschattete ihre Hochzeit.

Wie bei vielen Hochzeiten von Zollbeamten war der Tag unterteilt. Klara erzählte: »Wir standen morgens vor sechs am Altar, aber um sieben musste Onkel Alois zum Dienst auf seine Station. Es war noch dunkel, als ich in unsere Zimmer zurückkam.«

Am Abend fand ein Empfang im Gasthof Pommer statt, und Johann Nepomuk, jetzt Witwer, kam den ganzen Weg von Spital nach Braunau zusammen mit Klaras Schwester Johanna, der gleichnamigen Tochter von Johanna Pölzl, die ihr »tiefstes seelisches Bedauern« sandte, dass sie nicht dabei sein konnte. Zum Glück, dachte Alois.

Johannas Tochter, die als ihre Vertretung kam, hatte einen Buckel. Das belustigte zwei Zollbeamte, die einander aus dem Mundwinkel zuflüsterten. »Ja«, sagte der eine, »die Frage ist, ob Alois meint, es bringe Glück, wenn er ihr den Rücken reibt.«

»Sprich nicht so laut«, sagte der andere. »Wie ich höre, ist die Bucklige furchtbar jähzornig.«

Es gab Musik. Jemand spielte Akkordeon, und Alois und Klara betraten als erste den Tanzboden, aber Alois' Beine waren steif. Das stundenlange Stehen im Dienst hatte seine Tanzkünste beeinträchtigt.

Andere folgten. Zollbeamte und ihre Frauen. Eine von ihnen hatte einen halbwüchsigen Sohn, der mit der kürzlich eingestellten Dienstmagd der frisch Verheirateten, einem Mädchen mit karmesinroten Wangen und fröhlichen Augen namens Rosalie, eine flotte Polka tanzte. Rosalie hatte eine geröstete Kalbshaxe und ein geröstetes Spanferkel zubereitet, die mitten in den Festsaal gebracht wurden. Sie hatte außerdem so viele Holzscheite ins Feuer geworfen, dass es in dem Raum zu heiß wurde und die übrigen Tänzer aufgaben. Halb verärgert, halb überschwänglich neckte Alois sie. »Ah, du willst also einem Mann schnell sein Haus anzünden, wie?« Rosalie bedeckte ihre Wangen mit den Händen und kicherte.

Rosalies Augen öffneten sich ganz weit, wenn man sie neckte. Es war unübersehbar, wie ihre vollen Brüste nach der Polka wogten. Klara begriff sofort, dass Alois zu seinem nächsten Seitensprung bereit war. Sie vergaß diesen Abend in all den kommenden Jahren nicht, in den Jahren der Trauer, als ihr Kind Gustav, das sie an diesem Abend schon in ihrem Schoß trug, und die zwei ihm nachfolgenden, Ida und Otto, alle innerhalb eines Jahres starben, Gustav mit zwei, Ida mit einem und Otto mit nur wenigen Wochen.

Auch Nepomuk spürte die Hitze im Saal und sah den Blick in Rosalies Augen. »Werde dieses Mädchen los«, flüsterte er Klara zu, aber sie zuckte nur die Schultern. »Die nächste könnte noch schlimmer sein«, flüsterte sie zurück.

Nepomuk hatte in der Nacht nach der Hochzeit einen furchtbaren Albtraum. Das Herz wollte ihm zerspringen. Fast wäre er in seinem Bett gestorben, doch er lebte noch weitere drei Jahre. Kein Organ ist so resistent gegen einen Riss wie das Herz eines zähen alten Bauern. Trotzdem war er nie mehr derselbe, eine grausame Strafe für einen alten Witwer, der nur festhalten wollte, was ihm noch geblieben war. Als der Tod ihn im Alter von einundachtzig ereilte, raffte er ihn zusammen mit den Kindern in derselben Epidemie dahin.

4

Die Diphtherie war wie der Schwarze Tod in ihre Familie eingedrungen.

Schleim quoll aus der Kehle des Zweijährigen und der Einjährigen, grüner Rotz, der dicker, schwerer war als der Schlamm in Strones. Rasselnde Geräusche drangen aus dem Jungen und dem Mädchen, so durchdringend, wie wenn alte Menschen sich die Lunge aus dem Leib husteten, um eine strohhalmbreite Öffnung in ihrer Kehle zu schaffen. Gustav starb zuerst, der immer kränkliche Gustav, ein Zweieinhalbjähriger, der aussah wie der Geist von Klaras verlorenen Brüdern und Schwestern. Dann ging Ida, fünfzehn Monate alt, das blauäugige Ebenbild Klaras, drei Wochen nach Gustav. Der Tod suchte die Mutter mit einem weiteren Schlag heim. Otto – nur drei Wochen alt – erlag einer galoppierenden Kolik, die ihn auszehrte. Der Leichengeruch eines Säuglings, der geboren wurde, um in den ersten drei Wochen seines Lebens zu sterben, nistete sich in Klaras Nase ein, als wären ihre Nüstern ein zusätzliches Erinnerungsorgan.

Sie zweifelte nicht daran, wessen Schuld es war. Alois war dem bösen Geist nahe gewesen. Doch das konnte sie verstehen. Er war ein einsamer Junge in Wien gewesen und wollte immer so viel. Natürlich! Sie hatte sich eine Familie gewünscht, in der die Kinder nicht starben, sondern erwachsen wurden, und trotzdem war sie dem allmächtigen Gott untreu geworden in der Nacht, als sie Gustav empfing, ja, und dann die heimliche Lust, nach der sie sich immer noch des Nachts sehnte, wenn Alois sich entschied, sie zur Abwechslung von seiner gegenwärtigen Affäre mit der neuen Köchin Rosalie im Gasthaus Pommer in ihrem Bett aufzusuchen.

Sie hasste ihn dafür. Doch sie wusste auch, dass ihr Hass trügerisch war. Er schien ihre Begierde noch zu steigern. Wenn sie aber nachts einen Moment der Liebe für Alois empfand, erstarrte sie unten zu Eis. Dann murrte Alois, wenn der Akt vorüber war, obwohl sie ihn fieberhaft küsste, um es wieder gutzumachen.

»Dein Mund verspricht, was du nicht halten kannst«, sagte er zu ihr.

Sie fühlte sich nicht richtig verheiratet. Anna Glassl und Fanni gingen ihr nie aus dem Kopf. Sie hatte als Dienstmagd begonnen, dann wurde sie Fannis Kindermädchen, dann Stiefmutter, und jetzt waren ihre eigenen Kinder tot. Alois junior und Angela waren nach Spital geschickt worden, als die Diphtherie die jüngeren Kinder befiel, und entgingen so der Ansteckung. Jetzt waren sie wieder zu Hause, aber alle drei Zimmer im Pommer-Gasthof verströmten noch Spuren von Desinfektionsmitteln, und der Geruch nistete sich an den Tagen der drei Trauerfeiern auf dem Friedhof in ihren Kleidern ein. Sie wusste, wie klein ein Kindersarg war, sie hatte es bei den Begräbnissen in der Pölzl-Familie gesehen, aber die winzigen Särge ihrer eigenen Kinder trafen sie wie drei Dolchstöße ins Herz, und sie erweckten in ihr die Liebe, die sie nie zu fühlen gewagt hatte, als die Kinder noch lebten. Sie hatte zu viel Angst davor, den neugeborenen Seelen etwas Böses anzutun. Erst nach dem Tod von Gustav spürte sie, dass sie ihn geliebt hatte.

Alois hingegen hatte beschlossen, Gott nicht zu verzeihen. Zu seinen Freunden in der Taverne nahe der Zollbehörde, besonders den Neulingen, jungen Zollbeamten, redete er mit der Autorität seiner drei Jahrzehnte in der Finanzwache. »Nur der Kaiser hat die Macht, uns zu führen«, bemerkte er an einem heißen Sommerabend. »Bei ihm liegt die wirkliche Macht. Gott tötet uns bloß.«

»Alois«, sagte ein älterer Freund, »du redest, als hättest du keine Angst vor der Strafe oben im Himmel.«

»Oben oder unten, die wahre Autorität ist für mich Franz Joseph.«

»Du gehst zu weit«, sagte sein Freund.

Wenn er nach Hause kam, war Alois nun keiner guten Stimmung mehr. Das Bier verflog in einer sauren Wolke. Er schimpfte Alois junior aus, tadelte Angela, sprach kein Wort mit Klara. Inzwischen schaute er Klara höchstens noch einmal die Woche so an wie in ihrer ersten Nacht (es ärgerte ihn, wie sehr die drei Todesfälle an seiner Vitalität gezehrt hatten) und versuchte sie dann zu gewissen *spécialités de la maison* zu verleiten. Er sprach kein Französisch, aber er wusste Bescheid über diese Wörter. Einer der Zollbeamten hatte geprahlt, er sei als junger Mann in Paris gewesen und habe dort in einem Bordell in zwei Nächten mehr gelernt als während seines ganzen übrigen Lebens.

Alois ließ sich nicht beeindrucken. Ein paar Einzelheiten waren ihm ohnehin nicht fremd. Fanni hatte zum Beispiel ihren Mund gern an vielen seiner Körperstellen gehabt, und auch Anna Glassl war keine Dame gewesen, wenn es darauf ankam. Und hin und wieder erlebte er eine nette feuchte Überraschung mit einer Dienstmagd oder Köchin.

Klara glich in diesen Tagen einem verschreckten kleinen Vogel. Ihr Leib konnte ihn immer noch versengen, obwohl ihre Schenkel so kalt waren wie eine Schneewehe. Sie liebte ihn sexuell, wenn er es schaffte, ganz in sie einzudringen, was nicht oft geschah, denn sie war ebenso stark wie der Hund, ja, wie die Hündinnen, die er einmal beobachtet hatte, als sie knurrend nach den Genitalien eines Rüden schnappten. Klara knurrte und schnappte nicht, sie sprang einfach hoch auf ihren Altar, allein, privat und unerreichbar. Und er wollte seinen Mund an ihre privateste Stelle pressen und seinen Hund in ihren Mund schieben. Er würde ihr zeigen, wo der liebe Gott wohnte. *Spécialités de la maison!*

Als er in einer heißen Sommernacht ihre geschlossenen Beine öffnen wollte, indem er härter denn je mit der Kraft seiner Arme zupackte, stockte ihm plötzlich der Atem. Ein erschreckender

Schmerz! Einen Augenblick meinte er, ein Blitz habe ihn gefällt. War es sein Herz? Würde er als nächster sterben?

»Was ist mir dir?«, schrie sie auf, als er neben ihr lag und sein Atem mit einem Rasseln ging, das so furchtbar klang wie die letzten Züge ihrer toten Kinder.

»Nichts. Ja. Nein«, sagte er. Dann war sie auf ihm. Sie wusste nicht, ob es ihn wiederbeleben oder umbringen würde, aber dieselbe nadelscharfe Gehässigkeit, die sie nach Fannis Tod gespürt hatte, war wieder in ihr. Fanni hatte ihr einmal erzählt, was sie tun sollte. Also vertauschte Klara Kopf- und Fußende und legte ihr unaussprechliches Teil auf seine schweratmende Nase und seinen Mund und nahm seinen alten Rammbock zwischen ihre Lippen. Onkel war jetzt so weich wie ein Kringel Exkrement. Trotzdem saugte sie weiter an ihm mit einer Gier, die nur von dem Bösen stammen konnte – das wusste sie. Von ihm war der Impuls gekommen. Jetzt hatten beide ihre Köpfe am falschen Ende, und der Böse war zugegen. Er war noch nie so nahe bei ihnen gewesen.

Der Hund regte sich allmählich wieder. Direkt in ihrem Mund. Es überraschte sie. Alois war so schlaff gewesen. Doch jetzt war er wieder ein Mann! Den Mund voll von ihrem schäumenden Saft drehte er sich um und bedeckte ihr Gesicht mit der ganzen Leidenschaft seiner eigenen Lippen, endlich stark genug, mit dem Hund in sie hineinzubohren, ihn in ihre Frömmigkeit zu treiben. Ja, die verdammte Frömmigkeit, dachte Alois – verdammte Kirchenmausfrau, verdammte Kirche! Er war zurück von den Toten, ein Wunder, er war wieder voll da, sein Stolz aufgerichtet wie ein Schwert. Das war besser als ein Sturm auf dem Meer! Und dann dauerte es über den Augenblick hinaus, denn sie – die engelhafteste Frau in Braunau – wusste, dass sie sich dem Teufel hingab, ja, sie wusste, er war hier, hier bei Alois und ihr selbst, alle drei losgelassen in der Springflut, die sich aus ihm ergoss und dann aus ihr, nun gemeinsam. Und ich war bei ihnen, ich war die dritte Präsenz und stürzte mit ihnen in einem dreifachen Katzengeschrei den Wasserfall hinunter, Alois und ich den Schoß von Klara Pölzl-Hitler füllend, und ich erkannte genau den Augenblick der Zeugung. So wie der Engel Gabriel an einem bedeutungsschweren Abend in Nazareth Jehova gedient hatte, so war ich hier, um dem Bösen bei der Empfängnis in dieser Julinacht neun Monate und zehn Tage vor der Geburt von Adolf Hitler am 20. April 1889 zu dienen. Ja, ich war dabei, ein hoher Offizier in dem besten Geheimdienst, den es je gegeben hat.

BUCH IV

Der Geheimdienstoffizier

1

Ich bin ein Instrument, ein Offizier des Bösen, und ich habe soeben einen Verrat begangen: Es ist uns verboten zu enthüllen, wer wir sind.

Der Autor eines unsignierten und unveröffentlichten Manuskripts kann versuchen, anonym zu bleiben, aber der Unsicherheitsfaktor ist beträchtlich. Wenn ich zu Beginn meine Furcht vor diesem Unternehmen erwähnt habe, so deshalb, weil ich wusste, dass ich mich früher oder später offenbaren musste. Und damit sind jetzt die Gegebenheiten verändert. Ich bin kein bloßer Nazi-Offizier. Als ich 1938 vortäuschte, ein getreuer Gehilfe Heinrich Himmlers zu sein (damals habe ich wirklich den Körper eines SS-Offiziers bewohnt), war das nur vorübergehend. Auf Befehl sind wir immer bereit, unterschiedliche Rollen in menschlichen Behausungen zu spielen.

Ich gebe zu, dass viele Leser meine Bemerkungen als Zumutung empfinden mögen. Angesichts der herrschenden Autorität der naturwissenschaftlichen Welt rümpfen die meisten gebildeten Menschen bei dem Begriff einer Entität wie der des Teufels die Nase. Viel weniger noch akzeptieren sie das kosmische Drama eines fortdauernden Konflikts zwischen Satan und dem Herrn. Die Moderne tendiert zu dem Glauben, dass solche Spekulationen mittelalterlicher Unsinn sind, den die Aufklärung glücklicherweise vor Jahrhunderten ausgerottet hat. Die Existenz Gottes mag für eine Minderheit von Intellektuellen noch akzeptabel sein, aber nicht der Glaube, es gebe eine gegnerische, Gott fast ebenbürtige Wesenheit. Ein

Geheimnis mag erlaubt sein, aber zwei niemals! Das wäre Futter für die Dummen.

Es braucht daher nicht zu überraschen, dass die Nachwelt ein rudimentäres Verständnis von Adolf Hitlers Persönlichkeit hat. Verachtung ja, aber kein Verständnis – er ist das geheimnisvollste menschliche Wesen des zwanzigsten Jahrhunderts. Ich behaupte aber, dass ich seine Psyche begreife. Er war mein Mandant. Ich habe sein Leben von Kindheit an den ganzen Weg bis zu seiner Entartung zur wildesten Bestie des Jahrhunderts verfolgt. Dabei wirkte er doch anfangs als Politiker so bescheiden mit seinem Bartschnipsel.

2

Als Neugeborener war er ein typisches Klara-Pölzl-Produkt. Er kränkelte. Klara erschrak jedes Mal, wenn ein Tropfen Schleim aus seiner Nase sickerte oder ein Speichelbläschen von seinen Kinderlippen rollte.

Es stimmt wahrscheinlich, dass sie sterben wollte, wenn er nicht überlebte. Die Sorgfalt, mit der sie Adolf in seinen ersten Tagen hegte, wäre anderen Frauen hysterisch vorgekommen, aber Klara lebte am Rand eines Abgrunds. In die Erinnerungen an ihre Nächte mit Alois drang jetzt stets der penetrante Geruch des Krankenzimmers, in dem Gustav, Ida und Otto nacheinander innerhalb eines Jahres gestorben waren. Sie hatte inbrünstig zu Gott gebetet, er möge ihre drei Kinder retten, aber die Gebete nutzten nichts. Wie sie es sah, maßregelte Gott sie für ihre Sünden.

Nachdem sie Adolf empfangen hatte, gewöhnte sie sich an, jeden Morgen ihren Mund mit Spülseife auszuwaschen. Alois hatte seit ihrer Schwangerschaft die Vorliebe, Klaras Mund auf seinen Hund zu zwingen und ihn dort mit seiner großen Hand in ihrem Nacken festzuhalten.

Kein Wunder daher, dass ihre Liebe dem Säugling galt. Sobald Adolf ein paar echte Lebenszeichen äußerte – er lächelte freudig, wenn sich ihr Gesicht dem seinen näherte –, glaubte sie schon, dass Gott ihr diesmal gütig gesonnen und bereit war, ihr zu vergeben. Würde er dieses Kind verschonen? Hatte sein Zorn sich gelegt? Hatte er ihr einen Engel geschenkt? So ist die Natur der frommen Hoffnung beschaffen.

Alois musste sich bald mit dem Phänomen befassen, dass der eiserne, durch Gebete gestählte Wille einer Frau ebenso stark sein konnte wie der hochentwickelte Bizeps ihres Gatten. Zuerst glaubte er, dass ihre Weigerung, sich von ihm berühren zu lassen, bloß eine Laune war, eine neue Variante der Verlockung. »Ihr Frauen lauft hin und zurück wie eine Katze, die ihren Schwanz jagt«, sagte er ihr. Danach entschied er, dass eine derartige Rebellion gnadenlos niedergeschlagen werden musste. Eines Nachts packte er mit einer Hand ihre Hinterbacken und mit der anderen ihre Brust.

Sie biss ihn so fest ins Handgelenk, dass Blut floss. Woraufhin er ihr ein blaues Auge verpasste. Gott im Himmel! Er bat sie am nächsten Morgen, so lange im Haus zu bleiben, bis ihr Auge abgeschwollen und seine blaue Farbe verloren hätte. Eine Woche lang kaufte er nach dem Dienst mit verbundener Hand die Lebensmittel ein – keine Taverne an diesen Abenden. Als ihre Beule endlich verschwunden war, musste er trotzdem weiterhin darauf verzichten, was er für sein unwiderrufliches Recht hielt, und zusammengekauert auf seiner Seite des Betts schlafen.

Da dieser Zustand eine Weile andauerte, möchte ich mich vorläufig auf Klara konzentrieren. Tiefe Gefühle sind für Dämonen und Teufel immer attraktiv, sie träumen davon wie Bauern von schwarzer Erde für ihr Getreide.

Ich brauche kaum zu betonen, dass sich der Tod von Otto, Gustav und Ida für uns als nützlich erwies, obwohl der Tod nach wie vor in Gottes Bereich und nicht dem unseren liegt. Ihr Verlust vertiefte Klaras Hingabe an Adolf weit über das gewöhnliche Maß der Mutterliebe hinaus. Als er jedes Mal zu schreien begann, wenn sie seine Lippen berührte, begriff sie schließlich, dass es an dem Geschmack der Lauge in ihrem Mund lag. Da Alois auf seine Seite des Betts vertrieben worden war, brauchte sie sich am Morgen nicht mehr zu desinfizieren. Wenn sie jetzt Adolf küsste, gurgelte er selig.

Wir hatten diese vorteilhafte Entwicklung erwartet. Übertriebene Mutterliebe ist für uns fast ebenso vielversprechend wie der Mangel an Mutterliebe. Wir sind darauf gedrillt, nach Exzessen jeglicher Art zu suchen – gute oder böse, liebe- oder hassvolle, zu viel oder zu wenig von irgendetwas. Jede Übertreibung einer echten Empfindung dient unseren Zielen.

Wie auch immer, wir warteten. Wenn es darum geht, ein Kind in einen Mandanten zu verwandeln, befolgen wir eine verlässliche Regel. Wir gehen langsam vor. Obwohl uns eine inzestuöse Fortpflanzung, gefolgt von schwärmerischer Mutterliebe, reiche Möglichkeiten des Eingreifens eröffnet, besonders wenn wir bei der Zeugung zugegen waren und deshalb allen Grund haben, auf ein außerordentliches Potenzial zu hoffen, warten wir erst einmal ab, wir beobachten. Das Kind mochte sterben. Wir verlieren so viele. Allzu häufig durchschaut Gott unsere Wahl, und herzlos – das sage ich über ihn, ja, Gott kann *herzlos* sein – entfernt Er bestimmte Kinder, was es Ihn auch kosten mag. Was es Ihn kostet? Es ist eine seltsame Kalkulation. Der Herr ist nicht unempfindlich gegenüber den Hoffnungen der Angehörigen des Kindes. Sein früher Tod kann eine ganze Familie ins Unglück stürzen. Selbst wenn Er weiß, dass jemand schon beinahe in unseren Fängen ist, zögert Er deshalb noch aus Rücksicht auf die Familie. Außerdem können Seine Engel später immer noch versuchen, uns das Kind wieder wegzustehlen.

Der Herr achtet die Mutterliebe, auch wenn sie überfließt. Viele Künstler, Ungeheuer, Genies, Mörder und auch der gelegentliche Erlöser erreichen das Erwachsenenalter deshalb, weil Gott aus Rücksicht auf die Mütter entschieden hat, sie nicht im Kindesalter aus der Welt zu entfernen. Im Widerstreit zwischen D.K. (wie wir Gott jetzt häufig nennen werden) und unserem Anführer, dem Maestro, liegt eine gegenseitige Hochachtung in dem gemeinsamen Wissen, dass keine Begabung des Menschen aus sich selbst, ohne Veränderungen durch Seine oder unsere Kräfte, wachsen kann. Selbst die edelste, aufopferungsfreudigste und großzügigste Mutter kann ein Monstrum hervorbringen – wenn wir präsent sind. Wie auch immer, es ist kein Wettbewerb, in dem es ein Endresultat gibt. Die Investition in ein Neugeborenes ist immer ein Glücksspiel, sowohl für den Maestro wie für den Herrn.

Aber ich sehe schon, dass ich dem Leser nähere Auskunft über die Bedingungen, die Begrenzungen und die Mächte in der Welt schulde, die meine Heimat ist.

3

Ich will eine Definition der Zwei Königreiche, des göttlichen und des satanischen, versuchen. Ich könnte sie als Antagonismen bezeichnen, zwei Sphären, zwei Sichtweisen der Existenz, die einander zuwiderlaufen; der Begriff Zwei Königreiche wird seit Jahrhunderten benutzt. Wir Teufel sind täglich mit einer furchteinflößenden Schar von Engeln konfrontiert, wir nennen sie Büttel.

Diese einander befehdenden Truppen sind jedem vertraut, der *Das verlorene Paradies* von John Milton gelesen hat. Hier möchte ich anmerken, dass auch viele von uns in der klassischen Literatur bewandert sind. Ich kann nicht für die Engel sprechen, aber wir Teufel sind zu gutem Schreibstil verpflichtet. Milton steht deshalb ganz oben auf unserer Geheimliste der wenigen literarischen Künstler, die sich keine sentimentale Schlamperei leisten. Andere stufen wir als zweitrangig ein. Milton hat uns sein intuitives Verständnis des Widerstreits zwischen den Zwei Königreichen vermittelt. Trotz mancher unpräzisen Details hat er eine Pionierleistung vollbracht mit seiner Schilderung, wie die beiden Armeen zu Beginn der großen Entfremdung einander gegenüberstanden, wie die Engelsschwadronen sich in gegnerische Lager aufteilten und jedes überzeugt war, die Zukunft der Menschheit bestimmen zu können.

Man schuldet diesem großen blinden Mann Respekt, obwohl seine Beschreibungen heutzutage überholt sind. Dem Maestro dienende Teufel ziehen nicht mehr in Phalanx gegen die Engel zu Felde. Wir haben uns vielmehr listig in jedem Winkel der menschlichen Existenz eingenistet.

Um die Krümmungen, Kehren, Sackgassen und heimlichen Nischen unserer Strategie zu erläutern, muss ich erst zumindest in Umrissen beschreiben, wie wir heute Einfluss auf die menschliche Gesellschaft ausüben. Es gibt drei Aspekte der Realität – den göttlichen, den satanischen, den menschlichen –, im Endeffekt drei separate Armeen, drei Königreiche, nicht zwei. Gott und Seine Engelscharen wirken auf Männer, Frauen und Kinder ein, um sie unter Seinen Einfluss zu bringen. Unser Maestro und wir, seine Repräsentanten, wollen die Seelen derselben Menschen erobern. Bis zum Mittelalter spielte der Mensch in diesem Streit kaum eine aktive Rolle. Er war der Bauer auf dem Schachbrett. Deshalb der Begriff der Zwei Königreiche.

Mittlerweile müssen wir jedoch die Einzelpersonen in Betracht ziehen. Ich behaupte, dass die meisten Menschen sich heute nach Kräften bemühen, weder Gott noch dem Maestro zu dienen. Sie wollen frei sein. Sie proklamieren: »Ich will mich selbst finden.« Wir Teufel lenken die Menschen, die wir eingefangen haben (wir nennen sie Mandanten), während die Büttel mit uns kämpfen und der einzelne Mensch sich gegen beide Seiten wehrt. Die Menschen sind durch die Technologie so hochmütig geworden, dass sie nichts mehr von Gott oder dem Teufel hören wollen.

Ich wiederhole, dies ist nur eine Annäherungsweise an die in unsere Existenz eingebetteten Perversitäten, aber auch eine Skizze der wahren Komplexität allen Geschehens.

Wenn nötig, kann ich zum Beispiel die fast vergessenen Erinnerungen eines Mandanten in sein und mein Gedächtnis zurückrufen. Das erfordert allerdings einige ZEIT. (Das Wort schreiben wir mit Großbuchstaben, da es sowohl für uns wie für die Engel eine Ressource ist, die der Macht des Geldes über Menschen entspricht.) Wir kalkulieren immer das Zeitmaß ein, das wir uns für unsere Mandanten leisten können. Wenn ich also tiefere Einsicht in eine bestimmte Situation brauche und der involvierten Person meinen Willen aufzwingen will, muss ich das mit der dafür notwendigen zeitlichen Investition verrechnen. Aus diesem Grund interessiert uns der Durchschnittsmensch in der Regel nicht. Seine Fähigkeiten der Erkenntnis, der Erinnerung und der Bosheit sind für unsere Zwecke limitiert. Wir halten Ausschau nach Männern und Frauen, die strenge Gesetze übertreten können – gesellschaftliche oder göttliche.

Solche Männer und Frauen sind, fürchte ich, selten geworden. Wir müssen uns oft mit Mittelmäßigen begnügen. Wir können sie zwar mit einiger Geduld in unseren Werkstätten ausbessern, und das bringt uns sogar manchmal Beförderungen ein. Ich habe schon mittelmäßige Mandanten so weit entwickelt, dass sie in dem einen oder anderen unserer größeren Projekte nützlich waren, wovon meine eigene Stellung profitierte. Der durchschnittliche Mandant jedoch, der in dem Hin und Her zwischen einem Schutzengel und einem Leitteufel wie mir gefangen ist, nützt am Ende beiden Königreichen wenig. Ich erinnere mich an Fälle, in denen der Schutzengel als mein Gegenüber die Beute davontrug, ohne dass es mich schmerzte.

In einer trübseligen Periode meiner Vergangenheit war meine Position jedoch infolge solcher Verluste einmal stark gefährdet. Eine Zeit lang wurden mir nur Mandanten von geringer Herkunft und bescheidenen Verdiensten zugewiesen. Ich musste zum Beispiel gemeine Soldaten ermutigen, durch Fahnenflucht die Moral ihrer Kompanie zu untergraben, oder Arbeiter und Bauern, die eine Revolution anzetteln wollten, dazu bewegen, dass sie sich bestechen ließen. Zu meinen Mandanten gehörten ein paar Priester in kleinen Städten, die wegen kleiner Jungen Probleme bekamen, und mehr als ein paar Gutsverwalter, die Gelder unterschlagen hatten.

Ich ließ Barone und Grafen ihren letzten ererbten Besitz verspielen, und ich kannte gemeine Diebe, betrunkene Tölpel und untreue Ehemänner und Frauen der schlimmsten Sorte. Ich hatte eine ganze Horde Mandanten, aber nur wenige forderten meine hoch entwickelten Fähigkeiten heraus. Oft musste ich Mandanten beaufsichtigen, die mit wenig zur Welt gekommen waren und das Wenige bald noch verloren.

Da ich nie wusste, ob der Maestro meine Talente für einen zukünftigen Zweck schonte oder mich weiterhin ins Hintertreffen schicken wollte, schöpfte ich Hoffnung, als er einmal bemerkte, ich würde eventuell einen Auftrag erhalten, dessen Herausforderung einem der epischen Kämpfe unseres Königreichs in den ersten drei Jahrhunderten der römischen Kirche ebenbürtig sei. Ja, das sei für mich drin, wenn ich meinen öden Pflichten mit den Lumpen, Schurken und Trunkenbolden treu oblag. Ich tat es und wurde schließlich ausgewählt, um die Arbeit einer Zahl minderer Dämonen zu beobachten, die eine österreichische Familie bewachten, deren Entwicklungspotenzial außerordentlich schien. Noch war der Embryo unauffällig und seine Eltern ebenso, aber er hatte Erbfehler, die mit Blutschande behaftet waren. Ich sollte nach seiner Geburt in seiner Nähe bleiben.

Ich wagte nicht nachzufragen, aber diesmal sprach der Maestro direkt meine Neugier an. Er sagte: »Warum bin ich so interessiert an dieser noch ungeborenen Kreatur? Kann es sein, dass er einmal einen übermächtigen Ehrgeiz besitzen wird? Ich schlage vor, dass du ihn vollberuflich übernimmst. Noch ist es nicht mehr als ein Projekt. Es könnte auch scheitern. Aber wenn sich seine Anlagen richtig entwickeln, wird er dein Mandant. Muss ich noch mehr sagen?«

Das trug der Maestro mit seiner charakteristischen Ironie vor. Wir wissen nie, wie ernst es ihm ist, wenn seine Stimme in unsere geistigen Ohren dringt – seine Launen sind unberechenbar Jedenfalls wagte ich nicht zu fragen: Was ist, wenn ich versage? Viele Projekte scheitern. Andererseits erfuhr ich bald, wie Adolf Hitler gezeugt worden war.

Manchen Lesern wird aufgefallen sein, dass ich dieses außerordentliche Ereignis beschrieben habe, als sei ich mit im Ehebett gewesen. Jetzt stelle ich fest, ich war es nicht. Trotzdem sage ich die Wahrheit in Bezug auf meine Teilnahme. Denn so wie Physiker heutzutage zu ihrer eigenen Verwirrung annehmen, dass Licht sowohl ein Partikel wie eine Welle ist, so leben wir Teufel sowohl in der Wahrheit wie in der Lüge, Seite an Seite, und jede Seite existiert aus ihrer eigener Kraft.

Meine Erklärung – falls Sie mir folgen wollen – ist viel einfacher als, sagen wir, Einsteins Spezielle Theorie der Relativität.

4

Geister wie ich können an Ereignissen teilnehmen, ohne dabei zu sein. Ich war in der Nacht, als Adolf Hitler gezeugt wurde, woanders. Und doch konnte ich die *genaue Erfahrung* einholen, indem ich den Teufel rief, der bei der ursprünglichen Gelegenheit in Alois' Bett gewesen war. Wir verfügen über die Möglichkeit, jeden sinnlichen Akt nachzuvollziehen. Andererseits kann ein minderer Teufel bei kritischen Anlässen den Bösen im Voraus bitten, auf dem Höhepunkt mit ihm anwesend zu sein. Der Maestro ermuntert uns, ihn den Bösen zu nennen, wenn er sich in einen sexuellen Akt drängt, und bei diesem Anlass war er mit Gewissheit anwesend.

Als mir Adolf Hitler später zugewiesen wurde, schilderte mir der Teufel, der dabei gewesen war, den Augenblick der Befruchtung. Er drang mir mit absoluter Vollständigkeit in die Sinne – mit seinem ganzen Geruch und seiner ganzen physischen Wucht. Dadurch ist er mir selbst widerfahren. Unter uns ist die Übermittlung einer exakten Erinnerung ebenso gut wie die eigene Teilnahme. Also wusste ich wegen der unvergleichlichen Intensität des Vorgangs, dass der Maestro sich wirklich für einen Moment dem Hilfsteufel zugesellt hatte – so wie Jehova bei einem anderen außerordentlichen Geschehnis dem Engel Gabriel seine Immanenz verliehen hatte.

Obwohl ich einige Jahre lang nicht ausschließlich Adolf Hitler zugeteilt war, stand er immer unter meiner Beobachtung. Deshalb bin ich in der Lage, mit einer Selbstsicherheit über sein frühes Leben zu schreiben, die kein konventioneller Biograf auch nur ansatzweise besitzt. Es müsste mittlerweile deutlich geworden sein, dass es keine klare Klassifizierung für mein Buch gibt. Es ist mehr als ein Memoir, und es wäre eine sehr kuriose Biografie, da es die Privilegien eines Romans für sich in Anspruch nimmt. Ich habe die Freiheit, mich in viele Wesen zu versetzen. Ich behaupte sogar, dass es keine Rolle spielt, wie man das Genre spezifiziert, da mein größtes Anliegen nicht die literarische Form ist, sondern meine Furcht vor den Konsequenzen. Ich muss es schaffen, diese Arbeit zu verrichten, ohne dass der Maestro es merkt. Und das ist in diesen spätzeitlichen amerikanischen Jahren nur möglich, weil er mehr auf die Elektronik als auf den Buchdruck eingestimmt ist. Der Maestro hat den menschlichen Fortschritt zur Cybertechnologie viel aufmerksamer verfolgt als der Herr.

Ich schreibe daher auf Papier – es ist zumindest ein geringer Schutz. Man kann meine Worte nicht im Internet entdecken. So wie der Maestro selbst seine Mittel nicht strapazieren will, indem er über jede unserer Aktionen Buch führt (dafür gibt es zu viele Dämonen und Teufel), so dürfen wir auch kein Unternehmen in Angriff nehmen, das er nicht gebilligt hat. Noch vor einigen Jahren hätte ich mich an diesen schriftlichen Bericht nicht herangewagt. Meine Angst wäre absolut gewesen. Doch aus den öffentlichen Überschwemmungen und Sturzfluten der Technologie kann ich mir vielleicht ein wenig Heimlichkeit stehlen, eine private Zone für mich selbst gleichsam.

Ergo fahre ich fort in der Hoffnung, dass es mir gelingt, mein Produkt vor dem Maestro zu verbergen. Geheimdienstliche Arbeit kann man als einen Wettstreit zwischen dem Code und der Vernichtung des Codes betrachten. Da der Maestro überlastet und seine gegenwärtige Existenz anstrengender denn je ist – ich glaube, er sieht seinen Endsieg nahen –, mache ich mich furchtlos an das Unternehmen. Ich fühle mich immer sicherer, dass ich die Existenz dieses Manuskripts verheimlichen kann, zumindest bis es abgeschlossen ist. Danach werde ich entscheiden müssen, ob es gedruckt oder vernichtet wird. Die zweite Option wäre die sicherste Lösung, aber ein tödlicher Schlag gegen meine Eitelkeit.

Gewiss, wenn ich veröffentliche, muss ich vor dem Zorn des Maestros fliehen. Dafür gibt es Optionen. Ich könnte in unserem spirituellen Leben dem Äquivalent des staatlichen Zeugenschutzprogramms beitreten. Das bedeutet, die Büttel würden mich verstecken. Ich müsste dann natürlich mit ihnen zusammenarbeiten. Bekehrungen sind ihr Betriebskapital.

Ergo habe ich eine Wahl – Verrat oder Vernichtung.

Meine Angst lässt allerdings nach. Indem ich unsere Vorgehensweise enthülle, genieße ich das für einen Teufel exquisite Vergnügen, die flüchtige Natur meiner eigenen Existenz nicht nur zu beschreiben, sondern auch zu erforschen. Und sollte ich meine Arbeit beenden, habe ich immer noch die Wahl, sie zu zerstören oder auf die andere Seite überzuwechseln. Ich muss sagen, die letztere Option gefällt mir immer besser.

Da ich dem Maestro untreu geworden bin, darf ich kein Zeichen von mir geben. Ich erledige meine bescheidenen Aufgaben in Amerika auch heute noch gewissenhaft, während ich im Folgenden weitere Details der Aufgaben verrate, die ich bei der frühen Erziehung meines wichtigsten Mandanten übernommen habe.

Buch V

Die Familie

1

Als er ein Jahr alt war, rief Klara ihren Sohn Adi, nicht Adolf oder Dolfi. Dolfi klang ihr zu sehr nach Teufel. »Schaut«, sagte sie zu ihren Stiefkindern, »schau, Alois, schau, Angela, ist Adolf nicht ein Engel, ein kleiner Engel, oder?« Obwohl der Säugling ein rundes Gesicht hatte, große runde Augen, so blau wie ihre eigenen, und einen kleinen Mund und darum für sie aussah wie jeder andere Säugling auch, nickten sie gehorsam. Sie war eine gute Stiefmutter, und das genügte Alois junior und Angela, besonders nachdem ihr Vater ihnen erzählt hatte, Fanni sei verrückt gewesen. Klara wollte eigentlich vor ihren Stiefkindern nicht so enthusiastisch von Adolf schwärmen, aber sie konnte nicht anders. Seligkeit lag in ihren Augen. Alles deutete darauf hin, dass Adolf heranwachsen würde.

Das Stillen trug zu ihrer Sicherheit bei. Sie flößte ihm mit der Muttermilch ihre eigene Stärke ein, und ihre Brustwarze war stets bereit für seinen Mund. Ein paar unserer minderen Teufel, die nachts Braunau überflogen, berichteten uns, ihre Gebete seien inniger als die der meisten jungen Mütter in der Gegend. Teufel haben natürlicherweise keine Ader für Sentimentalität oder Innerlichkeit, aber der eine oder andere war dennoch gerührt. Klaras Gebet war so rein: »O Herr, nimm mein Leben hin, wenn es das seine rettet.« Andere, praktisch veranlagte Frauen klagten Gott meist, was ihnen fehlte: Die gierigsten wünschten sich ein besseres Haus, die dümmsten einen hitzigen Liebhaber, »ja, wenn es dir gefällt, o Herr.« Es gab keine Süßigkeit, nach der sie sich nicht sehnten. Klara hingegen betete nur um ein langes Leben für ihr Kind.

Obwohl der Maestro sonst wenig Sympathie für die Brustnahrung hatte – ohne sie wurden häufig negative Energien freigesetzt, die wir später ausnutzen konnten –, war er in Fällen des Inzests ersten Grades toleranter. Da wünschte er die Nähe der Mutter zu ihrem Kind. Umso besser für uns! Ein Monstrum funktioniert am effektivsten, wenn es unter Berufung auf den Wert der Mutterliebe seine Opfer hinters Licht führen kann.

Selbst aus Exkreten erwachsen manchmal Vorteile. Ein schmutziger Babypo etwa kann das Signal aussenden, dass die Mutter für uns als Mandantin infrage kommt. Ebenso ist das Gegenteil von Nutzen. Klara lieferte dafür ein gutes Beispiel. Sie hielt ihr Heim immer reinlich. Ihre Zimmer im Haus Pommer waren so sauber wie in einer Villa, die von mehreren Dienstmädchen betreut wurde. Die Möbel glänzten. Auch Adis winziger Anus war makellos gepflegt wie ein kleiner schimmernder Opal, und das gefiel mir ebenfalls – einem Inzestuar muss immer die Bedeutung seiner Exkremente bewusst bleiben, auch wenn sie durch ein Arschloch kommen, das ständig geputzt wird.

2

Nicht lange nach Adolfs Geburt beschloss Alois, den Pommer-Gasthof zu verlassen. Es war sein zwölfter Umzug in Braunau in vierzehn Jahren. Doch Alois lobte das Haus Pommer: »Es hat *Eleganz,* und die gibt es selten in dieser Kleinstadt.« Er kannte Dutzende ähnliche Sprüche und konnte damit Hunderte Unterhaltungen beleben. »Frauen sind wie Gänse«, sagte er etwa. »Man erkennt sie von hinten.« Wieherndes Kneipengelächter folgte, obwohl niemand erklären konnte, was so Besonderes an dem Hinterteil einer Gans war. Oder wenn er mit Kollegen redete: »Schmuggler zu entdecken ist einfach. Sie sehen entweder so elend aus, wie sie sind, oder zu gut, um wahr zu sein. Die letzteren kleiden sich zu gut, sie sprechen zu gewählt, und die Amateure blicken einem zu selbstsicher in die Augen.«

Als man ihn fragte, warum er nach vier Jahren aus dem Gasthof Pommer ausgezogen war, zuckte er nur die Schultern. »Ich liebe die Abwechslung«, sagte er. Die Wahrheit aber war, dass er sämtliche Kellnerinnen, Zimmermädchen und Köchinnen im Haus Pommer, die nicht zu alt oder zu hässlich waren, verführt hatte. Und er hätte hinzufügen können, was er bei ein paar Freunden auch tat: »Wenn dir eine Frau austrocknet, wechsle das Haus. Vielleicht fließt es ihr dann besser.«

An dem Tag, als die Familie Hitler den Gasthof Pommer verließ, kam ihm ein ganz untypischer Gedanke. Vielleicht hatte das Schicksal ihn für eine höhere Position vorgesehen. Seine Idee einer hohen Position zielte darauf ab, leitender Zollbeamter der Provinzhauptstadt Linz zu werden. In der Tat bescherte das Schicksal ihm eben diesen Posten. Obwohl er (mit Ausnahmen) nie abergläubisch war, entschied er bei sich, dass der Umzug vom Gasthof Pommer in ein Mietshaus an der Linzer Straße ein gutes Omen bedeutete. Er und Klara meinten beide, sie brauchten mehr Wohnraum, und jetzt hatten sie ihn. Zwar gab es keine Mädchen auf dem Dachboden, aber damit kam er zurecht. Er hatte eine Frau ausgespäht, die auf seinem Heimweg von der Taverne wohnte. Er musste für die Besuche bei ihr von Zeit zu Zeit ein kleines Geschenk kaufen, aber dafür war die Miete in der Linzer Straße niedrig. Es war ein ödes Haus.

Er kämpfte ständig dagegen an, sich in seine Frau zu verlieben. Sie machte ihn rasend. Wenn Ameisen gleich Bienen waren und eine Königin hatten, für die sie arbeiteten, dann war Klara die Königin der Ameisen, denn sie bewirkte, dass es auf seiner Haut kribbelte, dass es in seinem Schritt juckte und dass sein Herz ihm in der Brust pochte – einfach dadurch, dass sie auf ihrer Hälfte des getrennten Betts blieb. Er dachte daran zurück, wie liebevoll sie ihn an ihrem Hochzeitsabend angeblickt hatte. Sie trug ein dunkelrotes Seidenkleid mit einem weißen Kragen – so viel Weiß hatte sie sich als Braut gegönnt –, und in ihre weiße Stirn hingen leichte Locken. An ihre Brust war das einzige Schmuckstück geheftet, das sie besaß: ein kleines grünes Büschel Glastrauben, die so echt wirkten, dass man sie pflücken mochte. Und dann ihre Augen – welches Entzücken! Er musste dagegen ankämpfen, sich in diese Frau zu verlieben, die das reinlichste Haus in ganz Braunau für ihn und die drei Kinder hielt – zwei davon nicht einmal ihre eigenen! –, eine Frau, die ihm gegenüber in der Öffentlichkeit immer so höflich war wie gegenüber einem Kaiser, eine Frau, die sich nie beklagte, was sie hatte und was sie nicht hatte, und die nie um Geld nörgelte, eine Frau, die immer noch nur ein einziges gutes Kleid besaß, das sie schon bei ihrer Hochzeitsfeier getragen hatte – und doch, hätte er sie auch nur mit einem Finger berührt, sie hätte ihn abgebissen. Er fragte sich, ob es an ihrem Altersunterschied lag. Er hätte sie in ein Kloster schicken sollen, statt sie zu heiraten. Und trotzdem juckte ihm die Haut bei dem Gedanken, dass sie ihn nicht in ihre Nähe ließ.

In der Taverne versuchte er seinen Stolz zurückzugewinnen. Seine Abneigung gegen die Kirche war zum Gesprächsthema geworden. Zu Hause sammelte er weiteres Material aus einem antiklerikalen Band, den er in einem antiquarischen Buchladen in Braunau gefunden hatte. Ja, der Geschäftsinhaber, ein gewisser Hans Lycidias Körner, traf ihn an manchen Abenden beim Bier. Dieser Buchhändler vertrat sozusagen die geistige Ebene oberhalb der weltlichen Diskussionen in der Taverne, bei denen er nur von Zeit zu Zeit mit dem Kopf nickte. Seine weise wirkende Erscheinung, sein rasiertes Kinn und seine glatte Oberlippe zusammen mit seinen dichten Koteletten, seiner Schlüsselloch-Brille und seinem halbkahlen Schädel mit dem wallenden weißen Haar verliehen ihm eine gewisse Ähnlichkeit mit Arthur Schopenhauer. Herrn Körners geringste Anzeichen der Zustimmung hatten eine Autorität, die bei den anderen Zollbeamten auch dann galt, wenn er gelegentlich die groben Argumente von Alois Hitler passieren ließ. Obwohl man sie kaum als Kirchgänger bezeichnen konnte – »Kein richtiger Mann will kastriert werden«, behaupteten sie –, so waren sie trotzdem Beamte. Deshalb wurde ihnen unbehaglich, wenn jemand eine angesehene Institution wie die Heilige Römische Kirche verhöhnte.

Alois hingegen erklärte offen, dass er keine Angst hatte. »Wenn es eine Obhut gibt, die stärker ist als Franz Josephs Macht, so ist sie mir noch nicht begegnet.«

»Alois, nicht alles wird dem Menschen schwarz auf weiß erklärt.«

»Es ist alles Geheimnis, Geheimnis, Geheimnis, und die Kirche hat die Schlüssel dazu, sie sorgt für uns, ja?«

Die anderen lachten verlegen. Aber Alois dachte an Klara und ihre Frömmigkeit, die ihm wie ein schwerer Stein im Magen lag. Er würde diesen Stein zu Pulver zerreiben. »Im Mittelalter«, sagte er, »wisst ihr das? Da waren die Huren ehrbarer als die Nonnen. Sie hatten sogar eine eigene Gilde. Ich habe von einem Kloster in Franken gelesen, das so verrucht war, dass der Papst es untersuchen ließ. Warum? Weil die fränkische Hurengilde sich über die illegale Konkurrenz durch die fränkischen Nonnen beschwert hatte.«

»Jetzt hör aber auf«, sagten zwei Trinkkumpane gleichzeitig.

»Es ist wahr. Absolut wahr. Herr Lycidias Körner kann euch das Buch zeigen.« Hans Lycidias nickte langsam, nachdenklich. Er war ein wenig zu betrunken, um zu entscheiden, welcher Seite er seine Autorität zuteilen sollte. »Ja«, sagte Alois, »der Papst sagte, schickt einen Monsignore, der das überprüft. Ich frage euch: Was berichtet dieser gute Monsignore? Dass die Hälfte der Nonnen schwanger ist. Das ist die nüchterne Tatsache. Also ordnet der Papst eine gründliche Untersuchung aller seiner Klöster an. Orgien. Orgien von Homosexuellen.« Er sagte es mit solchem Nachdruck, dass ihm in dem folgenden Schweigen Zeit für einen langen Schluck aus seinem Krug blieb.

»Das«, sagte Alois, nachdem er Atem geholt hatte, »braucht uns nicht zu überraschen. Bis zum heutigen Tag sind die meisten Priester Muttersöhnchen. Das weiß man.«

»Nein, ich nicht«, murmelte einer der jüngeren Beamten. »Mein Bruder ist Priester.«

»In dem Fall ziehe ich meinen Hut vor ihm«, sagte Alois. »Wenn er dein Bruder ist, ist er eben anders. Aber es war einmal so. Und ich versichere euch: Die echten Männer unter den Priestern waren immer arm dran. Kennt ihr den Spruch vom Papst damals? Von demselben Papst? Er sagte, kein Priester braucht zu heiraten, solange der Bauer eine Frau hat.«

In seiner Stimme klang die Aufforderung an die jüngeren Beamten mit, zu lachen und zu applaudieren. Also lachten sie. »Es war genau so«, sagte er. »Die armen Kaufleute hatten eine Frau, der Priester hatte zehn, und der Bischof kam nicht in den Himmel, weil er zu viele Ehefrauen hatte.«

»Welcher Bischof?«

»Der Bischof von Linz, weißt du das nicht?«

Alois hatte den Bischof von Linz nicht vergessen, der vor sechs Jahren sein Heiratsgesuch abgelehnt hatte. Und er erinnerte sich genau daran, wie er das Armenrecht beantragen musste, um die Kosten für die Übersetzung seines Briefs in Lateinische zu decken. Das wurmte ihn immer noch.

Auf dem Heimweg gelangte er jedoch zu einer deprimierenden Erkenntnis: Er musste wohl mit seinen Tiraden gegen die Kirche aufhören. Er war jetzt vierundfünfzig Jahre alt und brauchte sich keine Sorgen mehr über seine Stellung im Leben zu machen. Er wusste, dass er in den höchsten Rang aufsteigen würde, der ihm offenstand, und nicht weiter.

Kürzlich hingegen hatte ihm ein in der Finanzwache höher eingestufter Freund erzählt, Alois Hitler sei im Gespräch für die Beförderung zum Obersten Zollbeamten in Passau. Angesichts seiner mangelhaften formalen Bildung wäre das ein toller Aufstieg. »Aber«, sagte ihm sein Freund, »du musst dich jetzt vorsehen, Alois. Bis dahin ist es noch ein Jahr. Halte deinen Namen sauber, wenn du nach Passau versetzt werden willst.«

Er hatte sich selber immer für einen außergewöhnlichen Menschen gehalten, furchtlos vor jedermann (außer bestimmten Vorgesetzten in Uniform) und mit einem echten Magnetismus für Frauen begabt. Wie viele Männer konnten sich dessen schon rühmen? Außerdem hatte er anders als seine Bekannten keine Angst vor der öffentlichen Meinung. In der Hinsicht war er kein Feigling.

Doch nun sagte ihm sein respektierter Freund, der seinerseits einen Informanten im höchsten Rat der Finanzwache hatte: »Hüte dich vor den Städtern in Braunau.«

Diese Warnung verursachte Alois Magenschmerzen, weil er nicht sicher war, ob er seinem Freund vertrauen konnte. Der Mann war manchmal ein Scherzbold. Einmal hatte er ihm gesagt: »Die Leute in Braunau sind gar nichts. Du kannst sie an der Nase herumführen und verspotten.« Alois hatte sich auf diese Bemerkung verlassen und sorglos seinen Gewohnheiten nachgegeben, aber heute Abend hatte er vielleicht zu viel gesagt, wenn das Gerücht über Passau stimmte. Plötzlich merkte er, welch tief reichenden Ehrgeiz er besaß, den er sich selber nie eingestanden hatte. Hätte er es getan, wäre ein Dammbruch in seinem Leben erfolgt. Doch so viel begriff er nun: Er musste damit aufhören, die Kirche mies zu machen.

Ja, seine Frau mochte ihm die kalte Brust zeigen und dem Säugling warme Milch reichen. Was für ein Sauger! Immer an der Titte dran. Aber das musste er jetzt verdrängen. Sie war eine nützliche Ehefrau, gut für die Kinder, eine gute Köchin und auf sehr gutem Fuß mit der Kirche.

Ihn selbst würde man nie wieder bei einem Hochamt erwischen, außer an staatlichen Feiertagen. Er wünschte sich keinen neuen Juckanfall, nein, und der Beichtstuhl kam für ihn sowieso nicht infrage. Seine Haut prickelte. Ein gewichtiger Beamter der Krone wie er brauchte seine Seele nicht vor einem Priester zu entblößen. Frauen hingegen mussten in der Kirche gesehen werden. Also gereichte Klara ihm zum Vorteil hinsichtlich seiner beruflichen Ziele.

3

Auf unserer Arbeitsebene betrachten wir exzessiven Ehrgeiz als einen Trieb, aus dem wir Honig saugen können. Wir lauern darauf, uns an jeden Drang zu heften, der außer Kontrolle zu geraten droht. Für keine andere Leidenschaft gilt das so sehr wie für maßlosen Ehrgeiz. Doch der ist auch den Zielen des Herrn verwandt. Schließlich hat Gott selbst den Ehrgeiz für die Menschen geschaffen. Er wollte, dass sie nach der Erfüllung seiner Vision strebten.

Natürlich war die Hoffnung des Herrn ein Wahn. Wie uns der Maestro immer wieder gern erzählt, beweist ein Mensch, der unter zu großem Ehrgeiz leidet, nur des Schöpfers Mangel an Voraussicht. Da nach dem Wunsch des D.K. Seine Vision innovativ sein sollte, hatte Er dem Menschen einen Willen verliehen, der frei von allen Einflüssen außer Ihm selbst war. Wieder hatte Gott sich verrechnet. Der Ehrgeiz ist nicht nur die stärkste, sondern auch die labilste aller Emotionen. Viele Ehrgeizlinge geben Gott die Schuld, wenn sie Pech haben.

Erfolgshunger weckt also immer unser Interesse. Der D.K., ein erstaunlicher Optimist, hatte verkannt, dass die Männer und Frauen, die Seine Vision über die Erde verbreiten sollten, selbstlosen Heiligen gleichen müssten. Im Gegensatz dazu hielt unser Maestro schon immer Ausschau nach den Schätzen der Perversität, die im menschlichen Fleisch verborgen sind.

Erwägen wir den Fall Alois. Viele Menschen hüten ihren Ehrgeiz als einen gesonderten Teil ihrer Emotionen, den sie sogar ihrem eigenen Bewusstsein entziehen. Denn sobald der Ehrgeiz seine Grenzen überschreitet, mäht er alle gewohnten Überzeugungen nieder, auch den Glauben an die Unverletzlichkeit der eigenen Ehre und die Treue gegenüber Freunden. Der entfesselte Ehrgeiz wird blind wie eine Sense.

Insofern überrascht es kaum, dass Alois nicht als Einziger in der Familie Hitler unter diesem Zwiespalt litt. Der Ehrgeiz ist ein ansteckender Keim. Da Klara jetzt ein Kind hatte, das zu überleben schien, füllte sich ihr Busen mit der herrlichsten Freude, die sie je gespürt hatte, und sie wollte alles für Adi tun. So sehr, dass sie ihrem Ehemann wieder gestattete, die Mitte ihres Betts zu überqueren.

Es begann eine zweite Zeit des Werbens. Sie stillte Adolf immer noch, also war keine Schwangerschaft möglich. Unterdessen stieg ihre Anerkennung für Alois, und dadurch kehrte ihr sinnliches Interesse zurück. Er hatte schließlich ein solides Fundament für die

Zukunft von Adolf gelegt. So wie ihr Ehemann aus dem Schlamm von Strones und Spital zur Ehre eines Beamten im Dienst von Franz Joseph aufgestiegen war, träumte sie ihrerseits von den Höhen, zu denen der kleine Adolf emporsteigen mochte, wenn seine Talente der Kraft seines Vaters entsprachen.

Dazu brauchte er jedoch die Liebe des Vaters. Einmal fragte sie ihn mit ihrer sanftesten Stimme: »Warum nimmst du Adi nie auf den Arm?«

»Das macht die beiden anderen nur eifersüchtig«, sagte er. »Eifersüchtigen Kindern darf man keine Säuglinge anvertrauen.«

»Alois und Angela tragen ihn ständig auf dem Arm«, sagte sie. »Sie sind nicht eifersüchtig. Sie mögen ihn. Ja, sie lieben ihn.«

»Lassen wir es dabei. Vielleicht sind sie froh, dass ich ihn nicht auf den Arm nehme.«

»Ich habe Angst, dass er dir nicht wichtig ist«, wagte sie zu sagen.

Sie war einen Schritt über ihr Ziel hinausgeschossen. Schlimm genug für ihn, dass er nur ein halbes Bett hatte, aber durfte sie ihn jetzt auch noch schelten? »Wichtig für mich?« sagte er. »*Darauf* kann ich dir antworten. Er ist nicht wichtig für mich. Noch nicht. Ich will erst sehen, ob er überlebt.«

Sie weinte nicht oft, aber jetzt brach sie in Tränen aus. Das Schlimmste war passiert, und wieder fühlte sie sich schwach vor ihrem Ehemann. Sie war von der Liebe zu ihm nicht befreit.

In diesem Moment begann der Hund zu bellen. Alois hatte für ein paar Kronen einen Mischling von einem bekannten Bauern gekauft. Da sie nun in einem Haus statt in einem Gasthof wohnten, konnte man den Kauf als einen kostengünstigen Schutz betrachten. Aber der Hund namens Luther enttäuschte ihn. Obwohl das Tier Alois verehrte und bei jedem wechselnden Ton in der Stimme seines Herrn zitterte, schien er wenig wachsam. Zudem hatte er nervöse Angewohnheiten. Als Alois ihn an diesem Abend anschrie, er solle aufhören zu heulen, nässte der arme Luther den Boden.

Hinterher bereute Alois es. Schließlich betete der Hund ihn an. Zuerst aber peitschte er ihn. Während Luther davonzukriechen versuchte, beschmutzte das arme Tier sein Hinterteil. Die ganze Zeit jaulte es vor Terror. Der Lärm weckte die Kinder auf. Alois junior kam als Erster herbei, dann Angela und zuletzt Adi, noch keine zwei Jahre alt, aber schon beweglich genug, um aus seinem niedrigen Bett zu klettern und mitten in die Szene hineinzulaufen. Klara sprang hoch und schnappte ihn. Sie befürchtete das Schlimmste, aber was? Dass der Junge in den Urin treten, nach ihrer Brust verlangen oder dass Alois sie beide schlagen würde? Sie wusste den Blick in den Augen ihres Mannes zu deuten, wenn Adi zu gierig an ihrer Brustwarze saugte. Nichts Derartiges geschah jedoch. Im Gegenteil, das Kind betrachtete mit ernstem Interesse den winselnden Hund, dann die züchtigende Hand des Vaters, und in die blauen Augen des Jungen stieg ein Glanz, ein Blick von erstaunlicher Intensität für einen Winzling. Sie hatte ihn schon zuvor in seinem Gesicht bemerkt, wenn sie ihn säugte. Er starrte sie dann mit dem zärtlichen Ausdruck eines Liebhabers an, der überwältigt ist von der spürbaren Übereinstimmung zwischen Fleisch und Fleisch und Seele und Seele. In solchen Augenblicken meinte sie, das Kind sei ihr näher und wisse mehr über sie als alle anderen.

Wie Adolf jetzt den nassen Hund anstarrte und dann das rot angelaufene Gesicht seines Vaters, lag keinerlei Zärtlichkeit in seinem Blick, aber viel Begreifen.

Klara spürte eine seltsame Panik. Sie versuchte, den Kleinen so zu erschrecken, dass er zu weinen anfing und sie ihm die Brust geben und sich aus dem Zimmer entfernen konnte. Es gelang. Adi bekam einen Wutanfall, als sie ihn aufhob, ihn forttrug und mit Gewalt fütterte. Ja, er biss so scharf mit seinen jungen Zähnen zu, dass Klara aufschrie, woraufhin er zu brüllen aufhörte und ein tiefes und herzempfundenes Glucksen von sich gab.

Aus dem Zimmer, das sie eben verlassen hatte, hörte sie Alois brüllen. »Dieser Hund wird nie stubenrein!«, schrie er wütend, der Abend war ihm verdorben. Luther blutete aus der Nase von den Schlägen, die auf sein Maul geprasselt waren, aber andererseits klaffte in Alois' Handfläche ein hässlicher Riss von Luthers

Schneidezahn, der abgebrochen war, als er dem Tier voll ins Gebiss gehauen hatte.

4

Wenngleich ich wie jeder gute Romanautor mit Freude meine Figuren beobachte und sie abwechselnd hämisch, objektiv, ironisch, mitfühlend, urteilend und sogar mit Leidenschaft schildere, muss ich den Leser doch daran erinnern, dass ich mich selbst zwar nicht als einen finsteren Gesellen darstelle, aber dass ich trotzdem ein Teufel bin und bleibe und kein Romanautor. (Wie sich Teufel generell verhalten, steht auf einem anderen Blatt.) Trotzdem ist mein Interesse an Charakteren echt. Gleich beim ersten Dienstantritt hat der Maestro uns angewiesen, unablässig das Wesen der Menschheit zu erforschen. Er fordert sogar, dass wir uns dem Göttlichen im Menschen nähern. Wenn man später Beute machen will, muss man die feinen Unterschiede zwischen genuinem und vorgetäuschtem Edelmut kennen. Wenn wir religiöse Orden in unserer Struktur hätten, entspräche ich wohl einem Jesuiten. Mich verbindet eine fundamentale Übereinstimmung mit ihnen. Ich verschaffe mir immer ein mitfühlendes Bild meines Gegners und sehe es als meine Pflicht an, mehr über göttliche Empfindungen zu lernen als alle Engel mit Ausnahme der Genies unter ihnen.

Vielleicht ermuntert uns der Maestro deshalb, Gott als D.K. zu bezeichnen. (Zumindest diejenigen von uns, die in deutschsprachigen Ländern arbeiten. In Amerika heißt er D.A. – *dumb ass*! In England B.F. – *bloody fool*! In Frankreich A.S. – *l'âme simple.* In Italien G.C. – *gran cornuto.* Bei den Spaniern G.P. – *grande payaso.)* D.K. ist also die Abkürzung für Der Dummkopf. Es ist nicht so, dass wir Gott für dumm halten – keineswegs! Zudem wissen wir aus Erfahrung (und verlorenen Schlachten), dass die Büttel ebenso aufgeweckt und scharf sein können wie wir selbst. Dass wir das Wort Dummkopf gebrauchen, liegt vermutlich an der Entschlossenheit des Maestros, uns von unserer größten Schwäche zu befreien – der unwillkürlichen Bewunderung des Allmächtigen. Wie der Maestro uns nie zu vergessen erlaubt, mag Gott mächtig sein, aber nicht allmächtig. Kaum. Schließlich sind wir auch noch da. Falls der D.K. uns erschaffen hat, sind wir seine gründlichsten und erfolgreichsten Kritiker.

Die Engel haben die meisten Menschen davon überzeugt, dass unser Anführer der Böse ist. Deshalb, meint der Maestro, sollten wir stolz auf diesen Begriff sein. Wenn ich D.B. hinschreibe oder von dem Bösen spreche, ist mir die Ironie der Idee völlig bewusst. Der Maestro hat uns ja so viel beigebracht, unser feinsinniger Meister. »Übertriebene Verehrung ist Sache der Gottesanbeter«, sagt er uns. »Die brauchen sie. Sie sind ständig auf ihren Knien. Aber auf uns wartet Arbeit, und die ist heikel. Ich empfehle euch, Ihn stets als Dummkopf zu betrachten. Denn gemessen daran, was Er hätte erreichen können, ist Er wirklich einer. Denkt daran: Wir können das Universum erobern. Und Er kann es verlieren. Nennt ihn den Dummkopf. Er hat mit seinen Männern und Frauen nicht so viel erreicht, wie Er wollte.«

5

Der Gestank des Urins, der Scheiße und des Bluts von Luther markierte den Anfang einer bemerkenswerten Serie von *Transmogrificationen,* das heißt von Fällen absoluter und dramatischer Metamorphosen.

So dominierten zum Beispiel Adolfs Darmbewegungen allmählich Klaras Leben in dem Haus an der Linzer Straße. Vor der Episode mit Luther hatte sie stets darauf geachtet, das Kind zu wickeln, wie oft es auch seine Windeln beschmutzte; ja, der Vorgang wurde zu einer Art Tändelei zwischen Mutter und Sohn. Sie wischte ihn so sorgsam ab, dass seine Augen glänzten. Er spürte den Himmel direkt über seinem Anus, wo ihn sonst Krämpfe drückten, derweil seine Mutter behutsam, sanft und zart den Schmutz, ob nass oder trocken, von seiner *Rosenknospe* tilgte (das war Klaras geheimer Name für das unvergleichliche süße kleine Loch ihres lieben Säuglings – *die Rosenknospe*). Sie war so stolz auf ihren rosa Schimmer, dass sie ihre Freude auch dann nicht verbergen konnte, wenn die Stiefkinder zuschauten. Anders als andere Mütter in Braunau weihte sie Angela nicht in die Prozedur ein, deren abstoßende Elemente sie überhaupt nicht störten. Sein Stuhl (der oft so stank wie der von kolikanfälligen Kindern) verursachte ihr keinen Ekel. Wenn der Auswurf schrecklich roch oder, schlimmer noch, völlig frei von Geruch war, was sie an eine ernste Krankheit glauben ließ, blieb ihr Atem ruhig. In Wahrheit wünschte sie sich einen reichen Gestank. Je stärker, desto besser. Es war ein Zeichen von Gesundheit. So war ihre Liebe zu Adi beschaffen.

Ja, Liebe glühte zwischen ihnen. Seine Augen tanzten, wenn sie seine Wangen mit federleichten Wischern des Waschlappens säuberte, und ihre Augen – ob sie es wusste oder nicht – waren so voller Bewunderung, dass sich sein kleiner Penis aufrichtete. Sie kicherte dann und drückte ihn (ganz anständig) nach unten, indem beide lachten. Denn er sprang natürlich sofort wieder hoch. Woraufhin sie seine Spitze küsste und dann errötete. Welch unschuldige Freude.

All das änderte sich nach der Episode mit Luther.

Sie lebte wieder in Angst vor Alois. Sie fürchtete, Adis Windelhöschen könnte sich öffnen. Was wäre, wenn Alois in einen Haufen auf dem Boden träte? Als sie einmal aus dem Wohnzimmer zum Kochen in die Küche gegangen war, drehte sie sich um und sah, wie Adi mit seiner Beute spielte. Ihr schauderte bei dem Gedanken, dass Alois durch die Tür käme.

Also begann sie ihn wie einen klugen, aber eigenwilligen Hund zu erziehen. Anfangs zupfte Adi manchmal an ihrem Rock oder zog sie zum Klosett, wo sein Nachttopf stand, und rief, sie solle ihm die Sachen ausziehen. Danach lobte sie seine Tapferkeit, und beide waren ein Herz und eine Seele, wenn das Abwischen an der Reihe war. Seine Augen strahlten.

Sie wurde jedoch zu optimistisch – will sagen zu ehrgeizig. Sie wollte Adi beibringen, wie man die Sicherheitsnadeln an seiner Windel öffnete. Er lernte es tatsächlich. Tag für Tag folgte Erfolg auf Erfolg, bis er sich eines Morgens in den Finger stach. Seitdem rührte er die Nadeln nicht mehr an. Sie verlor die Geduld. Er war dem Ziel so nahe gewesen, und jetzt wollte er nicht weiter. Schließlich schimpfte sie ihn aus, zum ersten Mal hörte er heftige Töne aus dem Mund seiner Mutter. Er rebellierte. Da er wusste, wie wichtig er für sie war – er war scharfsinnig –, reagierte er genauso gelassen wie damals, als Alois Luther geschlagen hatte. In diesem Moment war dem Jungen ein Licht aufgegangen. Er kannte zwar noch nicht den Unterschied zwischen Mensch und Hund, denn Luther war für ihn ebenso eine Person wie sein Vater, aber er begriff den Tatbestand: Luther war von den Schlägen zusammengebrochen, und trotzdem liebte der Hund seinen Herrn.

So liebte Klara auch ihn, entschied er, selbst wenn er ihr nicht gehorchte. Wenn sie ihm die Windel abnahm und von der Hüfte abwärts nackt umherlaufen ließ (nie allerdings, wenn sein Vater zu Hause war), pflanzte er sein Produkt direkt neben den Nachttopf. Was Klara so sehr in Rage versetzte, dass Adi jeden Schrei hören konnte, den sie unterdrückte. Er fühlte sich meisterhaft.

Doch er ging zu weit. Als sie eines Tages gerade den Küchenboden bohnerte, verteilte er seine Beute über den gepolsterten Arm der Wohnzimmercouch, untersuchte ihn gründlich und spürte durch ein kurioses Gefühl in seiner Brust, dass dies hier etwas anderes war. Es war ein Risiko dabei. Trotzdem, er wollte es ihr zeigen.

Diesmal stand sie stocksteif still. Sie wusste, dass er es absichtlich getan hatte und sagte kein einziges Wort, sondern säuberte nur das Sofa, bis er Durchfall bekam und zu lachen und zu heulen anfing. Doch sie seufzte bloß und reinigte ihn schweigend, teilnahmslos und lieblos. Das beeindruckte ihn derart, dass er mitten in der Nacht aufwachte und in ihr Schlafzimmer ging. Alois war zu Vorstellungsgesprächen nach Passau bestellt worden und seit Wochen aus dem Haus gewesen, aber kurz vor Mitternacht heimgekehrt. Da der Junge daran gewöhnt war, das Bett seiner Mutter aufzusuchen, wenn sie allein war, überraschte es ihn jetzt, als er die Tür einen Spalt breit öffnete, ein Seufzen und Keuchen und dann das Röhren von Alois' Stimme zu vernehmen. Darunter hörte er leisere Schreie voll seltsamer Qual von seiner Mutter, hoffnungsvolle Rufe nach einer Erfüllung, die sich schon ankündigte, ja, sie würde kommen, jetzt, beinahe. Doch nein, sie blieb unerreicht. Durch die halb geöffnete Tür (die immer offen stand, damit sie ihn hörte, wenn er weinte), bot sich ihm ein Anblick, den er nicht einordnen konnte. Etwas sah nach vier Armen und vier Beinen und zwei Menschen aus, aber einer lag verkehrt herum. Er konnte Alois' kahlen Kopf und seine Koteletten zwischen den Beinen seiner Mutter ausmachen. Dann richtete sich sein Vater ohne ein Wort auf. Er saß jetzt auf ihrem Gesicht!

Adolf schlich sich so leise davon, wie er gekommen war, aber er hatte keinen Zweifel. Seine Mutter betrog ihn. In dem Augenblick hörte er weitere laute Schreie aus dem Schlafzimmer, die ihn veranlassten, wieder umzukehren. Das Mondlicht fiel durchs Fenster, und er konnte sehen, wie sein Vater Klara mit seinem ganzen Körper bearbeitete, wobei sein dicker Bauch auf ihren Bauch klatschte. Und sie schnurrte wie eine Katze. So voller Befriedigung! »Du Scheusal, du bist ein hässlicher Mann, du bist ein Tier, du!« Und dann wieder: »Du, ja, ja, ja.« Keine Frage, sie war glücklich. Ja!

Er würde ihr nie verzeihen. Das wusste der Zweijährige.

Diesmal ging Adolf den ganzen Weg in sein Schlafzimmer zurück. Er konnte sie aber immer noch hören. In dem Bett neben ihm kicherten Alois junior und Angela. »Gänschen, Gänschen«, sagten sie wieder und wieder.

6

Knapp dreißig Minuten, nachdem Klara in den besten Schlaf seit Jahren gesunken war, brüllte er nach seiner Milch. Man darf nicht glauben, dass die Empfindungen eines Kindes schnell vorübergehen und keinen Bestand haben. Seine Mutter hatte ihn verraten, und er würde sie nie wieder so lieben wie zuvor. Er steigerte sich in seine Gefühle. In seiner Liebe lag jetzt Schmerz, und vor Zorn biss er ihr immer wieder in die Brustwarzen. Manchmal fühlte er sich Luther verwandt. Wenn er müde wurde, schlief er dann einen Nachmittag lang neben dem Hund, der für ihn ein Geschwister war. Diese brüderliche Verbundenheit dauerte an, bis Adolf sich zu viele Freiheiten herausnahm, indem er Luther gegen den Bauch boxte, ihm die Augen auszudrücken und in die Rippen zu treten versuchte. Wenn der Hund zu knurren begann, weinte Adolf und rannte zu Klara. Allmählich verschwand ihre Lust am Stillen. Es lag an den Bissen. Die Zeit der Entwöhnung war gekommen.

Sie ging mit sich selbst auf eine Weise zu Rat, von der ihr Kind, ihre Stiefkinder, ihr Ehemann und sogar der Priester im Beichtstuhl nie etwas erfahren sollten; sie gelangte zu der Einsicht, dass sie noch ein Kind brauchte. Zum Teil rührte das von ihrer alten Angst her, dass Adolf nicht überlebte, aber sie fürchtete nun auch, dass sie ihn nie wieder so lieben könnte wie vorher, und deshalb wäre noch ein Kind nicht schlecht.

Außerdem gab es eine neue Phase in ihrer Ehe. Sie freute sich darauf, mit Alois in ihrem Bett zu sein. Denn in der Nacht wachte nach all den Jahren die Begierde wieder auf, die Begierde war da, tief bis ins Mark!

Als wir Alois das letzte Mal gesehen haben, Sie erinnern sich, vergrub er gerade seine Nase und seine Lippen in Klaras Vulva, seine Zunge so lang und dämonisch wie der Phallus eines Teufels. (Es sei vermerkt, dass wir in solchen Künsten bewandert sind.) Alois wurde von uns unterstützt. Dass er ohne langes Üben so schnell eine Meisterschaft in dieser Praxis erlangte, ist nur durch unsere Mitarbeit erklärlich. Deshalb beschwören wir immer den Bösen, wenn wir uns in den Akt einschalten; wir haben die Macht, Männer und Frauen zu infizieren, auch wenn wir sie gar nicht zu Mandanten bekehren wollen.

Am nächsten Morgen mochte Alois nicht glauben, dass er es getan hatte. Wie konnte er auf eine solche Ebene sinken! Doch er fühlte auch Zärtlichkeit für Klara. Es war für sie ein erstaunliches Erlebnis gewesen, eine Lust, deren unerwartete Köstlichkeit sie in fast okkulte Regionen emporgetragen hatte; deshalb verzieh sie ihm auch seinen fauligen Geruch. (In der Tat roch sein schwerer Hintern besser als der von Adi.)

Als Teufel bin ich gezwungen, mit Exkrementen in all ihren Formen zu leben, physisch und mental. Ich weiß, wie man bittere Enttäuschungen arrangiert, wie man jemanden mit ungerechten Strafen verbittert oder die Machtlosen verhöhnt, aber ich muss darüber hinaus auch die Kacke als solche anwenden. Es ist wahr. Als Teufel leben wir in Scheiße und arbeiten damit. Deshalb betrachten wir die Ehe oft aus der Sicht der Kloake – und das ist nicht die schlechteste Art, denn Elternschaft ist nicht nur die Krönung der Ehe, sondern auch ihr Abort. St. Odon von Cluny hat dafür einen unvergesslichen Ausdruck geprägt, würdig der besten Teufel: *inter faeces et urinam nascimur* – zwischen Scheiße und Pisse werden wir geboren. Deshalb behaupte ich, dass die angemessene Erforschung der Ehe sich nicht bloß auf Partnerschaft, Gleichgesinntheit, Zuneigung, Langeweile, Angewohnheiten, alltäglichen Ärger, Wortgefechte und kleine Verzweiflungen beziehen darf, sondern auch auf die Eingeweide und die Klebrigkeit des Ganzen – auf das gemeinsame Wissen um die verbotenen Genüsse, Gerüche und Körpernischen. Wenn all das fehlte, würde dem Sakrament der Boden entzogen. Auf Kacke gründet die Ehe. Das versichere ich Ihnen. Sie dürfen meine Ansicht natürlich verwerfen, weil ich ein Teufel bin und weil wir bei jeder Wahrheit nach dem kleinsten gemeinsamen Nenner suchen.

7

Alois' Beförderung kam durch. Die Finanzwache ernannte ihn zum Obersten Zollbeamten in Passau, und Klara freute sich, sie freute sich so sehr. Sie war mit einem erfolgreichen Mann verheiratet.

Andererseits konnten sie erst umziehen, wenn Alois seinen neuen Posten in Passau antrat. Die Stadt war eine Tagesreise von Braunau entfernt, und das bedeutete, dass Alois wochenlang von seiner Familie getrennt war. Folglich konnte sich Adolf wieder in dem großen Bett neben seiner Mutter lümmeln. Es schmerzte ihn zwar, dass Klara ihn jedes Mal fortschickte, wenn Alois nach Hause kam, aber das Kind begriff bald, dass ihm das Glück erneut winkte, sobald Alois nach Passau zurückfuhr.

Dieser Zustand dauerte ein Jahr. Auch als die Familie endlich eine Wohnung in Passau mietete, musste Alois noch andere Grenzstädte überwachen. Folglich war er wieder fast so häufig abwesend wie vorher, weshalb Adolf wieder bei seiner Mutter schlafen durfte.

Seine neue Stellung schmeichelte Alois zwar, sie drohte aber auch sein Selbstbewusstsein zu untergraben. In Braunau, einer nachgeordneten Station, waren die geschnappten Schmuggler gewöhnlich minderen Kalibers. Da es sich bei den meisten beschlagnahmten Produkten um Lebensmittel handelte, war das Abwiegen immer langwierig. Zudem mochte Braunau hübsch am Inn liegen, aber seine Architektur war eintönig.

In Passau arbeitete der österreichische Zoll nach beiderseitiger Übereinkunft von der deutschen Donauseite aus. Der Unterschied ließ sich nicht verleugnen. Passau war einst von einem Erzbischof regiert worden und verfügte über mittelalterliche Türme. Manche Kirchen stammten vom Beginn des Mittelalters. Die Mauern der Stadt erinnerten an die Würde heiliger Pflichten, an uralte Verbrechen, Folterkammern, dunkle Geheimnisse, vergangenen Ruhm und – gegenwärtig interessanter für Alois – an kriminelle Schmuggler mit genügend Fantasie, um ihn herauszufordern.

Insofern fühlte er sich nicht ganz behaglich in seiner neuen Position. Hatte bisher allein schon seine uniformierte Erscheinung die Bösewichter gewarnt, so hing jetzt viel von der Strenge seines amtlichen Verhaltens ab. Er achtete also darauf, stets mit unerschütterlicher Ruhe aufzutreten, wie ein Mann, der sich selbst das Siegel der Unbestechlichkeit verliehen hat. Die Reisenden sollten wissen, dass mit ihm nicht zu spaßen war. Er hatte viele Zollbeamte der höheren Ränge beobachtet, solche mit akademischer Ausbildung und unschätzbaren bläulichen Duellschmissen. Denen musste man nacheifern.

Trotzdem, bald nach dem Amtsantritt in Passau war ihm in seiner alten österreichischen Haut nicht mehr recht wohl. Darum schlug er auf der deutschen Seite der Grenze einen übertrieben harschen Ton an. Er merkte, dass seine neuen Untergebenen eine bessere Ausbildung hatten als die in Braunau. War es möglich, dass sie ihn kritisch beobachteten? Hin und wieder, wenn er von seiner Station auf die Strömung der Donau unterhalb der Zollbrücke hinabschaute, stiegen ihm Tränen in die Augen. Dann dachte er an Braunau zurück und an die beiden Frauen, die in der Gegend dort begraben lagen, die liebe sinnliche Franziska, und – ja, einen Augenblick lang trauerte er auch um Anna Glassl. Sie war keine Schönheit gewesen, aber sie wusste, was unter der Bettdecke zu tun war.

Er rauchte pausenlos. Sein Spitzname (was er nicht wusste) war »die Rauchwolke«. »Und wie ist die Rauchwolke heute gelaunt?«, fragten die Beamten, wenn sie zum Dienst erschienen. Alois wusste, dass die Neulinge ihm grollten, weil er ihnen nicht die Freiheiten gewährte, die er sich selbst gestattete – doch gerade dadurch wollte er seine Autorität stärken. Obwohl ein guter Beamter immer gerecht sein musste, durfte er sich doch ein paar Ungleichheiten erlauben. Wenn man es klug anstellte, hatte man Erfolg. Die Untergebenen wurden eingeschüchtert.

Als Klara und die Kinder zu ihm nach Passau gezogen waren, wurde er auch seinem Nachwuchs gegenüber strenger. Alois junior und Angela lernten bald, dass sie ihn ohne direkte Aufforderung nicht ansprechen durften. Sie sollten seine Gedanken nicht unterbrechen. Wenn Alois junior sich draußen aufhielt, legte der Vater zwei Finger an die Lippen und pfiff nach ihm. Auf die gleiche Weise rief er Luther herbei. Alois junior seinerseits, rotwangig, stark, stämmig und mit einem Gesicht wie dem seines Vaters, trieb eines Nachmittags Klara und Angela an den Rand des Wahnsinns, indem er einen enormen

Haufen aufhob, den Adi auf dem Wohnzimmerteppich abgelegt hatte. Als Stiefmutter und Schwester angesichts des dunklen, teigigen, wie eine urzeitliche Keule wirkenden Klumpens in seiner Hand zu schreien anfingen, rannte er mit wild rollenden Augen hinter ihnen her. Was für ein Streich! Klara und Angela kreischten vor Schauder. Dann stimmte Adi in den Chor ein und schrie mit den anderen, obwohl er direkt hinter Alois hertrottete und Schritt hielt, bis sein großer Bruder des Spiels müde wurde, ein paar Zentimeter des Zeugs abriss, sich umdrehte und es auf Adolfs Nasenspitze pflanzte.

Am Abend erzählte es Klara Alois senior. Die anschließenden Prügel waren dem Angriff auf Luther vergleichbar. Am nächsten Morgen konnte sich Alois junior gerade noch zur Schule schleppen. Streng wurde danach die Disziplin im Haus. Wenn Alois vom Dienst nach Hause kam, wagten die Kinder nur zu flüstern. Da Klara ihn nicht aufregen wollte, war auch sie still. Das Abendessen verlief schweigsam. Der Geruch von Alois' Atem, fett vom Fleisch und sauer vom Bier, vermischte sich mit dem Aroma des Rotkohls.

Nach dem Essen setzte er sich gern in den Sessel, wählte eine seiner langstieligen Pfeifen aus, stopfte den Tabak mit der ganzen Autorität, die noch im Daumen eines Mannes von offiziellem Rang steckt, in den Pfeifenkopf und verpestete die Luft mit seinem Qualm. Alois junior und Angela gingen in ihr Zimmer, sobald sie die Erlaubnis erhielten. Doch Adi wurde herbeibefohlen.

Der Vater bedeckte den Kopf des Dreijährigen mit seiner Hand, und mit einem zwiespältigen Grinsen – fünfzig Prozent Zuneigung, fünfzig Prozent reine Bosheit – blies er den Rauch in Adolfs Gesicht. Darauf hustete der Junge. Der Vater gluckste.

Sobald Alois seinen Kopf los ließ, lächelte Adolf und rannte zur Toilette. Dort erbrach er sich. Manchmal, wenn sein Kopf über der Schüssel hing, erinnerte sich der Dreijährige an die Geräusche des Liebesspiels von Alois und Klara, und ein ähnliches Keuchen drang aus seinem Mund, während er den Inhalt seines Magens ausspuckte. Er verstand nicht, warum sich seine Mutter nie über den Rauch beklagte.

Sie wagte es nicht. Sie spürte, dass es für ihren Gatten eine unerhörte Provokation wäre, wenn sie seine Pfeife kritisierte. Zudem hatte Adolf ihr neuen Grund zur Sorge gegeben. Als sie eines Tages seinen Hintern säuberte (und sie machte diese ungeheure Entdeckung aus lauter Schicklichkeit erst, als er drei war), bemerkte sie, dass er nur einen Hoden hatte, nicht zwei. Ein Stadtarzt versicherte ihr, dieses medizinische Phänomen bedeute nichts Schlimmes: »Solche Jungen wachsen oft zu Männern mit großen Familien heran.«

»Wird er sich nicht von den anderen unterscheiden, wenn er zur Schule geht?«

»Jungen in seinem Zustand sind manchmal aktiv. Überaktiv. Das ist alles.«

Solch begütigende Worte beruhigten Klara nicht. Der fehlende Hoden war ein weiterer Makel der Familie Pölzl. Nicht nur hatte ihre Schwester Johanna einen Buckel, es gab da noch einen echt schwachsinnigen Vetter ersten Grades. Gar nicht zu reden von allen toten Brüdern Klaras, ihren toten Schwestern, ihren eigenen toten Kindern. Es steckte nicht genug von Alois' robuster Kondition in Adolf, befand sie – nein, nichts von der Stärke, die Alois so offenbar dem Junior vererbt hatte. Auch sie war schuld daran. Sie hatte ihren Gatten in der Nacht geliebt, als Adolf gezeugt wurde, aber nur in dieser Nacht, und das auf eine unheilige Art, doch welch eine Nacht!

Jetzt glaubte sie ihren Ehemann wieder zu lieben, war es zu spät? Das Gefühl hatte sich langsam entwickelt, über viele Monate hin, und an einem schönen Juniabend, anderthalb Jahre nach seiner Versetzung nach Passau, steigerte sich ihre Hochachtung vor ihm. Just an diesem Nachmittag hatte er erfahren, dass er in weiteren sechs Monaten nach Linz versetzt würde, in die Hauptstadt der Provinz, um dort als Oberster Zollbeamter zu dienen. Es war der wichtigste Posten im gesamten Bereich zwischen Salzburg und Wien, und die Berufung erfolgte zu einem günstigen Zeitpunkt, da er in wenigen Jahren den Ruhestand erreichen und diese Beförderung seine Pension erhöhen würde.

In dieser Nacht zeugten sie ein Kind. Wohl nie zuvor hatte sie Alois einfacher geliebt oder sich so sehr einen zweiten Sohn gewünscht. Klein-Adi mit seinem einzigen Hoden hatte ihr ein ganzes Jahr lang Sorge bereitet. Sie scheute den Gedanken daran, dass er früh sterben könnte. Nein, sie brauchten noch ein Kind. Sie wagte es, um einen Sohn zu beten. Der Neue, befand sie, sollte Alois und ihr gleichermaßen gehören.

8

Edmund wurde am 24. März 1894 geboren, wenige Wochen vor Adis fünftem Geburtstag. Klara hatte ihm erzählt, er würde bald einen Bruder oder – wie Gott will – eine Schwester bekommen, und Adolf war mit beidem zufrieden. Er freute sich darauf, mit dem Baby nach seiner Ankunft zu spielen. Er erwartete ein halb so altes Kind wie er selbst, zumindest der Größe nach, ein lebendiges Geschöpf, das vielleicht sprechen und ganz bestimmt zuhören konnte. Als er sich jedoch Klaras Bett näherte, schreckte er zurück, denn er sah bloß ein Kleiderbündel auf ihrer Brust mit einem darin eingewickelten Gesicht, das runzlig war wie ein alter Apfel.

Da man ihn am Abend zuvor in das Haus eines Nachbarn geschickt hatte, wo er in einem unbequemen kleinen Bett zwischen Angela und Alois junior schlafen musste (die einander ständig über seinen Körper hinweg zwickten), wusste er, dass ein Wechsel bevorstand. Diese Erkenntnis ging in seine erste große Trauer über, als er am nächsten Tag an das Bett seiner Mutter lief und die Hebamme eine Hand ausstreckte, die so groß war wie sein Gesicht, und sagte: »Tu dem Baby nicht weh.«

Klara machte es noch schlimmer. Sie legte ihm ihre Hand auf den Kopf. Aber es war eine flüchtige Berührung, und er spürte keine Liebe darin. Tränen stiegen ihm in die Augen.

»Ach, der arme Kleine«, sagte die Hebamme und brachte ihn aus dem Zimmer. »In ein paar Tagen«, sagte sie, »darfst du näher an deinen neuen Bruder.«

»Wird er mit mir sprechen?«

»Oh, du wirst ihn als Erster verstehen.« Damit lachte sie und ging zurück zu dem Bett seiner Mutter.

Er gelangte nur selten in Klaras Nähe. Und noch vor wenigen Wochen hatte er jeden Morgen das gleiche Gespräch mit ihr geführt.

»Mami«, fragte Adi, »bist du die schönste Frau der Welt?«

Sie strich ihm übers Haar. »Was meinst du?«

»Ich glaube, du bist die Schönste.«

Sie zog ihn an ihren Busen. Die Liebe zu ihm sprudelte nicht mehr wie früher aus ihren Brüsten, aber sie täuschte es vor, obwohl sie ihn schon vor einem Jahr entwöhnt hatte. Jetzt naschte er nicht nur an den Windbeuteln, die sie oft zum Nachtisch bereitete, sondern verschlang sie in solch einem Tempo, dass Alois junior sich beklagte, wenn Klara zugegen war, und seinem kleinen Bruder eine Kopfnuss versetzte, wenn sie nicht da war. Klara war bewusst, dass sie Adi derzeit wenig Beachtung schenkte, deshalb verteidigte sie sein Anrecht auf die Windbeutel. »Er ist so klein«, sagte sie, »er braucht sie mehr als du.«

Nach der Entbindung war Klara häufig zu müde zum Kochen. Die Aushilfsmagd machte Windbeutel, die nach saurer Milch schmeckten. Klara wiederum gab Edmund ständig die Brust. So schien es Adolf. Er fühlte einen neuen Schmerz, der zum traurigen Unterton der Kirchenglocken in Passau passte – so viele Glocken, so oft.

Wenn er sie jetzt fragte, ob sie die schönste Frau der Welt sei, lachte sie nur unglücklich. »Oh, ich bin ein altes erschöpftes Mädchen«, sagte sie. »Ich bin nicht schön, Dolfchen. Aber deine Schwester Angela wird es sein.«

Adi stimmte nicht zu. Angela war unzuverlässig. Sie wollte ihn immer kneifen. Manchmal war sie nett, aber auch hinterhältig. »Nein, du bist schöner als Angela«, sagte er, und seine Mutter schüttelte den Kopf.

Unterdessen verbrachte sein Vater viel Zeit in Linz. Eine Woche nach Edmunds Geburt trat er dort seinen neuen Dienst an. Da Linz rund achtzig Kilometer von Passau entfernt war, erfüllte Alois das Haus nur zwei Mal im Monat mit dem gewichtigen Klang seiner Stimme. Wenn Angela und Alois junior zur Schule gegangen waren, blieb Adolf mit seiner Mutter und dem Kleinkind allein, aber Klara hatte trotzdem wenig Zeit für ihn. Und abends wusste er nicht mehr mit Sicherheit, wo er schlafen würde. Oft beschlagnahmte Alois junior sein Kinderbett, und Adi musste bei Angela schlafen. Manchmal sagte sie ihm, dass er schlecht roch. »Also, Adi, dein Atem ist fürchterlich.« Dann legte er eine Decke auf den Boden, um ihr zu entrinnen.

Er fürchtete sich auch, nach draußen zu gehen. Auf dem Feld hinter dem Haus spielten gleichaltrige und etwas ältere Jungen unter grässlichem Gebrüll. Er verbrachte seine Zeit damit, sich Illustrationen in einem Buch über den Deutsch-Französischen Krieg von 1870/71 anzuschauen, das sein Vater gekauft hatte. Er beschloss, ein tapferer Soldat zu werden. Könnte er das? Er war so furchtsam.

Eines Nachmittags nach der Schule zerrte Alois junior auf Klaras dringende Bitte hin Adolf aus dem Haus und brachte ihn auf das Feld dahinter. Er wusste, dass ein Dutzend kleiner Jungen dort Krieg spielte.

Alois junior betrachtete die Gruppe, dann wählte er den Anführer der einen Armee aus, einen stämmigen Fünfjährigen, und sagte zu ihm: »Das hier ist mein Bruder Adolf. Wenn jemand von der anderen Seite ihn schlägt, bekommst du es mit mir zu tun.« Er knuffte den Jungen fest am Arm, um seine Worte zu unterstreichen, und ging fort.

Als Adolf am Abend nach Hause kam, sagte Alois junior zu ihm: »Von jetzt an esse ich die Windbeutel als Erster. So viele, wie ich will. Wenn du nach deiner Mutter weinst, Muttersöhnchen, werde ich dich nicht mehr auf dem Feld beschützen.«

»Ich werde nicht weinen«, sagte Adi und hielt den Atem an, als klammere er sich an ein Seil. Am nächsten Tag ging er allein zum Spiel. Er fürchtete sich mehr vor Alois juniors Spott als vor möglichen Hieben in der Schlacht. Tatsächlich hatte er am ersten Tag nur wenig zu leiden. Der dicke Junge setzte seinen Körper geschickt ein, um Adi vor jedem Angriff zu schützen. Zudem dauerte es nicht lange, bis er das Grundprinzip begriffen hatte. In zwei Mannschaften aufgeteilt, jagten die Jungen abwechselnd hintereinander her. Es war kein richtiger Krieg. Mehr wie Haschen. Wenn man berührt wurde, war man tot. Und jedes Handgemenge dauerte nur wenige Minuten. Danach waren die Jungen außer Atem, zählten ihre Verluste, legten eine Pause ein und fingen wieder an. Beim ersten Sturmlauf über das Feld wurde immer jemand niedergeschlagen. Als dem dicken Jungen, den Alois junior ausgesucht hatte, einmal von zwei Kindern der anderen Seite der Weg versperrt wurde, traf es auch Adolf. Ein rüder Stoß gegen die Schulter schlug ihn zu Boden. Erde drang in seine Nase.

Er weinte nicht. Es kostete ihn eine enorme Willensanstrengung. Er musste an sich halten, um seine Tränen zu unterdrücken – und war danach enttäuscht, dass niemand ihm zu seiner Standhaftigkeit gratulierte. Seine Gefühle waren ebenso verletzt wie seine Wange mit der Schramme darauf. Seine Nase brannte von der Misshandlung, aber er schaffte es, nicht zu weinen.

Er schaffte es auch, die übrigen Schlachten an diesem Tag ohne weitere Blessuren zu überstehen. Er wich rasch aus, wenn ein feindlicher Soldat in seine Nähe kam, und zu seinem Entzücken haschte er sogar selbst einen gegnerischen Jungen.

Am nächsten Tag steckte sein Gesicht wieder im Dreck. Der dicke Junge war bußfertig und bettelte ihn an, seinem Bruder nichts zu erzählen. Adi bereitete es Vergnügen, ihm auf die Schulter zu klopfen. Kein Grund zur Besorgnis, verkündete er, kein Wort würde er sagen. Doch in der Nacht fand er kaum Schlaf. Er ahnte schon, dass der dicke Junge, Klaus, in naher Zukunft sein Leutnant sein würde und er selbst Hauptmann.

Um dieses Ziel zu erreichen, erfand er eine Reihe neuer Regeln. Der Krieg, argumentierte er, bestand nicht nur darin, dass zwei Armeen einander ständig angriffen – Krieg erforderte auch Manöver auf beiden Seiten. Er kannte dieses Wort damals noch nicht, aber er besaß einen Instinkt für das Prinzip.

Er schlug seinen neuen Kameraden nun vor, von dem flachen Feld zu einem Hügel in der nächsten Weide zu wechseln. Die Armeen konnten sich dort am Fuß der gegenüberliegenden Abhänge aufstellen und auf diese Weise unsichtbar bleiben, bis die eine oder die andere Seite den Gipfel überquerte.

Nachdem er die Jungen von dieser Regeländerung überzeugt hatte, brachte er einen Zusatz ein. Die Anführer der Mannschaften, entschied er, durften nicht berührt werden. »Der höchste Offizier«, erläuterte er, »muss immer respektiert werden.«

Bei der Durchsetzung seines Plans war es hilfreich, dass der breite stämmige Klaus ihm zur Seite stand. Trotzdem verwunderte es Adi, wie geschickt er mit solchen Dingen umgehen konnte. Mich auch.

9

Nach Klein-Adolfs ersten Kriegsspielen wurde ich angewiesen, unmittelbarer auf seine Entwicklung einzuwirken. Man muss verstehen, dass ein erweiterter Auftrag bei uns nie aus Routine erfolgt. Jeder Fall ist einzigartig. Der Durchschnittsbürger vermutet, dass man seine Seele in einem einzigen Augenblick auf ewig an den Teufel verliert, aber diese Annahme ist irrig, obwohl sie in jeder Sonntagspredigt in der Kirche als aktuelle Gefahr beschworen wird. In Wirklichkeit vereinnahmen wir die Menschen keineswegs blitzartig. Auch wird niemand, der in unsere satanischen Fallen geht, auf immer als unser Vasall gebrandmarkt. Es ist eher wie ein ständiges Tauziehen. Sobald wir einen Mandanten zu überwältigen versuchen, treten die Büttel auf den Plan. Eine vollständige Eroberung kommt selten vor. Ja, zuweilen erweist sich eine Seele, die wir oder die Büttel gewonnen haben, nach dem Kampf sogar als Abfallprodukt und nicht als Preis. (Schizophrene fallen einem solchen Streit häufig zum Opfer.)

Das Fallenstellen ist daher nicht ohne Paradox. Die Mandanten, die für uns am schwersten zu erreichen sind, verfügen gleichzeitig über das größte Potenzial. Dementsprechend haben Einzelpersonen, die wir leicht einsammeln könnten, selten echte Fähigkeiten. Einen Trunkenbold zum Beispiel kann man leicht verleumden. Wir polieren dann allerdings seinen Charme auf, damit sich seine Familie in Mitleid verzehrt und Mutter, Vater und die Sprösslinge bei dem Gedanken weinen, dass sie einen geliebten Menschen verlieren könnten. So verwunden wir die gottesfürchtigen Herzen der Familie. Aber das ist einfache Arbeit, und der Gewinn ist gering. Letzten Zielen wird damit nicht gedient. Unsere endgültige Absicht ist schließlich, die Mehrheit der menschlichen Wesen von ihrem Gehorsam gegenüber dem D.K. zu entbinden.

Es gibt noch einen anderen Faktor in unserem Krieg, den ökonomischen. Er betrifft die separaten Ressourcen der göttlichen und der satanischen Energie. Sie unterscheiden sich. Ich muss gestehen, dass selbst in den höheren Kadern der Teufel und der Engel kaum bekannt ist, wer mehr Zeit zur Verfügung hat, wenn wir um den Besitz eines bestimmten Mannes oder einer bestimmten Frau streiten. Das gilt nicht für Phänomene der Elemente. Der D.K. kann ganze Quellen Seiner göttlichen Substanz in Sonnenuntergänge gießen, die – zugegeben – die menschliche Moral fördern. In dieser Hinsicht würde ich Ihn einen Verschwender nennen, aber wir Teufel achten darauf, wie viel Zeit wir in die Sicherung eines neuen Mandanten investieren. Wenn man Jahre für einen vielversprechenden Halunken verbraucht, der am Ende zu den Bütteln überwechselt, hat man gleich einen Budget-Tadel in seiner Personalakte. Wenn wir ein Ziel anpeilen, versuchen wir deshalb, mehr Scharfsinn zu beweisen als unsere Gegner.

Deshalb verpassen wir selten die Paarungen von reichen und mächtigen Leuten (so voller Untreue!). Wie bereits angemerkt, ignorieren wir keinen Inzest, sei es bei Reichen oder bei Armen. Andere sexuelle Akte jedoch, besonders die von Engeln abgesegneten, stellen uns vor eine Herausforderung. Es ist schwierig, dabei die Blockade der Büttel zu durchbrechen, aber wir versuchen es. Mir scheint – ich wage hier nur für mich selbst zu sprechen –, der D.B. hat es nie verwunden, dass er in der Stunde, als Jesus Christus empfangen wurde, nicht anwesend war. Zum Glück für uns war Jesus ein typischer Sohn. Nach unseren Dokumenten lag Er oft im Streit mit Seinem Vater.

Ich weiche von meinem Thema ab. Wir müssen in unserer wirtschaftlichen Existenz mit einem begrenzten Budget auskommen und unsere Projekte deshalb sorgfältig auswählen. Abgesehen von Sonderfällen steigen wir nicht groß in die frühe Entwicklung von Kindern ein. »In den ersten paar Jahren«, pflegt unser Maestro anzumerken, »schwankt das Kind zwischen seinem Wunsch nach Liebe und dem Aufbau seines Willens. Diese Neigungen widerstreben einander auf so natürliche Weise, dass eine frühe Annäherung selten notwendig ist.«

Außer bei ungewöhnlichen Fällen wie dem von Adi intervenieren wir erst ab dem Alter von sieben Jahren, denn bis weit ins neunzehnte Jahrhundert hinein waren Kleinkinder immer von der einen oder anderen tödlichen Krankheit bedroht. Nach dem siebenten Geburtstag wird es für uns leichter, die prospektive Gesundheit junger Mandanten einzuschätzen. Andererseits bezeichnet unser Maestro die dann folgenden fünf Jahre als das Alter von Tollpatschen. »Sie treffen jetzt auf die Welt in ihrer grundlegenden Form, die Schuljahre. Fast alle flüchten sich in Gewohnheit, Routine und Dummheit als den nächstliegenden Schutz.« Häufiger beginnt mithin unsere Auswahl im Erwachsenenalter. Dann können wir endlich die vom D.K. investierten Energien für uns freisetzen.

Ich habe deshalb unseren behutsamen Auswahlprozess so ausführlich geschildert, weil ich betonen möchte, wie ungewöhnlich die besondere Aufmerksamkeit war, die Adi in seinen frühen Lebensjahren von uns erhielt. Dass er Adolf Hitler hieß, war damals schließlich noch völlig unwichtig.

Wie auch immer, ich hatte (durch Stellvertretung) den dämonischen Moment seiner Zeugung miterlebt und dann den Auftrag erhalten, die Arbeit derjenigen Teufel zu kontrollieren, die das Verhalten seiner Familie beobachteten. Es war eine einfache Überwachungsaufgabe. In unserem Jargon hieß sie *Milchrunde,* lange bevor Piloten der Luftwaffe diesen Ausdruck im Zweiten Weltkrieg prägten. Jeder unserer Teufel konnte in den Stunden der Morgendämmerung an den Häusern vorübergehen und aufgrund der durchsickernden kleineren oder größeren Familienzwiste feststellen, ob es seit seinem letzten Besuch neue Informationen gab. Es bedurfte keines größeren Zeitaufwandes, solange das Heim nicht von einem Büttel bewacht wurde. Normalerweise konnte man die Befunde im Vorbeigehen einsammeln.

Ich war also stets in der Lage, die Geschichte der Familie Hitler seit der Geburt von Adolf genau zu verfolgen. (Meine Teufel behielten noch zahlreiche andere Projekte in dieser Region Österreichs im Auge.) Mochten auch die Berichte meiner Agenten bislang bescheiden sein, sie reichten bis dahin. Beim Überprüfen der ersten Jahre von Adolf sah ich wenig Vielversprechendes an dem Jungen. Er lechzte furchtbar nach Liebe und war unheimlich verletzlich. Er würde wohl, schien es, später sein Ego verbergen und geduckt durchs Leben schleichen. So hätte ich zumindest geurteilt, wenn D.B. nicht bei der Zeugung dabei gewesen wäre. Dieser Umstand musste aber in mein Urteil einfließen, und so wurde die Hitler-Familie auch in den arbeitsreichsten Nächten bei jeder Milchrunde mit einbezogen.

Meine gewohnte passive Aufsicht änderte sich schlagartig an dem Tag, als Alois junior seinen Bruder Adi zum nachmittäglichen Kriegsspiel mit den anderen Jungen zerrte. Der Maestro schaltete sich ein. Ich erhielt eine direkte Order: »Kümmere dich jetzt sorgfältiger um ihn. Stärke sein Rückgrat. Wir verlieren sein Potenzial, wenn wir keine Maßnahmen ergreifen.«

10

Wenn ich einen direkten Befehl erhielt, konnte ich nicht ausweichen. Ich tat, was von mir verlangt wurde. Ich stärkte dem Jungen das Rückgrat. Ja, ich nehme für mich in Anspruch, dass ich meinen

Auftrag raffiniert ausführte. Ich versetzte ihm keine zusätzliche Spritze Mut oder Willenskraft; stattdessen versah ich ihn mit genügend Klugheit, um die Sache selber in die Hand zu nehmen. Schließlich hatte er die Tränen unterdrückt, als er im Dreck lag, und danach seine Gerissenheit bewiesen, indem er es schaffte, jeden physischen Kontakt zu vermeiden.

Mir wurde wieder die überlegene Klugheit des Maestros bewusst. Adis Potenzial war offensichtlich jeden Aufwand wert. Das Kind war einem durchschnittlichen Fünfjährigen so überlegen wie ein junges Rennpferd einem müden Maulesel. Mir gefiel die Arbeit mit ihm, und das war gut so, denn der Befehl war zu einer Zeit erfolgt, als ich mir keine zusätzlichen Belastungen meines Budgets mehr leisten konnte. Um ein Kind zu gewinnen, müssen wir meist kostbare Vorräte angreifen, nämlich die Rücklagen, die wir den Bütteln stehlen konnten. Aus purem Zwang haben wir daher das Geschick entwickelt, als Engel aufzutreten. Sogar Erwachsene, denen wir unsere Art der Liebe injizieren, neigen zu dem Glauben, sie sei echt. Ich vermute, dass Kierkegaard genau das im Sinn hatte, als er warnte, man solle sich nie zu heilig fühlen, denn man wisse nie, woher das Gefühl stamme. Es könnte Satans Werk sein.

Lassen Sie mich hinzufügen, dass wir Teufel bis zu einem gewissen Grad menschliche Wesen sind – ein guter Erlös unserer Investitionen versetzt uns in die beste Laune. Deshalb hatte ich Freude an Adi, als er seine Fähigkeit bewies, die Kriegsspiele in seinem Sinn zu verbessern.

Er begriff bald – und ich glaube, das lag ebenso an seiner eigenen Einsicht wie an meiner –, dass Vorposten notwendig waren. Es war falsch, Soldaten über die Hügel zu schicken, ohne dass sie wussten, worauf sie stoßen würden. Ein Späher von jeder Armee musste deshalb versuchen, weit genug nach oben zu gelangen, um einen Blick auf die Vorkehrungen der anderen Seite zu werfen. Mit logischer Konsequenz folgte eine weitere Änderung der Regeln – die vorrückende Armee musste schon beim Anstieg den Hügel hinan ihre Streitkräfte von einer Flanke zur anderen bewegen dürfen. Auch die

Verteidigung durfte sich verlagern. Das erforderte natürlich zusätzliche Truppen auf beiden Seiten, aber Adi überzeugte seine Rekruten bald, dass man dazu mehr Jungen aus den benachbarten Straßen und Feldern einladen sollte. Natürlich wären sie selbst als die Begründer und die Höchsten auf dem Hügel zur Beförderung berechtigt. Ich zitiere Ihnen eine Ansprache an seine Truppen.

»Warum sind wir hier?«, fragte Adolf. »Weil wir mehr über den Krieg lernen müssen? Ja. Weil wir, meine Freunde, Helden sein wollen, wenn wir erwachsene Männer sind. Stimmt das? Klaus, willst du ein Held sein?«

»Ja, das will ich.«

»Natürlich. Wir alle wollen es. Wir alle. Aber dafür müssen wir noch mehr lernen. Wir brauchen mehr Soldaten. Wie schaffen wir das? Ich sage es euch. Indem wir mit allen reden, die bei uns mitmachen wollen. Und wir im Kommando kriegen hohe Ränge. Nicht nur Hauptmann oder Major, sondern sogar General. Klaus hier wird mein Oberst.«

Das sind die Worte, die er benutzte. Ich gebe zu, dass ich ihn nach Kräften inspiriert habe. Uns steht diese Macht ebenso wie den Engeln zur Verfügung. Unter unserem Einfluss reden die Mandanten mit mehr Esprit, Selbstsicherheit und Einsicht, als wenn sie auf sich allein gestellt sind. Wir setzen diese Technik jedoch sparsam ein. Sie erfordert den Zugriff auf spezielle Fonds.

In diesem Fall hat es sich gelohnt. Ich hatte ihm geholfen, indem ich ihn mit einer Eloquenz ausstattete, die kein normaler Fünfjähriger aufbringt – doch einige dieser Redewendungen stammten von ihm selbst. Es dauerte nicht lange, bis er mit seinen Truppen stundenlange Kämpfe ausfocht. Die Regeln wurden ständig geändert. Die Anzahl stieg auf fünfzehn bis zwanzig Soldaten pro Seite. Eine Botschaft von D. B. traf ein: »Genug für jetzt. Warten wir ab, wie viel davon nach dem Umzug bleibt.«

Das war typisch für den Maestro. Wir mussten auf schnelle Änderungen gefasst sein. In der Situation der Familie war eine Änderung eingetreten. Alois brachte Klara, Angela, Alois junior, Adi und den

Säugling Edmund auf einen Bauernhof in einiger Entfernung von Linz.

Nach dem vorläufigen Ende der Kriegsspiele glaube ich jetzt ein möglicherweise wachsendes Unbehagen des Lesers beseitigen zu müssen. Gute Leser sind eine ungeschützte Spezies, ihre Treue ist oft stärker als ihr Urteil. Vielleicht fühlt sich manch einer unbehaglich, weil ihm die ersten Errungenschaften des Kindes Adolf Hitler gefallen haben. Seien Sie unbesorgt. Wenn die Talente oder Triumphe eines Protagonisten beschrieben werden, stellt sich unweigerlich bei fast jedem Leser ein Hochgefühl ein, besonders wenn eine sentimentale oder besser noch eine magische Prise beigemischt ist. Das sind nützliche Arbeitsmittel für jeden Autor, der rasch Emotionen wecken will. Deshalb berufen sich so viele populäre Schriftsteller auf uns. Und wir lieben sie. Wir beschimpfen sie nicht. Wir erfreuen uns an ihnen. Populäre Schriftsteller glauben meist, dass sie sowohl für Gott wie für ihr Bankkonto arbeiten. Wir ermutigen sie, ihre Leser in ganze Bäder von irrigen Vorstellungen zu tauchen. Der Profit fließt uns zu. Ein falsches Verständnis der Realität vergeudet die Zeit Gottes, und das ist eine Form der Verzinsung für unseren Haushalt.

Buch VI

Der Bauernhof

1

Ja, Alois stand vor seiner Pensionierung. Er wollte einen Bauernhof kaufen. Während seines letzten Dienstjahres hatte er sich schon umgesehen, und im Februar 1895 kaufte er ein nach seiner Meinung geeignetes Anwesen in einem Ort namens Hafeld, etwa dreißig Meilen von Linz entfernt. Im April zogen Klara und die Kinder in das neue Heim. Es war wirklich ein ländlicher Ruhesitz. Die nächste Schule gab es im Nachbardorf Fischlham, eine Meile entfernt, und dort sollte Adolf nach dem Sommer in die erste Klasse kommen. Klara wohnte die nächsten Monate allein mit ihren vier Sprösslingen auf dem Hof, bis Alois seinen Dienst in Linz beendet hatte.

Es konnte nicht ausbleiben, dass die Pensionierung einige Risse in seinem bisher so imponierenden Lebensgebäude öffnete. Ich meine damit Alois' Ego. Wenn man überlegte, dass er stets mit den kärglichsten Mitteln hatte auskommen müssen, um sein seelisches Gleichgewicht zu wahren, so hätte ihm jetzt vielleicht ein wenig meditativer Honig zugestanden.

Aber er bekam ihn nicht. Zu schade! Wenn er wenigstens die Arbeit auf seinem letzten Posten in Linz genossen hätte, wäre ihm sein endgültiger Titel als Hauptzollbeamter wohl eine echte Genugtuung gewesen. Doch die Personalprobleme, mit denen er schon in Passau zu tun hatte, wurden in Linz noch größer. Linz stand für die Finanzwache im Mittelpunkt der Aufmerksamkeit. Es war die Hauptstadt der wichtigen Provinz Oberösterreich, und in der Zollbehörde drängten sich ehrgeizige junge Beamte, die keine Gelegenheit verpassten, den länger gedienten Beamten von geringerer Herkunft ihre Verachtung zu zeigen, wenn sie Fehler machten. Die meisten dieser jungen Männer schienen ihren Aufstieg in höhere Ämter für selbstverständlich zu halten, und ein derartiges Selbstbewusstsein bei Anfängern verunsicherte Alois. Zum ersten Mal in all den Jahren, seit er die Uniform trug, war sein Auftreten nicht mehr das eines tadellosen Würdenträgers. (Es erforderte jetzt zu viel Mühe.) Auch war er nicht mehr so pünktlich wie früher. Manchmal, wenn er jemanden dienstlich tadeln wollte, zögerte er kurz, um über die möglichen Konsequenzen nachzudenken. Schlimmer noch: Ein- oder zweimal vergaß er sogar, was er eigentlich sagen wollte.

Deshalb lockerte er die Raucherregeln. Er genoss die gezügelte Wut der jungen Beamten nicht mehr. Allmählich hatte er den Eindruck, dass alle seine Kollegen, die jungen wie die alten, schon ungeduldig auf seine Pensionierung warteten. Schließlich hatte er fast vierzig Dienstjahre hinter sich. Obwohl er noch zwölf Monate weiterarbeiten konnte, schien ihm das nicht klug. Die ständigen Nadelstiche gegen seine Eitelkeit weckten in ihm einen bescheidenen Traum. Was wäre, wenn er beschloss, Landbesitzer zu werden? Es wäre bestimmt nicht schlecht, da draußen in der Herbstsonne seine letzten guten Jahre zu verbringen. Zum Teufel! Als Bauer geboren, würde er als wohlhabender Mann enden, der zur Scholle zurückgekehrt war.

Geld hatte er genug. Er konnte einen anständigen Hof bar bezahlen. Er hatte seine Pension und seine Ersparnisse – er und Klara waren immer sorgfältig gewesen. Außerdem besaß er die Beträge und die Zinsen aus der Mitgift von drei Ehefrauen. Man konnte sagen, dass die beiden ersten echtes Geld in die Verbindung eingebracht hatten. Obwohl es Anna Glassl durch rechtliche Schritte gelungen war, wegen der Trennung die Hälfte ihrer beträchtlichen Aussteuer zu retten, war die übrige Hälfte keineswegs gering. Franziska reichte zwar an dieses Maß nicht heran, aber sie war das Kind eines wohlhabenden Bauern gewesen. Sogar der alte Johann Pölzl, Klaras Vater, hatte ein paar sauer ersparte Kronen hingelegt, als sie heirateten.

Andererseits verstand Alois nur zu gut den Wert des Geldes. Nicht alle Münzen waren gleich. Tief im Unterbewusstsein spürte er, dass man einen Zehnten auf unrecht erworbenes Gut entrichten musste. Geld spiegelte die Art wieder, auf die man es erworben hatte. Manchmal machte ihn der Gedanke schaudern: Ein Großteil seines Wohlstandes entwuchs der Graberde toter Ehefrauen und ihrer Mitgift.

Während seines letzten Dienstjahrs, in dem Klara die Kinder in Passau versorgte und er in Linz seine Freiheit hatte, fühlte er sich schon zu alt für andere Frauen. Das bewog ihn, zur Scholle zurückzukehren. Er hatte immer von Johann Nepomuk gehört, »die wahre Frau ist in den Äckern.« Dem alten Mann brauchte man nur einen Trunk zu geben, und er wiederholte es unablässig. »Die wahre Frau – schau nach der wahren Frau in den Äckern aus. Achte die Äcker.«

Es war ein Spruch, der Alois gefiel, obwohl seine gegenwärtigen Pläne keine schwere Arbeit in den Feldern vorsahen. Sein Ziel war vielmehr die Apikultur. Er wollte Bienenkörbe einrichten und den Honig vermarkten. Das sollte seine Ernte sein. Trotzdem, ein Stück Land zu besitzen war wie der Erwerb eines zusätzlichen Standbeins, eine fünfte Körperstütze sozusagen, so wichtig für ihn mit seinen bäuerlichen Wurzeln wie der Rüssel für einen Elefanten.

Vor fünf Jahren, um die Zeit der Geburt Adolfs, hatte er schon einmal einen Bauernhof gekauft. In vielerlei Hinsicht war dieser Erwerb wichtiger für ihn als die Geburt. Anders als Klaras erste drei Säuglinge würde das Land nicht sterben.

Doch das Gegenteil trat ein. Zwar ging das Land nicht zugrunde, aber sein Besitzanspruch erlosch. Das Grundstück lag in der Nähe von Spital, etwa hundert Meilen von seinem Arbeitsplatz in Braunau entfernt, doch er hatte damals schon die Absicht, sich später dorthin zurückzuziehen. In der Zwischenzeit konnte er auf diese Weise seine Schwägerin Johanna Pölzl versorgen, statt sie als Dienstmädchen unter seinem Dach zu beschäftigen. Er mochte Johanna nicht jeden Abend in seinem Wohnzimmer sehen, nicht mit diesem Dom auf ihrem Rücken. Die arme Bucklige!

Trotzdem spürte er eine gewisse Bewunderung für seine Schwägerin. Johanna hatte nicht die geringste Angst vor Gott. Sie traute ihm nicht. »Gott«, erklärte sie, »brauchte nicht so viele von uns in der Pölzl-Familie zu töten.« Davor zog Alois den Hut. »Sie ist nicht wie meine Frau«, erzählte er gern in der Taverne. »Klara küsst jedes Kreuz, an dem sie vorbeikommt.«

Jedoch, Johanna betrieb den Hof schlecht. Früher oder später war jeder Mann, den sie zur Arbeit einstellte, von ihrer scharfen Zunge verprellt. Am Ende beschloss sie, wieder zu ihrem Vater und ihrer Mutter zu ziehen, die auch Johanna hieß. Wir erinnern uns, dass diese Johanna in einem unvergesslichen Augenblick die Geliebte Alois' gewesen war. (*»Sie ist hier!«*)

Alois gelang es, seinen ersten Bauernhof mit einem geringen Profit zu verkaufen, und er war nun nicht abgeneigt, das Eigentum in Hafeld zu erwerben. Es war ein Hof, den er selbst bewirtschaften konnte. Er hieß Rauscher-Gut und bestand aus neun Morgen Weideland und einem zweistöckigen Holzgebäude mit Strohdach und einer schönen Aussicht auf die Berge des Salzkammerguts. Zusätzlich gab es Obst-, Eichen- und Walnussbäume. In der Scheune war ein Heuschober, und in den Ställen standen zwei Pferde, eine Kuh und eine preisgekrönte Sau.

Alles schien perfekt. Nach dem Kaufabschluss (und erst *danach*) deuteten die ansässigen Bauern indes dem neuen Nachbarn an, das Land sei wohl schön, aber nicht für seine Erträge berühmt.

Solche Kommentare betrachtete er als normalen Tort, mit dem jeder Neuankömmling rechnen musste. Oh, versicherte er ihnen, das spiele keine Rolle. Er werde das Land brachliegen lassen. Er sei hier, um Bienen zu züchten. Das sei sein Element. Guter Honig sei die profitabelste Art aller Ernten.

In den letzten Tagen vor seiner Abschiedsfeier (die für Alois' Erwartung genügend Lob enthielt und für Klara beeindruckend, ja begeisternd war) lud er an mehreren Abenden seine Kollegen zum Umtrunk ein, um ihnen nach Jahrzehnten der Zusammenarbeit etwas persönlicher Lebewohl zu sagen. Da er nicht als betagter Mann erscheinen wollte, der von der Vergangenheit schwärmte, redete er von seiner Zukunft; er forderte seine Untergebenen auf, dazu ein paar alte Kumpel und einige ehrbare Vertreter der Stadt, mehr als einen Krug auf die Vorteile und Geheimnisse der Bienenzucht mit ihm zu leeren. Ja, er traktierte jeden Abend jedermann am Tisch derart mit seiner »geheimnisvollen Psychologie dieser kleinen Kreaturen«, dass die jüngeren Beamten einander warnten: »Heute Abend soll die Rauchwolke uns nicht mit ihren Bienen ausräuchern.«

Er hielt sich tatsächlich für einen Experten bei diesem Thema. Welche Errungenschaft für einen ungelernten Bauern aus dem Waldviertel, dass er hier gleich einem akademischen Wissenschaftler Vorlesungen halten konnte!

In den Wochen vor seiner Pensionierung redete Alois also in derselben Linzer Taverne, die er jeden Abend nach seiner Schicht im Zollhaus frequentiert hatte, unablässig über die höheren Begriffe der Apikultur. Honigbienen bildeten eine erstaunliche Welt, informierte er seine trinkenden Genossen. »Mit wenigen Ausnahmen opfern diese winzigen Wesen ihr Leben für einen einzigen Zweck: Sie wollen für die kommenden Generationen eine Zukunft aufbauen. Der Honig, den sie aus dem Nektar und dem Blütenstaub saugen, ist nicht nur für ihren eigenen Verbrauch bestimmt, meine Herren, sondern auch, um die Larven zu füttern.« Er nickte. »Diese Larven liegen in den winzigsten sechseckigen Zellen, ein Wunder der Natur, denn sie sind symmetrisch aus eben dem Bienenwachs gebaut, den die Arbeitsinsekten aus den Pollen herstellen. Dieser Prozess, meine Herren, ist so geheimnisvoll, dass selbst die modernsten Chemiker ihn nicht völlig verstehen.«

Die Gesellschaft nickte niedergeschlagen, der Monolog passte nicht zum Bier. Aber Alois benahm sich an diesen Abschiedsabenden wie ein Dozent, der einen geradezu unbestechlichen Mangel an Gespür für sein Auditorium bewies. »Manche Bienen«, erläuterte er, »die kräftigeren, werden die Wächter am Flugloch. Wusstet ihr das? Sie gehen mit ihrem Leben in den Kampf. Sie wehren sogar solch übermächtige Räuber ab wie Wespen oder Spinnen oder Termiten.

Ja, die gesamte Welt der Insekten ist auf kostenlose Honigmahlzeiten aus. Aber das ist nicht das einzige Hindernis für ein friedliches Leben der Bienen.

Den ganzen Sommer hindurch sind viele Arbeitsbienen ständig damit beschäftigt, das Innere des Korbs zu kühlen. Wie? Durch unermüdliche Tätigkeit. Sie hören nicht auf, mit den Flügeln zu schlagen. Viele verschleißen dabei sogar ihre Flügel. Danach sterben sie. Sie geben ihr Leben hin in dem Bemühen, einen Durchzug im Korb zu bewirken. Warum? Weil die Larven starke Hitze nicht überleben. Überlegt euch das mal. Tausende Flügel wirbeln, während andere Bienen hinausfliegen und Vorräte aus den Blumenfeldern zurückbringen. Sie sammeln die Pollen in Körbchen an ihren Beinen, und auf dem Rückflug zum Korb schaffen sie es, mit dem Gewicht des Blütenstaubs und des Nektars, das schwerer ist als ihr eigener Körper, in der Luft zu bleiben. Ich sage euch, sie bilden eine Gemeinschaft, die der unseren nicht unähnlich ist, die aber bestimmt härter arbeitet.«

Keiner der jungen Beamten wollte widersprechen. (Hätten sie es getan, wäre er womöglich eine weitere Stunde fortgefahren.) Stattdessen antwortete einer der älteren Vertreter der Stadt. Nach ein paar mächtigen Zügen an seiner Pfeife sagte er: »Schau her, Alois, es sind bloß Insekten.«

»Nein, mein Lieber. Bei allem Respekt muss ich entgegnen, dass du irrst. Es steckt viel mehr in ihnen, als man denkt. Manche Bienen erfüllen einen höheren Zweck als der durchschnittliche menschliche Tölpel. Ich behaupte, sie gehören zu den Wundern unseres Universums.«

2

Ich war auf Alois' Interesse an diesen Dingen nicht vorbereitet. Er war nicht mehr der Mann, den ich kannte. Zwar sah ich seinen praktischen Zweck, da sich das Produkt gut verkaufen ließ, aber die Bienenzucht hatte auch ihre Risiken, einschließlich der Gefahr, sich eine Menge schmerzhafte Stiche einzuhandeln. Andererseits war es für ihn vielleicht vernünftiger, seine Kraft auf dieses Vorhaben zu verwenden, als Felder zu pflügen und damit sein verbrauchtes Herz zu überfordern.

Ich litt trotzdem unter einem beklemmenden Verdacht. Alois war zu hingerissen von seinem eigenen Enthusiasmus. Er kümmerte sich nicht genug um den Profit. Das verstörte mich. Es ist gewöhnlich Geldgier, die Leute wie Alois zu neuen Aktivitäten antreibt. Das Fehlen dieser Gier legte nahe, dass er deshalb das Wagnis einging, weil es irgendetwas in seinem Inneren befriedigte, das ich noch nicht entdeckt hatte.

Ich erinnerte mich, dass er einmal in einer kleinen Stadt nahe Braunau mit neuen Plänen für die Bienenzucht herumgespielt, sich aber bald eines Besseren besonnen hatte. Damals hatte er mühsam einen kurzen Artikel für eine Fachzeitschrift verfasst, der auch veröffentlicht worden war. Alois hatte sich ein bestimmtes Buchwissen über das Thema angeeignet und daraus Schlüsse für neue Methoden der Kultivierung gezogen. Aus Stroh gefertigte Bienenkörbe, erklärte er, seien bald außer Mode, weil sie zu viele Nachteile hätten. Um den Honig zu ernten, mussten die Züchter das Bienenvolk mit Rauch betäuben. Dadurch fiel fast der gesamte Inhalt des Korbes ins Koma. Es war ein grober und ungenauer Prozess. Manchmal musste man den Korb aufbrechen, um das Produkt herauszuholen. Trotz des Rauchs waren dann manche Honigbienen noch wach genug, um den Imker zu stechen.

In England und Amerika wurde jedoch eine viel diskutierte Innovation entwickelt. Das war die Pointe seines Artikels. Sogar in Österreich gab es inzwischen Bienenzüchter, die den alten Korb abschaffen wollten. Zu seiner Zeit hatte der alte Stroh- oder Weidenkorb eine Verbesserung gegenüber der barbarischen, seit dem Mittelalter üblichen Praxis dargestellt, mit der man die Bienen aus ihrem Baumloch nach draußen jagte. Heutzutage redeten fortschrittliche Imker von Körben, aus denen etwas Ähnliches werden könnte wie Hauptstädte für Bienen. Das führte er in seinem Beitrag aus. Das neue Heim sei nicht größer als ein Holzschrank, den man auf eine Bank setzte und mit vertikal angeordneten Wachstafeln füllte. Die Arbeitsbienen konnten darin ihre winzigen Waben bauen. Und das auf höchst geordnete Art! Da viele Tafeln in den Holzbehälter passten und jede davon in einem Gitternetz Platz für Tausende von Zellen bot, glaubten manche Züchter schon, das Hochhaus für Bienen sei erfunden worden.

Das war also die visionäre Pointe seines Artikels gewesen. Um Klara von seinem Plan zu überzeugen, betonte er ihr gegenüber den pekuniären Aspekt. Gutes Geld würde aus sauberer Arbeit zurückfließen, und Alois junior und Angela könnten mithelfen. Auch Adi. Er redete ihr ein, das Projekt sei enorm praktisch.

Ich war bestürzt. Klara mochte ihm glauben, aber ich nicht. Ich wusste, dass Alois nach einem Weg suchte, um dem Dummkopf näher zu kommen. Das war ein Umstand, den ich nicht ignorieren durfte.

3

Alois zählte nie zu unseren Mandanten. Nach unseren Maßstäben war er ein durchschnittlicher Mensch, korrupt genug, um uns zu nützen, wenn wir ihn einmal wirklich brauchen sollten. Wir vermuteten, dass er dann zugänglich wäre. Die Büttel würden den Kerl kaum beachten. Wozu auch? Was gab es an ihm zu beschützen? Was jedoch Klara betraf, hielten wir uns zurück. Wir hätten uns sonst ins eigene Fleisch geschnitten. Wir brauchten sie nicht unmittelbar. Wie ich schon zuvor angemerkt habe, können die liebevollsten Mütter böse Kinder gebären. Durchschnittsmenschen fühlen sich von dem Gedanken abgestoßen. Es erschüttert ihren Glauben an den Dummkopf. Wie konnte Gott das zulassen? Eine verbreitete Klage.

Alois nützte uns direkt. Er war derart verlässlich in seinen Stärken und Gewohnheiten und seiner inneren Grausamkeit (nicht zu erwähnen seine Grobheit im Umgang), dass wir je nach Bedarf Adolfs Hass auf seinen Vater anheizen oder reduzieren konnten. Der Junge wurde nach unserem Willen geformt. Glauben Sie mir, wir hingen von Alois ab.

Doch inzwischen erschien mir seine Bienenverliebtheit untypisch. Atheisten wie Alois gehen ihren Lebensweg bis hin zum Grab ohne Furcht davor, dass Gott vielleicht doch das Universum geschaffen hat. Sie gleichen im umgekehrten Sinn frommen Jungfrauen, die sich vor der Versuchung des Fleisches fürchten. So wie Jungfrauen sich mit verschiedenartigem Lustersatz behelfen, so finden Atheisten ihre Substitute bei den Heiden oder bei anderen Autoritäten wie heutzutage der Technologie. Sie suchen auf ihre eigene Weise nach Lösungen für die Probleme der Menschheit. Gelegentlich versenken sie sich in Phänomene der Natur. Bei Alois war es seine naive Idee einer Symbiose zwischen den Wuchtigen und den Winzigen, zwischen Menschen und Bienen.

Mit Besorgnis drang ich daher eines Nachts in sein Inneres – ein teures Unterfangen, da er nicht unser Mandant war. Es war aber notwendig, um seine Motive zu begreifen. Und es lohnte sich. Alois sah im Leben der Bienen Parallelen zu seinem eigenen. Das beunruhigte mich. Er verstand, warum die kleinen Kreaturen auf frischen Blumenfeldern Nahrung suchten.

An warmen Tagen spüren diese Futterfahnder die Hitze der Sonne und das tiefe Sehnen, das die Sonne in den Blütenblättern entfaltet. Ohne die mystische Seite seines Wesens zu bemühen, sah Alois ständig das Bild der Honigbiene an der Öffnung des Blumenkelchs vor sich. In der sengenden Sonnenhitze überließ die Blume ihren Nektar der Bienenzunge, und die Haare der Honigbiene wurden von den Pollen bestäubt. Im nächsten Moment löste sich die Biene aus ihrer leidenschaftlichen Lust, um in einen anderen Kelch einzutauchen, der sich vor ihr in der Brise wiegte. Sie sammelte immer mehr Nektar ein, während sie den Blütenstaub von der ersten Blume auf die nächste streute. Schwere Arbeit und befriedigte Sehnsucht!

Er fühlte sich diesen Bienen verbunden, wie sie auf dem Heimflug schwankten, mit ihren Körbchen voll Pollen und dem Magen voll Nektar. Hatte Alois nicht den Frauen viel geschenkt und daraus viel Gewinn gezogen? Zumindest hatte er es geschafft, in seinem Zipfel der Welt den gesamten Zollbereich zu kontrollieren. Er wusste am Ende immer, was richtig und was falsch war an den Erklärungen, die von den Durchreisenden vorgelegt wurden – insbesondere bei Frauen, die ihn hintergehen wollten, es aber nicht konnten, weil er klüger war. Er besaß den echten Honig, den der Weisheit. Er wusste, was andere vorhatten, er kannte all die kleinen Geheimnisse der Touristen und der Händler, Geheimnisse so süß wie Honig, all die kleinen Waren, die Reisende stehlen und für sich behalten wollten. Aber er war da, um ihre Schliche aufzudecken. Er konnte an den heißesten Sommertagen so schwer und so lange wie eine Honigbiene arbeiten, um den Jahrhunderte alten Ruhm des einmaligen Reichs der Habsburger zu mehren.

Nicht alle Habsburger waren groß gewesen, gab er zu, sie waren auch nicht alle gute Menschen, aber die besten von ihnen waren so gut wie Franz Joseph, nämlich sehr gut. Wie wir wissen, glaubte Alois dem Kaiser ähnlich zu sein – die gleichen Koteletten, die gleiche Würde. Es hieß, Franz Joseph könne ohne Ende seinen ehernen Pflichten nachgehen. Wenn nötig, konnte Alois es auch. Und doch wussten sie beide, der Kaiser und er, dass es nicht genügte, den Honig anzuhäufen, man musste sich auch dessen Geschmack bewahren.

Einige seiner Bekannten in Linz, Narren zumeist, waren schockiert von dem Gerücht über die Schauspielerin Katharina Schratt, die Franz Joseph zu seiner Geliebten genommen hatte. Wie konnte das sein? Die Frau des Kaisers war so schön – die Kaiserin Elisabeth. Die Nachricht hatte sich verbreitet wie Öl auf Wasser. Aber Alois war nicht schockiert. Er verstand. Männer mussten einen Anteil des Honigs für sich behalten.

Ich darf mich nicht von Alois' wollüstigen Gedankengängen fortreißen lassen. In Wahrheit hatte er Angst vor Bienen. Im vergangenen Jahr war er so böse und apokalyptisch (wenn ich es so ausdrücken darf) gestochen worden, dass er den anschließenden Schwindelanfall nie wieder vergaß. Welche Macht, Schmerzen zu verursachen! Dass sie in solch kleinen Wesen steckte! Dieser Schmerz konnte nicht bloß von der Honigbiene stammen, entschied er. Ein derartiger Schmerz trug den Zorn der Sonne in sich. Damit war Alois vertraut. Er hatte an vielen Augustnachmittagen in seiner dichten Uniform arbeiten müssen. Er kannte den Zorn der Sonne, und Honigbienen waren Agenten der Sonne, wie er selbst ein Agent der Habsburger und dadurch der erhabenen endgültigen Macht nahe war.

Konnten diese Offenbarungen im Zusammenhang mit seiner baldigen Pensionierung stehen? Ich schaute mit einigem Bangen den unvorhersehbaren Veränderungen entgegen, wenn er bei seiner Familie auf dem Hof lebte.

4

Als sie im April zum ersten Mal in dem Haus in Hafeld schliefen, wurde Klara wieder schwanger. Bis dahin war sie mit den Kindern in Passau geblieben. Edmund kränkelte, und es war Winter. Alois konnte erst nach seiner Pensionierung Ende Juni zu ihnen auf den Hof ziehen. Im April nahm Klara jedoch alle Beschwernisse in Kauf und fuhr gleich nach Ostern mit Angela, Adolf, Edmund und ihrer gesamten Habe nach Linz. Die Reise war umso schwieriger, als Alois junior ihr nicht mit dem Gepäck helfen konnte – er musste zurückbleiben und bis zum Ende des Schuljahrs bei einem Nachbarn wohnen. Angela hingegen war ihr eine große Hilfe. Sie hatte darauf bestanden, den Unterricht abzubrechen und Klara zu begleiten.

»Die Schule ist nicht so wichtig«, sagte sie. »Ich hole alles im nächsten Jahr nach, aber jetzt brauchst du mich auf dem Hof. Da will ich bei dir sein.«

Sie hatte recht. Klara wusste es und war gerührt. Ich würde sagen, in diesem Moment begann Klara, sie wie ihre eigene Tochter zu lieben. Sie spürte in ihrer Unschuld, dass Angelas Gefühle echt waren. Sie war gern in die Schule gegangen, aber sie sorgte sich mehr um Klaras Wohlergehen, und Klara wiederum war mehr als eine gute Stiefmutter geworden, viel mehr.

Trotz aller Probleme fuhren sie früh am Morgen mit dem Zug von Passau ab, und ihr Mann wartete in Linz am Bahnhof mit einem großen Wagen und zwei Arbeitspferden, um ihre Koffer, Taschen, Kisten und Pakete die letzten dreißig Meilen nach Hafeld zu transportieren.

Diese Etappe dauerte vom Mittag bis zur Dunkelheit, aber der Tag war warm, und Alois unterhielt die Kinder zur allgemeinen Überraschung mit einem Lied nach dem anderen – seine Stimme war sonor, und Klara, die einen feinen Sopran hatte, stimmte mit ein, wenn sie den Text kannte. Alois war in selten guter Stimmung und stolz auf seinen geschickten Umgang mit den Pferden und dem Wagen. Es war einige Jahre her, seit er das letzte Mal auf einem Wagenbock gesessen hatte, und er wollte schon einen Kutscher bestellen, aber angesichts seiner kommenden Pflichten als Bauer übernahm er die Aufgabe doch selbst.

Wie ortsüblich hatte der vorherige Hofbesitzer die offenen Kamine mit Holzscheiten und Zündmaterial gefüllt, sodass die Zimmer bald warm wurden. Mit einer Schüssel Kartoffelsuppe, Brot und Leberwurst hatten sie genug zu essen. Sie gingen glücklich zu Bett. Alois würde den nächsten Tag bei seiner Familie verbringen, bevor er mit dem gemieteten Wagen wieder nach Linz zurückfuhr.

In der ersten Nacht wollte Alois seine Hoheit über den neuen Besitz unter Beweis stellen. Im Licht der Gaslampe in ihrem Schlafzimmer betrachtete er Klaras sonnengebräuntes Gesicht, und als er ihr ein Kompliment machte, lachte sie mit ungespielter Freude.

»Deine Nase ist auch ganz rot von der Sonne, Onkel«, sagte sie.

»Ach«, sagte er, »du nennst mich immer noch Onkel. Wir sind fast zehn Jahre verheiratet, und was bin ich für dich? Onkel Alois? Oder alter Onkel Alois?«

»Nein«, sagte sie, »wir sind stolz auf dich. Besonders heute. Die

Pferde und der Wagen. Du hast alles geschafft. Und so gut. Und zum ersten Mal.«

»Nun, ich kann vieles, wovon du nichts weißt. Ich bin nicht so einfältig, wie du glaubst.«

»Ich glaube nicht, dass du einfältig bist«, sagte sie. »Nein, das bestimmt nicht.«

»Was glaubst du denn, meine kleine Nichte? Sag's mir.«

Sie sprach nicht oft so direkt mit ihm, aber an diesem außerordentlichen Abend antwortete sie: »Warum sagst du mir nie, dass du mich liebst?«

»Vielleicht deshalb«, entgegnete er, »weil du mich immer noch Onkel nennst.«

Zu seinem Erstaunen antwortete sie, wie er es eher von Frauen anderer Art erwartet hätte: »Vielleicht nenne ich dich Onkel, weil du solch ein großer gesunder Kerl von Onkel bist.«

Das ließ ihn aufhorchen. Sofort begann der Hund an der Leine zu zerren. »Woher weißt du, wie groß ein gesunder Kerl ist?«, fragte er.

»Ich weiß es nicht. Aber ich kann schätzen. Du bist ein sehr großer Onkel.«

Danach wurde sie schwanger. Er war so erregt, dass er sie neben dem Bett nahm, beide stehend und halb ausgezogen, und dann noch einmal im Bett. Er war voller Liebe, zu sich selbst und seiner Potenz – welche Kraft für sein Alter. Dann spürte er Liebe zu ihr und viel Liebe für seinen Hof. Es war ein schönes Stück Land. Er freute sich sogar darauf, den Kindern ein wenig näher zu kommen, er sah sie schon neben ihm auf den Feldern arbeiten. Im Halbschlaf träumte er noch von Sommerbienen, die über die Wiesen flogen. Es entzückte ihn geradezu, welche Kraft in seinen Lenden steckte. Alles verband sich in dieser Nacht aufs Schönste – warum waren ihm Zweifel gekommen?

Er hielt Klara sogar in seinen Armen, was er selten tat, und als der Druck seiner Blase ihn weckte, stieß er beinahe den Nachttopf um. Er stolperte in der Dunkelheit des unvertrauten Schlafzimmers umher, und Klara kicherte. Als er zurück ins Bett kam, legte sie wieder ihre Arme um ihn. »Ich bin glücklich«, sagte sie. »Ich glaube, hier sind wir richtig.«

»Schweig still!«, knurrte er. »Sei keine Gans! Man macht keine dummen Voraussagen.« Ja, er spürte den Boden des Hofs, alle neun Morgen vorn und hinten, und er war so abergläubisch wie die Bauern in seiner Kindheit. Man sollte nicht wie Klara aus einem guten Gefühl heraus in die leere Nachtluft hineinreden. Zumindest nicht laut! War denn die Nacht so leer? Wer wusste, welche Wesen da zuhörten?

Am Morgen machte er sich ungeduldig ans Auspacken. Er wollte draußen über sein Grundstück laufen. Klara übernahm den überwiegenden Teil der dringendsten Aufgaben, während er die Kinder durch die Scheune führte. Adi und Edmund drängten sich dicht an ihn vor der tierischen Bedrohung durch die zwei Pferde, die Kuh und die preisgekrönte Sau, die im Kaufpreis inbegriffen waren. Die Tiere waren riesig, und die Sau stank fürchterlich.

Alois schickte Adi und Edmund ins Haus zurück, um ihrer Mutter zu helfen. Das war ein Witz. Klara sollte die Kuh melken, das Schwein füttern, das Pferd striegeln und die Hühner versorgen, während er einsam über seine Ländereien wanderte. Er musste mehrere Entscheidungen treffen. Deshalb erkundete er noch einmal den Zustand der Obst- und Walnussbäume. Bei seiner letzten Inspektion hatte dichter Schnee den Boden bedeckt, doch die Bäume wirkten gesund, und die starken Äste schienen zu tragen – das Laub sah insgesamt dicht und gleichmäßig aus, ohne allzu viele Verunstaltungen durch verrückte Gewitter während ihrer Jugend.

Er hatte das Gelände bisher nur oberflächlich betrachtet. Es genügte ihm, dass der Preis stimmte und dass man vom Haus eine schöne Aussicht hatte. Er musste damals schnell handeln – er konnte nicht ganze Tage auf die Hin- und Rückreise nach Linz vergeuden.

Nun war er nicht mehr ganz so zufrieden mit seinem Kauf, wie er gehofft hatte. Indem er über die Wiesen schritt und den einzigen kleinen Hügel seiner neuen Domäne hinanstieg, stellte er fest, dass sein Land schmaler war als in seiner Erinnerung, eben nicht mehr als neun Morgen oder so groß wie ein gut bemessenes Paradefeld. Andererseits mochten drei bis vier Morgen ein vernünftiges Kartoffelfeld abgeben. Sollte er auf einem weiteren Morgen Rüben anbauen? Konnte er schon dieses Jahr anpflanzen? Das war die Frage. Er konnte erst Ende Juni, Anfang Juli richtig loslegen, wenn Alois junior nach dem Ende des Schuljahrs wieder zu Hause war und ihm beim Pflügen half.

Die ganze Zeit über fühlte er sich enttäuscht. Es wurde ihm immer klarer, dass er seine Bienen in diesem Sommer nicht mehr kultivieren konnte. Das Projekt musste warten. Die Honigernte begann im April und dauerte höchstens bis zum September. Man durfte den Anfang nicht verpassen. Jetzt hatte er neun Monate für die Vorbereitungen, bis er permanent hier leben würde, Ende Juni. Bei diesem Gedanken überlief ihn plötzlich ein Schauer der schlimmen Vorahnung. Wusste er, was er tat? Er musste diese Zweifel unbedingt verdrängen. Er hatte seine Gefühle immer kontrolliert und durfte sich jetzt nicht gehen lassen.

5

Anfang Juli war Klara sichtbar schwanger. Wenn der Säugling ohne Zwischenfall geboren wurde, hatte Alois nach sieben Monaten insgesamt acht lebende oder verstorbene Kinder gezeugt. Wenn er wollte, konnte er natürlich noch ein paar weitere, nicht identifizierte hinzufügen; schließlich hatte er früher eine Reihe Köchinnen und Zimmermädchen gekannt, die mit mehreren Partnern verkehrten. Wenn eine davon ihm erzählte, sie sei schwanger, gab er jedes Mal zu, dass er der Vater sein könnte – aber stimmte es nicht, dass sie auch mit Hans und Gerhardt und Hermann und Wolf zusammen gewesen war? Mit seltenen Ausnahmen (wie Fanni) konnten diese Frauen sich nicht wehren. Es genügte, dass man ihnen ein anständiges Geschenk gab.

Hier in Hafeld stand er vor der Kehrseite solcher Erfolge. In der Julihitze musste er bei jeder Mahlzeit in seinem Bauernhaus fünf Gesichter anblicken, von Klara bis hinunter zu Edmund, der sechzehn Monate alt war und zu sprechen anfing. Im Januar würde noch ein Kind dazukommen. Er war an Menschengesichter vor seinen Augen gewöhnt, er begegnete früher jeden Tag mehr neuen Gesichtern als die meisten anderen Menschen, aber jetzt waren es immer dieselben Visagen. Hatte Edmund ein neues Wort gelernt, oder war es nur ein Gurgeln in seinem Hals? Solche Fragen interessierten ihn nicht.

Die Bewirtschaftung des Hofs war eine andere Sache. Es freute ihn, wie Angela arbeitete. Für eine Zwölfjährige, die ihre Hände mit kalter Creme eingerieben hatte, seit sie acht war – ein kleines verwöhntes Stadtmädchen –, erwies sie sich jetzt zu seiner Überraschung als echte Hilfe. Sie striegelte das Pferd und wusch die Kuh, selbst wenn diese gewichtige Dame gar kein Bad brauchte. Sie brachte Adolf und Edmund zum Lachen, wenn sie der Sau das Futter vorlegten und ihr seliges Grunzen hörten. Rosig war groß für ein Schwein, sogar für ein preisgekröntes Schwein, und schien glücklich in ihrer stinkenden Suhle mit der rosa Rosette über der Stalltür, der Auszeichnung vom vergangenen Sommer. Wenn sie die schwerste Arbeit hinter sich hatten, wollte Klara das Tier im nächsten Sommer wieder für den örtlichen Wettbewerb anmelden. Ja, meinte Alois, auch seine Tochter hatte einen Preis verdient. Angela machte sich die Mühe, den Dung der Hoftiere zu trennen. Sie trug jeden Auswurf auf einen separaten Haufen. Warum? Weil, erklärte sie Klara, »mein Vater es so möchte. Alles schön geordnet.« Sie schaffte es sogar, Adolf daran zu beteiligen. Obwohl er jedes Mal einen Wutanfall kriegte, gab Angela nicht nach. Der Junge folgte ihr dann mit einem Jaucheeimer, die Nase vor Ekel in die Luft gestreckt.

Nach dem Ende des Schuljahrs kam Alois junior Anfang Juli auf den Hof zurück. Eine Weile lang übertraf ihn niemand bei der Arbeit. Er verstand sich sofort prächtig mit den Pferden, besonders mit Ulan, einem fünfjährigen Hengst. Alois war stolz darauf, wie schnell der Junior Reiten lernte. Der Junge fand immer die Zeit für einen leichten Galopp den Hügel hinan und wieder herunter, angefeuert von begeisterten Rufen Angelas und Adis. Trotzdem war er stets pünktlich zum Pflügen mit dem Zugpferd Graubart da. Bald hatten sie drei Morgen harten Weidebodens für die Saatkartoffeln nach oben gekehrt, die Klara eine Woche nach ihrer Ankunft gekauft und im Wurzelkeller gelagert hatte. Alois junior arbeitete zwei Wochen schwerer, als sein Vater es für möglich gehalten hätte.

Unvermittelt brach dieser Eifer ab. In einem Brief von der Schule in Passau trafen schlechte Nachrichten ein. Alois hatte in der Hälfte seiner Fächer versagt. Er musste sie wiederholen.

»Ich gehe nicht zurück«, sagte er seinem Vater. »Die Lehrer sind so dumm, dass wir sie auslachen.«

Der Junge hatte in den zwei letzten Wochen wahrscheinlich über seine schlechten Schulnoten nachgedacht, aber kein Wort gesagt und stattdessen übereifrig gearbeitet. In dieser Zeit hatten sie die drei ausgewählten Morgen mit ihrem zähen Boden zwanzig Zentimeter tief beackert, die Saatkartoffeln in die flachen Gräben gelegt und sie locker bedeckt, jede Furche weniger als einen Meter von der nächsten entfernt. Doch das war nur der Anfang. Als nächstes folgten das Jäten und das Düngen. Fünfzig Jahre alte böse Erinnerungen stiegen in Alois hoch. Er sah jetzt wieder die weißen Maden und Drahtwürmer von einst und beobachtete, wie Läuse und Käfer die ersten Kartoffelblätter in grünes Häkelwerk zernagten. Man musste jeden Tag erneut jäten. Bald wurde die Bewässerung zum Dauerproblem. Man konnte nur ein paar Zentimeter tief für die Kanäle graben. Ging man tiefer, wurden die Kartoffelwurzeln durch den Spaten zermalmt. Und die flachen Gräben füllten sich schnell mit Schlamm. Stundenlang musste man Eimer um Eimer mit Brunnenwasser den Wiesenhang hinauftragen. Eines Nachmittags verschwand Junior. Er war mit Ulan fortgeritten. Alois setzte Angela ein, und sie trug bis zum Abend die Wassereimer heran – harte Arbeit für ein Mädchen ihrer Größe.

Am Abend hielt Alois seinem Sohn eine Gardinenpredigt. »Du bist fast wie deine verrückte Mutter«, sagte er. »Nur schlimmer. Du hast keine Entschuldigung. Deine Mutter war am Ende wahnsinnig, ja, aber sie hatte vorher wenigstens schwer gearbeitet. Du bist faul.« Wenn der Vorfall ein Jahr früher passiert wäre, hätte Alois ihn verprügelt, und zwar auf die apokalyptische Weise, die das Herz verwundet, aber inzwischen war der Junge so wild, dass er Alois Paroli bieten konnte. Deshalb bestrafte er ihn nicht. Was ein Fehler war, wie er bald merkte. Er hätte den Jungen schlagen sollen, dass ihm der Schädel brummte, denn jetzt glaubte er vielleicht, dass sein Vater Angst vor ihm hatte. Junior reduzierte danach seine Arbeitsstunden wie ein echter Stadtjunge auf Sommerteilzeit. Lange vor Sonnenuntergang bat er Alois um die Erlaubnis, mit Ulan ausreiten zu dürfen.

Das Problem war, dachte Alois bei sich selbst, dass er nicht streng genug war. Unter all seiner Bissigkeit hatte er ein weiches Herz. In Wirklichkeit betete er Alois junior an. Der Junge war attraktiv. Ruhelos, sicherlich, und gleich seiner Mutter schrecklich launisch. Er war viel zu hochmütig und wehrte sich gegen eine vernünftige Ausbildung. Aber er konnte genauso charmant wie Fanni sein, wenn er wollte. Er erinnerte Alois daran, wie leichtfüßig sie sich bewegt hatte. Er war stolz darauf, wie rasch er sich mit dem Hengst angefreundet hatte. Alois selbst zögerte ihn zu reiten. Für einen schweren Mann wie ihn war die Fallhöhe beträchtlich. Doch Alois junior sattelte das Pferd mit dem Geschick eines Kadetten von der Sorte, die früher durch die besten Straßen Wiens promenierte und Stiefel trug, die Alois angefertigt hatte. Wie hatte er damals diese gepflegten jungen Männer bewundert! Seine Erinnerung an die Offiziere kehrte zurück, die mit ihren schönen Damen durch die Ringstraße stolzierten, während er als Lehrling davon träumte, eine elegante und hübsche Hutmacherin zu finden – ja, der alte Traum! Sie würden ein Geschäft mit den feinsten handgefertigten Hüten und den außergewöhnlichsten Stiefeln eröffnen. Ein blöder Traum, aber jetzt erinnerte Junior ihn an die Kadetten von damals. Er war ein auffallender Jüngling, überhaupt nicht wie der hysterische kleine Adolf oder der winzige Edmund mit seinem Nasenrotz.

Deshalb stimmte Alois meist zu, wenn Alois junior ihn um eine Stunde Freizeit bat. Ulan brauchte schließlich Bewegung. Und das Pferd liebte seinen jungen Reiter. Aber nicht den Vater – sobald Alois in seine Nähe kam, bleckte das Tier die Zähne zu einem unmissverständlichen bösen Grinsen.

6

An einem warmen Abend im August erlaubte sich Alois junior wieder eine unerfreuliche Freiheit. Diesmal wurde Klara zornig. Der Junge saß am Tisch und wartete auf das Abendessen, aber Angela war noch nicht da. Sie striegelte in der Scheune Ulans nasses Fell, nachdem ihr Bruder das Pferd auf dem Heimweg aus dem Wald in einen Galopp getrieben und ihm dann keine Zeit zum Abkühlen gelassen hatte. Klara konnte ein solch egoistisches Verhalten nicht verstehen. Sie fuhr ihren Mann scharf an, was selten in ihrer Ehe vorkam. Sie war jetzt zum sechsten Mal schwanger, und er war nicht mehr ihr Onkel, nicht in diesem Moment. »Du lässt zu, dass Angela die Arbeit ihres Bruders macht? Das ist nicht richtig.«

Alois junior antwortete: »Angela reibt Ulan gern trocken. Ich nicht.«

»Vielleicht verstehe ich nicht so viel von Pferden«, sagte Klara, »aber ich würde trotzdem meinen, wer das Tier reitet, muss es hinterher auch versorgen. Das Pferd merkt den Unterschied. Du wohl nicht.«

»Du verstehst überhaupt nichts davon«, sagte ihr Stiefsohn. »Was Pferde betrifft, bist du zehn Grad unter null.«

»Ruhe!«, rief Alois. »Du hältst von jetzt an beim Essen deinen Mund. Kein Wort mehr.«

Da er erst nach Klara in den Streit eingegriffen hatte, musste er nun seine Souveränität beweisen. »Ja«, wiederholte er, »ich will Ruhe haben.«

»Jawohl!«, rief Alois junior zurück.

Alois wusste nicht, ob der Sohn ihn verhöhnte oder ihm gehorchte. »Ich wiederhole«, sagte er. »Du wirst jetzt schweigen. Kein Wort mehr.«

Alois junior stand auf und verließ den Tisch.

»Komm zurück«, sagte Alois. »Komm zurück, setz dich hin und sei still.«

Es entstand eine Pause, und dann kam er zurück, doch in der Pause lag eine Andeutung künftiger Ereignisse.

Sie beendeten das Mahl ohne ein weiteres Wort. Angela kam herein, erhitzt vom Striegeln, fing zu sprechen an und verstummte. Sie setzte sich hin, das Gesicht noch feucht von dem Waschlappen, und beugte sich über ihr Essen. Adi, der neben ihr saß, war so aufgeregt und voller Vorahnung, dass er sich fast in die Hose machte. Und Klara? Sie aß langsam und hielt oft mit dem Löffel in der Luft inne. Sie spürte den unbändigen Drang, ihren Stiefsohn zu tadeln und damit auch ihren eigenen Alois – ein gefährlicher Impuls. Doch sie sagte nichts. Sie wollte nicht ein Gelände betreten, auf dem zwei Männer einander so zornig gegenüber standen. Der kleine seibernde Edmund fing zu greinen an.

Das war wie eine Erlösung. Klara hob ihn auf und verließ den Tisch. Dann erhob sich auch Alois und ging aus dem Zimmer. Angela und Adi wuschen die Teller ab, und Alois junior blieb am Tisch sitzen, in sein Schweigen vergraben, als wenn er den Befehl seines Vaters in Hochachtung vor sich selbst umgewandelt hätte.

In dieser Nacht konnte Alois senior nicht schlafen, und am nächsten Nachmittag hörte er früher zu arbeiten auf. Zum ersten Mal nach einer ganzen Weile ging er in die einzige Taverne der Gegend im zwei Kilometer entfernten Fischlham.

Er hatte gezögert. Die Gesellschaft dort war bestimmt weniger nach seinem Geschmack als die alten Bierkumpane in Linz. Außerdem kannte er die Bauern gut genug, um zu ahnen, wie man ihn empfangen würde. Er konnte schon im Voraus ihre Gedanken hören. »Der Bauer als Millionär«, würden sie hinter seinem Rücken munkeln. Oder auch umgekehrt – »dieser reiche Idiot will den Bauern spielen.«

Er hatte im Januar bei der ersten Besichtigung des Hauses ein paar Nachbarn besucht und ihnen Fragen gestellt. Sie hatten ihm nicht getraut. Das war zu erwarten. Sie wollten dem Fremden nicht zu viel erzählen, denn wenn sie offen mit ihm redeten und er den Hof nicht kaufte, konnte er sie bei dem Besitzer in Misskredit bringen. Deshalb bekam Alois nur positive Informationen: gutes Land, wenige Tiere, aber in exzellenter Verfassung, eine preisgekrönte Sau, schöner Obstgarten – ja, und Walnüsse, das bedeutete einmal im Jahr leichtes Geld.

Alois hatte ihnen weder geglaubt, noch ihnen misstraut. Er wollte den Hof einfach. Eigentlich konnte er gar nicht so gut sein, wie er aussah, und er war es natürlich auch nicht. Schon lag die große Kuh, die jeden Tag ihre Milch gegeben hatte, mit einer Euterkrankheit danieder.

Er erwähnte das in der Taverne in Fischlham. Er wollte Meinungen über die Veterinäre in dem Distrikt einholen und die Bauern auch zu anderen ehrlichen Aussagen bewegen. Vielleicht würde man endlich aufhören, ihn als pensionierten Narren zu betrachten. Er hörte also ihren vorsichtig geäußerten Ansichten über die örtlichen Tierärzte zu und erfuhr überhaupt nichts Konkretes. Dann redete er über sein Land.

Als er ihnen erzählte, dass er Kartoffeln angepflanzt hatte, schauten sie verlegen drein. Aus ihren gewundenen Kommentaren ging hervor, er hätte vielleicht besser Rüben genommen.

»Das habe ich auf einem anderen Morgen geplant, aber nicht im ersten Jahr. Zu viel auf einmal.«

Sie nickten. Wirtschaften und arbeiten, eine alte Verbindung. Man darf nie zu viel auf einmal tun.

Sie waren alles andere als gesprächig. Eine Stunde lang starrte er die rohen Holzwände der Taverne an, dazu noch mit einem Splitter von dem ausgetrockneten Brett der Sitzbank in seinem Hintern, bevor einer von ihnen murmelte, dass der Boden, auf dem Alois Kartoffeln gepflanzt hatte, besser für Rüben geeignet sei. Weil dort letztes Jahr nämlich Weizen gewachsen war. Dann erwähnten sie eine Weizensorte, die er nicht kannte, die aber der vorherige Besitzer drei Jahre nacheinander angebaut hatte. Vielleicht war der Boden jetzt ausgezehrt. Sie sagten es nicht direkt, sie zogen nur an ihren Pfeifen und tranken ihr Bier und blickten traurig. Am schlimmsten war, dass diese Trauer nicht ihm galt, sondern der doppelten Vergewaltigung des Bodens, der zum zweiten Mal einem reichen Mann gehörte, einem Eindringling, der sich als Bauer gebärdete.

Der Geruch in der Taverne wurde unangenehm. Er konnte ihn nicht einordnen, aber er war unrein und mischte sich mit dem Bier – saure Milch? Alter Dung? Ein Komposthaufen draußen vor der Tür? Am meisten störte ihn an diesem graubraunen Holzschuppen, dass nicht einmal ein Hauch von Schnaps in der Luft lag und dass es keinen einzigen richtigen Dorfsäufer gab.

Trotzdem war der Abend kein Verlust. Er erfuhr den Namen eines Apikulturisten, der in Hafeld wohnte. Und zu seinem Vergnügen erwies sich der Heimweg als angenehm. Der spätsommerliche Vollmond schien orangerot, ein wahrer Erntemond. Das Bier beflügelte seine Laune. Der Inhalt der Krüge hatte sich den Abend über in seiner Blase angesammelt und verlangte jetzt nach einem Ausguss. Er urinierte lange und genussvoll am Wegesrand.

Am nächsten Morgen blies er wieder Trübsal. Er musste mit der Enttäuschung seiner drei Kartoffeläcker fertig werden. Wahrscheinlich ließ sich nur die Hälfte vermarkten. Seine Trinkgenossen gestern Abend (die ihm jetzt genauso zu riechen schienen wie die Taverne) hatten recht. Der Boden war von drei Jahren Weizen zerstört worden. Er merkte es jedes Mal, wenn er eine Frühkartoffel ausgrub. Und manchmal spürte er ein Stechen in seinen Eingeweiden. Machte sein Herz nicht mehr mit? Es war, als ob dies lang gediente Organ – solch ein herzlicher Gefährte – in sein Gehirn dringen wollte. Ja, Kopfschmerzen.

Die Kartoffeln mussten ausgegraben und zum Markt nach Fischlham gekarrt werden, wozu Alois für eine Woche einen Tagelöhner einstellte, einen dummen Burschen, der aber am Ende ebenso viel leistete wie Junior. Wie würde der Junge bloß enden? Würde er ein Krimineller? Alois konnte sich ihn in der Fremdenlegion vorstellen. Dunkle, aber nicht abstoßende Gedanken. In seiner Jugend wäre aus ihm selbst ein guter, zu allem bereiter Soldat dieser Spezies geworden. Oder war das Unsinn? Der Junge hatte etwas Wildes an sich, das ihn einschüchterte. Sprachen sie deshalb jetzt immer so miteinander, als gingen sie auf Zehenspitzen?

Der Tagelöhner war zwar dumm, aber klug genug, um ein paar Kartoffeln für sich selbst auf die Seite zu schaffen. Alois konnte ihm keinen Diebstahl nachweisen. Da er sich eines Nachmittags nicht wohlfühlte, schickte er den Mann mit der Ernte zum Markt, und er kam mit weniger Kronen zurück, als Alois errechnet hatte. Zweifellos ein Langfinger.

Dann folgte das elende Ende der preisgekrönten Sau. Sie starb. Angela war untröstlich. Es erstaunte Alois, wie lange und wie heftig eine Zwölfjährige weinen konnte. Erst wurde das große und hübsche Schwein mürrisch, was sich von Tag zu Tag verschlimmerte. Angela war so aufgeregt, dass Alois seinen Stolz überwand und drei seiner Nachbarn um Rat bat. Dabei ging ihm auf, dass er ein in seiner Kindheit von Johann Nepomuk überliefertes Gesetz vergessen hatte. In der Landwirtschaft gab es keine Regeln, auf die man sich bei unerwarteten Problemen verlassen konnte. Selbst die klügsten Freunde stritten über die Lösungen. Natürlich. Jeder Bauer hatte sein eigenes Rezept, wie man eine kranke Sau kurierte. Natürlich.

Die drei Nachbarn schlugen nacheinander ein Brechmittel, einen Umschlag und einen Einlauf vor. Alles war falsch. Die Sau hörte zu atmen auf, bekam einen Blutsturz und war dahin. Alle drei hatten die Ursache im Magen oder Darm vermutet. Wo denn sonst bei einem Schwein? Wer hatte bei einem solch großen Schwein je von Schwindsucht gehört? Vielleicht war es etwas anderes. Sogar der nachträglich herbeigerufene Veterinär war sich nicht sicher. Wahrscheinlich die Lunge, mehr sagte er nicht.

Nichts hätte Alois mehr verbittern können. Noch gutes Geld hinlegen, nachdem das Tier tot war! Warum? Weil der Tierarzt die Ursache feststellen musste. Welch eine Idiotie! Alois würde ohnehin keine Schweine mehr züchten. Und dann merkte er, dass der Veterinär, wenn man ihn so bezeichnen konnte, die Ursache genauso wenig kannte wie seine Nachbarn. Dafür müsste man schon, wie er Alois sagte, die Kosten für Labortests in Linz aufbringen. Zur Hölle damit! Eine derartige Verschwendung wäre obszön. Obendrein musste er das Tier noch unangetastet begraben. Er war versucht, wagte es aber nicht, vorher die besten Fleischstücke herauszuschneiden. Wäre niemand da gewesen, hätte er sich ein paar schöne Filets ausgesucht – was hatte schließlich die Lunge mit dem Schinken zu tun? Aber nein, der Tierarzt blieb hart. »Herr Hitler, gehen Sie kein Risiko ein.«

Ja, das hatte er ihm gesagt, aber erst nachdem er bezahlt worden war! Und Angela hörte nicht auf zu schlucken und zu schluchzen. Hinzu kam noch seine Mühe mit dem Ausheben des Grabes.

Ja, solche Verluste schlugen zu Buche. Welchen Profit hatte er schon von seiner mittelmäßigen Kartoffelernte? Wenn er die Kosten für die Saatkartoffeln und den Kompost auf den drei Morgen addierte und den Verdienst des Tagelöhners, den Verlust der Sau und das Honorar für den Veterinär hinzurechnete, wie sollte er da auf einen respektablen Betrag kommen? Ohne die Walnüsse, die wie versprochen sofort leichtes Geld einbrachten, hätte er überhaupt keinen Profit vorweisen können.

Allmählich beruhigte er sich. Er hatte keine wirklichen Geldprobleme. Seine Pension allein war sechs Mal höher als der Verdienst eines Tagelöhners wie des armen Burschen, den er eingestellt hatte. Trotzdem, das zog nicht den Stachel aus seinem Fleisch. Eine seiner Stärken war immer, dass er instinktiv wusste, wann ihn jemand täuschen wollte. Und jetzt musste er einsehen, dass er sich mit seinem Grund und Boden kaum brüsten konnte. Früher einmal war er vielleicht ein Bauer gewesen. Inzwischen konnte er sich ebenso gut einen Stadt-Idioten nennen, den man übers Ohr gehauen hatte. Es war genauso schlimm, wie wenn Klara sich mit einem Bauernjungen eingelassen hätte. Es war zwar unmöglich, aber wie war es dann für einen Alois Hitler möglich, sich derart übertölpeln zu lassen?

Im Oktober war er vollends in Trübsal versunken. Sogar der Hund war nur noch ein verdrossener Welpe. Wie sollte er seinen eigenen Anblick ertragen – ein Mann kurz vor dem Greisenalter, dem ein runzliges Hündchen zwischen den Beinen baumelte?

Klara, seit siebeneinhalb Monaten schwanger, versuchte ihn aufzuheitern. Nachdem die Kartoffelernte nun eingebracht und die schwerste Arbeit getan sei, fühle er sich eben etwas erschöpft. Frauen fühlten sich so, sagte sie ihm, nach der Geburt eines Kindes. So viel sei in den Schoß gedrungen, so viel Hoffnung und Mühe, und danach fühle man sich wieder leer. Der Säugling war zwar da und sah schön aus, aber die Frau fühlte sich noch eine Weile leer. Das sei ganz natürlich.

Sie hatte noch nie so philosophisch gefaselt, doch er riss ihr fast den Kopf ab. »Was bin ich denn? Eine Frau?« schrie er sie an.

7

Es traten Veränderungen ein. Alois' Depressionen ließen nach. Junior war nicht mehr im Hause. Klara hatte darauf bestanden, dass er nach Spital zu ihrem Vater Johann Pölzl geschickt wurde, der in seinem Alter eine helfende Hand gebrauchen konnte. Auch Alois junior selbst war dafür. Die Depressionen seines Vaters mit der latenten Drohung wachsender Willkür saßen ihm wie eine Faust im Nacken.

Das war also geregelt. Der Tagelöhner brachte den Vierzehnjährigen in Alois' Wagen nach Linz. Von dort fuhr er mit dem Zug nach Weitra, wo er in einen anderen Wagen stieg, der Spital passierte. Der Junge war fort, und eine dunkle Wolke verflog.

Im September fingen Adi und Angela in der Schule in Fischlham an, Angela in der vierten und höchsten Klasse für Zwölfjährige, Adi mit sechs in der ersten Klasse. Der Weg zur Schule führte ihn mit seiner Schwester an den ersten Schultagen in diesem hellen und milden Septembermonat über Hügel und Wiesen. Es gab nur eine

Gefahr – einen ausgewachsenen Bullen, der auf seiner eingezäunten Weide graste. Je nach Stimmung des Bullen gingen sie außen herum oder wagten den Weg über die Weide. Meistens trauten sie sich nicht.

Adi begriff bald, dass es unklug war, Angela bloßzustellen, wenn sie sich fürchtete. Sie wusste es ihm heimzuzahlen, indem sie ihm vorwarf, dass er schrecklich roch. Manchmal war es sein Atem, ebenso oft sein Körper. Wahrscheinlich ahnte sie nicht, bis in welche Tiefen seines klopfenden Herzens ihre Anschuldigungen drangen, aber sie reichten tief, und das aus gutem Grund. Sie stimmten. Er hatte einen Körpergeruch, einen Hauch von Schwefel und eine unverkennbare Spur von Fäulnis – davon soll später noch die Rede sein. Solche Ausdünstungen bilden ein Problem bei unseren Mandanten. Die Büttel nehmen die Spur schnell auf.

Aus Angelas Sicht war es einfach. Wenn Adi sie neckte, sagte sie ihm, dass er roch. Es machte ihr eigentlich nichts aus. Schlechte Gerüche störten sie nicht. Sie war an saure Milch und Pferdemist gewöhnt. Wenn der Wind den Duft der Schweinesuhle von einem benachbarten Bauernhof herüberwehte, empfand ihr Herz echte Trauer – die arme tote Rosig!

»Warum weinst du?« fragte Adi. »Du schimpfst mit mir, weil ich stinke, und ich sollte deshalb weinen.«

»Oh, halt den Mund. Ich weine nicht wegen dir.«

Das hieß, sie weinte wegen Rosig, und er trauerte mit ihr. Nicht dass er die Sau besonders gemocht hatte (er war eifersüchtig auf das Biest gewesen wegen Angelas Vorliebe), aber er mochte seine ältere Schwester. Sie war meistens gut zu ihm. Außerdem war sie das hellste Mädchen in den vier Wänden des einräumigen Schulhauses, so wie er der schlaueste Junge war.

Je nach Wetter und Bedarf an zusätzlichen Arbeitskräften auf den benachbarten Höfen waren manchmal weniger als vierzig Jungen und Mädchen in der Schule, manchmal nur dreißig oder sogar fünfundzwanzig, aber das Zimmer verfügte über getrennte Sitze für alle vier Jahrgänge; und jedes Kind von der ersten bis zur vierten Klasse, zwischen sechs und zwölf Jahren alt, konnte alles hören, was in den anderen Klassen vor sich ging. Das war Routine, da es ohnehin nur eine Lehrerin gab, eine Dame mittleren Alters, Fräulein Werner, die eine lange Nase hatte und eine Brille trug.

Adi war bald in der Lage, dem Unterricht in allen vier Klassen zu folgen. Seine Einführung in die deutsche Geschichte kam aus dem höchsten, dem vierten Jahrgang, in dem Angela und die anderen von den hervorragenden Taten Karls des Großen erfuhren. Eine Stunde später hielt Fräulein Werner in der ersten Klasse eine große Karte mit aufgedruckten Wörtern hoch und fragte Adi und seine Mitschüler, welche Tierbilder zu den Wörtern passten. Am Anfang war es sonderbar – all die zappelnden Buchstaben, die ein Wort ergaben. Die Zeichnungen zitterten vor seinen Augen, aber er bekam das Problem schnell in den Griff und machte keinen Fehler zweimal. Er langweilte sich, bis auch die anderen in der Klasse so weit waren. Danach konnte er kaum den Unterricht in der dritten abwarten, in dem die habsburgische Domäne auf dem Stundenplan stand, das große habsburgische Reich, wie Fräulein Werner zu sagen pflegte. Wenn man ihn gelassen hätte, wäre er aufgestanden und hätte den einfältigen Schülern die Augen geöffnet, die noch nach Orten auf der Landkarte suchten, als er sie schon längst entdeckt hatte, an erster Stelle Braunau und Linz. Danach Passau jenseits der Donau.

Mit sechs Jahren nahm er am Unterricht der Acht- bis Zwölfjährigen teil, und es gefiel ihm, dass Angela der hellste Kopf in ihrer Klasse war. Er sah die Anerkennung in Fräulein Werners Augen, wenn sie den Raum betraten, aber sie waren schließlich auch das adretteste Geschwisterpaar. Das war Klaras Verdienst, und es ließ die beiden in Fräulein Werners Gunst immer höher steigen.

Seine saubere Kleidung zwang ihn jedoch, sich in der Pause von den anderen Jungen fernzuhalten. Bald musste er sich mit einem Rüpel auseinandersetzen, der ihn zum Ringkampf herausforderte.

»Bist du verrückt?«, antwortete er. »Ich habe meine guten Sachen an. Meine Mutter bringt mich um, wenn sie schmutzig werden.« Die täglichen Kriegsspiele in Passau hatten seiner Stimme genügend

Autorität verliehen, um den anderen abzuschrecken. Dieser Junge war ein Nichts. Adi hatte es geschafft, mit Alois junior fertig zu werden, und er sollte jetzt einen Narren wie den da fürchten, der zufällig auch Klaus hieß? Es war die große Schwester, die ihn mit ihrem ständigen Necken quälte.

8

In diesen Tagen bekam Angela ihre erste Periode, und Klara tat ihr Bestes, um die Not des Mädchens zu lindern. Sie begriff, dass es in Angelas Kopf mit Rosig verbunden war, die einen Blutsturz erlitten hatte, bevor sie starb.

Um sie zu beruhigen, sprach Klara zum ersten Mal mit ihr über intime Dinge. Sie betete ihre Stieftochter an. Die Zwölfjährige war inzwischen ihre enge Freundin geworden, und deshalb redete Klara nicht nur über ihre neue Körperfunktion, sondern auch ausführlich über Gerüche im Allgemeinen und über ihre besonderen Feinheiten in der Natur. Geruch war ein Teil der Natur. Auf der Suche nach erhellenden Beispielen griff sie auf eine Information zurück, die Alois ihr einmal nebenbei gegeben hatte. Klara hatte ihn gefragt, wie seine Bienen (wenn es so weit war) ihren Weg nach Hause fänden. Soweit sie wusste, wollte er zwei Körbe anschaffen mit einer kompletten Kolonie in jedem. Sie saßen Seite an Seite im Schatten der großen Eiche neben dem Haus. »Woher wissen diese Tausende von Bienen, in welchen Korb sie gehören?«, fragte sie.

Ihre Neugier schmeichelte ihm, und so erklärte er ihr, dass er die Körbe mit verschiedenen Farben anstreichen würde, grün, azurblau und eventuell rosa für einen dritten Korb. Bienen, erläuterte er, kehrten gern in ein Heim zurück, das der Farbe der Blumen ähnelte, deren Nektar sie bei sich trugen.

»Aber du hast mir gesagt, dass die kleinen Wesen auf verschiedene Blumensorten fliegen. Sie bleiben immer nur einen Tag lang der jeweiligen Art treu. Stimmt das nicht?«

»Ja.« Das Gespräch wurde ihm unbehaglich. Würde er all ihre Fragen beantworten können, ohne sich zu blamieren?

»Es könnte also am ersten Tag eine Blume mit einer bestimmten Farbe sein und am nächsten Tag mit einer anderen?«

»Ja.«

»Kommen die Bienen da nicht durcheinander?«

Er zögerte mit seiner Antwort. Darüber wollte er nicht reden, nicht unbedingt. Trotzdem fuhr er fort. Dass Klara sich für die Apikultur interessierte, mochte am Ende besser für ihn sein, als wenn er sie zurückwies. »Jede Königin hat ihren eigenen Duft«, erklärte er. »Da sie jede Zelle in jeder Wabe befruchtet und Zehntausende Eier in die Wachswaben legt, reicht sie ihren eigenen Duft an die Zehntausende Larven weiter, an ihre Eier, ihre zukünftigen Kinder.«

»Das ist erstaunlich«, sagte Klara. »Woher weißt du das, Alois? Du weißt so viel.«

»Ich habe darüber in Büchern gelesen«, sagte er unwillig.

»Du hast es nie selbst gerochen?«

»Sehe ich so dumm aus, dass ich meinen Kopf in einen Bienenkorb stecke, damit mir ein Dutzend Bienen in die Nasenlöcher fliegen?«

Sie lachte. In mancher Hinsicht kannte sie ihn gut. Sicherlich hatte er Bücher zu dem Thema gelesen, aber in seinem tiefen Inneren war es ihm peinlich, dass er das Metier nicht mit seinen Händen, seinen Füßen, seiner Kraft und seinen gesunden fünf Bauernsinnen erlernt hatte.

Ja, Alois hatte ihr so viel erzählt, dass sie nun noch mehr wissen wollte.

Er musste ihr an diesem Abend auch erklären, wie die Königin befruchtet wurde. Wie konnte eine Königin so viele Tausend Kinder gebären und trotzdem Königin bleiben? Bewunderung lag in den Augen von Alois, als er davon sprach. Alles hing von der Königin ab, das Überleben des ganzen Korbs.

Alois schilderte Klara anschaulich die verschiedenen Schritte. Angesichts ihrer offensichtlichen Erregung spürte er, dass es ihm in der Nacht zum Vorteil gereichen würde. Die Vorstellung einer solch weiblichen, solch winzigen und außergewöhnlichen Kreatur faszinierte sie.

Die junge Königin, erklärte er, sei jungfräulich und erst vor zwanzig Tagen aus ihrer eigenen Wachszelle geschlüpft, die so groß war wie der Radiergummi am Ende eines neuen Bleistifts; sie werde dann sofort von den Pflegern und Helfern der Bienenkönigin gefüttert. Nach drei Wochen sei sie bereit für ihren Jungfernflug. Das geschehe meist an dem ersten warmen Tag im Mai. Sie schwinge sich so hoch in die Lüfte, dass niemand ihr folgen könne außer ein paar männlichen Bienen.

»Heißen sie Drohnen?«

»Ja, fette verwöhnte Burschen. Sie drängen sich in einer getrennten Ecke des Korbs. Sie leben, um zu essen, und an schönen Tagen fliegen sie sinnlos herum. Aus purem Spaß. Sie bringen nicht einmal Blütenstaub zurück. Erst wenn die jungfräuliche Königin, eigentlich noch eine Prinzessin, zu ihrem Jungfernflug aufbricht, rechtfertigen sie ihre Existenz. An diesem Tag warten sie in der Luft auf die Königin. Sie wissen, dass sie kommt. Die Königin fliegt himmelhoch, sie ist wunderschön verglichen mit ihren Schwestern, den armen Arbeitsbienen, die ständig auf Nektar aus sind und rackern müssen wie weibliche Zugpferde. Sie haben nur verkümmerte Eierstöcke, deshalb fliegen sie auf Futtersuche oder erledigen andere Aufgaben im Korb – aufräumen, putzen. Aber die Königin ist anders, immer noch Jungfrau, noch keine richtige Königin, sondern wie gesagt eher eine Prinzessin. Dann fliegt sie so hoch, dass ihr nur ein paar Drohnen folgen können. Ihre Zahl vermindert sich auf zwei Drohnen, dann bleibt nur noch ein Drohn übrig, aber dieser letzte starke erreicht sie und steckt sein – ja, du weißt, was ich meine, sein Organ, das er in seinem Inneren verborgen hat und das jetzt hervorspringt, könnte man sagen, ja, es springt heraus in ihre Vagina hinein, wenn man es so beschreiben kann – warum nicht? So ist es, und sie nimmt alles in ihrem Inneren auf, während die beiden allein da oben in der Luft schweben.«

»Es ist ein Wunder«, sagte Klara. Ihre Augen glänzten. »Ein Wunder der Liebe«, fügte sie hinzu.

»Nein, nicht ganz«, sagte Alois. In diesem Moment wusste er nicht, wie er fortfahren sollte. Wenn er zu viel sagte, konnte er sich die Aussicht auf nächtliche Freuden verderben. Doch er war schlau genug zu erkennen, dass er ihr am besten alles erzählte.

»Dieser Drohn«, sagte er, »dieser eine gute tapfere Drohn steckt sein Organ so tief hinein, was die Natur vermutlich verlangt, dass er es nicht mehr herausziehen kann.«

»Was?«

»Nein! Donnerwetter, er kann es nicht herausziehen. Die Königin hat Haken oder so etwas, ganz scharfe Haken, und die halten ihn fest. Sie mag ihn dort. Wenn er sich lösen will, du wirst es nicht glauben, wird ihm sein schönes Organ glatt aus dem Körper gerissen. Er muss es zurücklassen. Seine ganze Männlichkeit ist hin, völlig hin.«

»Und er selbst? Was passiert mit ihm?«

»Oh, er stirbt. Er fällt tot zur Erde.«

»Die arme Kreatur«, sagte sie. Aber sie konnte sich nicht helfen, gegen ihren Willen verzog sich ihr Mund zu einem Schmunzeln und dann zu einem Lächeln. Danach brach sie in Gelächter aus und konnte gar nicht mehr an sich halten. Noch nie hatte Alois sie so herzhaft lachen gehört.

»Was für ein Leben«, sagte sie endlich, und Alois merkte, dass er recht daran getan hatte, ihr alles zu erzählen. Sie war seit mehr als sechs Monaten schwanger, aber in dieser Nacht liebten sie sich. Alois war mit vielen Frauen zusammen gewesen, die ihm noch in der letzten Woche ihrer Schwangerschaft zeigten, was sie im Bett drauf hatten, bevor sie das Kind eines anderen Vaters zur Welt brachten. Bei Klara wäre das natürlich nie infrage gekommen, aber trotzdem war es in dieser Nacht anders mit ihr. Sie reichte an ihre Bestleistung heran.

Er hatte sie noch nicht von zwei anderen Dingen unterrichtet. Zum einen war die Königin in der Lage, sich nach ihrem ersten fabelhaften Flug noch andere Liebhaber zu nehmen. In den folgenden Wochen bis zum Juni konnte sie fünf oder sechs Liebhaber verkraften. Dadurch sammelte sich genug Samen in ihren Eierstöcken an, um Tausende und Zehntausende Eier zu legen, je eines in jede der Tausende von Zellen, und sie fuhr damit fort, bis kaltes Wetter kam. Der Zyklus wiederholte sich drei Jahre lang in jedem Frühling. Welcher Reichtum an Befruchtung durch nur fünf oder sechs Begattungen! Die Königin hatte danach nichts mehr mit den Drohnen zu tun und fütterte stattdessen die von ihr erschaffenen Larven mit Honig und Blütenstaub, während ihr die Arbeitsbienen untertänig als Hofgesinde folgten und die Zellen der Larven mit einer mysteriösen Wachssubstanz abdeckten, die sie aus dem Blütenstaub der Maiblumen gewonnen hatten und die kein Chemiker im Laboratorium nachahmen konnte. Nein, er beschrieb Klara zum anderen auch nicht, wie hingebungsvoll die Königin den Rest ihres Lebens arbeiten musste, und ganz gewiss nicht, dass die weiblichen Arbeitsbienen die Drohnen nach der Paarungszeit aus dem Korb vertrieben.

Wenn es darauf ankam, stachen sie sogar die faulsten Lümmel, die sich nicht rühren wollten, zu Tode. (Dabei verloren sie ihren Stachel nicht, denn ein Drohnenbauch ist weicher als menschliche Haut.) Nach dem Schlachtfest fegten die Arbeitsbienen die Kadaver aus dem Korb. Er verschwieg ebenfalls andere Komplikationen. Sobald das warme Wetter begann, wollte fast die halbe Bienenkolonie ausschwärmen, hinausfliegen, den Korb verlassen, in ihr ursprüngliches Leben in einem hohlen Baum zurückkehren. Dadurch würde man sofort seinen ganzen Profit einbüßen. Er erzählte ihr auch nicht von Prinzessinnen, die oft von Hofbienen in der Umgebung der Königin umgebracht wurden. Derartige Details rührte er nicht an. Klara sollte seinem künftigen apikulturellen Unternehmen wohlgesonnen bleiben.

Klara war nicht nur eingenommen davon, was sie an diesem Abend hörte, sondern sie dachte auch, dass es Angela von ihrem Jammer ablenken mochte, und deshalb erzählte sie ihr von dem gewaltsamen Ende des tapferen Drohns, dem es gelungen war, die

Königin zu erreichen. Diesmal lachten sie gemeinsam. Sie hörten gar nicht mehr auf, als wären sie gleichen Alters, und als Klara mehr und mehr davon enthüllte, was sie von Alois gelernt hatte, kamen sie sowohl auf Gerüche zu sprechen wie auf die außerordentlichen Fähigkeiten der Bienenkönigin. Es war nicht größer, dieses Wesen, als seine eigenen Nährbienen und gewiss kleiner als alle Drohnen. Trotzdem hatte es die Macht, den ganzen Bienenkorb mit seinen Tausenden von Insassen zu befruchten. Die Nachkommen kannten von da an alle ihren eigenen Korb, weil sie nun alle gleich rochen.

»Es ist«, sagte Klara unter erneutem Kichern, »als ob alle russischen Männer und Frauen einen bestimmten schlechten Geruch hätten und die polnischen Flegel einen anderen. Vielleicht haben die Engländer einen lieblichen Duft in ihrem Tee, und wir Österreicher haben etwas ganz Besonderes, wir sind so warm wie Strudel.« Sie bogen sich vor Lachen. »Und die Franzosen, ja, die haben einen schamlosen hässlichen Duft. So scharf! Schlimmer als verfaulte Zwiebeln und alte Sauce. Die Italiener – nichts als Knoblauch.« Sie lagen sich mittlerweile in den Armen. »Am schlimmsten sind die Böhmen, sie stinken wie alter Kohl.«

Sie wischten sich die Augen. Da Adi sie lachen hörte, ging er zu ihnen. Es ärgerte ihn, dass sie ihm nichts erklärten, sondern bei dem Namen jedes Landes nur weiterlachten. All dies Reden über gute und schlechte Gerüche verursachte ein Prickeln in Angelas Nase. In der Schule spürte sie deutlich den Talkumpuder, das Fräulein Werner verströmte – und dann ihr kleiner Bruder Adi. Er roch manchmal fürchterlich, besonders wenn er zu viele Hügel hinauf- und hinabgerannt war. Sie ermahnte ihn, mehr Seife zu benutzen. Einmal in der Woche kochte Klara so viel Wasser, dass alle ein Bad in dem großen Zuber nehmen konnten, und dann bestand Angela darauf, Adolfs Rücken und Achselhöhlen einzuseifen, bevor sie ihm den Riegel zurückgab. Danach grinste sie ihn mutwillig an: »Hier hast du die Seife. Wende sie an, wo es was bringt, Bursche.«

Adi schrie vor Wut über ihre Frechheit, und zwar so laut, dass Klara herbeilief. Aber er sagte seiner Mutter kein Wort. Er war in

Aufruhr. Roch er wirklich so schlimm, wie Angela immer behauptete, oder war seine Schwester verrückt? Wer wusste es? An sich selbst konnte er keinen Hauch feststellen.

Angela hingegen begann wieder über den Tod von Rosig zu brüten. Die preisgekrönte Sau war in der Tat voller Gestank gewesen, ungefähr wie Adi in seinem schlimmsten Zustand – genug! Angela weinte über beide, den Jungen und das Schwein. Es reute sie oft, dass sie ihn neckte, und dann versuchte sie es wieder gutzumachen, indem sie ihm die wundervollen Geheimnisse über die Bienen mitteilte, die sie von Klara erfahren hatte. Wenn die zwei am Morgen zur Schule wanderten, kam sie manchmal auf das Thema zurück – ihr Kopf war so voll davon, dass auch Adis Fantasie bald von den Geheimnissen der Königin gepackt war.

Seit ihrer Ankunft auf dem Hof im April war Adolf die Nähe von Bienen immer höchst bewusst gewesen. Im Mai und Juni war der Himmel tagsüber stundenlang angefüllt mit winzigen blitzartigen Lichtern, die in alle möglichen Richtungen umherwirbelten. Seine Mutter warnte ihn davor, diese kleinen Wesen anzurühren, wenn er sie auf einer Blume erblickte. Auf keinen Fall durfte er sie töten. Die Bienen könnten sich nämlich rächen! An einem warmen Morgen im Juli wurde Edmund gestochen und hörte gar nicht mehr auf zu schreien. Deshalb hielt Adolf sich respektvoll von Bienen fern. Als er nun jedoch hörte, dass die Königin denselben Geruch hatte wie alle Bienen in ihrem Korb, erregte das seine Gedanken.

Am Abend danach hörte er seinen Vater sagen, er werde vielleicht mit einem Nachbarn über den Kauf »der ersten Bestandteile« reden. Das war an einem Samstag nach dem Abendessen, und darauf hatte Adi einen lebhaften Traum. Er sah eine Armee von Bienen über dem Hof kreisen. Neben ihrem Haus stand ein alter Mann, der so gekleidet war wie kein anderer, den Adi je gesehen hatte. Sein Hemd fiel ihm über die Hose und rutschte bis zu seinen Knien, und er trug eine alte Strickmütze über seinem weißen Haar, die lang war wie ein Strumpf und ihm bis zur Hälfte des Rückens reichte. Er war nicht klein, aber er wirkte dennoch wie ein Zwerg, weil er gebeugt ging.

Im Traum kannte Adi seinen Namen. Er hieß *der Alte,* und der Junge wachte am Sonntagmorgen auf, um zu erfahren, dass sein Vater tatsächlich einen Bienenzüchter namens der Alte besuchen wollte.

Er konnte deshalb nicht anders, er musste seinen Vater fragen, ob er mitgehen durfte. Alois war überrascht und erfreut. Bisher war Klara jeden Sonntagmorgen von einem anderen Bauernehepaar in einer Kutsche zur Messe in der kleinen Kapelle von Fischlham abgeholt worden. Sie nahm die drei Kinder mit, während Alois auf dem Hof blieb. »Ich kann wirklich nicht reinen Gewissens mitkommen«, sagte er meist und lief dann allein über seine Felder. An diesem Morgen freute es ihn also umso mehr, dass Adi ihn begleiten wollte.

Ich kann behaupten, dass ich den Traum des Jungen eigenhändig geformt habe. Es war mein erster direkter Eingriff in die Familie seit der Nacht, als ich gleich nach seiner biergeschwängerten Predigt über die Schönheiten und Wunder der Apikultur in Alois' Gemüt gedrungen war.

Nun muss ich den Leser leider wieder mit einer unappetitlichen Angelegenheit belästigen. Es geht um Adis Körpergeruch.

9

Es ist seltsam – oder auch nicht –, dass wenige Dinge im Zusammenleben von Männern und Frauen so ungern diskutiert werden wie schlechter Körpergeruch. Menschen, die für den Maestro arbeiten, sind allemal davon betroffen.

Sei's drum, Gestank macht auch den Teufel nicht glücklich. Am Ende des neunzehnten Jahrhunderts ließen sich unsere Probleme auf ein bestimmtes Phänomen zurückführen: Viele menschliche Wesen, in die wir investiert hatten, wurden außergewöhnlich penibel in ihrer Körperpflege. Sie wollten nicht so penetrant riechen, dass sie Verdacht erregten.

Ich weiß nicht, wie diese Entwicklung begonnen hat. Meine Erinnerung an frühere Äonen ist höchst mangelhaft und so ergebnislos wie der verkümmerte Instinkt, mit dem sich ein Mensch an frühere Inkarnationen erinnern mag. Es liegt wahrscheinlich nicht im Interesse des Maestros, dass wir mehr wissen, als wir wissen sollten. Wir müssen uns mit aktuellen Problemen befassen, und wir brauchen nicht gleich Judas oder Blaubart oder Attila den Hunnen aus der grauen Vorzeit herbeizuzitieren, um heute einen betrunkenen Mandanten zu noch einem Glas zu bewegen. Infolgedessen wissen wir nichts Genaues über den Beginn des Krieges zwischen dem Dummkopf und dem Bösen. Ob sie beide Götter waren oder ob der Streit, wie Milton meint, zwischen Gott und dem Erzengel Luzifer entstand, fällt nicht in mein Fach. Wir können auch nicht ausschließen, dass der Dummkopf in einem frühen Stadium Seiner Herrschaft (und Unordnung) über die Erde und ihr Sonnensystem in solche Schwierigkeiten geriet, dass Er sich an höhere Mächte droben in den Galaxien wandte. Möglicherweise wurde der Maestro von diesen größeren Mächten auf die Erde befohlen, weil sie mit den Fortschritten von D.K. unzufrieden waren. Die Evolution hatte sich bereits in verschiedenen Sackgassen festgefahren.

Das bleibt alles fraglich für mich, aber wenn man schon eine Deutung der Vorgänge in den Äonen der bisherigen Zeit von mir verlangt, so würde ich vermuten, dass D.K. die Welt des Wetters, der Flora und Fauna und alle menschlichen Wesen geschaffen hat und dass die Evolution Sein Laboratorium war. Die Zeichen Seines Wahns wie Seines Genies sind in den Myriaden Seiner Schöpfungen und in den Hindernissen zu finden, denen Er begegnete. Man braucht nur an die unendlichen Zeitalter zu denken, die vergingen, bevor Er ein paar Seiner Kreaturen das Fliegen beigebracht hatte. Erwägt man außerdem die ganze Skala Seiner erd- und wassergebundenen Arten oder die göttliche Hoffnung, die Er zum Beispiel in den Brontosaurus setzte (nur um festzustellen, dass dieses Riesenbiest einfach zu groß war zum Überleben), so wird klar: Der Schöpfer hatte Seine relativen Erfolge und Seine katastrophalen Fehlschläge. Obwohl wir eingestehen müssen, dass Er nie aufgegeben hat, selbst dann nicht, wenn ihm die Kontrolle über Seine Erde entglitten war, so ist doch unbestreitbar, dass häufig Erdbeben und Eiszeiten Seine Experimente unterbrachen und viele Seiner Pläne vernichteten. Warum? Weil er Seinen Erdenglobus von Beginn an falsch konzipiert hatte.

Eines relativ unwichtigen Umstandes bin ich mir sicher: Als Sein ehrgeizigstes Projekt, der Mensch, verwirklicht war, trat bei Männern und Frauen ein Wandel in der Auffassung des Geruchs ein. In der Hinsicht verfüge ich über ein Basiswissen. In der längst vergangenen Ära des primitiven Menschen muss der Geruchssinn dem Schöpfer Vorteile gebracht haben. Er benutzte die Signale dieses Sinns bei der Entwicklung der vielen Arten. Menschliche Wesen fühlten sich durch die Botschaften, die ihre Nase empfingen, zueinander hingezogen oder voneinander abgestoßen. Eine simple und elegante Lösung. Vermutlich verrieten die unterschiedlichen Gerüche den Mut, die Ausdauer, die Angst, die Scham, die Treue und nicht zuletzt den Fortpflanzungswillen des Einzelnen. Die Ausdünstungen versetzten D.K. in die Lage, kreative Schritte in der Evolution zu einzuleiten, ohne jede einzelne Begattung kontrollieren zu müssen.

Als unser Maestro zum Kampf gegen Ihn antrat, konnte der Herr Sich nicht mehr für allgütig und allmächtig halten. Die Präsenz eines Kollegen (eines unerwünschten anfangs) minderte Seine Selbstachtung. Deshalb suchte D.K. nach einer Methode, mit der Seine Büttel erkennen konnten, welche Männer, Frauen und Kinder zum Feind übergelaufen waren. Er verpasste jedem unserer Mandanten einen bestimmten Duft – ein simpler und relativ kostengünstiger Prozess. Vom Mittelalter an wehrte sich deshalb unser Maestro gegen diese Behinderung seiner Absichten, indem er seine Alchemisten anwies, Parfümsorten zu entwickeln, durch deren Feinheiten man faulige Gerüche mit süßeren, erdnäheren, flüchtigeren und verlockenderen Duftnoten überlagern konnte, auch wenn sie unter ihrem Bouquet noch einen Hauch von Ranzigkeit verrieten. (Es ist zum Beispiel unmöglich, die Promiskuität des französischen Hoflebens unter der Herrschaft von Ludwig XIV. zu erforschen, ohne diese königlichen Düfte, dieses überpuderte Fleischaroma in Betracht zu ziehen.) Unsere Mandanten, die sich gute Parfüms leisten konnten, waren begeistert.

Am Ende der Aufklärung hatten sich die Dinge wieder geändert. Die von uns entwickelten Seifen entfernten jeden Pesthauch. Im zwanzigsten Jahrhundert trug die wachsende Ächtung menschlichen Geruchs entscheidend zu unserem Fortschritt bei. Immer häufiger wurden Badewannen, Reinigungsöle und sanitäre Einrichtungen benutzt, nicht zuletzt dank der Unterstützung, die wir den Produzenten gewährten.

Gegen Ende des zwanzigsten Jahrhunderts warnte kein unangenehmer Körpergeruch mehr Gott und Seine Büttel, dass unsere Mandanten in der Nähe waren. Geruchstilgende Mittel herrschten vor. Heute, im einundzwanzigsten Jahrhundert, findet man selten einen Ehemann oder eine Ehefrau, die den Körpergeruch des engsten Partners kennen. (Das trifft vor allem in den entwickelten Nationen zu.) Der Verlust dieser kognitiven Fähigkeit hat die Herrschaft des D.K. ausgehöhlt und uns einen Aufschwung verliehen.

Am Ende des neunzehnten Jahrhunderts jedoch waren menschliche Gerüche noch längst nicht vollständig getilgt, und das Zusammentreffen von Alois, Adi und dem Alten war gekennzeichnet durch eine sofortige Intimität zwischen dem Jungen und dem alten Mann. Sie war zum Teil aromatisch bedingt.

Aber ich darf nicht die Wanderung zum Hof des Alten aussparen. Unterwegs führte Alois zum ersten Mal ein richtiges Gespräch mit seinem Sohn.

Buch VII

Der Alte und die Bienen

1

Zunächst möchte ich über den Traum berichten, den ich Adolf im Schlaf eingegeben habe. Es war am Samstagabend vor Alois' Treffen mit dem Bienenzüchter am Sonntag, und der Traum erfolgte auf direkten Befehl des Maestros. »Du sollst Adis Gehirn eine bleibende Idee *einätzen*«, sagte er. »Du wirst wahrscheinlich offene Türen vorfinden. Wir haben uns in dieser Richtung so lange ruhig verhalten, dass ich keine Einmischung von den Bütteln befürchte.«

2

Der Vorgang selbst dauerte nur wenige Minuten, aber die Vorbereitungen waren kompliziert. Einätzen, ich wiederhole es, war das entscheidende Wort. Wenn wir einem Mandanten eine fixe Idee implantiert haben, ist er uns eng verbunden. Mit der Methode des Ätzens darf jedoch kein Teufel herumexperimentieren. Alles muss in der präzisen Reihenfolge geschehen. Misslingt es, gerät der Mandant aus dem Gleichgewicht. Ich darf behaupten, dass ich in diesem Fall geschickt agiert habe. Ich wusste, dass Alois bald den benachbarten Bienenzüchter besuchen würde, der auch als »der alte Zauberer« bekannt war. So nannten ihn die Bauern in der Gegend.

Die Bezeichnung war übertrieben. Der alte Mann war ein exzentrischer Einsiedler. Wenn man ihn provozierte, konnte er eiskalt wie ein Winterwind reagieren, aber bei bestimmten Gelegenheiten gab er sich sympathisch wie eine gute alte Seele. Die Bauern in Hafeld, die ihn seit Jahrzehnten kannten, wussten es besser. Nichtsdestoweniger war er im Umkreis einer Tagesreise der einzige Apikulturist, und er war ein Gelehrter der Bienenzucht.

Uns kam zugute, dass der Alte schon seit Jahrzehnten zu uns gehörte. Er war ein alter Pensionär. Zudem waren er und Adi geruchsmäßig verwandt und würden sich daher nicht gegenseitig beleidigen. Der magnetische Schub des Traums nahm Form an. Bevor sie sich begegneten, ätzte ich dem Jungen ein klares Bild des Alten ein.

Was den Stil der Traumgestaltung betrifft, habe ich seit je barocke Virtuositäten vermieden. Bescheidene Szenarien sind gewöhnlich effektiver.

In diesem Fall begnügte ich mich damit, das Gesicht und die Stimme des Alten so ähnlich wie möglich in Adis Traum zu präsentieren. Als Kulisse wählte ich eins der beiden Zimmer in der Hütte des alten Mannes, durch dessen Fenster man auf den Hof hinausblicken konnte. Die Handlung des Traums war einfach: Der Alte führte Adi in sein Heim und gab ihm einen Löffel Honig. Ich stellte sicher, dass der Junge den süßen Geschmack genoss. Als Adi aufwachte, war sein Schlafanzug vom Nabel bis zu den Knien nass, und er war selig. Nachdem er seinen nassen Pyjama ausgezogen hatte, was häufig geschah, schlummerte er wieder ein, um den Traum noch einmal mit seinen eigenen Variationen durchzuspielen, wobei es ihm auf den Honig ankam. Er glaubte fest, dass er dem Alten bald begegnen würde, und deshalb wagte er seinen Vater zu bitten, dass er ihn am nächsten Morgen mitnahm. Alois war wie gesagt erfreut.

Ihre Unterhaltung auf dem Weg zum Haus des Zauberers steht noch aus, aber erst möchte ich Ihnen Näheres über des Maestros Konzept des Einätzens mitteilen. Wir wussten zum Beispiel schon, dass Adi sich so wichtig fühlen würde wie nie, wenn er am Sonntag den Alten traf, weil er dann glaubte, er könnte in die Zukunft blicken. Ich balancierte beide Seiten ihrer künftigen Beziehung aus, indem ich den Alten anwies, dem Jungen seinen besten Honig zu geben, und zwar gleich wenn er ankam.

Der alte Mann hieß Magnus Rudiger und war überhaupt kein Zauberer. Seine Verwünschungen waren weder bemerkenswert noch effektiv. Wenn er sich von Kräften bedroht fühlte, die er nicht kannte (gewöhnlich von einer Abteilung der Büttel), streute er einen Salzkreis um seinen Küchentisch und meinte, darin sei er sicher. Das war keinen Pfifferling wert und vertrieb eher uns als die Büttel. Solche Billigmandanten fallen einem zur Last, wenn sie alt werden.

Doch die Nachbarn gönnten ihm seinen Eigendünkel. Durch seine Kleidung, seinen Geruch, seine dröhnende Stimme und seine umfassende Kenntnis der Bienenwelt gemahnte er tatsächlich an einen Zauberer. So konnte er seinen Stolz wahren. Andererseits musste er uns gehorchen, wenn wir ihn gelegentlich brauchten.

Es überrascht kaum, dass Adi von dem Besuch geprägt wurde, nachdem wir ihm den Traum eingeätzt hatten. Er hoffte, auch in Zukunft die Begegnung mit unbekannten Menschen voraussehen zu können, und daraus erwuchsen uns Vorteile.

Als Adolf Hitler im Ersten Weltkrieg zwei Jahre lang als Armeekurier Botschaften in die Gräben trug und sich wieder zum Regimentshauptquartier zurückschlug, wandten wir diesen Trick häufig an. Sein Dienst war wirklich gefährlich, aber er schöpfte Mut aus dem Glauben, dass er in die Zukunft schauen konnte. Davon zu reden ist jedoch verfrüht. Seine Erlebnisse als Soldat – ein höchst komplexes Amalgam aus unserer Magie und seiner Verzweiflung und Hingabe – kamen erst achtzehn Jahre später. An diesem Punkt breche ich die Erläuterung der Traum-Ätzung ab, bis es wieder notwendig sein wird, darüber zu reden.

Stattdessen folgt nun die Unterhaltung, die er mit seinem Vater auf dem Fußmarsch zum alten Zauberer führte. Alois bestritt natürlich den größten Teil des Gesprächs, er sah dem Treffen nicht mit besonderer Zuversicht entgegen. Es war ihm peinlich, wenn jemand mehr von einem Thema verstand als er selbst.

3

Während sie flott ausschritten, fütterte Alois Adis Verstand mit so viel neuen Namen und Gedanken, dass der Junge bald doppelt atemlos war. Er wagte es nicht, einen Schritt oder ein Wort hinterherzuhinken. Auch Alois, der noch nie viel Zeit oder Gedanken auf den kleinen Adolf verschwendet hatte, geriet außer Atem. Im Laufe der Jahre hatte sich so viel Rheuma in seinen Knien und so viel Rauch in seiner Lunge angesammelt, dass er sich normalerweise gemächlich bewegte. Aber die Entdeckung, dass er wirklich mit dem Jungen reden konnte, beflügelte seine Beine. Alois hatte nie sentimentale Gefühle gegenüber seinen jüngeren Kindern gehegt, Vaterschaft interessierte ihn persönlich überhaupt nicht, bis Alois junior und Angela mit ihm auf dem Hof arbeiteten. Jetzt spürte er plötzlich etwas Außergewöhnliches, das von diesem Kleinen ausging.

Adi war mehr als aufgeregt. Er war *in Gesellschaft* seines Vaters. Er konnte kaum buchstabieren, doch Alois stand vor seinen Augen als MEIN VATER. Der massige Mann neben ihm überragte alle anderen. Alois erweckte in ihm die gleiche Ehrfurcht wie seine Mutter, wenn sie vom lieben Gott sprach.

Wie sehr wollte er Alois gefallen! Am Anfang des Wegs war ihr Schweigen lastend, und so blieb es, bis Adi die richtigen Worte fand. »Hat es schon immer Bienen gegeben?«, fragte er schließlich. Es war eine simple, aber nicht zufällige Frage.

»Ja. Immer. Denn Bienen«, erläuterte Alois, »sind seit Langem auf unserer schönen Erde.«

»Schon sehr lange, Vater?«

Alois tätschelte ermunternd seinen Nacken. Das offensichtliche Bemühen des Jungen, das Gespräch in Gang zu halten, aktivierte Alois' Wissensfundus. »Ja, sehr lange. Vielleicht länger als wir. Und an jedem Tag hat der Mensch versucht, ihren Honig zu stehlen.« Er lachte. »Schon im Bronzezeitalter haben wir Honig gegessen, ja, und ich kann dir versichern, dass ich alte Zeichnungen in Glasvitrinen im Linzer Museum gesehen habe, die aus dem Mittelalter stammen und zeigen, wie die Bienenzucht damals betrieben wurde. Es ging sehr wild zu damals.«

Trotz seines Rheumas ging Alois schnell. Adis Lunge war jetzt zweifach überanstrengt, vor Glück über das Gespräch und vor Angst, dass er mit seinem immer schneller schreitenden Vater nicht Schritt halten konnte. Viele unbekannte Wörter drangen auf ihn ein. Im vergangenen August stand er einmal unter dem Walnussbaum neben ihrem Haus, als ein Windstoß gleich einem Peitschenhieb daherkam und drei steinharte Walnüsse so treffsicher auf seinen Kopf regnen ließ, dass er nicht zu weinen wagte – als ob die Walnüsse ihm Schweigen befohlen hätten. Jetzt traf ihn »das Bronzezeitalter« und danach »das Mittelalter« – das hatte er vielleicht schon einmal gehört, meinte er. Vielleicht von Karl dem Großen her. Anzuhalten und nachzufragen war unmöglich – er lief so schnell er konnte, die Luft brannte in seiner Lunge.

»Im Mittelalter hatten sie keine Körbe«, sagte Alois. »Die Menschen mussten nach Bienenschwärmen suchen. Wo? In hohlen Bäumen, wo sonst? Finden sie einen, klauen sie so viel Honig wie möglich, bevor die Bienen ihnen den Kopf zerstechen. So haben die guten Leute es damals wohl getan. Nur, es reichte nicht. Sie mussten auch das Wachs ausschaben. Bienenwachs war genau so wichtig. Damit konnte man die Hütten beleuchten. Jeden Abend. Mit Kerzen! Aber sie mussten dafür büßen, mit vielen Stichen.

Dann kam ihr Herzog oder Baron daher. Wenn die von dem Honig erfahren hatten, musste man zahlen. Sie nahmen ihren Anteil. Was meinst du, gaben sie den Leuten dafür? Einen Bogen, eine schöne starke Armbrust. Warum? Weil die Bären im Wald auch nach Honig suchten. Stell dir mal vor, wie die Bienen durchgedreht sind, wenn ein Bär seine Nase in den Korb stieß und ihren Honig schleckte. Einen Menschen können sie stechen, aber was tun sie gegen einen Bär mit seinem dicken Fell? Sie mussten seine Augen finden. Aber es nützte nichts. Der Bär ließ sich nicht aufhalten. Deshalb brauchte man eine Armbrust – um den Bär zu töten. Es war nicht leicht, sich dem Bär zu nähern, wenn er als Erster am Honig war, aber manchmal wurde man entschädigt – es gab Bärenfleisch. Und manchmal gab es Bärenfleisch *und* Honig.«

Inzwischen brannte es Adi in der Kehle. Sie durchquerten gerade einen kleinen Wald, und er hielt Ausschau nach Bären. Die Angst ließ ihn kaum atmen.

»Manchmal«, sagte Alois, »findet man an einem kühlen Tag zu dieser Jahreszeit einen gebeugten abgestorbenen Baum mit einer großen Höhlung im Stamm und einem dichten Bienenschwarm darin, der sich gegen die Kälte schützen will. Ein wagemutiger Bursche fällt vielleicht den Baum. Dabei müsste er vorsichtig sein. Nicht zu viel Staub aufwirbeln! Er müsste es abends tun, wenn die Bienen ruhiger sind, besonders bei kühler Witterung, und dann müsste er mit seinem Sohn oder je nachdem mit seinem Bruder den Baum zu ihrer Hütte schleppen und dort den Rest des Honigs herausholen.«

»Was ist mit den Bären? Würden sie nicht kommen?«

»Doch. Der Mann, von dem wir reden, müsste den ersten Bär töten und ihn neben den Bienen aufhängen. Das verscheucht die anderen Bären. Genau so hat es angefangen. Aber wie sieht es heute aus? Was ist daraus geworden? Ein Steckenpferd. Ein bisschen riskant vielleicht, aber profitabel.«

»Steckenpferd?«, wiederholte Junge. Wieder ein neues Wort für ihn.

»Und bald wird es ein Geschäft sein«, sagte Alois.

Sie gingen schweigend weiter. Der Junge war verwirrt. Das Tempo ihrer Schritte raubte ihm fast den Atem, sodass er keine Frage mehr herausbrachte.

Plötzlich blieb Alois stehen. Er merkte endlich, dass sein Sohn kaum noch mitkam. »Komm her«, sagte er. »Setz dich hin.« Er zeigte auf einen Stein, dann setzte er sich neben ihn auf einen anderen Stein. Erst da spürte er den Schmerz in seinen eigenen Knien.

»Du musst verstehen«, sagte er, »dass die Bienenzucht für uns kein Märchen ist. Honig ist süß, aber Bienen sind nicht immer so süß. Manchmal sind sie grausam gegeneinander. Sehr grausam. Weißt du warum?«

»Nein«, sagte Adi. Doch seine Augen leuchteten. »Erzähl mir bitte warum.«

»Weil sie nur einem Gesetz gehorchen. Es ist ihnen völlig klar. Dieses Gesetz besagt: Unsere Kolonie muss überleben. Niemand wagt deshalb zu faulenzen. Nicht innerhalb des Bienenkorbs.« Er hielt inne. »Niemand außer den Drohnen. Sie sind nur zu einem Zweck da. Danach ist für sie alles vorbei. Sie verschwinden auf Nimmerwiedersehen.«

»Werden sie getötet?« Der Junge kannte die Antwort.

»Natürlich. Alle Drohnen. Einmal im Jahr, ungefähr jetzt, kurz nach dem Sommer. Ohne Erbarmen.« Er lachte wieder. »Im Bienenhaus gibt es keine guten Christen. Überhaupt kein Erbarmen. In keinem Korb wirst du eine Biene finden, die zu schwach ist zu arbeiten. Und zwar deshalb, weil sie frühzeitig die Krüppel entfernen. Sie gehorchen einem Gesetz, dem alle untergeordnet sind.«

Während sie rasteten, verfiel Alois wieder in Schweigen. Er ahnte Gefahr. Die Bauern in der Nachbarschaft hatten den Alten hochgelobt und wie im Echo seine umfassenden Kenntnisse der Apikultur gepriesen. Aber Alois hörte daraus keinerlei Sympathie für den alten Mann. Jetzt fürchtete er, der Alte würde ihn betrügen.

Er befürchtete noch mehr. Es war die attraktive Lage des Bauernhofs und nicht das Land gewesen, was ihn zu dem Kauf bewogen hatte, und er wollte nun nicht wieder ähnlich hinters Licht geführt werden. Er hatte seinen Einstieg in die Bienenzucht hinausgezögert. Der August war inzwischen verloren. Es war vielleicht schon zu spät, mit einer Winterkolonie zu beginnen. Er musste kaufen, und zwar bald. Vielleicht musste er sogar Fantasiepreise zahlen. Der Gedanke, dass die Bauern ihn auslachen mochten, gefiel ihm zwar nicht, aber das war der geringste Grund seines Unbehagens. Er wollte sich selbst nicht eingestehen, dass sein früherer Einstieg ins Bienengeschäft ein bloßes Steckenpferd gewesen war. Er besaß damals lediglich einen Korb an einem Ort in der Nähe von Braunau, wo er abends hinlaufen konnte, um sich von der Taverne oder von seinen Kollegen zu erholen, oder sonntags, um die Kirchgänger zu beobachten. Doch dann schlug das Unglück zu. An einem Sonntag wurde er schuldlos so schnell und so oft von so vielen zornigen Bienen gestochen, dass er hinterher seinen Fehler erkannte: Er hatte sich wohl im Quartier der Königin zu sehr umgetan.

Er wollte dem Alten jetzt erzählen, dass die vielen Stiche in seine Hände und Knie damals tatsächlich die Steifheit in seinen Gelenken gelockert hatten. So glaubte er, den Alten mit seiner Kenntnis des Bienengifts beeindrucken zu können. Er würde auch erwähnen, wie man im alten Ägypten und Griechenland Krankheiten mit diesem Mittel behandelt hatte. Er würde von den Römern und Griechen und von dem großen Gelehrten Plinius dem Älteren und dem Arzt Claudius Galenus reden, die wussten, wie man Salben aus Bienengift und Honig zubereitete. Auch Karl den Großen und Iwan den Schrecklichen könnte er anführen. Diese Monarchen hatten unter Gelenkschmerzen gelitten, die angeblich durch Bienenstiche verschwanden.

Doch durfte er sich wirklich auf ein solches Gespräch mit dem Alten einlassen? Am Ende mochte das der falsche Schritt sein. Vielleicht wusste der Alte ja mehr über dieses Thema als er selbst.

4

Wie gesagt, gehörte der Alte früher zu uns. Ich habe ihn als Pensionär bezeichnet, und das trifft auch zu. In jüngerer Vergangenheit haben wir ihn kaum eingesetzt, und seine Bezüge von uns waren gering. Gelegentlich modernisierten wir eine seiner alten Ideen, eine spezielle Form der Schenkung, die von Engeln wie von Dämonen angewandt wurde, um das schwindende Vertrauen von Mandanten wiederzugewinnen. Als Gegenleistung erwarteten wir Gehorsam von ihm. Der alte Doktor zauderte nicht lange, Adi einen Löffel feinsten Honigs auf die Zunge zu träufeln, gleich nachdem er mit seinem Vater eingetreten war.

Obwohl die Eitelkeit zu seinen scheußlichen Eigenschaften zählte, nenne ich ihn jetzt manchmal Herr Doktor. Er versicherte jedem, er sei ein geehrter und gelehrter Akademiker. Bei verschiedenen Gelegenheiten hörte ich, wie er seine Studienjahre in Heidelberg, Leipzig, Göttingen, Wien, Salzburg und Berlin erwähnte, deren berühmte Universitäten er nie besucht hatte. Lediglich in Heidelberg und Göttingen hatte er sich kurzfristig aufgehalten. Unser alter und gelehrter Freund war ein Schwindler, ein polnischer Halbjude ohne formale Bildung, der sich jedoch durch eigenes Streben das verbale Geschick und die überlegene Art eines geprüften Doktors der Philosophie angeeignet hatte. Es war seltsam, dass er in seinem Alter wie ein Gewohnheitssäufer auftrat, denn er trank überhaupt nicht, aber ihm gefielen die schlampigen Angewohnheiten alter Trunkenbolde. Seine Kleidung war verdreckt. Sogar seine lange Wollmütze war voller Suppenflecken, denn er pflegte seinen Mund mit ihrem unteren Ende abzuwischen, und sein weißer Bart war von Nikotin gefärbt. Er hatte nicht nur den strengen Geruch, den wir bei unseren Mandanten zu mindern versuchen, er war – ich will es nicht beschönigen – inkontinent. Selbst seine Möbel stanken nach abgestandenem Urin, von seinen Kleidern gar nicht zu reden.

Trotzdem war seine Erscheinung auffallend. Mit der langen Zipfelmütze, die er auch im Sommer in seiner Wohnung aufsetzte, wirkte er wie ein treuherziger Hofnarr. Dazu passte sein alter Umhang mit den verblichenen Farben, ein rechtes Narrenkostüm. Kaum zu glauben, dass er als Person beeindrucken konnte, doch er tat es. Unbestreitbar. Seine Augen waren ungewöhnlich, blau wie ein Winterhimmel im Norden, voll einem Funkeln, das die Zaubertricks ahnen ließ, die er gelernt hatte.

Vierzig Jahre lang war Alois jeden Tag Hunderten von Menschen begegnet und nie von einer unorthodoxen Erscheinung überrascht gewesen. Zudem hatte er die Fähigkeit entwickelt, bei jedem Wortwechsel als Erster zu reagieren. Die meisten Reisenden waren auf keinen Zollbeamten von derartiger Autorität gefasst und ebenso wenig auf die Klugheit, die in seinem Blick lag. »Versuchen Sie nicht, mich zu täuschen. Sie schaffen es nicht!« – das war die unmissverständliche Botschaft seiner Augen.

Deshalb hatte ich dem Alten befohlen, Vater und Sohn gleich an der Tür mit einem Löffel Honig abzufangen und ihn dem Jungen einzuflößen. Darauf war Alois bestimmt nicht vorbereitet. Es war so unhöflich. So reizend. Beides gleichzeitig! Dem Vater bot der Alte nichts als ein überlegenes Lächeln an, das besagte, dass diese pissegetränkte Höhle, die ekliger war als die Behausung von fünfzehn Katzen, sein eigenes Reich war, in dem er sich glücklich und sozusagen diabolisch wohlfühlte.

Der Alte gewann den Jungen auf der Stelle. Es bedurfte außer meiner Traumätzung nur dieses einen Schachzugs. Adis Augen strahlten ihn mit der gleichen Bewunderung an, die er Alois auf dem Weg hierher entgegengebracht hatte. Sie setzten sich. Der alte Mann wuselte (allerdings mit Methode) umher und kochte Tee. Zu Alois' wachsendem Unbehagen war die Prozedur geradezu höfisch. Als ob ein sehr alter Herr oder eine sehr alte Dame einem biederen Besucher die mutmaßliche Eleganz einer Teezeremonie demonstrieren wollte.

Aber der Alte gefiel mir nicht. Trotz seiner Talente hatte er nie viel für uns erreicht, nicht so viel, wie ich erwartet hatte. Eine Zeit lang dachte ich, er könnte mein Vorzeigemandant werden. Er hätte nicht als ein bizarrer, übel riechender Eremit mit einer enormen Reputation zu enden brauchen, der in einem hübschen kleinen Winkel Österreichs Bienen züchtete, in einem Land, das voll von anderen hübschen kleinen Winkeln war. Ich hätte fast die Gunst des Maestros eingebüßt, als ich vor Jahrzehnten einmal bemerkte, dass ich Potenzial in diesem halb polnischen und halb jüdischen Magnus sah. Er war damals ein Satyr bei den Damen. Inzwischen war er ein Mandant geworden, der sich mit zu wenig zufrieden gab.

Der Alte trank seinen Tee in kleinen Schlucken, Alois in drei siedend heißen Zügen. Der Gastgeber schenkte ihm sogleich eine zweite Tasse ein (leicht vorwurfsvoll). Erst danach redeten sie über den Zweck des Besuchs. Alois fing an, indem er Plinius und Claudius Galenus zitierte, dann Karl den Großen und Iwan den Schrecklichen. Bewegt sprach er von den Leiden dieser beiden großen Monarchen und der Hingabe von Plinius und Galenus – den zwei medizinischen Genies, die mit schweren Krankheiten umgehen konnten, für die niemand sonst ein Heilmittel fand. Es sei gegenwärtig nicht so, versicherte er, als leide er selbst unmenschlich unter Gicht oder Rheuma, aber es gebe Andeutungen künftigen Unheils. Er habe jedenfalls bei einer bestimmten Gelegenheit viel dazugelernt, als er einem furchtbaren Angriff zum Opfer gefallen sei, »nur dieses eine Mal, aber mit vielen Stichen in den Knien, die gleich danach meine ersten Rheumaschmerzen beträchtlich linderten. Ich hätte viel darum gegeben, in der medizinischen Wissenschaft bewandert zu sein, denn dann hätte ich mich an die Erforschung dieses Themas gemacht. Ich bin so selbstbewusst zu glauben, dass ich bedeutende Entdeckungen gemacht hätte.«

»Genau«, sagte der Alte. »Das wäre Ihnen bestimmt gelungen. Denn, mein lieber Herr, was sie damals entdecken wollten, ist 1846 von niemand Geringerem als Dr. Likomsky entdeckt worden, vor einunddreißig Jahren, als Sie noch ein junger Mann waren, und ich könnte auch Herrn Dr. Terc erwähnen, der Ihrer geplanten Forschungsarbeit die Krone aufgesetzt hätte. Jawohl! Herr Dr. Terc veröffentlichte eine Reihe Studien über die Natur des Bienengifts und ihr bis dato nicht entwickeltes Potenzial als Heilmittel für eben diese Krankheiten. Rheuma und Gicht könnten Beschwerden der Vergangenheit sein, wenn man die zahllosen Hindernisse beseitigen würde, die der Behandlung im Wege stehen. Wir suchen immer noch nach dem exakten Punkt am Körper des Leidenden, wo der Bienenstachel anzusetzen ist. Es gibt ein Gerücht, dass die Chinesen…« Um das Entzücken zu mehren, das bereits zwischen ihm und dem Jungen bestand, fuhr er mit einem Lächeln fort: »Die Chinesen leben auf der anderen Seite der Erde. Hast du von ihnen gehört?«

Adi nickte feierlich. Er hatte von den Chinesen gehört, und zwar in seiner einräumigen Schule, als Fräulein Werner in der Geografiestunde die genaue Lage von Indien und China auf dem großen asiatischen Kontinent erklärte.

»Ja, in diesem weit entfernten, fast mythischen Land, mein

geschätzter Finanzwachen-Oberbeamter Herr Hitler, sollen manche Chinesen in der Lage sein, die Heilkraft von scharfen Nadeln zu nutzen und durch Einstiche in die Haut die Gicht zu lindern. Eine brillante Lösung, würde ich meinen, denn die unattraktivste Eigenschaft meiner geliebten Bienen ist ihr Drang zu stechen. Ja, wir lieben sie wegen des Honigs, aber nicht unbedingt wegen ihrer Angriffslust, die sie ihr Leben kostet.«

Alois spürte, dass er dieses Thema abschließen musste. Der Tee hatte ein penetrantes Aroma in seinen Nasenflügeln hinterlassen, das zu seinem Erstaunen zu dem des Urins passte. Natürlich hätte er einen Humpen Bier vorgezogen, damit er etliche seiner vorbereiteten Anmerkungen nachdrücklicher vortragen konnte, doch bisher hatte das Gespräch dem Alten gehört. Er war nicht aufzuhalten!

»Ich kann Sie noch nicht meinen guten Freund nennen«, sagte er. »Weil ich Sie kaum kenne. Außer natürlich Ihren hervorragenden Ruf. Ich habe vor unserem Treffen von Ihrer früheren hohen Position gehört.«

»Dein Vater«, sagte er zu Adi, »wird von jedermann geschätzt, aber« – jetzt wandte er sich wieder an Alois – »ich werde Sie trotzdem meinen Freund nennen, weil ich in mir den Drang spüre, Sie zu beraten. Oh, mein lieber Herr, es gibt so viel über die Bienen und ihre richtige Haltung zu lernen!« Er endete mit einem abgrundtiefen Seufzer, dessen Echo physisch Angst einflößte. »Glauben Sie mir, dass ich in keiner Weise Ihren Stolz verletzen möchte.« Er hielt inne. Da Männerstolz im Spiel war, wollte er nicht ohne ein *laissez-passer* fortfahren.

»Nein, guter Doktor, Sie müssen mir sagen, was Sie denken«, sagte Alois. Seine Stimme klang normal (soweit er sie kontrollieren konnte), aber seine Nasenflügel bebten. Er wusste nicht, ob er einem unerträglichen Kummer ausgeliefert oder ob ihm eine Bürde von den Schultern genommen würde. Was sollte die Bemerkung über seinen Stolz?

»Mit Ihrer gütigen Erlaubnis möchte ich Sie vor ihrem ehrenhaften und aufrichtigen Wunsch warnen, in die endlosen Extravaganzen der Apikultur einzudringen. Es ist nämlich eine Berufung.« Er nickte und wandte sich wieder Adi zu, als sei der Junge ihnen ebenbürtig, alle drei vereint im gleichen Status. »Und du, kleiner Bursche«, sagte der Alte, »du siehst ja so klug aus, weißt du, was eine Berufung ist?«

»Nein«, sagte Adi. »Aber vielleicht doch. Ja. Fast.«

»Du weißt es. Du weißt es, bevor du es merkst. Das ist das erste Anzeichen wahrer Intelligenz, nicht wahr?« Die Stimme des Alten vibrierte bis in Adis weiche Bauchhöhle.

»Eine Berufung«, sagte der Alte, »bedeutet nicht, dass du etwas tust, weil andere es dir befohlen haben. Nein, bei einer Berufung gibt es keine Wahl. Du setzt alle deine Kräfte für das Ziel ein, das dir wichtig ist. Deine Berufung verlangt es von dir.«

»Ich möchte Ihren gelehrten Worten nicht widersprechen«, sagte Alois, »nein, ich will keinen Disput beginnen, aber man kann doch sicherlich einen Bienenkorb besitzen, ohne gleich ein Kloster zu bauen. Mir persönlich kommt es nur auf eine bescheidene Investition für einen pensionierten Beamten wie mich an.«

»Mein lieber Herr, so kann und wird es niemals sein«, sagte der Alte, »das kann ich selbst einer so starken Persönlichkeit wie Ihnen versichern. Herzeleid oder Glückseligkeit – dazwischen gibt es nichts.« Er nickte mit dem ganzen Gewicht der Jahrzehnte, die er damit verbracht hatte, sich als gelehrten Doktor der Philosophie darzustellen. »Herr Hitler, ich kann Ihnen nicht gestatten, ein solches Projekt zu erwägen, ohne Sie umfassend über die zu erwartenden Risiken zu informieren, über die Krankheiten und die Todfeinde, die auf unsere zarten Bienen lauern. Denn der Honig, den sie produzieren, entspricht in der Welt der Natur unserem Gold. Viele andere Kreaturen, kleine wie große, sind eifersüchtig auf das Leben dieser erstaunlichen winzigen Wesen, die nicht nur Honig herstellen, sondern auch dauerhaft inmitten dieser goldenen und berauschenden Substanz wohnen. Honigbienen sind deshalb verhasst. Sie werden verfolgt und gefangen. Da ist zum Beispiel die bösartige Krabbenspinne. Sobald sie eine vielversprechende Blume findet, versteckt sie sich tief unten in dem duftenden Blütenkelch. Dort wartet sie. Sie fühlt sich wahrscheinlich sogar heimisch. Sie aktiviert den Geruch der Blume, indem sie die Falten der Korolla bewegt, und bald wird ihr schrecklicher Eigengeruch von dem berauschenden Elixier der Blütenblätter überlagert. Was passiert dann?

Die Krabbenspinne wartet ab. Wenn die Nahrung suchende Biene, unser süßes schwer arbeitendes Weibchen mit den unterentwickelten Eierstöcken – nur die Königin besitzt, wie wir wissen, den kompletten geheimnisvollen Avatara der weiblichen Existenz, und die anderen Weibchen müssen ihr ganzes kurzes Leben lang nur arbeiten –, wenn unsere arme kleine Futtersucherin also das unnachahmliche Aroma des Blütenkelchs riecht, fliegt sie hinein, voller Gier auf den lustreichen Schatz an Nektar und Pollen – und ist dahin. Grausam! Sadistisch! Denn die arme Biene wird nicht gleich getötet, sondern durch einen Stich der Krabbenspinne so gelähmt, dass sie liegen bleibt, ohne sich retten zu können, während die Spinne sich gnadenlos an ihrer Körperflüssigkeit und den zarten Bestandteilen ihrer Eingeweide gütlich tut. Wenn nichts anderes mehr von ihr übrig ist als eine trockene Hülse, entfernt die Krabbenspinne das Überbleibsel aus der Blume, wonach sie in der Korolla den Segen des Schlafs genießt, den Schlummer eines erfolgreichen Vernichters, befriedigt, tief befriedigt. Dort nistet sie weiter.«

Adi träumte später wochenlang von Bienen, Blumen und vielen bösen Insekten. Jetzt lernte er noch mehr. Der Alte beschrieb ihm den Bienenwolf, eine Wespe, die zuschlägt, wenn eine Honigbiene auf einer Blume landet. Der Bienenwolf schnappt sie an der Kehle. »Immer. Die Honigbiene hat eine weiche Kehle. Wieder wird sie gelähmt. Die Wespe hat nun die vollständige Kontrolle. Sie zerdrückt den Bauch der Honigbiene, um den Nektar zu verschlingen, den das eifrige kleine Wesen eingesammelt hat. Der aus ihrem Bauch hervorgequetschte Nektar fließt durch den Mund der Biene in den Rachen des Bienenwolfs. Genügt ihm das?

Nein, diese Wespenbestie fliegt jetzt mit ihrem wehrlosen Opfer davon. Sie bringt die gelähmte und zerrissene kleine Kreatur in ein eigens vorbereitetes Nest. Dort legt sie ihre Beute neben mehreren anderen – es könnten sechs bis acht sein – ebenfalls gelähmten Honigbienen aus früheren Beutezügen ab. Dann legt die Wespe ein Ei in diese Krypta, das sich von der lebenden, aber bewegungsunfähigen Biene ernährt. Und alsbald wird die fette Larve als Bienenwolf nach draußen fliegen. Die paralysierten Bienenkörper dienten den Larven als Nahrung und wurden Bein um Bein und Stück um Stück verzehrt und verschluckt. Das wissen wir, aber wie konnten sie so lange am Leben bleiben? Die Antwort findet man in unserem angeblich so guten und weisen System der Natur, das uns hier die Hinterlist eines grausamen Wüterichs demonstriert. Das Gift im Stachel der Wespe hat das Fleisch der gelähmten Bienen frisch gehalten. Es hat sie tagelang leben lassen, während die hungrigen Wespenlarven heranwuchsen.

Ich habe diese beiden außergewöhnlichen Fälle als Beispiele der Gefahren geschildert, mit denen jeder Bienenschwarm rechnen muss, den Sie beschützen möchten. Es gibt so viele Feinde. Ratten schlagen manchmal ihre Krallen in die Vorderseite eines Korbs, bis die Wächter drinnen herauskommen, um sie zu vertreiben. Diese Wachsoldaten sind heroisch, aber nutzlos. Sie werden massenhaft verschlungen. Kröten warten unten, um den Auswurf zu fressen. Eine andere Spinnenart fängt die Bienen in Netzen ein und hüllt sie in Kokons. Ameisen können in unsere Körbe eindringen. Ich habe Kolonien gesehen, in denen die Bienen gezwungen waren, den Ameisen sogar einen Teil ihres Territoriums abzutreten, damit die unermüdlichen Eindringlinge nicht die Honigwaben angriffen, in denen die Zukunft unserer Brut liegt. Mäuse sind noch schlimmer. Im Sommer rauben sie den Honig direkt aus den Waben. Im Winter kommen sie auf der Suche nach Wärme in den Korb und richten sich in der einen oder anderen Ecke ein Nest ein. Die tapfersten unserer Heimwächter greifen den Eindringling an und vertreiben ihn gelegentlich durch ihre schiere Übermacht. Es ist nicht unmöglich. Sie stechen das eingedrungene Monstrum zu Tode. Ein glorreicher Sieg. Doch was tun sie mit dem Kadaver? Für sie ist er größer als Leviathan. Wenn die Maus zu verwesen beginnt, wird es im Inneren des Korbs unerträglich. Deshalb bedecken die Bienen das faulende Aas mit einem Desinfektionsmittel. Man stelle sich ihr fabelhaftes Geschick vor! Sie stellen diese lebensnotwendige Substanz aus Pollen und ausgewählten grünen Knospen her. Habt ihr davon gehört? Propolis?«

»Natürlich«, sagte Alois. »Pflanzenharz. Sie benutzen es auch, um Risse in ihren Wänden zu stopfen.« Er war wieder mit sich zufrieden.

»Ich merke schon«, sagte der Alte, »dass ich Sie nicht entmutigt habe.«

»Ich lebe nach dem Gesetz der Wahrscheinlichkeit«, sagte Alois. »Ich denke bei meinen Aktivitäten lieber an die Möglichkeit des Profits als an die Risiken.«

»Hast du Angst vor der Bienenwespe?«, fragte der alte Mann den Jungen.

Adi nickte, fügte aber schnell hinzu: »Wenn mein Vater es tun will, bin ich auch bereit.«

»Sie haben einen vorzüglichen Sohn«, sagte der Alte.

Zum ersten Mal hielt Alois es für möglich. Wie schön zu hören, dass sein kleiner Adolf mehr als ein Bettnässer war. Würde er einmal sogar wie Alois junior werden?

Der Gedanke an Alois junior erinnerte ihn immer unweigerlich daran, was noch zu klären war. Deshalb fragte er sich jetzt, warum der Alte ihn wohl entmutigen wollte. Es ergab keinen Sinn. Was den Zustand seiner Hütte betraf, konnte der alte Mann Geld gut gebrauchen. Warum verschmähte er den Wunsch eines möglichen Kunden, der es ihm anbot?

Allmählich spürte er, dass er den Alten in den Griff bekam. Der Einsiedler verstand ihn anscheinend besser als andere Menschen. Er weiß, sagte Alois bei sich, dass ich auf meinen Stolz achte. Ich knicke nicht bei der ersten Warnung ein. Der Alte weiß, dass ich mit meiner Kolonie beginnen werde, auch wenn er mir noch so dringend abrät.

Alois schenkte dem Alten sein breitestes und selbstsicherstes Lächeln. »Ich respektiere Ihre Vorbehalte«, sagte er, »aber wir müssen uns jetzt der anderen Seite der Frage nähern. Reden wir darüber, was Sie für mich tun können und was ich für Sie tun kann.«

»Noch nicht«, sagte der Alte. »Falls Sie sich dazu entschließen, es bei einem bescheidenen Zeitvertreib zu belassen, werde ich Ihnen natürlich mit dem erforderlichen Material aushelfen. Aber ich sehe in Ihnen, Herr Hitler, wenn ich persönlicher werden darf, die Möglichkeit einer echten Berufung. Deshalb mache ich einen anderen Vorschlag. Um mein Metier zu erlernen, habe ich eine dreijährige Lehre absolviert und danach meine Lizenz erhalten. Ich schlage Ihnen nun ein eher kollegiales Verhältnis vor, falls ich es so ausdrücken darf. Ich erkläre mich bereit, dass Sie in den nächsten Jahren gegen ein geringes Honorar gemeinsam mit mir meine Kolonien betreuen. Es könnte eine ersprießliche Übereinkunft werden. Sie würden viel lernen, und ich hätte das Vergnügen einer intelligenten Gesellschaft. Es ist traurig, aber in diesen grünen Feldern, die unser Hafeld umgeben, sind wir die beiden einzigen Personen von überdurchschnittlicher Intelligenz.«

Alois lächelte weiter, doch seine Nasenflügel bebten wieder. »Jahrelang für dich arbeiten, du stinkender alter Ziegenbock?« zürnte er innerlich. Doch er musste mit dem alten Quacksalber zu einer Einigung gelangen.

Ich meinerseits war erschrocken. Der Teufel wünscht sich mehr Kompetenz als jeder Experte. Ich war in dieser Sache inkompetent. Der Alte mag ein Pensionär gewesen sein, aber ich hatte ihn zu lange vernachlässigt. Die Einsamkeit, die aus seinen letzten Worten sprach, war wie der kalte Durchzug in einem unbewohnten Haus. Wie tief war die Sehnsucht des alten Mannes, Adi näher zu kommen! Kühne Schachzüge müssen mit unerwarteten Erwiderungen rechnen. Es liegt in der satanischen Natur, einkalkuliertes Unheil zu verhängen, doch unseren Mandanten ist es nicht erlaubt. Nicht, wenn wir es verhindern können. Wir wollen die romantischen Gefühle unserer Herde zu unserem Nutzen lenken, statt sie zu korrigieren. Eine Episode zwischen dem alten Mann und dem Jungen würde dem Maestro nicht gefallen. Zu viele Unsicherheitsfaktoren!

Alois sagte jetzt: »Ihr persönliches Interesse ehrt mich, aber ich schulde Ihnen eine Erklärung. Wir sind in meiner Familie stur. Wir sind alle stur. Und wir sind stolz darauf. Deshalb muss ich allein arbeiten. So bin ich eben. Insofern würde ich mich über eine beiderseitig akzeptable kommerzielle Verbindung freuen.«

Der Alte nickte. Auch er hatte seinen Stolz. Er wiederholte seinen Vorschlag nicht.

»Ja«, sagte er, »wir werden zu einem Einverständnis kommen. Ich werde Ihnen zwei Kolonien geben und Ihnen die Geräte und Produkte zur Verfügung stellen, die sie noch nicht selbst besitzen.« Er wandte sich an Adi. »Bald wird dein Vater sehr beschäftigt sein. Kannst du schon bis tausend zählen?«

»Ja«, sagte Adi. »Das machen sie in der obersten Schulklasse, und daher weiß ich es.«

»Gut. Weil dein Vater im Frühjahr Herr über viele, viele Tausend Bienen sein wird. Hast du Angst davor, oder bist du darauf vorbereitet?«

»Ich habe Angst«, sagte Adolf, »aber ich bin auch vorbereitet.«

»Ein wunderbarer Junge«, sagte der Alte, und sein Ausdruck war voller Liebe. Tränen stiegen Adi in die Augen. Seine Mutter würde bald noch ein Kind bekommen, und es wäre dann wieder so wie damals, als Edmund geboren wurde. Er würde nicht mehr die Liebe in ihren Augen finden, nach der ihn verlangte, wenn sie ihn anblickte. Eine ganze Weile nicht.

5

Ich muss meine Leser von einem unerwarteten Befehl des Maestros unterrichten, der mich fast acht Monate lang von Alois Hitler und seiner Familie fern hielt. Ich verließ Österreich. Die Order erreichte mich an demselben Abend, als Alois seine apikulturellen Verhandlungen abschloss. Er kaufte dem Alten zwei Kolonien in zwei Bienenkörben ab sowie verschiedene Geräte und genügend versiegelte Krüge mit Pollen und Honig, um die soeben erworbenen Korbbewohner durch den Winter zu füttern.

Er brachte die Waren gleich nach dem Kauf ins Hitler-Haus. Es war eine aufregende Fahrt für Adi, der mit seinem Vater auf dem Leiterwagen saß und danach die ganze Nacht nicht schlafen konnte in ganzer Erwartung des nächsten Morgens, wenn die Korbkästen auf einer Bank im Schatten einer alten Eiche etwa zwanzig Schritte vom Haus entfernt aufgestellt würden.

An dieser Stelle wurde mir befohlen, Adi und die übrigen Familienmitglieder wie auch meine anderen Mandanten in dieser Gegend Österreichs zu verlassen. Es waren jedoch so viele vor Ort, dass ich drei meiner Vertreter beauftragen konnte zu bleiben, während ich mit meinen besten Agenten nach St. Petersburg aufbrach. Wir waren auf ein ungeheures Projekt angesetzt worden. Wir sollten der Krönung von Zar Nikolaus II. beiwohnen, die für Mai 1896 in Moskau angesetzt war, also mehrere Monate später.

Auf nach St. Petersburg! Gleich nach meiner Ankunft musste ich mich dem Studium der russischen Seele im ausgehenden neunzehnten Jahrhundert widmen, ihren Lastern, Überzeugungen, ihren inneren Harmonien und Disharmonien. Ich blieb den ganzen Winter in der Hauptstadt des slawischen Reichs, das Gott und dem Teufel viel näher ist als jedes andere Land oberhalb des Äquators. Während dieser Monate erhielt ich regelmäßig Berichte über Alois, Adi, Klara und Angela. Ich wurde sogar über das Verhalten des Hundes Luther und der Pferde Ulan und Graubart informiert. All das interessierte mich aber kaum angesichts unseres nahenden russischen Abenteuers. Der Maestro plante offenbar ein großes Unheil.

Ich bringe hier eine Entschuldigung vor, die ich auf keinen Fall wiederholen möchte. Gute Leser lesen keine Romane, um den Autor zu bedauern. Nachdem ich viele Jahre lang die besten und die schlechtesten Romane gelesen habe (was zur Bildung eines Teufels gehört), ist mir klar, dass selbst der treuste Leser keinem Autor folgt, der seine Erzählung ständig zugunsten von anscheinend völlig bezugslosen Exkursionen unterbricht. Bisher habe ich dem Leser deshalb jeden Bezug zu anderen Fällen erspart, besonders zum Monat Mai 1895 in London, als ich dem Prozess gegen Oscar Wilde beiwohnte und an dem Tag seiner Verurteilung im Gericht anwesend war. Er wurde der Homosexualität und Anstößigkeit beschuldigt, wobei ich meinen Einfluss auf die Überlegungen der Geschworenen geltend machte, denn mir war befohlen worden, nach Kräften zu seiner Verurteilung beizutragen. Wahrscheinlich wollte der Maestro unter den engen Freunden des Schriftstellers Zorn erregen, indem er ihn zum Märtyrer stilisierte, vor allem unter den Freunden aus guten Familien.

6

Ich müsste noch die Tumulte beschreiben, die wir in Moskau im Gefolge der Krönung von Zar Nikolaus II. veranstalten wollten, aber im Augenblick verweile ich bei den kleinen Ereignissen und unbedeutenden Begebenheiten der Hitler-Familie in Hafeld, während ich fort war. Erst dann fühle ich mich frei genug, um von unseren Aktivitäten in Moskau und St. Petersburg zu berichten. Ich muss sagen, dass die acht Monate seit unserer Abreise im Oktober 1895 bis zu meiner Rückkehr nach Österreich im Juni 1896 für Hitler persönlich wichtig waren, und deshalb fühle ich mich verpflichtet zu erzählen, was in dieser Zeit geschehen ist.

Dabei gibt es jedoch ein Problem. Während meiner Abwesenheit erhielt ich regelmäßig Berichte über die verschiedenen Erlebnisse von Alois, Klara und den Kindern, und zwar durch drei Agenten der unteren Stufe, die ich in Oberösterreich belassen hatte, um meine Interessen in dem Bereich zu beaufsichtigen. Angesichts der Bedeutung unserer russischen Mission hatte ich natürlich meine besten Assistenten mitgenommen. Insofern litt meine Kenntnis über die Ereignisse in Hafeld. Mindere Teufel übersehen gleich minderen Menschen oft die Bedeutung von Details.

Immerhin taten die Agenten, die mich während meiner Abwesenheit in Oberösterreich vertraten, ihr Bestes, um mich über Alois' fortdauernde Bemühungen in der Bienenzucht zu informieren. Aber da sie keinen Begriff von seinen Problemen hatten, ging aus ihren Berichten selten hervor, was mit ihm, mit seinen Bienen, seiner Frau und seinen Kindern von Ende 1895 bis zum folgenden Sommer wirklich geschah.

7

Ende Oktober hätte mich die schiere Last der Einzelheiten in ihren Mitteilungen fast erschlagen. Es überraschte mich nicht im geringsten, dass Alois allmählich von seinem neuen Abenteuer besessen wurde.

Da sie sich keinen direkten Zugang zu Alois' Bewusstsein verschaffen konnten, was wir ohnehin nur selten bei Männern und Frauen tun, die nicht unsere Mandanten sind, mussten meine Agenten sich mit ihren Milchrunden behelfen. Auf dem »Marktplatz des Schlafs«, wie unser Maestro es ausdrückt, liegen die meisten Träume von Männern und Frauen den Teufeln wie den Bütteln offen zutage. Man kann ihre Gedanken bis zu einem gewissen Grad aufnehmen, indem man einfach durch ihre Schlafkammern schreitet.

Wir erfahren auch eine Menge, indem wir bloß dem Plaudern einer Familie zuhören. Wahre Kaskaden oberflächlicher Informationen prasselten auf mich nieder, die zu meinem Verdruss ein voreingenommenes Bild vermittelten. Meine Agenten hielten Alois für schwach und nervös – es fehlte ihnen an Erfahrung im Umgang mit Männern und Frauen, die sich zwar gerade in einem Zustand der Besorgnis befinden mögen, aber über innere Kraft verfügen. Es ist leicht, Menschen zu verstehen, die schwächer sind als wir selbst, aber es ist nicht so einfach, die wahren Empfindungen der Stärkeren einzuschätzen. Das erfordert Respekt, und eben der fehlte meinen Leuten vor Ort.

Da sie selbst in ihrem früheren Leben nicht geglänzt hatten, neigten sie jetzt dazu, nur das Zweitrangige an Alois wahrzunehmen. Ich hatte dann die Mühe, das unwichtige Material auszusortieren. Der Leser darf nicht vergessen, dass der Junge, der einmal Adolf Hitler werden sollte, mit diesem Vater und dieser Mutter heranwuchs. Deshalb liegt auf der Hand, dass wir Klaras und Alois' Stärken und ihre auffälligen Schwächen analysieren mussten.

Hier kommt nun, wenn auch aus zweiter Hand, mein redigierter Bericht über Alois' Sorgen am Beginn seiner Karriere als Bienenzüchter. Er musste sich ständig selbst daran erinnern, helle Handschuhe überzuziehen und einen breitkrempigen Imkerhut mit Schleier aus dem weißesten Material zu tragen. Da er dunkle Jacketts und Hosen, seine gewohnte Kleidung, vermeiden musste, fürchtete er anfangs, er könnte vergessen, sich umzuziehen, bevor er zu seinen Körben ging. Dunkle und trübe Farben irritierten die Bienen.

Das wusste er aus Erfahrung. Als er vor einigen Jahren bei der Arbeit mit seinem kleinen Bienenschwarm in der Nähe von Braunau empfindlich gestochen wurde, hatte er einen Fehler begangen, indem er an dem betreffenden Sonntagnachmittag eine attraktive Frau mitnahm. Als ein Element seines Verführungsplans wollte er ihr nicht nur seine Kompetenz im Umgang mit Bienen demonstrieren, sondern auch die Eleganz seiner Erscheinung. Zu dem Zweck hatte er seine volle dunkelblaue Uniform angelegt. In der Abenddämmerung wurde er so heftig gestochen, dass ihm bei der Erinnerung daran immer noch die Galle hochstieg. An diesem Sonntag musste Alois seine unzüchtigen Hoffnungen begraben, da auch die Dame gestochen wurde, und zwar genau an der Stelle, wo ein Stück Haut ihres breiten Busens offen lag. Es war nur der Verlust einer flüchtigen Romanze, aber auch ein Hieb gegen seine Eitelkeit, den er bis heute nicht verwunden hat. Obwohl er sich weiß kleidet, spürt er immer noch Angststiche. Gleich brennenden Raketen schießen sie aus seinem Magen hoch, wenn er sich den Körben nähert.

Zum Teil jedoch blieb Alois ein guter Bauer. Er hatte nicht vergessen, dass man nach jedem Unglück gelassen bleiben sollte.

Manchmal entsteht aus unerwartetem Missgeschick ein unerwarteter Nutzen. Seine interessanten medizinischen Thesen wurden durch die Linderung seines Rheumas am nächsten Tag beflügelt – die Bienenstiche schienen seinem Knie gut zu tun. Wie wir gesehen haben, stimmte der Alte ihm bei ihrem Treffen zu.

Seine Besorgnis wuchs jetzt allerdings durch seinen Zweifel, ob er nicht doch besser bis zum Frühjahr gewartet hätte. Er musste nun seine Kolonie ständig so warm halten, dass sie nicht vor Kälte umkam.

Deshalb maß er in den nächsten Monaten jeden Tag die Temperatur in dem Korb, der nicht länger als ein paar Sekunden geöffnet bleiben durfte. »Bei aller Neugier«, hatte der Alte ihm anvertraut, »dürfen Sie die beweglichen Rahmen nicht herausziehen, um die Honigwaben zu untersuchen. Es entsteht ein kalter Durchzug, wenn man den Korbdeckel hochhebt, und er könnte die Temperatur so weit absenken, dass Ihre Bienen Stunden brauchen, um das Innere wieder zu erwärmen. Die Kühle könnte Ihr Volk dezimieren. Gehen Sie kein Risiko ein, Herr Hitler. Nach allem, was Sie mir erzählt haben, nehme ich an, dass Sie bisher nur im Juni und Juli mit Bienen gearbeitet haben. Das kann jeder Tourist. Um aber Ihre kleinen Wesen sicher durch die eiskalte Luft der kommenden Wintermonate zu bringen, ist Charakter erforderlich, mein Freund.« Und dann fügte er hinzu, wie um sein Entgegenkommen auszuschmücken, »mein neuer Freund«.

8

Hätte Alois als Angeklagter vor Gericht gestanden und wäre selbst der Richter gewesen, er hätte sich für schuldig befunden. Wie konnte die Pensionierung einen starken Mann wie ihn derart schwächen? Er hatte den Bauernhof aus einem Impuls heraus gekauft und noch zwei Bienenkörbe erworben und damit seinen Wetteinsatz verdoppelt. Warum hatte er sich plötzlich auf die Apikultur im Winter festgelegt? Wieder ein übereilter Impuls? Der Alte hatte die Frechheit besessen, ihm beim Abschied zu sagen: »Sie werden bald merken, wie viel Arbeit ich Ihnen erspart habe.«

Was Alois an Arbeit sparte, steckte er in seinen Kummer. Er war noch keine sechzig, verdammt, noch mehr als ein Jahr davor, aber er fühlte angesichts seiner neuen Pflichten eine innere Müdigkeit. Seine zwei bewohnten Körbe standen jetzt in zwei Holzkästen unter dem Eichenbaum, von Steinen beschwerte Teerpappe lag als Wärmeschutz darunter und darüber. Zwei Schwärme hausten in den zwei Körben. Jeden Tag maß er ihre Temperatur und wog sie einmal in der Woche. Sein Problem war, dass er mehr Sorgen als Arbeit hatte. Sollten die Kolonien im Frühjahr zu schwach sein, würde er die beiden Körbe zusammenlegen und notfalls Bienen dazukaufen, also mehr Geld an den Alten ausgeben, der sich in die Hose machen würde vor Lachen über den ehrbaren Oberzollbeamten Herrn Hitler mit seinen zehn Daumen, die nur darauf warteten, von seiner eigenen Ahnungslosigkeit im fortgeschrittenen Bienenzuchtwesen gestochen zu werden.

Schon im November belehrte Alois erst Angela und Adi, dann auch Klara, wie notwendig absolute Hygiene in der Apikultur sei, sobald das warme Wetter beginne. Mochte der Tag noch so warm sein, sie durften nie die Körbe offen lassen. Vor allem durften sie draußen keinen Honig verschütten. Wenn es passierte, mussten sie ihn sofort aufwischen, denn die Bienen würden sonst angelockt und um den freien Honig kämpfen, der in einer Pfütze auf dem Boden lag. Wenn die Lache tief genug war, konnten sie massenweise darin ertrinken.

Aus lauter Angst hielt er seiner Familie wahre Vorlesungen darüber, was im Sommer passieren oder auch nicht passieren konnte. Es hing davon ab, was er abends über die Korbpflege im Winter las.

Er zimmerte einen weiteren Korbkasten, den er noch nicht brauchte, aber er war stolz darauf, dass er es schaffte.

Derartige Betätigungen linderten seine Sorgen. Seine Brust schwoll vor der ehernen Wahrheit, an der er Klara teilhaben ließ: »Echtes deutsches Blut weiß, dass der Segen nicht von Gott kommt, sondern von harter Arbeit.« Seine Bemerkung war missverständlich. Warum hatte er nicht von österreichischem Blut gesprochen?

Diese Frage sollte ihm bald zusetzen. Besaß jedes Blut seine eigenen Tugenden? Warum sollte er eigentlich das deutsche Blut preisen? Warum nicht das österreichische? Er hatte einen Kaiser, der das riesige und unmögliche Problem bewältigte, Tschechen, Ungarn, Italiener, Polen, Juden, Serben und dazu Zigeuner friedlich gemeinsam im habsburgischen Reich leben zu lassen. Die Deutschen konnten das nicht, sie stritten immer. Ohne Bismarck wären sie nichts weiter als engstirnige Fürstentümer. König Ludwig I. und König Ludwig II. der Wahnsinnige waren beide verrückte Bayern. Und die Preußen waren noch schlimmer. Die Preußen hatten einen Rammbock im Arsch. Warum redete er also von gutem deutschen Blut? »Weil ich weiß, was es bedeutet«, sagte er bei sich selbst.

Aber was bedeutet es, wenn man etwas zu wissen behauptet, was man nicht weiß? Obwohl man es in gewisser Weise doch weiß. Ein hübsches Rätsel. Alois entschied, dass er jetzt wie ein Philosoph dachte. Nicht schlecht für einen ehemaligen Bauern. Er war versucht, das Thema in der Taverne in Fischlham anzuschneiden, tat es aber dann doch nicht. Die Leute waren Tölpel. Er bereute die Zeit, die er mit ihnen verbracht hatte. Im November war er sogar einmal nachmittags eingekehrt, ein weiterer Beweis dafür, dass er nicht ausgelastet war. Aus diesem Grund blieb er mehrere Tage zu Hause und hängte Netze um die Körbe, um im Frühling die Vögel fernzuhalten. Er zog sogar in Erwägung, den Alten zu besuchen, aber die Erinnerung an den strengen Geruch stimmte ihn um.

Es dauerte nicht lange, und er war wieder in der Taverne. Es vergnügte ihn, dass die Tölpel dort ihn nun als Experten der Apikultur betrachteten. Er konnte sämtliche Ratschläge des Alten und die Goldbrocken, die er aus seiner abendlichen Lektüre gesiebt hatte, als seinen selbst erworbenen Wissensschatz verkaufen. Alois würde als Erster zugeben, dass Ehrlichkeit und Bescheidenheit hervorragende Tugenden sind und im Umgang mit Vorgesetzten immer beachtet werden sollten. Doch der Unterlegene möchte auch das Gefühl haben, dass er einem klugen Menschen zuhört. Da er den

Einwohnern eher zur Verfügung stand als der Alte, erwarb er sich den Ruf des örtlichen Experten. Trotzdem fühlte er sich bei seinem Projekt derart im Stich gelassen, dass er fürchtete, eine Krankheit könnte seine Kolonien befallen.

Er las einen ganzen Abend in seinen Büchern, aber die Sorgen blieben. Er träumte, dass er als Biene in einem seiner Körbe wohnte, als Teil eines Schwarms in tiefster Dunkelheit. Wie fanden die Bienen sich in dieser lichtlosen höllischen Welt zurecht?

Am Ende wurde aus Alois' Traum ein Nachtmahr, und damit wurden die Berichte meiner Agenten interessanter. Sein Bienenschwarm vervielfachte sich in der Düsternis und flog aus dem Korb. Er war nicht mehr aufzufinden.

Würde er wirklich im Frühjahr seinen Korb verlieren? Im Dunkeln streckte er seine Hand nach Klara aus und berührte ihren Bauch. Er war schon so dick, obwohl das Kind erst im Januar anstand. Erwartete sie einen Riesen?

Sie wachte von der Berührung seiner Hand auf und hätte sich gern in seinen Arm geschmiegt, aber mitten in der Nacht hatte er das Bedürfnis, mit ihr über ein bestimmtes Problem zu reden. Sie war sofort hellwach und unglücklich.

»Ich hoffe«, sagte Alois, »dass du nicht mit Herrn Rostenmeier gesprochen hast.«

Sie wusste schon, was als Nächstes kommen würde. Herr Rostenmeier war der Inhaber des Ladens in Fischlham, wo sie und Angela einmal in der Woche die wenigen Lebensmittel einkauften, die nicht in ihrem Garten wuchsen. Herr Rostenmeier gefiel Klara, und sie hatte mit ihm über den Verkauf ihres Honigs gesprochen. Alois hatte ihr verboten, einen Handel abzuschließen, weil noch die Möglichkeit bestand, dass er mit dem Alten ins Geschäft käme. Aber Herr Rostenmeier wäre ihr lieber gewesen, weil sie dann als Vermittlerin ein wenig Geld ins Haus gebracht hätte. Es juckte ihr in den Fingern, wenn sie daran dachte.

Alois beschloss aber, zu dem Alten zu gehen. Sie wusste es. »Ich dachte«, sagte sie im Dunkeln, noch während er ihren Bauch tätschelte, »dass du den Mann nicht ausstehen kannst. Ja, du hast mir gesagt, du kannst ihn nicht riechen.«

»Er gibt mir gute Ratschläge«, sagte Alois kurz angebunden. Die Bilder seines Albtraums hafteten noch an ihm.

»Ja, ja«, sagte Klara, »du hast mir aber auch gesagt, dass du dem Alten nicht traust. Oder?« Sie wurde beinahe hysterisch. Dafür hatte er sie aus ihrem schönen Schlaf gerissen! »Ja, du sagst, dass du ihm nicht traust, und trotzdem ziehst du den Alten einem ehrbaren Mann wie Herrn Rostenmeier vor?«

»Klara, es geht doch nur darum, dass es dir peinlich ist«, sagte er ihr. »Vielleicht hast du dich schon ein bisschen zu lange mit Rostenmeier unterhalten. Verschweigst du mir etwas? Hast du dich verpflichtet, ohne erst mit mir zu reden?«

»Nein«, sagte sie, »überhaupt nicht. Mir ist es nicht peinlich. Ich habe mich zu nichts verpflichtet.« Sie war versucht hinzuzufügen: »Aber ich muss sagen, dass ich nie verstehen werde, was einem Menschen wie dir durch den Kopf geht.« Sie schwieg jedoch. Er hätte sie sonst wegen ihrer Dummheit verhöhnt. Dann hätte sie die halbe Nacht wach bleiben müssen, um ihm zu erklären, was sie damit meinte – »ein Mensch wie du«.

9

Es überrascht nicht, dass Alois schließlich doch zu dem Alten zurückging. Warum nicht? Er war Realist, wie er sich einredete, und mithin an schlechte Gerüche gewohnt. Man musste gelegentlich mit dem Teufel handeln. (Meine Teufel wieherten, als sie es mir erzählten.)

Alois stattete seinen Besuch am nächsten Sonntag ab und nahm Adi wieder mit. Diesmal achtete der Junge auf den Weg. Es waren keine zwei Kilometer, und er wusste, dass er die Hütte wiederfinden würde, wenn er sich an die Gabelungen des Pfades erinnerte. Er war unterwegs von einer beklemmenden Aufregung erfüllt. Ein Kummer lag ihm wie ein schwerer Brotlaib im Magen, doch darüber schlug sein Herz beschwingt. Er würde seinem Vater nichts von seinem Plan verraten, den Alten einmal ganz allein zu besuchen.

»Ja«, wiederholte er sich selbst, »ich werde keine Angst davor haben. Aber besser nicht am Abend. Da gibt es zu viele Geister im Wald.«

Für Adi verlief das zweite Treffen seines Vaters mit dem Alten noch besser als das erste. Anfangs redeten sie über die Vermarktung von Honig, wobei Adi kaum folgen konnte, doch die Unterhaltung wurde interessant für ihn, sobald das Geschäftliche erledigt war. Der alte Mann konnte nämlich nicht aufhören, von den Geheimnissen innerhalb der Geheimnisse der Bienen zu schwärmen. »Ja«, sagte er mit tönender Stimme, »ich werde nie müde, diese winzigen Wesen mit ihrem unsterblichen Honig und ihrem fast unsterblichen Stich zu betrachten. In ihrer Aufzucht gibt es unglaubliche Feinheiten.«

Es folgte ein kenntnisreicher Diskurs. Obwohl Alois kaum zu Wort kam, störte es ihn nicht, denn er würde es morgen in Fischlham vortragen. Als Geschenk für die Tölpel! Adi seinerseits hörte sorgfältig zu. Die Worte, die er nicht begriff, lebten durch ihren Klang in seinem Gedächtnis weiter.

»Werden wir je«, fragte der Alte, »dem Werk der Schöpfung genug Hochachtung schenken? Es ist so voller Genie! Diese kleinen Teufel entstammen der göttlichen und kuriosen Kunstwerkstatt des gütigen Herrn – eine bizarre Verkörperung der Weisheit der Natur.«

Der Alte fuhr fort. Und wie! Gottes Ballett, Gottes Gymnastik, Gottes Wunder und Gottes Ehrfurcht – der Alte reagierte wie viele unserer Mandanten, die wir ermuntern, Gott in den höchsten Tönen zu preisen. Immer.

Er übertrieb es aber, sodass Alois sich wieder abgestoßen fühlte. Es war zu viel Zeit verstrichen, ohne dass er seine Stimme erheben konnte. Zudem missfiel ihm der Blick in den Augen seines Sohnes, diesen großen klaren und lebendigen blauen Augen, die denen Klaras so ähnelten. Es lag jetzt Verehrung darin.

Endlich gelang es Alois, ein Wort einzuwerfen.

»Würden Sie dem Jungen Ihren Schaukasten in der Küche zeigen?«

Offensichtlich wollte der Alte es nicht, wie Alois erwartet hatte, aber Adi meldete sich. »Oh bitte«, rief er aus. »Ich habe noch nie ein Bienenhaus von innen gesehen. Wir haben sie schon so lange« – er rechnete schnell nach – »seit sieben, nein, seit acht Wochen, und ich habe noch keine einzige Biene gesehen. Muss ich bis zum Sommer warten? Bitte.«

»Frühjahr«, sagte der Alte. »Man muss bis zum Frühjahr warten.« Als er die Enttäuschung im Blick des Jungen bemerkte, zuckte er mit den Schultern. »In Ordnung«, sagte er, »aber erwarte nicht zu viel. Es ist Winter, und in diesen Monaten sind die Bienen träge.«

Und sie waren es. In der Küche, die bis auf einen kleinen Herd, einen Spülstein, eine Handpumpe darüber und einen Eimer darunter leer war, stand noch ein Tisch. An einem Ende befand sich ein schmaler Glaskasten, vielleicht fünfzig Zentimeter lang und halb so hoch, dessen Inneres auf beiden Seiten von schwarzen Gardinen verdeckt war. Wenn man die Gardinen beiseite zog, erschienen zwei Glasscheiben, nur durch Zentimeter voneinander getrennt, und in dem Zwischenraum stand senkrecht eine Wachstafel, die mit unzähligen kleinen Zellen übersät war.

Adi war enttäuscht. Er sah nichts als eine Traube unsauberer Dinger, kaum größer als Salmiakkrümel in einer Wasserflasche, die vom Licht erschrocken übereinander hinwegkletterten, eine armselige zusammengepferchte Bande, eine Ansammlung von breiigen kleinen Kreaturen, hässlich wie Kakerlaken. (Ihre Flügel waren gefaltet.) Seit Adi zum ersten Mal Edmunds Homunkulus-Gesicht an Klaras Brust gesehen hatte, war er nie wieder so enttäuscht worden.

Diese Bienen hätten genauso gut Bohnen sein können, die in einem heißen Topf herumhüpften, außer dass – nein, Bohnen waren nicht so nervös. Was für ein schreckliches Leben! Sie vermissen die Sonne, dachte der Junge. Sie waren aufeinander gehäuft. Er seufzte, um nicht in Tränen auszubrechen.

»Im Augenblick«, sagte der Alte, »sind sie die Ärmsten der Armen, nichts als aufgeweichte Kreaturen in ihrem eigenen Schleim. Doch ihr Leben wird die Grenzen der Existenz umfassen. Jetzt sind sie nichts, aber im Sommer werden sie in der Luft tanzen wie wunderschöne Tautropfen im frühen Morgenlicht. So furchtlos. Wie sie sich spreizen werden, wenn sie in die goldenen Blütenblätter der Blumen dringen, die auf sie warten.«

»Hört, hört«, sagte Alois. Trotz seiner trostlosen Behausung hatte der Alte Sprachstil. Das musste man ihm lassen.

Adi dachte: »Diese Bienen können stechen, und dann ist man tot.« Ihn schauderte in der Küche des alten Mannes vor der Unfassbarkeit des Sterbens. Doch inmitten dieser Furcht fühlte er sich dem Alten näher als seinem Vater, denn er hätte den ganzen Tag und die ganze Nacht seinen wundervollen Worten zuhören können.

»Komm mich besuchen«, flüsterte der alte Mann Adi zu, bevor Alois das Zeichen zum Aufbruch gab.

10

Ich weiß nicht, welchen Einfluss diese gemurmelte Botschaft auf Adi hatte, aber ich habe bisher nie so sehr bedauert, dass ich mich auf meine Agenten in Hafeld verlassen musste. Kurze Zeit später (an Heiligabend!) stand Adi auf, während alle anderen schliefen, zog seine wärmsten Sachen an und setzte sich draußen unter die Eiche, wo die beiden Körbe in ihren Kästen standen. Dort blieb er lange sitzen, wobei ihm von Minute zu Minute kälter wurde. Doch er harrte zwischen den Körben aus und umarmte sie. Er betete um das Überleben der Bienen.

Das war für mich ein Signal. Ich befragte meine Agenten mehrfach, was sie den Gedanken des Jungen bei dieser Gelegenheit entnahmen, und manches daran schien interessant. Am Abend hatte Adi gehört, wie sein Vater sich beklagte, dass der Schutzschirm am Flugloch zerrissen war. Das Loch war zwar klein, aber vielleicht hätte eine Maus hindurch gepasst. Alois hielt es für unwahrscheinlich, aber Adi war nicht überzeugt. Sein Vater hatte den Schirm am Nachmittag repariert, und als Adi nun zwischen den Kästen saß, wusste er nicht mehr, in welchem die Maus stecken mochte. Also legte er beiden seine Hand auf.

Der Junge war an Heiligabend von der feierlichen Stimmung seiner Mutter angesteckt. »Heute vor eintausendachthundertfünfundneunzig Jahren«, sagte Klara, »wurde der Sohn Gottes geboren, und er war das freundlichste menschliche Wesen, das je die Erde betrat. Das liebste, das süßeste. Wenn du ihn liebst, wird er dich lieben.«

Adi wusste, dass er in dieser Nacht ohne Bedenken die Nachtluft einatmen konnte, wie kalt sie auch sein mochte. Denn der Sohn Gottes war anwesend. Würde er Adi die Macht verleihen, durch die Kraft seiner Gedanken die Maus zu töten?

Mit der Kraft seiner Gedanken die Maus töten? Ich kannte die Grenzen meiner Agenten. Eine solche Idee wäre ihnen nicht eingefallen. Sie musste von Adi selbst stammen. Wäre ich da gewesen, hätte ich den Einsatz erhöht. Vielleicht hätte er meinen Einflüsterungen vertraut, dass er die außergewöhnliche Macht besaß, Leben zu retten und Leben zu vernichten. Das gehört bei unseren Mandanten zu den wirkungsvollsten Eingebungen, aber es erfordert eine Reihe von Traumätzungen.

Ich versuchte wegen der verpassten Gelegenheit nicht ins Brüten zu verfallen. Ich hatte in St. Petersburg mehr als genug um die Ohren. Mit meinen Assistenten stand ich vor einem beträchtlichen Widerstand gegen meine Aktivitäten. Ich war noch nie einer derart entschlossenen Gruppe von Bütteln begegnet wie dieser russischen Schar. Und keiner so brutalen. In den vergangenen Jahrhunderten haben die russischen Engel ein schlagkräftiges Geschick entwickelt, sich gegen die vielen Dämonen zu verteidigen, die wir in der russisch-orthodoxen Kirche und in den Klöstern installiert hatten. Infolgedessen verfügten diese Büttel, die ebenso grob waren wie die gemeinsten russischen Mönche, über einen Fundus an heiligem Eifer, und sie waren bereit, die Krönung des zukünftigen Zaren Nikolaus II. zu beschützen.

Als der Maestro mich konsultierte, was er hin und wieder tat, war ich so kühn, ihm zu sagen, dass nach meiner Meinung unsere Chancen schlecht standen, die Krönung selbst zu sprengen. Zu viel würde uns entgegenstehen. Es sollte jedoch nicht zu schwierig sein, einige Tage nach dem Ereignis einen gewaltigen Aufruhr anzuzetteln.

Genug davon. Man erkennt leicht, dass die russische Unternehmung mich zumindest gegenwärtig mehr beschäftigte als die kleinen Begebenheiten in Hafeld.

Trotzdem, ob es mich interessierte oder nicht, brachte Klara am 21. Januar ein neues Kind zur Welt. Es erfreute Alois wenig. Nicht der erhoffte künftige starke Mann war eingetroffen, sondern ein kleines Mädchen lag im Wochenbett. Jetzt war der ganze Krawall vergeblich, wenn das Baby nachts nach der Brust verlangte und tagsüber brüllte. Er hatte sich einen Kraftprotz als Sohn gewünscht, der ihm das Alter versüßen sollte, der den drei älteren Jungen überlegen war, mit denen er sich nicht brüsten konnte – dem wilden, dem Muttersöhnchen und der heulenden Rotznase. Die Geburt versetzte Alois nicht in Festlaune, aber er feierte trotzdem – Abend für Abend in der Taverne in Fischlham, bis das Bier ihm so sauer schmeckte wie Kinderspeichel. Jetzt wohnten sechs Menschen unter seinem Dach. Wenn Junior am Sommeranfang aus Spital zurückkehrte, waren es sieben. Das Stimmengewirr in der Gaststube ließ sich mit dem Kinderlärm zu Hause vergleichen.

Meinen Agenten brachten Alois' Besuche in der Taverne keine Erkenntnisse. Wenn Männer in einem überfüllten Raum trinken, wächst die Solidarität unter ihnen. Sie schweben auf Zephirwinden aus Korngeist, brüderlich vereint gegen den Angriff von Engeln und Dämonen in der Gewissheit, dass sie in diesem Moment als Männer außerirdischen Mächten ebenbürtig sind.

Das sind keine guten Arbeitsbedingungen für uns, aber es eröffnen sich Möglichkeiten, wenn die Trinker nach Hause schwanken. Dann sind wir bereit. Manchmal schmettern wir sie aus Frust über die verlorenen Stunden zu Boden. Gewöhnlich nehmen sie es persönlich und lamentieren typisch. »Jemand hat mich gestoßen«, rufen sie. Niemand glaubt ihnen, aber sie wissen es besser. Ein Zorn war ihnen zwischen die Schulterblätter gefahren, und es war nicht ihre eigene Wut, überhaupt nicht.

11

Auf dem Heimweg schwankte Alois zwar hin und wieder, aber er war auch zu aufgekratzt, um ins Haus zu gehen. Stattdessen setzte er sich neben die Bienenkörbe und fischte ein Gummirohr aus seiner Hosentasche, das er an eine Korbwand hielt, um dem Summen der Bewohner seiner kleinen Stadt zuzuhören. Es war ein schöner Klang, fast eine Melodie aus Wellen der Zufriedenheit. Warum sollten seine Bienen nicht zufrieden sein? Am Morgen würden Hunderte, Zehntausende in einer Traube an dem Netz der breitmundigen Kruke hängen und Wasser und Honig saugen. In dieser dunklen und angenehm beschwipsten Stunde gingen Alois die verschiedensten Gedanken durch den Kopf wie Pferde im Gänsemarsch, ein großer Gedanke nach dem anderen. Er versuchte zu schätzen, wie viele Bienen in dem Kasten waren. Wie betrunken er auch sein mochte, er konnte immer noch klar denken. Vielleicht zwanzigtausend. Das musste hinkommen. Obwohl er wusste, dass er die Bienen nicht stören sollte, klopfte er gegen seinen Willen scharf an die Wand. Durch das Rohr konnte er hören, wie sich der Ton veränderte. Sendeten sie Warnsignale aus? Die Laute wurden höher, wie die Saiten eines verrückten Geigenspielers. Dann wieder Ruhe. Sanftheit. Gleich Katzen, die ihre Krallen einziehen. Im Schlaf schnurrend.

Er zwang sich aufzustehen, ins Haus zu gehen und sein Hemd und seine Hose auszuziehen. Danach fiel er ins Bett. Doch er hörte immer noch den Chor. Seltsame Laute. Sein Atem setzte kurz aus, und dann sank er in tiefen Schlummer. Sein letzter stolzer Gedanke war, dass er die Gesänge der Bienen mehr genossen hatte als das Katzengeschrei eines Säuglings.

Aber er träumte schlecht. Er trat in eine große Höhle ein, in der er sich als eine seiner Bienen wiederfand, was ihn nicht überraschte. Sie koteten, und er mit ihnen, einer von vielen, ebenso leidend wie seine brüderlichen – nein, seine schwesterlichen – Kreaturen, dahinschwindend in den Krämpfen einer schweren Darmkrankheit, und alle koteten in die engen Gänge des Kastens – ein ekelhafter Anblick.

Er wollte aufstehen, denn es war ein Traum. Gesunde Bienen beschmutzten nicht ihr eigenes Nest (außer den schlimmsten und faulsten Drohnen), nein, er hatte den Bienen in seinem Korb zugehört, und ihr Ton war ehrbar. Sie würden auf wärmeres Wetter warten und ausschwärmen.

Doch inzwischen war er wach, und ihm wurde schmerzhaft bewusst, wie viel Kot sich während der vergangenen Monate in seinen Kolonien angesammelt hatte. Wie sollten die kleinen Kerlchen an sich halten?

Am nächsten Morgen war es warm, es taute zum ersten Mal im Februar, und als Alois aus dem Haus trat, war seine Horde in der Luft über ihm, Hunderte, Tausende, Unzählige. Sie ließen ihren Darminhalt im Umkreis von fünfhundert Quadratmetern auf alles herniederregnen. Es roch nach reifen Bananen, und der Schnee sah aus wie ein weißes Feld mit unzähligen gelben Flecken in einem weiten Kreis um die Korbbank herum. Butterblumen im Schnee! Paulas Windeln an der Wäscheleine waren beschmutzt. Welch ein ungeheurer Erguss! Alois schritt ihn ab. Ja, noch hundert Meter von den Körben entfernt fand er gelbe Flecken.

Klara war so erzürnt, dass sie wagte, sich zu beschweren. »Du hast mir nie gesagt, ich soll vorsichtig sein«, sagte sie ihrem Mann.

»Es ist schade«, sagte er, »dass du die Windeln wieder waschen musst. Aber wie kann ich mich entschuldigen? Es ist schließlich ein Akt, den wir dem lieben Gott verdanken, an den du so fest glaubst.« Sie ging fort. Eine halbe Stunde später siedete das Wasser in zwei großen Töpfen. Sie nahm die Windeln von der Leine und kochte sie wieder.

Alois dachte nicht daran, sich zu entschuldigen. Er freute sich für die Bienen. Wie entzückt sie waren, als sie umherflogen. Da es Samstag war, hielt Adi sich in den Wiesen nebenan auf, und Alois rief ihn impulsiv herbei. Er wollte ernsthaft mit ihm reden.

»Jedermann scheißt«, erzählte er dem Jungen. »Alle Wesen scheißen, alles was lebt. So hat es seine Ordnung. Du musst nur lernen, wie du deine Scheiße loswirst, bevor sie auf dich scheißt. Verstehst du? Halte dich sauber, hörst du? Schau dir die Bienen an. Sie sind wundervoll. Sie halten den ganzen Winter über an sich. Wir können das auch. Wir sind gute Menschen. Wo wir leben, gibt es keinen Dreck.«

»Aber was ist mit Edmund, Vater?« fragte Klein-Adolf.

»Was denn?«

»Er macht sich immer noch in die Hose.«

»Darum kümmert sich deine Mutter, nicht du.«

Später am selben Tag erinnerte Adi sich daran, wie Alois junior ihm einen Tupfer Exkrement auf die Nase geklebt hatte, und der Gedanke daran verursachte ihm einen zwiespältigen Schmerz. Er fühlte sich immer noch tief erniedrigt, aber auch voller Schadenfreude. Auch der Reinigungsflug der Bienen erregte ihn. Sie hatten im Wind getanzt, sie waren frei, nachdem sie die ganze Kacke aus ihrem Inneren verstreut hatten. Er konnte nicht aufhören zu kichern – seine Mutter war so wütend geworden.

Jetzt fiel ihm ein, was Angela ihm eines Morgens zugeflüstert hatte: »Deine Mutter hat ein Sprichwort – ›Kinder, Küche, Kirche‹.« Er nickte. Er kannte es schon. Er gähnte ihr ins Gesicht.

»Ach ja, du glaubst wohl, du weißt schon alles«, sagte Angela, »aber das stimmt nicht. Es gibt noch ein anderes geheimes Wort.«

»Wer hat es dir verraten? Meine Mutter?«

»Ich darf es nicht sagen. Es ist geheim.«

»Wer hat es dir gesagt?«

Sie merkte, dass er einen Koller bekam. »In Ordnung, ich will es dir sagen«, antwortete sie. »Ich habe es von deiner Mutter gehört, von deiner lieben Mutter, die mich liebt, obwohl ich nicht ihr Kind bin.«

»Sag es mir, oder ich schreie, dass sie mich hört.«

»Das ist typisch für dich. Du bist gemein.« Sie zupfte ihn am Ohr. »Vergiss nicht«, sagte sie, »sie hat es mir insgeheim erzählt. Das richtige Sprichwort ist ›Kinder, Küche, Kirche und …‹« – sie fing an zu kichern – »›und Kacke!‹«

Jetzt kicherte er auch. Oh, diese Bienen waren schlimmer als Säuglinge. Er hatte die verrückte Vorstellung von Bienen mit winzigen Windeln. Er lachte so herzlich, dass er urinieren musste, und das erinnerte ihn an den Alten, der ihm oft ins Gedächtnis kam, besonders wenn er einen Harndrang spürte.

Adi wollte unbedingt den Alten besuchen. Der nächste Sonntag war wieder warm, und die Bienen waren wieder draußen. Als Klara zur Kirche gefahren war und Alois döste, lief Adi die Wiese hinauf und hinab, wie um Anlauf für seinen Besuch bei dem alten Mann zu nehmen, aber tatsächlich stellte er sich dabei die Gabelungen auf dem Waldweg zur Hütte des Alten vor, und er wusste, er würde sie finden. Der Wunsch, es allein zu schaffen, zerrte an ihm wie ein Seil.

Er ging los. Der Alte war durch die gleiche Botschaft, die Adi von uns erhalten hatte, auf den Besuch vorbereitet und wartete wieder an der Tür, aber der Löffel Honig war noch nicht in seiner Hand, nein, dafür musste Adi auf seinen Schoß klettern. »Ja, du bist so ein guter Junge«, sagte der Alte. »Ich liebe dich wie einen Enkel, und du brauchst dich nie vor mir zu fürchten. Ja, du bist so lieb und stark.« Der Alte legte seine Hand auf Adis Oberschenkel, berührte ihn aber nur ganz sanft, während er ihm den Honig einflößte.

Der Junge hatte keine Angst, oder nur ein bisschen. In der Schule lasen sie Märchen, in denen Riesen im Wald vorkamen und böse Geister, die kleine Kinder in Schweine oder Ziegen verwandelten. Aber auf den Knien des Alten zu sitzen schien ihm nicht gefährlich. Die fühlten sich besser an als der Schoß seines Vaters. Er musste immer damit rechnen, dass ihm sein Vater den Pfeifenrauch ins Gesicht blies.

So saßen sie noch lange beisammen, nachdem Adi den Honiglöffel geleert hatte, und er fühlte sich glücklich mit der Hand des Alten auf seinem Knie.

Nach einer knappen Stunde wurde ihm jedoch unbehaglich. Würde sein Vater sich fragen, wo er war? Als er sich regte, sprach der Alte etwas, das ihn so erstaunte, als hätte er ihm plötzlich eine Buchseite mit einem wunderschönen Bild aufgeschlagen.

»Erzähl es keinem weiter«, sagte der Alte, »aber ich versuche, eine bestimmte kleine Biene sehr glücklich zu machen. Sie lebt allein ganz in meiner Nähe, in der Küche.«

»Kann sie sprechen?«

»Sie gibt Laute von sich, schon.« Der Alte lächelte. »Nein, mein Junge. Ich versuche der kleinen Biene nicht unsere Sprache beizubringen. Das wäre zu viel verlangt. Ich will sie nur glücklich machen. Was nicht so einfach ist, denn seit ich sie ausgewählt habe, muss sie in einem kleinen Quartier für Königinnen wohnen, obwohl sie keine Königin ist.«

»Mein Vater sagt, dass Bienen nur für andere Bienen leben. Sie sind« – er suchte nach dem richtigen Ausdruck – »der Gemeinschaft verpflichtet.«

»Dein Vater hat recht. Ja, Bienen leben in einem Korb. Sie wollen nicht allein leben.«

»Auch nicht, wenn sie immer gut gefüttert werden?«

»Du bist der klügste Junge, den ich kenne. So voller Verständnis. Ich wollte herausfinden, was passieren würde, wenn ich eine Biene auswählte, sie warm hielt und gut fütterte und mit allen guten Gefühlen meines Herzens bedachte. Wenn ich nach nebenan gehe, rede ich mit ihr. Zwanzig Mal am Tag. Sie versteht nicht, was ich sage. Aber ich will ihr mitteilen, dass ich an sie denke. Manchmal hebe ich sie sogar aus ihrer königlichen Zelle.«

»Fliegt sie nicht davon?«

»Oh nein. Dafür treffe ich Vorsorge.« Er berührte sanft den Kopf des Jungen. »Wenn ich sie aus ihrer kleinen Zelle heraushebe, springt sie umher, sie ist fröhlich, aber sie weiß, dass sie nicht versuchen darf zu fliegen.«

»Hat sie keine Flügel?«

Es entstand eine Pause. »Sie hat keine Flügel mehr.«

Adi verstand. Sein Glücksgefühl lag jetzt im Widerstreit mit seiner Trauer. Er wollte die Biene sehen.

Sie war klein und zappelig und sprang aufgeregt hoch, als der Alte den Kasten öffnete. Sie hüpfte sogar auf seine Fingerspitze, die er in Honig getaucht hatte.

»Ich weiß nicht, was passieren wird«, sagte der alte Mann. »Was ich vorhabe, ist schwierig und hat kaum Aussicht auf Erfolg. Aber es wäre wunderbar, wenn ich dieses kleine Wesen ein wenig aufheitern könnte. Vor meinem Eingriff war sie unbedeutend. Kann ich sie auf eine Ebene heben, die ihre Schwestern nie erreichen werden? Ich fühle mit ihr. Sie ist so einsam. Sie vermisst die Horde. Sie ist die Einsamkeit selbst. Doch ich möchte ihr Leben versüßen. Das geschieht, wenn Kameradschaft die furchtbare Einsamkeit ersetzt. Ja«, sagte er und nickte mit dem Kopf.

»Oh«, sagte Adi, »ich hoffe, Sie werden es schaffen. Es ist so traurig, einsam zu sein. Manchmal bin ich auch einsam. Aber mit dieser Biene steht es schlecht. Wird sie sterben?«

»Früher oder später bestimmt. Ich möchte nur herausfinden, ob ich sie für eine kleine Weile glücklich machen kann.«

»Ja«, sagte Adi, »ich verstehe. Sie lieben sie.«

»Vielleicht«, sagte der Alte. Er seufzte. »Bei deinem nächsten Besuch werden wir sehen, ob ich Fortschritte gemacht habe.«

Wurde der Alte senil? Nein! Diese exotische Sorge um das »Wohlergehen« einer einzelnen Biene, eine offensichtlich törichte Prozedur – besonders nachdem sie ihre Flügel eingebüßt hatte – erfüllte für den Maestro einen Zweck. Groteske Experimente enthüllen viel. Verrückte können eine Quelle der Information sein.

Unsere flügellose Verkörperung der Einsamkeit starb allerdings, bevor Adi sie wiedersah. Der Alte und Adi hatten beim nächsten Besuch des Jungen Tränen in den Augen und fühlten einander näher als je zuvor. Mit Sicherheit. Der alte Mann hatte eine kleine Streichholzschachtel als Sarg für die Biene geschmückt. Er und der Junge legten sie draußen in eine Bodendelle und bedeckten sie mit einem Löffel Erde.

12

Während der ersten Märzwoche schien die Sonne jeden Tag in Hafeld. Die Körbe begannen sich zu regen, und die kühnsten Winterbienen flogen hinaus. Wahrscheinlich war die Königin dabei, Eier aus ihrem wohlbehüteten Samenvorrat zu legen, den sie im letzten Sommer durch ihre Unzucht hoch oben in der Luft erworben hatte. Einer der Körbe wog jetzt jeden Morgen mehr. Das besorgte Alois. Der andere hielt nicht mit.

Er beschloss, beide Kastendeckel zu öffnen und hineinzuschauen, woraufhin er entdeckte, was er befürchtet hatte. Die beiden Kolonien hatten zwar den Winter hindurch auf derselben Bank gestanden, aber nur eine gedieh. Die andere schien nicht gesund. Während auf dem Boden des guten Korbs nur ein paar tote Bienen lagen, bedeckte ein Gewirr aus winzigen Kadavern den anderen.

Kurz vor der Wärmephase hatte Alois durch sein Gummirohr ein aufgeregtes Summen in der zweiten Kolonie vernommen. Es hatte ihn beunruhigt. Jetzt stellte er fest, dass viele Brutwaben leer waren. War die Königin gestorben? Er wusste nicht genau, wie er die Dame finden sollte – sie war kaum größer als ihre Arbeitsbienen und kleiner als die Drohnen.

Er fühlte sich nicht niedergeschlagen, denn sein Scharfsinn war bestätigt worden. Er hatte sich nicht umsonst gesorgt. Eine furchtbare Krankheit schien seinen Schwarm dahingerafft zu haben.

Alois beschloss, die übrig gebliebenen Bienen der Kolonie zu vergasen. Der gute Korb musste geschützt werden. Er dachte sogar daran, den Alten um Hilfe zu bitten, entschied sich aber dagegen. Seine winterlichen Sorgen hatten ihm auch Mut verliehen.

Er wählte einen Sonntag. Adi und Angela brauchten nicht zur Schule und konnten ihm helfen. Die Prozedur war nicht schwierig. Er nahm einen kleinen Schwefelriegel, den er vor fünf Monaten als Teil seiner Ausrüstung gekauft hatte, zündete ihn an und ließ ihn auf dem Boden des schlechten Korbs dampfen. Das Flugloch wurde verstopft, der Korbdeckel wieder aufgesetzt, und das Gas erledigte im Nu seine Aufgabe. Als Angela über den Tod der armen Bienen zu weinen begann, schickte Alois sie ins Haus, aber Adi blieb neben ihm sitzen und schaute zu, und seine Augen leuchteten, als sein Vater ihn belehrte. »Deine große Schwester ist dumm. Wie kann man sich so aufregen! In der Natur gibt es keine Gnade für die Schwachen.«

»Mir macht es nichts aus«, sagte Adi.

»Gut«, sagte Alois. »Jetzt leeren wir den Korb und reinigen die Waben.«

Adi musste an die einsame Biene des Alten denken, die nun tot war, und dabei kamen ihm die Tränen.

Der Vergleich stimmte natürlich nicht. Er unterdrückte seine Tränen. Der Alte hatte eine einzelne Biene geliebt, aber die kranken hier in dem schlechten Korb hatten das Heim beschmutzt, in dem sie aßen und schliefen. Kein Vergleich.

Auf Vorschlag des Maestros bereitete ich am Abend eine kleine Traumätzung für Adi vor, die so simpel war, dass unser bester örtlicher Agent in Hafeld sie installieren konnte. Es war ein mehrfacher Traum, in dem der Vater Adi beauftragte, alle toten Bienen zu zählen. Damit er sich nicht verzählte, sollte er sie reihenweise auslegen, je hundert in jeder Reihe – ein ermüdender Traum. Trotzdem war er stolz auf die hohe Zahl, die er geschafft hatte. Es waren vierzig Reihen je hundert Bienen, alle lagen auf einem makellosen weißen Tuch. Er wusste vorher gar nicht, dass er bis viertausend zählen konnte. Niemand in seiner Klasse kam so weit. Er bereute nur, dass er seinen Auftrag nicht beenden konnte – es gab noch mehr Hügel mit toten Bienen zu zählen.

Hier möchte ich den Leser warnen, nicht zu viel von der Vergasung und der Leichenzählung herzumachen. Das darf nicht als die einzige Ursache der künftigen Ereignisse missverstanden werden. Wie kunstreich eine Traumätzung auch sein mag, sie hinterlässt nur ein Tüpfelchen auf der Seele, einen Fußabdruck als Hinweis auf Entwicklungen, die in den kommenden Jahrzehnten eintreten mögen oder auch nicht. Die meisten Traumätzungen erinnern an verlassene Fundamente, wie man sie an den Rändern von Städten der Dritten Welt sieht. Aus Geldmangel vermodern sie dort, Aushebungen in unwirtlichen Feldern.

Es wäre also ein grotesker Irrtum zu vermuten, dass diese Traumätzung alles Folgende determinierte. Ich versichere Ihnen, dass wir als Erste applaudieren würden, wenn alles so einfach wäre.

13

Der gute Korb war eine andere Sache. Er gedieh. Das Gewicht der Kolonie stieg jede Woche, und die Honigwaben begannen sich zu füllen. In seinen Büchern hatte Alois gelesen, dass die winzigen Waben von den Arbeitsbienen erst dann mit Wachs abgedeckt wurden, wenn der Wassergehalt des Honigs auf unter zwanzig Prozent gesunken war. Um das Wasser an der Oberfläche zu verwirbeln, mussten die Bienen jeden Tag stundenlang mit den Flügeln schlagen. Alois fühlte sich wieder berauscht von der Hingabe, mit der die neugeborenen Kreaturen ihren nie endenden Dienst versahen. Um seine Hochstimmung noch zu steigern, war jetzt auch der erste Honig fertig, und die Bienen waren dabei, die Waben abzudecken – ganz so, wie es sein sollte!

In seiner weißen Kleidung mit dem viereckig gebundenen weißen Schleier über seinem Kopf und von Handschuhen geschützt glaubte Alois das Metier allmählich zu beherrschen. Es war schließlich gar nicht so einfach, die Rahmen zur Begutachtung herauszuziehen und dann wieder hineinzuschieben. Er wollte ja nicht so tollpatschig sein, dass er seine Königin zerquetschte. Die neue Zuversicht, die er aus den Ergebnissen seiner Arbeit gewonnen hatte, führte ihn bald wieder in die Hütte des Alten, um ihm als Ersatz für die in seinem schlechten Korb vergaste eine andere Königin abzukaufen.

Der Alte erklärte ihm, wie man eine aktive Königin erkannte. Das sei nicht schwierig, wenn sie ihre Eier in die leeren Zellen lege, weil sie dann von ihrem Gefolge begleitet werde, das so lange an jedem abgelegten Ei ausharre, bis es selbst seine Enzyme auf die Larve ausgeschieden habe. »Magische Verstärker«, sagte der Alte.

Alois ertrug die Lektion des Alten und kehrte am Ende nicht mit einer, sondern mit zwei Königinnen zurück (beide seit dem vergangenen Jahr trächtig). Die eine würde eine Kolonie in dem Korb gründen, den er ausgeräuchert hatte, und die andere käme in den Kasten, den er im letzten Herbst gezimmert hatte. Einige Zellwaben der neuen Brut würden zusammen mit neuen Honigwaben auf die zwei leeren Körbe verteilt. Auf diese Weise würden alle drei so weit gefüllt, dass jede Kolonie ausreichend Platz hatte, um Wachszellen für die neue Brut wie auch Vorratszellen für ihren neuen Honig zu bauen. Er hatte zwar eine Kolonie durch Vergasung verloren, doch bald würde er Herr über drei sein, die alle florierten – war das möglich? Er musste natürlich gutes Geld hinlegen, um sich später des Erfolgs rühmen zu können.

Er spürte einen vorsichtigen Optimismus. Der April war gekommen. Blumen sprossen, die Walnussbäume, die Eichen, die Pflaumenbäume, die Buchen und Kirschbäume, die Ahorn- und Apfelbäume standen in voller Blüte. Auf der Wiese entfaltete sich eine Blumenpracht.

Er liebte es, mit Adi neben sich bei den Korbkästen zu sitzen, der Junge sorgsam bedeckt und verschleiert von der Ausrüstung, die Klara ihm angefertigt hatte. Vater und Sohn beobachteten begeistert die Fluglöcher der drei Körbe, an denen Wächterbienen auf ihrem Posten standen. Jede Biene, die mit Pollen und Honig beladen zurückkam, wurde von einem der Wächter sorgfältig beschnüffelt, bevor sie hereinfliegen durfte. Gelegentlich johlte Adi, wenn der Wächter eine Besucherin vertrieb. »Schau, Vater«, rief er, »sie riecht nicht richtig.«

Trotz der reichen Einfuhr fütterte Alois seine Kolonien mit zusätzlichem Honig. Dem Jungen sagte er: »Dann machen sie noch mehr Honig.« Fünf mit Waben gefüllte Rahmen steckten in jedem der drei Körbe. Und drei Königinnen legten darin ihre Eier in die Zellen, während die Futtersucherinnen vom Morgen bis zur Dunkelheit ihre Einsätze flogen. Die Futtersucherinnen kehrten im Minutentakt mit ihrer Fracht zurück und schwärmten dann wieder aus. Alois hatte gelesen, dass vierzigtausend solcher Flüge nötig waren, um zwei Pfund Honig zu erzeugen.

Manchmal schaute er sich die alten Bienen an, die in dem gesunden Korb den Winter überlebt hatten. Sie waren jetzt abgenutzte Restwesen mit ausgefransten Flügeln, ausgezehrt von Überbeanspruchung, ohne Haare am Körper. Sie lagen im Sterben. Jeden Morgen fegte ein Team von neu geborenen Arbeitsbienen die auf den Boden gesunkenen Leichen aus dem Flugloch auf die Rampe darunter. Alois betrauerte ihr Hinscheiden kaum. Junger Nachwuchs nahm ihren Platz ein. Er meinte, es werde ihm nun gelingen, mit Hilfe der Apikultur ein dauerhaftes Unternehmen zu gründen. Die neuen Bienen würden ihm gehören, nicht dem Alten. Er vermied den Gedanken daran, dass alle seine drei Königinnen im Vorjahr befruchtet worden waren und in diesem Sinne Kinder des Alten waren.

14

Als an einem herrlichen Maimorgen Schwärme aus allen drei Kolonien in der Luft waren, bemerkte Alois ein Muster in den Bewegungen einer bestimmten Biene. Diese Späherin, oder was immer sie sein mochte, beschrieb ständig die Zahl acht in der Luft.

»Sie gibt den anderen Signale«, sagte er bei sich. »Sie will ihnen etwas zeigen.«

Seine Beobachtung war richtig, er wusste es, weil ihr nun viele andere Bienen folgten, und sie flogen gemeinsam zu dem Wiesenhügel, auf dessen anderer Seite über Nacht wilde Blumen gesprossen waren, wie Alois bei seinem Spaziergang am Morgen entdeckt hatte. Diese Biene war tatsächlich eine Späherin.

Eine alte Lust befiel ihn wieder. Eines hatte er sich schon immer vom Leben gewünscht (mehr noch als eine neue Frau), nämlich eine bedeutende Entdeckung zu machen. Er träumte davon, etwas so

Fantastisches und Wertvolles zu entdecken, dass man seinen Namen für alle Zeiten ehren würde.

Der Wunsch lebte weiter in ihm. Der Gedanke, dass er soeben ein neues Naturphänomen entdeckt hatte, stimmte ihn glücklich. Und allein durch den Gebrauch seiner Augen! Er hatte etwas beobachtet, das er ein Bienensignal nennen würde. Droben am Himmel, das konnte er beschwören, hatte eine Biene die anderen zu einer Stelle geführt, wo die Blumen voller Nektar waren. In keinem der Bücher, die er bisher gelesen hatte, war dieser kleine Schwänzeltanz erwähnt. Er fürchtete sich in zweifacher Hinsicht, es dem Alten zu erzählen, zum einen, weil es vielleicht schon ein etablierter Begriff unter apikulturellen Kennern war, und zum anderen – falls das Gegenteil zutraf und die Idee brandneu war –, weil der Alte dann wahrscheinlich besser als er wüsste, wo man die Beobachtung veröffentlichte.

Trotzdem musste er noch erfahren, wie man die Königin lokalisierte. Deshalb beschloss er, doch den Alten aufzusuchen. Der Mann hatte Geschick, das musste man ihm lassen. Er öffnete seine Körbe, prüfte die Rahmen, lokalisierte die Königin, ergriff sie mit seiner bloßen Hand und fasste vorsichtig und sanft ihre Flügel zwischen Daumen und Zeigefinger. »In einigen Jahren«, sagte er, »werden Sie auch die Königin so einfangen können, aber jetzt zeige ich Ihnen eine sicherere Methode.« Erst jedoch setzte er seinen Diskurs über all die Methoden und Arten fort, wie man erkennen konnte, ob die Königin gerade Eier legte oder sie nacheinander in ihren neuen Zellen befruchtete oder sich in ihrem Hofstaat ausruhte.

»Wenn man sie einmal gefunden hat, ist es einfach, unsere Dame einzufangen«, sagte der Alte.

»Und das ist erforderlich«, sagte Alois, »wenn ich meinen Honig einsammeln will.«

»Genau«, sagte der Alte. »Dann müssen Sie viele Rahmen umstellen und das Wachs von den Honigwaben schaben. Eine unbedachte Bewegung kann sie zerquetschen.« Zu Alois' Verdruss drohte der Alte ihm mit dem Zeigefinger. »Wir gehen nicht gleich an den

Honig, sondern suchen als gute Menschen, die wir sind, erst nach der Königin, und dann setzen wir das Fanggerät ein.« Er nahm ein Glasrohr mit einer konkaven Wölbung am oberen Ende in die Hand. »Das stülpt man über die Königin«, sagte er, »und dann schiebt man diesen kleinen Käfig« – er hielt ein flaches fünf Zentimeter langes Behältnis hoch – »darunter und bläst die Königin direkt in den Käfig hinein, punktum! Jetzt ist sie in Sicherheit. Sie bleibt in dem Käfig, bis der Honig entfernt ist.«

Wir können davon ausgehen, dass Alois das Einfangen der Königin übte. Ja, er verbrachte einen ganzen Nachmittag damit, seine drei Schönheiten zu erfassen und wieder zu befreien, indem er sie erst lokalisierte, dann mit höchster Sorgfalt das gewölbte Ende des Rohrs über sie legte, um sie danach in ihren kleinen Königinnenkäfig zu pusten.

Während er den Vorgang unablässig wiederholte, wurde ihm klar, dass seine Beobachtung beim morgendlichen Tanz der Bienen dem erfahrenen Alten wahrscheinlich bekannt war – wieder einmal musste er einen schönen Traum begraben. Er würde nicht als Entdecker in die Geschichte eingehen.

15

Alois' gute Laune verschwand mit dem warmen Wetter. Ein Kälteeinbruch erfolgte, der seine am Anfang des Frühjahrs geweckten Hoffnungen grausam zerstörte. Er machte sich schon darauf gefasst, dass ihm sein ganzer Gewinn durch das für die Jahreszeit untypische Wetter verloren ging.

Er erinnerte sich an eine alte Bauernweisheit. Johann Nepomuk pflegte zu sagen: »Der Frühling ist die Jahreszeit, die dich am meisten betrügt.«

An den nächsten Tagen arbeitete er bis zur Erschöpfung, indem er die Teerpappe von allen Körben entfernte, nur um sie wieder anzubringen, wenn die Mittagssonne sich am Himmel zu verdunkeln drohte. Bald danach riss er die Teerpappe wieder ab, weil die Sonne hervorkam und es wärmer wurde.

Während einer Frostwelle erkältete er sich. Das hatte eine gedankliche Nebenwirkung. War es möglich, dass auch eine seiner Königinnen sich erkältete? Aus Sympathie mit ihrem Herrn? Er schalt sich selbst. Welcher Unsinn!

Dann fiel Alois ein, dass seine erneuten Ängste vielleicht doch nicht so töricht waren. Was wäre, wenn sie seine Besorgnis über den wahren Zustand seiner Gesundheit widerspiegelten? Näherte er sich seinem Ende? Der schlimmste aller Gedanken. Seine Fantasie verstieg sich in ein Gebiet, das er immer gemieden hatte. So weit er zurückdenken konnte, hatte der Tod ihn nie bedroht. Er mochte das öde Ende eines guten Lebens sein, hatte aber nichts mit der Hölle zu tun.

Doch jetzt folgte eine verdammte Frage der anderen. Was wäre, wenn er sich den Tod falsch vorgestellt hatte? Er war sich immer sicher gewesen, dass es die Religion nur aus praktischen Gründen gab. Es war ganz einfach, man musste die Schwachen und Ungehorsamen in Schach halten. Aber ein Mann von Stolz wie er selbst konnte tun, was er wollte.

Er spürte eine ungewohnte Panik. Bei dem Gedanken zuckte sein Herz erschreckt zusammen, als hätte ihm jemand gegen die Brust gestoßen. War er schuldig?

Armer Alois. Er war wehrlos. Kein Büttel würde ihn beschützen. Ich hatte das ungeschmälerte Vergnügen, ihm im Traum zu erscheinen, in Gestalt eines Schutzengels. Ich brauchte nicht einmal selbst anwesend zu sein. Das konnte der beste meiner drei Agenten leicht erledigen.

Doch zu welchem Zweck? War Alois die Mühe wert?

Wir dürfen nicht die nüchterne Tatsache vergessen, dass Leute im Alter von Alois selten Gewinn bringen. Ihr Nutzen ist begrenzt. Sie sind in ihrer Natur so fixiert, dass man sie kaum noch formen kann, während wir bei aufregenden neuen Mandanten auf Flexibilität achten. Im Idealfall können wir ihre Ziele den unseren anpassen.

Wenn wir überhaupt eine Frau oder einen Mann über fünfzig auswählen, suchen wir nach einem schwachen Punkt in ihrer seelischen Verfassung, der sich für spezifische Zwecke einsetzen lässt. Wenn zum Beispiel eine boshafte alte Dame ihrer Familie ständig in den Ohren liegt, sie sollten sich anders verhalten, obwohl sie genau weiß, dass sie es nicht wollen, kann die ganze Familie aus den Fugen geraten. Sie leiden unter dem zwanghaften Wunsch, sie mit dem nächstliegenden Kopfkissen zu ersticken.

Alois jedoch war ein mittelmäßiger Akteur. Es lohnte sich nicht, ihn noch einzuspannen. Ich ließ meine Agenten über seine Träume wachen.

16

Anfang Mai wurde das Wetter wieder wärmer, und Alois' Sorgen ließen nach. Zum Teil gewann er seine gute Laune zurück, indem er die Werkzeuge reinigte und ölte, die er im Herbst bei dem Alten gekauft hatte, und er tat es wie ein tapferer alter Soldat, der sein Gewehr auseinandernimmt, um es zu ölen und wieder zusammenzusetzen.

Da meine Hafelder Agenten wenig zu berichten hatten, füllten sie ihre Mitteilungen mit den Listen seiner Geräte, und zwar derart eifrig, dass mich ihre Aufzählungen verärgerten: Pollenfütterer, Schlupfkäfige, Bienenräucherer, Wassersprinkler, Begattungskasten (was immer das war!), ein Korbgerät und sogar ein Honigrührer, den Alois selbst aus Buchenholz geschnitzt hatte. Außerdem gab es noch ein Stirnradgetriebe, um das Fundament für die Einsteckrahmen zu bearbeiten, und eine Profilgabel – irgendein Gewinde, das mich nicht interessierte.

Klara wusste, wie man den Frühling in Hafeld besser nutzte. Sie zählte nicht ständig nach, wie viele neue Larven in den Brutnestern lagen, noch kümmerte sie die Temperatur in den Körben. Nachdem nun in einer zweiten Wärmewelle die Sonne in der wogenden Luft schien, löste sich langsam die Starre, die sich während des Winters in ihren Gliedern angesammelt hatte. »Auch Gott ruht sich aus«, dachte sie, indem sie durch das geöffnete Küchenfenster die frische Luft einatmete und dann, obwohl noch viel im Haus zu tun war, impulsiv die vier Monate alte Paula aufhob und mit ihr nach draußen auf die Wiese ging. Es herrschte ein wunderbares Schweigen, ohne jeglichen Laut, ein Schweigen, das von dem leichten Wind aufs zärtlichste gestreichelt wurde. Fast meinte sie das Wiegen der hohen Grashalme auf dem Feld und das Verneigen der Blumen zu hören. Es war, als ob diese sanften Regungen das Schweigen der Hügel noch vertieften. »Hör nur, wie still es ist«, sagte sie zu Paula. »Hör nur, mein kleiner Engel, dann hörst du die Blumen flüstern.« Und die Blütenblätter vor ihr schienen es vernommen zu haben, denn sie neigten sich tatsächlich ihr zu, die heitersten Tausendschönchen, die sie je gesehen hatte.

Sie kniete im Gras nieder, das Kind auf dem Arm, und sprach mit ihnen: »Ihr seid schön, ihr alle«, sagte sie, und es gab keinen Zweifel, die Blumenblätter schüttelten sich für sie. »Ja, Paula«, sagte sie, »diese Blumen mögen dich und mich, weil wir sie lieben. Ist es nicht so, ihr Lieben?« Sie konnte schwören, dass sie zugehört hatten und sich wieder zart verneigten. »Ja, sie sind kleine Damen«, sagte sie zu Paula und musste über sich selbst lachen – es war der pure Wahnsinn zu glauben, dass die Tausendschönchen ihr teuer waren und sie ihnen. »Oh, ich bin ein einfältiges Wesen«, sagte sie laut. Doch sie konnte sich nicht helfen, sie meinte immer noch, dass die weißen Blütenblätter zuhörten. Der Balsam der Luft war pure Liebe, gleich der Liebe, die sie für das Kind in ihren Armen empfand. Klaras Körper kehrte zu ihr zurück, so fühlte sie. Der nicht mehr junge, gebeutelte, verwundete und geschundene Körper nach Paulas Geburt im Winter spürte jetzt die erste Süße der Genesung. Es war Frühling, und die Natur feierte ein Fest. Wie konnte es anders sein? Jeder Atemzug war voller Balsam. Gott war nahe, er war in der Luft, ihr guter Gott, voller Leuchten. Friede lag in der Luft. Konnte es sein, dass Gott sich auf seinen Lorbeeren ausruhte? Er hätte es verdient.

Er verdiente so viel. Sie wollte zu ihm beten, wusste aber nicht wie, weil sie ihn in diesem Moment nicht um etwas bitten, sondern nur seine Güte preisen wollte, und das tat man besser in der Kirche. Da taten alle das Gleiche, sodass die Gebete aus Demut kamen, nicht aus Hochmut, aber hier war sie allein mit Paula und den Blumen und so voller Glück. Sie dachte an die Jungen und Mädchen in ihrer eigenen Kindheit und an die wenigen Gelegenheiten, bei denen sie herumgetobt und gespielt hatten wie diese verrückten Bienen, die jetzt um das Haus flogen und sich in der Sonne glücklich fühlten, nachdem sie den ganzen Winter in einem Kerker verbracht hatten, fast verrückt vor Freude darüber, dass sie Purzelbäume in der Luft schlagen konnten, eine Weile frei von allen Pflichten und Aufgaben. Gleich Paula waren sie zum ersten Mal in der Sonne.

Und Klara dachte an die kommenden Jahre, wenn Paula anfangen würde zu spielen, und das erfüllte sie mit Liebe zu dem kleinen Edmund, der so lieb zu dem Säugling war, als einziges von ihren Kindern. Angela kümmerte sich nicht viel (obwohl sie ihren Pflichten nachkam), und Adi gab ihr Grund zur Sorge – sie hatte einmal beobachtet, wie er Paulas Backe so kniff, dass sie weinte. Klara hatte ihn dafür mit einem scharfen Hieb auf seinen kleinen Hintern bestraft, was sie aber so schnell nicht wieder tat. Er hatte sie angestarrt, der Fürst aller Fürsten, mit einem solch durchdringenden Blick, dass sie ihre ganze Kraft zusammennehmen musste, um ihm standzuhalten.

Der Tag war zu schön, um an diesen elenden Moment zurückzudenken – sie konnte ihn nicht vergessen. Doch nein, lieber wollte sie Gott danken, dass er ihr ein solch süßes Baby geschenkt hatte, eine Tochter, die zu ihrer allerbesten Freundin heranwachsen würde, das wusste sie. Sie sagte es sogar laut zu Paula. »Mögen die Engel mich hören«, flüsterte sie ihrem Kind zu, bevor sie ins Haus zu ihren Pflichten zurückkehrte.

Buch VIII

Die Krönung von Nikolaus II.

1

Da ich meine Erzählung nunmehr durch meine Reise nach Moskau unterbreche, möchte ich den Leser daran erinnern, dass ich zu den Protagonisten gehöre. Ich werde in den nächsten Jahrzehnten weiterhin Adolf Hitlers Begleiter sein, und da seine künftige Entwicklung bis zu einem beträchtlichen Grad von meiner eigenen abhängt, kann ich beschwören, dass die acht Monate, die ich von Ende 1895 bis zum Frühsommer 1896 in Russland verbracht habe, ein wichtiges Element in meiner eigenen Entwicklung zu einem hohen Teufel bildeten. Danach konnte ich wesentlich besser die Resultate großer Ereignisse voraussehen – ein Instinkt, den nur die höchsten Teufel erwerben können. Überflüssig zu erwähnen, dass Hitler in den 1930er-Jahren ähnliche Talente besaß. Was ich während der acht Monate in Russland über die russischen Großfürsten gelernt habe, erwies sich als anwendbar auf mein späteres Verständnis der deutschen Wirtschaftmagnaten. Obwohl solche Herren gewöhnlich mächtiger sind als königliche Figuren, sind sie ebenso narzisstisch, und Adolfs entwickelte Talente halfen ihm, ihrer Eitelkeit zu schmeicheln, wenn es nötig war.

Ich lernte auch, wie man den Willen des Volks manipuliert. Ich rede von dem blinden Willen des Volks. Wenn die Menschen entsprechend aufgehetzt werden, stürzen sie sich in den Wahnsinn. Es bedarf keiner Diskussion, ob das für Adolf von Nutzen war.

Ich lernte ebenfalls eine Menge über Gottes Stärken und Seine wachsende Schwäche. Im Jahr 1942 stand eine Entscheidung an, ob die Gaskammern in den Konzentrationslagern aktiviert werden sollten – ein schrecklicher Befehl selbst für Himmler und die SS, doch Adolf war bereit. Gott hatte nicht die Kompetenz, ihn zu bestrafen. So sah er es.

2

Der schöne Frühlingstag, an dem sich Klara mit Paula im Arm so glücklich fühlte, fiel zufällig mit der Krönung von Nikolaus II. zusammen, sogar auf die Stunde genau. Die gleiche frühsommerliche Wärme lag in der Moskauer Luft. Auch als ich im Juni nach Hafeld zurückgekehrt war, hielt das schöne Wetter über dem größten Teil Europas an, und diese langen Sonnentage passten zu meinen Erinnerungen an die Krönung und die Tage danach.

Wie gesagt, hatte ich den Maestro gewarnt, dass ein direkter Angriff auf die Krönungsfeier kaum Erfolg versprach. Wir konnten natürlich eine Menge Zwischenfälle organisieren. Nirgendwo sonst in Europa konnten wir so viele Agenten und Mandanten aufbringen wie in Russland. Und viele davon in hohem Rang. Wir besaßen mehrere Großfürsten und Großfürstinnen in verschiedenen Zweigen der königlichen Familie. Wir steckten in der Ochrana. Wir hatten mehr Agenten in der Geheimpolizei als die Büttel. Wir hatten auch Staatsminister, die uns so treu ergeben waren wie Hunde, die über einem Napf Schrotbrei seibern. Wir waren in allen königlichen Familien Europas etabliert, nicht zu erwähnen den Adel und/oder die Generale. Die Neureichen lagen uns wie Huren zu Füßen. Magnaten zählten zu unseren geschätztesten und am meisten behüteten Mandanten. Wir hatten auch unseren Anteil an Anarchisten, Nihilisten und Terroristen. Falls es also davon abhing, dass wir diese Akteure herbeiriefen, so wussten wir, dass wir den Krönungstag verderben konnten, wenn wir die Kosten nicht scheuten.

Trotzdem war ich gegen ein derartiges Vorgehen. Die Büttel würden an diesem Tag unseren Angriff erwarten, sodass unsere Verluste schwerwiegend sein könnten. Deshalb schlug ich vor, dass wir unsere Attacke bis zum Fest der Bauern verzögerten, das vier Tage später stattfinden sollte. Als der Maestro meinen Vorschlag akzeptierte, mischte sich Kummer in meine Freude. Was wäre, wenn ich mich irrte? Hatte ich überhaupt die Monumentalität Russlands begriffen? Nie zuvor hatte ich die Präsenz des D.K. so direkt gespürt. Es war offenbar – Gott wollte, dass diese Krönung zum Erfolg wurde! Das lag mit dem Gewicht einer ehernen Tatsache auf meinem Urteilsvermögen – gleich einem Stein, den ich nicht hochheben konnte, und deshalb blieb die Quelle meiner Furcht ungeöffnet. Wie war Gottes immense Verpflichtung zu dieser Krönung zu erklären?

In jüngerer Vergangenheit hatte der Herr in verschiedene russische Menschen und russische Anliegen investiert. Er hatte seine Aufmerksamkeit den Monarchisten und den Republikanern gewidmet, den höchst etablierten Aristokraten und den Revolutionären, die bereit waren zu sterben um der Ehre willen, diese Oberherren zu stürzen. Er ignorierte auch nicht den Papst und den Vatikan (ebenso wenig wie wir!). Er hörte auf die Rufe nach Freiheit und auf die Bedürfnisse der Autokratie. Wie der Maestro einmal bemerkte: »Es ist leicht zu erkennen, wie Sein Geist funktioniert. ›Ich mag meine Fehler machen‹, sagt Er, ›aber ich passe auf, wer gewinnt. So erkennt man am besten, was funktioniert und was nicht.‹ Warum sonst«, fügte der Maestro hinzu, »hat Er Männern und Frauen die Freiheit gewährt? Offensichtlich wollte der Dummkopf eine reale Vorstellung davon bekommen, was er da zusammengefügt hatte.«

Der Maestro mochte seine Ironie genießen, aber was wäre, wenn Gott jetzt beschlossen hatte, all Seine Hoffnungen für die Zukunft auf einen Herrscher zu setzen, der eine enge Allianz mit der russisch-orthodoxen Kirche wünschte? Würde Er mithin nicht eine monumentale Zeremonie fördern, um die Verbindung von Krone und Kreuz zu untermauern? Unter Seiner Leitung könnte der neue junge Zar sogar einigen Gewinn aus den riesigen, wenngleich unfertigen Energien des russischen Volks ziehen.

Es wäre eine wunderliche Entscheidung. Von Russland abzuhängen, das so korrumpiert war! So strotzend vor Ungerechtigkeit!

Danach hatten wir gesucht. Ungerechtigkeit ist der Nährboden, aus dem Hass und Neid und der Verlust an Liebe erwachsen. Denn nur wenige Männer und Frauen sind unempfindlich gegen das Unrecht, das ihnen täglich zugefügt wird. Das war unsere Pfahlwurzel in jedem Erwachsenen. Es war unser Zorn in jedem Kind. Unsere Mühen würden im Sand verlaufen, wenn die Menschen jemals intensiv darüber nachdächten, unter welcher Ungerechtigkeit andere leiden müssen.

Ich schloss daraus, dass eine Antwort vielleicht in dem jungen Mann selbst zu finden war, der demnächst gekrönt werden sollte. War etwas Engelhaftes an ihm? Ich fragte den Maestro: »Darf ich mich darauf konzentrieren, so viel wie möglich über Nikolaus in Erfahrung zu bringen?« »Tu, was du kannst«, war die Antwort. Ich wusste nicht, ob ich befördert oder verstoßen wurde.

Bald merkte ich, dass es keine Routine sein würde, mich diesem Nicky zu nähern – so wurde er von jedem in seiner großen Familie genannt. Nicky hatte eine wunderschöne dänische Mutter, die Kaiserin Marie, Witwe des kürzlich verstorbenen Zaren Alexander III., und dazu vier Großfürsten als Onkel sowie Brüder, Schwestern, Cousins und Schwager. Soweit zu erkennen, schienen ihn diese Verwandten überaus zu mögen.

Doch wie gesagt konnte ich mich ihm nicht nähern. Ich war noch nie einem Menschen begegnet, der derartig von ganzen Schwadronen von Engeln beschützt wurde. Gewöhnlich kann ich mich auf mein scharfes Gespür verlassen, das mich in die Lage versetzt, die spirituelle Befindlichkeit eines menschlichen Wesens zu begreifen. Aus der Ecke eines großen Raums kann ich Charakterfehler in den Winkeln von Nasenflügeln oder an den Rändern von Ohrmuscheln erkennen. Doch ich rufe dieses feine Gespür nicht bei jeder Gelegenheit ab. Die satanische Existenz wäre enervierend, wenn wir ständig auf dem höchsten Niveau operieren müssten. Stattdessen setzen wir spezifische Talente nur dann ein, wenn wir ganz schnell möglichst viel über einen bestimmten Mann oder eine bestimmte Frau erfahren müssen.

Ich konnte jedoch nicht in die Nähe von Nicky gelangen – zu viele Büttel. Wieder musste ich mich auf Materialien verlassen, die unsere russischen Teufel bei königlichen Kammerdienern gesammelt hatten, die entweder in den Palästen von St. Petersburg oder in den Kirchen und Behörden des Kreml arbeiteten. Sie stellten uns Kopien von zahlreichen Briefen und Tagebüchern zu Verfügung. Anscheinend schrieb jedermann in jeder königlichen Familie Europas Briefe an Eltern, Kinder, Tanten, Onkel, Cousins und Vertraute. Der Zarewitsch, bald Nikolaus II., hatte von seiner Kindheit an jeden Tag einen Eintrag in sein leinengebundenes kleines Buch geschrieben. Zum Zeitpunkt seiner Krönung fühlte er sich Alix (seiner baldigen Zarin Alexandra) so vertraut, dass sie nie von seiner Seite wich. Wörtlich. Nicht nur durfte sie sein Tagebuch lesen, sie schrieb sogar ihre eigenen Einträge auf dieselben Blätter.

Ich war fasziniert. Diese beiden jungen Menschen waren mit den höchsten Monarchen Europas verwandt. Alix mochte nur eine Prinzessin von Hessen sein, aber ihre Mutter Alice war eine von Königin Victorias drei Töchtern. Als Alice starb, war Alix erst sieben Jahre alt, doch Königin Victoria holte sie häufig zu Besuchen nach England.

Dann war da noch Wilhelm II., der später zum viel geschmähten Kaiser Wilhelm des Ersten Weltkriegs wurde. Er war der Sohn von Königin Victorias ältester Tochter, also ein Cousin von Alix. Der englische Prinz, der später König Georg V. von England wurde, war Nickys Cousin. König Georgs ältester Sohn wurde Eduard VIII., bis er abdankte, um Wallis Simpson zu heiraten. Von unseren Teufeln umgeben, lebte dieses Paar noch mehrere Jahrzehnte als Herzog und Herzogin von Windsor. (Der D.K. setzte nicht einmal einen Engel auf sie an.)

Ich liste diese Familienverbindungen auf, um zu unterstreichen, von welch königlicher Herkunft Nicky und Alix waren. Die erlauchten Verwandten stimmten anscheinend alle darin überein, dass eine seltene und vertrauensvolle Liebe die beiden verband.

Der Maestro hatte seine Zweifel. Mir gegenüber bemerkte er: »Der Dummkopf präsentiert Sich als der allmächtige Avatara der Liebe.

Er ist die Liebe, und wer Ihn liebt, ist voller Liebe, und die Liebe selbst wird alle menschlichen Probleme lösen. Mit dieser schädlichen Pomade verprellt Er nicht nur drei Viertel der Menschheit, sondern betrügt auch Sich selbst. Niemand glaubt so sehr an die Liebe wie der Dummkopf.«

Konnte das der Grund für die Anwesenheit so vieler Büttel hier sein? War Gott zu Seinem mittelalterlichen Postulat zurückgekehrt, dass die Monarchie die beste gesellschaftliche Grundlage bilde? Meinte Er wirklich, dass Er, Gott, ein kühnes Experiment in der Erwartung wagte, dass ein stattlicher junger König und eine attraktive junge Königin in herrlicher Liebe vereint ihrem Glauben an Seine Güte treu blieben? Würde es besser ausgehen als manche Seiner anderen Wagnisse? In früheren Monarchien fehlte meist auffällig die Liebe zwischen den Hauptpersonen.

Ich war erleichtert. Jetzt hatte ich eine Grundlage. Der D.K. war nicht mehr im Vollbesitz Seiner Kräfte. Konnte das wahr sein, oder war es falsch?

3

Konnte der Herr so senil sein? Wenn ich mich gelegentlich am Meer aufhalte, fällt es mir schwer zu glauben, dass Er unter irgendeinem Verlust Seiner Kräfte leidet. Ein ähnliches Unbehagen beschleicht mich beim Anblick eines blühenden Feldes, einer steilen Felsenklippe, eines unvergleichlichen Sonnenuntergangs, oder wenn ich die donnernde Antwort des Himmels auf den Blitz höre. Man könnte auch das Glitzern des Grases nennen, wenn Tau den Boden bedeckt.

Vielleicht hatte Er all das vor Äonen geformt, als Er noch auf dem Gipfel Seiner kreativen Fähigkeiten war. Falls ja, brütete er jetzt über der Möglichkeit, dass Seine Kraft erschlaffte, wodurch die Menschheit zu Seiner am wenigsten erfolgreichen Schöpfung würde? Trieben wir in dem unsicheren Zittern einer alten Gottheit dahin? Nicky und Alix – sie schienen so naiv, so ungeeignet für grandiose Projekte. Obwohl ich bisher nicht in die Nähe ihrer lebendigen Präsenz gelangen konnte, hatte ich doch den Ton ihrer Liebe, ihrer Frömmigkeit, ihrer Unschuld absorbiert. Ich hatte Hunderte ihrer gegenseitigen Mitteilungen gelesen. Hier lege ich etliche dieser Sendschreiben vor, um einen Eindruck davon zu vermitteln, wie jung sie waren.

Im Juni 1894, knapp zwei Monate nach ihrer Verlobung, schrieb Nicky ihr:

Ich liebe Dich zu tief und zu stark, als dass ich es zeigen könnte: Es ist ein solch heiliges Gefühl, dass ich es nicht in Worte fassen will, die so bescheiden und armselig und eitel scheinen! Aber jetzt möchte ich mit der Gewohnheit brechen, meine Gefühle zu verbergen, weil es manchmal falsch und selbstsüchtig ist. Meine geliebte Schlüsselblume, ich liebe Dich, mein Herz!!!!!

Ich zählte die Ausrufungszeichen genau. Ist das nicht eine Ideenverwandtschaft zwischen uns? Der achtsame Leser wird gemerkt haben, dass ich manchmal auch am Ende einer Parenthese gern dieses Betonungszeichen verwende. (Wenn man schon den Lesefluss unterbricht, sollte man wenigstens einen wichtigen Grund vortäuschen!)

Vier Monate später wurde Nickys Vater ernsthaft krank. Alix war immer bereit, ihre Gefühle Nickys Tagebuch anzuvertrauen, und sie schrieb:

Erzähl mir alles, Duschka, Du kannst Dich ganz auf mich verlassen, betrachte mich als ein Stück von Dir. Lass Deine Freude und Trauer die meine sein, damit wir immer näher zueinander hingezogen werden. Mein Herzinniger, wie ich Dich liebe, liebster Schatz, mein ein und mein alles.
Nur Dir gehöre ich, ich bin Dein kleiner Spitzbub, mein Häschen!

Nickys Tagebuch, 20. Oktober, Livadia

Mein Gott, mein Gott, welch ein Tag! Der Herr hat unseren verehrten, viel geliebten Papa zu sich genommen.

Mein Kopf dreht sich, ich kann es nicht glauben – es scheint unfassbar, eine furchtbare Realität.

Es war der Tod eines Heiligen! Herr, hilf uns in diesen furchtbaren Tagen!

Später erfuhr ich, dass Nicky sich an die Stunde in seiner Kindheit erinnerte, als ein Nihilist eine kleine Bombe in den Eisenbahnwaggon geschmuggelt hatte, in dem die königliche Familie reiste, und die Explosion das Dach aufriss. Niemand wurde verletzt, doch dann begann das Dach sich auf sie zu senken. Alexander III., ein Riese von Mann, setzte die ganze heilige und unheilige Kraft seiner Arme ein und stemmte die zusammenbrechende Konstruktion so lange hoch, bis seine Frau und seine Kinder gerettet waren. Nur ein Heiliger war solcher Stärke fähig, erklärte Kaiserin Marie, eine zierliche und schöne Frau.

Auch Nicky, der wie seine Mutter klein war, bewunderte Alexanders mächtigen Brustkorb. Seine ganze Jugend hindurch hatte Nicky deshalb Körperertüchtigung betrieben. Er war zudem ein glänzender Reiter und Jäger – eine Ehrensache für ihn. Er ließ sich einen fein gestutzten braunen Lippen- und Kinnbart wachsen, aber er wurde nie massig genug, um wie ein Romanow auszusehen.

21. Oktober, Livadia

Nach dem Mittagessen beteten wir für den Toten und dann wieder um 9 Uhr am Abend. Der Ausdruck auf Papas Gesicht war wunderbar, lächelnd, als wolle er anfangen zu lachen!

22. Oktober

Gestern Abend mussten wir Papas Leichnam nach unten tragen, da leider die Verwesung rasch eingesetzt hatte.

Man musste den Zaren mit einem kaiserlichen Tuch bedecken. Seine Hände und sein Gesicht wurden schwarz.

Die Hochzeit mit Alix erfolgte wenige Tage nach der Beisetzung – es ziemte sich für den neuen Zar nicht, unverheiratet zu bleiben. Obwohl das Ereignis ein ganzes Jahr vor meiner Ankunft in Russland stattfand, erhielt ich von unseren ansässigen Teufeln solch detaillierte Berichte, dass ich zu der Überzeugung gelangte, mit zehntausend Adeligen im Winterpalast mit dabei gewesen zu sein. Niemand hatte einen Stuhl. Die Russen schienen zu glauben, dass religiöse Feiern dem Körper eine Buße auferlegen sollten. Die Hochmächtigen mussten drei Stunden auf ihren Füßen ausharren, während die Liturgien verlesen wurden. Die ganze Zeit ertönte Chormusik, traurig auf ihre Weise, aber auch majestätisch, der Dauer des Geschehens angemessen. Es war, als müsse man wieder und wieder das tiefste Stöhnen Jesu Christi vernehmen, bevor die Braut zur Kaiserin erklärt wurde. Alle lobten ihre Würde, ihre Schönheit und ihre Haltung, wenn sie den Kopf beugte, um jemanden zu begrüßen. Unsere Teufel hatten überhaupt keinen Respekt vor solchen Dingen und bemerkten, das Nicken ihres Kopfes erinnere sie an eine Taube.

4

Während eines Aufenthalts in Zarskoje Selo schrieb Nicky in sein Tagebuch:

> *Welch ein lieber Ort für uns beide; zum ersten Mal seit unserer Hochzeit konnten wir allein und wirklich Seele an Seele leben.*

Alix fügte hinzu:

> *Nie habe ich geglaubt, dass es solch vollkommene Seligkeit in dieser Welt gibt, ein solches Gefühl der Einheit zwischen zwei menschlichen Wesen. Ich liebe Dich – in diesen drei Wörtern liegt mein Leben.*

Am nächsten Tag schrieb sie:

Endlich vereint, lebenslang verbunden, und wenn dieses Leben endet, treffen wir uns wieder in der anderen Welt, um in alle Ewigkeit zusammenzubleiben.

Ich war fasziniert von ihrer Zuversicht, dass sie den gleichen Reisepass zur Ewigkeit besaßen. Selten waren mir frisch Verheiratete begegnet, die derart verliebt schienen. Dabei war Nicky sechsundzwanzig und kein Neuling in diesen Dingen. Da Alix vor der Ehe noch Jungfrau war, konzentrierten sich ihre Eintragungen nach meiner Ansicht zu sehr darauf, ihm das Ausmaß ihrer Liebe zu bezeugen.

Zudem konnte ich mir der Gefühle Nickys nicht sicher sein. Wenn er etwa an einem schönen Wald vorbeiritt, mochte er sich ins Gedächtnis rufen, dass dieses liebliche Gebilde ja sein Land war. Er war von Gott erwählt. Sah er die Liebe nicht als schwindelerregenden Steilhang, an dem man sein Gleichgewicht nur wahren konnte, wenn man stetig aufwärts stieg?

Meine verdammten Zweifel blieben. Es war durchaus vorstellbar, dass Gott in Seinem Wunsch, ihre Ehe zu nähren, sie durch physische Ekstasen bereicherte. Was wusste ich? Ich hatte nur die Sprache ihrer Briefe und die vernünftige Vermutung, dass Gott, wenn er einen Zaren erwählte, ihn mit Weisheit und Kraft ausstatten würde – natürlich im Wettstreit mit den nicht unbeträchtlichen Fähigkeiten unseres Maestro.

5

Andererseits könnte man fragen, wie gut Gott diesen jungen Mann auf seine Existenz als Zar vorbereitet hatte. Der Hof hatte es gewiss nicht getan. Alle hatten gedacht, dass Alexander III. mindestens noch eine weitere Generation lang herrschen würde, und infolgedessen war Nicky kaum auf das öffentliche Leben vorbereitet.

17. Januar, St. Petersburg

Ein anstrengender Tag. Ich war in einem schrecklichen Zustand, als ich in den Nikolajewsky-Saal gehen musste, um vor den Repräsentanten des Adels und der städtischen Komitees zu reden.

Bevor er seine Rede hielt, war er mit den Großfürsten eingeschlossen gewesen. Sie drängten ihn, den Fußstapfen seines Vaters zu folgen. »Nicky, du musst *absolut* bleiben!« Sein Großvater, Alexander II., war ermordet worden. Sein Vater war dem Anschlag im Zug nur knapp entronnen. Es musste absolute Untertanentreue proklamiert werden.

Aus Nickys Rede:

Ich weiß, dass sich kürzlich in einigen Zemstvos die Stimmen von Leuten erhoben haben, die von dem sinnlosen Traum hingerissen sind, an den Regierungsgeschäften teilnehmen zu können.

Jedermann soll wissen, dass ich an den Prinzipien der Autokratie so fest und unbeugsam festhalte wie mein unvergesslicher verstorbener Vater.

Trotz solcher Versprechen unerbittlicher Härte bedrückten ihn seine offiziellen Pflichten. Er klagte ständig, dass er nicht genug Zeit allein mit Alix verbringen könne.

Am Ende des ersten Winters ihrer Ehe begann sie *Symptome* zu entwickeln. Damit hatten wir gerechnet. Symptome waren unser Betriebskapital. In viktorianische Frauen zu investieren war nie einfach, aber wir konnten jederzeit einen Schauer gegen die korsettgeschnürte Verteidigung ihrer persönlichen Tugend senden. Es erforderte nicht mehr, als ihre Träume gelegentlich mit einem riechenden Gedanken zu beflecken. Dann folgten bald die Symptome.

9. April 1895, St. Petersburg

Leider haben die Kopfschmerzen der lieben Alix den ganzen Tag angedauert. Sie ist nicht zur Kirche gegangen und auch nicht zum Mittagessen.

10. April 1895, St. Petersburg
Die liebe Alix leidet immer noch unter unerträglichen Schmerzen in ihren Schläfen und musste auf meinen Rat hin im Bett bleiben.

Andauernde Kopfschmerzen! Wenn sie so intensiv werden, dass sie in eine Migräne ausarten, könnte man vor lauter Verzweiflung einen Mord begehen. Ich glaube nicht, dass Alix ihrem Ehemann gegenüber ein solches Gefühl hegte, aber gegenüber ihrer Schwiegermutter sah es vielleicht anders aus. Die Kaiserin Marie hatte ihren riesigen Mann aus den besten aller Gründe verehrt, und einer davon bestand darin, dass sie die Kaiserin gewesen war. Animositäten entwickelten sich.

Im Juni war Alix jedoch von ihren schlimmsten Kopfschmerzen befreit. Sie war auch schwanger. Ich vermute, dass ihre Schwiegermutter deswegen weniger Druck auf ihre Schläfen ausüben konnte. In einem Eintrag in Nickys Tagebuch schrieb Alix am 10. Juni:

Mein süßes altes liebes Männlein, Frauchen liebt Dich so tief und stark … welch intensives Glück … unseres … unser ganz eigenes … welches Glück könnte größer sein; Weiblein muss jetzt nur so gut und lieb wie möglich sein, damit keine andere kleine Person zu leiden hat. Ein großer Kuss für Dich.

Wir sind im Juni, doch das Kind wird erst im November geboren. Schlägt Alix vor, dass Männlein und Weiblein unten keinen Kontakt haben dürfen, bis das Baby ankommt?

Mein Begreifen machte wenig Fortschritte. Keiner von uns gestand sich ein (und schon gar nicht dem Maestro), dass die Präsenz echter Liebe die Klarheit unserer Analyse trübte. Wir konnten in jeden Aspekt der falschen Liebe eindringen und die Empfindungen der wahren Liebe dämonisch in das Verlangen der Lust umkehren. Natürlich gibt es besondere Gelegenheiten, bei denen Gott entscheidet, dass die Lust auch einem Seiner Erwählten wohltut, ja, es gibt die göttliche Lust, und deshalb bleibt die Frage zweideutig.

Es ist ein kurioser Wettstreit. Die Engel haben wirkungsmächtige Süßigkeiten in ihrem Angebot, aber dafür verfügen wir über größere Fähigkeiten des Improvisierens als die Büttel. Uns fehlt auch eine bestimmte Qualität, was ich nicht gern eingestehe, obwohl ich es doch tun muss, da sonst meine Ausführungen keinen Sinn ergeben: Ich kenne alles über die Liebe, außer die Liebe selbst. Ich weiß nichts mehr aus meiner früheren Existenz als Mensch oder ob ich im Gegenteil immer ein Geist gewesen bin. So viel muss ich jedenfalls sagen: Ich habe nie die Liebe gekannt. Ich kann mich über ihre Eigenschaften und Tendenzen, ihre Dilemmas, ihre Ausschweifungen verbreiten, ich kann die meisten Gründe für ihr Verbleiben oder Verschwinden ableiten, ich kann Eifersucht, Zweifel, sogar Perioden der Abneigung gegen den Geliebten inspirieren, ich kann Ihnen alles über die Liebe erzählen, außer dass ich nicht zwischen wahrer Liebe und ihrem künstlichen Ersatz zu unterscheiden vermag.

Seien Sie also Zeuge meiner Verwirrung gegenüber Alix. Ich konnte verstehen, dass Nicky Liebe so brauchte, wie andere Menschen Alkohol brauchen. Aber Alix? Verleitete ihre amouröse Hysterie sie zu der Überzeugung, dass sie wirklich die Höhen der Leidenschaft, der Freude und der Hingabe verspürte?

Aus der kuriosen Zeile ihres Briefs – »Weiblein muss jetzt so gut und lieb wie möglich sein, damit keine andere kleine Person zu leiden hat« – folgerte ich: Sie verkündete in der Tat ein temporäres Moratorium für den Beischlaf. Wie oft hatte ich beobachtet, dass schwangere Frauen im achten oder sogar im neunten Monat den Akt genossen. Hier mochte es natürlich anders sein. Alix bereitete sich auf die Geburt des nächsten Zaren vor, und man würde nicht wagen, die Entwicklung dieses königlichen Oberhaupts zu gefährden, aber trotzdem! War kein Sex angesetzt bis zum November? Sie schrieb es im Juni! Ich tendierte jetzt zu der Hypothese, dass Alix sich mit all ihren Kräften auf die Höhen der Leidenschaft bemüht hatte, die sie für notwendig hielt, um das vorherrschende Ziel ihrer Ehe zu erreichen. Nachdem sich nun aber der zukünftige Erbe an seinem Platz befand, freute sie sich auf ihre Ruhe. Ja, wir dürfen es nicht tun, »damit keine andere kleine Person zu leiden hat«.

6

Alix war mehr als schwanger. Ihr Bauch war riesig. Die Romanows warteten voll Spannung auf die Geburt eines strammen Jungen, der bald der Zarewitsch von Nikolaus II. sein würde.

Es ist jedoch ein Beweis vornehmer Herkunft, dass sie keinerlei Enttäuschung äußerten, als ein gesundes zehn Pfund schweres Mädchen zum Vorschein kam.

Es störte Nicky wenig – zumindest war Alix sicher!

3. November 1895, Zarskoje Selo

Ein Tag, den ich nie vergessen werde. Um exakt 9 Uhr morgens wurde das Baby geboren, und wir alle stießen einen Seufzer der Erleichterung aus. Mit einem Gebet nannten wir die Tochter des Allmächtigen Gottes »Olga«!

Zwei Tage später ist Nicky fasziniert von einigen unerwarteten Aspekten der Kinderernährung.

5. November 1895

Der erste Versuch des Stillens fand statt und endete damit, dass Alix den Sohn der Amme stillte, während Letztere Olga ihre Milch gab. Sehr komisch!

6. November 1895

Gott sei Dank ist alles in Ordnung, nur wollte das Baby nicht die Brust nehmen, und deshalb mussten wir wieder die Amme holen.

Ich war nicht überrascht. Einige von uns sind in der Lage, die Empfindungen von Embryos während der letzten Monate zu erkennen. Im letzten Trimester vermitteln sie ihre uterinen Empfindungen durch die Träume ihrer Mütter. Daher wissen wir, dass die meisten Kinder entweder mit einem Gefühl der Zuneigung oder der Antipathie gegenüber der wohlwollenden Wärterin (oder der mürrischen Aufseherin), deren Schoß noch so kürzlich die Wände ihrer Unterkunft bildete, ins Licht des Geburtszimmers kommen. Aus diesem Grund fühlen sich die Frauen traurig, wenn das Kind ihre Milch verweigert.

Trotzdem taten diese zwei, die Amme und die junge Kaiserin, ihr Bestes, um dieser Einsicht auszuweichen. Auch Nicky. Er redete sich wohl ein, dass die dicke kleine Olga instinktiv den derben Wunsch hatte, den Milchbrei einer starken russischen Frau zu riechen und zu schmecken. Und ich vermute aus dem Fundus meines Zynismus, dass die beiden so krass unterschiedlichen Frauen diese offenbare (wenngleich geheimgehaltene) Verbindung im Fleisch genossen.

Ein halbes Jahr später hatte Alix ihre Beziehung zu Nicky wieder aufgenommen.

29. März 1896

… mein süßer teurer Nicky, keine Worte können ausdrücken, wie tief ich Dich liebe – mehr und mehr, Tag für Tag, tiefer, wahrhaftiger. Süßer Liebling, glaubst Du es, fühlst Du mein herzliches Pochen so schnell, und nur für Dich, meinen Mann?

Nicky hatte sich bei der Geburt einer Prinzessin statt eines Erben so anständig verhalten, dass Alix nun zu ihrem süßen Erstaunen in dem Moment ein »herzliches Pochen« verspürte, wenn er in sie eindrang – ein neuartiger Vorgang, oder ich vermute zumindest, dass er neuartig war. Außerdem können sich fleischliche Determinationen verlagern. Olga zum Beispiel hatte sich an das Gegebene gewöhnt. Sie trank jetzt sogar an ihrer Mutter Brust, wenn Alix mit dem Kaiser den Morgenkaffee einnahm.

Unsere hauptsächliche Aufmerksamkeit galt jedoch der Krönung von Nikolaus II. Sie rückte näher. Man kann mit einiger Sicherheit sagen, dass sämtliche anwesenden Teufel entweder von Hochstimmung oder von Furcht bewegt waren. Nie fühlt sich eine Massenversammlung für uns so dämonisch an wie bei einem grandiosen Ereignis mit riesigem zeremoniellen Aufwand.

7

Die Krönungsfeierlichkeiten sollten am 14. Mai in Moskau stattfinden, und überall sah man zwei große Buchstaben, *N* für Nicky und *A* für Alix. Zahllose Tribünen mussten für die Zuschauer errichtet werden sowie Fassaden, um die hässlichsten Gebäude an der Route der Parade zu verbergen. Moskau wurde von Besuchern aus vielen Nationen überschwemmt. Wer an der Route wohnte, vermietete sein Heim an Zuschauer. Ein Fenster zur Straße kostete vom Morgen bis zum Sonnenuntergang 200 Rubel. Pferdewagen mit Kutscher kosteten 1200 Rubel im Monat. Es hatte keinen Zweck einzuwenden, dass man die Kutsche nur für eine Woche brauchte oder dass man für 1200 Rubel zehn gute Pferde kaufen konnte! Selbst um einen beschränkten Blick von einer wackeligen Tribüne zu ergattern, musste man 10 bis 15 Rubel zahlen – zum Leidwesen der Beleibten. Ein Balkon kostete 500 Rubel.

Auch Hotelzimmer waren kaum zu bekommen. Die Regierung hatte ganze Etagen für ausländische Prinzen, Diplomaten, Adelige, berühmte Künstler, Nabobs, Moguln und Magnaten gebucht. Die Franzosen wollten aus Staatsräson dem Ereignis ihren Stempel aufdrücken und gaben 200000 Rubel aus, um sich als den großen und zuverlässigen Alliierten des Zaren zu präsentieren. Da diese Rolle früher Deutschland vorbehalten war, reagierten die Diplomaten dieser Nation, indem sie in einem Wald außerhalb von Moskau einen Palast mieteten, der nur 7000 Rubel kostete, ein bescheidenes Kleinod, aber die Deutschen wollten auch keinen Ball veranstalten, sondern nur einen musikalischen Empfang. Sie hatten vielleicht auf schlechtes Wetter spekuliert. Wenn ja, hatten sie verloren. Die Eröffnungsprozession am 9. Mai ging unter einem herrlichen Himmel vonstatten.

Die Parade sollte den glänzendsten königlichen Ereignissen der Vergangenheit vergleichbar sein. Nicky und Alix würden von ihrer temporären Residenz im Petrowsky-Park sechs Meilen bis zum Spassky-Tor des Kreml fahren. Es war kein Geheimnis, dass die Anordnung dem majestätischen Einzug von Louis XIV. in Reims 1654 nacheiferte, und die Prozession sollte der Welt zeigen, über welch außerordentliche Ressourcen das russische Reich verfügte. Erst kamen die Kosaken mit ihren roten Tuniken, silbernen Epauletten, blauen Hosen und schwarzen Stiefeln; danach asiatische Prinzen aus nicht auszusprechenden Regionen in Kostümen, die man noch nie in Europa gesehen hatte, aber sie waren schließlich Repräsentanten ferner barbarischer Länder, die im Laufe der Jahrhunderte von den Russen erobert worden waren.

Ihnen folgten der Großmeister der Krönungszeremonie, zwölf Schatzmeister, fünfundzwanzig Kammerherren, Hofmarschälle und Mitglieder des Reichsrats, hinter denen die Regimenter der königlichen Armee schritten.

Vorn in diesem Zug ritt Nicky selbst, geboren an einem sechsten Mai, wie viele Russen einander zuflüsterten. Tausende von ihnen verbreiteten diese Information, denn der 6. Mai war der orthodoxe Feiertag des frommen Dulders Job, eines der unheilvollsten Daten im Kalender. Niemand wünschte sich die Leiden Jobs.

Nicky war sich dessen durchaus bewusst. In den ersten Wochen ihrer Verlobung hatte er es als seine Pflicht betrachtet, Alix davor zu warnen, die ihm erwiderte, es sei ihre Pflicht, an seiner Seite zu stehen. Gemeinsam würden sie das böse Omen überwinden. Es mochte eine von Gott gesandte Prüfung sein. So sah sie es. Gott wollte, dass sie einander so sehr liebten, dass sie nicht wie Job zu leiden brauchten, nicht, wenn sie Gott noch mehr liebten als der heilige Job.

So viel erfuhr ich an dem Tag, als sie den Kreml betraten. Endlich war es mir gelungen, in Nickys Geist einzudringen, und noch nie waren nach meiner Erfahrung so zahlreiche Engel um ein menschliches Wesen versammelt. Doch als er an diesem Tag auf seiner falben englischen Stute sechs Meilen vom Petrowsky-Park zum Spassky-Tor des Kreml ritt, vermochte ich mich seinen Gedanken zu nähern. Es war zwar nur ein kleiner Einstieg, aber die Eingänge zu seinem Geist waren nicht völlig versperrt. Hosanna dem Maestro! Vor zehn Jahren, als der Zarewitsch ein achtzehnjähriger Kadett war, hatte er einige lustreiche Begegnungen mit einer unserer Teufelinnen. Sie war ihm in Gestalt einer Zigeunerhure erschienen. Da die Affäre viele Jahre zurücklag, noch bevor die Büttel begonnen hatten, ihm ihre massiven Schutzmaßnahmen zu widmen, hatte der Maestro jetzt Erfolg, indem er eine ungeschützte, wenngleich enge Passage in Nickys Inneres fand.

Da ich ausgewählt wurde, diese schwer errungene Passage zu nutzen, war ich während des ganzen Marschs an der Twerskaya-Straße entlang zum Kreml vor Ort und bekam ein paar Gedanken mit, die durch den königlichen Kopf gingen.

Es waren Überraschungen dabei. Während des Ritts führte ihn sein Gedächtnis in die Jahre zurück, als er ein junger Oberst in der Leibgarde war, und er begriff – für einen Moment, nicht länger –, dass er sich glücklicher fühlen würde, wenn er in diesem Rang verblieben wäre. Der Enthusiasmus der Truppen, ihr Freudengeheul, wenn sie ihn sahen, all das erfüllte ihn mit Wehmut.

Nickys Erinnerungen wurden libidinös. Die ihm in seiner Jugend installierte Teufelin war eine Hure, die ihn immer noch rief. Jeder Beifall seiner Truppen erregte seine Lenden. Auch die englische Stute, so elegant, so edel, schien seine Erregung zu spüren, denn sie wechselte ihren Schritt. Wie sie tänzelte!

Keine Minute später indes versank der schöne Übereinklang von Ross und Reiter in Düsternis. Er war am Feiertag des heiligen Dulders Job geboren. Was hatte Gott mit ihm vor?

Ebenso schnell kehrte seine gute Stimmung zurück. Ich versuchte ihm zu folgen. Nickys Gedanken waren verworren, voller Klappern und Echo, doch seine innere Düsternis konnte im Glanz dieses Aufzugs nicht lange anhalten. Girlanden hingen von den Häuserfassaden der Twerskaya-Straße. Moskau strahlte an diesem Tag wie eine alte Dame, die noch nie zuvor so schön war, und das herrliche Licht erinnerte Nicky an einen seiner besten Jagdtage, als Alexander III. ihn zu seinem Mut beglückwünscht hatte. Nicky war bei diesem seltenen Kompliment seines Vaters errötet und schob das Verdienst sofort seinen Jagdhunden zu. Woraufhin Zar Alexander erwiderte: »Man kann einen Mann an seinen Hunden messen.«

Ja, der Allmächtige konnte Nicky als den treusten Seiner Hunde betrachten. Immer wenn er das Blut eines gerade erlegten Hirsches trank und der letzte Schuss noch im Wald nachhallte, fühlte er sich Gott nahe. Der Hirsch, so makellos gestaltet, hatte soeben seine Existenz eingebüßt. Warum? Für wen? Für Nicky war die Antwort einfach, aber profund. Der Tod dieses schönen Tiers führte zu einem besseren Einverständnis zwischen Gott und Mensch. Denn Gott hatte dem Menschen das Recht verliehen, solch vortrefflichen Kreaturen das Leben zu nehmen. Nicky erinnerte sich an eine Blasphemie, die ihm einst in der Kehle gebrannt hatte. Es war, als er seine erste Schale Hirschblut trank. Er hatte dabei gedacht: »Dies muss Christi Blut sein. Wie sonst könnte es so rein sein?« Die Erinnerung an diese Blasphemie ließ ihn zusammenzucken. Sie ließ ihn auch an seine künftigen Pflichten denken. Er mochte sich Gott nahe fühlen, er fühlte sich bestimmt schönen Tieren nahe, aber jetzt standen in seiner Nähe immer Minister herum, die ihn sehen und ausnutzen wollten. Die Treue dieser Minister galt vornehmlich der Mehrung ihres Machtbereichs. Betrug lag ihnen in den Fingerspitzen. Selbstsucht war in ihrer Haut.

Er war imstande, ihnen zu widerstehen, sagte er sich. Er hatte eine Dreifaltigkeit von Werten, um sich zu schützen, nämlich seines Vaters Motto: Ehre, Tradition, Dienst. Jedoch, diesen drei Prinzipien treu zu bleiben erforderte unnachgiebige Kraft. Ehre konnte sich in Unehre verwandeln, Tradition konnte erstarren, und der Dienst konnte einen verschleißen. Er war kein Mann, der mit endlosen Intrigen fertig wurde. Es war, als stürze man durch einen Treppenschacht, wenn man diesen Ministern beikommen wollte. Wenn man aber ein Tier tötete und Bedauern dabei empfand – das war Mark für die Seele!

In diesem Moment bäumte sein Pferd sich auf. Hatte es gerade ein Abbild des Hirschbluts erahnt? Ein Angstschrei stieg von den Zuschauern auf. Die Stute stand auf ihren Hinterbeinen. Doch dann applaudierte die Menge. In den Straßen, an den Fenstern, auf den Balkonen, von den Dächern der Twerskaya-Straße – von den Zehntausenden, die diesen Moment beobachtet hatten, stieg eine laute Welle des Beifalls auf. Nicky hatte seinen Sitz im Sattel behalten und sein Pferd elegant gebändigt. Der Freudenschall der Menge setzte sich den ganzen Weg bis zum Spassky-Tor des Kreml fort. Zehntausende Zuschauer, die weiter vorn in der Marschordnung gingen, hatten die Episode nicht beobachtet und kannten deshalb nicht die Ursache des Beifalls, aber sie begannen ebenfalls zu applaudieren. Nicky errötete vor Freude.

Doch seine künftigen Aufgaben bedrängten ihn. Er war dazu verurteilt, mit seinen Ministern zusammenzuarbeiten, und sie würden ihn nie respektieren. Sie waren an die Kraft seines Vaters gewöhnt. Trübsinn befiel ihn wieder.

In fünf Tagen würde er die Krone erhalten und von Pflichten überwältigt sein. Ihre Meinungen würden seine verdrängen. Sie wussten mehr. Er hatte diese Prozession nicht geplant. Sie waren es gewesen. Sie hatten ihm erzählt, der verzögerte Einzug in den Kreml sei seine triumphale Einführung in die Welt. Deshalb musste die Parade so lange dauern. Es war wichtig, dass man ihn vorn in dieser meilenlangen Prozession sah. Um das Interesse der Zuschauer wachzuhalten, sollten seine Mutter und Alix in ihren zwei goldenen Kutschen das Ende bilden. Dieses Arrangement, insistierten die Minister, sei die dramatischste Art und Weise, um das Ausmaß der russischen Macht zu demonstrieren.

Alix aber wollte in seiner Nähe sein. Nicky versuchte ihr die Absichten der Minister zu erklären. Sie schwieg. Nicky mochte sich vor Gott wie ein Hund fühlen, aber das gleiche Gefühl gegenüber seiner Frau zu empfinden war eine ganz andere Sache. Nichts ist schlimmer für ein Tier, das tapfer sein möchte, als in den Augen seiner Geliebten lesen zu müssen, dass es nur eine furchtsame und denkbar unedle Kreatur ist.

8

Bis zur Krönung am 14. Mai waren Nicky und Alix seit der Eröffnungsprozession am 9. Mai mit zeremoniellen Empfängen beschäftigt, bei denen sie eine Menge hoher Repräsentanten aus dem In- und Ausland begrüßen mussten. Die Fähigkeit, freundlich zu bleiben und nicht von einem Fuß auf den anderen zu treten und stets locker zu erscheinen, galt als Maßstab königlicher Kompetenz. Wie er sich hinterher bei seiner Mutter und Alix beklagte (mit einem Lächeln), waren seine Wangen wund von den Küssen stachelbärtiger Potentaten.

Am 13. Mai wurden heilige Ornamente in den Thronsaal des Kreml getragen, und ein ganzer Schwarm von Sorgen verdüsterte Nickys Stimmung. Die Zeremonien waren ihm mittlerweile vertraut, doch er fühlte sich, als ob die Hölle ihn erwarte. Er wollte, dass alles richtig verlief. Denn er betrachtete den 14. Mai als den Tag der Erlösung. An seinem Ende war er nicht mehr der amtierende, sondern der geweihte Zar. Dann wäre es endlich so weit – wenn nichts schief ging.

Ich vermute, er wusste, dass etwas in der Luft lag. Aber er hatte keine Ahnung, wann es passieren mochte. Jeder Tag vom zehnten bis zum dreizehnten schien ihm gleich gefährlich.

Er hatte nicht als Einziger solche Vorahnungen. Gemäß der Erwartung des russischen Gemüts, dass nichts Gutes lange anhält, waren sich viele sicher, dass am Morgen der Krönung das gute Wetter verschwunden sein würde. Stattdessen strahlte am 14. Mai früher Sonnenschein über Moskau. Grämliche Voraussagen wurden aufgeschoben. Viele Frauen, die Wolkenbrüche angekündigt hatten, waren immer noch überzeugt, dass etwas Schlimmes passieren werde. Da Alix unmittelbar nach dem Hinscheiden seines Vaters, Alexander III., zur russisch-orthodoxen Kirche übergetreten war, sagten diese Frauen: »Sie kommt hinter einem Sarg zu uns.« In all der Pracht dieses außergewöhnlichen Tages erhob sich bald ein Gegengefühl. Viele sagten nun: »Wir sind dem Ende des Jahrhunderts nahe. Vielleicht wird das neue, das zwanzigste Jahrhundert anders. Mögen Wunder an Schönheit und Wohltat uns begegnen.«

9

Über die Krönung selbst kann ich nur wenig mitteilen. Der Maestro hat mich nicht in die Zahl der Teufel aufgenommen, die während dieses Ereignisses arbeiten sollten. Ich protestierte nicht. Man erlangte am verlässlichsten seine Gunst, indem man kommentarlos die Position akzeptierte, die einem zugeteilt wurde. Zudem deutete er mir an, dass ich mich nun zu einem seiner Vertrauten entwickeln könnte: »Im großen Plan der Dinge wird man die Krönung einmal als unbedeutenden Vorgang sehen. Du wirst nichts verpassen.«

Ich war daher in keiner der Kathedralen anwesend, weder der Himmelfahrts- noch der Erzengel- noch der Verkündigungs-Kirche, aber mir wurde vielfach von dem vertuschten Skandal bei der Feierlichkeit in der Himmelfahrts-Kathedrale berichtet.

Kurz nachdem der Zar und die Zarin den Thron bestiegen hatten, brach die Kette des St.-Andreas-Ordens entzwei, gerade als der Zar seinen Kopf beugte, um ihn entgegenzunehmen. War es angesichts der Zahl der Büttel bei dieser Zeremonie möglich, dass wir das bewerkstelligt hatten? Oder war es eine geschenkte Chance?

Es ist gewiss keine Routine, in diesen Dingen präzise zu sein – schließlich gibt es ein Labyrinth von Beziehungen zwischen dem Maestro und dem Dummkopf. Ich könnte ein endloses Register von Kompromissen, Brutalitäten, Spielen und Täuschungen auf beiden Seiten auflisten. Insofern ist bei diesen zeremoniellen russischen

Prozeduren mit ihren Reliquien, ihren Ikonen, den Instrumenten monarchischer Erhabenheit wie Kette, Kreuz, Krone, Zepter und Weltkugel auf vieles zu achten. Und dann der Thron selbst, nachklingend von Segnungen und Verfluchungen, derselbe Thron, auf dem im Jahr 1613 Zar Michael Fjodorowitsch saß. Manche Gläubige sind überzeugt, dass die Zeremonie selbst eine unentwegte göttliche Kraft ausstrahlt, die in die Poren, das Fleisch und den Kopf des Zaren dringt. Ich würde aber eher vermuten, dass diese Magie nicht vollständig von dem Dummkopf ausgeht. Der Maestro ist stolz darauf, dass er seine Waren in Gottes Geschenke geschmuggelt hat.

Uns missfiel deshalb die Intensität, mit der Nicky an den allmächtigen Herrn glaubte. Der Maestro suchte solche Empfindungen zu unserem Vorteil zu wenden. Ich wusste also auch, dass viele von uns präsent sein würden, wenn die Prozession um zehn Uhr dreißig vom Palast aus aufbrach, bei jedem Schritt von dem Geläut Tausender Kirchenglocken begleitet, manche so leicht wie das Rauschen von Blättern, andere so schwer wie das Stöhnen, das aus dem Herzen von schwerem Metall dringt. Die Priester in der Himmelfahrts-Kathedrale kamen heraus, um den Monarchen zu grüßen und ihm das heilige Kreuz zum Kuss zu reichen. Die Dreifaltigkeit wurde angerufen – drei Mal wurden Gebete wiederholt, drei Mal wurden die heiligen Ikonen umarmt. Dann stiegen Nicky und Alix die Stufen zu dem Baldachin im Zentrum der Kathedrale hoch. Wir kannten ihn gut.

Wir waren anwesend, als Michael Fjodorowitsch, der erste Zar der Romanow-Dynastie, zu diesem Thron emporgestiegen war. Deshalb will ich mich nicht weiter darüber verbreiten, wie die kaiserlichen Regalien verteilt wurden, noch die Ansprache des Metropoliten von St. Petersburg wiederholen, der Nikolaus II. aufforderte, seine öffentliche Beichte abzulegen. Und Nicky legte tatsächlich eine öffentliche Beichte ab, jedoch mit solch leiser Stimme und von solcher Kürze, dass niemand sie hörte. Danach verlas der Zar das Tagesgebet, und der Metropolit sagte: »Der Segen des Heiligen Geistes sei mit dir, Amen.«

Wir können immer das Nahen des Heiligen Geistes spüren. (Bei vielen Gelegenheiten ist Sein Segen von unserem Geist infiltriert.) Ja, in diesem Augenblick zerbrach die Kette des St.-Andreas-Ordens. Die Priester ignorierten natürlich diesen erschreckenden Vorfall. Bei ihnen gilt die Regel, dass man sich nichts anmerken lässt, wenn ein Element des Gottesdienstes fehlschlägt. Der Metropolit machte sofort das Kreuzzeichen, legte seine Hände auf den Kopf des Zaren und sprach zwei Gebete, wonach Nikolaus II. die Krone entgegennehmen, sie auf seinen Kopf setzen und wieder das Zepter in seiner rechten Hand und die Weltkugel in der Linken halten konnte. Dann platzierte er sein königliches Hinterteil erneut auf den Sitz des Throns von Zar Michael Fjodorowitsch. Ob dieser altertümliche Kontakt ein fernes Echo in ihm auslöste oder nicht, er stand jedenfalls wenige Momente später auf, überreichte die Regalien seinem Gefolge und winkte Alix herbei, die vor ihm auf einem mit goldener Spitze gesäumten karmesinroten Kissen niederkniete. Wieder dröhnte Salut aus hundertundeins Kanonen.

Das Ritual schritt weiter fort. Orthodoxe Andachten bei solchen Gelegenheiten sind nie kurz. Viele Anwesende, die am Anfang eine innere Erleuchtung gespürt hatten, gaben jetzt der Müdigkeit ihrer Glieder nach. Langeweile schlich sich in die göttliche Liturgie. Ich frage mich, ob das zum Genius der russischen Anbetung gehört. Die Länge der Feier ereilte viele in der Kongregation, die schon zu Beginn nicht wirklich interessiert waren. Mithin ist es nicht notwendig, jeden Schritt des Zaren und der Zarin zu schildern, nachdem sie von ihrem Podium herabgestiegen waren. Abgemessene drei Schritte nach hier, drei Schritte nach dort, um noch einmal und noch einmal der Dreifaltigkeit zu gedenken. Ja, der Maestro lobte immer die Dreifaltigkeit, als ob er etwas wüsste, was andere nicht wussten. Ich habe einmal den Trauzeugen bei einer Hochzeit beobachtet, der ohne Kenntnis aller anderen früher einmal die Braut im Fleisch erkannt hatte. Ich fand die Subtilität in der Haltung dieses Burschen der Nuance der Anerkennung nicht unähnlich, die unser Maestro stets dem Heiligen Geist entgegenbringt. Da liegt der Punkt seines Angriffs. Da der Heilige Geist die Verkörperung der Liebe des Vaters zu Seinem Sohn und des Sohnes zum Vater ist, wählt der Maestro diesen Angriffspunkt, um ihre wesenhafte Einheit zu schwächen.

Ich glaube deshalb, dass ein Akt des Maestros das Glied in der Kette des St.-Andreas-Ordens zerbrochen hat.

10

Der Zar und sein Gefolge zogen aus der Himmelfahrts-Kathedrale in die Erzengel-Kathedrale, wo die Andacht mit kleinen Abweichungen wiederholt wurde, bevor es weiter zur Verkündigungs-Kathedrale ging.

Man sagte mir, der Zar und die Zarin brauchten eine Ruhepause, aber sie hatten noch das zeremonielle Mahl im Kristallpalast vor sich. Er schrieb in sein Tagebuch: »Was in der Himmelfahrt-Kathedrale geschehen ist, obwohl es nur ein Traum scheint, wird ein Leben lang nicht vergessen.« Dem fügte er hinzu: »Wir gingen früh zu Bett.« Ob aus Müdigkeit oder aus erneut aufsteigender Lust in dem guten Gefühl, dass nun alles vorbei wäre und sie es nie wieder zu tun brauchten, kann ich nicht sagen. Ich wäre zu gern in ihrem Zimmer gewesen. Zumindest hätte ich herausgefunden, wie viel die korrupte Heiligkeit – ich benutze bewusst diese zwei Wörter, die korrupte Heiligkeit – dieser Metropoliten mit den Entzückungen von Nicky und Alix zu tun hatten. Waren diese endlosen Zeremonien dazu angetan, ein süßes Begehren in ihnen zu wecken? Ich litt unter dem Schmerz des Ausgeschlossenen.

Falls es seltsam erscheint, dass mich nach immer mehr Wissen hungert, so möchte ich der allgemeinen Annahme widersprechen, dass Gott und der Teufel über sämtliche Kenntnisse verfügen, die sie benötigen. Am einfachsten begreift man meine Fähigkeiten, indem man sich vorstellt, dass ich einem vollendet Gelehrten etwa so überlegen bin wie er einem Tölpel aus der Dorfschule. Da ich aber keineswegs über alle Antworten auf die Fragen verfüge, die das Leben der Menschen verteufeln, kann auch ich davon aus der Bahn geworfen werden, was ich nicht weiß.

Da ich an diesem Abend mit meinen Vorbereitungen für das Bauernfest beschäftigt war, das in vier Tagen stattfinden sollte, verpasste ich das Bankett im Kristallpalast. Es war das Ereignis der Saison für Moskau und ganz Russland, eine der gesellschaftlichen Veranstaltungen, die große Zukunftsaussichten bieten, wenn man eingeladen ist – eine Orgie der vermeintlichen Arriviertheit für die Reichsten der Neureichen.

Natürlich war damit auch mancherlei Neid unter diesen ehrgeizigen Seelen verbunden. Sie waren nicht immer glücklich darüber, wo man sie platziert hatte. Wenn sie die Sitzordnung im Saal studierten, erkannten sie allzu genau ihren gegenwärtigen Status in der Welt. Hatte man sie herabgestuft? Nur die höchsten Gäste waren in demselben Raum wie der Zar und die Zarin. Die Creme des diplomatischen Korps war dort, dazu die heilige Synode, der Großmarschall, der Großmeister der Zeremonien, die führenden Minister und ein paar außergewöhnlich Reiche. Den Übrigen war der Saal des heiligen Wladimir zugewiesen worden.

Kein Monarch möchte jedoch das Selbstwertgefühl von reichen, gefeierten und mächtigen Gästen verletzen – sie wären klug genug, es zu spüren. Also besuchten Nikolaus und Alexandra jeden Tisch in beiden Sälen, gefolgt von der Kaiserinwitwe Marie, der Königin und dem Prinzen von Neapel, der Herzogin von Edinburgh, dem Kronprinzen von Schweden, von Großfürstin Elisabeth und Großfürst Alexej. Sie alle schritten von Tisch zu Tisch im St.-Wladimir-Saal und wurden ihrerseits in jeder Runde mit den Ovationen begrüßt, wie sie aus den trockenen Kehlen von Leuten dringen, die alle möglichen Mühen auf sich genommen haben, um eine Einladung zu ergattern, und schon fürchten, dass ihre Anstrengungen absurd waren und man sie ignorieren würde. Welche Erleichterung und welcher Applaus, als der Zar und die Zarin zu ihnen kamen.

Ich will das Mahl nicht näher schildern. Es würde mir kein Vergnügen bereiten, die goldenen Teller zu beschreiben, die französischen Gerichte, die Weine (aus Frankreich und von der Krim), den Wodka und den Champagner. Bankette erzeugen fast immer die gleichen gastrischen Säuren, aber hier wurde jeder Gast persönlich von drei Kellnern in rotem Rock mit goldenen Borten bedient. Die Menükarten waren bebildert, die kaiserliche Kapelle spielte während des gesamten Mahls, und der Kristallpalast funkelte.

In dieser Ära wurden Journalisten nicht ermutigt, negativ über die Großen und Mächtigen zu berichten. Also erklärten sie alle, dass dieses Ereignis von der Nachwelt nie vergessen würde. Der Kristallpalast war wegen der Exklusivität seiner Feiern berühmt. Nur den wichtigsten Ereignissen in der russischen Geschichte öffneten sich seine ehrwürdigen Tore. Iwan der Schreckliche und Peter der Große hatten hier ihre Krönungsbankette veranstaltet. Eine offenbar von dem Geschehen bezauberte amerikanische Reporterin schloss ihren Bericht mit den Worten ab:

So endete der größte Tag in unserem Leben, an den man sich nach Jahren erinnern wird. Wir alle spürten, dass wir den grandiosesten aller Anblicke gesehen hatten, den man sich nur vorstellen kann, und dass wir Glück hatten, dabei sein zu dürfen. Alles verlief so wunderbar.

Ein anderer Reporter aus Amerika schrieb, dass er nunmehr nicht nur an Russlands immenses Potenzial der Größe glaube, sondern auch an die Legitimität des Zaren. Russland sei wohlhabender und friedlicher gesinnt als seit Jahren.

… Nikolaus II. beginnt seine Regentschaft mit den guten Wünschen aus der ganzen Welt. Monarchien, Imperien und Republiken vereinten sich, um ihm »bon voyage« für seine bedeutsame Reise zu wünschen. Von Deutschland, von Frankreich, von einer verehrungswürdigen Königin, die in der Historie des englischen Throns am längsten regiert, von unserem eigenen Präsidenten und von vielen anderen Herrschern großer und kleiner Nationen erhielt er die wärmsten Grüße, und über

allem war das große Herz des gemeinen Volks, das in einem einzigen Impuls spürte, dass in diesem gütigen, lächelnden Gesicht des jungen Zaren das Versprechen einer wohltätigen und gerechten Herrschaft lag.

11

Ich konnte verstehen, warum Nickys Minister es für geboten hielten, dass diese Krönung alle anderen grandiosen europäischen Feiern in der Vergangenheit übertraf. Sie standen vor gigantischen Problemen. Russland war immens reich und gleichzeitig außerordentlich arm. Damit die Wirtschaftskraft des Landes mit der Großbritanniens oder Amerikas gleichziehen konnte, war jetzt die Vollendung des vor Jahren begonnenen Baus der Transsibirischen Eisenbahn entscheidend. Um die Gleisarbeiten fertigzustellen, brauchte Russland den ständigen Fluss von ausländischem Kapital und war daher fünf Jahre vor der Krönung gezwungen, den Großteil seines Getreides in den Westen auszuführen. Der Finanzminister unter Alexander III. hatte erklärt, es gebe keine andere Möglichkeit. Getreide war die einzige Handelsware, die Russland massenhaft anzubieten hatte. Mithin war der größte Teil der Ernte exportiert worden. Das führte zu der Hungersnot von 1891, in der Millionen Bauern starben.

Jetzt waren Hunderttausende ihrer hinterbliebenen Verwandten nach Moskau gekommen, wo sie sich an verschiedenen Bahnstationen in der Stadt versammelten. Viele schliefen auf dem Boden. Das bewirkte einen Kommentar des Maestros: »Natürlich wollen diese Bauern auf Bahnhöfen übernachten. Vor fünf Jahren haben sie zugesehen, wie ihr Getreide in Frachtwaggons abtransportiert wurde. Jetzt warten sie am Depot, um zu sehen, ob es zurückkommt.«

Die Bauern interessierten uns. Wie konnte Nikolaus II. ohne ihre Loyalität seine Herrschaft ausüben? Auf die Städte konnte er sich nicht verlassen. Das Proletariat, das bis vor Kurzem selbst noch aus Bauern bestand, litt unter Krankheiten – Cholera, Typhus, Syphilis,

Tuberkulose. Ihre Wohnungen waren verzweifelt überfüllt. Der Alkoholismus schuf ein enormes gesellschaftliches Problem, und die Prostitution ein weiteres.

Der Verkauf des Getreides hatte 1891 trotzdem seinen ökonomischen Zweck erfüllt. Die Investitionen in die Schwerindustrie verdoppelten sich in den folgenden zehn Jahren. Wie um dieses Wachstum auszugleichen, überfluteten Moskaus volle Abwasserkanäle im Sommer die Straßen der Armenviertel, in denen winters die Arbeiter erfroren.

Die in ihren Dörfern blieben, lebten immer noch in einräumigen Holzhütten, deren Inneres von Rauch geschwärzt war. Billige Kopien von Ikonen hingen an den Wänden, doch jeder Besucher, der die Hütte eines Bauern betrat, fühlte sich verpflichtet, seinen Kopf vor ihnen zu beugen. Erst dann durfte er den Hausherrn begrüßen, der als solcher den besten Schlafplatz hatte – oben auf dem Ofen, der noch warm war von der Asche des Feuers, mit dem man das Abendessen bereitet hatte. Die übrige Familie schlief auf dem Lehmboden. Niemand zog sich aus, aber wenn es in dem Raum nicht zu kalt war, streiften die Männer ihre Stiefel ab, bevor sie sich hinlegten. Sie folgten dem Spruch: »Der Geruch deiner Füße vertreibt die Fliegen.«

Ich respektierte die Bauern, die ich auf den Moskauer Bahnhöfen antraf. Obwohl sie vorzeitig gealtert waren und nur noch wenige Zähne besaßen, waren sie stark wie Zugtiere. Diese Männer und Frauen bewegten sich kaum – sie waren geduldig wie Vieh. Doch meine Beobachtungen ließen mich ahnen, warum der Dummkopf Russland so viel Aufmerksamkeit widmete. Diese armen, hässlichen, großen, starken, dumpfen Männer mit ihren schlichten, derben und oft unförmigen Frauen mochten schäbig, kleingeistig, ignorant, verwirrt, sogar abgestumpft sein, aber all das war vielleicht nur wie eine Schutzschicht aus Wachs auf einem Krug mit feinem Gelee. Unter ihrer Lähmung spürte ich eine Fähigkeit, stark, klug, großzügig, gerecht, loyal, ja sogar verständnisvoll zu sein, wie zumindest Tolstoi und Dostojewski ihren Lesern eingeredet haben. Wenn in der

Bauernschaft Russlands künftiger Genius zu finden war, mussten wir uns intensiv darum kümmern. Schließlich bestand unser Ziel darin, menschliche Möglichkeiten zu verringern. Wir bereiteten uns auf den Zeitpunkt vor, an dem wir dem Dummkopf die Zügel aus der Hand nahmen.

12

Mein Tag näherte sich. Für den 18. Mai war auf dem Chodynskoje-Feld eine riesige Versammlung zu Ehren der Bauern in der Stadt geplant. Es sollte ein Treffen für alle diejenigen sein, die über Hunderte von Meilen angereist waren, entweder mit dem Zug, dem Pferdewagen oder sogar zu Fuß, um in Moskau zu sein, wenn der Zarewitsch Zar wurde.

Das Ereignis auf dem Feld sollte Nickys Liebe zu seinem Volk demonstrieren. Der Wert des Volks sollte gefeiert werden. Und es sollte unterhalten werden. Zirkusartisten, Sänger und Tänzer würden auftreten, und an zahllosen Ständen und Kiosken würden Geschenke von Zar und Zarin verteilt. Das große offene Gelände von Chodynskoje fasste eine halbe Million Seelen. Vierhunderttausend rot und golden bemalte Blechnäpfe mit Nickys Initialen würden ausgegeben, dazu Seidenschals für die Frauen, zehntausend Gallonen Bier und freie Esspakete mit russischem Brot, Walnüssen, Wurst, Gebäck und Marmelade und obendrein ein Büchlein mit den Initialen von Zar und Zarin.

Um sich den Massen zu zeigen, sollten Nicky, Alexandra und Mitglieder des Hofstaats um die Mittagszeit eintreffen und in einem kürzlich erbauten königlichen Pavillon am Rand des Paradefeldes feierlich Platz nehmen. Er bot Raum für eintausend Notabeln. Nahebei befand sich ein weiterer Pavillon mit tausend Sitzen, für die man zahlen musste, um das Privileg zu genießen.

Manche Offizielle fürchteten allerdings ernsthaft, dass man nicht über genügend Polizei verfügte. Nur drei Offiziere waren eingeteilt worden, um eine Kompanie von einhundertfünfzig Kosaken zu befehligen, die man als Ordnungshüter holen würde. Einhundertfünfzig Kosaken, um eine halbe Million russische Seelen zu kontrollieren? Ihr Kommandeur beantragte mehr Schutztruppen, wurde aber beschieden, dass es nicht genügend Polizisten gab. Viele andere Stadtviertel mussten gegen Demonstrationen von Rüpeln und Revolutionären geschützt werden. Außerdem hatte die Regierung schon zu viel Geld ausgegeben, um die Sicherheit des Zaren während der Krönungswoche zu gewährleisten. Jetzt waren keine Fonds mehr für weitere Sicherheitsmaßnahmen übrig. Für mich war dabei die Hand des Maestros offensichtlich.

Wir waren auf unsere Chance vorbereitet. Nach der Krönung Alexanders III. vor dreizehn Jahren war das Chodynskoje-Feld ebenfalls die Szene des Bauernfests gewesen. Obwohl es zu verschiedenen bedauerlichen Zwischenfällen gekommen war und dreißig Bauern ihr Leben verloren, galt das als akzeptabler Verlust. Man konnte bei einer solch immensen Versammlung nicht für jedes Unglück verantwortlich gemacht werden.

Es war Nickys Entschluss, das Bauernfest wieder am gleichen Ort zu veranstalten. Er wollte eine neue Tradition begründen. »Wie Sie mir immer erzählen«, sagte er seinen Ministern, »brauchen wir mehr Traditionen.«

Ein Problem, das nicht untersucht wurde, war das Feld selbst. Im Jahr 1891 hatte auf dem Gelände eine große Ausstellung stattgefunden. Dafür wurden temporäre Konstruktionen hochgezogen, aber nachher fehlte das Geld, um die Erdaushebungen wieder aufzufüllen. Das enorme Feld war nun mit Sandgruben, kleinen Schluchten, offenen Brunnen und verlassenen Fundamenten übersät. Man hatte breite Wege um diese Hindernisse herum angelegt und vermutet, die Leute würden sich vorsichtig bewegen. Es gab ja Platz für eine halbe Million Besucher.

In Wirklichkeit gab es dringendere Sorgen als das Chodynskoje-Feld. Die nach Moskau strömenden Massen mussten untergebracht werden. Manche Bauern hatten Familienmitglieder, die in Fabriken arbeiteten, und konnten bei ihnen wohnen. Der Geruch von fettigen Schafsfelljacken und durchgeschwitzten Umhängen, Kaftane und schwarzen Wollmänteln würde ihnen nicht unvertraut sein. Und dann gab es natürlich die Bahnhöfe. Sie dienten zwar in der Tat als Unterkunft, aber man hatte nicht die vielen Bauern einkalkuliert, die schon am Abend davor auf dem Feld eintrafen und dort ihre Zelte aufschlugen. Sie tranken, sangen und zündeten Freudenfeuer an. Balalaikas erklangen.

In der Stadt sprach sich herum, dass schon früh die Geschenke ausgeteilt würden. Wir hatten das Gerücht aufgebracht. Ja, die besten Waren würden als erste vergeben. Tausende Bauern brachen daher auf und begannen gegen die Holzbarrieren zu drücken, von denen die Hütten, Kioske und Theken mit den Geschenken darin geschützt waren. Andere pressten von hinten nach. Schon Stunden vor dem ersten Morgenlicht traf zusätzlich die arbeitende Bevölkerung Moskaus ein. Die Armenviertel marschierten auf. Auch sie hatten das Gerücht gehört.

Am Abend des 17. Mai fand im Bolschoi-Theater eine Galavorstellung statt. Viele Damen trugen ihre Diamanten, so viele, dass der Glanz der Edelsteine mit dem des Rampenlichts wetteiferte, wie mancher Besucher bemerkte. Doch die meisten Adeligen redeten über das Feld. Man sagte, dass bis zum späten Morgen eine Million Seelen nach Chodynskoje strömen würden. Eine Million Seelen! »Ja«, hieß es im Bolschoi, »noch nie wollten so viele gemeine Leute dem Zaren ihre Verehrung erweisen.«

So redete man bei der Gala. Auf dem Feld herrschte indes eine beklommene Unruhe. Einige Bauern begannen an den Pfosten zu rütteln, an denen die Barrieren befestigt waren. »Das gute Zeug ist schon weg«, sollten unsere Agenten rufen. »Die Blechnäpfe sind weg. Das Bier ist weg.« – »Nein«, widerrief unser Gegengerücht, »das Bier ist nicht weg, aber es ist nur noch wenig übrig.« Die Barrieren begannen zu kippen. Als die erste fiel, wurden die Kioske sofort überrannt. Doch wer nach den Geschenken griff, wurde von der nachrückenden Menge zu Boden geworfen. Tausende pressten sich von hinten in Tausende vor ihnen. Wenn jemand stolperte, fiel ein anderer über ihn. Ein Dritter stürzte, ein Vierter wurde niedergestoßen. Immer mehr Körper drückten vorwärts. Frauen schrieen, Kinder wimmerten. Massen von Männern, Frauen und Kindern wurden wahllos in die größten der Sandgruben geschoben, auf deren Boden sie wild um sich schlugen, um sich an einen anderen Körper zu klammern und aus der Grube herauszuklettern, während schon wieder andere von oben auf sie stürzten. Viele erstickten.

Ich habe noch nie einen solchen Jammer gehört. Aus Tausenden von Kehlen brüllte der Zorn. Andere kreischten vor Schrecken. Kleinere Männer und Frauen wurden wie Spreu hochgeworfen. Kinder stöhnten unter dem Gewicht von Stiefeln, die über sie trampelten. Der Lärm war unirdisch. Wer konnte zählen, wie viele Hundert Absätze wie viele Leiber zerdrückten? Oder Nasen. Oder Augen. Oder Zähne. Ein paar kamen davon. Einige! Manche Kinder wurden emporgehoben und nach hinten weitergereicht. Die Erwachsenen, denen es gelang, den Rand der Menge zu erreichen, brachen wie Fische an Land zusammen und schnappten regungslos nach Luft, bevor sie wieder atmen konnten, mit Mühe. Andere schrieen wie von Sinnen die Namen von Familienangehörigen. Gesichter erstarrten vor Trauer.

So wie ein Sturm abflaut, kam es auch hier zu einem Ende. Die Menge, die durch die Stände gestürmt war und die Kioske niedergewalzt hatte, wurde durch den anhaltenden Druck von hinten weiter nach vorn getrieben, bis sie endlich den Rand des Feldes erreicht hatte. Etliche quetschten sich seitlich heraus. Manche am hinteren Ende vernahmen die Schreie vorn, hörten auf zu schieben und zogen sich zurück. Als der Wahnsinn nachließ, gingen die Menschen in vier Richtungen auseinander. Die Toten lagen in den Sandgruben und auf der ebenen Erde.

In den ersten Stunden das Tageslichts, als manche Gefallene noch zitterten, verbreitete sich Aufruhr in den Straßen Moskaus. Zehntausende Moskauer, die bei der späteren offiziellen Eröffnung der Feier dabei sein wollten, hatten sich früh auf den Weg gemacht, um den Massenandrang zu vermeiden. Als sie sich jetzt zu Fuß näherten, kamen ihnen Pferdewagen entgegen, und diese blutigen Wagen wurden von wehklagenden Männern und Frauen begleitet. Manche waren hysterisch. Sie lachten in einem Moment und ächzten im nächsten. Sie wussten nicht, ob sie sich glücklich schätzen sollten, weil sie entkommen waren, oder ob sie fürchten mussten, ihre Seelen zu verlieren. Viele spürten eine unheilige Lust zu lachen. Wie auch nicht? Hatten sie nicht in einem Winkel ihres Inneren den toten Verwandten seit Jahren gehasst?

Die Menschen, die immer noch auf Chodynskoje zugingen, waren verwirrt von all den weinenden Gesichtern, die von dem Feld auf sie zukamen. Jedes Fuhrwerk transportierte Leichen, die noch in mehr oder weniger zerfetzte bäuerliche Trachten gekleidet waren. Viele Tote lagen mit zerschmetterten Nasen, blutigen Gesichtern, gebrochenen Gliedern, schiefen Kiefern, verkrümmten halbnackten Leibern auf dem Feld. Auf den Wagen waren einige mit den Resten und Fetzen von anderer Leute Kleidung bedeckt, die man dem einen Leichnam entrissen hatte, um die tote Blöße eines anderen zu verbergen.

Später trafen Schätzungen der Verluste an Menschenleben ein. Zuerst sagte man Nicky, es seien dreihundert, aber der betreffende Minister war bekannt dafür, dass er schlechte Nachrichten um neunzig Prozent verringerte. Später erzählte man Nicky, dass die Zahl bei tausenddreihundert Menschen liege. Die endgültige Zählung ergab dreitausend Opfer. Er selbst konnte das kaum verfolgen, denn die erste impulsive Maßnahme nach dem Eintreffen höherer Polizeibeamter hatte darin bestanden, die Leichen vor der Ankunft des Zaren von dem Feld zu schaffen. Die Toten konnten später gezählt werden.

Mittlerweile strahlte der Morgen in voller Pracht. Es war der zehnte schöne Tag nacheinander. Die Zwiebeltürme der vierzig mal vierzig Kirchen Moskaus glänzten in der Sonne. Die blattgoldbedeckten Kuppeln schimmerten, als seien sie Kinder der Sonne, und ihre Glocken läuteten zur Feier des Ereignisses in verschiedenen Tönen, laut gellend oder fein abgestimmt. Doch in den Ohren derjenigen, die von dem Feld kamen, klang noch das Jammern von dort nach, eine Kakophonie aus Wimmern, Heulen, Brüllen, Schluchzen, Trauern und Klagen in unheiliger Disharmonie zu den Glocken.

Von dem Ausmaß unseres Triumphs erregt, glaubte ich die Schwächen der Hälfte aller Menschen erkennen zu können, an denen ich vorüberging. So viele waren krank in ihrem Herzen, krank in ihrer Seele, krank in ihrem Magen; Schleim klebte an ihrem Gemüt, das im Strudel von falschen Träumen versunken war. Unterdessen reflektierte die Sonne das Gold der Zwiebeltürme über allen Kirchen. Seit einem halben Jahr hatten Arbeiter ungeachtet der Gefahr, von den steilen, im Winter vereisten Kirchendächern abzurutschen, die Kuppeln mit neuem Blattgold überzogen.

13

Bevor der Zar und die Zarin mittags eintrafen, war der meiste Unrat auf dem Chodynskoje-Feld schon fortgeräumt. Kleiderfetzen lagen noch auf dem Sand und in den Gruben, aber die Leichen waren geborgen. Mehrere Kompanien Soldaten waren herbeigeholt worden, um die letzten Toten hinter die Kioske am Feldrand zu schaffen. Dort würden sie, ordentlich aufgereiht, auf dem Boden liegen bleiben, bis die Fuhrwerke sie zu einem Friedhof transportieren konnten oder bis Verwandte unter Rufen und Schreien des Erkennens ihre Überreste fanden.

Natürlich saßen Nicky und Alix nach ihrer Ankunft so weit entfernt, dass sie diese Laute nicht hören konnten. Stattdessen war ein Chor von tausend jungen Männern und Frauen vor den königlichen Pavillon platziert worden, dessen Klänge nun vorherrschten. Die Zuschauertribünen waren mit vornehmen Ausländern und Moskauern in ihren besten Uniformen gefüllt, die Damen trugen ihren Nachmittagsputz. Es galt das gesellschaftliche Prinzip, dass man jede Unannehmlichkeit bei einer formellen Gelegenheit übersah. Ich war früher bei Galaempfängen anwesend, bei denen einem Gast, meistens einem der unseren, ein Wind entfuhr. Der Ekel der Umstehenden bleibt gewöhnlich wenige Momente in der Luft hängen. Manchmal etwas länger. Niemand sagt etwas. Gesellschaftlich war ja nichts passiert. Diese Fähigkeit, das Widerwärtige zu ignorieren, war schon immer eine angeborene Stärke der gehobenen Klasse.

Wenn man jetzt diesem begabten Chor von eintausend himmlischen Stimmen mit seinem vokalen Potpourri zuhörte, wer spürte da noch das Bedürfnis, daran zu denken, dass hier vor wenigen Stunden der Horror gewütet hatte? Nein, die gut gekleideten Moskauer in den Pavillons, die so gern die Manieren der britischen Oberklasse nachäfften, verhielten sich wie privilegierte Zuschauer, die einen hervorragenden Tag beim Pferderennen genossen. Die Damen und Herren auf den Tribünen hätten geradezu perfekt ausgesehen, wäre es nicht zu einem unglücklichen Zwischenfall gekommen. Ein unglaublicher Sturm erhob sich ohne Vorwarnung und trieb Staubwolken über das Paradefeld. Der üble Wirbelwind erreichte schnell die Pavillons am Rand von Chodynskoje. An einem solch herrlichen Tag hätte es keinen derartigen Wind geben dürfen. Alles war so still gewesen. Aber die Böe war trotzdem gekommen. Ich wusste nicht, ob ich den Zorn des Dummkopfs beobachtete oder die Wut der Toten.

Fast im Gefolge des Wirbels trafen der Zar und die Zarin ein. Alles änderte sich. Es war, als ob der Sturm vertrieben wurde von einem erneuten derart lauten Beifallstosen, dass man die Kapelle, dieses immense Blasorchester, das mit dröhnender Begeisterung die Nationalhymne spielte, kaum noch hören konnte. Das Feld war nur halb sichtbar in dem frisch aufgewirbelten Staub der Kutschen, mit denen nach den Tumulten des Morgens die Nachzügler ankamen. Nicky und Alexandra winkten den herbeiströmenden Menschen zu und verließen kurz danach den Pavillon, um in ihre Kutsche zu steigen und ein paar Hundert Meter weiter zum Petrowsky-Palast gefahren zu werden, wo der Zar ausgewählte Gruppen bevorzugter Bürger empfangen wollte. Ich konnte nur einen kurzen Blick auf ihn erhaschen, und er sah mir ungewöhnlich blass aus; ich fragte mich, ob er wusste, was passiert war. Vermutlich waren seine Informationen immer noch unvollständig, aber die vorher arrangierten Festlichkeiten wurden jedenfalls eingehalten.

Knapp eine Viertelmeile von Chodynskoje entfernt standen Nicky und Alix nun am Petrowsky-Tor, um die neuen Delegationen zu empfangen. Insgesamt waren es vierzehn Gruppen, die Geschenke bei sich trugen. Eine besondere Gabe aus der Erlöser-Kathedrale wurde Nicky und Alois als Erste dargereicht – ein großes Serviertablett für zeremonielles Salz und Brot. Acht Männer hatten neun Monate damit verbracht, dieses Tablett aus Kristall zu schneiden. Nicky kniff seine Hinterbacken zusammen, um ein wenig Anerkennung in seinen Gesichtsausdruck zu zwängen, und dankte den acht Handwerkern für die exzellente Feinheit ihrer Arbeit. Als nächstes kam ein Kavallerieregiment, die Georgijewskis. Auf eine Delegation von Bauernfrauen folgten berühmte Künstler des Moskauer Kaiserlichen Theaters.

Danach erwies eine Abordnung der Moskauer Kutscher ihren Respekt. Sogar die Freidenker Moskaus überbrachten ein Geschenk, einen Silberteller, in dem Nickys Initialen in Diamanten gefasst waren. Sie wurden abgelöst von einer ganzen Armee Bauunternehmer, die Moskau für die Prozession am 9. Mai mit Lampen und falschen Fassaden versehen hatten. Repräsentanten der Lebensmittellieferanten, des Jagdclubs, des Moskauer Turnvereins und sogar ein paar Anführer der deutschen Kolonie in Moskau defilierten vorbei (wegen ihres jahrhundertelangen Dienstes seit Peter dem Großen).

Dann betraten Nicky und Alix den Palast und präsidierten bei einer Feier für die geehrten Vertreter des gemeinen Volks. Indem er seine Anmerkungen zwischen die Chöre des Beifalls schob, sprach er die plebejischen Ältesten so an: »Die Kaiserin und ich danken euch herzlich für euren Ausdruck der Liebe und Treue. Wir zweifeln nicht daran, dass die Menschen in euren Dörfern eure Gefühle teilen. Euer Wohlergehen liegt mir sehr am Herzen.«

In diesem Augenblick schaute ich zufällig hin. Von mir ist das keine bloße Phrase. Ich brauche keine Uhr. Jeder Teufel kennt genau die Stunde, die Minute, die Sekunde, auf die es ankommt. Deshalb darf ich feststellen, dass zu exakt der gleichen Zeit, als der Zar seine Ansprache hielt, in einer Moskauer Leichenhalle ein Vorfall passierte – ein Teufel erstattete mir Bericht darüber. Zwei Leichen, die auf Tischen in dieser Halle aufgebahrt worden waren, erhoben sich aus ihrer Bewusstlosigkeit. Sie stießen gemeinsame Rufe aus. Von den entgegengesetzten Enden des Raums! Sie schienen tot und waren nun offenbar lebendig.

Ich erwähne die beiden zum Leben Erwachten nur, um eine Verbindung zwischen den zwei Vorgängen herzustellen. Wie ich erfuhr, hatte Alix unter ihrer eigenen bösen Vorahnung dessen gelitten, was ihr bevorstand. Sie hatte jeden hinzutretenden Gast mit einem Lächeln und ihrem Kopfnicken nach Art einer Kropftaube begrüßt. Sie war aber von Furcht erfüllt. Der Gedanke beherrschte sie, dass ihr Tod und der Nickys drohte. In welcher Gefahr sich ihr Mann befand! Sie erlaubte sich sogar ein wenig unverhüllten Zorn auf das russische Volk. Warum, fragte sie sich, hatten die Menschen diesen Aufruhr gewollt? Sie sagte ihrem Ehemann: »Bei unseren Muschiks gibt es keine Höflichkeit.« Nicky wusste nicht, ob er beleidigt oder erfreut davon sein sollte, dass sie von *unseren* Muschiks sprach. (Diese Gedanken erhielt ich aus zweiter Hand von einem russischen Sonderteufel, der ein Entree zu einer der Hofzofen von Alix hatte.)

Eine halbe Meile vom Petrowsky-Palast entfernt legten Soldaten die letzten Todesopfer nieder, und an den fernen Rändern des Chodynskoje-Feldes suchten Hunderte von Bauern und Moskauern weiter nach ihren verschollenen Angehörigen. Unterdessen schritt Nicky von einem Tisch zum nächsten und begrüßte die Dorfbewohner, während sie ihren Poltawa-Borschtsch, ihr Kalbfleisch mit frischem Grüngemüse, kaltem Weißfisch, geröstetem Frühlingshuhn, Jungente, frischer und eingelegter Gurke, Dessert, Obst und Wein genossen.

Vor den Tribünen führten die Jongleure und die Zigeunertänzer dem Adel ihre Künste vor. Eiscreme wurde verkauft. Und hinter den

Hütten lagen immer noch reihenweise Leichen, während verzweifelte Angehörige in die zerschlagenen Gesichter der Kadaver starrten, die vor Stunden umgekommen waren, aber noch erkennbare Züge zeigen mochten. Ein paar Enttäuschte legten Kupfermünzen auf die kalte Brust von Fremden. Andernorts waren immer noch Leichen aufgestapelt, fünfzig hier, zwanzig dort, Arme und Beine grotesk verrenkt, in verschmutzter Kleidung. Ärzte knieten im Staub, um zu sehen, ob sich noch jemand regte. Plötzlich war einer der Totgesagten nicht mehr tot. Er stand auf. Seine Frau, die neben ihm geweint hatte, schlug sich an die Brust. »Gott ist hier!« schrie sie, »Gott ist hier! Gott hat dich gerettet!« Eine andere, kaum fünfzig Meter entfernte Familie, die sich der falschen Trauer um das Hinscheiden eines langlebigen Familienpatriarchen hingegeben hatte, brach ebenfalls in Geschrei aus – allerdings, weil der alte Tyrann wieder seine Augen geöffnet hatte. »Der Teufel hat dich zurückgeschickt!«, rief seine Frau.

14

Ich war während des eben geschilderten Aufruhrs kein leitender Akteur. Der Maestro hatte es deutlich definiert: Ich war noch nicht genügend mit Moskau vertraut, um die örtlichen Teufel zu befehligen. Stattdessen sollte ich weiter Nicky beobachten. Ich musste einsehen, dass man mich nicht als mitleidslos genug befunden hatte, um auf dem Schlachtfeld zu agieren. Das nagte an meiner Eitelkeit. Ich hielt mich selbst zu jeder Aufgabe befähigt, ob hoch oder niedrig, aber ich hätte wissen müssen, dass die Beschränkung auf das Studium der Briefe und Tagebücher der Romanows meine eigentliche Rolle bilden würde. Nichtsdestoweniger erwiesen sich diese Kenntnisse in den kommenden Jahren als nützlich. Die Romanows gingen an diesem Tag nicht in einer blutigen Orgie gebrochener Knochen unter, aber sie würden in den historischen Nachwehen unter den Verwüstungen zu leiden haben.

Ein unmittelbares Resultat war die verminderte Effizienz der Büttel. Es klafften jetzt Lücken in dem Schutzkreis, den sie um Nicky gezogen hatten. Ich war zum Beispiel in der Lage, mich bis auf eine vernünftige Entfernung dem Zaren zu nähern, als er und Alix um die Mittagszeit ihre Plätze auf den Zuschauertribünen einnahmen. Mithilfe der Passage in Nickys Empfindungen, die der Maestro offen gehalten hatte, konnte ich entdecken, dass der Zar nicht nur ungewöhnlich bleich wirkte, als er auf den Pavillon zuschritt, sondern dass diese Blässe von einer unbeherrschten Leidenschaft herrührte. Ich spürte seine Anspannung. Manche Menschen werden rot vor Zorn. Er war bleich vor Ungestüm. Gleich Alix richtete sich sein Unwille hauptsächlich gegen die Bauern. Wie konnten sie so undankbar, so selbstzerstörerisch sein? Doch gleich einer schweren Kette hing die Pflicht an seinem Herzen, dass er ihnen verzeihen musste. Hätte er auch dann die gleiche noble Empfindung, wenn er sich seinem Zorn überließ? Es gab so viele Aspekte seiner Wut. Er ärgerte sich über die Unfähigkeit der Polizei. Und bald ärgerte er sich über sich selbst. Er hatte die Vorkehrungen für die Sicherheit nicht genügend beachtet. Vieles hätte vermieden werden können. Oder auch nicht? War das Unglück unausweichlich? War sein Schicksal verflucht? Er wusste es nicht. Er konnte es auch kaum wissen. An diesem Abend schrieb er in sein Tagebuch:

> *Bis jetzt ist Gott sei Dank alles perfekt verlaufen, aber heute ist eine große Sünde geschehen. Die Menge, die die Nacht auf dem Chodynskoje-Feld verbracht hatte, brach durch die Absperrungen, und es kam zu einem furchtbaren Zusammenstoß, bei dem schrecklicherweise um die 1300 Menschen zertrampelt wurden.*

Ich analysierte die Phrase »eine große Sünde ist geschehen«. Bezog er sich auf die Unruhestifter oder auf sich selbst? Am Nachmittag des 18. Mai hatte Graf Witte, der Staatsmann, auf den Nicky am meisten hörte, ihm geschrieben: »Aus Respekt vor den Toten sollten sofort alle Feierlichkeiten abgesagt werden.« Witte fügte noch hinzu: »Vor allem der Ball des französischen Botschafters.« Er war für den Abend geplant und sollte das grandioseste Ereignis der Krönung werden.

Rasch erhob sich Widerspruch gegen Graf Witte. Nickys Onkel, der Generalgouverneur von Moskau, Großfürst Sergej Alexandrowitsch, der mit Alix' älterer Schwester Ella verheiratet war, hatte neben seinen anderen Pflichten die des Schirmherrn der Bauernfeier übernommen. Durch Boten schickte Sergej Alexandrowitsch eine Antwort an Witte: »Der Zar betrachtet Chodynskoje als großes Desaster, möchte Sie aber davon unterrichten, dass es kein so großes Desaster war, um die Feiertage der Krönung zu verdunkeln.«

Die älteren Großfürsten, Brüder des Generalgouverneurs, stimmten ihm zu. Ihre Äußerungen empörten jedoch Nickys Cousins, die jüngere Generation der Großfürsten. Nickys bester Freund – sein Cousin ersten Grades Sandro, der mit Nickys Schwester Xenia verheiratet war – erklärte, dass man die Einstellung seiner Onkel, der älteren Romanows und Senioren der Großfürsten, nur als »monströs« bezeichnen könne. Und Sandros Brüder, die Söhne von Großfürst Michael, pflichteten ihm leidenschaftlich bei. Nicky dürfe unter keinen Umständen am Abend den französischen Ball besuchen. Welch eine schändliche Beleidigung der Toten! Wo war Russlands Ehre? Vier Tage nach seiner Krönung war der Zar geneigt, Sandro zuzustimmen, aber just in diesem Moment betrat Onkel Alexej den Raum, und dieser Großfürst war der älteste noch lebende Bruder seines verstorbenen Vaters.

»Nicky«, sagte Onkel Alexej, »du bist dir hoffentlich dessen bewusst, dass du auf deine Cousins, diese Michaelowitschi und besonders auf Sandro nicht hören darfst. Sie sind jung und unerfahren. Sie sind radikal. Sie sind verrückt. Sie sind mehr als verrückt. Ich sage dir, obwohl sie es sich selbst nicht eingestehen, sind sie auf der Seite unheiliger Kräfte. Sie wollen Sergej Alexandrowitsch entmachten und einen ihrer eigenen Leute als Generalgouverneur von Moskau einsetzen. Überlege dir, was dann mit Sergej Alexandrowitsch und Ella geschieht. Deine Frau wird sich grämen, dass ihre schöne Schwester Ella eine solche Schande erleiden muss.«

Ich stand nahe genug, um diesen Meinungsaustausch zu hören. Wieder waren die Büttel abwesend. Wahrscheinlich brauchte eine Schar eben umgekommener Seelen Beistand – vielleicht hatte der Dummkopf die Büttel ins Leichenschauhaus geschickt. Jedenfalls war es diesmal ganz leicht, in Nickys Nähe zu bleiben.

Also hörte ich Sandros Bruder Nikolai Alexandrowitsch. Sobald Onkel Alexej hinausgegangen war, meldete er sich zu Wort: »Nicky, ich bitte dich, geh heute Abend nicht zu dem französischen Ball. Bedenke, was ich dir sage. Ob wir wollen oder nicht, leben wir immer noch im Schatten von Versailles. Ludwig XVI. und Marie Antoinette konnten die Nacht hindurch tanzen, weil sie naiv waren. Sie hatten kein Gespür für das heraufziehende Unwetter. Aber wir haben es. Wir wissen es! Nicky, erforsche dein Herz. Was geschehen ist, ist geschehen. Das Blut dieser Männer, dieser Frauen, dieser Kinder wird auf immer an deiner Herrschaft haften. Das ist ungerecht, denn du bist gütig, du bist freundlich. Ich weiß, wenn du könntest, würdest du die Toten wieder zum Leben erwecken. Aber du kannst es nicht. Deshalb, Nicky, musst du dein Mitgefühl für ihre Familien zeigen. Deine Verbundenheit mit ihnen. Deinen Respekt. Du darfst nicht zulassen, dass die Gegner dieses Regimes sagen können, unser junger Kaiser hat die Nacht durchgetanzt, als seine hingeschlachteten Untertanen noch nicht beerdigt waren!«

Seine Eloquenz obsiegte. Nicky wusste jetzt, dass er nicht zu dem Ball gehen wollte. Doch sein Cousin konnte das hohe Niveau seiner Argumente nicht beibehalten. Er ließ seinem Zorn freien Lauf. »Warum, frage ich«, fuhr er fort, »hat Sergej Alexandrowitsch nicht vorausgesehen, dass wir viel mehr Polizei brauchten? Jeder Narr hätte es ihm sagen können.« Bald deutete er an, dass üble Spiele gespielt worden waren. Waren ihm auch die Gerüchte zu Ohren gekommen, die wir gestreut hatten? In Moskau gingen sie um. Man erzählte sich, dass der Generalgouverneur Gelder aus dem Krönungsfonds abgezweigt hatte, um seine Spielschulden zu begleichen. Es stimmte nicht.

Sergej Alexandrowitsch war nicht schuldig. Es war sein Assistent. (Der Bursche war nicht nur bei den Glücksspielern verschuldet, sondern auch bei uns – er war einer unserer russischen Agenten. Er hatte das Gerücht in Umlauf gesetzt, dass der Generalgouverneur korrupt war.)

Der arme Nicky. Wenn er eine Schwäche hatte, dann die, dass er zwei gegensätzliche Ideen nicht lange genug in seinem Kopf behalten konnte, um zu entscheiden, welche ihm mehr zu bieten hatte. Gerade als er der wohlgesetzten Rede von Cousin Nikolai seine volle Aufmerksamkeit widmete, kamen zwei seiner Onkel in den Raum zurück. Sie erklärten ihm mit den schärfsten Worten, dass es eine internationale Beleidigung bedeute, wenn Nicky dem Ball fernbliebe. Die französische Botschaft hatte teure Vorkehrungen getroffen. Die Abwesenheit des Zaren und der Zarin würde den Beziehungen zwischen den beiden Ländern schaden. »Nicky, wir hängen von der französischen Allianz ab. Schon aus dem Grund musst du teilnehmen. Die Franzosen sind voller Stolz darauf, wie kühl sie mit Krisen umgehen können. Sie verachten Sentimentalität. Sie sind stolz auf ihre *froideur.* Wenn du fehlst, werden sie dich als weibisches Wesen betrachten, das im Mitleid schwankt, während vernünftige Diplomatie erforderlich ist. Die Außenpolitik darf nicht von Unfällen berührt werden.«

Nicky nahm teil. Er eröffnete den Tanz des Abends mit Gräfin Montebello, der Frau des französischen Botschafters, und Alix tanzte mit dem Grafen. In seinem Tagebuch vermerkte Nicky:

Der Montebello-Ball verlief glänzend, aber die Hitze war unerträglich. Wir gingen nach dem Souper um zwei Uhr.

Unterdessen lächelte der Generalgouverneur von Moskau. Er genoss den Ball. Der Lieblingsspruch des Großfürsten Sergej Alexandrowitsch lautete: »Es spielt keine Rolle, wie furchtbar der Tag war. Man muss den Mut und die Geistesgegenwart haben, den Abend voll zu genießen, wenn die Musik erklingt und Getränke uns beflügeln. Auch das gehört zu unseren Pflichten.«

Sandro und seine Brüder kannten Sergejs Credo seit Langem. Deshalb fanden sie seine Anwesenheit an diesem Abend doppelt unerträglich. Sie verließen den Saal unmissverständlich, als der Tanz begann. Onkel Alexej rief: »Da gehen die kaiserlichen Anhänger von Robespierre.«

Ich war zufrieden. Dem Maestro würde es gefallen. Es würde ihn auch amüsieren, dessen war ich sicher, dass es mir gelungen war, mich in dieser Nacht in die königlichen Gemächer zu schmuggeln. Ja, ich hatte das Schlafzimmer erreicht. Die Büttel hatte ich noch nie in solcher Auflösung erlebt.

Wenige Minuten lang (gerade bevor die Büttel zurückkehrten und ich entfloh) konnte ich noch etwas tiefer in Nickys Seele dringen, und ich kann berichten, dass er sich verurteilt fühlte. Verurteilt und verdammt. Er wusste es mit Sicherheit.

Es dauerte noch mehr als zwei Jahrzehnte, bis sich bestätigte, was er an diesem Abend wusste, aber an diesem Abend spürte er es. Er war wahrhaft entsetzt. Er sagte Alix, es sei vielleicht seine Pflicht, sich in ein Kloster zurückzuziehen, um für die Opfer zu beten. So sollte man aber in einer derart von einem Gefühl des Verhängnisses durchdrungenen Nacht nicht mit seiner Ehefrau reden. Ein Echo klingt in dem Brief nach, den Alix später ihrer Freundin, der deutschen Gräfin Rantzau, schreibt:

Ich habe das Gefühl, dass alle in der Umgebung meines Ehemannes unaufrichtig sind. Und dass keiner seine Pflicht gegenüber Russland erfüllt. Sie dienen ihm alle ihrer Karriere und ihres persönlichen Vorteils wegen, und ich sorge mich und weine tagelang, weil ich spüre, dass mein Mann sehr jung und unerfahren ist – was sie ausnutzen.

Wie viel mehr hätte sie geweint, wenn sie gewusst hätte, was die Damen in Moskau über sie sagten.

Vor der Krönung hatte sie einen entscheidenden Fehler gemacht. Sie hatte ihrer engsten Hofdame anvertraut, dass sie Nicky anbetete.

»Ich liebe ihn so sehr. Ich habe geheime Namen für ihn.«

»Welche geheimen Namen?«, fragte die Hofdame.

»Oh, ich kann es dir nicht sagen. Sie sind zu geheim. Ich nenne ihn mit vielen süßen Worten, gewöhnlich in Englisch. Für mich ist das eine wunderbare Sprache. Geradezu liebevoll.«

Es kam heraus. Stück für Stück. Schließlich war es gelüftet – ihr Geheimnis. Das große Geheimnis, das die Hofdame keiner Seele verraten würde, wie sie geschworen hatte. Und die Hofdame tat es auch nicht – nicht am ersten oder am zweiten Tag. Doch dann erzählte sie es ihrer besten Freundin, die wiederum der Hofdame schwor, dass sie absolut und auf ewig vertrauenswürdig sei.

Die beste Freundin verriet das Geheimnis nicht allzu schnell. Erst nach einigen Abenden erzählte sie es einer Freundin und noch einer anderen. Auch sie schworen Stillschweigen, warteten aber nicht so lange ab, bevor sie ihren Eid brachen. Moskaus Gesellschaft kicherte bald über die offenbare Vorliebe der Zarin für die englische Sprache. Wer darauf achtete zu wissen, was andere nicht wussten, war nun vertraut mit Alix' und Nickys geheimen Namen für einander. »Lovy, Boysy, Sweet one, My Soul, Sweetie, Pussy-mine.«

Als sie aufgehört hatten zu lachen, hielt es eine der Damen für geboten, die anderen daran zu erinnern: »Sie kommt hinter einem Sarg zu uns. Sie bringt Unglück.«

Der Generalgouverneur von Moskau seinerseits wurde jetzt »der Prinz von Chodynskoje« genannt.

15

In der folgenden Woche gab es acht Tage lang Feiern, Tänze, Empfänge, Staatsbesuche und Musik. Am 19. Mai fand im Alexander-Saal des Kreml ein Bankett statt, und am zwanzigsten veranstaltete der Generalgouverneur von Moskau seinen eigenen Ball. Am einundzwanzigsten traf sich der Moskauer Adel unter dem Präsidium von Prinz Trubetskoi im Säulensaal. Viertausend Gäste erschienen.

Am zweiundzwanzigsten statteten Nicky und Alix einen Staatsbesuch dem Troiski-Sergejewski-Kloster ab, und am Morgen des dreiundzwanzigsten spendete Nicky 20000 Rubel als erste Rate zum Bau eines Kinderheims für die Waisen von Chodynskoje. Am Abend gab es einen Dinner-Ball des englischen Botschafters im St.-Andreas-Saal des Kreml. Dreitausendeinhundert Gäste. Die Deutschen hielten sich zurück und veranstalteten am nächsten Tag nur einen Musikabend in ihrer Botschaft, dem am fünfundzwanzigsten ein Palast-Diner für alle Botschafter folgte. Zum Abschluss kehrten sie am sechsundzwanzigsten auf das Chodynskoje-Feld zurück, um eine Militärparade abzunehmen. Die Gruben waren mittlerweile aufgefüllt. Es war wieder ein herrlicher Tag, und Nickys Kutsche wurde von sechs Schimmeln gezogen. Achtunddreißigtausendfünfhundertfünfundsechzig Soldaten marschierten mit zweitausend Offizieren an. Siebenundsechzig Generale schauten zu.

Ich erwartete nun meinen Rückzugsbefehl. Ich wusste nicht, ob ich mich nach diesen außergewöhnlichen Tagen in Moskau wieder an Hafeld gewöhnen konnte, aber der Maestro sagte mir gleich: »Respektiere Hafeld. Es ist wichtig.« Es gab für mich keinen Grund, ihm zu glauben oder nicht zu glauben – seine wahre Meinung war immer hinter seiner undurchdringlichen Miene verborgen –, aber ich muss sagen, dass ich mich in Österreich nach meiner Rückkunft so wohlfühlte wie seit Jahren nicht mehr. Das Chodynskoje-Feld war die größte Operation, an der ich seit Langem teilgenommen hatte. So schien es zumindest.

Es ist traurig, dass nur wenige Teufel solche Erinnerungen behalten dürfen, aber der Maestro wendet die gleichen Prinzipien wie der Geheimdienst an. Niemand soll etwas über ein Projekt erfahren, bis es notwendig ist. Wir selbst wiederum sollten alles vergessen, was wir nicht für ein neues Projekt brauchten.

Da ich glaube, dass ich seit vielen Jahrhunderten ein Teufel und abwechselnd befördert und herabgestuft worden bin, könnte man mich fragen, inwiefern ich angesichts meiner Laufbahn während meines Aufenthalts in Russland immer noch eine Menge dazugelernt habe. Es ist deshalb, weil eine frisch erworbene Verfeinerung verblasst, sobald das Abenteuer vorbei ist. Wir eignen uns viele neue Fähigkeiten an und verlieren sie wieder schnell. Was mich in diesem Fall verwundert, ist der Umstand, dass der Maestro mir erlaubt hat, meine jüngsten Erfahrungen aufzubewahren. Chodynskoje blieb in meinem Gedächtnis, und mein Kampfgeist wuchs. Als ich nach unserem Erfolg in Russland zur Hitler-Familie zurückkehrte, glaubte ich wieder daran, dass des Maestros Vorhaben mit diesem Mandanten, dem jungen Adolf Hitler, von großer Bedeutung waren.

Voller Leichtigkeit des Geistes, die so grundverschieden ist von der Beschwernis, die mit der Treue einhergeht, wenn man keine Wahl hat, war ich nach meiner Rückkehr bester Stimmung in Hafeld. Bald dachte ich nicht mehr an Nicky oder Alix. Warum auch? Wenn ich in Zukunft nach Russland zurückbeordert werden sollte, konnten die notwendigen Erinnerungen wiederhergestellt werden.

Es ist interessant, dass ich solche Gedanken hegte, denn ich wurde in der Tat 1908 zurückgeschickt und blieb in Russland bis zur Ermordung Rasputins acht Jahre später – dieser unvergleichliche Rasputin war ein absolut außergewöhnlicher Mandant. Er arbeitete eng mit mir zusammen, beharrte aber darauf, einem schlauen Büttel von hohem Rang zu dienen. Wir hatten viel Streit um Rasputin und die ungewöhnlichen Aspekte seiner Seele.

Ich würde gern einmal die betreffenden ungewöhnlichen Ereignisse schildern, aber das gehört nicht in dieses Buch. Nachdem nun alle langen Unterbrechungen abgeschlossen sind, möchte ich aufzeichnen, was Alois, Klara und Adolf in den nächsten neun Jahren widerfahren ist. Damit ist dieser literarische Ausflug vorbei, und wir befinden uns wieder auf dem Bauernhof.

Von hier aus kann ich den Weg sehen, der zum Haus des Alten führt.

Buch IX

Alois junior

1

Nach meiner Rückkehr aus Russland war ich in Hafeld mit einer seltsamen Angelegenheit konfrontiert. Ich musste den Alten dazu bringen, dass er einen seiner Körbe verbrannte. Er war von seinen eigenen Bienen derart zerstochen worden, dass ich ihn mit einem grausam geschwollenen Gesicht in seinem Bett vorfand.

Bei seiner Erfahrung war es dem Alten unverständlich, wie ihm etwas derart Peinliches passieren konnte, als er in einen seiner besseren Körbe hineinschaute. Während er die Königin zu entfernen versuchte, die unverkennbare Anzeichen ihres nahen Endes verriet, war er von ihrer Eskorte überfallen worden. Da er gerade eine Zigarre rauchte, konnte er ihren ersten Ansturm dämpfen, aber eine solch drastische Revolte seiner Kreaturen hatte er seit Jahren nicht mehr erlebt. Das weckte meine Wahnvorstellungen, die mir reichlich zur Verfügung stehen, da ich sie den schwachen Kräften der Voraussicht vorziehe. Ich vermutete, dass der Angriff der Bienen von den Bütteln inspiriert war, und deshalb musste der Korb vernichtet werden.

Als er meinen Befehl erhielt – den ich ihm im Schlaf eingegeben hatte –, gehorchte der Alte nicht sofort. Etliche Tage verstrichen. Ich schickte ihm den Gedanken noch einmal in seinen Schlaf, aber diesmal mit einem Nachdruck, den er nicht mehr als Traum deuten konnte, sondern als Aufforderung, was den alten Burschen entsetzte. »Tu es«, wiederholte ich ihm in seinem Schlaf, »es wird dir nützen. Morgen ist Sonntag. Das wird den Nutzen mehren. Sonntags gibt es den doppelten Wert. Setze aber keine Schwefelbombe ein.

Zu viele könnten überleben. Gieße lieber Kerosin über den Korb und zünde ihn samt Kasten an.«

Der Alte befolgte meinen Befehl. Er hatte keine Wahl. In seinem Alter wusste er, wie tief wir ihn durchdrungen hatten. Er wollte nicht mit den Schrecknissen leben, die wir entfachen konnten, mit den Ängsten, die für seine Eingeweide so real waren wie Magengeschwüre. Der Tod lauerte in seinen Gedanken, manchmal so nahe wie ein wildes Tier im Nebenzimmer. Das ließ mich kalt. Es fällt schwer, für einen alten Mandanten keine Verachtung zu empfinden. Sie sind so unterwürfig. Er tat es natürlich. Da er immer noch über den Angriff der Bienen erzürnt war, fiel ihm die Durchführung leichter. Sein Sinn für Gerechtigkeit war verletzt. Mit eingefahrenen Gewohnheiten kann man nur wenige Schocks verkraften.

Am Sonntagmorgen legte er den Korb auf den Boden und tränkte ihn mit Kerosin. Als er in die lodernden Flammen starrte, fühlte er sich besser. Ich hatte recht. Es nützte ihm. Aber er schwitzte wie ein Pferd. Die Verbrennung erfüllte ihn auch mit Jammer, denn sie lief seinen professionellen Instinkten zuwider. Er meinte, die Tränen müssten ihm kommen, wenn er an all die unschuldigen Wesen dachte, die nun zusammen mit den Schuldigen verkohlt da lagen, aber zu seinem Erstaunen stieg eine seltene Süße in seinen Lenden hoch. Es war die erste Zuckerzufuhr, die sein Körper seit Jahren gespürt hatte. Wie bei vielen alten Männern war seine Lust auf seinen Kopf beschränkt. Es war lange her, dass die Anspielung auf einen libidinösen Gedanken ihm mehr verursacht hatte als ein leichtes Ziehen in der Lendengegend.

Ich muss erwähnen, dass Adi bei der Verbrennung zugegen war. Er hatte im Schlaf eine Botschaft erhalten, die für ihn unproblematisch war. Er entschlüpfte, als Klara und Angela sich zum Kirchgang vorbereiteten. Seine Flucht bekümmerte Klara wenig. Sie nahm Adolf ungern mit. Wenn er nicht auf seinem Sitz herumrutschte, begann er einen Wettstreit mit seiner Stiefschwester, wer wen schärfer kneifen konnte. Heimlich.

Ja, wenn sie am Sonntagmorgen allein mit Angela zusammen war, fühlte sie sich ihrer Stieftochter näher. Um die Wahrheit zu sagen, gefiel es ihr auch nicht, Edmund mitzunehmen und Paula während der Messe an ihrer Brust zu halten und ständig zu hoffen, dass sie nicht gestillt werden wollte. Heute hatte Alois gesagt, er würde bei den beiden Kleinen bleiben. Klara wunderte sich über seine Großzügigkeit. Wurde er schwach? War es möglich? Das war eine weitere Frage, der ich vielleicht nachgehen musste.

Aber erst möchte ich von Adis Aufregung während der Verbrennung der Bienen berichten. In seinen Zehen prickelte es, das Herz schlug in seinem Brustkasten, er wusste nicht, ob er weinen oder vor Lachen brüllen sollte. Ich hatte keine Lust, erneut in das komplexe Innenleben dieses Sechsjährigen einzudringen. Mein Kampfgeist war völlig intakt, aber ich wollte ihn nicht zu früh einsetzen. Nach meiner Rückkehr zu den bescheidenen Pflichten in dieser Region Österreichs bekümmerte es mich nicht im Geringsten, dass mein Leben nun beschaulicher war. In Hafeld mochten noch große Enthüllungen auf mich warten, und mittlerweile konnte ich mich mit den Feinheiten kleinerer Aufgaben beschäftigen. Ich beobachtete zum Beispiel bestimmte Veränderungen in Alois' Stimmung. Das allein regte schon mein Interesse an.

Klara hatte sich geirrt. Alois wurde nicht schwach, nicht in dem Sinne. Er hatte ihr gesagt, es sei gut für ihn, hin und wieder mehr Zeit mit den Kleinen zu verbringen, aber sobald sie fort war, legte er Paula in ihr Rollbett und befahl Edmund, bei ihr im Zimmer zu bleiben und darauf zu achten, dass sie nicht aufwachte. Er wusste, dass Adolf allein losziehen und Alois junior mit Ulan auf der anderen Hügelseite sein würde. Ja, er freute sich darauf, allein zu sein. Er wollte über das Missgeschick des Alten nachdenken. Der Vorgang hatte Alois Behagen bereitet. Eine schreckliche Vorahnung war verschwunden. Er hatte immer befürchtet, dass er selbst einmal von den Bienen hingeschlachtet würde.

Den ganzen Mai hindurch, nachdem es warm geworden war, fürchtete Alois um das Leben seiner Kolonien. Er sah sich selbst schon hoch oben auf einem Baum, viel zu hoch, wie er versuchte, einen rasenden Schwarm in seinen Korb zurückzulocken. Die traurige Tatsache war, dass er im Winter zu gut gegessen hatte und sich nun so beengt fühlte, als steckten seine zwei Zentner in einem zu kleinen Sack.

An diesem Sonntag erhoffte er sich Erleichterung, indem er sein Gesicht entspannte, seinen Magen knurren und seinem Schließmuskel Winde entweichen ließ. Wie den ganzen Winter hindurch befürchtete er auch jetzt im Frühjahr, dass er bei einer wichtigen Arbeit zusammenbrechen und seine Selbstachtung verlieren könnte. Das wäre ihm früher nie in den Sinn gekommen, weil seine Eitelkeit es verboten hätte, aber die energische Eitelkeit, die er seit seiner Jugend Stück für Stück und Episode um Episode aufgebaut hatte, entglitt ihm nun. Wo war sein Selbstbewusstsein? Er war an diesem Sonntag nicht zur Kirche gegangen, ebenso wenig wie andere Leute. Natürlich ging er nicht, wenn er es verhindern konnte. Aber er wusste nicht, wie lange er noch widerstehen konnte. Heute hatte er sogar erwogen, Klara zu begleiten.

Er hasste die Vorstellung, in einer Kirchenbank dem priesterlichen Salbadern zuzuhören. Es würde seinen Stolz verletzen, denn er war ein Mann, der nicht erbebte, wo andere es taten. Doch nun jagte seine Bienenzucht ihm höllische Angst ein. Hatte das vergangene Jahr den Grundstein seines Stolzes gelockert? Wie niemand sonst hatte er immer über böse Vorzeichen gelacht – eine seltene Errungenschaft für jemanden, der als Bauer geboren war.

Vor einer knappen Woche hatten seine Hände gezittert, als er in seiner Zeitung einen Artikel über den Tod eines Imkers las. Der Mann hatte einen Ausbruch der Bienen aus seinem Korb nicht überlebt.

Um seine Befürchtungen auszuräumen, stattete Alois dem Alten einen Besuch ab. Der alte Mann lag immer noch geschwächt in seinem Bett. Er brach in Tränen aus, als er sein Missgeschick schilderte. Alois fühlte sich dabei wie ein jüngerer Bruder, der mit einem schiefen Lächeln den älteren weinen sieht.

Nachher war Alois ein paar Tage von seiner Furcht befreit. Er wusste nicht warum, aber das Unglück des Alten hatte ihn besänftigt. Dann wurde ihm alles klar. Seit der Rückkehr von Alois junior war ihm unbehaglich – war er ein solcher Idiot, dass er Angst vor seinen Bienen hatte, weil er mit seinem Sohn nicht klarkam? Oder stimmte es doch? Menschen stecken voller Ausflüchte. Das hatte er in seiner Zeit beim Zoll gelernt. Er erinnerte sich an eine Frau, die ihre Geschenke in den Falten ihrer schwarzen Unterwäsche versteckt hatte. Eine schöne Frau. Als Alois sie erwischte, lächelte sie ihn unverschämt an und sagte: »Sie sind so klug. Die anderen Beamten wollten meine privaten Sachen nicht anrühren.«

»Das liegt daran«, sagte er, »dass meine meisten Kollegen zur Kirche gehen. Heute morgen haben Sie Pech.«

Sie lachte. Er war versucht, sie gehen zu lassen und ihr die Geldstrafe zu ersparen, indem er sich zwischen ihre Schenkel schmuggelte. Doch er blieb standhaft. Er würde kein Gesetz brechen.

Die Erinnerung ließ ihn über die Natur von Ausflüchten brüten. Er hatte früher Ausritte auf dem Pferd genossen, aber bei einer Gelegenheit traf er auf einen Hengst, der ihn verunsicherte. Es war irgendetwas Bedrohliches in seiner Gangart, als ob er noch ein fünftes Bein einsetzen könnte, wenn er wollte. Er konnte das verdammte Tier nicht zügeln.

Ja, so verhielt es sich mit Alois junior.

Andererseits beurteilte er seinen ältesten Sohn vielleicht zu hart. Klara sagte ihm ständig, Junior sei nicht mehr derselbe Junge, der fortgegangen war, um für Johann Pölzl zu arbeiten. Ihre Eltern hätten ihm weitergeholfen. Seine Manieren seien gut. Er beobachte einen nicht mehr so kritisch wie früher immer. Bevor er ausgezogen war, sagte Klara, war er wie ein Freund, der dir ins Gesicht schmeichelt, aber hinter deinem Rücken klatscht. Sie hatte keinen Beweis dafür, doch sie könnte schwören, dass es so war. Jetzt sei irgendwie etwas Besseres an ihm. Vielleicht. Er vergeudete immer noch zu viel Zeit auf Ulans Rücken. Klara war damit zufrieden, wie sie Alois erzählte. Er sollte lieber über die Hügel reiten, als mit seiner Schwester liebäugeln.

»Was verstehst du schon von solchen Sachen?«, fragte Alois.

»Ich weiß es nicht«, sagte Klara. »Aber als ich jung war, habe ich manche Dinge in bestimmten Familien gesehen. Darüber redet man nicht.«

Dass es in dieser Hinsicht zwischen ihr und Alois Grund zu sehr intimen Gesprächen gab, ging aus ihrer Stimme nicht hervor. Sie errötete nur leicht.

Die Fähigkeit, Fakten über die eigene Person auszugrenzen, die einem widerwärtig sind, hat schon immer meine unwillkürliche Bewunderung erregt. Ich weiß nicht, ob die Überwindung dieser inneren Barriere ebenso schwierig ist wie, sagen wir, die Überquerung der Alpen, jedenfalls muss man dem Dummkopf Anerkennung zollen. Er hat den Bann über den Inzest verhängt, nicht wir, und dann ging Er an die zweite Aufgabe, nämlich die Menschen vor der Erinnerung daran zu schützen, was sie getan haben.

Dadurch verlieren wir gewisse Vorteile. Die meisten Männer und Frauen sind nicht in der Lage, sich unangenehmen Wahrheiten zu stellen. Sie besitzen die wahrscheinlich gottgegebene Fähigkeit, sich vor sich selbst zu verbergen. Deshalb wusste ich, warum Klara sich unausgesprochen um Alois junior und Angela sorgte und keinen Gedanken daran verschwendete, ob ihr Ehemann ihr Onkel oder ihr Vater war.

2

Auch ich dachte über die Veränderungen bei Alois junior nach. Oberflächlich betrachtet hatte er sich gebessert. Mit seinen Manieren machte er den Eindruck eines vertrauenswürdigen und angenehmen Halbwüchsigen.

Die Teufel, die ich zurückgelassen hatte, berichteten mir nun voller Vergnügen, dass sie die Kopie eines kurzen Briefs besaßen, den Johann Pölzl mit Alois junior nach Hause zurückgeschickt hatte. Er enthielt eine definitiv positive Einschätzung des Burschen.

Ich traute dem Brief nicht. Zunächst einmal war er nicht das Original, sondern die Kopie eines Agenten. Deshalb taugte er nicht für mein Talent, durch einen bloßen Blick aus der Handschrift einer Person Einsichten in ihr Inneres zu gewinnen. Auf diese Weise enthüllt sich mancher Winkel der Seele, und Lügen stechen hervor wie Hautpickel.

Wie bereits angedeutet, waren die Teufel in Hafeld nicht besonders geschickt. Sie lasen nur Johanns Brief, den Klara in ihren Nähkorb gelegt hatte, und machten eine Kopie. Mit einer besseren Technik hätten sie das Original behalten und ein Faksimile hinterlassen können.

Ohne die Schönschrift musste ich mich mit den Wörtern begnügen.

Geschätzte Tochter,
dies gebe ich dem Jungen mit. Er wird es Dir geben. Deine Mutter sagt, er ist ein guter Junge. Sie weint, weil sie ihn vermisst. So sagt sie.
Sag Deinem geschätzten Mann, Alois ist gut, ein fleißiger Arbeiter. Sehr gut.

Dein Vater
Johann Pölzl

Ich hätte einem unser nächtlichen Geister in Spital auftragen können, bei seiner Runde in Johanns Gedanken einzudringen, doch ich entschied mich zu warten. Er war ein störrischer alter Mann, der sich gegen jeden Eindringling wehren würde, und ich konnte alles, was ich über Alois junior wissen wollte, in Hafeld erfahren. Die niedrigen Teufel dort waren zu meiner Überraschung über sich selbst hinausgewachsen. Selbst ohne meine Aufsicht erkannten sie, worauf es in unserem Gewerbe ankam. Einer von ihnen konnte vielleicht bald das Traumätzen erlernen.

Ich möchte Sie aber nicht mit weiteren diesbezüglichen Details langweilen. Seit damals ist mehr als ein Jahrhundert verstrichen, und die Erinnerungen ehemaliger Teufel tragen zum Vergnügen noch weniger bei als mittelmäßige Lieder. Während die Menschen in ihren Körpern leben und sie daher auswendig kennen, haben wir Teufel keine eigene Persönlichkeit, außer wenn es die Notwendigkeit gebietet, dass wir für die Dauer eines bestimmten Projekts den Körper eines Mannes oder einer Frau in Besitz nehmen. Dann haben wir eine Präsenz, und sie ist kaum unterscheidbar von der Person, in der wir wohnen. Ich würde sagen, wir sind dieselben und verkleiden uns nur.

Im Land der Träume sind wir glücklicher. Dort können wir jede Gestalt annehmen, die wir wollen, falls wir die Ausgaben nicht scheuen. Manche Improvisationen sind brillant. Wenn Träume so die Geschichte der Menschheit bestimmten, wie wir es uns wünschen, stünde der Dummkopf bald in des Maestros Sold.

Aber so weit waren wir nicht. Bestimmt noch nicht im Jahr 1896. Gott war immer noch der Herr unseres unmittelbaren Universums. Menschen, Tiere und Pflanzen waren immer noch Seine Schöpfung. So unvollkommen die Natur auch war und oft zerstörerisch (wegen der Mängel in Seinem Plan), unterstand sie doch Seinem Kommando, Seinem höchst unvollkommenen Kommando. Nur ein Großteil der Nacht gehörte uns.

Der Maestro wusste das und missbilligte deshalb jegliches Selbstlob. Er wies die Teufel an, gegenseitige Beglückwünschungen zu den Schrecken zu unterlassen, die sie in Albträumen verbreiteten. »Träume sind vergänglich«, sagte er uns. »Die Kontrolle der Ereignisse ist Tagesarbeit.«

Kontrolle der Ereignisse? Der Maestro behielt die Ereignisse bei den Hitlers in Hafeld im Auge, aber als ich ergründen wollte warum, ließen mich seine offen erklärten, großen Hoffnungen auf den jungen Adolf Hitler zweifeln, ob ich die wirklichen Interessen des Maestros kannte. Unser spezieller Sechsjähriger war vielleicht nur einer von hundert oder tausend Kandidaten, die der Maestro ohne jegliche Garantie beobachtete, dass sie einmal unseren ernsthaften Absichten dienen könnten. Von welcher Größenordnung meine eigenen Aufgaben waren, konnte ich daher nicht einschätzen – meine Hoffnungen stiegen und fielen in der nächsten Zukunft mehrfach.

3

Ich habe nicht vor, die zahlreichen anderen Aktivitäten, Unternehmungen und kleineren Recherchen aufzulisten, welchen die Teufel unter meinem Befehl in diesen Regionen der Provinz Niederösterreich (zu der Linz und das Waldviertel gehörten) nachgingen. Sie sind inzwischen uninteressant.

Indes, die Historie hat den Scharfsinn der Zukunftsvisionen unseres Maestro bestätigt. Wenn ich nun zum Sommer des Jahres 1896 zurückkehre, so in dem gestärkten Bewusstsein, dass meine Arbeit wichtig war; viele Einzelheiten, an die ich mich jetzt erinnere, waren unserer Beachtung wert.

Alois junior, um mit ihm zu beginnen, besaß ein enormes Talent, jedermann in seiner Umgebung für sich einzunehmen. Eine Zeit lang schaffte er es sogar, den finsteren Zorn seines Vaters zu dämpfen, der wie eine Gewitterwand über andere hereinbrach, wenn er übel gelaunt war. Diese Furcht einflößende Technik hatte er oft beim Zoll angewandt, wenn er mit dubiosen Touristen konfrontiert war. Doch der Charme des Jungen – eine hübsche Mischung aus Jugend, Gesundheit, einer Prise Witz und offenbar gutem Willen – war so wirksam, dass Alois senior seinen massiven Groll nur wenige Tage beibehalten konnte. Außerdem zeigte der Junior Interesse an seinen Bienen. Er stellte ihm viele kluge Fragen.

Nicht lange, und Alois senior spürte ein seltenes Glücksgefühl: Er mochte seine Kinder. Zumindest eines. Er trug Alois seine besten Lektionen in der Bienenzucht vor, und bald wiederholte er ihm die Reden, die er vor Klara und Angela und Adi gehalten hatte, dazu seine Monologe aus den Linzer Tavernen, die er noch mit neueren aus Fischlham anreicherte, wo er die Rolle des örtlichen Experten aus Hafeld spielte. Der Junge begriff so schnell, dass Alois auf sein spezielles Wissen zurückgreifen musste, das er sich durch die Lektüre von apikultureller Fachliteratur angeeignet hatte. Zum Schluss präsentierte er noch ein paar tiefere Erkenntnisse des Alten als seine eigenen, zum Beispiel die Menschenähnlichkeit der Biene oder die Eleganz und Beseelung ihres Lebens. Der Junge nahm alles auf, und er bewies Geschick bei der Arbeit an den Körben. Der Senior träumte schon von einer Zukunft, in der Vater und Sohn eine Kolonie nach der anderen gründeten. Das konnte ein echtes Geschäft werden.

Eines Tages fühlte er sich so stolz auf Alois, dass er ihn zu einem Besuch bei dem Alten mitnahm. Er hatte vorher lange gezögert, weil er in Juniors Wertschätzung nicht sein Ansehen als örtlicher Experte verlieren wollte. Andererseits war er stolz auf seine Beziehung zu dem Alten, einem solch gelehrten Mann, der ihn als seinesgleichen behandelte – das beeindruckte den Jungen vielleicht.

In Wahrheit bezweifelte er inzwischen die Überlegenheit des Bienenzüchters. Sein Selbstbewusstsein war seit der Stunde gewachsen, als der Alte in seinen Armen geweint hatte. Zudem brauchte er einen praktischen Ratschlag. Seine Körbe waren voller Honig. Er hatte in seinen Handbüchern nach Anleitungen zur Technik der Honigernte geforscht, fühlte sich aber nicht sicher. Früher in Passau und Linz hatte er sie immer verpfuscht. Der Honig, den er damals einsammelte, war mit kleinen Wachskrümeln durchsetzt gewesen, und trotz Schleier und Handschuhen wurde er jedes Mal empfindlich an den Stellen gestochen, wo am Nacken und an den Handgelenken eine Lücke im Tuch klaffte.

Er musste jetzt mehr Sorgfalt anwenden. Sein Honig ließ sich kaum verkaufen, wenn das Produkt verunreinigt war. Eine tote Fliege genügte schon, um das Geschäft zu verderben, wenn der Kunde sie zuerst sah!

Also war er gekommen, um von dem alten Ziegenbock Rat einzuholen. Diesmal war er toleranter. Es überraschte ihn, dass der Geruch in der Hütte ihn kaum abstieß. Der Alte mochte mehr über

Bienen wissen als er, aber Alois wusste genug, um nicht gleich in Tränen auszubrechen, wenn etwas schiefging.

Er nahm also Alois junior mit, und der Alte reagierte auf den Besuch mit Wärme. Er freute sich über Gesellschaft. Seine Genesung hatte sich hingezogen und ihm zuweilen Schmerzen gleich zuckenden Lichtblitzen verursacht. Sein Stolz war gebeugt unter der Last all dessen, was in seinem Leben fehlte. Eremiten sind eingehenden Selbstprüfungen eher abgeneigt. Es spielt dabei keine Rolle, ob es sich um Eremiten handelt, die von den Bütteln beschützt werden, oder solche in unseren Diensten oder, in ganz seltenen Fällen, um unabhängige – letztere sind wahre Meister im Ertragen der Einsamkeit. Wie auch immer, unsere Mandanten sind verpflichtet, sich mindestens ein Mal im Jahr einer Reinigung ihrer Gefühle zu unterziehen.

In der vergangenen Woche hatte ich mich zu diesem Zweck bei dem Alten aufgehalten. Sein Lebensmut war gesunken aus der Erkenntnis heraus, dass er es nie zu einem großen Sozialreformer bringen würde und der brennende Ehrgeiz seiner Jugend vergeblich war. Er hatte keine Gattin, keine Erben, wenig Geld. Und sein Gedächtnis erinnerte ihn ständig an Männer oder Frauen, die ihm Unrecht getan hatten und denen er es nicht heimgezahlt hatte. All dem lag seine tiefe Enttäuschung darüber zugrunde, dass er keine der Machtpositionen und Ehrungen erlangt hatte, zu denen ihn seine Intelligenz eigentlich berechtigte. Wie es oft bei Depressionen nach einem plötzlichen Unglück vorkommt, empfand er seinen Schicksalsschlag als Strafe.

Ich stellte sicher, dass ich bei Alois' Besuch anwesend war, denn ich wollte die Stimmung des Alten heben. Wir können die Gedanken unserer Mandanten verdüstern und sie deprimieren, aber wir besitzen ebenso die Fähigkeit, einen Menschen für ein paar Stunden aus einem Stimmungstief zu befreien oder ihm sogar einen Moment der Freude zu bereiten. Wir wollen nicht, dass sie so mutlos enden. (Viel besser für uns, wenn sie jung und zornig sterben.) Die meisten unserer alten Mandanten hören entweder einfach auf zu existieren – es bleibt keine Seele übrig! –, oder sie werden vom Dummkopf wiedererweckt, da Er keines Seiner Geschöpfe, ob groß oder klein, klug oder dumm, verloren gibt – was vielleicht ein Grund dafür ist, dass die Welt immer mehr vom Mittelmaß überzogen wird.

Die Lage ist natürlich nicht einfach, weil wir auch nach dem Profit trachten, den wir noch aus unseren zermürbten Mandanten ziehen können.

Ich versuchte daher, die Laune des Alten zu heben. Ja, ich konnte ihn von seinen traurigen Gedanken ablenken, als Junior und Senior zu ihrem Besuch eintrafen. Mit meiner Hilfe glaubte er wieder ein attraktiver Mann zu sein. Die Eitelkeit ist für uns eine überaus wertvolle menschliche Regung. Der Alte fühlte sich stark zu Alois junior hingezogen. Zum ersten Mal seit vielen Jahren spürte er wieder den Wunsch, einen Heranwachsenden zu lieben.

4

Ich bin nunmehr gezwungen, den geschlechtlichen Akt zwischen Alois junior und dem Alten zu beschreiben, und es geschieht mit einigem Widerwillen. Wohlgemerkt, ich fälle kein moralisches Urteil in dieser Angelegenheit. Teufel sind an sämtlichen Formen der körperlichen Umarmung interessiert, seien sie hingebungsvoll, oberflächlich oder pervers. Natürlich interessieren uns am meisten diejenigen sexuellen Vorgänge, die in keine etablierte Kategorie passen. Auch erstmalige sexuelle Begegnungen dürfen nicht ignoriert werden. Wir bezeichnen sie als *Primäre.* Der Einsatz dabei ist höher. Wenige Primäre finden statt, ohne dass ein Repräsentant des Maestros und des D.K. teilnimmt. Das Ficken – um dieses höchst nützliche, fast kosmopolitische und beinahe onomatopoetische Wort zu benutzen, das so gut zu dem ausschließlich Körperlichen des Vorgangs passt – ist für beide Seiten von echtem Interesse. Viel kann passieren, und schnell. Alte Gewohnheiten, die in der Psyche so schwer geworden sind wie alte Sandsäcke vor Schützengräben, ließen sich hier aufzählen.

Kein Wunder, dass wir uns moralischer Urteile enthalten und für frische Bewertungen offen sind. Wird die betreffende Vereinigung unsere Stellung stärken oder schwächen?

Diesmal war ich angewidert. Nach einigen üblichen Höflichkeiten und Allgemeinplätzen, um seine exzessive Freude (und seinen sofortigen Alarm) beim Anblick von Alois junior an seiner Tür zu verbergen – es konnte zum Desaster kommen –, begriff der Alte mit seiner jahrzehntelangen Erfahrung in diesen Dingen bald, warum Alois junior allein gekommen war: Er wollte das Geschenk entgegennehmen, das der Alte ihm seit ihrer ersten Begegnung in seinen Träumen angeboten hatte. »Ich bin so froh über deinen Besuch«, wiederholte er mehrere Male in den ersten Minuten, worauf Alois schließlich antwortete: »Ja, hier bin ich.«

Der Pferdepfosten war fünfzig Meter entfernt, aber der Alte hörte Ulans Schwanz rauschen. Er durfte keine Sekunde mehr auf die Unterhaltung verschwenden, deshalb ging er auf den Jungen zu, kniete sich vor ihm hin und legte die Hand an sein Geschlechtsteil. Woraufhin Alois junior wie ein hitziges Männchen aufsprang, seinen Hosenschlitz öffnete und sogleich sein blutgefülltes Organ in den Mund des Alten stieß, zwischen diese verlangenden, so lange unbenutzten Lippen.

Es waren die nächsten Momente, die mir missfielen. Obwohl ich frei von moralischen Urteilen bin, besitze ich doch Sinn für Geschmack, und der Alte entwürdigte sich. Um es klar zu sagen, er schlabberte an dem Jungen und hustete heiser, als der Junge eine volle Ladung in seine Kehle jagte. Wie ein Säugling pinkelte er sich in die Hose. Es war seine Entladung – der beste Urinabschlag seit Monaten. Dann überschüttete er Alois junior mit Küssen und einer Art von verbalen Zärtlichkeiten, die ich hier nicht wiederholen möchte. »Du schmeckst süß, dein Herz ist gut« könnte ich allenfalls als Beispiel anführen, als absurdes Beispiel natürlich, denn Alois junior war ein Mandant, und ich wusste, dass sein Herz kalt war. Er wollte nur sich selbst treu bleiben. Wie alle ganz jungen Männer empfand er hinterher Ekel vor diesem Partner und verließ ihn so schnell er konnte.

Das dauerte ein paar Minuten. Er wollte sich nicht weiter diesen Liebkosungen aussetzen, die seine Haut wie Spinnweben berührten. Andererseits gebot ihm seine praktische Natur, so lange zu bleiben, dass der Alte sich nicht beleidigt fühlte. Das könnte einem weiteren Besuch hinderlich sein. Wer wusste es? Wenn es ihm in den nächsten Tagen nicht gelang, ein bestimmtes Bauernmädchen herumzukriegen, würde er zu dem alten Kerl zurückkehren. Alois junior war von dem Stoff, aus dem unsere besten Mandanten gemacht sind – mit vierzehn Jahren verstand er Sex auf eine Art, die für uns ideal war. Er würde bald in der Lage sein, sich mit seiner unzüchtigen Begabung Dominanz zu erwerben. So etwas schätzen wir. Viele unserer Mandanten verfügen nur über unerhebliches Werkzeug. Wir wissen nie, wann ihnen eine prächtige Erektion gelingt. Das bereitet uns Probleme, obwohl wir sogar eine völlige oder partielle Impotenz in ein effektives Instrument eigener Art umwandeln können. Adolf litt zum Beispiel in seiner ganzen Jugend, im Krieg und am Anfang seiner politischen Karriere unter dieser Beeinträchtigung.

Alois junior war das genaue Gegenteil. Er hatte das Geblüt seines Vaters, und sein natürliches Interesse galt den Frauen, außer ihrer eingebauten Falle, wie er es nannte. Mädchen achteten wie Frauen zu sehr auf Familienpflichten. Jungen hingegen waren immer voll da, um den Drang in ihren Lenden zu befriedigen. Und ganz schön war es auch, einen anderen Jungen oder besser noch einen Erwachsenen zu beherrschen.

Ja, er wäre ein perfekter Mandant gewesen. Wir hätten seine Kräfte gesteigert, und er wäre uns auf vielfältige Weise dienlich gewesen. Ich musste ihn jedoch laut Befehl in Ruhe lassen. Des Maestros Auge ruhte auf Adolf. Ich verstand. Es unterbricht ständig die Arbeit, wenn man es mit zwei Mandanten in einer Familie zu tun hat, besonders wenn sie charakterlich so verschieden sind. Wenn ein einzelner Teufel versucht, beiden gerecht zu werden, kann er zwischen ihre widersprüchlichen Bedürfnisse geraten. Doch wenn zwei Teufel zwei Mandanten in einer Familie beaufsichtigen, kann das noch schlimmer sein. Neid kommt auf.

Also hielt ich mich von Alois junior fern. Bald gelang es ihm, Greta Marie Schmidt zu erobern, ein dralles Bauernmädchen, das er zu Ausritten auf Ulan mitnahm. Bald hielt er den gleichen Schlüssel zu ihren erogenen Zonen in der Hand wie Alois senior bei Fanni, als sie noch Jungfrau war. Er wollte sie nicht entjungfern – das war ihre vorbereitete Falle. Außerdem mochte er sie eigentlich nicht. Sie war ihm einen Tick zu derb. Also ging er zum Alten zurück. Trotz des penetranten Geruchs in der Hütte waren die Begegnungen manchmal voll von einer neuen Wollust. Nachdem sich die Dinge eingespielt hatten, setzte der Alte seine Zunge saugend und vibrierend ein – und der junge Lüstling genoss es, aber sofort danach schenkte er ihm keinen Blick mehr. Er war ebenso wie ich angeekelt von diesem Stöhnen und Gurgeln. Er stand still wie eine Statue, doppelt angewidert von dem Gedanken, dass sein Vater Alois den Alten verehrte. »Wie gut er sprechen kann«, hatte sein Vater gesagt.

Wie konnte der Junior den Senior noch respektieren? Diese schreckliche, unaufhörliche Nervosität wegen seiner Bienen! Und immer suchte er Rat bei dem Alten. Kaum hatte die Familie ihr erstes Honigfest gefeiert, sorgte er sich schon wieder, wann er das Produkt aus den beiden anderen Körben ernten sollte.

Fast kam es zu einem Desaster. Was mich gar nicht überraschte. Alois junior hatte einen der kostbaren Körbe in der Sonne stehen lassen. Ohne guten Grund. Konnte es ein abgrundtiefer Abscheu vor seinem Vater sein, der ihm gar nicht bewusst war?

5

Als sein Vater an den Korb ging und den Kasten anfasste, merkte er, dass das Holz zu heiß war, dass die Bienen aber noch nicht wie wahnsinnig im Korb herumschwirrten. Er war gerade noch rechtzeitig gekommen und trug den Korb in den Schatten zurück.

»Was hast du dir dabei gedacht, du Idiot?«, schrie er Alois junior an.

Der Junge fühlte sich wie aus seiner Haut herausgezogen. Seines Vaters gewaltige Stimme traf ihn wie ein dumpfer Schlag. Heranwachsende können völlig die Fassung verlieren, wenn sie von einem unerwarteten Strafgericht ereilt werden. Sie haben ihre Grillen, Allüren und sinnlosen Temperamentausbrüche, weil sie im Grunde noch kein richtiges Alter besitzen. In diesem Augenblick hörte Junior auf, ein Kind von vierzehn Jahren zu sein. Bis dahin hatte er sich als »Vierzehnjähriger« betrachtet, eine klar umrissene Vorstellung. Gleich vielen Halbwüchsigen war er berechnend wie ein Zwanzigjähriger, während er in anderer Hinsicht wie ein Achtjähriger reagierte, den man bei einem dummen Streich erwischt hat. Er hatte den Korb in der Sonne stehen lassen. Tränen stiegen ihm in die Augen.

Er rechtfertigte sich vor seinem Vater. Zu seiner eigenen Scham flehte er ihn an. »Du hast mir so viele gute Lehren erteilt«, sagte er, »so neu und anregend, lieber verehrter Vater.« Er schlug sich gegen die Stirn. »Ich bekenne, es war vielleicht zu viel für meinen unwissenden Kopf. Ich habe einen Fehler gemacht. Das weiß ich jetzt. Aber ich glaubte, ich sollte den Korb in der Sonne lassen, ja, ein paar Minuten – mehr nicht, gebe ich zu, um die Honigwaben zu wärmen. Es war so kalt letzte Nacht. Für das Frühjahr zu kalt! Ich hoffe, es war kein furchtbarer Irrtum.«

Er hörte den Klang seiner eigenen Stimme und spürte, wie er jeglichen Halt und alle Mannbarkeit verlor, die er zu besitzen glaubte. So schrill! »Du musst mir verzeihen, Vater. Mein Fehler ist ein Skandal. Ich kann mich nicht genug entschuldigen.«

Er wusste, dass es nicht genügte. Eine massive Gewitterfront hatte das Gesicht des Vaters überzogen, dunkel wie die Tiefen des Argwohns. »Denke daran, Alois«, sagte er leise. »Unsere Bienen, all diese Bienen, arbeiten nach bestimmten Regeln.« Dann funkelte er Junior an, bis der Junge fortschaute. »Sie haben keine Geduld mit den Schwachen oder den Faulen. Oder mit Selbstsüchtigen, die ihre Pflichten versäumen.«

Er ergriff Juniors Kinn. Seine Augen ließen den Jungen nicht los. Er zwickte ihn am Kinn, sein Daumen und sein Zeigefinger waren scharf wie eine Kneifzange. Doch der Schmerz rüttelte den Jungen auf. Der Alte hatte mehr Achtung vor ihm, Alois junior, als vor diesem Mann, Alois senior, der ihm eben ins Kinn kniff. Der Gedanke stieg in seine Augen und blieb in seinem Ausdruck haften. Als es vorbei war, musste Alois senior sich eingestehen, dass er bei dem Wortwechsel an Respekt eingebüßt hatte. Der Junge hatte es gewagt, in seine Augen zurückzustarren.

Hatte das schon seine väterliche Autorität beeinträchtigt, so folgte bald mehr. Diesmal war es Klara. Sie hatte einen Brief von ihrer Mutter erhalten, der Klaras ohnehin zaghaftes Vertrauen in den Brief ihres Vaters zerstörte. Sobald sie die Zeilen ihrer Mutter gelesen hatte, fragte sie sich, wie sie auch nur einen Augenblick glauben konnte, dass Junior sich geändert hatte.

Briefeschreiben war für Johanna eine Pein. Klara wusste es. Seit sie neun war, hatte sie die wenigen Briefe beantwortet, die in ihrem Haus in Spital ankamen. Wie um die Wichtigkeit ihrer handschriftlichen Anstrengung zu unterstreichen, füllte Johanna unter schmerzhaften Ausrutschern ihrer Feder eine ganze Seite. Zunächst zählte sie Alois juniors Tugenden auf. Er war ein heller Kopf, das könnte sie jedem versichern. Auch gut anzusehen, würde sie sagen. Junior weckte in ihr die Erinnerung an seinen Vater, Klaras Mann, Onkel Alois, damals vor langer Zeit, als der Onkel so jung war, so attraktiv, ein guter junger Mann, so verantwortlich. Vor so vielen Jahren.

»Klara, ich sage dir«, schrieb sie jetzt, »ich mache mir Sorgen. Was haben wir Dir zurückgeschickt? Junior ist wild. So wild, Klara, und wir haben ihn Dir zurückgeschickt. Wir mussten es, ja. Jetzt hat Johann einen anderen Mann als Hilfe eingestellt. Der Neue ist ein dummer Trunkenbold. Wir bezahlen dem Trinker Lohn. So viel haben wir verloren, seit wir Alois zurückgeschickt haben. Aber, Klara, dieser nichtsnutzige Trunkenbold ist besser als Junior. Wir haben nicht mehr so viel Angst.«

Klara ging an ihren Nähkorb und nahm den Brief von Johann

Pölzl heraus. Alois junior hatte ihn ihr am Tag seiner Ankunft gegeben. Sie suchte auf dem obersten Regal eines Schranks nach einem alten Brief von ihrem Vater, um den sie ein Schmuckband gelegt hatte. Er enthielt seine Segenswünsche zur Geburt von Edmund. Als sie näher hinschaute, erkannte sie sofort, dass die Handschrift auf der Seite, die Alois junior ihr gegeben hatte, wohl der ihres Vaters ähnlich war, aber es war nicht dieselbe.

Klara sagte nichts zu Alois senior. Erst lange nach dem Abendessen. Im Bett beklagte sie sich über Alois junior.

»Er leistet keine gute Arbeit mehr«, sagte Alois. »Ich rede mit ihm, und er hört mir nicht richtig zu. Er reitet fort mit seinem Pferd. Ich will mich nicht aufregen, aber ich tue es. Er gerät noch in Schwierigkeiten. Er trifft Mädchen auf der anderen Seite des Hügels. Zum Teil ist das vielleicht mein Fehler, weil ich keine Frühjahrskartoffeln gesetzt habe. Jetzt gibt es nicht genug Arbeit für ihn.«

Da erzählte sie ihm von dem Brief ihrer Mutter. Er nickte. Er nickte nur.

»Was sagst du dazu?«, fragte sie.

»Ich werde darüber nachdenken«, antwortete er. »Ich muss mir Zeit nehmen. Der nächste Schritt könnte Folgen haben.«

Sie war wütend. Sie konnte nicht schlafen. Als wenn bloß ein Käfer in ihrem Bettzeug herumgekrabbelt wäre. Wenn Alois seinen Sohn nicht zurechtweisen wollte, würde sie es tun. Aber das stand ihr nicht zu, er war schließlich sein Sohn.

Am nächsten Abend benahm sich Alois junior kurz vor dem Essen so, als ob er über den zweiten Brief Bescheid wüsste. Anders kann ich mir nicht erklären, warum er ein Ei auf Adis Kopf zerbrach.

Der Grund war einfach. Seine Freundin Greta Marie hatte ihm am Nachmittag deutlich gezeigt, was sie im Grunde war – eine träge Kuh. Deshalb juckten ihm jetzt die Fingerspitzen nach einer anderen Betätigung. Nachdem er Greta Marie herumgestoßen hatte, wandte er sich Angela zu. Seine Schwester gluckte wieder bei ihren Hühnern, indem sie jedem Huhn jedes Ei so behutsam wegnahm, als sei es aus Gold – farblose, mit Hühnermist befleckte Eier. Er holte eines aus ihrem Korb. Nur um sie schreien zu hören. Als sie es tat, wollte er das Ei auf ihrem Kopf zerbrechen. Aber er konnte es nicht. Sie war seine leibliche Schwester – wen hatte er sonst? Also legte er das Ei wieder zurück. Das kostete ihn viel Kraft. Doch da war ja noch Adi, in Reichweite neben ihm, die stinkende kleine Hyäne. Als er von seinem Galopp mit Ulan zurückgekommen war, lag Adi brüllend auf dem Scheunenboden, er hatte wieder einen Wutanfall.

Junior hob ihn vom Scheunenboden hoch und zwang ihn, aufrecht zu stehen. »Sei ruhig«, sagte Alois junior.

»Ich will aber nicht«, sagte Adi.

Alois junior wusste, das Kind würde nach seiner Mutter jaulen. Wie immer. Adi hatte eine Mutter – er selbst hatte keine. Deshalb musste er sich mit dem Balg abfinden. Es war ein Waffenstillstand.

An diesem späten Nachmittag redete Angela in Babysprache mit ihren Hühnern, während Adi ihn aus seiner Sicherheit der Waffenruhe angrinste. »Ich will aber nicht.«

Junior nahm ein Ei aus Angelas Korb, zerdrückte es auf Adis Kopf und rieb das Eigelb und die Schalenreste genüsslich in seine Haare.

Adolf heulte. Es war, als hätte er auf genau diese Art Streit gewartet. Er massierte sein verschmiertes Haar, damit etwas von dem verspritzten Eigelb an seinen Handflächen kleben blieb, und wischte sie an seinem Hemd ab. Da ihm die Flecken noch nicht genügten, nahm Adolf noch ein Ei aus Angelas Korb – sie kreischte los! – und zerbrach es selbst auf seinem Kopf, dass es ihm über Gesicht und Hemd troff, und stieß laute Schreie aus, als wenn Alois junior ihn gegen das Schienbein getreten hätte. Dann rannte er aus der Scheune zu seiner Mutter. Man hörte noch sein gewaltiges Schreien, laut wie die Katastrophe an sich.

Klara kam mit Adi an der Hand zurückgelaufen, und ihre Tirade hatte schon angefangen, bevor sie die beiden erreichte. Sie versuchte Alois junior von dem Brief zu erzählen, aber sie spie ihre Worte zusammenhanglos heraus. Seine Lügen, sagte sie ihm, seien schlimmer als der Mist von Stallschweinen. »Die haben eine Entschuldigung. Es sind Schweine. Du hast nichts. Du bist ein Untier. Du bist ein Schwein. Du bist nichts als Dreck.« Sie konnte ihren eigenen Worten nicht glauben. Sie waren so krass. Zu ihrer Überraschung begann Alois junior zu schluchzen. Ihm wurde plötzlich klar, wie bereit er gewesen war, sie zu lieben, und wie bereit sie war, ihn in die tiefsten Tiefen zu verdammen. Ja, insgeheim hatte er gehofft, dass sie ihn mochte, ja, mehr als sein Vater. Jetzt fühlte er sich schmutzig. Es war für sein Ego wie ein Todesfall in der Familie. Er konnte es nicht ertragen. Ebenso plötzlich verstummte sein Schluchzen. Durch seinen Willen. Sofort hörte er zu weinen auf, nickte förmlich und schritt davon. Er wusste nicht, wohin sein Weg ihn in der Welt führen mochte, aber ihm war klar, dass er nicht in Hafeld bleiben konnte. Zumindest nicht mehr lange. Er musste sich bald von allem und jedem hier verabschieden, auch von seinem Pferd. Oder sollte er es stehlen?

Der Gedanke überwältigte Alois junior. Im Augenblick begnügte er sich mit dem Bewusstsein, dass er um seiner künftigen Selbstachtung willen erst dann gehen würde, wenn er zurückschlagen konnte. Auf die eine oder andere Weise würde es dazu kommen. Bald.

6

Sie schwiegen beim Abendessen, selbst Paula an der Brust von Klara. Alois senior war mit sich selbst beschäftigt. Er hatte ein paar Bienenstiche mehr abbekommen als die täglichen zwei oder drei, an die er gewöhnt war – sie gehörten zum Berufsrisiko. Nicht nur redete er selbst heute Abend kaum, er schien auch nicht zu merken, dass die anderen schwiegen.

Er wartete auf sein Bett. Seit Kurzem behandelte Klara seine Bienenstiche, und er genoss es. Sie war so geschickt und behutsam. Sie zog die Stacheln so vorsichtig heraus, dass keine kleinen Härchen in der Haut stecken blieben und ihn nachts reizten. Wurde die Sache plump angegangen, fühlte man hinterher innere Nadelstiche. Winzige Wunden, die sich entzünden konnten. Manchmal schienen sie es persönlich zu meinen, als ob sie aus lauter Bosheit nicht aufhören wollten zu schmerzen. Aber Klara wusste, wie man das Fleisch streichelte, wo der Stachel herausschaute und wie man ihn dann mit sanftem Druck herauslockte.

Wenn sie jetzt zu Bett gingen, freute er sich darauf, von seiner Pein befreit zu werden. Doch an diesem Abend musste er warten. Zuerst schilderte sie ihm den Dreck, den Junior angerichtet hatte, mit dem Ei und der Schale. Er wollte nicht zuhören. »Ach«, sagte er, »du machst es nur schlimmer, wenn du dich immer auf die Seite von Adi stellst.«

»Was sagst du da? Erzähl mir bitte, was Gutes von Junior zu erwarten ist.«

»Nein«, sagte er. »Hör mir zu. Wir müssen einen Ausgleich suchen. Einen Ausgleich zwischen den beiden Jungen, und dann wird sich alles beruhigen. Das ist das ganze Geheimnis.«

Schweigen. Dann ein noch tieferes Schweigen.

»Ich werde es versuchen«, sagte sie schließlich.

Instinktiv wollte sie die Kluft zwischen ihnen verkleinern. Wenn es nicht gelang, würde ihre Unterschiedlichkeit wachsen. Aber konnte sie darauf vertrauen, dass ihr Mann recht hatte? Der junge Alois benahm sich wie Fanni, nur zehnmal schlimmer, als Fanni es je vermocht hätte. War es möglich, dass sie einen Fluch hinterlassen hatte?

In den folgenden Nächte mehrten sich die bösen Vorzeichen. Alois junior demonstrierte an diesen letzten Junitagen seine Kunst der Berechnung, indem er gerade genug Arbeit leistete, um seine Ausritte mit Ulan zu rechtfertigen. Der Junge erledigte seine Aufgaben tadellos, er hielt die Korbkästen sauber, er achtete darauf, dass die Einsätze richtig bewegt wurden. Er schaffte es sogar, die Königin zu lokalisieren und sie ohne Hilfe der Glasfalle in einen Käfig zu legen. Gleich dem Alten tat er es mit seinen bloßen Fingern.

Doch am Esstisch lastete sein Schweigen auf ihnen. Kein Mitglied der Familie kam ihm dieser Tage in die Quere, selbst Alois senior nicht, der gegen seinen Willen Sympathie für seinen Sohn empfand.

Er verstand eine Seite des jungen Alois nur zu gut. Wenn er auf seinem Ulan ausritt, fühlte sich der Junge wahrscheinlich so stattlich wie ein Offizier in den vornehmeren Vierteln von Wien. Aber Alois wusste auch, was er insgeheim ausbrütete. Gegenwärtig mochte das Pferd an erster Stelle stehen, doch bald würden es die Mädchen sein. Der Vater wusste es so gewiss, wie wenn sich das Sperma in seinem eigenen Gemächt regte. Welche Offenbarungen! Nichts ist schöner als der Augenblick, wenn eine Frau dir ihre Beine öffnet. Zum ersten Mal! Wenn man ein Auge für die kleinen Unterschiede hat, erfährt man dadurch doppelt so viel über sie wie von ihrem Gesicht. Das konnte Alois senior bestätigen. Das weibliche Organ! Wer es entworfen hatte, war durchtrieben; wenn Alois senior je etwas an dem Schöpfer bewundert hätte, dann dies. Welch ein wundervolles Gebinde aus Fleisch und Saft – ein Schmuck aus feinen Falten –, mit Bögen und Höhlen und Lippen. Alois war bestimmt kein Philosoph, deshalb hatte er keine Ahnung davon, was Werden bedeutete (der Zustand der Existenz, wenn das Sein sich plötzlich öffnet), aber er hätte Heidegger einen Hinweis geben können. Werden ist, ja, genau da, wo eine Frau dir ihre Beine öffnet! Alois empfand als Dichter. Wie auch nicht? Seine Gedanken waren poetisch.

Belassen wir es dabei: Wenn Alois offen mit seinem Sohn geredet hätte, wäre vielleicht etwas Gutes dabei herausgekommen. Aber er wagte es nicht, über prekäre Dinge mit ihm zu sprechen. Als ehemaliger Grenzwächter beziehungsweise Polizist traute er sogar seinen Kindern nicht. Ein guter Polizist brauchte ein derart vollkommenes Vertrauen in seine gesamte Umgebung, dass er mit einer Flasche voll giftiger Säure in der Hand ruhig einschlafen konnte. Im Vertrauen jedoch gärte auch das Risiko. Wenn man jemandem seine innersten Gedanken offenbarte, lud man zum Verrat ein.

Trotzdem, hätte er mit seinem Sohn geredet, wäre seine Botschaft an ihn gewesen, dass es nichts Besseres gab als einen jungen Mann, der sich für Mädchen interessierte. Als sein Vater könnte er ihm die besten Geschichten erzählen, wenn es darauf ankam. »Lieber Alois, ich muss dir sagen, junge Frauen können gefährlich sein. Oft wirken sie wie süße Engel, manche sind es vielleicht sogar, aber mit denen wird man fertig. Achte auf die Väter oder Brüder solcher Engel. Oder auf ihre Onkel. Einmal bin ich fast von dem Onkel eines Mädchens verprügelt worden. Ich war stark, aber er war noch stärker. Ich musste mich herausreden. So wird es auch dir ergehen. Du kannst reden, Alois, aber diese Begabung wird dir nur etwas in einem größeren Ort oder am besten in einer Stadt nützen. Hier in Hafeld oder Fischlham sind die Landleute schwerfällig.«

Er hätte seinem Sohn so viel erzählen können, hätten sie einander vertraut. Es stimmte Alois traurig. Ich muss aber sagen, dass es sein eigener Fehler war. Er hätte seiner Autorität Vorrang vor allem anderen geben sollen.

Also verschwieg er den Ursprung seines Ratschlags. Am liebsten hätte er Junior gesagt: »Genieße jede Frau, die du genießen kannst, aber achte auf den Preis. Besonders auf dem Land. Hör zu, Alois, die Leute auf dem Land haben nicht viel in ihrem Sinn. Ihr Rücken ist stark, aber ihr Leben ist Jahr für Jahr das gleiche. Sie werden müde vor Langeweile. Deshalb denken sie über die Ungerechtigkeiten nach, die ihnen widerfahren sind. Ich sage dir, mein Sohn, pass auf! Schwängere kein Mädchen. Du weißt hinterher nie, ob du abstreiten kannst, dass du der Schuldige warst. Manchmal funktioniert das nicht.«

Alois senior lag schweißgetränkt in seinem Bett. Das Drama seines Sohnes entfaltete sich vor ihm mit der Wucht einer Tragödie. Er wollte dem Junior sagen: »Hüte dich vor den Vätern von Mädchen, mit denen du im Heu gelegen hast. Beleidige nie einen Bauern, der sonst nichts zum Nachdenken hat. Nach zehn Jahren wird er herausfinden, wo du wohnst, und er wird an deine Tür kommen und dir mit seinem Gewehr den Kopf wegblasen. Ich habe mehr als einmal davon gehört.«

Da wir Teufel wissen, warum Männer und Frauen die Motive ihres Handelns vor sich selbst verbergen, begriff ich sogleich, dass hinter all den glänzenden Ratschlägen an den jungen Alois die Sorge des Vaters um seine eigene Sicherheit steckte. Ja, Alois senior meinte, sein eigener teurer Arsch läge blank.

Als er eines Abends vor mehr als einem Monat beim Bier in der Taverne von Fischlham saß, kam es zu einer Unterhaltung, die er zunächst als leeres Geschwätz abtat – es ging um einen Burschen, der auf der anderen Seite der Taverne ein paar Meilen von Hafeld entfernt wohnte. Zwei anwesende Bauern kannten ihn und bezeugten, er habe über Alois gesprochen. Ja, mehr als einmal, versicherten sie ihm. »Er kennt dich, und er sagt, er kann dich nicht leiden.« Sie lachten.

»Ich versichere euch«, sagte Alois mit seiner ganzen lokalen Majestät, »wenn ich diesem Individuum je begegnet bin, habe ich es vergessen. Sein Name bedeutet mir nichts.«

So war es, bis der Name ihm mitten in einer schlaflosen Juninacht wieder einfiel. Als er aufstand und aus dem Schlafzimmerfenster blickte, sah er die mondbeschienenen silbernen Felder vor sich und dachte, wie glücklich sie sich fühlen müssten, weil sie brachliegen durften und keine Frühkartoffeln zu nähren brauchten, die sich in den Reichtum der Erde fraßen. Dann allerdings machte Alois den Fehler, den Vollmond anzuschauen, und mit einem Mal erinnerte er sich wieder an das Gesicht des Burschen, der seinen Widerwillen gegen Alois Hitler bekundet hatte.

Gütiger Gott! Es handelte sich um einen Schmuggler, den er eines Tages in Linz erwischt hatte. Ja, jetzt erinnerte er sich. Der Narr hatte versucht, eine Phiole mit Opium nach Deutschland zu bringen. Alois hatte den Hass in den Augen des Mannes nicht vergessen, als er geschnappt wurde. Der giftige Blick in seinen Augen war so widerwärtig, dass Alois zugeschlagen hätte, wenn es nicht unter seiner Würde gewesen wäre. Niemals in den Jahren seiner Arbeit beim Zoll hatte er Hand an jemanden gelegt.

War der Vollmond ein Spiegel des Gedächtnisses? Er sah es jetzt wieder deutlich vor sich. Er hatte den Burschen nicht geschlagen, sondern verhöhnt. »Sind Sie wütend auf mich?«, hatte er gesagt. »Sie sollten auf sich selbst wütend sein. Sie sind ein Narr. Ein schäbiges Teströhrchen mit Opium in einer Schinkenkeule zu verstecken! Sogar an meinem ersten Arbeitstag, als ich achtzehn war, hätte ich Sie erwischt. Sie sind ein Narr.«

Wenn er sich recht erinnerte, hatte der Schmuggler ihn erst dann zornig angestarrt, als Alois ihn zu verspotten begann. Schmuggler hassen dich nicht, weil du sie ertappst – das gehört zum Spiel –, aber mach dich nicht lustig über sie. Wie oft hatte er das den jungen Beamten gesagt. »Treibt ihr euren Scherz mit ihnen, werden sie euch nie verzeihen.«

Alois verbrachte eine Nacht der Angst – der Schmuggler hatte ein Jahr Gefängnis bekommen. Jetzt war der Mann frei! Alois stand unausgeschlafen auf und entschied, dass er keinen verdammten Schlaf mehr finden würde, bis er einen neuen Hund angeschafft hatte, einen scharfen Wachhund. Luther taugte zu nichts anderem mehr, als nachts, wenn nichts los war, den Mond anzuheulen. Er brauchte einen Hund, der kampfbereit war, wenn sich ein Lümmel mit Hass im Herzen über die Felder auf sie zuschlich.

7

Zufällig stand der richtige Hund zur Verfügung. Ein benachbarter Bauer hatte einen deutschen Schäferhund zu verkaufen. »Er ist der beste aus dem Wurf, deshalb habe ihn monatelang behalten und gefüttert, diesen Vielfraß. Kannst du Überstunden leisten? Er frisst die ganze Zeit. Deshalb verkaufe ich ihn dir für fast gar nichts. Vielleicht macht er dich so arm wie mich. Dann kann ich lachen, und du wirst weinen.«

Biertischgerede. Alois kaufte den Hund.

Es war ein guter, wie Alois befand. Was Hunde betraf, hatte er schon immer ein feines Gespür. Er konnte einem wütenden Bastard direkt in die Augen starren, und weil er einen Moment lang Mitleid mit dem armen alten hässlichen Mischling empfand, beruhigte sich das Tier meist. Wenn es leise knurrte, sagte Alois: »Oh, Junge, wie kannst du so mit mir reden? Ich mag dich doch, ich komme als Freund.« Und er näherte der Hundeschnauze seine Hand als Zeichen der Freundschaft. Er hatte sich noch nie geirrt. In einem von hundert Fällen, wenn der Hund wütend genug war, um zuzubeißen, spürte Alois auch das. Er streckte dann seinen Zeigefinger und den kleinen Finger wie zwei spitze Hörner den Augen des Hundes entgegen, worauf das Tier zwar seine Drohungen fortsetzen mochte, aber nicht angriff.

Alois war begeistert von seinem übergroßen sechs Monate alten deutschen Schäferhund, der auf den königlichen Namen Friedrich hörte. Er würde bissig sein. Und er sollte nur einem Herrn gehorchen. Das mussten die Kinder sofort wissen, auch wenn Klara sich beschwerte. Alois junior sollte sich um seinen eigenen Kram kümmern. Nur der Senior würde Friedrich füttern. Und er würde seinen Namen ändern. Soweit er wusste, hatte König Friedrich der Große einen Freund als Liebhaber gehabt, und keine Mätresse. Vielleicht war er doch nicht so groß. Außerdem war er ein Deutscher. Zum Teufel mit seinen Ehrungen. Er nannte den Hund Spartaner. Ein Krieger. Kein ehemaliger Schmuggler würde es mehr wagen, sich mitten in der Nacht dem Hof zu nähern, wo zwei Hunde wachten. Luther konnte man mit einem Stück Fleisch und einem chloroformierten Lappen beseitigen, aber Spartaner stand angriffsbereit.

Alois genoss den Rückweg über die Hügel. Er ließ den Hund gleich von der Leine los, warf Stöcke zum Apportieren, lehrte ihn auf Kommando anzuhalten oder zu sitzen, wobei Spartaner alles so schnell begriff, dass er bestimmt schon vorher dressiert worden war. Keine Frage, der Hund war gut. Alois war in solch gehobener Stimmung, dass er beinahe mit dem Tier gerungen hätte. Er hielt sich nur deshalb zurück, weil es noch zu früh war. Wunderbar. Rasche Liebe zwischen Hund und Mensch ist ein perfektes Geschehen, befand er.

Der Hund hörte nicht zu grinsen auf mit seiner allwissenden atmenden Zunge, die sich an den Lefzen rollte, bis das Gehöft in Sicht kam. Da schien er zu spüren, ganz plötzlich, dass ihn drüben neben dem Haus ein Problem erwartete.

Natürlich. Es war Luther. Alois schlug sich an die Stirn. In seinem blinden Vertrauen hatte er nicht ein einziges Mal daran gedacht, wie die beiden Tiere sich bei ihrer ersten Begegnung vertragen würden.

Sie vertrugen sich nicht. Sie waren eingeschüchtert. Sie hatten schreckliche Angst voreinander, und beide schämten sich krankhaft ihrer Furcht. Sie zwickten mit den Zähnen an ihrem eigenen Fell, suchten mit den Krallen nach Flöhen außerhalb der Reichweite ihrer Zähne, sie bellten die Bienen und die Schmetterlinge an, sie rannten in immer weiteren Kreisen umher und steckten mit Urin ihre Reviere ab.

Luther war älter und beträchtlich größer als Spartaner, aber er machte einen entscheidenden Fehler, indem er gewichtig umhertrollte und dem jungen Hund zeigen wollte, was für ihn übrig blieb.

Wie sich herausstellte, gingen sie zwei Stunden nach ihrer ersten Begegnung aufeinander los. Die Familie rannte auf den Hof und sah, wie sie sich auf dem Boden rollten, ihr Gebiss gleich Haifischzähnen gebleckt, Blut an ihren Köpfen und Flanken.

Alois, der am weitesten weg war, traf als Letzter ein. Er war der Erste und Einzige, der sich in das Gefecht warf. Er hatte vor beiden Tieren keine Angst. Er war wütend. Wie konnten sie es wagen? Er hatte Luther vor einer Stunde befohlen, sich artig hinzusetzen. Das war der pure Ungehorsam.

Er brüllte sie an und riss sie im gleichen Impuls mit den bloßen Händen auseinander. Der Tonfall seiner Stimme genügte. Sie lagen auf dem Boden, halb ohnmächtig, atemlos, zwei Meter voneinander entfernt, mit offenen Wunden an ihren Nasen und blutigem Fell an ihren Kehlen. Spartaner schnappte nach Luft, als ob der Atem, den er brauchte, knapp außer Reichweite seiner Zunge lag. Luther war innerlich krank. Die Summe seiner Jahre war in ihm explodiert. Er blickte Alois mit einem solch ausdrucksvollen Schmerz an, als wollte er sagen: »Ich habe mich all diese Jahre um dich und die Sicherheit deines Hauses gekümmert, und du schreist mich jetzt an, als wäre ich dir weniger wert als dieser Eindringling.« Alois hätte ihn beinahe gestreichelt, sanft, doch das hätte seinen Plan verdorben, Spartaner zu einem perfekten Wachhund zu erziehen.

Während ihre Wunden verheilten, fraß Luther erst, wenn Spartaner sich den Bauch vollgeschlagen hatte. Das Regime dauerte auch dann fort, als Klara demonstrativ zwei separate Futternäpfe in einiger Entfernung voneinander aufgestellt hatte. Spartaner leerte nun beide Näpfe. Es spielte kaum eine Rolle. Luther hatte seinen Appetit verloren.

Alois beschloss nun den nächsten Schritt. Er musste Luther loswerden. Der gute alte Luther war inzwischen so weit, dass er jedem Dieb, der nachts hereinspazierte, die Hand lecken würde.

8

Dies war das zweite Mal, dass Adi seinen Vater brüllen hörte, einmal als Alois junior den Korb in der Sonne vergessen hatte, und jetzt, als er die Hunde trennte.

Welche Macht in seines Vaters Stimme lag! Wie er die Situation meisterte! Sein Vater war zwischen zwei Tiere gesprungen, die sich wild ineinander verbissen hatten, Blut floss in ihrem Speichel, doch sein Vater hatte sie auseinandergerissen. So furchtlos! Adi liebte seinen Vater. Wenn er jetzt allein in den Forst ging – keine leichte Sache –, zwang Adi sich, keine Angst vor dem Schweigen der riesigen Bäume zu empfinden, die leise in dem noch größeren Schweigen des Waldes rauschten. Dort übte Adi zitternd die Kraft seiner Stimme. Er brüllte die Bäume an, bis seine Kehle heiser war.

Ich hatte meine Freude an ihm. Ich sah allmählich, warum der Maestro ein solch besonderes Interesse an ihm hatte. Wenn sich nach Adis lautesten Schreien zufällig ein paar Blätter in der Brise regten, entschied er sogleich, dass die Macht seiner Kehle den Wind beschworen hatte. Auch an windstillen Tagen!

Einmal traf er beinahe seinen Vater im Wald, ich lenkte den Jungen aber beiseite. Ich wollte nicht, dass sich Vater und Sohn begegneten. Nicht bei dieser Gelegenheit. Der Vater hätte das Kind vielleicht verspottet wegen seines verrückten Geheuls vor den Bäumen, und der Junge wäre vielleicht hinter seinem Vater hergeschlichen und hätte die Hinrichtung Luthers beobachtet. Das musste ich verhindern. Der Maestro wäre ungehalten, wenn der Schock sich als störend erweisen sollte. Wir trachteten danach, unsere Mandanten zu formen, nicht die Ereignisse.

Dieser Nachmittag wurde zu einem langen Gang für Alois senior und zu einem beträchtlich längeren für Luther. Eins seiner Hinterbeine hatte sich nach dem Kampf entzündet. Er lahmte, und nach ein paar hundert Metern begann er zu hinken.

Ich glaube, Luther ahnte, was ihm bevorstand. Der Maestro ist selbstverständlich in der Lage, sämtliche Gedanken zu lesen, die zwischen Menschen und Hunden ausgetauscht werden, aber er ermuntert uns nicht, unsere Instinkte in dieser Richtung zu schärfen. Zumindest nicht bei den Teufeln, mit denen ich zusammenarbeite. Deshalb bin ich oft schmerzhaft neugierig auf alles, was ich nicht kenne in den Abteilungen, Gebieten, Geheimdiensten, Zonen, Ecken, Bezirken, Kreisen, Sphären, Revieren und okkulten Enklaven, die der Maestro befehligt – besonders in Letzteren, den okkulten Enklaven. Als Teufel weiß ich nicht mehr über das Sinistre, als was man mir zur Effizienz meiner Arbeit beigebracht hat. Die Verwünschungen und Zaubersprüche, die der Legende nach alle Teufel beherrschen, werden uns nur dann als Werkzeuge ausgehändigt, wenn es notwendig ist.

Daher war es ungewöhnlich für mich, dem Gedankenaustausch zwischen Alois und Luther zu folgen. Mir wurde klar, dass Luther sein Ende nahen fühlte und dass Alois, ob er wollte oder nicht, vorrangig mit dem Gedanken beschäftigt war, auf welche Weise er sich des Hundes entledigen sollte.

Zunächst beschloss er, ihn nicht zu erschießen. Er besaß ein Gewehr und eine Pistole. Die erste Methode wäre zu unsauber, und die zweite bereitete ihm Unbehagen. Sie würde Luther entwürdigen. Ja. Pistolen waren Bösewichtern vorbehalten. Ob mit kühlem Verstand oder in Selbstverteidigung abgefeuert, eine Pistolensalve bewirkte immer ein unpersönliches und niederschmetterndes Ende.

Es überraschte mich nicht, dass ich Alois' Gedanken so leicht lesen konnte. Ich war seit Längerem mit seiner Denkweise vertraut und konnte seinen Gedankengängen oft so spielerisch folgen, wie man fehlende Schnipsel in ein Kinderpuzzle legt. Er war nicht von mir angeworben worden, aber ich kannte ihn besser als viele andere meiner Mandanten.

Ich glaube, dass ich in diesem Dienstbereich einige außergewöhnliche Fähigkeiten entwickelt habe oder dass sie mir verliehen worden sind. Adi mochte mein Hauptkunde sein, aber nach meiner Rückkehr aus Russland erhielt ich auch genügend sekundäre Befugnisse, um in den Bereich des Vaters und der Mutter mit der Klarsicht einzudringen, die wir für Menschen in unserem Besitz seit je aufbringen.

Alois' Gedanken bei diesem Vorgang waren in Tat interessant. Er hatte beschlossen, dass die einzig angemessene Todesart für seinen alten Gefährten Luther ein Messerstich mitten ins Herz war. Gift kam nicht infrage – es war schlimmer als Pistole oder Gewehr und betrügerisch und konnte zu stundenlangen Schmerzen führen. Alois wusste nicht (oder es kümmerte ihn nicht), ob Männer und Frauen Seelen besaßen, aber bei Hunden hatte er keinen Zweifel. Sie hatten eine, und man musste der Seele eines Hundes treu sein. Man durfte sein Lebenslicht nicht im Echo einer Kugel ausblasen – welcher Schock für die Seele! –, nein, es musste der durchdringende Stich eines Messers sein, scharf und sauber wie das Hundeherz selber in dem Moment, da seine Verbindung zur Existenz durchtrennt wurde.

Alois gingen diese Gedanken nicht aus dem Kopf, während er durch den Wald stapfte, immer langsamer durch das Hinken des alten Hundes, und bald war es so weit, dass Luther sich hinsetzte und nicht weitergehen wollte und Alois lange in die Augen blickte. Ich könnte schwören, er hätte gesagt, wenn er der Sprache mächtig gewesen wäre: »Ich weiß, dass du mich töten wirst, und deshalb hatte ich mein ganzes Leben lang Angst vor dir. Jetzt habe ich immer noch Angst, aber ich bewege mich nicht von der Stelle. Siehst du nicht, dass ich den letzten Rest meiner Würde verliere, wenn du mich immer tiefer in den Wald führst? Ich kann mein Gedärm nicht mehr kontrollieren, und ich möchte meine Beine nicht mehr vorwärts zwingen, da sie mit Kot bedeckt sind. Deshalb bleibe ich hier sitzen, und du musst mich schon tragen, wenn du weitergehen willst.«

Alois schnäuzte sich. Er sah, dass der Hund sich nicht bewegen würde. Aber sie waren noch nicht an dem Ort angelangt, den er für die Tat ausgesucht hatte. Er hatte einen schmalen Graben gewählt, ungefähr noch einen Kilometer entfernt, wo er den Kadaver ablegen und mit Schlamm und Zweigen und Ästen und zum Schluss noch mit einem hohlen Stamm bedecken wollte. Wenn nötig, würde er zur Beschwerung Steine auf das Grab legen.

Das war sein Plan. Er hatte jede Einzelheit durchdacht. Die Logik eines solchen Begräbnisses hatte ihm gefallen – viel besser als Erstickung durch Erdschollen, sein Hund war doch keine verfluchte Kartoffel! –, aber jetzt wollte Luther sich nicht bewegen. Und er, Alois, besaß nicht mehr die Kraft, ihn noch einen Kilometer bergauf und bergab zu tragen. Deshalb musste es hier geschehen. Danach würde er zum Hof zurückgehen, eine Spitzhacke und eine Schaufel holen und im Wiesengrund ein Grab ausheben, an einer schönen grünen Stelle, die im Halbkreis umgeben war von Bäumen und Büschen, ja, hier sollte es geschehen. Armer Luther.

Alois drehte den Hund auf seinen Rücken, tätschelte ihn, schaute ihm in die Augen, die sich in den letzten Minuten so sichtbar verdunkelt hatten wie die jedes alten Tiers, dessen Leber ihm zum Grab vorauseilt – es war ein trauriges altes Gesicht, und Alois zog sein Jagdmesser aus der Scheide, legte die Spitze der Klinge an die Wölbung von Luthers Brustkorb und stieß sie bis zum Heft hinein. Das Gesicht des Hundes verzerrte sich, sein letzter Atem drang schmerzhaft in Alois' Ohr. Er war viel menschlicher, als er erwartet hatte.

Dann machte das Gesicht des Hundes mehrere Veränderungen durch. Zuletzt war es ein Ausdruck, den es in den nächsten Stunden beibehalten würde, bis die Verwesung einsetzte. Luther sah jetzt wieder wie ein junger Hund aus, und ein undefinierbares Selbstbewusstsein war in seine Miene zurückgekehrt, wie wenn er schon immer gewusst hätte, dass er in seinem Leben schöner war, als man erkannt hatte, und dass er ein großer Kämpfer geworden wäre, wenn man ihn in seiner Jugend darum gebeten hätte. Ja, er sah wirklich wie ein Kämpfer aus, als seine Gesichtszüge einen letzten Stolz zeigten.

Auf einen besseren Tod hätte er nicht hoffen können, befand Alois. Er war mit seiner Voraussicht zufrieden, er hatte die richtige Wahl getroffen, aber trotzdem erschreckten ihn die Veränderungen während der letzten Momente des Tiers, und er fühlte sich innerlich leer.

Alois lebte noch sechseinhalb Jahre, doch an diesem Nachmittag im Wald hatte er eine Wegkreuzung zum Tod überschritten. Er fragte sich später oft, ob es für oder gegen ihn sprach, dass er sich damals verpflichtet fühlte, Luther persönlich hinzurichten und ihn danach sorgsam zu begraben.

9

Während eines Spaziergangs im Wald, zu dem er Luther mitgenommen hatte, habe der Hund sich hingelegt und sei friedlich entschlafen. Das erzählte Alois seiner Familie. Nur Klara vermutete, dass es anders abgelaufen war. Denn in der Nacht, etwa sechs Stunden nach dem Hinscheiden des Hundes, hatte Alois sie so stürmisch wie lange nicht mehr geliebt.

Er hatte sich bei seinem zweiten Gang in den Wald mit der Spitzhacke und der Schaufel, um Luther zu begraben, verschiedene Insektenstiche geholt. Nachdem Klara ihres Amtes gewaltet hatte, waren beide bereit zur Liebe. Obwohl sie keinen Vergleich ziehen konnte, glaubte sie dennoch, dass es keinen zweiten Mann in Alois' Alter gab, ein Jahr unter sechzig, der so kräftig war wie dieser Onkel Alois, ihr Mann, ein guter Mann.

Sie verbrachten angenehme Nächte. Alois machte eine erstaunliche Wandlung durch. Er liebte sie. Das kann in einer Ehe passieren.

Oft ist es notwendig. Die meisten Ehepaare vergeuden zu viel ihrer gemeinsamen Zeit mit verbalen Ausscheidungen. Häufig ist das sogar ein Grund zur Heirat. Wie der Maestro es sieht, brauchen viele Menschen eine zuverlässige Person in ihrer Nähe, der sie unverhofft die eine oder andere kleine Grausamkeit zufügen können.

Dennoch hat auch die schlechteste Ehe eine gewisse Magie. Die bitteren Vorwürfe, die man öffentlich in der Welt vorbringen möchte (aber es nicht wagt), kann man nun nach kritischer Sichtung seinem Gatten machen. All diese spirituellen Exkremente! In der Ehe werden sie gegeneinander vorgebracht – mittelmäßigen Teilnehmern fällt das leichter, als sie sorgsam in ihrem Inneren zu verbergen.

Mithin ist die Ehe eine funktionierende Institution, besonders für schreckliche Menschen. Sie kann natürlich auch Männern und Frauen dienen, die eher durchschnittlich sind, oder etwas besser als durchschnittlich. Wie unsere Klara und Alois. Kuriose Ausbrüche der Liebe geschehen. Die Eruption ist selten permanent, aber solange sie andauert, durchlüftet sie stickig gewordene Verbindungen.

Deshalb halten wir immer Ausschau nach Anzeichen eines frischen Atems in den Ausdünstungen von verheirateten Menschen. Wir benutzen solche Wandlungen, um schlechte Ehen für eine gewisse Zeit zu retten – falls es unseren Zielen dient.

Das war hier nicht der Fall. Der Einstellungswechsel war freiwillig und überraschte mich. Trunken vom Vollmond und der Juniluft, die nachts von den Feldern kam, lag Alois voll Vertrauen neben ihr, er wusste, dass ihren Fingern kein schmerzhafter Fehler unterlaufen würde, wenn sie ihm die Stacheln herauszog. Er hatte jeden Tag mehr davon in dem wonnigen Wetter des späten Frühlings, aber sie war geschickt und praktisch, und er lag friedlich neben ihr. Eine Weile wurde Klara für ihn zu einem Wesen, das er nie gekannt hatte, zu einer Mutter, die sich über ihn beugte.

Das Ritual fand Nacht für Nacht statt. Manchmal war er so nachlässig, dass er ohne Schleier arbeitete. Er forderte zwar die Stiche nicht heraus, doch inzwischen unterliefen ihm immer weniger Fehler. Manchen Überfall hätte er vermeiden können, aber er liebte es, wenn ihre Finger sich sanft an seinen Augenbrauen, seinen Wangen und dem Fleisch seiner Hände bewegten.

Manchmal meinte Alois, sein Gehirn werde rissig. Er erwog Gedanken, die absolut seiner Natur zuwiderliefen. Er fragte sich tatsächlich, ob die Bienenstiche eine Art Strafe für seine Sünden waren. War es möglich – nur so konnte er an das Konzept der Sünde glauben –, dass diese kleinen Wunden eine Buße für die Missetaten im Leben eines Menschen darstellten?

Was für eine Idee! Bis zu der Nacht, als dieser Gedanke ihm kam, hatte er gut geschlafen in dem Bewusstsein, dass der breitbrüstige Spartaner dort draußen in der neuen Hütte wachte, die er an dem Tag gezimmert hatte, als Luther starb. Es war nicht einfach gewesen, aber notwendig. Ein Wachhund hatte Anspruch auf eine vernünftige Unterkunft, besonders in einer ungewohnten Umgebung, und Alois' eigenhändiges Werk schuf eine enge Beziehung zwischen dem Hund und ihm selbst.

Neue Ideen stecken voller Paradoxe. Alois wand sich vor Unbehagen bei dem Gedanken, dass der Begriff der Schuld echt sein könnte. Das würde all den Schwächlingen, die dauernd in der Kirche hockten, zu viel Würde verleihen. Sie liefen mit Steinen in ihren Mägen herum und noch größeren in den Ärschen. Er wusste nun nicht mehr, ob er sie verhöhnen durfte. Er hatte einen Inzest begangen. Wenn er alle seine drei Stiefschwestern geliebt hätte, wäre es kein Inzest gewesen – außer ihr Vater war auch der seine. Traf es zu, dass Johann Nepomuk sein Vater war? Natürlich, er hatte es immer gewusst, gegen seinen Willen. Er hatte den Gedanken in seinem Kopf immer nach ganz hinten geschoben. Jetzt saß er vorn in seiner Stirn. Schlimmer noch, wenn Klara nicht die Tochter von Johann Pölzl war, musste sie sein Kind sein. (*»Sie ist hier!«*) Die Wahrheit war so scharf wie das Messer, das Luther getroffen hatte. Allmächtiger Gott, was wäre, wenn es einen Gott gab, der über derlei Dinge Bescheid wusste?

Wie die meisten Menschen verfügte er über genügend mentale

Kraft, um solche Gedanken zu verdrängen. Er wollte nicht auf die seligen Freuden verzichten, die er jeden Abend genoss, nachdem die Nadeln aus seinem Fleisch entfernt wurden.

An diesen Abenden im Juni spürte er manchmal ein inneres Echo seiner Schmerzen. Er wollte die leichten Agonien gern ertragen und nicht nach einer angenehmeren Ablenkung suchen. Nein, hier stand er und nahm die Botschaft aus den geheimnisvollen Tiefen des Schmerzes bereitwillig an. Für Alois war sie eine Form der Musik, gefüllt mit neuen Empfindungen für den Geist und das Herz, voll Klarheit, wenngleich sie mit scharfen, sogar grausamen Tönen zu ihm sprach. Er öffnete sich den hochfliegenden Stimmen jeder einzelnen Pein, die sich zu einem tönenden Chor verbanden. In Wahrheit bewies er die Heiligkeit des Sünders.

10

Man weiß zu wenig über derartige Dinge. Heiligkeit ist in jedem Menschen, selbst in den schlechtesten der schlechten. Obwohl ich Alois nicht in ihre Kategorie einreihen würde, versuchte er dennoch, sich kostenlos einen Happen Glückseligkeit zu ergattern. Er wusste nicht, dass man bloß seiner Angst vor der göttlichen Rache auswich, wenn man sich den Rhapsodien kleinerer Folterqualen hingab. Da er sich jedoch fast zu einem Inzest bekannt hatte, musste sein Aufwallen heiliger Anwandlungen unterdrückt werden. Am nächsten Morgen dachte er wieder wie ein Polizist. Wenn ein Gesetzeshüter ein Laster an sich entdeckt, sucht er auch bei anderen danach. Bald begann er sich um Alois junior und Angela zu sorgen. Ging da etwas Unsittliches vor sich? Ihm missfiel der Ton ihrer Stimmen, wenn sie darum stritten, wer mit Ulan ausreiten durfte oder sollte.

Zum Erstaunen seines Vaters beanspruchte Alois nicht das volle Besitzrecht an dem Pferd. Im Gegenteil, er bot Angela an, ihr das Reiten beizubringen. Ein Warnsignal. In der Taverne hatte der Senior bereits ein Gerücht über ein Mädchen namens Greta Marie

Schmidt gehört – nichts Beleidigendes gegen ihn oder seinen Sohn, aber Junior hatte Greta Marie gezeigt, wie man ohne Sattel reitet.

Jetzt war Angela an der Reihe. Sie lehnte ab. Junior neckte sie.

»Du hast Angst, auf Ulan zu steigen«, sagte er.

»Nein.«

»Doch, gib es zu.«

»Nein«, sagte sie, »ich habe einfach keine Lust, auf Ulan zu steigen. Wozu auch? Wenn ich es lerne und es kann, was dann? Du behältst das Pferd ja doch. Ich muss dich dann um jeden Ritt bitten.«

»Du darfst ihn reiten, so oft du willst. Den ganzen Tag, wenn es darauf ankommt.«

»Nein, du willst mich nur quälen. Ich kenne dich.«

»Das ist ein Vorwand. Du hast Angst davor, dass du abgeworfen wirst.«

»Nein.«

»Ja, das ist es.«

Schließlich sagte sie: »Wie du willst. Ich habe Angst. Und warum nicht? Das Pferd wird mich abwerfen, und ich breche mir den Hals.« Aus Wut auf sich selbst kamen ihr die Tränen. »Du bist so selbstsicher. Du reitest herum, wo du willst, aber ich weiß, was passieren wird. Ich steige auf, und das Pferd galoppiert los. Ich breche mir den Hals und sterbe.«

»Niemals. Dein Hals ist genauso stur wie du selbst.«

»Oh ja, sehr witzig. Aber wenn ich sterbe, was macht es dir aus? Du hast überall Mädchen. Ich hab es gehört. Du küsst sie immer, und sie küssen dich. Aber ich werde diese Woche dreizehn Jahre alt, und mich hat noch keiner geküsst. Deshalb will ich nicht sterben, bevor ich weiß, wie das ist.« Sie brach in Tränen aus.

Alois senior hörte die Unterhaltung mit. Als er sich der Scheune näherte, kam er gerade rechtzeitig, um die Reaktion des jungen Alois zu beobachten. Der Junge bog sich vor Lachen.

In diesem Moment sagte sich Alois, es sei vielleicht besser für alle Beteiligten, wenn der Junge draußen über die Hügel ritt und es mit einem Bauernmädchen trieb, statt sich an Angela zu vergreifen. Er fragte sich ernsthaft, ob zwischen den beiden schon etwas vorgefallen war. Hatten sie ihn in der Scheune gesehen, als er näherkam? Wenn ja, war ihre Unterhaltung nur vorgespielt? Waren sie einer solchen Täuschung fähig? Warum nicht? Natürlich, wie ihre Mutter.

An den nächsten Tagen beobachtete Alois senior seine Tochter intensiv. Doch er hatte viele Jahre lang andere Leute durch seinen scharfen Blick verunsichert. Kein Wunder, dass es Angela auffiel. Warum interessierte er sich so für sie? In der Schule hatte sie solche Geschichten gehört. Ein Mädchen hatte es sogar mit seinem Vater getan. So wurde geflüstert. Uh, ekelhaft, dachte Angela, wie ekelhaft.

Wenn Alois jetzt in ihre Nähe kam, glitt Angela an ihm vorbei, indem sie ihre Hüften einzog, um ihn nicht zu berühren.

Das verwirrte wiederum Alois. Es war zu gekonnt, wie sie sich von ihm fernhielt. Koketterie gefiel ihm nicht bei einem jungen Mädchen wie Angela. Die Art, wie sie ihre Hüften einzog – wo hatte sie das gelernt?

Klara machte sich keine derartigen Sorgen um Angela, sondern vielmehr um Alois junior. Da sie den Jungen nicht zum Pölzl-Hof zurückschicken konnten, mussten sie irgendetwas mit ihm anfangen. Sie hatte eine simple Lektion vom Leben gelernt: Manche Dauerzustände sind unbequem. Die schlechte Lösung eines Problems war allemal besser als gar keine Lösung. Das hatte sie von ihrem Vater und ihrer Mutter gelernt. Wenngleich die meisten Pölzl-Kinder gestorben waren, liebten sie doch die wenigen übrig gebliebenen.

Da sie keine Sympathie für Alois junior aufbringen konnte und da keine Lösung in Sicht war, musste sie eine finden. Ihr Mann würde im nächsten Sommer keine Kartoffeln mehr anpflanzen. Das war offensichtlich. Und Rüben waren ebenso aussichtslos. Seine Bienen hingegen waren akzeptabel. Vielleicht konnten sie etwas in dieser Richtung finden.

Klara konzentrierte sich darauf. Eine mangelhafte Lösung – um ihre Weisheit zu wiederholen – war besser als keine Lösung. Der

Junge hatte so viel Muße, dass er ständig die Hügel hinauf- und hinabritt und sich womöglich in Schwierigkeiten verwickelte.

Sie schlug Alois vor, ein Bienenhaus für zehn bis fünfzehn Körbe zu bauen. Ein echtes Unternehmen, das sie beschäftigen würde. Und es wäre gut für den Junior. Alois könnte ihn zu seinem Partner machen und ihm sogar einen Gewinnanteil zusichern.

»Ihn zum Partner machen? Du vertraust ihm doch nicht. Das erzählst du mir immer wieder.«

»Ja, ich habe es gesagt«, musste sie zugeben, »aber ich verstehe deinen Sohn.«

»Tatsächlich? Ich würde sagen, du machst viele Bemerkungen. Und manchmal sind sie widersprüchlich.«

»Ich verstehe ihn«, sagte sie. »Er ist ehrgeizig. Und er weiß nicht, was er mit sich anfangen soll. Aber ich kann es sehen. Er will Geld verdienen. Zugegeben, er ist jetzt noch ein bisschen wild.«

»Er wird immer wild sein«, sagte Alois.

»Vielleicht«, gab sie zu. »Aber Jungen ändern sich. Wenn wir nichts tun …«

»Ich muss darüber nachdenken.«

Die Idee gefiel ihm. Hitler & Sohn – apiarische Produkte. Wenn die Heulsuse Adolf und die Rotznase Edmund sich einigermaßen entwickelten, könnte es Hitler & Söhne heißen.

Es wäre ein langer Weg, aber Klara hatte recht. Sie mussten etwas unternehmen, um den Ehrgeiz des Jungen zu befriedigen. Gegenwärtig betrachtete er Arbeit als gemein.

Alois kehrte zu seinen Büchern zurück. An den nächsten zwei Nachmittagen filterte er aus seinen Wälzern Informationen über die Geschichte, die Kultur und die alte Tradition der Bienenzucht, um sich auf eine kleine Lektion für seine Familie vorzubereiten. Sie würde natürlich auf den Junior zugeschnitten sein, aber nicht so simpel wie seine Diskurse in den Tavernen von Linz und Fischlham, sondern des Alten würdig.

Er würde ihnen von der Feindschaft zwischen Bienen und Bären im Mittelalter erzählen. Es wäre ein guter Anfang, der Familie zu schildern, wie die Imker noch vor hundert Jahren auf hohe Bäume klettern mussten, um an Körbe zu gelangen, die die Bären nicht erreichten. Dann würde er ein wenig Kultur einschieben. »Das war im nördlichen und im südlichen Spanien üblich«, würde er den Junior belehren. »Man muss darauf achten, welche Bäume man wählt, sage ich dir. Erle, Esche, Buche und Birke und mit Sicherheit Ulme und Ahorn, Eiche und Weide, Linde. Lindenbäume wurden schon immer von den Bienen bevorzugt, und auch von uns, bis auf den heutigen Tag. Ihr Honig enthält feine Duftspuren von der Lindenrinde. »Ja«, sagte Alois seinem Sohn in Gedanken, »die Vorliebe der Biene für die Linde reicht bis ans Ende der neolithischen Periode zurück, fast fünftausend Jahre in die Vergangenheit. Und die Bienen verstanden sich damals schon auf den Wabenbau. Nördlich von hier hat man in Deutschland kürzlich eine fossile Honigwabe gefunden, die wahrscheinlich größer ist als jeder Mensch. Unglaublich. Eine Honigwabe von fast zweieinhalb Metern Länge. Die hat man gefunden, ja.«

Er war darauf vorbereitet, beim Mittagessen am Sonntag seinen ganzen Fundus an neuen Informationen darzubieten, bis zu den Griechen und Römern. Da er bei der Mahlzeit selten sprach, als ob er Klara vorwerfen wollte, dass sie den ganzen Vormittag in der Kirche verbracht hatte, verlief das Essen gewöhnlich unter der lastenden Tiefe seines Schweigens, aber heute meinte er, dass sein brillanter Vortrag Alois junior beeindrucken und die Aufzählung der involvierten Länder seinen Respekt erhöhen würde. Er könnte ihm Geschichten über die Bassari im Senegal, die Mbuti im Ituri-Wald und die Honigjäger im südlichen Sudan erzählen.

Jedoch, als er begann, seine Gelehrsamkeit am Tisch zu offenbaren, brach er den Vortrag schon nach kurzer Zeit ab. Vielleicht hatte er zu viel Wissen in sich hineingestopft. Klara nickte zwar zustimmend, aber ob das seinen Worten galt oder ihrem Apfelstrudel, konnte er nicht sagen, und Angela nickte mit einer Miene, die an das Leiden im Schulunterricht erinnerte. Die drei jüngeren Kinder waren halb am Schlafen, und Alois junior, der anfangs Interesse gezeigt hatte, erschlaffte allmählich.

Alois senior musste seinen Zorn zügeln. Es war schiefgelaufen. Er besaß einfach nicht die Eloquenz des Alten. »Du«, sagte er endlich zu Alois junior mit einer Stimme, die den Jungen wie ein Rippenstoß traf. »Du und ich – wir machen jetzt einen Spaziergang.«

Es war offensichtlich ein Fehler gewesen, die Vorlesung beim Mittagessen zu halten. Wenn der Junge aß, wollte er nicht denken. War er wie sein Vater?

Alois führte ihn nicht weit entfernt vom Haus, sondern setzte sich auf einer Bank nahe den Körben neben ihn und sprach von dem Geld, das sie verdienen könnten, wenn sie zusammenarbeiteten. »Es wäre sogar möglich, dass wir den Alten mit dazunehmen. Er hat schon Andeutungen gemacht. Er würde gern mit uns arbeiten. Es wäre vorteilhaft für das Geschäft, meine ich. In ein paar Jahren könntest du ein wohlhabender junger Mann sein, ja, sehr wohlhabend. Und ich möchte dir sagen, dass stattliche junge Burschen wie du vorteilhaft heiraten können, wenn sie nachweisen, dass sie einen guten Lebensstandard anzubieten haben. Drei Jahre harte Arbeit, und du wirst auf einem hübschen Stapel Gold sitzen. Besonders weil du weißt, worauf es ankommt. Glaube mir, du wirst die Wahl zwischen mehreren sehr guten Partien haben.«

Die Nachmittagssonne war heiß, und der Junge war niedergeschlagen. Greta Marie hatte ihm am Morgen nicht zur Verfügung gestanden – auch sie war mit ihren Eltern in die Kirche gegangen, und deshalb hatte er den Alten besucht, der diesmal so gierig war, dass der Junior sich ausgelaugt fühlte. Er spürte den Körpergeruch des Alten immer noch in seiner Nase. Was für eine Aussicht, die nächsten drei Jahre jeden Tag mit diesen beiden alten Männern zu arbeiten! Der Alte würde ihm heimliche Botschaften schicken, die sein Vater entdeckte, und man konnte darauf wetten, dass Alois senior jeden Tag etwas an ihm auszusetzen hätte.

Dieses Süßholzraspeln war ein Betrug. Er sollte für seinen Vater arbeiten? Drei Jahre lang sein Sklave sein? Auf ihn warteten bessere Dinge. Im richtigen Moment würde er sie verlassen und nach

Wien fahren. Je schneller, desto besser. Er hatte Klara ihre Grobheit letzte Woche nicht verziehen. Nein, er würde ihr nie verzeihen.

»Lieber und verehrter Vater«, sagte er. »Ich schätze deine Sorge um meine Zukunft. Auch ich denke oft daran, und ich bin zu bestimmten Entschlüssen gelangt.«

»Ja«, sagte Alois, »das ist der erste Schritt zu einem selbstständigen Leben.«

»Wie wahr. Du sprichst aus dem Wissen deiner Talente, vor denen ich Hochachtung habe.«

Er war jetzt an das Hindernis gelangt, das wie ein Zaun zwischen ihnen stand. Gestern war er zum ersten Mal mit Ulan über eine Hecke gesprungen, und es hätte sie beide umwerfen können. Aber er hatte gewusst, dass er den Sprung wagen musste. Und er tat es. Es war nicht dasselbe, aber irgendwie doch – er musste jetzt das Wagnis wiederholen, indem er sich erklärte.

»Alles, was du sagst, ist richtig, Vater, aber …« Er zögerte und wiederholte: »Was du sagst, ist richtig für dich selbst, für jemanden, der nicht so ist wie ich. Ich habe andere Begabungen, glaube ich.«

Alois nickte nachdenklich, um seinen Ärger zu verbergen. »Vielleicht kannst du mir sagen, um welche Begabungen es sich handelt.«

»Ich würde sagen, dass ich mit Menschen umgehen kann.« Sein Vater nickte wieder. »Ich möchte in den nächsten Jahren meinen Lebensunterhalt durch den Umgang mit Menschen verdienen.«

Er sah seinem Vater in die drohenden Augen und senkte den Blick nicht.

»Willst du damit sagen, dass dir die Landwirtschaft missfällt?«, fragte Alois senior.

»Um die Wahrheit zu sagen, ja.«

»Würdest du auch sagen, dass dir unsere kleine Bienenzucht missfällt?«

»Ich liebe den Honiggeschmack, das stimmt. Aber es gefällt mir besser, mit Menschen zu reden als unseren Bienen zuzuhören.«

Jetzt tauchte Alois in die tiefsten Reserven seiner Weisheit. »Sohn, ich weihe dich in ein Geheimnis ein, das dir ein paar Jahre ersparen wird. Vielleicht noch einige mehr. Du kannst die Menschen nicht auf Dauer mit deinem Charme beeindrucken. Besonders weil du sonst nichts anzubieten hast. Die Leute müssen dich respektieren. Wenn nicht, lachen sie dich aus, ja, sie singen mit dir, oh ja, und danach, mein armer Junge, lachen sie hinter deinem Rücken. Harte Arbeit ist die einzige Grundlage für ein zuverlässiges und dauerhaftes Verständnis zwischen ernsthaften Menschen. Wer versucht, nur mit schönen Reden voranzukommen, ist nichts anderes als ein Zechpreller.«

»Ich respektiere harte Arbeit«, sagte Alois junior, »aber nicht die eines Bauern. Wenn ein junger Mann sein ganzes Leben auf dem Land arbeitet, wird er dumpf wie die Erde. Das ist nichts für mich.«

»Ich glaube, du hast mich nicht verstanden. Du sollst nicht die Erde benutzen, sondern die Luft. Ich denke an die kleinen Tiere, die durch die Luft fliegen. Und an den Alten. Er gehört in unsere Diskussion. Wir können ihn äußerst vorteilhaft einsetzen.«

»Vater, bei allem Respekt kann ich dir nicht zustimmen. Du hast es selber gesagt. Er versteht mehr von dem Thema als wir.« Die Erleuchtung, die ihm beim Sprung mit Ulan über die Hecke gekommen war, kehrte zurück. Es war ein Frohlocken, als wenn sein Blut ihn nicht nur zu reden drängte, sondern auch seinen Vater zu beleidigen. Das wäre ein Sprung über eine noch viel höhere Hürde. »Du musst es einsehen«, sagte er, »wir sind dem Alten nicht gewachsen. Er würde uns ausnehmen.«

»Was sagst du da? Verhöhnst du mein Geschick als Imker?«

»Nun, du wirst ständig gestochen.«

»Das kommt vor. In diesem Beruf kommt es vor.«

»Ja, und wer sich auskennt, sagt nur: ›Oh, ich hatte einen kleinen Unfall heute‹, aber bei dir ist es anders. Du bist voll von Stichen, immer.«

Jetzt überkam Alois der Zorn, ein tiefer, gefährlicher Zorn, den er meist kontrollieren konnte. Aber diesmal gelang es ihm nicht. Der Zorn brach aus seinem Gatter.

»Junge«, sagte er seinem Sohn, »du bist nicht gerüstet für die Welt draußen. Du hast keine Schulbildung. Du hast kein Geld. Und du glaubst, du kannst mit Gerede Geld verdienen? Unsinn! Dass Bauernmädchen mit ihren Titten für dich wackeln und ihre Beine öffnen, das ist alles, was du verstehst. Warum tun sie das? Vielleicht weil sie glauben, dass sie Glück haben und einen Mann bekommen, der genauso faul ist wie sie. Vielleicht kriegen sie ihn auch, und dann muss ich Enkelkinder hüten, die so hässlich sind wie deine Freundinnen, und du wirst auf dem Hof des Schwiegervaters arbeiten.«

Er war zu weit gegangen. Er wusste es. Seine geheime Furcht war nun so offenbar wie sein Zorn. Er hatte einen schweren Fehler gemacht.

Alois junior war wütend. Dass er einmal hässliche Kinder haben würde – unerhört! »Ja«, sagte er seinem Vater, »ich habe dich als Landwirt beobachtet. Deine Kenntnisse sind veraltet. Sogar Johann Pölzl, so dumm er ist, versteht mehr davon als du.«

»Aha, ich bin also dumm? Und wen hat man aus der Schule geschmissen? Dich. Und dann hast du noch gelogen. Wie kann man so blöde sein! Ich habe diese ekelhafte und stinkende Nachricht bisher nicht erwähnt, aber ich ziehe daraus meine Schlüsse. Dass du uns belogen und einen Brief gefälscht hast, kann nur daran liegen, dass du ein Idiot bist.«

»Ja«, sagte Alois junior, »und du bist anders. Du hast schöne Kinder. Weißt du warum?« Der Junge atmete so heftig, dass seine Stimme anschwoll. Er sang fast die nächsten Worte: »Ja, du suchst dir Frauen, du fickst sie, und dann vergisst du sie. Und meine Mutter stirbt.«

Des Vaters Reflex war schneller als sein Verstand. Seine Faust traf den Jungen an der Schläfe und streckte ihn zu Boden.

11

Wäre Alois junior unser Mandant gewesen, hätte ich ihm befohlen, nicht aufzustehen. Er hätte das schlechte Gewissen seines Vaters ein Jahr lang ausnutzen können. Aber da ich in dieser Angelegenheit keine Befugnis hatte, sprang der Junior auf den Senior zu, packte ihn an den Beinen und warf ihn seinerseits zu Boden.

Er stand an einem Scheideweg in seinem Leben, aber er beging den Fehler, seinem Vater aufzuhelfen. Er konnte nicht anders. Er verspürte einen unermesslichen Schrecken in dem Augenblick, als er ihn niederwarf, denn da lag sein Vater hingestreckt, aussehend wie ein alter Mann. Also hob Junior ihn auf.

Dass dieser Jüngling mit offenen Pickeln im Gesicht und der lächerlichen Andeutung eines braunen Lippenbärtchens ihn niedergeschlagen hatte war schlimm genug, aber dass er ihm jetzt noch auf die Beine half, war unerträglich. Mit seinen spärlichen dünnen Haaren war dieser Bart eine einzige Beleidigung. Er trommelte auf Junior ein, bis der Junge in die Knie ging, woraufhin Alois weiter blindlings zuschlug, auch als sein Sohn schon auf der Erde lag.

Klara kam inzwischen aus dem Haus gelaufen. Sie flehte Alois an aufzuhören. Sie wehklagte. Zum Glück. Denn Junior bewegte sich nicht mehr. Er lag reglos auf dem Boden, und Klara schrie.

Sie meinte für einen Toten zu weinen. »Oh Gott«, brach es aus ihr hervor, »ich kann nicht glauben, was du zugelassen hast!«

Ich erspähte eine seltene Gelegenheit. Ihr Schutzengel war nicht bei ihr – kein einziger Büttel. Engel fliehen oft vor Leuten, die zu laut schreien. Sie wissen, dass Männer und Frauen sich in solchen Momenten uns näher fühlen als ihnen und dass sie in der Unterzahl sind. Denn Teufel eilen bei derlei Ausbrüchen schnell herbei. Um den Tumult zu vermehren, stieß Adi unvorstellbar durchdringende Schreie aus.

Und Klara war verletzlich. Ich sah meine Chance. Ich berührte ihre Gedanken, ich erreichte ihr Herz. Sie glaubte, Alois junior sei tot, und sein Vater würde den Rest seines Lebens im Gefängnis verbringen. Es war alles ihre Schuld. Sie hatte gegen ihr besseres Wissen den Vater gebeten, sich seinem Sohn zu nähern. Da die Erfahrung sie gelehrt hatte, dass die meisten Gebete zu Gott unbeantwortet blieben, betete sie nun direkt zu uns, sie rief den Teufel an, sie beschwor ihn. Nur die Frommen glauben, dass der Teufel solche Macht hat! »Rette das Leben des Jungen«, flehte sie, »und ich werde in deiner Schuld stehen.«

Damit hatten wir sie für die Zukunft. Nicht als Mandantin. Sie hatte uns nur ihre Seele abgetreten. Unglücklicherweise sind solche Verträge nicht unbedingt bindend und unmittelbar nützlich, aber der Einkauf lohnte sich trotzdem.

Sie war ein Gewinn. Sobald Alois junior sich regte, war sie überzeugt, wir hätten sie erhört. Sie spürte das Gewicht ihres vermeintlich unwiderruflichen Schwurs auf sich lasten. Anders als viele unserer Geschäftspartner war sie ein Vorbild an Verantwortung. Deshalb zerriss es ihr die Seele vor Trauer über den Schmerz, den sie Gott zugefügt hatte. Welch eine wunderbare Nonne sie geworden wäre!

Unseren wichtigsten Gewinn heimsten wir mit Adi ein. Er hatte gesehen, wie sein Vater den jungen Alois zu Boden stieß. Er hatte gehört, wie sein Vater ein schmerzerfülltes Stöhnen ausstieß. Als der Junior sich wieder zu regen begann, sah Adi, wie sein Vater würgend in den Wald hineinstolperte, wobei ihm Klaras Apfelstrudel aus dem Mund drang. Er rang nach Atem und fühlte sich, als ob eine Kanonenkugel in seiner Speiseröhre steckte. Das Mittagessen kam ihm hoch. Als sein Magen nichts mehr von sich gab, wurde ihm draußen im Wald klar, dass er nicht nach Hause zurückgehen konnte. Er brauchte ein Bier. Es war Sonntag, aber er würde schon etwas in Fischlham auftreiben.

So viel genügt zum Thema Alois senior. Meine Aufmerksamkeit galt Adi. Der Junge hatte alles ausgeschieden: Urin, Kot, Nahrung. Er war halb wahnsinnig vor Angst, sein Vater könnte zurückkommen und ihm den Schädel einschlagen. Eine solch direkte Gelegenheit, ein paar unserer Tricks anzuwenden, durfte ich nicht verpassen. Ich wollte diese Schlägerei in Adis Gedächtnis eingravieren. Wieder und wieder schickte ich dieselben Bilder in sein Unterbewusstsein, bis er glaubte, ihm würde das Gleiche passieren, wenn sein Vater zurückkehrte. Dadurch prägte ich ihm die Vorstellung ein, wie er selbst von den Schlägen seines Vaters getroffen im Sterben lag.

Sein Kopf, seine Arme und Beine taten ihm weh. Er fühlte sich, als sei er gerade mühsam von dem Boden aufgestanden, auf den es ihn niedergestreckt hatte.

In späteren Jahren glaubte Adolf Hitler auf dem Höhepunkt seiner Macht immer noch, er habe einmal fast tödliche Prügel bezogen. Während mancher Nacht im Zweiten Weltkrieg erzählte er die Geschichte seinen Sekretärinnen nach dem Abendessen im ostpreußischen Hauptquartier an der russischen Front. Er wurde redselig. »Natürlich hatte ich die Schläge verdient«, sagte er. »Ich habe meinem Vater echte Probleme bereitet. Meine Mutter, erinnere ich mich, war fassungslos. Sie hat mich so geliebt, meine liebe Mutter.« Er redete sich ein, er sei ebenso mutig gewesen wie Alois junior und habe seinem Vater die Stirn geboten. »Ich glaube, deshalb musste er mich schlagen. Ich muss es verdient haben. Ich habe ihm schreckliche Dinge gesagt, Wörter, die ich nicht wiederholen kann. Wahrscheinlich habe ich diese Tracht verdient. Mein Vater war ein feiner, starker, anständiger Mensch, ein Österreicher, der in Wirklichkeit Deutscher war. Trotzdem, ich weiß nicht, ob ein Vater seinen Sohn fast zu Tode prügeln sollte – es war knapp.«

Ja, er konnte Geschichten aus seiner Kindheit erzählen, die allen Zuhörern Tränen in die Augen und Trauer in die Herzen trieben. Die gewaltige Lüge, rein wie ein glatter Felsstein, die ich in die Falten seines Gehirns geschoben hatte, dort wo das Gedächtnis eng neben der Lüge sitzt, war nicht auf einmal entstanden. Ich hatte eine wahre Erinnerung mit einer falschen vertauscht, und das kann so exakt wirken, wie wenn man eine alte Tätowierung entfernt und sie mit einer neuen überdeckt.

Außerdem konnte ich mit dieser Fiktion Adis künftiges Unvermögen entwickeln, die Wahrheit zu sagen. Als seine politische Karriere begann, verfügte er über ein kunstreiches Arsenal an verzweigten Lügen, die für alle seine Bedürfnisse hinreichten. Er konnte die Wahrheit nach seinem Willen um ein Haar verfehlen oder sie völlig umstoßen.

Der richtige Aufbau eines Mandanten ist, wie gesagt, ein langwieriger Prozess, und es dauerte viele Jahre, bis ich den ersten Einschnitt in Adolfs Psyche in eine feste Installation mehrschichtiger Lügen umgewandelt hatte. Dieser erwachsene Mann wäre in dem Glauben gestorben, es sei wahr, dass sein Vater ihn fast zu Tode geprügelt hätte. Gelegentlich machte ich mir die Mühe, den Glauben an diese absolute Lüge noch zu verstärken. Es lohnte sich. Der Maestro wies oft auf meine vorbildliche Arbeit in dieser Sache hin: »Es gibt keine bessere Methode, uns der Dienste eines hohen politischen Anführers zu versichern. Es muss ihm unmöglich gemacht werden, bestimmte Lügen von der Wahrheit zu unterscheiden. Er nützt uns enorm, wenn er nicht weiß, dass er lügt, weil die Unwahrheit für seine Bedürfnisse lebenswichtig ist.«

12

Die Taverne in Fischlham schenkte sonntags keine Getränke aus, aber es gab am Stadtrand ein Haus, wo man im Vorratsraum einen Krug Bier kaufen konnte.

Alois hatte diese Oase bisher nie betreten. Als ehrbarer pensionierter Beamter der Krone erachtete er diese Art der Freizeitaktivität als unter seiner Würde, doch diesmal – es kam ja selten vor in seinem Leben, wie er sich einredete – brauchte er Alkohol. Mit zitternden Knien von seinem Sturz, mit Kopfschmerzen von der Explosion seines Zorns und mit wundem Herzen war er über die Felder gehumpelt, und bei Sonnenuntergang hatte er an die vier Liter Bier getrunken.

Niemand musste ihm nach Hause helfen. Man bot es ihm an, aber er lehnte ab – der Abendhimmel war noch hell genug. In vollem Bewusstsein seiner Würde schaffte er den ersten Hügel vor Fischlham und fast noch den zweiten, bevor er sich auf einer Wiese zum Schlafen hinlegte. Zwei Stunden später wachte er auf, mit seinem Kopf knapp zehn Zentimeter neben einem monumentalen Kuhfladen von der Größe eines Filzhuts.

Sein Haar war sauber. Er war nicht hineingerollt. Wenn er an die Vorsehung geglaubt hätte, wäre er ihr dankbar gewesen, aber er kniete nicht nieder, sondern ging einigermaßen erfrischt von seinem improvisierten Schlummer weiter – es war inzwischen zehn Uhr –, bis er auf dem letzten Hügel ankam und von dort keine zehn Meter von seiner Haustür entfernt das Feuer erblickte.

In der Nacht wehte kein Wind, wodurch zwar das Wohnhaus gerettet wurde, aber von seinen drei Bienenkästen war nichts als Asche übrig geblieben, und es gab keine Spur von Bienen außer den armen Zehntausenden, die zu einem mikroskopischen Knusperhaufen geröstet waren. Eine bestürzende Düsternis hing in den Wänden seines Heims.

Klara lief auf ihn zu. Wenn sie geweint hatte, so waren ihre Augen jetzt wieder trocken wie die verkohlten Hülsen seiner Bienenkolonien. Aus dem letzten schwarzen Bodensatz des Honigs stieg ein Geruch hoch, der wie ein Katarrh in der Kehle kratzte.

Alois wusste Bescheid. Das Herz seiner Frau musste auf ewig verletzt sein, weil er ausgerechnet an diesem Abend so viel Bier getrunken hatte, dass er zwei Meter gegen den Wind danach stank.

Sie erzählte ihm in allen Einzelheiten, was passiert war. Der Junge war auf dem Pferd fortgeritten und erst nach Anbruch der Dunkelheit zurückgekommen. Sie schliefen schon alle, oder taten so – sie gab zu, dass sie Angst vor ihm hatten. Er hatte wohl seine Kleidungsstücke eingesammelt, sie in einem zugeschnürten Sack am Pferdesattel befestigt und war wieder fortgeritten.

Vor einer halben Stunde, als sie sich schon in Sicherheit glaubten, begann Spartaner zu bellen. Er knurrte so wild, dass sie beinahe aufgestanden und nach draußen gegangen wäre. Doch dann verstummte der Hund, er winselte nur noch leise wie ein Welpe. Und das Pferd wieherte, als der junge Alois erneut davonritt. Eine Minute später brannte es. Sie wusste sofort, was passiert war. Lebhaft wie ein Reh auf der Flucht rannte Adi zwischen dem Haus und den Bienenkörben hin und her. »Er hat sie alle angezündet. Mit Kerosin!«, schrie er. »Ich weiß es. So wie damals.« Er lachte und weinte durcheinander, denn er war sich nicht sicher, ob es ein schreckliches Unglück war oder ein glorreicher Verbrennungsakt.

Klara und Angela hatten getan, was sie konnten. Sie schütteten eimerweise Wasser gegen die von den Flammen bedrohten Wände des Hauses. Zu mehr waren die Frauen nicht imstande.

Sie hatten noch das letzte Klappern von Ulans Hufe gehört, als Alois junior davontrabte. Er würde nicht zurückkommen. Gab es hier noch etwas für ihn? Klara glaubte es nicht. Bevor er ging, hatte er Spartaner vergiftet. Der Hund war tot, als Alois nach Hause kam.

Buch X

Ehrfurcht und Furcht

1

Im August kam ein Brief. Danach hörten sie nichts mehr von Alois junior. Auf einer Reise nach Linz hörte Alois senior, dass Ulan um die Hälfte seines Werts an einen Pferdehändler verkauft worden war. Davon konnte der Junior in Wien leben, bis er Arbeit fand.

Oft ging Alois senior nachmittags den Pfad entlang, auf dem der Junge in jener Nacht zur Straße nach Linz geritten war. Er setzte sich auf einen alten Baumstumpf, seinem Lieblingsplatz im Wald, und hörte den Vögeln zu.

Auf dem letzten Überbleibsel einer früheren edlen Eiche trauerte er um seine Bienen und träumte, er wäre am Sonntag rechtzeitig heimgekommen, um das Pferd und den Jungen durch den Wald zu verjagen. Diese Vorstellung ging ihm den ganzen Sommer nicht aus dem Kopf, während er um all seine Verluste trauerte, die er benennen konnte, und noch mehr um diejenigen, die er nicht benennen konnte.

So verging der Sommer. Er stellte einen Mann ein, der ihm beim Mähen der Wiesen half. Er bündelte den Schnitt und verkaufte das Heu in Fischlham. Da er sich um keine Bienenkörbe mehr zu kümmern hatte, brauchte er auch kein Ausschwärmen mehr zu befürchten oder zu berechnen, wie viel Futter er den Kolonien in der Nachsaison geben sollte, oder den Gesundheitszustand der Körbe zu prüfen oder zu schätzen, wie viele alte Bienen gestorben und noch nicht durch neue ersetzt worden waren, oder bei dem Gedanken an eine Mausinvasion zu zittern oder zu überlegen, ob er wieder die Netze aufhängen sollte, um die Vögel fernzuhalten, oder seine Kästen zu wiegen oder nachzudenken, ob die Nahrungssucherinnen genügend Pollen gesammelt hatten, um sie im Winter mit Protein zu versorgen. Er brauchte keine Königin zu lokalisieren. Kein Kasten brauchte mehr angestrichen zu werden. Er war erledigt.

Als er eines Nachmittags am Ende des Sommers auf seinem Baumstumpf saß, entschwand endlich sein bitterster Schmerz durch irgendeine Öffnung in seinen Sinnen, und er sagte sich: »Ich bin erleichtert, dass ich mich nicht mehr darum sorgen muss. Ich habe meine Bienen geliebt, aber ihr Tod ist nicht meine Schuld.«

In dieser Situation brauchte ich mich nicht täglich um die Hitler-Familie zu kümmern. Sie würden gemeinsam in Hafeld bleiben, bis sie fortzogen. Ich machte mir keine Gedanken. Mit meinen entwickelten Instinkten weiß ich, wann die Menschen in meinem Studienbereich vor schnellen Veränderungen stehen und wann sie sich praktisch nicht rühren.

Auf diese Weise messen wir die Zeit. Außer bei den Gelegenheiten, wenn der Maestro uns in Arenen schickt, in denen Geschichte geprägt wird, leben wir reflexiv. Auch wir brauchen brachliegende Perioden. Für mich verging der ruhige Sommer der Hitler-Familie wie im Schlaf. Ich widmete mich ein wenig anderen Mandanten.

Alois war unterdessen einsam in langes und dunkles Brüten versunken. Er sorgte sich unter anderem um den Wert seines Gehöfts. Würde er, wenn er verkaufte, den Preis bekommen, den er gezahlt hatte? Oder würde ein potenzieller Käufer die einsetzende Vernachlässigung bemerken? Darauf konzentrierten sich seine Gedanken. Nichts ist heikler als der Beginn der Vernachlässigung. Obwohl er sich entspannter fühlte als seit Jahren, quälte ihn der Gedanke, dass er den Frauen zu viele Aufgaben zumutete – mit Sicherheit alle, die nicht die Kraft eines Mannes erforderten. Er tat nichts im Gemüsegarten. Er erwog, einen neuen Hund zu kaufen; stattdessen prüfte er die Farbe an der Hütte des armen toten Spartaner und befand, sie blättere noch nicht in der Sommerhitze ab.

Sie schienen keinen neuen Hund zu benötigen. Da der junge Alois fort war, brauchte er keinen wutentbrannten Vater mehr zu fürchten, der ihm in der Nachbarschaft auflauerte. Kein Erzeuger von Greta Marie Schmidt würde an seiner Haustür auftauchen; er konnte froh sein, dass diese junge Dame nicht schwanger war, denn wenn sie es wäre, hätte er inzwischen schon alles erfahren. Und der Schmuggler, der auf der anderen Seite von Fischlham wohnte, kam ihm gar nicht mehr in den Sinn. Irgendwie war dieses Phantom eines Bösewichts in der Ferne verschwunden.

Des Seniors eigentliche Befürchtung war, dass er sich an den Müßiggang gewöhnte. Früher hatte es ihn unter Garantie geärgert, wenn er auch nur ein paar Minuten untätig war. Jetzt war er fast schon mit dem Anblick der wandernden Wolken oder der Kringel seines Zigarrenrauchs zufrieden.

Solcher Frieden konnte sich als teuer erweisen. Ein unbewirtschafteter Bauernhof wirkte nie gut, auch wenn man das Haus, die Scheune und den Vorhof sauber hielt. Nicht auf einen potenziellen Käufer. In seinem Schlaf rannte ein Teil von ihm ständig bergan. Es war, als wollten seine unbestellten Felder ihn tadeln.

Die ökonomischen Fakten, die er immer wieder mit verschiedenen Bleistiftstummeln auf verschiedenen Seiten Papier nachrechnete, ergaben die Schlussfolgerung, dass er und Klara bei aller Vorsicht mit ihren Ausgaben früher oder später gezwungen wären, jedes Vierteljahr mehr als seine Pension zu verbrauchen.

Der Zeitpunkt nahte also, an dem er entscheiden musste, ob er sich einen Besuch in der elenden Taverne von Fischlham noch leisten konnte. Es war eine doppelte Schmach. Er vermisste Linz. Da konnte man wenigstens mit intelligenten Menschen trinken. Das Endresultat besagte, dass sie das Gehöft verkaufen mussten. Er wusste, dass es dauern würde. Je weniger man tat, desto länger dauerte alles.

Außerdem empfand er allmählich ganz gegen seinen Willen Reue wegen Alois junior. Eine zügellose Emotion! Sollte er als Vater seinem Sohn verzeihen? Doch vielleicht spürte auch Alois junior Reue. Er konnte die Vorstellung nicht ertragen, wie der Junge allein in einem armseligen Zimmer mit Tränen in den Augen auf einer schmalen Liege saß. Es schmerzte ihn, als hätte man ihm seinen Unterarm amputiert, und als lebten die Nervenenden weiter. Er dachte wieder an Hitler & Söhne – apiarische Produkte. Da er nicht mehr an die Idee glaubte, war der Traum perverserweise umso süßer.

Er brachte es sogar bei Klara zur Sprache. Obwohl sie ihren Ehemann den ganzen Sommer auf Distanz gehalten hatte und ihm nicht verzeihen konnte, dass er an jenem furchtbaren Abend sinnlos betrunken war, überwog ihr Pflichtgefühl. »Wenn du ihn zurückhaben willst, wenn du es wirklich willst, werde ich dir nicht im Weg stehen.« Das sagte sie ihm. Das glaubte sie ihm sagen zu müssen. Sie empfand ein leichtes Schamgefühl dabei, denn ihr erster Impuls war die Hoffnung, dass man ihn nicht finden würde.

Es entwickelte sich jedoch kein derartiges Drama. Ein Brief ohne Absender kam wenige Tage später aus Wien an, ein abscheulicher Brief. »Du hast meine Mutter getötet.« Der Satz war mehrfach wiederholt. Dazu verkündete der Sohn in seinem Brief, er werde einmal berühmt sein, und sein Vater werde sich im Grab umdrehen.

Alois konnte nicht glauben, was er las. Der Rest war noch schlimmer. »Du warst ein fürchterlicher Bauer, und der Grund ist klar. Zufällig weiß ich, dass du Halbjude bist. Kein Wunder, dass du nie ein Bauer sein kannst.« Es waren so viele Schreibfehler in dem Brief, dass Alois ihn aus Beschämung für seinen Sohn neu abschrieb, bevor er ihn Klara zeigte. Beim Schreiben zitterte seine Hand, aber das Original mit den Tintenflecken und Syntaxfehlern war zu widerwärtig. Und der Junge konnte doch immer so gut reden.

Wie auch immer, er musste Klara diese schrecklichen Wörter zeigen. Alois junior konnte solche schmutzigen Ideen nur von Johann Pölzl haben. Dieser fromme Heuchler!

Klara lenkte aber das Gespräch von Pölzl ab. Sie sagte nur: »Der Gedanke hat mir nicht so viel ausgemacht. Ich meinte immer, dass du deshalb nicht in die Kirche gegangen bist.«

Er war indigniert. »Es hat dich nicht gestört, einen Halbjuden als Mann zu haben?«

»Warum denn? Alois, du hast immer gesagt, dass Leute, die Juden hassen, unkultiviert sind. Es geziemt sich nicht, Juden zu hassen. Es ist ein Zeichen von Ignoranz.«

»Aber das macht mich nicht zum Juden.«

Er hatte plötzlich brennende Kopfschmerzen. Alte Erinnerungen an frühere Verhöhnungen in der Schule kehrten zurück. Als er sechs Jahre alt war. Natürlich. Es gab Gerüchte in Strones und in Spital.

»Es hat dich nie bekümmert zu denken, dass ich Halbjude bin?«, fragte er wieder.

»Nein. Ich hatte immer Sorgen um unsere Kinder. Ich wollte, dass sie am Leben blieben.« Das Wasser stieg ihr in die Augen – sie konnte es nicht zurückhalten angesichts der Erinnerungen, die an der Wurzel ihres Tränenkanals lagen. »Ich war froh bei dem Gedanken, dass du halb jüdisch bist. Ich dachte, es könnte unserem Adolf und Edmund und Paula ein wenig frisches Blut geben.«

»Ich bin aber überhaupt nicht jüdisch«, sagte er. »Das wollen wir klarstellen. Der alte Johann Nepomuk hat mir erzählt, wer ich bin. Ich bin sein Sohn. Ich bin dein richtiger Onkel, ja.«

»Er hat es dir erzählt? Hat er das gesagt?« Sie kannte ihren Großvater gut genug, um zu wissen, dass er solche Worte nie ausgesprochen hätte. Nicht auf diese Art – nicht so direkt.

»Er hat es mir freiwillig mitgeteilt«, sagte Alois. »Er hat behauptet, dass er wusste, wer mein Vater war. Und dann hat er gesagt: ›Dieser Mann war kein Jude.‹ Mehr brauchte er nicht zu sagen. Es war klar. Er wusste es mit absoluter Sicherheit. Und das war's. Als mich ein Junge das nächste Mal wieder Jude nannte, versetzte ich ihm einen Schlag ins Gesicht und brach seine Nase. Er lief mit seiner hässlichen Visage davon.« Alois lachte bei der Erinnerung daran. Dann lachte er noch lauter, wie um anzudeuten, dass er nicht verstimmt war. »Und all die Jahre hast du das Gegenteil geglaubt?«

Sie nickte. Sie wusste nicht, ob sie erleichtert oder enttäuscht sein sollte. Es hatte sie insgeheim immer erregt, mit einem Mann solchen Geblüts verheiratet zu sein. Juden taten verbotene Dinge im Bett. Das hatte sie gehört. Vielleicht hatten Alois und sie auch solche verbotenen Dinge getan – stimmte es nicht? Und Juden sollten besonders intelligent sein. Das hatte sie auch gehört. Jetzt war sie verwirrt.

Als Alois an Johann Pölzl dachte, hätte er den alten Vogel am liebsten in den Suppentopf gesteckt.

2

Der Leser mag sich daran erinnern, dass ich mich zu Beginn dieses Romans als SS-Mann vorgestellt habe. Ja, ich war einer. In den späten 1930er-Jahren steckte ich körperlich in einem SS-Offizier namens Dieter. Es kostete mich einiges, aber ich lebte und funktionierte in ihm. Wir engagieren uns nur dann so total, wenn der Einsatz es wirklich erfordert. Man muss auf die Stimulierungen verzichten, die man erhält, wenn man in mehr als einem Bewusstsein lebt. Dadurch wird die dämonische Macht reduziert. Man wird zum Scheinbild eines Menschen.

Als Dieter habe ich also 1938 Nachforschungen über Hitlers Großvater angestellt. Dass Johann Nepomuk der wahre Vater von Alois war, erfuhr ich allerdings direkt vom Maestro, was natürlich bedeutete, dass ich meine Quelle nicht preisgeben durfte. In der Sonderabteilung IV-2a waren wir wie in jeder Geheimdienstorganisation verpflichtet, zumindest untereinander glaubwürdig zu bleiben. Um Himmler den Ursprung meiner Informationen zu erklären, musste ich also die Geschichte erfinden. Ich wusste natürlich, dass Hitler nicht jüdisch war, aber ich hätte Heinrich Himmler nicht davon überzeugen können, ohne meine Quelle zu nennen. Um die Geschichte glaubwürdig zu machen, musste ich auf eine Weise Informationen einholen, die Heini vertraut war – Augenzeugen.

Natürlich war es nicht ganz so einfach. Im Jahr 1938 kannte ich die Wahrheit noch nicht mit Sicherheit, sondern ich spürte, dass ich sie einmal gekannt hatte – was bedeutet, dass der Maestro wahrscheinlich schon seit Langem beschlossen hatte, die Erinnerungen seiner Teufel zu löschen, um die Ordnung in seinem Teil der Welt zu bewahren. Ich behaupte trotzdem, dass die Erinnerungen, die wir vergessen sollen, irgendwo noch vorhanden sind und uns als stumme Begleiter zu Diensten stehen.

Ich erwähne diesen aufschlussreichen Umstand, weil die Frage, ob Alois jüdisches Blut in seinen Adern hatte, jetzt so plötzlich hochgekommen ist.

Er war wütend. Sein Zorn auf Johann Pölzl wich bald einer lebenslangen Verachtung – sein Herz würde an Pölzls Todestag hüpfen –, aber seine Wut auf Alois junior erwachte wieder.

Sein Gespräch mit Klara hatte einen solchen Sturm in ihm ausgelöst, dass er nicht im Bett bleiben konnte. Zum ersten Mal in all den Jahren, die sie Seite an Seite gelegen hatten, ob dicht beieinander oder nicht, stand er in dieser Nacht auf, zog sich an, lief im Zimmer auf und ab, versuchte auf der Couch zu schlafen, dann auf dem Boden und hielt sie damit beide wach.

Klara wusste, dass sie büßen musste. »Rede kein Wort«, sagte sie zu sich. »Erwähne dieses Thema nie wieder.«

Obwohl ich nicht mit der Autorität der Teufel sprechen kann, die Doktoren der Medizin sind, halte ich es für möglich, dass der Krebs, an dem Klara 1907 sterben sollte, in dieser elenden Nacht einen Schritt nach vorn machte.

Zu viel war ihr auf einmal widerfahren. Sie hatte eine lang gehegte Idee aufgeben müssen. In der Gewissheit, dass alle ihre Kinder mit Alois zu einem Viertel jüdisch waren, glaubte sie, ihre letzten drei hätten bessere Überlebenschancen. Sie hatte die bestimmte Vorstellung von Juden (obwohl sie noch nie einem Volljuden begegnet war), dass sie zwar Fehler haben mochten – und sie hatte von Freunden und Verwandten die schlimmsten Geschichten gehört, sogar von Ladenbesitzern, die Wahrheit lag auf der Hand –, dass diese Juden es aber verstanden zu überleben. Sie waren unbeliebt, aber sie lebten. Manche waren sogar reich! In ihrem tiefsten privaten Inneren (mit wem konnte sie darüber reden?) war Klara immer von dem Gedanken durchdrungen, dass ihre drei lebenden Kinder zum Gutteil durch ihr jüdisches Blut gerettet wurden.

Dass Gustav und Ida und Otto viel zu früh gestorben waren, konnte sie ihrer Seite der Familie zuschreiben. Doch Adolf hatte überlebt und dann Edmund und Paula, um deren Gesundheit sie jeden Abend betete.

Jetzt war ihre Zuversicht gebrochen. Wenn die drei übrigen Kinder weiterlebten, dann nicht wegen eines Schutzmittels in ihren Adern. Diesen Vorteil hatten sie nicht.

Ein gewichtiger Grund für ihre Schlaflosigkeit. Was schlimmer war, sie schämte sich ihrer Feigheit. Wie konnte sie dem Gedanken nachgeben, dass man Alois junior um seine Rückkehr bitten sollte? Während sie dalag und hörte, wie Alois senior sich zum Schlafen auf den Fußboden warf, wurde sie von ihrem eigenen Zorn ergriffen. Es war schockierend. Sie konnte nicht glauben, was sie sich da einredete. Wenn es möglich wäre, würde sie Alois junior töten. Nur wusste sie, dass sie es nicht konnte. Niemals. Mühsam versuchte sie ihren Zorn zu bändigen, doch vor Anstrengung pochte ihr Herz, das heißt ihre Brust, mit solcher Macht und solchem Hass, dass – ja, es ist möglich, dass in dieser Nacht ihr Brustkrebs ausbrach, der ihr noch höllische Qualen bereiten sollte. Da es darauf keine leichte Antwort gibt, kehre ich zu Alois zurück, der auf dem Boden einzuschlafen versuchte.

Sein Zorn war in dieser Nacht so lodernd, weil er sich selbst betrogen hatte. Das verdarb ihm die ganze Freude, die auch im Zorn liegt, was man häufig vergisst. Der Zorn kann dasgleiche nahrhafte Gefühl der Selbstgerechtigkeit vermitteln, das bei normaleren Gelegenheiten heuchlerische Kirchengänger empfinden. Die Ursache dieses Vergnügens ist, dass man sich nicht über sich selbst ärgert, sondern über andere. Ja, in dieser Nacht war Alois auf Kosten seiner eigenen Taten wütend.

Dass Junior sich so böse entwickelt hatte, war seine Schuld, allein seine Schuld. In diesem Licht gesehen gehörte er zu den schlimmsten menschlichen Wesen, er war ein schwacher Vater. Er hatte sein Leben damit verbracht, Befehlen zu gehorchen und sie im Zolldienst durchzusetzen, er hatte Franz Joseph verehrt, einen kühnen, großen und guten König, der harte Arbeit und Disziplin verkörperte. Die Obhut über seine eigene Natur war zu einer Art von Huldigung an Franz Joseph geworden. Doch er hatte keinerlei Sinn für Respekt in Alois junior wecken können. Weil er sich wegen der Mutter des Jungen schuldig fühlte? Ja, er hatte Fanni schlecht behandelt, so schlecht, dass er mit ihrem Nachwuchs nicht streng sein konnte. Das lag an seinem eigenen Mangel an Disziplin.

Es dauerte die ganze dunkle Nacht, bis sein Zorn nachließ. Erst im frühen Morgenlicht – einem schwachen Licht, das mit Regenschauern einherging – konnte er wieder zwei und zwei zusammenzählen und sich selbst einige Befehle erteilen, was seinen künftigen Umgang mit Adi betraf. Er würde nicht wieder denselben Fehler machen, der ihm bei Junior unterlaufen war.

3

Wenn er Adi in seiner Nähe haben wollte, pfiff Alois nun nach ihm. Es war ein schriller Pfeifton, scharf genug, um im Ohr zu schmerzen. Er senkte die Intensität auch nicht, wenn der Junge in Reichweite war. In der Taverne sagte Alois gern: »Wenn du einen Sohn erziehst, vergiss die Peitsche nicht. Ich spreche aus Erfahrung.«

Mehr als einmal sagte Alois zu Adi: »Zeit und Opfer waren für deinen älteren Bruder vergeudet. Du, Adolf, wirst meine Zeit nicht vergeuden.«

Adi war vor Furcht gelähmt. Ich fragte mich, wie schließlich die Auswirkung auf ihn unseren Zielen dienen konnte. Wir wissen genau, wie man Demütigungen und Selbsterniedrigungen als Werkzeuge benutzt, wenn wir mit Manisch-Depressiven arbeiten. Wenn wir einen Mandanten zur Gewalttätigkeit antreiben wollen, kann eine Reihe von Demütigungen die betreffende Person derart erregen, dass sie zu hastig zwischen den Polen ihrer Depression und ihrer Manie oszilliert. Danach kommt es zur Eruption.

Ich begriff nicht, warum wir hier so früh etwas so Drastisches brauchten. Der Maestro drängte mich aber nicht, Alois zu zügeln, und so tränkte der Vater den Geist des Jungen mit Elend. Adi bekam die Bangigkeit zu spüren, die am Beginn unauslöschlicher Melancholie steht.

Das sind erprobte Mittel der Saat zum Selbstmord. Deshalb wusste ich nicht, welches Endziel der Maestro verfolgte. Der Junge war so instabil, dass es schiefgehen konnte. Welch ein Desaster, und kaum ein Gewinn.

Aber der Maestro überraschte uns oft mit derartigen Zügen. Er ging kühne Risiken mit dem Leben unserer Mandanten ein. Wenn er ehrgeizige Pläne für einen jungen Mandanten hegte, ermutigte er manchmal die elterliche Autorität und feuerte sie an. Er betrachtete das wohl als eine zusätzliche Form der Schutzimpfung gegen künftige emotionale Krisen.

Natürlich kann dieses Glücksspiel auch Instabilität nach sich ziehen. Wenn wir einem stolzen Mandanten eine tiefe Demütigung versetzen, stellt sich für uns auch die Aufgabe, diese Wunde in eine künftige Stärke umzuwandeln. Das kann sich als ebenso schwierig erweisen, wie einen Feigling in einen Helden zu verwandeln. Aber wenn wir Erfolg haben, wenn der psychische Abgrund eines Selbstmordgefährdeten in Aufwallungen des Ego umschlägt, hat der Einsatz sich immens gelohnt. Der zuvor erniedrigte arme Tropf besitzt jetzt die Macht, andere zu erniedrigen. Es ist eine dämonische Macht, die man nicht leicht erwirbt. Aber ich will nicht übertreiben. Adi war zu diesem Zeitpunkt alles andere als zurückgeblieben. Er konnte sich vor Klara verteidigen.

»Mutter«, sagte er zu ihr, »mein Vater sieht mich jetzt immer an, als ob ich etwas verbrochen hätte.«

Sie war sich dessen bewusst. Sein scharfer Pfeifton war auch in ihren Ohren zu einer Nadel geworden.

»Adi, du darfst nie sagen, dass dein Vater unrecht hat«, wies sie ihn zurecht.

»Aber wenn er doch unrecht hat?«

»Dann nicht mit Absicht. Vielleicht macht er einen Fehler.«

»Was ist, wenn er einen schweren Fehler macht?«

»Dann bleibt es nicht dabei.« Sie nickte. Sie wusste nicht, ob sie glaubte, was sie danach sagte, aber sie sagte es trotzdem: »Er ist ein guter Vater. Und ein guter Vater merkt es früher oder später, wenn er einen falschen Weg eingeschlagen hat.« Sie nickte wieder, als ob sie sich zwingen wollte, ihren Worten zu glauben. »Es gibt keinen Augenblick«, sagte sie, »in dem der Vater nicht anerkennt, dass auch er sich irren kann.« Sie legte ihre Hand auf das Gesicht des Jungen, wie um das Fieber in seinen Wangen zu kühlen. »Ja«, sagte sie, »er hört seine eigenen Worte und merkt, dass sie nicht richtig sind. Dann ändert er sich.«

»Wirklich?«

»Absolut. Der Vater ändert sich.« Sie sprach, als sei es in der Vergangenheit schon vorgekommen. »Er ändert sich«, wiederholte sie zum dritten Mal, »und dann ist Ordnung in seinen Worten. Sie gehen in eine gute Richtung, weil er bereit ist, sich zu ändern. Weißt du warum?«

»Nein.«

»Weil du versprochen hast, dass du ihn nie aufregen wirst. Du tust es nicht, weil er dein Vater ist.« Sie hielt Adi an der Hüfte und blickte ihm in die Augen.

Klara hatte als Erste (und bisher Einzige) in der Familie erkannt, dass man mit Adi wie mit einem Zehn- oder Zwölfjährigen reden konnte. »Ja«, sagte sie, »es ist am besten, wenn keine Aufregung im Haus herrscht. Du darfst deinen Vater nie beschuldigen, weil er sich dann vielleicht schlecht fühlt. Und wenn er sich schwach fühlt, ist das schlimm für ihn. Er würde nie zugeben, dass er eine Schwäche hat.«

An dieser Stelle begann sie von Ehrfurcht zu reden, davon zu ehren und zu fürchten. Ihre Mutter benutzte diese Wörter, wenn sie über Johann Pölzl sprach. Er sei ein fleißiger, aber glückloser Bauer – wer in der Familie wusste das nicht? –, sagte sie, aber sie behandelte ihren Gatten immer mit Ehrfurcht, als wäre er ein wichtiger und erfolgreicher Mann. »Das hat meine Mutter mich gelehrt, und jetzt sage ich es dir. Das Wort des Vaters ist das Gesetz der Familie. Davor muss man Furcht haben.«

Klara sprach so feierlich, dass der Junge eine heilige Kraft verspürte. Ja, eines Tages würde er auch eine Familie haben, und alle ihre Angehörigen würden ihn ehren und fürchten. In dem Augenblick wurde sein Harndrang drückend. (Das passierte ihm in jenen Jahren immer, wenn er dabei war, große und glückliche Gedanken über sich selbst zu entwickeln.) Mitten in dem Vortrag seiner Mutter hatte er fast einen Unfall, doch er vermied ihn – er musste seinen Glauben daran bewahren, dass ihm in Zukunft Ehrfurcht zuteil würde.

»Ja«, sagte sie zu ihrem Sohn, »das Wort des Vaters muss Gesetz sein. Ob richtig oder falsch, daran ist nichts zu deuteln. Du musst ihm gehorchen. Zum Wohl der Familie. Ob richtig oder falsch, der Vater hat immer recht. Sonst gibt es nur Verwirrung.«

Sie erinnerte ihn an Alois junior. »Er hatte keine Ehrfurcht«, sagte sie. »Versprich mir, dass man es nie von dir sagen kann. Weil du jetzt der älteste Bruder bist. Du bist wichtig. Der Junge, der einmal dein Bruder war, ist so gut wie tot.«

Adis Körper war nass. Als wäre sein Schweiß von einem heiligen Licht erleuchtet, so überwältigt war er von der Bedeutung dieses Gedankens. Ich drang kurz in sein Inneres und sagte: »Die Mutter hat recht. Du bist jetzt der älteste Bruder. Die Jüngeren werden dich ehren und respektieren.«

Ja, Adi verstand, und ich arbeitete nachts an seinem Geist, bis ihm die Vorstellung zu einer mentalen Gewissheit wurde, zu einer jener sauber gepflasterten Prachtstraßen des Geistes, die stets auf dichten mentalen Verkehr vorbereitet sind. In vielen Nächten wiederholte ich ihm, dass Alois junior für immer von der Familie getrennt war.

Alois senior half mir beträchtlich. Im Dezember verfasste er ein neues Testament. Es legte fest, dass im Falle seines Todes der Sohn namens Alois lediglich das ihm gesetzlich zustehende Minimum des Erbes erhalten sollte. »Je weniger, desto besser«, fügte er hinzu. Da das Aufsetzen des Testaments noch einmal seinen lange geübten Sinn für ein angemessenes offizielles Vorgehen erforderte, fügte er weiter hinzu: »Dies ist niedergeschrieben im vollen Bewusstsein des Vaters hinsichtlich der Bedeutung eines solchen Akts. In meinen Jahren als Oberster Zollbeamter der Krone bin ich mit der Verantwortung vertraut geworden, von der solch ernste Entscheidungen immer getragen sein sollten.«

Nachdem er die Neufassung des Testaments beendet hatte, pfiff er nach Adi und las ihm einige Teile laut vor.

4

Alois entschloss sich erst dann, ein neues Testament aufzusetzen, als er wusste, dass er den Hof verkaufen konnte. Der Käufer war ihm durch Herrn Rostenmeier vermittelt worden, der Klara seinen Rat anbot.

»Liebe Frau Hitler«, sagte er, »Ihr Hof findet nur aus einem Grund einen Käufer – weil er gut aussieht. Genau deshalb hat Ihr Mann ihn damals auch gekauft, oder?«

»Das ist nicht unbedingt falsch«, sagte Klara. (Für sie kam diese Bemerkung schon einem Flirt mit Herrn Rostenmeier gleich.)

»Ja«, sagte er, »es ist besser, wenn man es einsieht. Ich glaube, Sie werden Ihr Anwesen jemandem verkaufen können, der weniger Erfahrung in der Landwirtschaft hat als Sie, der aber« – er hob seinen Zeigefinger – »wohlhabender ist, nicht wahr? Sie müssen geduldig warten. Nicht lange, und einer von diesen betuchten Leuten wird kommen. Und wenn es so weit ist, müssen Sie ihn zu mir schicken. Ich bin Ihr Freund. Ich werde alle Fragen beantworten, die er stellt.«

Ein reicher Haussucher traf tatsächlich ein, ihm gefielen das Haus und das Land, er verstand noch weniger von den Tücken der Landwirtschaft als Alois seinerzeit, und der Handel wurde abgeschlossen. Wenngleich ihm der Preis keinen echten Gewinn einbrachte, büßte Alois weniger ein, als er befürchtet hatte. Die Endgültigkeit der Übertragung überzeugte ihn, dass er nun jeglichen Traum, den Rest seiner Tage auf einem Bauernhof zu verbringen, zusammen mit jeder

Hoffnung begraben musste, dass er noch einmal stolz auf seinen ältesten Sohn sein könnte. Nein, jetzt kam es auf Adi an. Er war längst nicht so geschmeidig und stark und gutaussehend wie Alois junior, aber vielleicht ebenso schlau, und er war gehorsam. Das war er bestimmt. Nach ihm zu pfeifen war ein Vergnügen. Er reagierte prompt.

In seinem Herzen bewahrte Alois senior jedoch das Äquivalent einer alten Fotografie. An manchen Abenden saß er auf der Eichenbank und dachte an den Bienenkasten, den er selbst gezimmert hatte. Er tätschelte den Sitz, wie um sich an den Klang des Schlags zu erinnern, den er früher oft dem Holzkasten versetzt hatte, ja, einen netten soliden Schlag, um seine Bienen aufzurütteln.

Lang ist es her. Die Historie ist für jemanden, der so lange in ihr gelebt hat wie ich, im Rückblick nicht nur faszinierend. Sie ist auch eine Schlafstätte der Lügen. Das ist der einzige Grund, warum ich etwaigen Kandidaten das Leben eines Teufels empfehlen würde. Wir wissen sehr viel darüber, wie etwas passiert, wie es wirklich passiert. Wer möchte schon solchen Reichtum verlieren? Möglicherweise ist mir aber genau das widerfahren, indem ich meine Beziehung zum Maestro offengelegt habe. Vielleicht ist die Perversität unserer diabolischen Natur irgendwie der kuriosen menschlichen Natur ähnlich, die sich zwischen den Gefahren von Urin und Exkrement ins Leben zwingt und später jede Nacht von einem noblen Leben träumt.

BUCH XI

Der Abt und der Hufschmied

1

Nach dem Verkauf des Anwesens in Hafeld zog die Familie 1897 nach Lambach in den Gasthof Leingartner, wo sie bis zum Ende des Jahres wohnte. Da seine Pflichten auf dem Bauernhof der Vergangenheit angehörten, begann Alois hier seinen eigentlichen Ruhestand, der ein paar kleine, aber überraschende Veränderungen enthielt. Er hatte zum Beispiel kein Interesse an den Köchinnen und Mägden des Gasthofs. Schlimmer noch, sie schienen kein Interesse an ihm zu haben. Und es machte ihm nichts aus.

Ich würde sogar sagen, dass Alois vorübergehend zufrieden war. Da dies unsere Ziele im Hinblick auf Adolf beeinflussen konnte, behielt ich die bescheidenen Aktivitäten des Seniors scharf im Auge. Zu meinem Erstaunen bewies er ein fast besitzergreifendes Interesse an der mittelalterlichen Atmosphäre Lambachs und genoss seine Spaziergänge die Straßen auf und ab. Die Stadt hatte nur 1700 Einwohner, konnte sich aber eines im elften Jahrhundert gegründeten Benediktinerklosters rühmen sowie einer Kirche, Paura, die in Form eines Dreiecks mit drei Türmen, drei Toren und drei Altären gebaut war. Ich muss sagen, dass Paura eine äußerst seltsame Wirkung auf seine Gedanken hatte.

Alois fragte sich, ob er vor Hunderten von Jahren in einem früheren Leben hier gewohnt hatte. Spürte er eine schattenhafte Erinnerung an eine vorherige Existenz? Er wies die Idee nicht von sich. Vielleicht war er einst ein mittelalterlicher Ritter gewesen. Warum nicht? Es würde seine besten Mannestugenden erklären – Ritter Alois von Lambach!

Wenn man mich wieder fragt, woher ich seine Reaktionen kenne, da Alois schließlich nicht mein Mandant ist, so wiederhole ich, dass wir gelegentlich in die Gedankenwelt von Menschen eindringen können, die mit einem unserer Schützlinge eng verwandt sind. Deshalb standen mir Alois' Fantasien über die Reinkarnation zur Verfügung, und er war zu einem bemerkenswerten Schluss gelangt. Die meisten Menschen, entschied er, wollten nicht glauben, dass sie je aufhören würden zu existieren.

Für Alois war das ein aufregender Gedanke. Reinkarnation war durchaus vorstellbar, und wenn es sie gab, musste er, Alois, ein verdammt unzüchtiger Ritter gewesen sein. Diese Möglichkeit versetzte ihn in eine blendende Stimmung. Neue Ideen waren genau das, was er brauchte. Sie retteten einen vor dem Triebsand des Alterns.

2

Sein Beschluss, sich frischen Gedanken zu widmen, mag Alois' Reaktion erklären, als Adi den Wunsch äußerte, in den Kinderchor des Benediktinerklosters einzutreten. Klara konnte kaum glauben, dass ihr Mann zustimmte. Sie hatte den Jungen schon gewarnt, seinen Vater zu fragen, doch dann fragte sie sich selbst: Was wäre, wenn Gott Adi in dem Chor haben wollte? Sie wollte sich nicht in mögliche Pläne des Herrn einmischen.

Also trat Adi mit seinem Anliegen vor Alois hin und sagte, die Mönche hätten ihm erzählt, er habe eine gute Stimme. Mit seines Vaters Erlaubnis, nach dem Unterricht dazubleiben, könne er an den Proben teilnehmen.

Wenn zu der Zeit jemand Alois gefragt hätte, warum er seinem Sohn gestattet habe, bei Mönchen und Priestern zu lernen, hätte er seine Antwort parat gehabt: »Ich habe mich sorgfältig erkundigt, und diese Benediktiner führen die beste Schule in Lambach. Da ich möchte, dass Adi es in seinem Leben zu etwas bringt, habe ich beschlossen, ihn dorthin zu schicken, ohne Rücksicht auf meine Vorbehalte.«

Adi gefiel es in der Schule. Bald hielten ihn die Mönche für einen ihrer besten Schüler, und Adi wusste es. Alois seinerseits war begeistert von seinen Noten. Der Junge belegte alle zwölf Pflichtfächer und erhielt in jedem Kurs die beste Zensur, was Alois in eine wohlwollende Stimmung versetzte.

»Ich sage dir, als ich jung war, hatte ich auch eine gute Stimme. Ich habe sie von meiner Mutter geerbt. Sie war die Solistin in der Pfarrkirche von Döllersheim.«

»Oh ja, Vater«, sagte Adi. »Ich erinnere mich, wie schön du an dem Tag gesungen hast, als wir von Linz nach Hafeld gefahren sind.«

»Ja«, sagte Alois, »da sind mir die alten Liedchen wieder eingefallen. Weißt du noch, welches deine Mutter verstimmt hat?«

»Ja, sie sagte: ›Ach, das ist nichts für die Kinder.‹«

Sie lachten. Die Erinnerung bewog Alois, die Zeilen noch einmal zu singen.

Einen Bessren findst du nit.
Die Trommel schlug zum Streite,
Er ging an meiner Seite
Im gleichen Schritt und Tritt.

Eine Kugel kam geflogen,
Gilt sie mir, oder gilt sie dir?
Ihn hat sie weggerissen,
Er liegt mir vor den Füßen,
Als wär's ein Stück von mir.

Alois und Adi lachten. Sie erinnerten sich. An dieser Stelle hatte Klara gerufen: »Nein, nicht vor den Kindern!«

Alois' Stimme tönte noch voller.

Kann dir die Hand nicht geben,
Bleib du im ew'gen Leben
Mein guter Kamerad, mein guter Kamerad.

Nun verkündete Alois mit seiner vom Singen heiseren Stimme: »Ja, ich gebe dir die Erlaubnis. Weil ich an deine zukünftigen Möglichkeiten glaube. Du verdienst eine Belohnung für deine Leistungen in der neuen Schule.«

Bei sich selbst dachte Alois: »Natürlich werde ich ihn nicht zu weit auf diesem Weg gehen lassen. Er soll nicht als ein kränklicher Priester enden.«

Adi hingegen wunderte sich, ob er später einmal Mönch oder besser noch Abt werden könnte. Er liebte ihre schwarzen Kutten, und sein Bild des Himmels zitterte in dem Licht, das durch die Rosettenfenster fiel. Dem Jungen kamen die Tränen beim Te deum:

Großer Gott, wir loben dich,
Herr, wir preisen deine Stärke…
Alle Engel, die dir dienen,
Rufen dir stets ohne Ruh'
Heilig, heilig, heilig zu.

Während er sang, ermutigte ich ihn in der Vorstellung, er werde sich einst hoch über all diese Mönche erheben und in der einen Hand die Macht und in der anderen das Geheimnis halten. Der Abt des Klosters war der beeindruckendste Mensch, dem Adi je begegnet war. Er war groß, sein Haar silbergrau und sein Gesichtsausdruck erhaben. Für Adi war er edel wie ein König.

Als er einmal allein in dem Zimmer des Gasthofs war, das er sich mit Angela teilte, nahm er ihr dunkelstes Kleid vom Haken und hängte es wie ein Messgewand um seine Schultern. Dann stellte er sich auf einen Schemel. Er wusste, dass er leise sprechen musste, weil man ihn sonst im Flur gehört hätte, aber er war erfüllt von der Predigt, die er in der Messe gehört hatte, und von dem Gebet zum Erzengel Michael, das er jeden Tag wiederholte. Jetzt saugte er diese Laute ein und freute sich auf den Moment, wenn er allein im Wald zu den Bäumen redete.

Zuerst wollte er die Predigt nachsprechen, die vor dem Gebet gekommen war. »Das Feuer der Hölle«, sagte er, »wird in alle Poren deines Körpers dringen. Es wird deine Knochen und deine Lunge schmelzen. Ein furchtbarer Geruch wird aus deiner Kehle steigen. Der Gestank des Körpers wird grässlich sein. Es ist ein Feuer, das niemals endet.«

Er schwankte auf seinem Stuhl. Die Kraft der Worte machte ihn schwindlig. Er musste tief einatmen, bevor er das Gebet aufsagen konnte.

»Glorreiche Majestät, wir bitten dich, uns von der Herrschaft der teuflischen Geister zu befreien, von ihren Fallstricken, ihren Lügen und ihrer wilden Bosheit – oh Fürst der himmlischen Heerscharen, werfe Satan und all seine bösen Geister, die über die Erde wandern, um die Seelen zu verderben, hinab in die Hölle. Amen.«

Er war aufgeregt. Ich ermutigte ihn nach Kräften in dem Glauben, dass er von oben ein Zeichen erhielt. Aber in diesem Moment wurde alles verdorben, er bekam die erste richtige Erektion seines jungen Lebens – waren hier noch andere Kräfte im Spiel? Doch er fühlte sich ebenfalls wie eine Frau. Es muss an dem Duft von Angelas Kleid gelegen haben. Er warf es fort und sprang von dem Schemel herunter, er trat mit dem Fuß gegen das Kleid, bevor er es aufhob und daran roch und schrecklich verwirrt war. Er fühlte sich immer noch wie eine Frau.

Und er begriff, dass er tun musste, was andere Schüler taten. Er musste ihnen ebenbürtig werden und anfangen zu rauchen. Er hatte den Qualm von Alois' Pfeife seit seiner Kindheit eingeatmet und den Geruch gehasst, doch jetzt musste er sich männlich fühlen. Keine halben Sachen mehr.

3

Über dem Eingang zum Kloster war ein großes Hakenkreuz in den Stein des Torbogens gemeißelt. Es war das Familienwappen eines ehemaligen Abts mit Namen von Hagen. Es war schön ausgeführt und deutete in keiner Weise darauf hin, welche Schlachtreihen später unter diesem Symbol marschieren würden. Trotzdem war es da, ein Hakenkreuz.

An seinem neunten Geburtstag stand Adolf allein unter dem Torbogen und rauchte eine Zigarette. Er blieb aber nicht lange allein. Der gemeinste Priester unter seinen Lehrern, ein wegen seiner Hinterhältigkeit bei den Schülern berüchtigter Prälat, erwischte Adolf in flagranti. Der Geistliche schnappte sofort die Zigarette (Pfeifentabak von Alois in Zeitungspapier gerollt) und zerstampfte sie auf dem Boden. Er agierte so verrückt, als ob er Kakerlaken zerquetschte.

Adi kamen die Tränen. »Ist es möglich«, hörte er ihn sagen, »dass der Teufel Besitz von dir ergriffen hat? Wenn ja, wirst du elendiglich sterben.« Dann lächelte er böse. Er stieß sämtliche Verwünschungen aus, die er sich im Laufe der Jahre angeeignet hatte.

Sobald Adolf wieder sprechen konnte, sagte er: »Oh Herr Prälat, ich weiß, es ist falsch. Ich habe es immer verachtet. Ich werde nie wieder Tabak rauchen.«

In diesem Augenblick musste er jedoch auf den Rasen hinter den Steinstufen des Eingangs rennen und sich dort übergeben. Die Schelte des Priesters hatte eine derartige seelische Grausamkeit offenbart, dass Adi nicht mehr atmen konnte. Die lange Nase des Mannes wirkte so boshaft wie seine Lippen, die dünn waren wie Messerklingen. Noch während er unter einem wahren Ansturm von entsetzlichen Gefühlen litt, kalkulierte Adi bereits, wie er die Vergebung des Abts erreichen konnte. Er wusste, dass man ihn in dieses erlauchte Amtszimmer schicken würde, sobald er aufgehört hatte, sich zu erbrechen.

Vor dem Abt brach er wieder in Tränen aus. Eine Inspiration gab ihm die Worte ein, er möchte vermeiden, dass dieser scheußliche Akt seinem Wunsch schade, Priester zu werden. Er bereue zutiefst. Als er zu Ende war, sagte der Abt: »Nun, eines Tages wird vielleicht doch noch ein feiner Geistlicher aus dir.«

In der Aufrichtigkeit von Adis Stimme klang der Widerhall einer direkten Lüge. Der Bannfluch des Prälaten hatte ihm gereicht. Von nun an war er auf immer von der Idee geheilt, Priester zu werden. Nur seine Bewunderung für den Abt blieb intakt.

Gemessen an meinen Bemühungen, war es ein ertragreicher Tag. Angesichts der vielen Mandanten, die ich in diesem Teil Österreichs beaufsichtige, kann ich nicht immer zur rechten Zeit am rechten Ort sein, aber in diesem Fall war ich es. Unser niederträchtiger Kleriker – welch Wunder! – war zufällig einer meiner besten Mandanten in Lambach, und er war natürlich zu einem kurzen Spaziergang zu dem Tor angeregt worden, das mit von Hagens Hakenkreuz geschmückt war.

4

Adis Verehrung des Abts blieb bestehen, aber nur als Echo der früheren Zuneigung. Sein Hass auf den Priester mit der langen Nase ließ nicht nach, weshalb die Erinnerung an den Moment, als Alois ihm erlaubt hatte, im Chor zu singen, bald verschwunden war. Der Gedanke daran hatte für ihn ohnehin alle Wärme eingebüßt, da ihm klar wurde, dass sein Vater Edmund bevorzugte. Nachdem Adi ihm einmal einen anständigen Stoß versetzt hatte, wagte Edmund, ihn zurückzuknuffen. »Rühr mich nicht an«, sagte er, »ich bin genauso gut wie du.«

Für diese Bemerkung erhielt Edmund einen solchen Schlag, dass er mit der ganzen Kraft seiner vierjährigen Lunge schrie.

Als Klara hinzukam, sagte Adi: »Alois junior hat mich immer geschlagen, und keiner hat sich darum gekümmert.«

Jetzt drohte Alois über ihm. »Du hattest deine Mutter, sie hat dich vor Junior beschützt«, sagte er. »Ich erinnere mich, dass sie immer auf deiner Seite war. Sogar wenn du unrecht hattest. Das hat deinen Bruder sehr getroffen, und vielleicht habe ich nicht genug darauf geachtet!«

Deshalb beschloss Alois, Adi eine Tracht zu verabreichen. Adi spürte sie auf seinem Rücken, aber sie hatte keine richtige Kraft.

Alois hatte immer noch Angst vor der Wut, mit der er Alois junior bearbeitet hatte, als der Junge schon auf dem Boden lag.

Die Zankereien zwischen Adi und Edmund schallten durch den ganzen Gasthof, was Klara peinlich war. Der Wirt und seine Frau waren jedoch mit der Miete der Hitlers zufrieden; sie behandelten Klara ausdrücklich mit der größten Hochachtung und versuchten ihr sogar die Illusion zu vermitteln, dass sie eine feine Dame der gehobenen Klasse sei. Klara glaubte ihnen nicht, sie wusste es besser. Sie sagte zu Alois, die Familie brauche mehr Platz zu einem niedrigeren Preis.

Sie hatte auch entschieden, dass Angela viel zu alt war, um sich weiterhin ein Zimmer mit Adi zu teilen. Angela hatte sich schon beschwert, dass auf einem ihrer Kleider schmutzige Schuhabdrücke waren – es konnte nur ihres Bruders Werk sein. Klara beschuldigte ihn nicht. Er hätte es geleugnet. Das wahre Problem blieb; sie mussten umziehen. Alois war auch nicht dagegen. Adis Streitigkeiten mit Angela gingen ihm allmählich auf die Nerven. Einmal hatte er zu Klara gesagt: »Du willst ja nicht, dass ich ihn tüchtig verprügele, aber er fordert es heraus.«

»Wenn Kinder sich zanken«, sagte Klara, »können beide schuld sein.«

»Nun, ich denke nicht daran, Angela übers Knie zu legen.«

Ehrlich erschrocken sagte Klara: »Natürlich nicht.«

»Es liegt jedenfalls an dem Jungen. Ich wiederhole: Er fordert mich heraus.«

Klara beschloss nun, Alois von dem Tag zu erzählen, als Adi beim Rauchen erwischt wurde. In der Hoffnung, dass Alois Mitgefühl empfand, sagte sie: »Adi braucht Güte. Er braucht sie so sehr. Als der Abt ihm verziehen hatte, sagte Adi zu mir: ›Ich wusste nicht, dass ein großer erwachsener Mann so gütig sein kann.‹ Alois, er braucht Güte von uns.«

Alois schüttelte den Kopf. »Nein«, sagte er, »du bist schon seine Sklavin. Es ist nicht schlimm, dass er angefangen hat zu rauchen. Vielleicht wird er später Tabak mögen und sogar ein richtiger Kerl werden.« Und Alois lachte, bis er husten musste.

Klara dachte: »Ja, ein harter Bursche – und voll Trägheit.«

Klara machte sich nun ihre Gedanken. Jahrelang hatte sie gemeint, eigene Gedanken ziemten sich nicht für eine gute Ehefrau. Jetzt aber plante sie ein geheimes Projekt. Sie war zu dem Schluss gelangt, dass es schön wäre, ein hübsches Haus zu kaufen, obwohl sie wusste, dass Alois noch nicht so weit war. Stattdessen musste sie sich vorläufig seiner Entscheidung beugen, in das unbewohnte obere Stockwerk einer benachbarten Kornmühle zu ziehen. Es wäre beträchtlich billiger als der Gasthof und viel geräumiger. Außerdem hätte Angela ihr eigenes Zimmer. Sie sollte endlich ein paar Vorteile genießen, die Klara nie hatte. Wenn sie später einmal ein Haus besäßen, ob in dieser oder einer anderen Stadt, bestand die Hoffnung, dass Angela doch noch einen anständigen jungen Mann heiratete. Und gegenwärtig hatte sie sich ihr eigenes Zimmer redlich verdient. Sie war eine gute Stieftochter.

Also stimmte sie Alois' Wunsch zu, in die Mühle zu ziehen. Es würde dort viel zu tun sein, aber Angela hatte die Schule beendet und konnte ihren Teil der Aufgaben übernehmen. Im Frühwinter 1898 mieteten sie eine Wohnung im Obergeschoss der Kornmühle. Ihr Besitzer, ein Herr Zoebel, hatte vier Maulesel, die das Mahlrad drehten. Um den Lärm zu verstärken, gab es hinten noch eine Schmiedewerkstatt, die von einem starken Kerl namens Preisinger betrieben wurde. Das Leben im Geschoss darüber war ein einziger Kampf gegen den Staub, aber das störte Klara nicht. Angela war immer da, um ihr als Dienstmädchen, als treue jüngere Schwester oder als treue Freundin zu helfen. Klara konnte deshalb ein paar Stunden mit Paula allein genießen.

5

Seit Paulas Geburt war kaum ein Tag vergangen, an dem Klara ihr nicht zugeflüstert hätte: »Du wirst einmal schön sein.«

Doch die knapp zweijährige Paula schien ein wenig zurückgeblieben.

Alois fiel es nicht auf. Er liebte es, Paula auf seinen Knien zu wiegen. Er träumte davon, dass dieses Kind einmal die schönste junge Dame in der Stadt wäre. Ihre Hochzeit würde vielleicht ein Ereignis sein.

Aber nach einem Besuch beim Stadtarzt kehrte Klara eines Tages mit der Nachricht nach Hause zurück, dass ihre Tochter sich zu langsam entwickelte.

Der Befund des Arztes kam nicht überraschend. Klara war schon vorher besorgt. Mit zwei Jahren konnte Paula noch keinen Löffel halten, ohne den Großteil seines Inhalts zu verschütten, während Edmund den Weg von der Suppenschüssel zu seinem Mund bereits mit einem Jahr geschafft hatte. Mit zwei konnte er sich selbst anziehen, und er begann sogar, sich zu waschen. Paula konnte das nicht. Sie lag einfach mit ihrer guten Freundin, der Stoffpuppe, an die Brust gedrückt in ihrem Kinderbett.

Lange bevor er zwei wurde, kannte Edmund die Wörter für Arme, Beine, Finger und Zehen. Paula kicherte, aber sie kannte keins dieser Wörter. Während der Arzt sie untersuchte, sollte sie auf einem Bein stehen, doch sie konnte nicht ihr Gleichgewicht halten. Sie schaute verständnislos drein, als der Arzt sie fragte: »Was machst du, wenn du müde bist?«

Klara wollte ihr helfen und sagte: »Schlafen«, aber der Arzt wurde ärgerlich. »Bitte, Frau Hitler, keine Hilfe«, sagte er.

Klara erzählte Alois hinterher: »Ja, er sagt sogar, sie ist retardiert.«

»Er weiß nicht, wovon er redet.«

»Alois, es könnte stimmen.« Klara fing an zu weinen.

Alois verfiel in eine Depression. Seine zielsichere Wahrnehmungsgabe, mit der er unfehlbar jeden Schmuggler im Zollhaus entdeckt hatte, konzentrierte sich jetzt auf die Beobachtung von Paulas Lächeln. Ihre Augen schienen ihm viel zu leer zu sein.

Eine ungute Stimmung verbreitete sich in der Familie. Wenn Alois zu seinem Spaziergang aufbrach, plagte Adi seinen kleinen Bruder. Klara konnte es nicht ertragen. Sie fuhr Adi an und fühlte sich dann treulos. In Wirklichkeit war Edmund inzwischen das helle Licht der

Familie. Er hatte die Rotznase und die schmutzigen Windeln hinter sich und war zu einem charmanten Vierjährigen geworden, mit den Zukunftschancen eines Prinzen, meinte Klara – und es war alles geschehen, seit sie Hafeld verlassen hatten. Edmund hatte das süßeste Lächeln und das lustigste Gesicht. Klara musste lachen, wenn er seine Grimassen zog – so klug, so komisch und manchmal so schrecklich. Er war ein guter kleiner Junge und gleichzeitig ein Racker. Aber Adi reagierte böse. Er hatte sich angewöhnt, seinem kleinen Bruder jedes Mal ein Bein zu stellen, wenn Edmund an ihm vorbeilief. Edmund hingegen beklagte sich nicht, er stand einfach wieder auf und rannte auf dem Flur des Dachbodens weiter hin und her.

Es hätte Klara noch mehr verstört, wenn sie Adolfs heimlichen Wunsch gekannt hätte. Er wollte Edmund so hart wie möglich schlagen und nicht dafür bestraft werden. Alois, Klara und Angela ergingen sich ständig über Edmunds blaue Augen. Dabei waren seine eigenen Augen, entschied Adolf, von einem edleren Blau. Außerdem sah Edmunds Gesicht zusammengequetscht aus. Jedes Mal, wenn seine Eltern den kleinen Jungen hübsch nannten, wollte er dieses Gesicht noch ein wenig mehr zusammenquetschen.

Edmund wurde auch ständig wegen der Fürsorge gelobt, die er Paula gegenüber bewies, während Adolf meinte, er habe als Erster gemerkt, dass Paula nicht besonders aufgeweckt war. Er hätte es ihnen sagen können, aber nein, seine Mutter und Angela ließen sich lieber davon beeindrucken, wie sehr Edmund seine kleine Schwester liebte.

Klara war froh, dass der große, schwitzende Hufschmied Preisinger da unten in seiner Werkstatt vor sich hin hämmerte, denn Adi mochte ihn und verbrachte viel Zeit bei ihm. Das war besser, als wenn er draußen vor ihrer Küche saß und darauf lauerte, Edmund wieder ein Bein zu stellen, wenn er an ihm vorbeilief.

6

Ein Jahr später wohnten die Hitlers nicht mehr in der Kornmühle oder überhaupt in Lambach. Sie waren in eine größere Stadt gezogen (Leonding, 3000 Einwohner), was Klara zunächst sehr behagte, denn sie selbst hatte Alois klug dazu manipuliert. Das war neu. Es hatte Jahre gedauert, bevor sie ihren Mann zu manipulieren verstand. Gottesfürchtig wie sie war, wandte sie nur ungern kalkulierte Taktiken an. Bevor sie in der Mühle wohnten, wäre es ihr nie in den Sinn gekommen, sie könnte Alois eifersüchtig machen.

Klara hatte nie geglaubt, sie sei ihres Ehemannes würdig – er war immer noch in erster Linie ihr Onkel. Doch schließlich merkte sie, dass er sie vielleicht brauchte. Selbst wenn er sie nicht großartig liebte, brauchte er sie.

Mit diesem Gedanken gewappnet erkannte sie, dass Alois nun alt genug sein mochte, um eifersüchtig zu werden. Wenn sie keine göttlichen Gebote übertrat, sondern sie nur ein bisschen anders auslegte, konnte sie Alois womöglich so eifersüchtig machen, dass er aus der Mühle ausziehen wollte.

Die Möglichkeit ergab sich in Gestalt des großen, rußgeschwärzten Mannes im Parterre, des Hufschmieds Preisinger. Adi war von ihm so fasziniert, dass er ihm oft stundenlang bei der Arbeit zusah und ihm zuhörte. Sie konnte ihre Stimmen hören, wenn sie ein Stockwerk höher in ihrer Küche arbeitete, und ihr Ton passte lustig zu dem, den sie gerade selbst verursachte – wenn sie einen Eimer Wasser in den Ausguss leerte, schien das Plätschern von klingenden Schlägen auf den Amboss beantwortet zu werden.

Sie wusste, warum Adi so gern bei dem Schmied war. Der Mann arbeitete mit Feuer. Das war aufregend, obwohl sie selbst nicht darüber nachdachte, warum sie solches Gefallen an Feuer fand. Sie wusste seit ihrer Kindheit, dass Gott überall zugegen war, aber auch der Teufel. Solange man nicht allen seinen Gedanken nachgab, hatte der Teufel keinen Zutritt. Gott war da, um die Unwissenden zu schützen.

Adi war von einem Gefühl des Geheimnisses erfüllt, wenn er beobachtete, wie der Schmied ein Stück Eisen erhitzte, bis es weißglühend war, und sodann ein anderes, ebenfalls weißglühendes Stück damit verband. Aus dieser Verschweißung entstanden andere, komplexere Gebilde, aus denen am Ende nützliche Werkzeuge wurden – man konnte mit ihnen Kutschenachsen schmieden oder gebrochene Pflugscharen reparieren.

Bald ergaben sich Gelegenheiten und Gründe für einen Besuch unten. Der Zylinder an der Wasserpumpe in ihrer Küche musste repariert werden. Der Schmied hatte den Riss schnell gestopft, aber zu ihrer eigenen Überraschung redete sie noch eine Weile mit ihm. Dann lud er sie ein, ihn zu besuchen, wenn ihr der Sinn nach einer Tasse Tee stand.

Erstaunlicherweise hatte dieser Bulle von Mann, dieser Preisinger, angenehme Manieren. Er behandelte sie nicht nur mit dem größten Respekt, er drückte sich auch gut aus, wenn man bedachte, dass er ebenso ungebildet war wie sie selbst. Er brüstete sich nicht, sondern machte den Eindruck, den sie als sehr angenehm empfand (da sie die gleiche Empfindung einst auch bei Alois hatte), dass er ein Mensch mit natürlichen Talenten war. Sie konnte kaum glauben, wie wohltuend es war, ihm zuzuhören, während sie auf dem einzigen bequemen Stuhl seiner Werkstatt saß und Adi wie gebannt neben ihr stand.

Preisinger betrieb seine Geschäfte nicht nur mit den Bauern in der Gegend und gelegentlichen Durchreisenden, deren Pferde beschlagen werden mussten, auch viele Händler in dem Gebiet hingen von seinen Reparaturdiensten ab, wie er erklärte. Darüber hinaus konnte er Pferdekrankheiten feststellen. »Ich habe mich als Tierarzt betätigt, Frau Hitler. Ja, das kann ich sagen. Weil ich manchmal mehr weiß als die Veterinäre.«

»Können Sie das wirklich behaupten?«, fragte Klara und errötete vor ihrer eigenen Direktheit.

»Frau Hitler«, antwortete Preisinger, »ich habe gesehen, wie wertvollen Tieren die Vorderbeine zusammengebunden wurden, sodass sie kaum laufen konnten. Aus einem einfachen Grund. Der Tierarzt wusste vielleicht über die Krankheiten anderer Tiere gut Bescheid, aber er wusste nicht genug über Pferdehufe.«

»Vermutlich stimmt das«, sagte Klara. »Sie haben so viel Erfahrung.«

»Klein-Adolf wird es Ihnen erzählen. An manchen Markttagen behufe ich bis zu zwanzig Pferde nacheinander. Ohne Pause.«

»Ja«, sagte Klara, »und Sie haben sicher noch mehr zu tun, wenn Eis auf dem Boden ist.«

Worauf er entgegnete: »Ich sehe, Sie verstehen etwas von diesen Dingen.«

Klara errötete.

»Ich brauche einen besseren Halt auf dem Eis«, sagte Preisinger. »Das höre ich jeden Winter. Immer wieder. An einem eiskalten Tag musste ich einmal fünfundzwanzig Pferde behufen, und jeder Bauer sagte, ich sollte mich beeilen.«

»Ja, aber Herr Preisinger hörte nicht auf sie«, sagte Adolf. »Er hat mir erzählt: ›Tempo ist Tempo, aber geht nur ein Nagel daneben, wird dir das Pferd nie wieder vertrauen.‹« Adis Wangen hatten sich gerötet. Er durfte Klara nicht erzählen, was der Schmied sonst noch bekannt hatte. »Junger Bursche«, hatte Preisinger gesagt, »an manchen Abenden konnte ich mich nicht hinsetzen, weil ich den Namen eines Pferdes an meinem Hintern hatte.«

»Den Namen eines Pferdes?«, fragte Adolf.

»Seinen Huf. Ich kann Pferde an ihren Hufen erkennen.«

»Wirklich?«

»Alter Klumpfuß. Alter Hinkefuß. Welchen Namen möchtest du noch? Ich finde ihn für dich auf meinem Hintern.«

Er lachte, doch als er sah, dass Adi verwirrt war, fügte Preisinger schnell hinzu: »Das war ein Scherz. Nur ein Scherz. Aber ein guter Hufschmied weiß, dass er für seine Mühe manchmal sogar getreten wird.«

»Wie oft kommt das vor?«, fragte der Junge. Er stellte sich offenbar den Vorgang so lebhaft vor, dass Preisinger beschloss, ihn davon abzulenken.

»Eigentlich nicht mehr«, sagte er. »Vielleicht einmal im Jahr. Bei dieser Arbeit muss man gut aufpassen, oder man hält sie nicht aus.«

Mit Klara erörterte er lieber, wie er sein eigenes Werg zum Stopfen der Löcher zusammensetzen sollte, die von alten Nägeln übrig geblieben waren – er war stolz darauf, wie viele verschiedene Probleme er lösen konnte. Während er redete, blickte sie auf die Hufspuren auf seinem Lehmboden unten in der Dunkelheit. Sie mochte diesen Mann. Sie konnte seinen Stolz auf den Anker nachempfinden, den er für einen reichen Kunden anfertigte. Nein, es war kein gewöhnlicher Auftrag, dieser Anker; man musste wissen, wo die Schwächen zwischen dem Ring, dem Schaft, der Krone, den Flügeln, der Hand und dem Schaft lagen. Sie genoss den Klang der Wörter. »Die Hand und der Schaft«, wiederholte sie.

Nach ihrem dritten Besuch innerhalb von zwei Wochen bestand Preisinger eines Morgens darauf, mit ihr nach oben zu gehen, wo er alle ihre Messer einsammelte, um sie in seiner Werkstatt zu schleifen. Geld dafür lehnte er ab. Am meisten beeindruckte Klara, wie gewandt er sich in seiner von Ruß geschwärzten Kleidung bewegte und keinerlei Schmutzspuren in ihrer sauberen Küche hinterließ.

An einem Samstagabend, wenn Herr Hitler gewöhnlich auf sein Bier ins Gasthaus ging, kam Preisinger in seinem Sonntagsanzug zu Besuch. Das versetzte Klara (und Angela) in einige Verlegenheit, aber auch er fühlte sich unbehaglich, als er sich auf die Ecke des Sofas setzte.

Klara blickte mit Genugtuung auf diesen Abend zurück. Denn als Alois heimkam, war er bei dem Anblick von Preisinger mit den riesigen Händen verschränkt in seinem Schoß noch verwirrter als seine Frau. Als der Schmied kurz danach ging, verbeugte er sich vor Klara und sagte: »Vielen Dank für Ihre Einladung.«

Alois wartete, bis er und Klara allein im Zimmer waren.

Sie war zerknirscht. »Nein, ich habe ihn nicht eingeladen.« Sie schüttelte den Kopf, wie um ein paar Gedächtnisfetzen zu ordnen. »Nun, ja«, sagte sie dann, »vermutlich habe ich es getan.« Aus Höflichkeit, lediglich aus Höflichkeit. Adolf habe so viel Zeit unten bei Herrn Preisinger verbracht, dass sie es für angebracht hielt – es war nur ein Vorschlag –, ihn zu ihrem Strudel einzuladen. Irgendwann. Sie hatte keinen Tag festgelegt. Es war keine richtige Einladung.

»Und hast du ihm den Strudel serviert?«

»Nun, ja. Man muss einem Gast etwas anbieten.«

»Einem Gast?«

»Einem Nachbarn.«

So ging es fort. Hinterher wusste sie nicht mehr, wie viel davon geplant war. Sie leugnete überhaupt die Möglichkeit. Doch zwei Tage später teilte Alois ihr mit, dass er einem Freund im Zollhaus von Linz einen Brief geschickt und angefragt hatte, ob in Linz selbst oder in der Nähe Eigentum zum Verkauf stand. »Ich langweile mich hier«, sagte er ihr. »Der Lärm von da unten wird unerträglich.«

Eine Woche später traf die Antwort ein. Es handelte sich um ein hübsches kleines Haus in Leonding, nicht weit von Linz entfernt.

Noch bevor sie sich das Haus anschauten, wussten Klara und Alois, dass sie es kaufen würden. Sie waren beide fest entschlossen, wenngleich aus unterschiedlichen Gründen.

7

Mehr brauche ich über Preisinger nicht zu erzählen (da sie ihn nach ihrem Umzug nie wieder sahen), aber erst muss ich noch von seiner letzten Unterhaltung mit Adi berichten, als er schon wusste, dass Klara bald ausziehen würde.

Preisinger hatte sich verliebt. Überflüssig zu erwähnen, dass er nicht auf schnelle Gegenliebe hoffen konnte, aber er hatte eine sympathische Regung bei ihr gespürt. Im Laufe der Zeit war für ihn eine legitime Verbindung vorstellbar. Ihr Mann alterte sichtlich. Deshalb war Preisinger mit all seiner mühsam erworbenen Würde untröstlich, als er hörte, dass sie und der Junge bald fort sein würden.

Er reagierte auf die einzige ihm mögliche Weise. Er öffnete die Tiefen seiner Arbeitsphilosophie. Der Junge mochte erst neun sein, doch nach Preisingers Einschätzung dürstete ihn nach mehr Wissen.

»Warum ist Eisen so stark?«, fragte Preisinger und gab selbst die Antwort. »Weil es in seiner Natur liegt, stark zu sein.« Er hielt inne. Seine weiteren Erläuterungen hingen davon ab, wie der Junge auf seine nächsten Worte reagierte. »Jedes Material«, sagte Preisinger, »hat seine eigene Natur. Manches ist stark, manches ist weich.«

Der junge Adolf antwortete nicht, sondern nickte nur. »Gras«, fuhr Preisinger fort, »biegt sich im Wind. Es bleibt unter dem Fuß liegen, der darauf tritt. Es ist das Gegenteil von Eisen. Trotzdem wird Eisenerz tief in derselben Erde gefunden, wo oben das Gras wächst. Und wenn das Eisen geschmolzen ist, kann man eine Sense daraus machen. Mit einer Sense mäht man Gras.«

»Das ist hoch interessant«, sagte Adi mit echtem Enthusiasmus.

»Ja. Man läuft nicht über Eisenstücke, weil Eisen den Fuß verletzt, wenn man sich nicht hütet.« Preisinger atmete schwer vor lauter Eifer für sein Thema. »Wenn Eisenerz das heißeste Feuer durchläuft, verwandelt es sich in ein einmaliges Material.«

»Einmalig?«, fragte der Junge.

»So wie kein anderes. Einmalig.«

»Ja, so ist es.« Der Junge zögerte mit seiner nächsten Frage, dann stellte er sie: »Was ist ein eiserner Wille? Wie wird er gemacht?«

Preisinger war begeistert. »Denk daran, wie heiß das Feuer sein muss, um den Willen des Eisens aus dem Erz hervorzuholen. Eisen widersteht jeder Kraft außer derjenigen, die es zu Eisen gemacht hat. Ich möchte sagen, dass ich eine solche Kraft in mir selbst gespürt habe.«

Adi schwindelte vor den Gluten, die notwendig waren, um einen eisernen Willen zu erzeugen. Später am Abend machte er den Fehler, Angela und Edmund erklären zu wollen, was der Schmied ihm gesagt hatte. Alois hörte zufällig mit und brüllte vor Lachen. »Einen wirklich dummen Menschen«, verkündete er Klara, »erkennt man daran, dass er seinen Beruf viel zu ernst nimmt und meint, er sei anderen überlegen.«

Trotzdem erwies sich Preisingers Diskurs über den eisernen Willen als äußerst nützlich für Adi, als er seine erste echte Prügel erhielt.

Die Geduld, die Alois sich aufzuerlegen versucht hatte, war eines Abends erschöpft, als Adolf im Wald Soldat spielte und bis lange nach Anbruch der Dunkelheit draußen blieb. Normalerweise brauchte Alois abends nur nach ihm zu pfeifen, und er kam aus Preisingers Werkstatt oder dem nahen Wald nach oben gerannt. Wenn er nicht gleich nach dem Echo des ersten Pfeiftons da war, legte Alois ihn übers Knie und versetzte ihm einen erfrischenden Klaps auf den Hintern. Insgeheim, was er sich selbst nicht eingestehen wollte, mochte er das Gefühl von Adis Hinterbacken.

An diesem Abend jedoch war das Licht, das zwischen den Bäumen hing, allzu aufregend. Es war Nacht, bevor der Junge durch die Tür trat.

Alois hatte über Paulas Zustand gebrütet – gerade an diesem Tag hatte sie versucht, auf einer Stelle hoch- und niederzuhüpfen (was nach Auskunft des Arztes an Klara ein Zeichen der Entwicklung wäre), aber das Kind gab schnell auf. Trotz Alois' Locken versuchte sie es nicht noch einmal. Dann musste Alois nach Adi pfeifen. Als die Pause zu lange wurde und er noch einmal pfeifen musste, entschied Alois, dass es sich um eine bewusste Beleidigung handelte, und er verabreichte ihm eine echte Tracht Prügel.

Von Preisingers Ideen erfüllt, leistete Adolf einen Schwur. Er würde alles ertragen, was auf ihn niederprasselte. Es würde seinen eisernen Willen stärken. Als der erste Hieb ihn erreichte, befahl er sich selbst, seine Entschlossenheit zu untermauern, indem er sich auf die Lippen biss.

Die Tränen standen ihm in den Augen, doch er weinte nicht. Noch während er bearbeitet wurde, vibrierte Preisingers mächtiger Bizeps vor seinen Augen. Mochte sein Vater sich doch an Adis eisernem Willen wund schlagen.

Buch XII

Edmund, Alois und Adolf

1

Da Leonding nur acht Kilometer von Linz entfernt lag, hatte Alois das Gefühl, wieder dem aktiven Leben einer richtigen Stadt nahe zu sein – diesen Wunsch hatte er in Hafeld oder Lambach stets unterdrückt. Für Klara wäre das Haus noch attraktiver gewesen, wenn es nicht direkt gegenüber des städtischen Friedhofs auf der anderen Straßenseite gelegen hätte. Andererseits war dies der Grund, warum sie es sich leisten konnten.

Zum Ausgleich war die Dorfkirche in der Nähe, und ihr neues Haus stand in einem eigenen, von Ahornbäumen und Eichen gesäumten Garten, deren Äste auf solch kunstreiche Weise gewachsen waren, dass ein göttlicher Geist der Urheber gewesen sein musste. So sah es Klara.

Nichtsdestoweniger fürchtete sich Klara vor dem Umzug in das Gartenhaus, wie es tatsächlich genannt wurde. Ein Teil ihres Unbehagens, würde ich behaupten, rührte von ihrer Freundschaft mit Preisinger her. Er hatte in ihr ein Interesse erregt, das allein in ihre Ehe gehörte. In den Straßen von Leonding schienen ihr nun viele Gesichter der Ortsbewohner anzudeuten, dass sie über diese trügerischen Seiten des Lebens Bescheid wussten. Obwohl sie in mehreren anspruchsvolleren Städten gelebt hatte – in Wien, wo sie einer alten Dame das Haus führte, in Braunau mit Alois und dann in Passau –, hatte sie immer nur ihre Pflichten gegenüber der Familie im Auge gehabt. Jetzt war sie vielleicht zu mehr bereit. Nicht statthaft! Deshalb beschränkten sich ihre Ausflüge in die Stadt auf Besuche im Laden von Joseph Mayrhofer, der nicht nur ein feines Lebensmittelgeschäft besaß, sondern auch ein vornehmer Herr und der Bürgermeister von Leonding war. Dort kaufte sie zwei oder drei Mal die Woche Gemüse ein und zog sich dafür jedes Mal hübsch an. Sie war freundlich zu Herrn Mayrhofer, sagte aber stets: »Ich kann nicht bleiben. Zu Hause wartet zu viel Arbeit auf mich.«

Sie lebte natürlich immer noch in der Überzeugung, dass sie sich in der Nacht, als sie glaubte, Alois habe Alois junior getötet, dem Teufel ausgeliefert hatte. Sie sah den Jungen wieder auf dem Boden liegen und erinnerte sich an ihren Schwur: »Oh Teufel, rette ihn, und ich gehöre dir!«

Trotzdem fühlte sie sich zu Mayrhofer hingezogen. Er war weltgewandter als Preisinger und konnte sie in Versuchung führen. Doch sie durfte diesen guten Mann nicht ruinieren.

Ich war Zeuge einer Komödie. Ich wusste, dass nichts passieren würde. Mayrhofer war ebenso gewissenhaft wie Klara. Zudem hatte er sich schnell mit Alois angefreundet. Alois gefiel dieser Mann, der klug genug war, um Bürgermeister zu werden, und praktisch genug, um einen florierenden Laden zu besitzen. Mayrhofer seinerseits respektierte Alois' lange Dienstjahre beim Zoll, besonders seine Beförderungen. Bald tranken sie gemeinsam in der Taverne.

Nichtsdestoweniger blieb ein gedämpfter Flirt zwischen Mayrhofer und Klara lebendig. Ich genoss ihn umso mehr, als Mayrhofer, nach seinem eigenen Ermessen ein Mann von Ehre, nicht zu oft lächeln durfte, wenn Klara in der Nähe war. Zu allem Überfluss hatte er noch eine eifersüchtige Ehefrau – ein weiterer Grund für Klara, sich zurückzuhalten. Alois hatte ihr erzählt, dass die Frau eine Hexe war und immer mit dem Finger auf Leute zeigte. »Diese Frauen, die jeden Tag in den Laden kommen«, wiederholte Frau Mayrhofer ihrem Mann ständig, »die wollen sich dir aufdrängen.« Mayrhofer gestand Alois, dass er vor Jahren tatsächlich einmal eine kleine Affäre gehabt hatte. Nur eine. Seine Frau hatte es entdeckt. Seitdem war sein Leben elend. Alois seinerseits war klug genug, seinem Freund zu verschweigen, dass sein eigenes Leben in dieser Hinsicht wahrscheinlich wesentlich erfreulicher war.

Zunächst tranken sie nur in der örtlichen Taverne, aber Mayrhofer gab zu bedenken, dass die Lokalität zu schäbig und seinem Amt als Bürgermeister nicht angemessen war. Nach einigem Überlegen lud er Alois zum Bürgerabend ein, der vier Mal in der Woche stattfand. Die Teilnehmer kamen regelmäßig oder selten, es war jedenfalls eine Gelegenheit für Personen von Rang, ihre Meinungen auszutauschen. Diese Versammlungen, erklärte Mayrhofer, wurden reihum in den vier besten Gaststätten Leondings mit dem einzigen Zweck guter Gespräche in wohlhabender Gesellschaft angesetzt. Der Sinn, erläuterte Mayrhofer taktvoll, bestehe nicht darin, sich zu betrinken, sondern die Unterhaltungen zu genießen. Früher hatten sie einige dabei, die das trotzdem taten, murmelte er, die aber nicht wieder eingeladen wurden. »Wir haben das höflich gemacht, soweit es unter den Umständen möglich war, aber es ist wichtig, Alois, dass man bei diesen Treffen nicht aus dem Gleichgewicht gerät. Fröhlichkeit ist in Ordnung, aber gute Manieren sind unerlässlich.«

»Dem stimme ich zu«, sagte Alois. »So sollte es immer in guter und gediegener Gesellschaft sein.«

Alois wurde also eingeführt und war mehr als ein wenig nervös bei den ersten Sitzungen mit dem örtlichen Adel. Er geriet nicht aus dem Gleichgewicht, und er nahm mehrmals im Monat teil aus Freundschaft zu Mayrhofer, der wegen eines schrecklichen Vorfalls, bei dem ein betrunkener Lümmel ihn beleidigen wollte, nicht mehr in die Taverne ging. Der Tavernenbesitzer forderte den Bösewicht auf, den Raum zu verlassen, was er auch tat, aber für den Bürgermeister war das Lokal verdorben.

Tagsüber verbrachte Alois jetzt seine Zeit mit Arbeiten im Garten oder an seinem neuen Bienenkorb. Er hatte einen Kasten gekauft und eine bescheidene Kolonie angelegt. Mayrhofer erklärte er: »Ein bisschen Honig für meine Familie und als Geschenk für Freunde, mehr nicht. In Hafeld fühlte ich mich von diesen kleinen Kreaturen beherrscht. Sie können einem zusetzen.«

»Wie auch das Bürgermeisteramt«, erwiderte Mayrhofer.

Bald war Alois von den Bürgerabenden beeindruckt, und er kaufte ein Buch mit lateinischen Zitaten. Die Sätze auswendig zu lernen erwies sich jedoch als tückisches Unterfangen. Sein größtes Problem war gegenwärtig die Langeweile. Jetzt entdeckte er ihren treuen Gehilfen – das schwache Gedächtnis!

Sein bestes Mittel gegen die langen ereignislosen Nachmittage zu Hause bestand darin, mit Edmund zu spielen. Der kleine Junge war mit seinen vier Jahren charmanter als alle seine anderen Kinder in dem Alter, und Edmund saß neben ihm so nahe an dem Bienenkorb, dass Klara ihm einen kleinen Schleier anfertigen und weiße Hosen passend zu einem weißen Hemd und weißen Handschuhen schneidern musste. Klara protestierte: »Der Junge ist noch zu klein.« Aber Alois beharrte darauf, und die zwei verbrachten viel Zeit an dem Korb.

Nicht lange, und Alois hatte sich wieder verliebt, es war eine anmutige Liebe, denn er wusste, dass es seine letzte echte Romanze sein würde. Er betete Edmund an. Weil sein kleiner Sohn nicht nur klug, sondern auch sanft und süß war. »Wenn mir je eine so perfekte Frau begegnet wäre, hätte ich sie für immer geheiratet«, wiederholte er bei sich selbst im Scherz. Er liebte doppelbödigen Humor. Er konnte sich Klaras Gesichtsausdruck vorstellen, wenn er ihr das erzählte, und er lachte auch über seine eigene Zärtlichkeit – dem Jungen und Klara gegenüber. Wie Alois es sah, besaß der Junge seines Vaters Intelligenz und die Treuefähigkeit seiner Mutter. Ein feines Gleichgewicht.

Edmund liebte die Bienen. Er gab nicht einmal einen Ton von sich, wenn manche Nachzüglerinnen über seine Handschuhe hinweg zurück zum Flugloch krabbelten. Als er einmal innerhalb des Handschuhs gestochen wurde, verkniff er sich das Weinen, denn Alois sagte: »Das muss unser Geheimnis bleiben, sonst lässt deine Mama dich nicht mehr hier spielen.«

»Nein, Vater«, sagte Edmund, »sie wird auf dich hören.«

»Es könnte Probleme geben«, sagte Alois.

»Das stimmt«, sagte Edmund und seufzte. »Schade, aber es tut weh. Ich möchte am liebsten weinen.« Worauf sie beide lachten.

Zu Hause spielten die dann Zollstation. Alois zog sogar seine alte Uniform an (obwohl er sie an der Taille kaum noch zuknöpfen konnte), und sie stellten sich vor, dass Edmund eine wertvolle Münze an einem Grenzinspektor vorbeischmuggeln wollte.

»Warum ist meine Münze so wertvoll?«, fragte Edmund.

»Weil sie Napoleon gehört hat«, sagte Alois. »Er hat diesen Gulden in seiner Hosentasche aufbewahrt.«

»Das stimmt nicht«, sagte Edmund. »Du neckst mich.«

»Nein. Es ist ein Teil des Spiels.«

»Das gefällt mir.«

»Ja, aber du musst die Münze vor mir verstecken.«

»Wie bekommst du sie dann?«

»Ich werde dich kitzeln, und du wirst gestehen.«

»Nein«, sagte Edmund und kicherte schon, während er zum Wohnzimmerschrank ging, um den Gulden zu verstecken. Er wuselte sich durch die Mäntel, die oben an der Stange hingen und drückte die Münze in den Schaft seines Stiefels. So brauchte er die Schuhriemen nicht zu öffnen.

Als er herauskam, starrte Alois ihn mit der gleichen Feindseligkeit an, die er früher bei der Befragung verdächtiger Personen angewandt hatte.

»Gestehen Sie?«, fragte er.

Edmund war nicht eingeschüchtert. Er fing zu kichern an, das Spiel schien ihm mehr und mehr zu gefallen.

»Sehr wohl. Da Sie so unverschämt sind, muss ich Sie erniedrigen«, und er kitzelte ihn unter den Armen, bis Edmund sich hilflos vor Lachen auf dem Boden wand. »Hör auf, Vati, hör auf!« schrie er. »Ich muss pinkeln.«

Alois hielt inne. »Du hast aber noch nicht gestanden.«

»Weil ich nichts schmuggle.«

»Doch. Wir wissen es. Wir sind informiert worden, dass Sie eine Napoleon-Münze bei sich haben.«

»Du musst sie erst finden«, sagte Edmund und kicherte wieder.

»Oh, ich werde sie finden«, sagte Alois, indem er Edmunds Stiefel auszog und sie schüttelte, bis der Gulden herausfiel. »Sie sind verhaftet«, sagte er.

Edmund war wütend. »Du hast geschummelt«, sagte er. »Du hast dich nicht an die Regeln gehalten.«

»Erklären Sie sich.«

»Du hast gesagt, du würdest mich nur kitzeln, aber du hast mir die Kleider ausgezogen.«

»Das sind nicht deine Kleider«, sagte Alois und hob einen Stiefel auf. »Kleider sind Körpergewänder. Das hier ist ein Schuh.«

»Du hast die Regeln geändert.«

Alois zog eine Grimasse. »Genau das«, sagte er mit tiefer Stimme, »tun wir gern im Zolldienst.«

Einen Moment lang war Edmund unsicher. Dann fing er an zu lachen. Alois lachte so laut und so lange, dass er wieder husten musste, was zunächst noch nicht schlimm war – er konnte einigen Schleim los werden –, doch der Husten hielt viele Sekunden lang an, und dann folgte ein minutenlanger Krampf, der Klara aus der Küche ins Wohnzimmer herbeirief. Alois atmete vorsichtig ein. War er gerade knapp einem Blutsturz entgangen?

Edmund fing an zu weinen. »Oh, Papa!«, rief er voller Angst, »du darfst nicht sterben, du darfst nicht.« Und der Klang seiner Stimme ließ die Eltern verstummen – er schien sich des nahenden Endes sicher zu sein.

»Papa, ich weiß, du wirst nicht sterben«, verbesserte er sich jetzt. »Ich werde Gott bitten, dass er es verbietet, und er wird mir zuhören. Ich bete jeden Abend zu ihm.«

»Ich bete nie«, hätte Alois fast gesagt. Er spürte noch die Auswirkungen des Anfalls und konnte nicht sprechen, aber er schüttelte seinen Kopf gegen Klara. Diese frommen Frauen waren die eigentlichen Schmuggler – sie hatte sich in das Herz dieses kleinen Jungen gestohlen, der so klug war. Eines Tages würde er vielleicht ein geehrter Professor sein oder sogar eine juristische Kapazität in Wien, und seine Mutter bot ihm diesen religiösen Haferbrei an, der für Pferde taugte.

Trotzdem wollte er sie noch nicht korrigieren. Vielleicht war die Religion für ganz junge Menschen notwendig. Im Augenblick wollte er es dabei belassen. Es lag so viel Schönheit in der Liebe des Jungen zu seiner Mutter und, ja, ganz bestimmt zu seinem Vater.

Oben im Schlafzimmer rächte sich Adolf hinter verschlossener Tür für das Gelächter, das er von unten mitanhören musste. Er masturbierte. Als er und Angela noch in demselben Zimmer schliefen, hatte er einmal einen Blick auf ihre Schamhaare erhascht, als sie gerade anfingen zu wachsen. Seine Erregung steigerte sich noch, als er seinen Vater weiter wie wahnsinnig husten hörte.

2

Während eines seiner gelegentlichen Besuche beim Bürgerabend beschloss Alois zu sprechen, und zwar nachdem er dem »Stadt-Atheisten« zugehört hatte. Es handelte sich dabei um einen Mann, der allen anderen Mitgliedern der Runde freudig versicherte: »Ich bin der einzige kühne Mann unter uns. Ich fühle mich gesegnet. Weil ich nicht an Gott zu glauben brauche.« In Alois' kritischer Sicht war er ein schmächtiger Bursche, der allerdings schon lange dabei war – sein Großvater zählte zu den Gründern der Gesellschaft. Trotzdem schien ihm, dass der Mann sonst wenig anzubieten hatte. Also meldete sich Alois zu Wort. Er führte aus, dass jeder intelligente Mensch für sich selbst entscheiden müsse, ob eine Gottheit existierte, er selbst jedenfalls sei gegen die Scheinheiligkeit all dieser Pietisten, die bei dem geringsten Regentropfen in ihrem Leben gleich in die Kirche liefen. Er selbst gehe nur einmal im Jahr dorthin, und zwar am Geburtstag des Kaisers. »Nach meiner Meinung müssen wir allein Franz Joseph die Ehre erweisen.«

Er entdeckte bald, dass er es mit Leuten zu tun hatte, die in diesen Dingen ihre eigenen Ansichten hegten. Obwohl sie eine Abneigung gegen übertriebene Frömmigkeit an den Tag legten, blieben sie doch Kirchgänger.

Wenn Alois ein Mandant gewesen wäre, hätte ich ihn warnen können. Sich persönlich der Religion überlegen zu fühlen, ist ein Privileg der oberen gesellschaftlichen Klasse, aber sie betrachtet den Kirchgang als Schutz für das Leben im gemeinen Volk.

Einer der älteren Adeligen verwarf deshalb Alois' Standpunkt, indem er sagte: »Ich stimme Ihnen insofern zu, als ich auch nicht zu den Leuten gehören möchte, die noch den letzten kirchlichen Feiertag leidenschaftlich einhalten. Oft sind diese Riten nicht mehr als eine Zuflucht für unglückliche Frauen. Doch wir müssen anerkennen, dass wir ohne die Religion im Chaos versinken würden. Die Religion ist in der ganzen Weltgeschichte die zuverlässigste Abschreckung gegen den Wahnsinn.«

Alois war zum Disput bereit. »Gestatten Sie mir nichtsdestoweniger den Einwand, werter Herr«, sagte er, »dass auch die Religion ihre eigene Abart des Wahnsinns enthält. Ich könnte als Beispiele solch höchst unmoralische Päpste wie« – er kannte die Liste auswendig – »Sixtus IV., Innozenz VII., Alexander VI., Julius II., Leo X. und Clemens VII. nennen. Die Simonie war ihr tägliches Brot, und jeder ihrer illegitimen Söhne erhielt einen Kardinalshut. Jawohl, werter Herr, ich würde sagen, dass diese exzessive Korruption Wahnsinn war.«

Er setzte sich und war erfreut über den immerhin höflichen Applaus, musste aber schnell erkennen, dass der Beifall rein formal war – jeder Redner erhielt ihn, schlimmstenfalls in minimaler Dosis. Ein Frost war in dem Raum aufgekommen. Er war zu direkt gewesen. Das veranlasste ihn zu seinem Kummer, vorerst nicht mehr an den Bürgerabenden teilzunehmen. Und als er zurückkehrte, zog er es vor zu schweigen.

Trotzdem zerstreuten ihn diese Abende. Die Adeligen verstanden einiges vom vornehmen Lebensstil. Sie wussten viel über das Sammeln von Antiquitäten, und sie redeten von interessanten Neuerungen, die bald für den Sanitärbereich und das elektrische Licht verfügbar wären. Wieder spürte er die mangelnde eigene Erfahrung.

Kaum überraschend also, dass er bei den Bürgerabenden oft an die jungen Offiziere dachte, für die er Stiefel geschustert hatte, als er in Wien arbeitete, während er die ganze Zeit von einer wunderschönen jungen Frau träumte, die exquisite Damenhüte anfertigte, bevor sie abends das Bett mit ihm teilte. Auf dem Heimweg vom Bürgerabend überwältigte ihn nun manchmal ein tiefer Schmerz darüber, was nie geschehen war.

Die Intensität eines derartigen Selbstmitleids kann das Herz eines Heiligen rühren, weil seine Wirkung bis in große Höhen reicht. Man genießt es jedoch zu einem hohen Preis. Alois zahlte zu viel. Seine nächtlichen Träume verstörten ihn. Er hatte die angstvolle Vorstellung entwickelt, dass der Schlaf ein Marktplatz war, auf den die Toten zurückkehrten, um einen daran zu erinnern, was man ihnen schuldete. Er dachte an Johann Nepomuk und an seine Mutter und dachte über seine zwei toten Ehefrauen nach. Was wäre, wenn sie sich auf diesem Marktplatz des Schlafs träfen? Was wäre, wenn sie zu einer Einigung hinsichtlich ihres ehemaligen Gatten gelangten? Er wäre mit einer Kabale konfrontiert. »Das wäre noch schlimmer«, sagte er bei sich, »als wenn zwei ehemalige Geliebtes eines Mannes Freundinnen würden.«

Einer der Ortsadeligen hatte diese Bemerkung am Bürgerabend vorgebracht und herzliches Gelächter ausgelöst. Der Kerl war natürlich ein alter Wüstling aus einer der besten Familien in der Stadt. Alois gefiel sein Satz so gut, dass er ihn sich aneignete und sogar in der Taverne zitierte. Er merkte, dass die Lümmel genauso darüber lachten wie die Adeligen. Es war unfair, dass dieser Scherz ihn nun in seinen Träumen plagte.

3

Adolf gefiel die neue Schule in Leonding. Sie war nur einen kurzen Fußweg vom Gartenhaus entfernt und weniger streng als das Kloster. Obwohl er wieder ein Musterschüler war, konnte er das Ende des Unterrichts kaum abwarten. Der Kumberger Wald vor Leonding war voll von buschbestandenen Lichtungen und kleinen Höhlen, wo man einen Überfall vorbereiten konnte. Er rekrutierte Schulkameraden für die Schlachten, und sie fochten am späten Nachmittag einige Scharmützel aus, obgleich das Hauptereignis der Woche dem Samstagmorgen vorbehalten war, an dem die Kriege zwischen weißen Siedlern und Indianern stattfanden.

Nicht alle seine Rekruten wollten weiße Siedler sein. Weil sich eine Rothaut nämlich von hinten an einen Siedler heranschleichen, seinen Arm um den Nacken des anderen Jungen legen und rufen konnte: »Du bist skalpiert.« Dann konnten die Rothäute in ihr Lager im Wald zurücklaufen. Auch Adolf wurde einmal skalpiert, aber er erklärte es als regelwidrig. »Führer greift man nicht an«, sagte er. »Indianer glauben an die Rache der Kriegsgötter. Deshalb greifen sie hohe Offiziere wie mich nicht an. Sie wagen es nicht, weil eine furchtbare Rache über sie hereinbrechen könnte.«

Er nahm sogar Edmund mit, den fünfjährigen Edmund, der unter den Teilnehmern mit Abstand der jüngste war. Trotzdem mochten ihn die älteren Kinder, obwohl er bei den Angriffen kaum von Nutzen war. Und Adolf hatte ihn gern allein bei sich im Wald. Er konnte Edmund dann herumkommandieren, was er zu Hause nicht durfte, weil Klara und Angela und ganz bestimmt Alois über ihn wachten.

Adi erinnerte sich daran, dass sie ihn einmal vor Alois junior beschützt hatten, aber das war auch gerechtfertigt. Alois junior hatte nämlich einen Fladen auf seine Nasenspitze gesteckt, was man dem kleinen Edmund nicht antun durfte. Doch er kicherte bei dem Gedanken, dass er es tun würde, wenn er könnte, nur um Edmund schreien zu hören. Einmal hatte er Edmund draußen im Wald mit einem Stock in den Rücken gestoßen und gesagt, es sei eine Hornisse gewesen, was Edmund natürlich Klara erzählte. Er wusste, dass es keine Hornisse war.

Die Geschichte beunruhigte Klara. War Adis Feindseligkeit noch schlimmer als die von Alois junior? Ja, entschied sie, schlimmer. Denn Adolf und Edmund waren Blutsbrüder.

Mittlerweile hatte Adi Probleme mit einem Jungen, der offensichtlich auf einen Kampf aus war. Er hatte noch nie mit der Faust gekämpft, er hatte es immer vermeiden können, aber jetzt schwor er, dass niemand ihn demütigen würde. Er würde tun, was notwendig war, und sei es mit einem Stein in seiner Hand. Im Halbschlaf hatte er Visionen. Er sah, wie dieser Junge, den er wirklich hasste, ihn mit blutüberströmten Kopf anblickte. Könnte das passieren?

Dann ereignete sich eine Episode, die den Kriegsspielen für den Rest des Winters ein Ende setzte. Als es ihnen eines Tages zu kalt wurde, bewegungslos im Hinterhalt zu liegen, erklärte einer der Rekruten, er könne ein Feuer anzünden, indem er zwei Zweige aneinander rieb. Die anderen höhnten, aber Adolf sagte: »Wenn du wirklich ein Feuer entfachen kannst, gebe ich dir den Befehl, es zu tun.«

Der Junge tat es. Sobald das Feuer brannte, sammelten alle anderen trockene Zweige zum Verbrennen ein. Bald loderte das Feuer und breitete sich in das umgebende Gebüsch aus. Da kein Wasser verfügbar war, versuchten sie es niederzustampfen, aber der Rauch stieg weiter in den Himmel.

Sie liefen davon. Nacheinander rannten sie, bis sie ein paar Hundert Meter vom Brandherd entfernt waren. Adolf schärfte den anderen ein, es waren an die zwanzig, dass sie niemandem etwas erzählen durften.

»Ja«, sagte Adolf, »wenn einer von euch etwas von dem Feuer erzählt, müssen wir alle büßen. Und dann werden wir den Verräter herausfinden. Und danach gibt es Konsequenzen. Ein tapferer Soldat verrät seine Kameraden nicht.«

Nacheinander verließen sie zu zweit den Wald. Mittlerweile hatten die Flammen so weit um sich gegriffen, dass die Feuerwehr mit Wasserwagen und Pferdegespannen aus Leonding angerückt war.

Auf dem Heimweg sagte Edmund, er müsste es ihrem Vater erzählen. »Wenn du das tust«, sagte Adolf, »werde ich hart bestraft. Und auch dich wird es treffen.«

»Das glaube ich nicht«, sagte Edmund. »Unser Vater würde es nicht zulassen. Versuch also nicht, mich zu schlagen.«

»Vor mir brauchst du keine Angst zu haben. Eher vor allen anderen, die dabei waren. Sie werden bestraft, und dann lauern sie dir auf. Alle. Wenn nötig, muss ich ihnen sagen, dass du deinen Mund nicht halten konntest.«

»Ich muss es unserem Vater sagen.«

»Was hast du ihm versprochen?«

»Dass ich ihm alles erzähle, was mich bekümmert.«

»In Ordnung. Das gilt für alle anderen Sachen. Aber nicht für diese. Ich sage dir, die anderen Jungen werden dich verprügeln. Ich könnte dich nicht beschützen. Und ich würde es auch nicht wollen!«

»Mir ist übel.«

»Du bist nur eine Rotznase. Geh und kotze dich aus.«

Alois hegte seinen eigenen Verdacht hinsichtlich des Feuers. Als die beiden zu Hause angekommen waren, nahm Alois Edmund auf seinen Schoß und blickte ihm zärtlich in die Augen. Bevor er ihn jedoch befragen konnte, erbrach Edmund sich wieder. Alois beließ es dabei. Er war überzeugt, dass Adolf etwas mit dem Brand zu tun hatte, aber er würde Edmund ins Elend stürzen, wenn er ihn zwang, die Wahrheit zu sagen.

Außerdem musste er mit den Nachwirkungen rechnen. Wenn er mit Sicherheit wusste, dass Adolf zu den Bösewichtern gehörte, würde man von ihm als Vater und gutem Bürger erwarten, dass er die Behörden informierte. Wenn er das jedoch tat, würde man ihn vielleicht für die Kosten der Feuerwehr verantwortlich machen. Also wischte Alois Edmunds Spucke von seinem Hemd und umarmte ihn zärtlich. Er vermied es an den nächsten Tagen auch, Adolf in die Augen zu blicken.

4

Im Winter las Adolfs Klasse in der Schule ein Buch von Friedrich Ludwig Jahn, in dem von einer Kraft die Rede war, die die Geschichte bestimmen kann. Das erinnerte ihn an den Hufschmied. Diese

Kraft verlangte nach einem »aus Eisen und Feuer geschmiedeten Führer«. Dann kam ein Satz, der ihm die Tränen in die Augen trieb: »Das Volk wird ihn als seinen Retter ehren und ihm alle Sünden vergeben.«

In der Klasse waren auch Kant und Goethe und Schleiermacher behandelt worden, aber nach Adolfs Auffassung bewiesen diese Autoren zu viel Respekt vor der Vernunft. Das langweilte ihn. Sein Vater redete ständig über die Tugenden der Vernunft. »Die menschliche Natur ist unzuverlässig«, predigte er seiner Familie. »Es ist die Macht des Gesetzes, die stabile Gesellschaften funktionieren lässt. Es ist das Gesetz, nicht das Volk.« Er blickte sich am abendlichen Esstisch um und entschied, das Thema müsste Adolf interessieren. »Wir brauchen legale Verfassungen, Adolf, die von den feinsten Geistern entworfen werden. Dann kann die Vernunft ihre Arbeit mit dem Respekt leisten, den sie verdient.«

Adolf zog Friedrich Ludwig Jahn vor und hielt die Vernunft für trügerisch. Sie war wie die Verlockung der Sirenen, die den Schiffer in den Tod führt. Noch während er ertrinkt, singen sie ihre süßen Lieder. Persönliche Stärke war wichtiger. Sie würde mit den Sünden fertig. Solche kleinen Makel würden in der Glut des eigenen Eifers verbrannt.

Goethe und Schiller lehnte er ab. Ihr Humor ärgerte ihn. Er war zu persönlich – als ob sie sich an ihren eigenen Worten ergötzten. Nicht ernst genug, befand Adolf. Die beiden anderen, Kant und Schleiermacher, konnte er einfach nicht lesen. Nach Jahn bezog er sein größtes Vergnügen aus den Märchen der Brüder Grimm. Sie gehörten auch zum Unterricht. Das waren gute Geschichten, und so tiefgründig! Er spielte sie mit Begeisterung Edmund vor, der zu jung sein mochte, um zu lesen, der aber gern zuhörte. Wie er Edmund erklärte, hatten die Brüder Grimm diese Geschichten aufgeschrieben, damit die Kinder lernten, wie wichtig es war, ihren Eltern und ihren älteren Geschwistern zu gehorchen. Dann erwähnte er eine Geschichte mit dem Titel »Das Mädchen ohne Hände«. »Es geht darin um einen Vater, dem der Teufel befohlen hat, die Hände seiner jungen Tochter abzuhacken.« Als Edmund bei dem

Gedanken aufschrie, nahm Adolf die Stimme des Vaters an, wie er seiner Tochter erklärte: »Ich will das nicht tun, liebe Tochter, aber ich muss. Es ist ein Befehl. Ich darf keinen Befehl verweigern, der von einer höheren Gewalt kommt. Ich muss gehorchen.«

»Was sagt die Tochter?«, fragte Edmund.

»Oh, sie ist gehorsam, sehr gehorsam. Sie sagt: ›Vater, tu mit mir, was du willst. Denn ich bin dein Kind.‹ Dann legt sie ihre Hände auf den Holzblock. Ihr Vater nimmt ein großes Beil und tut es.«

»Das ist schrecklich«, sagte Edmund. »Er hackt ihr die Hände ab?«

»Mit einem Hieb! Doch danach lebte sie glücklich weiter.«

»Wie?«, fragte Edmund.

»Ihr Vater kümmerte sich um alles.« Adolf nickte. »Ich könnte dir noch schlimmere Geschichten erzählen, aber ich tue es nicht.«

»Erzähl sie mir.«

»Es war einmal ein Mädchen, das so ungehorsam war, dass es starb.«

»Was hat es getan?«, fragte Edmund.

»Es spielt keine Rolle«, sagte Adolf. »Sie war ungehorsam. Das ist genug. Man begräbt also dieses ungehorsame Mädchen, und was passiert? Kaum zu glauben, aber es bleibt noch im Tod ungehorsam. Einer ihrer Arme streckt sich aus ihrem Grab bis in die Luft.«

»Ist sie so stark?«, fragte Edmund.

»Der Teufel hilft ihr. Wer sonst – so ist es passiert. Als ihre Verwandten den Arm in der Luft sehen, gehen sie zu ihrem Grab und wollen ihn wieder nach unten drücken. Sie schaffen es nicht. Du hast recht. Der Arm ist zu stark. Also bedecken sie ihn mit einem Erdhügel. Aber ihr Arm stößt die Erde beiseite. Da geht ihre Mutter nach Hause und holt einen schweren Schürhaken vom Herd. Als sie wieder zurück an das Grab ihrer Tochter kommt, schlägt sie auf den ungehorsamen Arm ein, bis er zerbrochen ist. So kann man ihn wieder in die Erde legen, und das Mädchen hat seine Ruhe.«

Edmund schauderte. Er lachte und weinte gleichzeitig. »Würdest du so etwas mit mir tun?«, fragte er Adolf.

»Nur wenn du stirbst und wenn ich deinen Arm aus dem Grab ragen sehe. Dann müsste ich es mit dir tun. Ganz bestimmt.«

»Oh«, sagte Edmund, »das gefällt mir nicht.«

»Es spielt keine Rolle, was dir gefällt. Ich müsste es tun.«

»Erzähl mir noch eine Geschichte.«

»Es würde zu lange dauern. Ich erzähl dir den Schluss von einer. Sie handelt von einer Königin, die ihr Kind zu Tode kocht. Hinterher isst sie den Leichnam auf.«

»Muss man eine Königin sein, um so etwas zu tun?«, fragte Edmund. »Ist das so?«

»Ja, vermutlich. Besonders, wenn man sein eigenes Kind kocht.« Adolf nickte bedächtig. »Aber niemand weiß in diesen Dingen so genau Bescheid.«

»Meine Mutter würde das nie mit mir tun.«

»Vielleicht nicht deine Mutter, aber ich weiß nicht, was Angela tun würde.«

»Oh nein«, sagte Edmund. »Angela würde nie so etwas mit mir oder Paula machen.«

»Sei dir nicht zu sicher.«

Edmund schüttelte den Kopf. »Ich weiß, du hast unrecht.«

»Willst du noch eine Geschichte?«

»Vielleicht nicht.«

»Es ist die beste«, sagte Adolf.

»Die allerbeste?«

»Ja.«

»Dann will ich sie vielleicht nicht hören.«

»Es geht um einen jungen Mann, der bei einer Leiche schlafen soll. Später einmal wirst du vielleicht auch neben einem toten Menschen schlafen müssen.«

In diesem Augenblick kreischte Edmund auf und fiel in Ohnmacht.

Zu Adolfs Unglück hatte Angela den letzten Teil der Unterhaltung mitangehört. Sie stand in der Tür und schüttelte den Kopf. Adolf begriff, dass er in Schwierigkeiten war.

Angela tätschelte Edmunds Gesicht, bis er wieder sitzen konnte. Dann erzählte sie es Klara.

Seine Mutter nannte ihn nicht mehr Adi, schon gar nicht, wenn sie ihn schelten musste. »Adolf, das war furchtbar. Dafür wirst du bestraft.«

»Wofür? Edmund liebt die Geschichten. Er wollte immer mehr hören.«

»Du weißt, was du getan hast. Ich muss es deinem Vater erzählen. Er wird entscheiden, welche Strafe du bekommst.«

»Mutter, wir brauchen Vater da nicht hineinzuziehen.«

»Wenn ich es nicht tue, muss ich mir selbst die richtige Strafe überlegen. Und vielleicht werde ich es tun. Vielleicht kaufe ich dir kein Geschenk zu Weihnachten.«

»Das ist ungerecht«, sagte Adolf. »Ich habe nur versucht, meinen kleinen Bruder zu unterhalten. Er ist ein Balg.«

»Akzeptierst du, was ich gesagt habe? Kein Geschenk zu Weihnachten?«

»Ja, wenn du glaubst, das ist gerecht, muss ich es akzeptieren. Aber, Mutter, schau bitte in dein Herz, wenn es so weit ist. Warte ab, ob du mich dann immer noch für schuldig hältst.«

Klara war wütend. Das war noch schlimmer. Er war sich sicher, dass sie ihren Sinn ändern und ihm schließlich doch ein schönes Geschenk kaufen würde.

Deshalb erzählte sie es am Abend Alois.

Sein Vater hatte keinen Zweifel. Er versetzte Adolf schwere Prügel, die schlimmste seit ihrem Einzug in das Haus in Leonding. Auch diesmal war Adolf fest entschlossen, keinen Laut von sich zu geben. Er dachte die ganze Zeit an Preisinger. Er versteifte seinen Körper.

Alois fühlte sich, als hätte er Junior wieder am Hals. Musste er sich mit einem zweiten Kriminellen abplagen? Das verstärkte seine Wut. Zwischen den einzelnen Hieben dachte Adolf daran, wie Alois junior fortgelaufen war. Bei dieser Erinnerung biss er die Zähne zusammen. Er konnte und musste so stark sein wie Alois junior. Wenn er nicht weinte, könnte seine eigene Stärke wachsen und ihn auf seinen nächsten Schritten im Leben begleiten, wohin sie auch führen mochten. Stärke schafft ihre eigene Art der Gerechtigkeit. Er berief sich auf die Kommandogewalt, die er nach dem Feuer im Wald gespürt hatte. Er hatte ihnen befohlen, niemals darüber zu reden, und sie hatten alle gehorcht. Ja, er war voller Furcht damals, aber er hatte sich auf seine Kommandogewalt berufen. Danach hatte er tagelang Angst, dass doch einer reden würde.

Er konnte nicht wissen, dass ich in dem ganzen Tumult bei ihm gewesen war und dass ich auch jetzt bei ihm war. Adolfs Selbstvertrauen war so fragil, dass ich – metaphorisch gesprochen – sein Ego immer in voller Erektion halten musste. (Das Ego fällt der gleichen Schwäche zum Opfer wie die Erektion, wenn sie nicht weiß, was als Nächstes kommt.)

Ja, ich war dabei, als Adolf verprügelt wurde, um seine Entschlossenheit zu stärken. Da es für ihn äußerst wichtig war, nicht zu weinen, musste ich die Schläge seines Vaters dämpfen, wenn der Junge einzubrechen drohte. Ebenso musste ich Alois' Schlagkraft erhöhen, wenn sie nachließ. Dass Alois fürchtete, sein Herz zu überanstrengen, stand in direktem Gegensatz zu meinem Wunsch, Adolfs Willen zu stählen. Sein Hass auf Alois sollte so intensiv werden, dass er vielen unserer außergewöhnlichen Ziele in der Zukunft diente.

Trotzdem ist das Gleichgewicht entscheidend für unsere Aktivitäten. Deshalb konnte ich nicht zulassen, dass sein Widerwille gegen den Vater exzessiv wurde. Ein übergroßer Hass in der Kindheit, der sich nicht äußern darf, verunsichert den Mandanten. Wir hatten zu viel in Adolf investiert. Wir legten keinen Wert darauf, uns in Zukunft mit falschen Impulsen und blinden Wutausbrüchen beschäftigen zu müssen. Ein Ergebnis der schweren Tracht Prügel war, dass er Edmund hasste. Das war mir nicht recht.

Nachdem er die Geschichten der Brüder Grimm gehört hatte, verharrte er in einem solch desolaten Zustand, dass Klara versuchte, ihn mit Wiegenliedern in den Schlaf zu singen. In seinem Bett daneben fühlte sich Adolf so zerschlagen, als wäre er von einem Baum heruntergefallen. Seine Gefühle waren von Klaras offensichtlicher

Indifferenz ihm gegenüber so verletzt, dass er fortzulaufen beschloss. Unmittelbar hier in seinem Bett erfolgte der Beschluss – trotz seiner schmerzenden Knochen. Mit Bedacht erzählte er es Edmund, als Klara das Zimmer verlassen hatte.

»Es ist alles deine Schuld«, sagte Adolf. »Deshalb muss ich gehen.«

Sofort sprang Edmund aus dem Bett und rannte zu seinem Vater, um es ihm zu sagen. Doch als Alois die Treppe hochkam, um den potenziellen Ausreißer beim Kragen zu fassen, sagte Adolf: »Es ist gelogen! Mein Bruder erzählt ständig Lügen. Diese verzeih ich ihm nicht. Es ist eine fürchterliche Lüge. Das werde ich ihm heimzahlen.«

»Du willst es ihm heimzahlen, ja?«

Alois war auf eine weitere Tracht nicht vorbereitet. Seine Arme schmerzten mehr als Adolfs Rücken. Er war jedoch so besorgt, dass er den Jungen im Untergeschoss in einem Raum einschloss, dessen einziges Fenster vergittert war. Adolf versuchte sich durch die Gitterstäbe zu zwängen. Sie waren zu eng. Er merkte, dass es an seinem Schlafanzug lag. Die Knöpfe blieben an den Stäben hängen. Also zog er ihn aus, rollte ihn zusammen, steckte ihn nach draußen und versuchte sich noch einmal hindurchzuwinden.

Er war so erhitzt von seinem selbstgerechten Zorn, dass er weder die Kälte des offenen Kellerfensters spürte, noch die Tritte der Stiefel seines Vaters hörte, der sich wieder dem Raum näherte. Erst als sich der Schlüssel im Türschloss drehte, schlüpfte er aus den Stäben, ergriff eine Tischdecke und schlang sie um sich. Als Alois mit dem Schlüssel in der Hand eintrat, erfasste er die Situation und brüllte vor Lachen. Er rief nach Klara, bis sie durch die Tür kam. Alois zeigte auf Adolf und sagte: »Schau dir unseren Toga-Jungen an, unseren Toga-Jungen!« Klara schüttelte den Kopf und verließ den Raum. Das erregte Alois zu einer Tirade: »Du wolltest also ausreißen. Ich sage dir, es wäre kein großer Verlust gewesen. Trotzdem verbiete ich es dir. Nicht weil ich dich vermissen würde, Toga-Junge. Bestimmt nicht. Ich verbiete es, weil ich sonst die Polizei rufen und ihr erzählen müsste, dass du verschwunden bist, und weil man mich vielleicht ins Gefängnis stecken würde.« Alois wusste, dass er stark übertrieb, aber er war von herrischer Verachtung erfüllt. »Wie würde deine Mutter weinen! Ihr Sohn ist verschwunden und ihr Mann im Gefängnis. Schande ist über die Hitler-Familie gekommen! Alles wegen dem Toga-Jungen!«

Adolf hatte die Prügel überstanden, aber jetzt kamen ihm die Tränen. Meine Arbeit an seinem Ego hatte einen Rückschlag erlitten.

Um die Sache für Adolf noch zu verschlimmern, kehrte Alois in den Raum zurück, brüllte wieder vor Lachen und sagte: »Ich bin gerade draußen gewesen. Es ist heute Abend so kalt, dass du nach zwei Minuten zurückgekommen wärst und an die Tür geklopft hättest. Es ist schlimm genug, wenn man wütend wird, aber es ist noch schlimmer, ein Dummkopf zu sein.«

5

Einige Wochen später wachte Alois auf und fragte sich, ob er Alois junior zu oft geprügelt hatte. Am nächsten Tag kam das Thema bei einem Spaziergang mit Mayrhofer erneut zur Sprache. Alois erklärte, er habe nie an körperliche Züchtigung geglaubt. (Bei sich selbst sagte er: »Oh, du lügst wie ein Dieb.«) Doch Mayrhofers Meinung war ihm wichtig. Also fuhr er fort: »Ich schlage meine Kinder nie. Ich gebe aber zu, dass ich sie oft anschnauze.« Man musste es als Vater tun. »Adolf schelte ich am meisten«, sagte Alois. »Er kann ein elender Wicht sein. Manchmal möchte ich ihn am liebsten umbringen.« Alois sagte das mit Bedacht. Es könnte als Erklärung dienen, falls je herauskam, dass er ihn geprügelt hatte.

In Wirklichkeit jedoch wurde es immer schwerer, ihn beim Schlafittchen zu fassen. Der Junge konnte sich geschickt winden und drehen – möglicherweise ein Resultat seiner Kriegsspiele. Gewöhnlich schaffte er es, Alois nach einem halben Schlag auf seinen Rücken zu entrinnen. Und wenn es seinem Vater gelang, ihn übers Knie zu legen, steckte nicht mehr viel Kraft in seinem Arm. Wie aufgeweicht war dann Alois' Herz. Es fiel ihm leichter, ihn Toga-Junge zu nennen. Alois benutzte den Spitznamen so lange, bis Adolf darauf reagierte, indem er die Masern bekam.

Ein derartiger Zusammenhang mag natürlich zu einfach sein. In Leonding lagen auch andere Kinder seines Alters mit der Krankheit im Bett. Sie war ohne Zweifel ansteckend, doch Adolf war vielleicht durch sein andauerndes Pech bei den jüngsten Ereignissen noch anfälliger geworden. Seine Armee hatte nach dem Feuer im Wald ihre Manöver einstellen müssen. Jetzt ging ihm die Verhöhnung als Toga-Junge unter die Haut. Am schlimmsten aber traf ihn die Nachricht, dass der Alte gestorben war. Sogar in der *Linzer Tagespost* erschien ein Nachruf, nachdem die Nachricht den ganzen Weg von Hafeld nach Linz gelangt war, aber der Vorfall war ungewöhnlich genug, um ein paar Druckzeilen zu verdienen. Als man den Alten fand, war sein Leichnam bereits halb verwest. In der Zeitung hieß es: »So ist oft das Schicksal von Eremiten.« Um die Sache noch zu verschlimmern, waren die ungefütterten Bienen in der Kälte eingegangen. Wie viele von ihnen hatten bis zu ihrem Tod mit den Flügeln geschlagen!

Adolf trauerte schweigend.

Alois hingegen hatte genügend Widerwillen gegen den Alten bewahrt, um jetzt mit einem Gefühl der Freude belohnt zu werden – eine höchst unangemessene Reaktion. Als Ausgleich – er wusste kaum warum – kaufte er Adolf zu Weihnachten ein Luftgewehr. Es war ein solides Geschenk, mit dem man genug Schrot verschießen konnte, um ein Eichhörnchen oder eine Ratte niederzustrecken, und das dem Jungen einmal nützlich sein würde – aber noch nicht. Alois hatte den Eindruck, dass sein Sohn im Schlaf weinte. Er sah am Morgen schrecklich aus. Dann bekam er die Masern.

Klara verhängte eine strikte Quarantäne über das Haus. Niemand durfte Adolf in dem bisher unbewohnten Dienstmädchenzimmer in der zweiten Etage besuchen. Nur Klara selbst pflegte ihn, wobei sie eine Schutzmaske trug. Hinterher wusch sie ihre Hände in einer antiseptischen Lösung.

Er bekam einen Ausschlag, er hatte rote Augen, er durfte nicht lesen, er langweilte sich, er beklagte sich unablässig bei seiner Mutter und war doch beinahe froh, wenn sie das Zimmer verließ. Er konnte den Geruch des antiseptischen Mittels, das sie mitbrachte, nicht ertragen.

Die Krankheit stellte sich jedoch als milder Fall heraus. Die weißen Flecken auf seiner Zunge und in seinem Hals verschwanden nach wenigen Tagen, und sein Ausschlag ließ nach, aber seine Unruhe war immer noch da.

Er war besessen davon, wie schmutzig er sich fühlte. Schätzten sie ihn nicht alle so ein? Als krank und schmutzig? Es bekümmerte ihn, wo der Alte sein mochte, nachdem er einsam gestorben war und nun unbeachtet verrottete.

6

Vielleicht ist ein letztes Wort über den Alten angebracht. Adolf hoffte immer noch, dass der Alte, ob verrottet oder nicht, auf dem Weg zum Himmel war. Dieses Gefühl meines jungen Mandanten beunruhigte mich, weil ich nicht wusste, ob wir den alten Burschen in angemessenem Stil in die Hölle getragen hatten. In Wahrheit weiß ich nicht viel von der Hölle. Ich bin mir nicht einmal sicher, ob es sie gibt. Der Maestro hält uns ja alle in geschlossenen Enklaven. Wir dürfen nicht wissen, was wir nicht wissen sollen.

Um uns bei Laune zu halten, werden wir deshalb ständig daran erinnert, wie viel kosmische Anmaßung in menschlichen Affären liegt. Uns werden oft Nietzsches unsterbliche Worte ins Gedächtnis gerufen, dass alle Priester lügen.

»Wie könnte es anders sein?«, sagt uns der Maestro. »Der Dummkopf offenbart doch seine Geheimnisse nicht irgendwelchen Leuten, die verschroben genug sind, um den geistlichen Beruf zu ergreifen und dann ihre einfältigen Gemeinden mit ihren selbstsüchtigen Schilderungen zu dominieren, wie der Herr ihren Glauben belohnen wird, wenn sie sterben. Priester sind in der Tat Lügner. Sie haben keine Ahnung von den höchsten Dingen. Aber ihr auch nicht.«

Ich wusste also über den endgültigen Aufenthalt des Alten nicht Bescheid. Ich vermute jedoch, dass er zu den langfristigen Mandanten gehörte, deren Ende wir oft ignorieren müssen. Er nützte uns nicht mehr. Insofern ist es möglich, dass er den Himmel um Asyl gebeten hat. Wer weiß? Nach den wenigen Hinweisen, über die ich verfüge, würde ich annehmen, dass der Dummkopf einige unserer Mandanten zur Wiedergeburt akzeptiert. Wie erwähnt, ist der Maestro nicht unbedingt dagegen. »Gönnen wir uns das Vergnügen, diesen kleinen Fisch wieder einzufangen, wenn der Dummkopf so töricht ist, den Alten noch einmal mit Eitelkeit vollzupumpen.«

Während seiner ganzen Krankheit dachte Adolf nicht nur an den Alten, sondern wünschte mehr als einmal, dass die elenden Masern auch Edmund befielen. Als Adolf sich erholt hatte, erlitt Edmund einen schweren Anfall. Ich möchte dem Leser eine detaillierte Beschreibung des Tumults ersparen, der durch das Gartenhaus *dröhnte* – ja, das ist das richtige Wort –, als Edmunds Zustand sich verschlechterte. Sein Gesicht schwoll an. Er wurde verwirrt. Der Arzt warnte die Familie, er könne eine Gehirnhautentzündung bekommen.

In ihrem Schlafzimmer kniete Alois neben Klara, und sie beteten um Edmunds Leben. Alois sagte sogar: »Ich will an Gott glauben, wenn Edmund verschont wird. Ich will eher sterben, als diesen Schwur zu brechen.«

Wir werden nie erfahren, ob Alois sein Wort gehalten hätte. Er sagte jedenfalls: »Gott, nimm mein Leben, aber verschone den Jungen.« Dann starb Edmund.

Gebete können gefährliche Ausflüge für den Betenden sein. Wir haben zum Beispiel die Macht (die einzusetzen teuer ist), selbst die dringendsten, zutiefst empfundenen und verzweifeltsten Gebete zu blockieren, und wir wenden sie an, wenn viel auf dem Spiel steht. Billige Gebete hingegen unterstützen wir. Sie tragen zur Ermüdung des Dummkopfs bei, zu Seiner Gleichgültigkeit. Billige Gebete erschöpfen Ihn. Billiger Patriotismus erzürnt Ihn. (Billiger Patriotismus zählt zu unseren nützlichsten Einsatzmitteln.)

Trotz Alois' und Klaras Gebeten, ob blockiert oder nicht, starb Edmund am 2. Februar 1900. Ich fühlte mich fast wie einer der Trauernden. Edmund war das erste Kind, für das ich ein seltsames Gemisch aus Regungen empfunden hatte, das Liebe sein mochte (oder zumindest eine herzliche Zuneigung, die meine innere Wärme erklärte, wenn ich bei ihm war). Ich war mir meiner Gefühle nicht sicher gewesen. Ich wusste nur, dass Adolf nicht bereit war, über den Tod seines Bruders nachzusinnen (denn er musste ein Geheimnis verbergen, das so direkt und machtvoll war wie der Arm, der aus dem Grab ragte), und auch ich war nicht bereit dazu. Ich war ebenfalls schuldig geworden.

7

Am Tag von Edmunds Begräbnis sagte Alois zu Klara, er werde nicht hingehen. Er konnte ihr keinen Grund nennen. Er stand nur da wie eine Säule aus Stein.

Dann fing er an zu weinen. »Ich kann meine Gefühle heute nicht beherrschen«, sagte er. »Soll ich mich in der Kirche blamieren? In einer Kirche, die ich hasse?« Zum ersten Mal in ihrer Ehe erhob sie ihre Stimme im Zorn. »Ja«, sagte sie, »diese Kirche, die du hasst. Ich gehe aber hin, um Frieden zu finden und ein wenig Trost. Ich kann dort mit unserem Gustav sprechen und mit Ida und Otto und jetzt« – sie brach in Tränen aus – »mit Edmund.«

Sie stritten nicht. Sie weinten zusammen. Schließlich sagte sie: »Du darfst nicht so streng mit Adolf sein. Er ist jetzt deine einzige Hoffnung auf einen guten Sohn. Warum musst du ihn so unterdrücken?«

Alois nickte. »Ich will es dir versprechen«, sagte er. »Das heißt, wenn du heute hier bei mir bleibst. Ich kann nicht zu der Beerdigung gehen. Ich kann mich nicht zusammenreißen.« Bevor er weitersprechen konnte, weinte er wieder. Er umarmte sie. »Ich brauche dich«, sagte er, »ich brauche dich bei mir in diesem Haus.« Das hatte er ihr noch nie gesagt. Er konnte kaum selbst glauben, dass er es sagte. »Ja«, erklärte er, »ich gebe dir ein feierliches Versprechen. Ich werde Adolf nicht mehr schlagen.«

Es ist falsch, einen Ehemann und seine Frau zu charakterisieren, wenn sie leiden, aber ich kann der Bemerkung nicht widerstehen, dass es nach meiner Erfahrung nur wenige Ehen gibt, in denen ein Schwur nicht durch eine geheime Klausel widerrufen wird.

Ja, das ist unser Alois. Sich selbst hatte er bereits gesagt: »Nein, ich werde Adolf nicht mehr schlagen, es sei denn, er richtet etwas Schreckliches an«, aber andererseits war auch Klara nicht ganz bei Sinnen, nicht im Augenblick. Sie fragte sich allmählich, ob es das Schicksal ihrer Familie war, zerstört zu werden. Auch sie war auf das Begräbnis nicht vorbereitet. Dieses eine Mal sollte Gott auf sie hören.

Also sagte Klara zu Angela, sie müsse die Familie vertreten. »Wenn die Leute fragen, sage einfach, dass die Eltern krank sind. Es stimmt ja auch«, sagte Klara. »Ich traue mich nicht hinzugehen, und dein Vater kann es nicht. Ich habe ihn noch nie weinen sehen. Er hat seine Fassung verloren. Angela, es ist so furchtbar für ihn. Ich kann den Mann nicht allein lassen. Ich darf es nicht! Heute bist du die Frau der Familie. Wenigstens heute musst du die Frau spielen.«

Angela sagte: »Du musst mit Adolf und mir zur Kirche gehen. Sonst gibt es einen Skandal.«

»Du«, sagte Klara, »bist viel zu jung, um dir wegen eines Skandals Sorgen zu machen. Erzähl ihnen, wir seien krank. Das muss genügen.«

»Werdet ihr wenigstens hierbleiben? Versprichst du mir, dass ihr im Haus bleibt?«, fragte Angela. »Ich fürchte, dass er ausgehen will. Er wird dich bitten, ihn zur Taverne zu bringen. Er wird sich betrinken, damit es nicht zu wehtut. Ihr dürft das Haus nicht verlassen.«

»Es hängt von deinem Vater ab.«

»Du bist seine Sklavin.«

»Schweig still!«, sagte Klara.

Zu Adolfs Überraschung ging er mit Angela allein zur Kirche. Als er nach dem Grund fragte, sagte Angela nur: »Bevor wir gehen, musst du dich baden. Du riechst wieder schrecklich.«

8

Als sie allein mit Alois war, konnte Klara es nicht ertragen, an all die Todesfälle in ihrer Familie zu denken. Es ging nicht nur um ihre Kinder, sondern auch um den Tod ihrer Brüder und Schwestern. »Hat Gott keine Gnade?«, fragte sie sich. Sie spürte eine angsterregende Erschöpfung, als stünde sie in einem alten Haus und der Boden breche unter ihr ein und sie habe kein Interesse daran, sich zu retten. Sie war es müde zu glauben, dass alles ihre Schuld war.

Ich muss zugeben, dass ich versucht war, mich ihr zu nähern, aber ich wusste, dass der Maestro es ablehnen würde. Was könnte man schon gewinnen, wenn man Klara als Mandantin eroberte? Es würde die Büttel verwirren, wenn sie Klara verlören. Aber wie viel Arbeit hätten wir, um eine so neue und schwierige Mandantin zu erziehen.

Ich merkte bald, dass Klara nur eine kurze Aufwallung der Rebellion hatte, was bei frommen Menschen häufig vorkommt. Frömmigkeit kann auch als Schutzwall dienen, um die Frommen vor der Erkenntnis zu bewahren, wie ärgerlich sie auf Gott sind – auf diesen Gott, der sie nicht so behandelt, wie es ihnen nach ihrer Ansicht zusteht. Da dieser unerlaubte Zorn meist sozusagen in verpesteten Wassern der Bescheidenheit gebadet ist, werden aus den Betroffenen keine echten Mandanten für uns, obwohl wir sie manchmal benutzen. Fromme Menschen können die weniger frommen Mitglieder ihrer Familie zerrütten. Wiederholungen töten die Seele.

An diesem langen Tag fühlte sich Alois durch Edmunds Tod so elend, dass er auf die lange vergrabenen Erinnerungen an seinen Inzest zurückblickte. Waren er und Klara vergiftete Menschen? Wenn ja, mochte der Tod für Edmund besser sein. Wieder weinte Alois.

Als Klara es sich noch einmal überlegte und sagte: »Vielleicht sollten wir doch zur Kirche gehen«, ergriff ihn die Angst. »Damit ich in aller Öffentlichkeit zusammenbreche?«, wiederholte er. »Das ist schlimmer als der Tod.« Klara fragte sich: »Was ist schlimm daran, wenn man in der Kirche weint, weil einem das Herz bricht?« Ihr kam ein Verdacht. War Alois ein böser Mensch? War sie es? Was war mit dem Eid, den sie geleistet hatte, als Alois junior regungslos auf dem Boden lag? Vielleicht war es besser, ja, es war bestimmt besser, wenn sie fortblieben. Wenn böse Menschen an einer Beerdigung teilnehmen, könnte es dem Toten schaden. Langsam spürte sie an diesem langen Tag, den sie zu Hause verbrachten, eine schreckliche Glut in ihrer Brust aufsteigen. War es ihre Wut, die sich gegen Gott richtete? Auch sie hatte jetzt Angst, zur Kirche zu gehen. Ja, wer konnte es wagen, eine solche Wut an einen heiligen Ort zu tragen? Das wäre gleichbedeutend mit einem erneuten Treueschwur an den bösen Geist.

9

Bei der Beerdigung vernahm Adolf kein einziges Wort. In seinem Kopf brannte es. Noch in Edmunds Todesstunde hatte sein Vater zu ihm gesagt: »Du bist jetzt meine einzige Hoffnung.«

»Ja«, sagte Adolf bei sich, »es stimmt, dass mein Vater Edmund als seine einzige Hoffnung gesehen hat. Das wollte er eigentlich sagen. Aber in Wirklichkeit hasst er mich. Er glaubt, ich war grausam zu Edmund.«

Adolf wollte nicht einsehen, dass er grausam zu Edmund gewesen war. »Es war nur genauso«, redete er sich ein, »wie Alois junior mich behandelt hat.« Trotzdem überkam ihn bald ein Entsetzen. Wie tief und unnachsichtig mochte der Zorn der Engel sein!

Kurz vor seiner Erkrankung hatte er Edmund eines Tages auf einen Spaziergang in den Wald mitgenommen. Er war immer noch nervös wegen des Feuers und wollte sich deshalb Edmunds Loyalität versichern. Er nahm einen Zweig vom Weg auf und skalpierte seinen Bruder, indem er mit dem Stängel einen Kreis um seine Stirn, oberhalb des linken Ohrs, unter seinem Hinterkopf und oberhalb des rechten Ohrs beschrieb, bevor er wieder zur Stirn zurückkehrte. Dann sagte Adolf mit seiner vibrierendsten Stimme: »Jetzt besitze ich dich. Dein Gehirn gehört mir.«

»Wie kannst du so etwas sagen?«, sagte Edmund. »Das ist dumm.«

»Sei kein Narr«, sagte Adolf. »Warum wollten Indianer wohl Skalpe haben? Weil sie nur so den Mann besitzen konnten, den sie eben gefangen hatten.«

»Aber du bist mein Bruder.«

»Es ist besser, dass dein Bruder dein Gehirn besitzt als ein Fremder. Der Fremde könnte es wegwerfen.«

»Gib es mir zurück«, sagte Edmund.

»Erst wenn es so weit ist.«

»Wann wird das sein?«

»Wenn ich's dir sage.«

»Ich glaube dir nicht. Ich glaube, dass du gar nichts besitzt. Mein Gehirn fühlt sich immer noch wie dasselbe an.«

»Oh, du wirst den Unterschied schon merken. Du kriegst Kopfschmerzen. Sie machen dir zu schaffen. Das ist das erste Anzeichen.«

Edmund war den Tränen nahe, aber er weinte nicht. Sie gingen schweigend nach Hause. In der Kirche schlug Adolfs Herz jetzt im Takt der Schritte, die sie auf dem Rückweg aus dem Wald gemacht hatten. Er verspürte bei der Erinnerung auch einen höchst eigenartigen Schmerz. Er war in seinem Herzen und er war so scharf, als ob ihm ein Splitter unter den Fingernagel getrieben würde.

Er verbot sich, an Edmund zu denken. Nicht an diesem Tag. Er betete zu Gott, dass er aufhören konnte, an Edmund zu denken. Mit meiner Hilfe gelang es ihm bis zu einem gewissen Grad, insoweit wir nämlich den Großteil des Splitters unter seinem Fingernagel entfernen konnten. Das stecken gebliebene Fragment jedoch ging noch tiefer bis an die Wurzeln, die Qualen verbreiteten. Die Erinnerung blieb wie eine Wunde in seinem Herzen.

Jetzt war Adolf an der Reihe zu weinen. Er dachte daran, wie Klara ihn früher einen Liebling Gottes genannt hatte. »Oh«, sagte sie zu ihm, »du bist so anders.« Das stimmte, wie er sich einredete (»Liebling Gottes«). Er war nicht wie Gustav und die anderen. Vielleicht war er vom Schicksal auserwählt. Er hatte überlebt.

Ich sah das ganze Ausmaß des nötigen Wiederaufbaus vor mir liegen. Ich musste ihn in seinem Empfinden in das Alter von drei Jahren zurückversetzen, als seine Mutter ihn angebetet hatte.

Jetzt meinte er, seine Mutter würde ihn verlassen, wie sie Edmund verlassen hatte. Warum sollte er sich dabei schuldig fühlen? Sie sollte den Schmerz spüren. Angeblich hatte sie Edmund geliebt, und dennoch war sie nicht hier in der Kirche. Wie schrecklich. So gefühllos!

10

Als Bruder und Schwester das Grab verließen, gingen einige der Trauergäste auf Angela zu, deren Gesicht sich vor Verlegenheit rötete. Sie konnte es nicht vermeiden. Sie versuchte ihnen zu erklären, wie schrecklich ihre Eltern litten. »Es ist ein solch furchtbarer Tag für sie – sie sind beide im Bett. Sie sind zu schwach, um sich zu bewegen.« So redete sie daher, verlegen, aber auch aufgeregt darüber, dass sie im Mittelpunkt stand.

Sobald sie aber allein waren und auf den Wald zuschritten, sagte Adolf: »Woher weiß ich wohl, dass meine Mutter nicht zu meiner Beerdigung kommen wird?«

Angela schimpfte ihn aus: »Klara ist die feinste Person, die ich kenne. Die gütigste. Keine ist besser. Wie kannst du so etwas sagen? Sie leidet mit deinem Vater. Er hat Edmund so sehr geliebt!« Als Adolf sie daraufhin gehässig anblickte, fügte sie hinzu: »Und es war gut so. Edmund war ein wunderschönes Kind. Das kann ich von dir nicht sagen. Selbst am Tag der Beerdigung deines Bruders« – sie musste es wiederholen! – »hast du einen unangenehmen Körpergeruch.«

»Wie meinst du das?«, fragte er. »Ich habe mich gebadet. Du weißt es. Du hast mich gezwungen und du hast gesagt: ›Zur Beerdigung willst du gehen, so wie du riechst? Ab in die Badewanne‹, und ich habe dir gesagt: ›Es dauert zu lange, bis das Wasser kocht.‹ Du hast dich nicht darum gekümmert.«

Er hatte kaltes Wasser benutzen müssen. Es war nur eine Katzenwäsche gewesen. Vielleicht roch er immer noch. »Nein«, sagte er jetzt, »ich verbiete dir, so mit mir zu reden. Ich habe keinen widerwärtigen Geruch. Ich habe mich gebadet.«

Angela sagte: »Gebadet oder nicht, Adolf. Du bist kein guter Mensch.«

Er war so wütend auf sie, dass er vom Waldweg in den frischen Schnee lief. Sie folgte ihm, ebenso wütend. Sobald sie außer Hörweite aller Leute waren, die an der Trauerfeier teilgenommen hatten, schrie sie ihn so laut an, dass er davonrannte: »Kein guter Mensch! Ein schrecklicher Mensch. Du bist ein Monstrum!«

Allein im Wald fürchtete sich Adolf vor seinem eigenen Tod. Es war so kalt im Schnee. Er erinnerte sich an das Entsetzen in Edmunds Augen, als er den Geschichten der Brüder Grimm zuhörte.

Als Angela ihn eingeholt hatte, gingen sie schweigend nach Hause, wo sie ihren Vater mit einem roten und geschwollenen Gesicht vorfanden. Er wandte sich an Adolf und sagte: »Du bist jetzt mein Leben.« Er umarmte ihn und fing wieder zu weinen an. »Wie falsch seine Worte waren«, dachte Adolf. Sein Vater glaubte immer noch, dass Edmund seine einzige Hoffnung gewesen war. Er konnte nicht einmal vorspielen, dass es nun anders war. »Ich hasse meinen Vater«, sagte Adolf sich wieder.

11

Einige Nächte nach dem Begräbnis gab ich Adolf einen Traum ein. Ein Engel erzählte ihm, dass seine Grausamkeiten Edmund gegenüber eines Tages gerechtfertigt würden. Warum? Weil Adolfs Leben in seiner Kindheit verschont worden war. Es war einem besonderen

Ziel vorbehalten. Er brauchte nur jedem Befehl von oben zu gehorchen. Auf diese Weise könnte er jedem gewöhnlichen Tod entrinnen. Er würde zum Gottesgeschenk an das Volk, brennend wie Feuer, hart wie Stahl.

Es war ein sorgfältig ausgearbeiteter Traum, aber ich fragte mich, ob ihm eine derartige Überzeugung nicht zu früh eingepflanzt wurde. Sie setzte voraus, dass er ewig leben würde. Es ist nicht unmöglich, daran zu glauben. Es gibt gute Gründe dafür, dass kein Mensch sich gern seinen eigenen Tod vorstellt: Die Seele, würde ich sagen, erwartet ihre eigene Unsterblichkeit. Bis zu einem gewissen Grad stimmt das vielleicht sogar. Viele Männer und Frauen werden wiedergeboren. Ich will nicht sagen, dass es durch die Handberührung eines Priesters oder eines anderen Geistlichen bei der Wassertaufe in einem Fluss geschieht, nein, sie werden durch Reinkarnation wiedergeboren. Der Maestro hat uns erzählt, dass es Teil eines vom D.K. entwickelten konzeptionellen Schemas ist: »Er betrachtet sich selbst als göttlichen Künstler. Natürlich macht Er auch Fehler – viele Seiner Kreationen sind verpfuscht. Und viele sind Desaster, die Er dann wieder in die Nahrungskette einreiht. Nur so kann Er Seine vielfältige, mittelmäßige und oft sinnlose Brut davon abhalten, sich an der Existenz des Rests zu verschlucken. Doch ich muss zugeben, Er ist stur. Er will seine früheren Schöpfungen immer noch verbessern.« Wie der Maestro es darstellt, ist der Dummkopf zu dem Bestreben gezwungen, selbst seine unterentwickeltsten menschlichen Wesen zu verbessern.

Und das ist der Grund, warum nur wenige Männer und Frauen glauben, dass sie einmal aufhören werden zu existieren. Sie würden es laut sagen, wenn sie nicht Angst hätten, sich lächerlich zu machen. Ja, ihre eigentliche Furcht besteht darin, dass ihr neues Leben sie wegen der Art und Weise, wie sie ihr vorheriges vergeudet haben, dem Zorn des Dummkopfs noch mehr ausliefert als in ihrer früheren Existenz. Ihre neue Lebenslage spiegelte vielleicht ihr Fehlverhalten zuvor. Eine Wiedergeburt könnte mithin die Hölle auf Erden sein. Obwohl der Maestro uns nicht mit solchen Antworten versorgt, bin ich überzeugt, dass es im Unterbewusstsein jedes Menschen eine Zone gibt, wo der Glaube an die Unsterblichkeit lebt.

Die Überzeugung von der persönlichen Unsterblichkeit kann uns beträchtliche Probleme bereiten. Viele unserer Männer und Frauen, besonders die älteren, gelangen zu dem Schluss, dass sie wiedergeboren werden, wenn sie für ihre Sünden büßen. Das verursacht ein Chaos unter unseren bislang zuverlässigen Mandanten. Sie sind keineswegs immun gegen diesen Gedanken. Wie abscheulich und verstockt manche der von Ihm zur Wiedergeburt ausgewählten Menschen auch sein mögen, so spürt Er anscheinend doch, dass etwas Außergewöhnliches an ihnen ist, eine Qualität, die sich bei ihrem letzten Einsatz in der Welt nicht richtig entwickeln konnte.

Ob der Maestro sogar einen heimlichen Einfluss auf die Ratgeber des D.K. hat? Die Frage überschreitet offensichtlich meine Kompetenz, aber der Maestro scheint zu wissen, welche unserer Mandanten zur Wiedergeburt ausgewählt worden sind. Um dabei mitreden zu können, müsste ich wissen, wie der D.K. die Zukunft Seiner Schöpfung sieht. Ist sie der Rücksichtslosigkeit unseres Maestros vergleichbar? Ist Rücksichtslosigkeit überhaupt möglich in Seinen göttlichen Heerscharen?

12

Wenige Monate nach Edmunds Tod überkamen Klara angstvolle Gedanken. War es möglich, dass sich Adolf mehr als grausam gegenüber Edmund verhalten hatte? War es sogar eine unverzeihliche Grausamkeit? Angela erzählte ihr wieder, dass sie zugehört hatte, als die beiden Brüder zusammen spielten, wie Adi den Kleinen mit den schlimmsten der Grimm'schen Märchen in Panik versetzt hatte.

Aus ihrem Schlafzimmerfenster konnte Klara sehen, wie Adi von der Friedhofsmauer auf Ratten schoss. Sie zuckte jedes Mal zusammen, wenn sie den Knall der Schüsse hörte. Für sie glich das Luftgewehr einer hässlichen Stimme. Sie meinte empörte Geister vom

Friedhof nahen zu hören. Auch wenn jemand nicht zu unseren Mandanten zählt, können wir auf ihn oder sie einen gewissen Einfluss ausüben, und in diesem Fall wollte ich verhindern, dass Klara ihren Sohn Adolf in noch tiefere Depressionen trieb, weshalb ich ihr im Schlaf suggerierte, dass Adolf nicht böse war, sondern dass er furchtbar litt. Diese Technik wirkt bei jeder Mutter, die noch Liebe für ihr Kind empfindet. Nach einiger Zeit verbesserte sich deshalb die Situation. Klara spürte erneut die Notwendigkeit, Alois' Gefühle zu ändern. Sie sagte ihrem Mann, Adolfs Depressionen beeinträchtigten inzwischen seine Zensuren in der kleinen Schule von Leonding. Es müsse daran liegen, dass er um Edmund trauerte. »Aber er hat auch Angst vor dir«, wagte Klara zu sagen. »Er hasst es, dich zu enttäuschen. Alois, du musst deinem Sohn wieder ein gütiger Vater werden.«

Ihre Worte kamen aus dem Herzen, doch sie erinnerten ihn nur an Edmund. Leider war Adolf nicht Edmund. Trotzdem nickte er.

»Ich werde tun, was ich kann«, sagte er. »Manchmal schließt sich mein Herz wie eine Tür.«

Einmal dabei, ließ sie aber ihren eigenen Gefühlen freien Lauf. Sie musste wieder einen Weg zu Adolf finden. Auch sein Herz konnte sich schließen wie eine Tür. Sie hatte bemerkt, dass Adolf von dem neuen Jahr 1900 tief beeindruckt war. »Adolf, es wird dein Jahrhundert«, sagte sie ihm. »Ich weiß es. Du wirst in ihm wunderbare Dinge vollbringen.«

Er fühlte sich wichtig, weil sie in diesem Ton zu ihm sprach, aber er wusste nicht, ob er ihr glauben sollte. Wie konnte es sein Jahrhundert werden? Im Augenblick fühlte er sich keiner großen Taten fähig. Deshalb nörgelte er. »Ist das wirklich so?«, fragte er sie. Zum Schluss konnte ihre Zunge die Wahrheit nicht mehr verbergen. »Du bist es, den ich lieben muss«, sagte sie. Er erwog ihre Wortwahl. Zum ersten Mal wurde ihm bewusst, dass Frauen einen nicht deshalb liebten, weil es ihre Pflicht war. Sie konnten wahre Liebe geben oder einen weniger verlässlichen Ersatz.

Hier intervenierte der Maestro. »Ermutige ihn nicht«, wurde mir befohlen, »zu einem unangemessenen Interesse an Frauen. Belasse ihn in der Furcht.«

13

An bewölkten Nachmittagen zu Frühlingsbeginn, wenn der Nebel wallte und ein Geruch nach Moos und Fäulnis aus den Grabstellen stieg, saß Adolf auf der feuchten niedrigen Friedhofsmauer und wartete darauf, dass die Ratten herauskamen. Wenn sie nach Westen blickten, leuchteten ihre Augen im Sonnenuntergang selbst bei bewölktem Himmel und boten so ein scharfes Ziel. Wenn er eine mit seinem Luftgewehr traf, konnte er aber nicht zu dem getöteten Tier hinlaufen. Es war zu spät am Abend für ihn, um von der niedrigen Mauer auf den Friedhofsrasen zu springen.

Früh am nächsten Morgen, bevor er zur Schule ging, schaute er dann nach, und wenn keine Hunde oder Katzen nachts den Friedhof durchstreift hatten und der Kadaver der Ratte noch unberührt war, atmete er den ersten Aasgeruch ein. Das regte seine Stimmung an. Er fragte sich, ob mit Edmunds Fleisch schon Veränderungen geschehen waren. Selbst im Frühjahr wollte er nicht wieder in den Wald gehen. Er blieb auf der Friedhofsmauer hocken.

Ich wiederum hatte beschlossen, Adolfs Schuldgefühl nicht zu mindern. Und mein Instinkt wurde bald bestätigt. Während die Büttel immer das Schuldgefühl schüren, um dadurch die Bußbereitschaft ihrer Mandanten zu steigern, ziehen wir es vor, die Schuld verkalken zu lassen, sie gleichsam im Knochenmark aufzubewahren. Das erhöhte zwar unser Risiko, dass wir damit die künftigen Möglichkeiten der Seele einengten, aber ich musste jetzt Adolf von seiner Depression befreien, bevor sie zu extrem wurde. Depressionen können sich zu Abirrungen vertiefen.

An vielen Abenden saß Adi auf der Friedhofsmauer und fragte sich, was er tun würde, wenn Edmunds Arm sich plötzlich aus dem Grab hervorstreckte. Würde er weglaufen? Würde er mit Edmund zu reden versuchen? Würde er ihn um Verzeihung bitten? Oder würde er ihm eine Kugel aus seinem Luftgewehr in den Arm schießen?

Den ganzen Winter, das Frühjahr und den Sommer 1900 hindurch lastete die Erinnerung an Edmund wie ein schweres Gewicht auf seiner Brust. Der Grund war leicht zu erkennen. Adolf hatte immer noch Reste eines Gewissens. Wenn wir mit dem Selbstmitleid die Tür des Herzens zu hässlicheren Empfindungen ölen, wird das Gewissen oft unser Antagonist. Die Büttel peitschen die Menschen über das Gewissen zum Gehorsam. Wenn wir uns hingegen mit den fortgeschrittensten unserer Mandanten befassen, versuchen wir das Gewissen vollständig auszuschalten. Danach bauen wir das Scheinbild eines guten Gewissens auf, mit dem die meisten der Leidenschaften zu rechtfertigen sind, welche die Büttel zu unterdrücken versuchen: Gier, Lust, Neid – nicht nötig, alle Sünden aufzuzählen. Wenn wir diesen Ersatz richtig aufbauen, wird die Fähigkeit unserer Mandanten gestärkt, hässliche Taten zu rechtfertigen. Damit schaffen wir es, das Gewissen von den schändlichen Erinnerungen zu befreien, die es anfangs aufbewahrte.

Den größten Erfolg erzielen wir, wenn der fast entleerte Rest des alten Gewissens sich störrisch dem neuen Gefühl des Freiseins widersetzt und so als nutzlose Geißel empfunden wird, als Feind des Behagens. Natürlich haben Serienmörder, die auf ihren Wagemut stolz sind, jegliches Gewissen verbannt. Zusätzlichen Vorteil ziehen wir aus dem Krieg, in dem Soldaten immer gewissenloser werden. Unsere Arbeit wird dann vereinfacht. Es sind die ruhigen Perioden, in denen die Talente von fortgeschrittenen Teufeln wie mir verlangt werden. Ich will nicht behaupten, es sei reine Routine, einen Mann oder eine Frau von der Rechtmäßigkeit des Tötens zu überzeugen. Auf sich allein gestellt fürchten sie wahrscheinlich, der Mord sei eine höchst selbstsüchtige Tat. Die Wilden wissen es mit Sicherheit. Wenn sie bei ihren Feierlichkeiten ein Tier opfern, sind sie klug genug, um Vergebung zu bitten, bevor sie ihm die Kehle durchschneiden.

Ich wiederum wollte Adis Gefühl der Macht stärken, die ein Mord dem Mörder verleihen kann. Er war natürlich zu jung für unsere am weitesten entwickelten Techniken, aber ich arbeitete eine Traumätzung aus, in der Adolf im Deutsch-Französischen Krieg von 1870/71 zum Helden wurde. Der Traum suggerierte, dass er in seinem früheren Leben, fast zwei Jahrzehnte vor seiner Geburt 1889, dort gewesen sei. Ich konnte ihn leicht davon überzeugen, dass es ihm gelungen war, einen ganzen Zug französischer Soldaten zu massakrieren, die den schweren Fehler begangen hatten, ihn auf seinem einsamen Vorposten anzugreifen. Natürlich war diese Traumätzung grotesk, doch sie bereitete eine Basis vor, auf die man später kompliziertere Impulse legen konnte. An sich war die deutsch-französische Traumätzung nur eine Wunscherfüllung, und deren Wirkungen sind nur temporär.

Lange bevor Dr. Freud irgendetwas zur Sache sagen konnte, wussten wir schon alles über die Wunscherfüllung. Unsere Einstellung zur menschlichen Psychologie ist notwendigerweise umfassender. Ja, wir lächeln oft über die Oberflächlichkeit von Freuds Analysen. Es ist seine Schuld. Er wollte schließlich nichts mit Engeln oder Dämonen zu tun haben und war halsstarrig entschlossen, die Beteiligung des Dummkopfs und des Maestros in großen oder kleinen menschlichen Angelegenheiten zu leugnen.

Andererseits kann man dem guten Doktor doch ein wenig Lob für seine Darstellung des Ego zollen. Mit diesem Konzept können die Menschen Verschiebungen in ihrem Selbstwertgefühl fast genauso zuverlässig einschätzen wie wir.

Der Zustand von Adolfs Ego bildete jetzt den Mittelpunkt meiner Aufmerksamkeit. Es nützte nichts, weiterhin sein Selbstwertgefühl zu steigern, wenn er gleichzeitig von dem Gedanken verschreckt war, dass er zu Edmunds Tod beigetragen hatte. Gerade weil er es nicht glauben wollte, hielt er sich für schuldig, und das Schlimmste war, dass auch ich die Antwort nicht kannte. Hatte er oder hatte er nicht?

Die Fakten waren einfach – was bedeutet, dass die Tat klar war, aber nicht die Konsequenzen. Als Angela eines Morgens mit Klara und Paula im Garten arbeitete und Alois noch zu Lebzeiten seinen Spaziergang machte, kam Adolf dazu, wie Edmund allein in dem Zimmer spielte, das sie sich bis zu Adolfs Krankheit geteilt hatten.

Adolf ging zu Edmund und küsste ihn. Einfach so. Ich muss zugeben, dass ich ihn anspornte. Obwohl ich persönlich etwas Ähnliches wie Zuneigung für Edmund empfand, konnte ich in dieser Situation nicht eingreifen. In jener Zeit war ich nicht bereit, mich einem direkten Befehl des Maestros zu widersetzen.

»Warum küsst du mich?«, fragte Edmund.

»Weil ich dich liebe.«

»Wirklich?«

»Ich liebe dich, Edmund.«

»Hast du mich deshalb skalpiert?«

»Das musst du vergessen. Du musst mir verzeihen. Ich glaube, ich habe deshalb die Masern bekommen. Ich habe mich hinterher so geschämt.«

»Ist das wahr?«

»Ich glaube ja. Und deshalb muss ich dich noch einmal küssen. Damit gebe ich dir deinen Skalp zurück.«

»Das brauchst du nicht. Ich habe heute keine Kopfschmerzen.«

»Wir können kein Risiko eingehen. Ich muss dich wieder küssen.«

»Ist das nicht gefährlich? Du hattest die Masern.«

»Zwischen Bruder und Schwester könnte es gefährlich sein, aber nicht zwischen Brüdern. Es ist medizinisch nachgewiesen, dass Brüder sich küssen dürfen, auch wenn einer die Masern hat.«

»Mama sagt aber, wir sollen uns noch nicht küssen.«

»Mama weiß nicht, dass es zwischen Brüdern erlaubt ist.«

»Schwörst du?«

»Ich schwöre.«

»Lass mich deine Finger sehen, wenn du schwörst.«

Adolf wurde in diesem Moment definitiv von mir angetrieben. Er erhob seine Hände mit ausgestreckten Fingern. »Ich schwöre«, sagte er und küsste Edmund mehrere Male. Es waren Jungenküsse voller Spucke, und Edmund erwiderte sie. Er war so glücklich, dass Adi ihn doch liebte.

Edmund bekam die Masern. Und die Krankheit verlief letal. Wir waren für seinen Tod verantwortlich. Oder auch nicht. Ich wusste es ebenso wenig wie Adolf. Deshalb wurde Nacht für Nacht ein weiterer Zug französischer Soldaten in Adolfs Schlaf massakriert. Ich hatte beschlossen, ihn durch eine Wunscherfüllung nach der anderen abzulenken. Jede für sich würde keine große Wirkung hervorrufen, aber Quantität verändert die Qualität, wie Engels einmal an Marx schrieb, und deshalb glaube ich, dass meine Arbeit den gewünschten Effekt erzielt hätte, wenn nicht andere Probleme dazwischen gekommen wären, mit denen er fertigwerden musste. Andernfalls wäre Adolf nach meiner Meinung bereit gewesen, seine psychischen Stärken in die rigorose Überzeugung einzubringen, dass der Mord dem Mörder Macht verleiht.

Buch XIII

Alois und Adolf

1

Adolf Hitlers Bereitschaft, Menschenleben in Gaskammern auszulöschen, war offensichtlich im Jahr 1900 noch kein aktives Verlangen. Wenn ich also 1945 erwähne, so keineswegs, um eine direkte Verbindung zu den Monaten nach Edmunds Tod herzustellen. In jenen Jahren war ich vollständig von unserem Maestro geleitet und versuchte nur, Adolfs frühes Gefühl zu intensivieren, dass er einmal zu einem führenden Agenten der Todesgötter würde. Das machte ihn glauben, sein eigenes Ende würde nicht wie das von anderen sein. Ich hatte natürlich noch keine Ahnung von den künftigen Dimensionen.

Ich finde es jedenfalls interessant, dass Hitler in den letzten Monaten seines Lebens wünschte, eingeäschert zu werden. Der geringste Aspekt in seinem Leben war immer sein Körper gewesen, aber zum Schluss war seine Seele – nach allen Begriffen außer den unseren – besudelter als sein Torso. Es stimmt natürlich auch, dass jemand, der zum Aufseher des Todes geworden ist und über die Macht verfügt, Menschen massenweise zu liquidieren, auch eine harte Schale für sein Ego braucht, um den inneren Horror vor dem Preis abzuwehren, den die Seele zu zahlen hat. Die meisten Staatsmänner, die im Krieg zu erfolgreichen Anführern ihrer Nation geworden sind, befinden sich auf dieser Ebene. Sie haben die Fähigkeit erlernt, wegen Verlusten auf der anderen Seite keine schlaflosen Nächte zu erleiden. Sie besitzen die mächtigste aller gesellschaftlichen Maschinerien zur psychischen Betäubung: Patriotismus! Er ist immer noch das verlässlichste Instrument, um die Massen zu lenken, obgleich er einmal durch die offenbarte Religion ersetzt werden könnte. Wir lieben Fundamentalisten. Ihr Glaube verspricht uns, dass sie sich zur finalen Waffe der Massenvernichtung entwickeln.

Dies sind meine persönlichen Schlussfolgerungen, aber ich muss den Leser warnen, dass der Maestro großartige Gedanken bei seinen Dienern hasst. Er bezeichnet solche Ideen als »eure Blähungen«. Er beordert uns für Aufgaben innerhalb unserer Kompetenz zurück.

Ich denke, dass Hitler am Ende zu der gleichen Ansicht gelangt ist. In einem der schlimmsten Jahre seines Lebens, 1944, als der Krieg schlecht lief, versuchte sich der Führer in seinem unterirdischen Bunker in Ostpreußen, der Wolfsschanze, dadurch zu entspannen, dass er seinen Sekretärinnen beim Abendessen alte Anekdoten erzählte. Er schilderte ihnen, wie sein Vater ihn an vielen Abenden ausgepeitscht hatte. Er aber, versicherte er seinen Sekretärinnen, sei tapfer gewesen, ja, so tapfer wie ein amerikanischer Indianer unter der Folter. Nie habe er einen Laut von sich gegeben. Die Damen ergötzten sich an seinen heroischen Geschichten. Inzwischen war Adolf im Alter von fünfundfünfzig über seine Jahre hinaus gealtert und bereit, die Vorzüge des Alters zu genießen. Er freute sich über die Bewunderung von Frauen, bei denen er nicht zu entscheiden brauchte, ob er mit ihnen kopulieren sollte. Sein Sexualtrieb trachtete im Gegensatz zu dem seines Vaters nie nach den Glorien oder Gefahren immer neuer Unzucht. (Die Angst vor dem Versagen war ausgeprägt bei Adolf, und wir wollten sie nicht mindern.) Eine irdische Partnerin lag unseren Zielen nun absolut fern.

Natürlich waren die Geschichten, die er den Sekretärinnen erzählte, schamlos übertrieben. Manchmal sprach er sogar von zweihundert Hieben, die der Arm seines Vaters seinem Hintern versetzt hätte.

Im Gespräch mit Hans Frank sagte er einmal Ende der 1930er-Jahre: »Als ich zehn oder zwölf war, musste ich spätabends in diese stinkende, verräucherte Taverne gehen. Ich habe die Gefühle meines Vaters nicht geschont. Ich bin direkt an den Tisch gegangen, an dem er saß und mich dumm ansah, und habe ihn geschüttelt. ›Vater‹, sagte ich, ›es ist Zeit, dass du nach Hause kommst. Steh auf.‹ Und oft musste ich eine Viertelstunde oder länger warten, bevor ich ihn auf die Beine bekam. Dann half ich ihm nach Hause. Ich habe mich nie wieder so fürchterlich geschämt. Herr Frank, ich sage Ihnen, ich weiß, was der Dämon Alkohol anrichten kann. Wegen meines Vaters war er der Fluch meiner Jugend.« Er verkaufte die Geschichte so gut, dass Hans Frank sie sogar bei den Nürnberger Prozessen erzählte.

2

In Wirklichkeit trank Alois jedoch wenig. Er traute sich nicht über ein gewisses Maß hinaus. Dass Edmund ihn nicht mehr am Morgen begrüßte, war ihm unerträglich. Er fühlte sich, als hätte er im Schlaf eine Schüssel Asche gegessen.

An vielen Abenden musste er zudem auf der Hut sein, wenn er zum Bürgerabend ging. Obwohl der Landadel kultivierter war als er, fühlte er sich in seiner Gesellschaft zumindest kurzfristig von seinen bedrückendsten Stimmungen befreit. Ohne diese elegante Zerstreuung hätte er wieder den ganzen Abend über den Tod des Jungen nachbrüten müssen. Und so wurde er zu einem regelmäßigen Teilnehmer und war oft an allen vier Abenden der Woche anwesend, egal in welcher Gaststätte. Nachdem er anfangs ein wenig steif hinzugekommen und wieder gegangen war, wurde die Situation für ihn durch das stille Mitleid erleichtert, das man ihm bezeigte. Man begegnete ihm mit allgemeiner Höflichkeit, wenn er eintraf. Viele versicherten ihm ihre Anteilnahme, wenn er ging. »Das ist die gute Seite der Adeligen«, sagte er sich. Beim Zoll hatte er ihre Manieren immer als frostig empfunden, außer wenn sie etwas zu verbergen hatten.

Außerdem beeindruckte ihn ein häufig anwesendes Mitglied bei den Bürgerabenden, ein Rabbi namens Moritz Friedmann, der seit achtzehn Jahren zum Lehrkörper der österreichischen Bezirksschule gehörte. Alois sah, dass die meisten Mitglieder Friedmann respektierten, und das bestärkte ihn in seiner Idee, dass man die Menschen in kultivierte und unkultivierte einteilen konnte. Wenn ein Jude an einem Bürgerabend willkommen war, sagte er sich, so konnte es auch ein Bauer sein, der unter den niedrigsten Umständen, ja, unehelich von einer Frau geboren war, die im Stroh eines früheren Futtertrogs schlafen musste. Nein, an diesen Abenden trank er nicht viel. Adolf brauchte ihn nicht betrunken nach Hause zu bringen. Angesichts des höflichen Willkommens, das man ihm jetzt bei den Bürgerabenden entgegenbrachte, folgerte er, dass er ein Recht hatte, zu ihrer Gemeinschaft zu gehören, weil auch er wie Rabbi Friedmann ein außergewöhnlicher Mensch war.

Ungefähr sechshundert Juden wohnten damals in Linz, was bei der Einwohnerzahl von sechzigtausend bedeutete, dass auf je hundert ein jüdischer Bürger kam. Die meisten stammten aus Böhmen und waren eigentlich nicht so ungehobelt, wie man vermuten könnte – das hätte er Klara erzählt, wenn sie nicht gedacht hätte, dass er selbst jüdisch sei. Viele waren schon assimiliert. Sie liefen nicht in alten Kaftanen herum und rochen nicht nach ungelüfteten Zimmern. Viele gingen erlernten Berufen nach oder produzierten Waren, und viele andere, wie zum Beispiel Moritz Friedmann, bekleideten hohe staatliche Positionen. Ja, sie waren Seiteneinsteiger, und er selbst auch.

Inzwischen hatte Alois wie Mayrhofer das Gefühl, dass ihm die Taverne zu grob war. In seiner Trauer brachten ihn die lauten Stimmen um ihn herum den Tränen nahe, wenn er an Edmund dachte. Zudem würde er in der Taverne mehr trinken. Welche Erniedrigung, wenn er dort zusammenbräche.

3

Adolf trat im September 1900 in die Mittelschule ein, knapp acht Monate nach Edmunds Tod. Wenn er in den nächsten vier Jahren alle Klassen schaffte, wäre er an seinem fünfzehnten Geburtstag fertig. Er wollte aber lieber das Gymnasium besuchen, wo der Lehrplan sich auf Klassik und Kunst konzentrierte, statt die Realschule, wo man mehr Wert auf die praktischen Fächer legte.

Alois und Adolf diskutierten darüber. Manchmal war Klara mit im Zimmer, manchmal nicht, doch sie mischte sich nur selten ein. Adi meinte, er könne dort viel lernen. Sein Talent, sagte er, läge in der Kunst. Um Alois günstig zu stimmen, fügte er hinzu, dass er auch die klassischen Fächer erlernen wolle. Alois reagierte verächtlich. »Die klassischen Fächer? Meinst du das im Ernst?«

Klara intervenierte. »Unser Junge ist aufgeregt. Das wirkt sich auch auf andere Dinge aus.«

»Ich kann verstehen, dass er nicht ganz glücklich ist«, sagte Alois. »Ich sehe keinen Sinn darin, dass er aufs Gymnasium geht. Er wird sowieso nicht angenommen.« Er blickte Adolf in die Augen. »Da du nicht einmal auf Deutsch richtig buchstabieren kannst, wie im Namen des Gottes, den deine Mutter den lieben Gott nennt, wirst du mit Latein oder Griechisch zurechtkommen?«

An dieser Stelle sprach Alois ihn auf Lateinisch an. Nicht um ihn zu prüfen, sondern zu necken: »*Absque labore nihil.*«

»Und was heißt das?« fragte Klara scharf. Wie grausam von Alois! Er machte eine Veranstaltung daraus, seine Pfeife anzuzünden, langsam den Rauch einzuziehen und ihn gemächlich wieder auszublasen, bevor er sagte: »Ohne Fleiß kein Preis – ohne Arbeit ist nichts.« Er nickte. »Das heißt es.« Er blies den Rauch in Kringeln aus. »Ich würde sagen, es trifft bestimmt für die Schule zu. Im Gymnasium müssen die Schüler die Grammatik beherrschen. In Latein und Griechisch. In beidem! Es sind feine Erkenntnisse. Sie verschaffen dir eine Überlegenheit für den Rest deines Lebens. Aber ohne richtige Arbeit gibt es nichts, und diese Schule, Adolf, ist nichts für dich. Du brauchst auch keinen Unterricht in alter Geschichte, Philosophie oder Kunst. Du würdest in keinem Fach glänzen. Nach meiner Meinung wäre es besser für dich, auf die Realschule zu gehen. Du brauchst praktischen Unterricht, und ich kann dir helfen, dass du aufgenommen wirst.« (Er dachte an Mayrhofers Unterstützung.) »Die andere Schule kommt nicht infrage, da kann ich mich noch so anstrengen. Ein Blick auf deine Rechtschreibung wird schon genügen.«

Alois wusste, dass er Mitglieder der Bürgerabende um Empfehlungen für das Gymnasium bitten konnte, aber wozu? Es würde bestimmt nicht ausreichen. Er würde mehr verlieren als gewinnen, und das ohne Sinn und Zweck. Er seufzte.

4

Adolfs Leben veränderte sich nun zum Schlechteren. Linz war acht Kilometer entfernt und zwanzig Mal größer als Leonding. Ein Mal in der Stunde fuhr ein Bus, aber Klara wollte, dass er lief, und es war ein langer Marsch durch Feld und Wald, bis er die Realschule erreichte.

Jeden Morgen wurde er auf die eine oder andere Weise entweder von seinem Vater, seiner Mutter oder sogar von Angela daran erinnert, dass er jetzt der einzige Sohn sei und die Familie sich auf ihn verließ. Nicht lange, und er hasste die Realschule. An dunklen Tagen war das Gebäude scheußlich. Dahin war der Spaß, den er in Hafeld, in Lambach und in Leonding in der Schule gehabt hatte, wo er glänzen konnte. Jetzt schienen die Klassenzimmer seine Trübsal zu teilen. Er dachte oft an den Tag zurück, als Alois über Edmunds Tod geweint und ihn, den verbliebenen Sohn, fast mit seiner Umarmung erstickt hatte, wobei er ständig wiederholte: »Du bist meine einzige Hoffnung.« Die Hoffnung roch nach Tabak. Würde selbst die Luft einer solchen Lüge zuhören? Die Erinnerung daran, so voll von Elend und Unwahrheit, hing jetzt über dem Portal der Realschule.

Seine Klassenkameraden stammten zum überwiegenden Teil aus wohlhabenden Familien. Sie traten anders auf als die Bauernjungen und die Stadtjungen, die er in den vergangenen Jahren gekannt hatte. Deshalb glaubte er seiner Mutter nicht, als sie ihm sagte: »Dein Vater ist der zweitwichtigste Mann in Leonding. Und der erste, Bürgermeister Mayrhofer, ist sein guter Freund.«

Er bezweifelte, dass ihre Wichtigkeit bis an den Stadtrand von Linz reichte. Der Bürgermeister, seiner Mutter zufolge der wichtigste Mann in Leonding, verkaufte Gemüse in seinem Laden – ein erhabener Bürgermeister! Adolf war noch keinen Tag in der Schule, und er fühlte sich schon unkultiviert. In der Pause hörte er, wie zwei Schüler sich über die Vorzüge der Oper unterhielten, zu der ihre Eltern sie am Abend zuvor mitgenommen hatten. Das stimmte ihn bedenklich, und er fragte sich, was sie wohl über ihn sagen mochten. »Dieser Hitler, er muss den ganzen Weg von Leonding hierher laufen.« Ja, an regnerischen Tagen konnte er den Bus nehmen, aber nur, wenn seine Eltern ihm das Fahrgeld gaben. Ein Auswärtiger! Die meisten Jungen in Linz hatten Leonding noch nie gesehen. Sie vermuteten, es stecke im Schlamm. Und er konnte nie nach dem Unterricht noch bleiben und sich mit jemandem anfreunden, da er gleich zum Gartenhaus zurücktrotten musste. Seine Kriegsspiele im Wald konnten nur noch sonntags stattfinden. Er hatte keine Zeit mehr, Truppen auszubilden.

Bald plagte ihn wieder die alte Frage. War er schuld an Edmunds Tod? Wieder redete er mit den Bäumen. Aber aus den Unterhaltungen waren Ansprachen geworden. Er wetterte gegen die Dummheit seiner Lehrer und den schalen Geruch ihrer Kleidung. »Sie verdienen einen Hungerlohn«, sagte er zu einer stattlichen Eiche. »Es liegt auf der Hand. Sie können es sich nicht leisten, ihre Bettwäsche zu wechseln. Angela sollte einmal diese Lehrer riechen. Dann würde sie ihren Bruder respektieren!« Er hatte noch andere Themen. Einer alten Ulme erklärte er: »Es soll eine fortschrittliche Schule sein, aber ich sage, sie ist ein Ort der Dummheit.« Er konnte die Zweige zustimmend murmeln hören. »Ich habe beschlossen, mich der Malerei zu widmen. Ich weiß, dass ich hervorragend alle Einzelheiten der interessantesten Gebäude in Leonding und Linz festhalten kann. Wenn ich die Zeichnungen meinen Eltern zeige, lobt mich sogar mein Vater. Er sagt: ›Du bist ein glänzender Zeichner.‹ Aber dann verdirbt er es wieder. Er sagt auch: ›Du musst mehr über die Perspektive lernen. Du hast noch nicht das richtige Maß für die

Menschen gefunden, die vor deinen Gebäuden umherlaufen. Manche könnten zweieinhalb Meter groß und andere Pygmäen sein. Du musst lernen, Körper im Maßstab zu zeichnen. Die Menschen müssen im richtigen Verhältnis zu dem Gebäude und ihrer Entfernung davon stehen. Schade, Adolf, dass du das nicht hinkriegst, weil deine Zeichnung des Bauwerks für sich genommen eine glänzende Skizze ist.‹«

Natürlich war ein halbes Lob seines Vaters mehr wert als alle liebevollen Anerkennungen Klaras. Es bewies seine Ansicht. Es lohnte sich, die Kunst zu verfolgen, nicht die Gelehrsamkeit. »Gelehrte Arbeit«, erzählte er der nächsten Baumgruppe, »ist anmaßend. Deshalb zeigen meine Lehrer wahrscheinlich kein Interesse an meinen Fähigkeiten. Sie sind Snobs. Sie scharwenzeln widerlich um die Jungen, die aus reichen Familien stammen. Die Atmosphäre an dieser Schule ist deshalb für mich unerträglich geworden.« Er verschwieg den Bäumen, dass die einzigen Schüler, die in der Pause auf ihn zugingen, die hässlichsten Kinder der Klasse waren oder die dümmsten oder die ärmsten.

Er glaubte an die Weisheit dieser alten Bäume. Sie schienen ihm so weise wie ausgewachsene Elefanten.

Manchmal bummelte er am Morgen und musste dann den Zug von Leonding nach Linz nehmen. Das missfiel Klara. Es war keine große Ausgabe, aber sie war unnötig, wenn die Sonne schien. Sie hatte ein nagendes Gefühl des Verlusts, wenn Geld achtlos ausgegeben wurde. Derart verschwendete Münzen fielen in ausgetrocknete Brunnen und verursachten ein schreckliches Klappern.

An den vielen Morgen, wenn er zu Fuß gehen musste, führte ihn der Weg über schöne alte Wiesen, und er gewann ein Interesse an den Festungen neben der Straße, besonders nachdem er erfahren hatte, dass die bröckelnden Türme aus dem frühen neunzehnten Jahrhundert stammten, als die Österreicher in der Furcht lebten, Napoleon werde seine Armeen über die Donau führen. Deshalb hatten sie diese Wachtürme gebaut. Als er eines Morgens an die Arbeiter dachte, die sie errichtet, und an die Soldaten, die darin gewohnt hatten, wurde er so erregt, dass er eine Ejakulation hatte. Hinterher war er erschöpft, aber froh. Er kam natürlich zu spät zur Schule und wurde mit einer Nachricht nach Hause geschickt, die Klara unterschreiben sollte. Sie wusste nicht, ob sie ihm glauben sollte, dass er den Zug verpasst hatte.

5

Es gab einen ironischen Umstand, von dem Adolfs Klassenkameraden keine Ahnung hatten. Leonding versank keineswegs im Schlamm, sondern hatte eine Oberklasse, und die nahm regelmäßig an den Bürgerabenden teil. Die feinen Unterschiede im Status zwischen den Mitgliedern fesselten Alois und lenkten ihn ein wenig von seinem Schmerz ab. Der Aufschub hielt jedoch nicht lange an. Er wusste, dass er Stufe um Stufe in seine Trauer hinabsteigen musste, und seine Verwirrung wuchs derart, dass er sich fragte, ob sein geistiges Gleichgewicht bedroht war.

Es hatte nicht immer mit Angst zu tun. Allmählich bekam er das Gefühl, er könnte sich von dem Tod erholen und vielleicht seine Kraft wiedergewinnen. Aber nicht ganz. Nie. In seinem Herzen klaffte ein Loch.

Trotzdem halfen ihm die Abende. Er brauchte geistreiche Unterhaltung. Es waren die klügsten und gebildetsten Leute, mit denen er je gesellschaftlich verkehrt hatte, und das schmeichelte seinem Bedürfnis zu glauben, dass auch er ein weltgewandter Mann war. An einem Abend hörte er zum Beispiel gespannt zu, wie ein Angehöriger des Adels, der offenbar über ein breites, wenn nicht überlegenes Wissen im Weinanbau verfügte, nebenbei bemerkte, wie sehr die Briten einen bestimmten deutschen Riesling bevorzugen. Alois hatte sich angewöhnt, selbstzufrieden zu nicken, als ob jedes Stück Kultur, das er soeben vernommen hatte, bereits in seinem Besitz sei. Eines Abends wurde Silvaner in seltsam geformten Flaschen serviert, die man Bocksbeutel nannte. Gelächter kam in der Runde auf –

Bocksbeutel, Bockshoden. Alois' Stimmung stieg so hoch, dass er sich fragte, ob er das Wort ergreifen sollte. Wer wusste mehr als er über Bockshoden? Hatte er nicht selbst einmal ein wohl ausgestattetes Paar besessen? Man frage die Damen. Aber er wagte es nicht. Er kannte den Unterschied zwischen sich selbst und dem Adel. Die meisten von ihnen konnten nach Sonnenaufgang im Bett bleiben und daher am Abend lange essen und trinken. Wenn es darauf ankam, hielten sie bis Mitternacht durch.

Sogar in seiner Jugend hatte er selten diese späte Stunde wachend erreicht, außer wenn er mit einer neuen Frau im Bett lag. So traurig es war, aber er selbst hätte genausogut ein gemeiner Handwerker sein können, der mit einem Laib Brot, etwas Leberwurst und einer Suppenkanne zur Arbeit ging. Er stellte sich vor, wie diese Adeligen, die jetzt pensioniert waren, morgens ein leichtes Frühstück zu sich nahmen – Eier à la benedictine! – und danach eine feine Zigarre rauchten.

Oft stiegen diese Leute am späten Nachmittag in die Kutsche und fuhren mit ihren Frauen zum Fünf-Uhr-Tee ins Hotel Wolfinger oder zu den 1565 gegründeten Drei Mohren. Dort lauschten sie den Violinen. Was wusste er schon davon? Ja, es wäre ein sehr seltener Nachmittag, an dem er bei den Drei Mohren oder im Vestibül des Wolfinger zum Fünf-Uhr-Tee erschien. Wie er Klara sagte, waren dies die Männer mit dem höchsten Selbstwertgefühl in Leonding.

»Vergiss Mayrhofer«, sagte er zu ihr. »Er ist ein anständiger Kerl, aber diese Leute stammen aus uralten Familien, bei denen zum Essen sechs Gänge serviert werden. Ich habe sogar schon von acht gehört.«

Klara bemerkte: »Das könnte ich auch für dich tun.«

»Nein, meine Liebe, nein«, sagte er. »Das käme mir nie in den Sinn. Denn die feinsten Rezepte nützen dir nichts, wenn du kein Meißener Porzellan und keine richtigen Weingläser hast.«

»Richtige Weingläser?« Zu seiner Überraschung hörte sie ihm interessiert zu.

»Ja«, sagte er, »sie klingen, wenn du mit dem Finger dagegen schnippst.«

Er wurde zu einem dieser Diners eingeladen. Er ging allein hin. Klara blieb zu Hause, um auf die Kinder aufzupassen. Als er zurückkam, bemerkte Klara, sie sollten diese Leute vielleicht in ihr Haus einladen.

Alois antwortete: »Sie haben sanitäre Einrichtungen. Ihr Badezimmer ist keine Hütte draußen. In ihre Badezimmertür ist kein Loch in Form einer Mondsichel gesägt. Unsere neuen Freunde, falls sie es wären, würden solche Zustände als … *drollig* betrachten.« Er hatte das Wort nie zuvor benutzt. »Nein«, fuhr er fort, »wir können solche Gäste nicht einladen. Was sollte ich sagen, wenn sie fragen: ›Wo ist das Wasserklosett?‹ Sollte ich ihnen dann sagen: ›Machen Sie sich nichts aus dem Loch. Keiner guckt rein!‹?«

6

Am letzten Januartag, fünf Monate nach Adolfs Eintritt in die Realschule, wurde Klara in die Schule gebeten.

Als sie hinterher mit geschlossenen Augen im Bus saß, um ihre Tränen zu unterdrücken, wusste Klara nicht, ob sie den Mut aufbringen würde, Alois zu erzählen, dass Adolfs Zeugnis schrecklich war.

Als Alois es am folgenden Abend erfuhr, geschah das am zweitschlimmsten Morgen des Jahres für ihn, dem ersten Februar. Er versuchte sich auf den ersten Jahrestag von Edmunds Tod am nächsten Freitag, den 2. Februar, vorzubereiten, und als er gedankenverloren durch Leonding schlenderte, begegnete er Joseph Mayrhofer. Der Bürgermeister machte einen höchst ungewöhnlichen Vorschlag. Er vertraute sein Geschäft selten seinen Helfern an, es sei denn, seine Aufgaben als Bürgermeister von Leonding führten ihn ins Rathaus, doch jetzt schlug er vor, auf ein Getränk in die Taverne zu gehen.

Sie sprachen dort über die Last des nahenden ersten Jahrestages – gleich vernünftigen Männern im Griff trauriger Empfindungen. Dann tat Mayrhofer etwas, das er noch nie getan hatte. Er sagte: »Du musst mir versprechen, nicht den Boten zu bestrafen.«

Alois antwortete mit Zuversicht: »Du wirst mir nie schlechte Nachrichten bringen«, doch er spürte schon ein Regen in seiner Brust.

Mayrhofer sagte: »Ich muss dich fragen, ob du einen älteren Sohn mit demselben Vornamen hast.«

Alois ergriff des Bürgermeisters Unterarm so heftig, dass es ihn schmerzte. Mayrhofer befreite sich mit einem gequälten Lächeln. »Nun«, sagte er, »du hast den Boten schon bestraft.« Er hob die Hand. »Genug«, sagte er. »Ich muss dir erzählen, dass heute ein Bericht eingetroffen ist, der im ganzen Distrikt verteilt wird. Dein Sohn ist im Gefängnis.«

»So? Wofür?«

»Es tut mir leid. Wegen Diebstahls.«

Ein tiefes Ächzen folgte. »Ich kann es nicht glauben«, sagte Alois. Doch er wusste, dass es stimmte.

Mayrhofer sagte: »Du kannst ihn besuchen, wenn du möchtest.«

»Ihn besuchen?« sagte Alois. »Eher nicht.« Er schwitzte und war kurz davor, seine guten Manieren zu verlieren.

»Das Schwerste in meinem ganzen Leben war, dass ich meinen ältesten Sohn verstoßen musste«, brachte er gerade noch hervor. »Mayrhofer, du verstehst, wir sind eine so gute Familie. Meine Frau und ich haben sie sorgfältig erzogen. Aber Junior war der faule Apfel im Korb. Wenn ich ihn nicht verstoßen hätte, hätten die anderen Kinder gelitten. Aber jetzt werden die drei Überlebenden« – er fasste sich, um nicht zu schluchzen – »sich sehr gut entwickeln.«

An diesem Abend musste Adolf auf Klaras Insistieren Alois sein Zeugnis zeigen. Als sie den Ausdruck in Alois' Gesicht sah, fühlte sie sich, als hätte sie ihren Sohn verraten.

Mit düsterer Stimme, die den Ausbruch des Krieges ankündigte, stellte Alois fest: »Ich habe deiner Mutter etwas geschworen. Auf ihre Bitte. Ich habe gesagt, dass ich dich nie wieder auspeitschen werde. Das war vor einem Jahr. Wir dachten an die Tragödie in unserer Familie. Aber jetzt kannst du sicher sein, dass ich meinen Eid breche. Das ist die einzige Möglichkeit zu reagieren, wenn der Schwur von jemandem entehrt wird, den er schützen sollte. Komm her! Wir gehen in dein Schlafzimmer.« Wieder zügelte er seinen Zorn. Doch er brach aus, sobald er seinen Riemen abgeschnallt hatte.

Beim ersten Hieb sagte Adolf bei sich: »Ich werde nicht losheulen!« Die Schläge wurden aber so hart, dass er zu kreischen anfing. Alois hatte noch nie einen Lederriemen benutzt. Es fühlte sich an, als befände sich eine Feuerzunge an seinem Ende. Der Junge konnte nur daran denken, dass er nicht sterben wollte! Er wusste nicht, was ihn zuerst vernichten würde – die Geißel auf seinen Hinterbacken oder der Schock für sein Herz. In diesem Moment hörte sein Vater außer Atem auf, schob Adolf von seinem Knie und sagte: »Du kannst jetzt aufhören zu weinen.«

Alois verfiel in seine eigene Depression – so lange lebte er schon und hatte immer noch kein Vertrauen in die armseligen Überbleibsel seiner männlichen Linie.

7

Adolf durchlitt wahre Qualen. Er hatte es gewagt, dem Kunstlehrer seine Zeichnungen zu zeigen. Er hatte angenommen, seine Vorlagen würden sofort ausgewählt und demnächst die für Schüler reservierte Korkwand schmücken. Er hatte sogar schon darüber meditiert, wie er eine ruhige und selbstsichere Antwort auf das Lob formulieren sollte, das er bekommen würde. Diese schönen Momente würden ihn für die schlechten Noten in seinem ersten Zeugnis entschädigen.

Ich gebe zu, dass ich das Resultat beeinflusst habe. Obwohl Adolf Talent hatte, war es nichts Bemerkenswertes – ich sah auf den ersten Blick, dass er nie ein Künstler mit großer Zukunft sein würde. (Der junge Pablo Picasso zum Beispiel war 1901 schon ein Mann, der uns sehr interessierte. Im Gegensatz zu ihm produzierte der junge Adolf Hitler Zeichnungen, die gerade gut genug waren, um sie an eine Korkwand zu heften.)

»Verhindern Sie das«, lautete die Anweisung, die ich vom Maestro erhielt. »Wir wollen auf keinen Fall noch einen Künstler, der unter dem Mangel an allgemeiner Anerkennung leidet. Es ist besser, wenn wir ihn richtig einbrechen lassen.«

Ich konnte das bewerkstelligen. Adolfs Kunstlehrer war einer unserer Mandanten. (Er kam der Mittelmäßigkeit nahe, die der Maestro beschrieben hat.) Durch einen Streit, den ich zwischen ihm und seiner Frau entfacht hatte, verursachte ich ihm starke Kopfschmerzen. Adolfs Arbeiten wurden durch das Lichtgitter einer Migräne begutachtet. Keine der Zeichnungen wurde akzeptiert. Er konnte es nicht glauben. In dieser Stunde verabschiedete er sich auf immer von der Idee, in der Schule nach Erfolg zu suchen. Er würde lernen, auf sich allein gestellt zu leben.

Natürlich würde er nicht wie Alois junior von zu Hause weggehen, das war nicht nötig. Das Wort Toga-Junge brachte ihn immer noch zum Schwitzen. Nein, er würde weiterhin bei anderen wohnen, während er ohne die geringste Ahnung aller einen eisernen Willen entwickelte.

Seine Leistungen in der Schule wurden nicht besser. Das erste Jahreszeugnis, das er seinem Vater im Juni übergab, bestätigte sein Versagen in zwei Fächern, Mathematik und Naturgeschichte. Der arme Alois. Er brachte nicht mehr die Energie auf, um Adolf zu verprügeln.

Als er im Sommer wusste, dass er das erste Jahr wiederholen musste, war Adolf ebenfalls deprimiert, aber er redete sich ein (mit meiner Hilfe), dass er die Kunst des Lernens besser begriff als andere Schüler. Er kannte das Geheimnis. Er behielt nur das Wesentliche. Die Schüler konzentrierten sich zu oft auf das endlose Auswendiglernen unwesentlicher Details. Sie waren genauso wie die Lehrer. Sie konnten nur Listen und Kategorien aufzählen. Sie waren Langweiler. Sie redeten wie Papageien alles nach. Sie führten sich auf, als wären sie wirklich intelligent, wenn ein Lehrer sie lobte. Und sie bekamen die guten Noten.

Er stand weit über solchen Erwägungen, wie er sich einredete. Er war am Kern jeder Situation interessiert. Das war wertvolles Wissen.

Er würde seinen Geist nicht den Methoden unterwerfen, die andere benutzten. Es würde nur die Kraft seines Geists reduzieren.

Es war geboten, ihn aufzumuntern. Das beste Amüsement war gegenwärtig für ihn, seine Schwester Angela zu necken. Physisch war er ihr inzwischen gewachsen. Wenn sie ihn neckte, nannte er sie eine »dumme Gans«. Für Angela war es ein schrecklicher Begriff, und sie beklagte sich bei Klara. Sie hasste Gänse. Sie hatte sie im Dorfteich landen sehen, und nach ihrer Ansicht waren sie dreckig. Angela hatte beobachtet, wie die Gänse sich am Ufer drängten und ihren Auswurf hinter sich ließen. Sie selbst, redete sie sich ein, war eher wie ein Schwan.

Ich gestattete Adolf eine Fantasievorstellung, in der er ein elegant gekleideter Lehrer an der Realschule war, mit klarer Stimme, resolut und wegen seines Esprits bewundert.

ADOLF: Dies ist das Wesentliche, junge Männer. Versucht euch nicht an alle Fakten jedes historischen Ereignisses zu erinnern. Stattdessen sage ich: »Schützt euch. Ihr schwimmt in trübem Wasser.« Die meisten Fakten, die ihr auswendig gelernt habt, sind nichts als Trümmer, die anderen Tatsachen widersprechen. Ihr geratet also in Verwirrung. Doch ich kann euch retten. Das Geheimnis ist, das Wesentliche zu bewahren. Wählt nur die Fakten aus, die das Problem erläutern.«

8

Bei einer lebhaften Zusammenkunft des Bürgerabends trug ein Redner, ein beleibter Herr, die These vor, dass Reisen mit der Eisenbahn lang bestehende gesellschaftliche Beziehungen verändert hätten. »Unser Begriff der Welt«, erklärte er, »ist durch die Eisenbahn auf den Kopf gestellt worden. Der König von Sachsen ist zum Beispiel dagegen. Er hat kürzlich verlautbart: ›Der Arbeiter kann jetzt mit demselben Zug wie der König an seinem Zielort eintreffen.‹ Das bedeutet, dass wohlhabende Leute nicht mehr schneller reisen können als die unteren Klassen. Eine Konsequenz könnte in gesellschaftlicher Disharmonie bestehen.«

Ein anderes Mitglied stand auf und sagte: »Ich stimme meinem geehrten Freund darin zu, dass viele sogenannte Fortschritte von zweifelhaftem Wert sind. Taschenuhren sind ein gutes Beispiel dafür. Heutzutage kann jeder zu einem vernünftigen Preis einen Zeitmesser kaufen. Doch ich erinnere mich noch an die Ära, als es ein Privileg war, eine wertvolle Uhr zu tragen. Meine Angestellten bemerkten die feine Qualität meiner Uhr und der Kette. Sie nahmen das mit Respekt wahr. Mittlerweile kann jeder Herumtreiber irgendeinen Schund aus der Hosentasche ziehen und erklären, seine Uhr ginge genauer als meine. Wollen Sie das Schlimmste hören? – Manchmal hat er recht.«

Gelächter folgte seiner Anmerkung. »Nein, meine Herren«, fuhr der Redner fort, »eine billige Uhr mag in dieser Hinsicht tatsächlich genauer sein als unsere Erbstücke, die wir ja nur schätzen, weil wir sie schon so lange besitzen.«

An einem anderen Abend wurde über Schmisse geredet. Das stimmte Alois ernst. Er hörte aufmerksam den verschiedenen Meinungen über die beste Stelle für die Wunde zu. Sollte man sie sich an der rechten oder an der linken Wange wünschen, am Kinn oder am Mundwinkel? Er mischte sich jedenfalls gegen Ende mit der Bemerkung ein, während seiner Zeit als junger Beamter im Zolldienst hätten viele Vorgesetzte solche Narben gehabt, »und wir haben sie respektiert«. Er wurde rot und setzte sich hin. Seine Bemerkung hatte wenig zu dem Gespräch beigetragen.

Bei einer anderen Gelegenheit wurden seine Gefühle von einem jungen Sportler (mit auffallendem Schmiss) verletzt, der eine lange Unterhaltung mit ihm begann. Die erste Auto-Rallye von Paris nach Wien war kürzlich durch Linz gerollt, und der Mann mit dem Schmiss besaß nicht nur ein Auto, sondern er hatte sogar an dem Rennen teilgenommen.

Früher an diesem Bürgerabend hatte der Sportler eine Debatte über die Frage entfacht, ob es sinnvoll sei, ein Automobil zu kaufen, und die oratorischen Argumente und Gegenargumente gipfelten in hitzigen Kommentaren. Die Autogegner redeten verächtlich von dem Staub, dem Schmutz, dem Gebrüll und am abfälligsten von den Abgasen.

Der Sportler erwiderte: »Ja, ich weiß, diese höllischen Maschinen sind für Sie schrecklich, aber ich liebe zufällig Abgase. Für mich sind sie ein Aphrodisiakum.«

Diese Aussage rief Heulen und Johlen hervor. Er lachte: »Sie können sagen, was Sie wollen, der Qualm hat einen Hauch von Unsittlichkeit.« Wonach er an seinen Fingern schnupperte. Die Gesellschaft reagierte mit Gelächter. »Bleiben Sie nur bei Ihren Kutschen und Ställen«, fuhr er fort, »aber ich fahre lieber mit Hochgeschwindigkeit.«

»Oh, das ist viel zu viel!«, rief jemand aus.

»Keineswegs«, entgegnete ihm der Redner. »Mir gefällt das Gefühl der Gefahr. Mich stimuliert das Röhren des Motors. Die Bewunderung, die viele Fußgänger früher einem feinen Pferd entgegengebracht haben, gilt jetzt den Vorzügen meines eisernen Monstrums. Ich sehe das im Vorbeirauschen aus meinen Augenwinkeln.«

Alois war beeindruckt von diesem reichen Sportsmann, der seine Argumente mit der Aussage krönte: »Ja, das Autofahren hat seine Risiken. Es ist aber auch gefährlich, ein wild gewordenes Pferd zu zügeln. Ich würde mir lieber den Hals in einem Auto brechen, als mir meine Knochen in einer umgekippten Kutsche zerschmettern zu lassen. Oder hinter einem alten Untier zu sitzen, das mich auf den Tod nicht ausstehen kann.«

Wie sie darüber brüllten! Nichts war schlimmer als ein biestiges Pferd.

Als die Debatte beendet war, verstrickte der Redner Alois in eine stille Unterhaltung, deren verborgener Zweck bald offenbar wurde, da er eine Reihe Fragen über Zollverfahren stellte. Alois war beleidigt. Der Mann hatte auf dem Podium brilliert und war offensichtlich in seinem Element. »Sie hören sich an, als ob Sie planten, einige Grenzen zu überqueren«, bemerkte Alois.

»In der Tat«, sagte der Sportsmann. »Ich denke dabei an die Engländer. Sie sagen, die Engländer sind die Schlimmsten.« Er rückte sein Profil ins rechte Licht, damit Alois gebührend von dem Schmiss auf seiner linken Wange beeindruckt war.

Es war ein schön gezacktes Wundmal, perfekt für einen so gut aussehenden und selbstsicheren Burschen, aber seine Arbeit beim Zoll hatte Alois vieles gelehrt, und er konnte zwischen einer echten Narbe unterscheiden, die der Duellpartner verursacht hatte, indem er mit dem Säbel durch den Gesichtsschutz stieß und so eine ehrliche Verletzung hinterließ, und einem Schmiss, den eine ehrgeizige Kröte sich selbst zugefügt hatte, um die Damen zu beeindrucken. Solch ein Bursche schnitt sich mit dem Rasiermesser eine Wunde ins Gesicht und legte dann ein Pferdehaar hinein. Das ließ die Narbe zu einem Striemen anwachsen, der ihm für den Rest seiner Karriere Würde verleihen sollte.

Wenn sie richtig angelegt wird, kann eine derartige Narbe echt wirken, aber für Alois stand bereits fest, dass dieser Kerl mit Sicherheit ein Pferdehaar benutzt hatte. Die Narbe saß zu perfekt in seinem Gesicht.

Also antwortete Alois nur: »Vermutlich sind wir immer noch genauso gut wie die Engländer, wenn es darauf ankommt, einen Spaßvogel zu entdecken, der wertvolle Waren nach Österreich einführen will, ohne den Zoll zu bezahlen. ›*Celer et vigilans*‹«, fügte Alois hinzu. »Das war schon immer mein Motto.« Es war ein glücklicher Winkelzug, denn er hatte den Spruch zufällig am Nachmittag auswendig gelernt. *Celer et vigilans* – schnell und wachsam. Das würde dem Burschen zu denken geben.

»*Numquam non paratus*«, antwortete der Sportsmann, worauf Alois nur lächeln konnte.

Zu Hause schaute er als Erstes die Bedeutung nach. »Nie unvorbereitet sein.« Eine alte Wut stieg für einen Moment wieder in ihm hoch. Wie gern hätte er in einem Zollschuppen Hand an diesen Mann gelegt.

Wie auch immer, Alois war beim Abendessen freundlich gestimmt.

Die anregende Diskussion hallte noch nach in ihm, und als er von seinen Beobachtungen hinsichtlich der Schmisse erzählte, hörte Adolf eifrig zu. Eines Tages würde er selbst ein Auto besitzen. Vielleicht auch einen Schmiss.

9

Zu Adolfs Überraschung nahm Alois ihn eines Abends mit in die Oper. Es war eine Belohnung für die besseren Noten in seinem Februar-Zeugnis 1902, und auf dem Programm stand *Lohengrin*. Aufgrund seines vorherigen Versagens war die erste Hälfte seines zweiten Jahres eine Wiederholung der ersten Hälfte des ersten Jahres, und er bekam in allen Fächern die Versetzungsnoten. Es gab sogar lobende Kommentare für seinen Fleiß und sein Betragen. Das veranlasste Alois zu der Bemerkung: »Ein gutes Zeichen. Wenn du in erster Linie Wert auf dein Betragen legst, folgt bekanntlich alles andere von allein.«

Alois senkte seine Ansprüche. Er wurde krank. Zwei Monate zuvor, im Dezember des Jahres 1901, hatte er eine Grippe, die ihn beängstigte. Wieder spürte er den dringenden Wunsch, diesen widerspenstigen Sohn gefügiger zu machen.

Anfang Februar, bald nach dem zweiten Jahrestag von Edmunds Tod, beschloss Alois einen weiteren Versuch der Annäherung. Nachdem ihm aufgefallen war, dass Adolf immer aufmerksam zuhörte, wenn er die Gespräche bei den Bürgerabenden beschrieb, freute es ihn auch zu sehen, dass er sämtliche Zeitungen las, die ins Haus kamen. Durch gelegentliche Bemerkungen Adolfs am Familientisch wusste Alois, dass einige Mitschüler seines Sohnes (offenbar aus begüterten Familien) in den Pausen über die Opernaufführungen sprachen, die sie gesehen hatten. Alois entschied, es sei an der Zeit, den Jungen mitzunehmen.

Es überraschte Adolf nicht, dass Alois verächtlich vom Linzer Opernhaus sprach. »Für die Linzer«, erzählte er ihm, »ist diese Oper ein herrliches Gebäude, aber wenn man in Wien gewohnt hat und so wie ich ein echtes Opernhaus kennt, findet man die Aufführungen hier nicht besonders beeindruckend. Wenn man natürlich aus Hafeld oder Lambach oder sogar Leonding kommt, glaubt man vermutlich, man werde am Abend eine große Oper hören. Tatsächlich hat Linz das Stadtrecht erworben und darf stolz auf seine Oper sein. Aber man kann heute Abend nicht mit Wien vergleichen. Adolf, wenn du in einem Beruf Erfolg hast, wirst du vielleicht eines Tages in Wien leben. Dann kannst du die Höhen der musikalischen Kunst genießen.«

Alois freute sich über seine Worte. Er war an einem Punkt in seinem Leben angelangt, an dem er zwar fühlte, dass vieles an ihm sich minderte, dass aber seine Fähigkeit, sich mit dem wohlgerundeten Urteilsvermögen eines echten Bürgerabendmitgliedes auszudrücken, entschieden gewachsen war.

Also hörte Adolf seine erste Wagner-Oper in einem zweitrangigen Opernhaus. Und trotz der Kommentare seines Vaters war er zwischendurch begeistert. Obwohl er höhnisch lächelte beim Einzug des großen Schwans, der Lohengrins Boot auf die Bühne zog, um Elsa zu retten (Adolf konnte das Quietschen der Stiefel hören, das die beiden Männer im Inneren des Schwans erzeugten), war er von Elsas Willkommensarie an Lohengrin überwältigt. »In lichter Waffen Scheine ein Ritter nahte da … Des Ritters will ich wahren, er soll mein Streiter sein.«

Die Tränen stiegen Adolf in die Augen. Morgen würde er sich unter die Schüler mischen, die darüber redeten, welche Opernaufführungen sie gesehen hatten. In der Pause hörte er deshalb den Kommentaren der Opernbesucher zu, die ihm am kenntnisreichsten schienen. »Wie wählerisch von Wagner«, sagte einer von ihnen zu einem anderen, »dass er die Violinen und Holzbläser einsetzt, statt sich in die Harfe zu verstricken. Wagner kennt seine himmlischen Töne. Als wenn er sie als Erster entdeckt hätte. Violinen, Oboen, Bassgeigen ja, aber fort mit der Harfe.«

Ja, dachte Adolf, das würde er morgen in der Schule wiederholen.

Alois wiederum war in seine eigenen Meditationen versunken. Beim Nachdenken über die Fertigkeiten der oberen Klasse entschied er, dass sie über eine Grundlage für ihre Erfolge verfügte. Sie wussten, wie sie angemessene Stellungen für ihre Söhne in der Armee, in der Kirche oder in der Justiz bekamen, und konnten deshalb stolz auf die Errungenschaften der Familie sein. Doch warum sollte daraus folgern, dass er nicht ebenso gut war wie sie? Sicherlich, er hatte ganz unten angefangen, aber jetzt lebte er auf der gleichen Ebene wie sie. Sie verstanden, dass der älteste Sohn, ob er fähig war oder nicht, immer und überall bereit sein musste, das Geschick der Familie zu erfüllen.

Das galt nicht nur für die Armee und die Kirche, sondern schloss auch Regierungsbeamte ein. Aus manchen Bürokraten wurden schließlich Staatsminister. Obwohl das bei ihm nicht der Fall war, da er an der untersten Sprosse der Leiter hatte beginnen müssen, fühlte er sich zu der Gewissheit berechtigt: Wenn er über diese Vorteile der Geburt verfügt hätte, wäre aus ihm ein guter Minister geworden. Wenn aus Adolf eine respektierte Persönlichkeit würde, könnte er die Errungenschaften seines Vaters übertreffen. Indem er jetzt der Musik zuhörte, die so gut zu seiner gehobenen Stimmung passte, so freudig, so ehrgeizig, so kühn, gestattete er sich einige Tränen des Glücks über sein gelungenes Leben, und diese Empfindung vermischte sich derart mit den letzten Klängen Lohengrins, dass seine Handflächen rot wurden von dem Applaus, den er dem Ensemble dieses zweitrangigen Opernhauses spendete.

Adolf hingegen war nicht überschwänglich. Nach den letzten mächtigen Akkorden stürzte er aus einer glänzenden Hochstimmung in seine vertraute Verzagtheit.

Das ist eines unserer grundlegenden Probleme. Wir haben mehr als genug Mandanten, die sich hoch in die Berauschungen ihrer privaten Träume erheben und dann in die Niedrigkeiten ihrer realen Kondition hinabstürzen. Die müssen wir beruhigen. Noch während er mit Wagner im höchsten Himmel schwebte, begann sein Selbstvertrauen schon zu schwinden. Wagner war ein Genie. Adolf hatte sofort diesen Eindruck. Jeder Ton sprach ihn an. Doch konnte er das auch von sich behaupten? Oder war er am Ende kein Genie? Nicht verglichen mit Wagner.

10

Auf der Heimfahrt im letzten Bus war Alois nicht froher gelaunt als sein Sohn. Nachdem er Adolf den *Lohengrin* geschenkt hatte, musste er nun ein Mittel finden, um ihm die Rechnung zu präsentieren. Wäre der Junge jetzt bereit, ihn bei einem Besuch im Zollhaus zu begleiten? Monatelang hatte er über alle möglichen Berufe nachgedacht, die für Adolf infrage kamen, und war zu dem Schluss gelangt, dass der Zolldienst die beste Wahl blieb. Es würde zumindest so wirken, als ob jemand aus guter Familie einen angesehenen Beruf ergreift.

Wenn das Gespräch jedoch in diese Richtung ging, redete Adolf immer davon, dass er Künstler werden wollte. Alois schlug dann vor: »Du kannst beides. Keine Frage, du kannst beides tun. Habe ich nicht mehr als ein Ding in meinem Leben getan?«

Darauf nickte der Junge resigniert, als ob es seine Pflicht sei, stets den Wiederholungen seines Vaters zuzustimmen. Nach einiger Zeit redete Alois nicht mehr vom Zolldienst. Das magere Resultat verdross ihn.

Doch die geringste Verbesserung von Adolfs Schulnoten erinnerte Alois daran, dass man als Vater bei einem heranwachsenden Sohn keine Spur eines positiven Wandels übersehen sollte. Man musste stets versuchen, dem Jungen zu einem würdigen Leben zu verhelfen. Er würde ihn zu einem Besuch im Zollhaus bewegen.

An einem bestimmten Abend hielt Alois deshalb einen seiner Monologe am Familientisch und spürte, dass der Geist der Bürgerabende ihn jetzt zu mehr rhetorischem Talent befähigte als je zuvor. »Es gibt einen Herrn in unserem Club, der meint – und ich muss zustimmen, dass es eine interessante Ansicht ist –, dass die Kluft zwischen den Reichen und den Armen kleiner wird.«

»Stimmt das?«, fragte Klara, die an der Unterhaltung teilnehmen wollte.

»Absolut. Wir haben darüber gebildet diskutiert. Es liegt an unserem Eisenbahnsystem. Man kann reich sein oder arm – es spielt keine Rolle! Man reist mit der gleichen Geschwindigkeit. Oh, ich sage dir, und auch euch, Kinder, hört mir gut zu, Angela und Adolf. Vergesst nicht meine Vorhersage: Die Städte werden sich ausweiten, und es wird überall Geld geben. Ich habe an den Bürgerabenden von Bauersleuten gehört, die so arm sind, dass – ihr seid jetzt alt genug, um diesen Ausdruck zu verstehen. Es gibt Leute, die so arm sind, dass sie sich« – er flüsterte die nächsten Wörter – »mit den Händen abwischen.«

»Oh Vati!«, kreischte Angela.

Alois konnte nicht widerstehen. »Und dann wischen sie ihre Finger mit Sand ab.«

Wonach Angela wieder kreischte: »Oh Vati! Oh Vati!«, doch sie lachte darüber, wie ekelhaft er reden konnte und wie gut er sie kannte. Es stimmte. Er wusste, wie man sie zum Lachen brachte.

»Oh«, sagte Alois, »so war es früher einmal. Aber jetzt sind manche dieser einst verarmten Leute klug genug, um zu sehen, was kommt. Ich habe schon Bauern gehört, die ihr Land an Männer verkaufen, die dort den Bau von Fabriken planen, sobald Straßen vorhanden sind. Und Straßen werden kommen. Ja«, sagte er, »alles rennt vorwärts, und sogar die Bauern sind mit im Rennen. Aber du, Adolf, mit deiner Intelligenz, nun, ich bin zu dem Schluss gelangt, dass du potenziell ein sehr intelligenter junger Mann bist und einmal kultiviert sein wirst. Deshalb warne ich dich. Diese Veränderungen in der Gesellschaft werden die Natur unserer Arbeit verändern. Die Ausbildung wird immer mehr zählen. Auch Tölpel werden lesen und schreiben können. Natürlich darf es nicht so weit kommen, dass jedermann gebildet ist und die Unterschiede verschwimmen, was es bedeutet, ein Herr Doktor genannt zu werden. Adolf, wenn du fleißig in der Schule lernst, ja, es ist nur die Realschule und nicht das Gymnasium, kannst du trotzdem vorankommen und vielleicht Ingenieur werden, und wenn du promoviert hast, ja, das wird ein Jubeltag für dich und für uns alle sein, wird man dich Herr Doktor nennen. Ich sage dir, ich wäre froh gewesen, wenn man mich so angeredet hätte, und mein jetziger gesellschaftlicher Status wäre noch höher.« Er hielt die Hand hoch. »Obwohl ich mich nicht beklage. Überhaupt nicht. Aber wenn ich ein Herr Doktor gewesen wäre, hätte man deine Mutter Frau Doktor genannt, obwohl sie nie das Eingangstor zu einer Universität gesehen hat.«

Hier lachte Alois, und Klara errötete. »Ja«, sagte Alois, »es mag sein, dass sich dein Interesse dem Geschäftlichen zuwendet. Zu meiner Zeit war das für jemanden meiner Herkunft unmöglich. Aber heute ist es nicht mehr so wie in meiner Jugend. Vielleicht liegt deine Begabung im Handel oder in der Technik. Und trotzdem sehe ich dich eigentlich nicht als Ingenieur oder Geschäftsmann, weil es da bei allem Erfolg einen Mangel gibt – du hast keine Zeit für dich selbst. Ein Geschäftsmann hat keine Ruhe. Er nimmt seine Arbeit mit nach Hause. Auch der Ingenieur.« Alois hielt inne, schöpfte tief Atem und verkündete: »Wenn du dich für den Zolldienst entscheiden solltest, würden deine Abende und deine Wochenenden dir gehören. Du könntest dich deiner Kunst widmen.«

Trotz mangelnder Resultate übte Alois eine Wirkung aus. Seine Worte verursachten Adolf einen nervösen Magen. Aber nur deshalb, weil er nicht mehr wusste, ob sein Vater ein kompletter Idiot war oder ob er ihm doch zuhören sollte. In letzterem Fall hatte er nur die elende Wahl, unter lauter schrecklichen Menschen zu leben und mit ihnen zu arbeiten. Was wäre, wenn er nicht zu einem großen Künstler oder Architekten bestimmt war? Was wäre, wenn er kein Wagner war? Eines sprach für den Zolldienst, und sein Vater hatte es betont – er könnte nach der Arbeit sein eigenes Leben führen.

Also gingen sie zum Zollhaus. Trotz Alois' Redekünste war der Besuch aber kein Erfolg. Am schlimmsten war es, als sie in die Hauptbuchhaltung kamen, wo die Angestellten arbeiteten. Ein unseliger Geruch stieg aus der Ansammlung von Körpern mittleren

Alters auf, die mit Schutzschirmen an der Stirn unter den Gaslampen hockten. Seinem Vater würde dieses Aroma natürlich nichts ausmachen. In seiner Jugend hatte er Stiefel angefertigt und bei den Anproben die Zehen der Offiziere gerochen. Nein, er, Adolf, würde sein Leben nicht in einem Mausoleum voll der alten Gerüche alter Männer verbringen, die übereinander hockten wie Affen in ihren Käfigen.

Nach diesem Besuch unternahm Alois einen erneuten Versuch. »Viele meiner Kollegen«, sagte er, »sind jetzt gute Freunde. Wenn ich wollte, könnte ich zuverlässige Leute in ganz Oberösterreich aufsuchen, Männer, die noch in Breslau und Passau sind, jawohl.« Adolf fragte sich, wo sie alle sein mochten. Er sah selten jemanden, der zu Besuch kam, selbst Karl Wessely nicht, den sein Vater oft als seinen besten Freund erwähnte. Doch Alois fuhr fort: »Es bringt so viele Vorteile, ja. Die Pension und die Zeit, die man für sich selbst hat. Ich sage dir, die Sicherheit und eine gute Pension vermeiden dir das Elend im Alter. Du brauchst dir keine Sorgen um Geld zu machen. Ich warne dich, Adolf, nichts erzeugt mehr Missstimmung in der Familie als Geldmangel. Deshalb gibt es in unserer Familie keine hässlichen Streitereien. Es ist nicht nötig.«

Da diese Ansprache beim Abendessen stattfand, konnte Angela nicht an sich halten. Sie dachte an das plötzliche Verschwinden von Alois junior. Keine hässlichen Streitereien! Wie konnte ihr Vater so reden? Hinter seinem Rücken streckte sie ihm die Zunge aus. Klara sah es, sagte aber nichts. Es wäre schlimm genug, wenn Alois herausfände, dass seine schöne Rede ins Leere gegangen war. Und sie hatte recht. Im Laufe der Monate gab Alois die Idee mit dem Zollhaus auf. Sein Sohn hörte nicht auf vernünftigen Rat. Und das verdarb ihm oft die Laune.

Seine Stimmung stieg indes, als er von einer günstigen Gelegenheit in der Nachbarschaft hörte. Ein kleiner Kohlenhändler in der Nähe musste eine Fuhre verkaufen, um irgendwelche Schulden zu bezahlen. Da Kunden im Sommer selten waren, konnte Alois einen sehr guten Handel für die Kohlen abschließen.

Er ignorierte aber Klaras Rat. Sie bat ihn, jemanden herbeizuholen, der ihm beim Einschaufeln der Fuhre in die Kellerkiste half. Er ignorierte auch ihren zweiten Vorschlag, nämlich Adolf zu bitten. Er wollte sich keine Arbeit mit dem Jungen teilen – sie würden bestimmt nur streiten.

Trotzdem fruchteten Klaras Vorschläge ein wenig. Nachdem er den Preis für die Kohlen um die Hälfte gedrückt hatte, wollte er noch weiter mit dem Verkäufer handeln. »Ich erwarte von Ihnen«, sagte er, »dass Sie die Fuhre bis in die Kiste bringen«, worauf der Verkäufer erwiderte: »Oh, ihr reichen Kerle. Ihr seid immer darauf aus, uns arm zu halten. Nein, mein Herr, ich kann ihre Kohlen nicht für Sie hinuntertragen. Nicht zu dem Preis, auf den Sie mich gedrückt haben.« Mithin beschloss Alois, es selbst zu tun. »Ich bin vielleicht nicht so reich, wie Sie glauben«, sagte er zu dem Mann, »aber ich bin bestimmt stärker, als ich aussehe.«

Also schleppte er eine halbe Tonne Kohlen in die Kiste hinunter. Zwei Stunden lang war er abwechselnd in der Sonne oben und im Staub des Kellers unten. Sobald er es geschafft hatte, brach er mit einem Blutsturz zusammen.

11

In den Wochen nach Alois' Genesung hörte Adolf oft die Verwunderung in der Stimme seiner Mutter, wie viel Blut aus Alois' Mund geflossen war, und obwohl er es sich selbst nicht eingestehen wollte, bedauerte er, dass er nicht dabei gewesen war.

In Befolgung eines Vorschlags vom Maestro ermunterte ich Adolf, über die Sache nachzudenken, und er wurde bald von einer Idee erleuchtet. Blut besitzt Magie. Sie konnte ein ganzes Volk ergreifen. Wenn er die stärksten und ansehnlichsten Jungen in seiner Klasse anschaute, prickelte es ihm an den Stellen seiner Lenden, die gewöhnlich dem Wald vorbehalten waren. Wenn das Blut in seinen Penis schoss, war es das gleiche Blut, das seine Mitschüler hatten.

Ich war in dieser Sache natürlich neutral. Ich war bereit, mit österreichischen Mandanten zu arbeiten, die wie Adolf an das deutsche Blut glaubten, aber ich war genauso effektiv bei orthodoxen jüdischen Mandanten, die an die Überlegenheit ihres Bluts glaubten. Ich konnte ebenfalls, und zwar sehr gut, mit jüdischen Mandanten arbeiten, die Sozialisten waren, oder mit deutschen Sozialisten, obwohl das eine Anpassung an Intellekte erforderte, deren Emphase in der Luft und im Geistigen lag – in all den unsichtbaren Strömungen und Gasen, wo sie sich Aufklärung und die Sicherheit unblutiger Weltanschauungen erhofften. Ich arbeitete natürlich auch mit Kommunisten zusammen, und ich hätte sie nicht Rote genannt, wenn sie nicht selbst auf ihre Weise an das Blut geglaubt hätten. Wir können immer die Überzeugungen unserer Mandanten vertiefen. Und sobald ihre Vorurteile gefestigt sind, können wir ihre Sicherheiten ändern. Wir intensivieren häufig den Hass solcher Mandanten auf alles, was ihnen in anderen Menschen entgegengesetzt erscheint.

12

Nachdem er sich von dem Blutsturz erholt hatte, versetzte Alois seinem Sohn keine Prügel mehr. Wenn Alois manchmal meinte, Adolf würde zu überheblich, drohte er ihm Schläge an, aber die Warnung hatte keine Dramatik mehr.

Beim Bürgerabend zwei Tage vor dem Jahresanbruch 1903 gestatteten sich die Mitglieder ein paar mehr Getränke als üblich, und Alois spürte, wie verwirrt die Stimmung wurde. In den vergangenen Wochen war ein Kapuzinermönch namens Juricek zu Predigten in die St.-Martins-Kirche eingeladen worden, wo er seine Kanzelreden auf Tschechisch hielt, um Geld für eine geplante tschechische Schule zu sammeln. Einige Mitglieder des Bürgerabends beschwerten sich (völlig zu unrecht, wie sich herausstellte), dass es bald zu einer tschechischen Invasion in Linz kommen werde.

Alois fühlte sich unbehaglich. »Wenn die Tschechen rebellieren«, sagte er laut, »könnte es das Ende der österreichisch-ungarischen Monarchie bedeuten. Und doch«, murmelte er, »ist mein bester Freund ein Tscheche.«

Er war versucht, eine Diskussion mit Karl Wessely wiederzugeben, der ihn auf einer Geschäftsreise von Prag nach Salzburg besucht hatte. »Wir Tschechen«, hatte Wessely argumentiert, »sind dem Kaiser treuer als ihr Österreicher. Ihr würdet keinen Moment zögern, die Monarchie aufzulösen, um euch mit den Preußen zu vereinen.«

Sein kurzer Besuch versetzte Alois in einige Konfusion. An den Bürgerabenden äußerte er nun widersprüchliche Ansichten. Es war, als ob der Blutverlust seine Zunge gelockert hätte. Erst stellte er sich auf die eine Seite des Disputs, dann auf die andere. Schließlich wurde er von einem der ältesten Herren des Clubs angegriffen.

Leider erwies sich dieser feine Senior auch als ein wenig unausgeglichen. »Herr Alois«, sagte er, »Sie waren absolut gegen den armen kleinen örtlichen Priester, der arme tschechoslowakische Arbeiter in kostenlose Suppenküchen einladen wollte, wenn sie Hunger haben. Offenbar sind Sie für die Deutschen. ›Werden wir diese schmutzigen Tschechen los‹, scheinen Sie zu sagen. Aber ich kann Ihnen nicht folgen. Ihr bester Freund, erzählen Sie uns, ist ein Tscheche. Lieber Herr Hitler, ich sage es nicht gern, doch ich muss Ihre Verwirrung dem Leiden zuschreiben, von dem wir hier alle bedroht sind. Es ist das vorzeitige Altern. Sie sind kein alter Mann, nicht so alt wie ich, aber, meine geschätzten Bürgerabend-Brüder, ich muss Sie warnen, dass Konfusionen gute Absichten vernichten können, wenn sie nicht sofort geklärt werden.« Er setzte sich abrupt hin, als wenn er sich dafür entschuldigen wollte, dass er zu weit gegangen war.

Unglücklicherweise für Alois hatte der alte Mann nicht unrecht. Nach seinem Lungenblutsturz hatte Alois die geistige Klarheit verloren, auf die er immer so stolz gewesen war. Jetzt stiegen ihm manchmal Gedanken in den Kopf, die nichts anderes taten, als das Gegenteil seiner vorherigen Bemerkungen zu verkünden. Alois hatte es Wessely bei seinem letzten Besuch eingestanden und dann geseufzt und gesagt: »Ich rede gern mit dir. Nach meiner Meinung bist du so tief wie das Meer.«

»Alois, sag mir die Wahrheit. Hast du je mehr als einen Dorfteich gesehen?«, fragte Wessely.

»Ich habe schöne Seen gesehen, und zwar viele. Das reicht.« Er hielt inne. »Ich fühle mich, als ob ich in der Wüste lebte.«

Zwei Tage nach der Tirade des alten Mitglieds erinnerte sich Alois daran, dass einige Anwesende beim Bürgerabend zustimmend genickt hatten. Und er hörte wieder die Stimme des alten Mannes: »Sie sagen, dass wir den Tschechen zu viel geben, aber dann sagen Sie uns auch, es verstoße gegen eine gute Kultur, wenn man gegen Juden und Ungarn sei. Wo ist der Brennpunkt Ihrer Gedanken?«

Im Verlauf dieser Schelte hatte Alois sich so schwach gefühlt, dass er nicht die Energie aufbrachte, aufzustehen und den Raum zu verlassen. Dann fand er die Kraft. Es geschah selten, dass Mitglieder derart abrupt hinausgingen, aber bei dieser Gelegenheit war es geboten – wie verdammt schwach er sich auch fühlen mochte.

Er war wütend. Es schien ihm unwiderlegbar klar, dass man ihn bei den Bürgerabenden nur geduldet hatte. Lachten sie unter sich über seine Bemerkungen? War es so? War er ihr Hofnarr gewesen?

Es verursachte ihm fürchterliche Kopfschmerzen. Vier Tage später, am 3. Januar, war er vor dem Mittag tot.

Buch XIV

Adolf und Klara

1

Am Morgen des 3. Januar 1903 fühlte sich Alois unwohl und beschloss deshalb auf seinem täglichen Spaziergang durch Leonding, im Gasthaus Steifer auf ein Glas Wein einzukehren. Um sich aufzuheitern, kramte er eine alte Erinnerung hervor.

Vor vielen Jahren war ihm einmal beim Zolldienst eine Kiste Zigarren untergekommen, deren Steuermarke sorgfältig entfernt und dann wieder aufgeklebt worden war. Er konnte das an einer Leimspur am Rand der Banderole erkennen. Daraufhin wurde die Kiste zur Überprüfung geöffnet, und unter den Zigarren erschien ein Diamant. Er war versucht, ihn einzustecken. Der Schmuggler, ein gut gekleideter Reisender, war zu jeder Übereinkunft bereit, wenn er nicht angeklagt wurde. Alois befürchtete aber eine Falle. Zudem war er stolz auf seine Ehrlichkeit. Er hatte mit solchen Tricks nie etwas im Sinn. Obwohl er sich diesmal versucht fühlte – der Edelstein sah ziemlich wertvoll aus –, händigte er ihn den Behörden aus. Das half ihm bei seinen Beförderungen.

Er hatte diese Erinnerung schon häufig als Mittel der Anregung benutzt, doch jetzt im Gasthaus Steifer bereitete sie ihm nicht das Vergnügen, das er beim ersten Schluck Wein erwartete. Stattdessen brach er zum Entsetzen der wenigen Trinker am Samstagmorgen zusammen. Sein letzter Gedanke war lateinisch: *Acta est fabula.* Er sagte es laut und starb, stolz darauf, dass er sich an Caesars letzte Worte erinnert hatte: »Das Spiel ist aus!«

Der Wirt und sein Helfer trugen ihn in ein leeres Nebenzimmer.

Der Kellner wollte einen Priester holen, aber der Taverneninhaber sagte: »Ich glaube nicht, dass Herr Alois einen möchte!«

»Mein Herr«, fragte der Kellner, »kann man in solchen Dingen sicher sein?«

Der Wirt schüttelte den Kopf. »In Ordnung, hol ihn.«

Aber es erwies sich, dass ihr Gast schon tot war, bevor der Priester eintraf, tot aufgrund einer Lungenembolie, wie der Arzt kurz danach erklärte.

Wenige Minuten später lief Klara mit den Kindern herbei, und Angela fing an zu schluchzen. Sie sah als Erste den Leichnam ihres Vaters. Wie er da auf dem Tisch lag, wirkte er wie aus Wachs. Adolf brach in Tränen aus. Er war verängstigt. Er hatte so lange vom Tod seines Vaters geträumt, dass er dem in ihr Haus geeilten Kellner nicht glauben wollte. Er war überzeugt, dass sein Vater sich nur aus einer Laune heraus verstellte. Das wäre seine Art, ein wenig Mitgefühl bei der Familie zu erregen. Adolf war immer noch davon überzeugt, während sie durch die Straßen zum Gasthaus eilten. Erst als er den Leichnam sah, überkam es ihn. Er weinte laut und unaufhörlich. In diesem Augenblick war es für ihn notwendig, jeden Anschein seines Verlangens nach dem Hinscheiden des Vaters zu verbergen. Je mehr er weinte, desto eher mochte Gott ihm glauben, dass er den Verlust betrauerte. (Seine Überzeugung, dass Gott sich für ihn interessierte, war jetzt ein Grundstein seiner Eitelkeit – und einer meiner wesentlichen Beiträge.)

Am 5. Januar, dem Tag der Beerdigung, weinte er in der Kirche. Inzwischen fiel es ihm jedoch schwer, sich genügend Tränen abzuringen, um die Männer und Frauen zu beeindrucken, die ihn vielleicht anstarrten. Ich meinerseits musste ihn davon überzeugen, dass Gott ihm nicht böse war. Folglich trat ich wieder als sein Schutzengel auf. Obwohl wir zuweilen die Furcht vor dem Herrn bei einem Mandanten mindern können, indem wir sein Gefühl stärken, dass der Allmächtige oben ihn liebt, ist das ein riskantes Unterfangen, denn je besser es uns gelingt, desto größer ist die Gefahr, dass der Mandant mit einem Ausbruch von Frömmigkeit reagiert, der die

Aufmerksamkeit der Büttel erregt, und die wiederum werden dann besonders rachsüchtig, weil wir es gewagt haben, sie zu imitieren.

Als ich einmal bei einem anderen Mandanten den Schutzengel spielte, warf mich ein Büttel eine steinerne Treppe hinunter. Es ist schwer vorstellbar, aber auch Geister können böse stürzen. Da ich zu dem Zeitpunkt keine Verkörperung hatte, trug ich keine Blutergüsse davon, aber welch ein Schlag für meine innere Präsenz! Stahl und Stein sind harte Materialien, wenn sie mit dem Geist in Kontakt kommen. Deshalb sind Gefängnisse aus Stahl und Stein erbaut.

Ich möchte aber nicht von der Beerdigung abschweifen. Ich musste Adolf in die Lage versetzen, etliche gute Nachahmungen von Trauer an den Tag zu legen. Wir standen vor einem weit höheren Bedarf als dem ersten Tränenausbruch, als Adolf seinen toten Vater erblickte. Um jetzt ein paar Schluchzer hervorzubringen, musste er Bruchstücke seiner Erinnerung an die wenigen guten Gespräche ausgraben, die er mit seinem Vater geführt hatte. Dabei kam ihm zugute, dass er immer die Redegewandtheit seines Vaters (wenngleich widerwillig) bewundert hatte. Doch das mochte nicht hinreichen, um die trockene Quelle einer solch ausgelaugten Trauer wieder sprudeln zu lassen. Schließlich dachte er an den Tag, an dem sie zum ersten Mal zum Haus des Alten gegangen waren. Bei dieser Erinnerung gelang es ihm nun, Tränen zu vergießen, aber sie galten dem Tod des Alten.

Sein Weinen, das jedermann in der Kirche beobachten konnte, unterlag deshalb einigen Störungen. Bei der Erinnerung an Alois' Leichnam im Gasthaus Steifer brach sein Schluchzen jedes Mal ab, und im Ernst konnte er nur weinen, wenn er daran dachte, wie furchtbar es für den Alten gewesen war, allein zu sterben und erst Wochen später gefunden zu werden. Angesichts dieser Hindernisse bekam er fast einen Schluckauf.

Klara saß in der Nähe von Adolf, doch ihre mütterlichen Gefühle, als solche stets der Telepathie verwandt, lenkten ihre Gedanken bald auf die Bienen. Sie erinnerte sich daran, wie sie in Hafeld an Abenden, wenn Alois in der Taverne in Fischlham war, mit den Bienenkästen gesprochen hatte. Jetzt fragte sie sich, ob sie einen Kranz auf den leeren Korb legen sollte, der immer noch hinter ihrem Haus in Leonding stand. Alois' letzter kleiner Korb hatte nur wenig Honig gebracht, aber früher in Hafeld hatte sie die Gewohnheit von Spital und Strones fortgesetzt, mit den Bienen zu sprechen und ihnen zu erzählen, was in der Familie vor sich ging. In ihrer Kindheit hatte man ihr gesagt, es bringe Unglück, wenn man nicht mit seinen Bienen spreche. Sie erwarteten diese Beachtung. Und wenn man einmal zusah, wie sich ein Schwarm auf einer toten Pflanze niederließ, dann, ja dann müsste ein Mitglied der Familie sterben.

Als Alois mit seinem neuen Korb in Leonding anfing, hatte sie ihm von ihrer Gewohnheit erzählt und ihn gefragt, ob sie weiter mit ihnen sprechen sollte. Er lachte. »Es macht Sinn, wenn man ein richtiges Bienenhaus wie der Alte hat. Wenn es um eine große Investition geht«, sagte Alois, »möchten wir sie auf keinen Fall gefährden. Natürlich, ein bisschen Aberglaube kann nicht schaden, und wer weiß, ob es nicht hilft. Wenn du darauf bestehst, dann halte den Bienen eine richtige Ansprache und erzähl ihnen alles, was es bei uns gibt. Sie leiten jeden Klatsch an die Zeitungen weiter«, und er lachte so herzlich über seinen eigenen Scherz, dass sie bereute, es ihm gesagt zu haben.

Sie erinnerte sich daran, wie heftig Alois noch vor sechs Monaten geflucht hatte, als ihm sein Schwarm entflogen war. Es war das Ende seines Bienenabenteuers in Leonding. Der unglückselige Traum, den er vor sechs Jahren in Hafeld hatte, dass seine Keaturen ihn verlassen würden, war im Sommer 1902 Wirklichkeit geworden.

Ein halbes Jahr nach der Beerdigung war sie überzeugt, dass die Flucht der Bienen zu seinem Blutsturz beigetragen hatte. Sie wusste es. Er hatte sich gefürchtet, den Baum zu besteigen, auf den sie geschwärmt waren. Ja, er wusste, in welchem Baum sie sich aufhielten, aber er gab es nicht zu. Sie wusste Bescheid. Er fühlte sich nicht fähig, auf einen Baum zu steigen. Zum Ausgleich hatte er beschlossen, die Kohlen ganz allein in den Keller zu tragen. Welch ein Unsinn! Von Adolf war er enttäuscht, unter Paulas Zustand litt er entsetzlich – nein, sie durfte nicht darüber brüten, keinen Augenblick lang. An Edmund wagte sie nicht zu denken! Sie drängte ihre unermessliche Trauer zurück. Man musste bei einer Beerdigung ordentlich weinen, und sie wollte schreien.

Die Lobrede des Priesters war akzeptabel. Sie hatte ihm nicht erzählt, wie unreligiös ihr Mann war, obwohl sie vermutete, dass er viele Gerüchte gehört hatte.

Wie auch immer, der Priester offerierte eine ehrenhafte Beschreibung von Alois' Verdienst am Reich. Auch das, sagte er, könnte Gottes Wunsch sein.

Als die Leute nach der Beisetzung ins Gartenhaus kamen, versuchte Klara sich selbst davon zu überzeugen, dass Adolfs Kummer echt war. Wieder entschied sie, dass er seinen Vater geliebt hatte. Aber beide hatten zu sehr in ihrem Stolz gelebt, und dieser Stolz verkehrte sich in Animosität. Sie waren Männer. Zorn war für sie natürlich. Doch darunter war Liebe. Eine derartige Liebe ließ sich nicht leicht mitteilen. In späteren Jahren würden Trauerfetzen Adolfs Seele durchziehen, eine Trauer voller Sanftheit des Nebels. So hatte sie entschieden.

Am Tag der Beerdigung war es eiskalt, die Straßen waren zugefroren, die Bäume kahl und der Himmel dunkel; praktisch alle Bekannten aus Leonding waren anwesend, dazu seine Kollegen aus der Linzer Zollbehörde.

Karl Wessely war den ganzen langen Weg aus Prag gekommen. Er redete eine Weile mit Klara und sagte: »Oh, wir haben uns gnadenlos geneckt, Frau Hitler, und wie haben wir gelacht. Wie Sie wissen, liebte Alois sein Bier, und ich bevorzugte Wein. ›Du bist bloß ein Österreicher‹, sagte ich ihm, ›deshalb trinkst du Bier wie ein Deutscher, aber wir Tschechen sind kultiviert und genießen den Wein.‹ Wir haben oft gescherzt. ›Ach, ihr Tschechen‹, sagte er dann zu mir, ›ihr seid grausam zu den Trauben. Ihr stampft mit euren schmutzigen Füßen darauf herum, und wenn die armen Dinger von euren Misshandlungen sauer werden, gebt ihr Zucker dazu und gebärdet euch wie Feinschmecker. Ihr schlürft euren sauren Saft mit Zucker und versucht, nicht das Gesicht zu verziehen. Bier kommt wenigstens von Korn. Es hat keine zarten Gefühle.‹« Er lachte dabei. »Ihr Mann konnte reden. Wir haben schöne Stunden verbracht.«

Mayrhofer erwähnte den schrecklichen Tag, als er Alois von Juniors Verhaftung erzählen musste. »Liebe Frau Hitler«, sagte er, »ich wache nachts auf und mache mir Vorwürfe, dass ich der Bote war.«

In der *Linzer Tagespost* erschien eine Anzeige:

In tiefster Trauer geben wir in unserem Namen und im Namen aller Anverwandten den Tod unseres lieben und unvergesslichen Ehemannes, Vaters, Schwagers und Onkels Alois Hitler bekannt, Oberster Beamter des Königlich-Kaiserlichen Zolls, pensioniert, gestorben am Samstag, dem 3. Januar 1903 um 10 Uhr morgens in seinem 65. Lebensjahr, plötzlich gefallen und friedlich im Herrn entschlafen.

Auf dem Friedhof war auf seinem Grabstein ein hinter Glas gerahmtes Foto, und darunter stand die folgende Inschrift:

HIER RUHT IN GOTT
ALOIS HITLER
OBERSTER ZOLLBEAMTER UND HAUSBESITZER
GESTORBEN AM 3. JANUAR 1903 IM 65. LEBENSJAHR

Adolf befand, dass seine Mutter eine kriminelle Heuchlerin war. Sie ehrte das Andenken ihres Mannes, ja, wirklich! »Ruht in Gott«, wirklich! Nichts war von seinem Vater übrig geblieben als sein Bild in einem Rahmen auf dem Grabstein. Das Glas im Rahmen schützte die Fotografie vor den Unbilden des Wetters, sein Haar war kurz geschnitten, seine kleinen Augen standen rund wie die eines Vogels vor, und er hatte Koteletten wie Franz Joseph. Ja, dieser Mann hatte seinem Kaiser gedient, aber wie konnte jemand behaupten, dass er in Gott ruhte?

Klara freute sich nach der Beisetzung über eine Notiz in der *Linzer Tagespost:*

> *Wir haben einen guten Menschen verloren, das können wir von Alois Hitler sagen. Er war Oberster Beamter, pensioniert vom Kaiserlichen Zolldienst, der heute zu seiner letzten Ruhestätte getragen wurde.*

Sie war so stolz auf die Notiz. Es war keine Anzeige. Die Zeitung hatte es von sich aus getan, die auflagenstärkste Zeitung in Oberösterreich. Sie las die Zeilen wieder und wieder. Sie brachten ihr jeden Moment der Beerdigung ins Bewusstsein zurück. Sie sah, wie Adolf wieder weinte, und fühlte sich getröstet. Zu sich selbst sagte sie: »Er hat seinen Vater doch geliebt«, und sie nickte mit dem Kopf, wie um den Gedanken zu bestätigen.

2

Jedes Jahr erhielt Klara von der Regierung eine Pension, die sich auf die Hälfte von Alois' Jahresgehalt belief. Dazu gingen weitere Zahlungen an die Kinder, bis sie das Alter von achtzehn Jahren erreichten. Zusammen würde das für ein bequemes Leben sorgen.

Sogar Adolf musste anerkennen, dass Alois' Bemerkungen über die Sicherheit für die Familie Sinn machten. Er hatte noch überhaupt keine Lust, arbeiten zu gehen. Es gab andere Kompensationen. In der zweiten Hälfte seines dritten Jahres auf der Realschule merkte Adolf, dass mehrere Schüler sich weniger unfreundlich verhielten. Lag das am Tod seines Vaters? Von Alois' Zorn befreit, fühlte er sich entspannter beim Lernen und stark genug, um mit seinen Lehrern zu streiten, besonders mit einem unglücklichen Erzieher mittleren Alters, der jede Woche mehrere Stunden Religionsunterricht erteilte. Adolf entschied, dass dieser Lehrer ein armer Verwandter von irgendeiner einflussreichen Person sein musste, die ihm die Stellung verschafft hatte. Herr Schwamm war traurig und dumpf, und er unterrichtete Religion.

Während der Pause hörte Adolf eines Morgens, wie ein Schüler mehreren anderen von einem mittelalterlichen Geistlichen mit Namen St. Odon, Bischof von Cluny, erzählte. »Ich habe einen Bruder, der Latein lernt«, sagte der Junge, »und er hat mir meine erste Lektion gegeben: ›*Inter faeces et urinam nascimur.*‹« Als es übersetzt wurde, war Adolf schockiert, dann begeistert. Welch starke Sprache! Wahre Kraft! Er war so angeregt, dass er nach der Schule ins Linzer Anatomische Museum ging. Er verschaffte sich Eintritt, indem er über sein Alter log, und sah im Inneren einen Penis und eine Vagina, beide aus Wachs modelliert, sowie einige lebensgroße nackte Männer und Frauen, auch aus Wachs. Das Latein pulsierte durch sein Gehirn. Zwischen Pisse und Scheiße geboren werden! Er hatte es schon immer vermutet. Geschlechtsverkehr war schmutzig.

Auf der anderen Seite machte seine Beschreibung des Besuchs ihn bei einer Reihe Klassenkameraden beliebt, die ihn nach immer mehr Einzelheiten ausfragten. Das ermutigte ihn, dem Lehrer eine Falle zu stellen, indem er den Satz des Bischofs von Cluny zitierte. Herr Schwamm gab vor, ihn nicht zu verstehen. Einige Jungen kicherten schon.

»Latein darf man nicht nuscheln«, stellte Herr Schwamm klar. »Wie du diese Worte vorzutragen versuchst, entbehren sie jeglicher Autorität.«

Adolf erwiderte: »Dann muss ich deutsch sprechen.« Er runzelte die Stirn, er schluckte und sprach es dann aus: *»Zwischen Kot und Urin sind wir geboren.«*

Herr Schwamm wischte sich die Augen. Sie hatten sich mit Tränen gefüllt. »Ich habe noch nie solch einen Schmutz gehört«, brachte er heraus, doch dann lief er aus dem Klassenzimmer. Adolf genoss jetzt dreißig Sekunden des Entzückens. Jungen, die ihn das ganze Jahr über ignoriert hatten, klopften ihm auf die Schulter. »Du bist ein echter Kerl«, sagte man ihm.

Zum ersten Mal in seinem Leben erhielt er stehende Ovationen von der Klasse. Nacheinander erhoben sie sich. Doch dann kamen zwei ältere Schüler, um Adolf zum Direktor zu geleiten, zu Herrn Dr. Trieb.

»Wenn wir nicht so kurz vor dem Jahresende wären und wenn wir uns nicht so bemüht hätten, deine kontinuierlich schlechten Noten zu verbessern, würde ich dich von der Schule verweisen«, sagte Herr Dr. Trieb. »Unter den gegebenen Umständen will ich stattdessen annehmen, dass der Tod deines viel betrauerten Vaters ein Faktor in deinem unaussprechlichen Verhalten sein mag. Deshalb akzeptiere ich für ein weiteres Semester deinen Aufenthalt in der Schule, vorausgesetzt, es kommt nicht zu einem weiteren Fehlverhalten. Du wirst dich natürlich bei Herrn Dr. Schwamm entschuldigen.«

Es wurde zu einem kuriosen Treffen. Herr Schwamm erteilte Adolf eine unvergessliche Lektion des Inhalts, dass man nichts über einen schwachen Menschen weiß, bis man seine Stärken erkannt hat.

Herr Schwamm trug bei dieser Gelegenheit seinen besten Anzug, und er kam sofort auf den Punkt. Er versuchte nicht, Adolf in die Augen zu blicken, sondern sprach mit einem ernsteren Ton, als er in der Klasse anschlagen konnte: »Wir wollen nicht über den Grund diskutieren, aus dem du hier bist. Stattdessen bestehe ich darauf, dass du das folgende Gedicht laut vorliest.« Woraufhin er Adolf einen Text überreichte. Die Worte waren in Großbuchstaben auf feines Leinenpapier geschrieben:

GLORREICHSTE MAJESTÄT, WIR BITTEN DICH, UNS VON DER TYRANNEI DER HÖLLISCHEN GEISTER ZU BEFREIEN, VON IHREN FALLEN, IHREN LÜGEN UND IHRER WILDEN BOSHEIT. OH FÜRST DER HIMMLISCHEN HEERSCHAREN, WERFE SATAN UND ALLE BÖSEN GEISTER, DIE ÜBER DIE ERDE WANDERN UND DIE SEELEN ZU VERDERBEN SUCHEN, IN DIE HÖLLE. AMEN.

»Weißt du, an wen dieses Gebet gerichtet ist?«, fragte Herr Schwamm.

»Ist es nicht an den Erzengel Michael gerichtet, Herr Lehrer?«

Natürlich! Dieses Gebet kannte Adolf gut. Im Kloster in Lambach hatte er es jeden Morgen nach der Messe aufgesagt. Außerdem hatte er immer noch das Bild vor sich, wie er mit Angelas Kleid um seine Schultern geschlungen auf dem Stuhl schwankte. »Ja, Herr Lehrer«, antwortete er, »das Gebet ist an den heiligen Erzengel Michael gerichtet«, und er spürte ein fernes Echo seiner ersten Erektion. Schwamm war Protestant und konnte nicht wissen, dass dieses Gebet einmal eine außerordentliche Wirkung auf Adolf ausgeübt hatte und ihm jetzt vertraut war. Er empfand keine Furcht, als er es laut vorlas. Ja, seine Stimme tönte kraftvoll.

Die kurze Rede, die Herr Schwamm bezüglich der Feuer und Gefahren der Hölle vorbereitet hatte, schien nun albern. Ja, er spürte wieder eine tief unglückliche Unzulänglichkeit gegenüber diesem jungen und verstockten Schüler – ein weiteres unglückliches Resultat. Wenig wendet sich so, wie man es erhofft.

Er brachte einige Worte des Inhalts hervor, dass er froh sei, »eine nüchterne Seite an dir, junger Hitler« zu erkennen, und hörte auf, bevor er zu stammeln begann.

»Ich entschuldige mich zerknirscht für mein Benehmen gestern, Herr Schwamm«, entgegnete Adolf und war nicht im Geringsten zerknirscht.

Herr Schwamm war wieder den Tränen nahe. Er wahrte die Haltung, indem er den Jungen bescheiden fortwinkte.

Draußen vor der Tür geriet Adolf in Zorn. Man sollte diese Heuchler vor die wächserne Vagina ins Anatomische Museum zerren.

Er bereitete schon die Ansprache für seine Mitschüler vor, wenn sie ihn in der Pause umringten, um zu erfahren, was passiert war.

»Nun«, würde er sagen, »ich habe vor dem armen alten Schwamm meinen Standpunkt vertreten.«

Es war spät an einem Nachmittag im März, als er aus der Schule kam, aber er fing eine Schneeballschlacht mit etlichen seiner neuen Freunde an, und sie blieben bis zur Dämmerung dabei. Er rief ständig den Spruch »Optimismus, Feuer, Blut und Stahl« aus und war hoch erfreut, dass die drei Schüler auf seiner Seite dieses ungeplanten eiskalten Kriegsspiels ihn wiederholten. Soweit er wusste, stammte der Spruch nicht aus einem Buch, sondern war seiner eigenen Kehle entsprungen: »Optimismus, Feuer, Blut und Stahl!« (Wiederholte er Worte, die ich ihm eingegeben hatte? Ich kann mich nicht an alle Inspirationen erinnern, die ich unseren Mandanten gewährt habe.)

Belassen wir es dabei, dass Adolf seinen Band von Treitschke zur Hand nahm, als er nach Hause kam, und die folgenden Worte auswendig lernte:

> *Gott hat allen Deutschen die Erde als ihr mögliches Heim gegeben, und daraus folgert, dass eine Zeit kommen wird, da es einen Anführer der ganzen Welt gibt, einen Führer, der die Verkörperung, die Inkarnation, das Wesen einer zutiefst geheimnisvollen Macht darstellt, welche die Menschen an die unsichtbare Majestät der Nation bindet.*

In den kommenden Monaten dachte er oft an diese Passage. Durfte er es glauben? Stimmte es? Es gab alle möglichen Deutschen, und manche, befand er, waren so rückgratlos wie ein Schwamm. Trotzdem, er benutzte diesen langen Satz als Schlachtruf an sich selbst, wenn er wieder im Wald Krieg spielte. Er begriff kaum, was er bedeutete, und doch wiederholte er die Worte ständig bei sich. Nichts, was er in den nächsten vier Jahrzehnten hinzulernte, dauerte so lebendig in ihm fort. Wir Teufel wissen seit Langem, dass ein mittelmäßiger Kopf, der sich vollständig auf eine mystische Idee versteift, ein mentales Selbstbewusstsein weit über sein normales Potenzial hinaus entwickeln kann.

Im späten Frühjahr 1903 wurden seine Kriegsspiele komplexer. An manchen Samstagnachmittagen standen bis zu fünfzig Jungen auf jeder Seite, und Adolf war gezwungen, sich mit der Logistik auseinanderzusetzen. Jede Armee musste mit ihren Verwundeten und Gefangenen fertig werden. Hatte Adolf noch bis vor Kurzem als mindere Präsenz in der Schule gegolten, so war er jetzt in völligem

Kontrast dazu ein Generalissimo im Wald. Er verkündete ständig neue Schlachtordnungen und änderte dann seine eigenen Regeln. An manchen Samstagen beschloss er, dass man bei einem Gefangenen nur die Wahl hatte, ihn ins Gefängnis zu stecken oder ihn zu töten.

Dann erkannte er, dass letztere Maßnahme viele Schlachten zu schnell beendete. Wo würde der tote Soldat wohl sonst hingehen als nach Hause? Daraus ergaben sich ernsthafte Diskussionen über die erforderliche Dauer der Gefängnishaft. Sollten es dreißig Minuten sein oder eine Stunde? Und wer sollte das überwachen? Es müsste ein eigener Wärter sein, der keiner Seite angehörte. (Sie einigten sich am Ende auf einen Jungen, der eine Taschenuhr besaß.) Dann hatte Adolf eine Inspiration. Jeder Gefangene konnte schneller seine Freiheit erlangen, wenn er zum Spion wurde. Oder er konnte alle Angebote zurückweisen und im Gefängnis bleiben, doch diese Option wurde eher selten wahrgenommen. Adolf merkte, dass es gefangenen Männern schnell langweilig wurde.

3

Der Unterricht endete im Juni. Der Sommer zuvor hatte im Gartenhaus mit Alois' erstem Blutsturz geendet. Im Sommer 1903 packte die Familie alles, was sie brauchte, in zwei riesige Kisten, und Klara, Angela, Adolf und Paula fuhren nach Spital, wo Klaras Schwester Theresa wohnte. Dort verbrachten sie den Sommer. Solange Alois lebte, war eine Rückkehr nicht infrage gekommen. Er hätte es nicht vermocht. Es erinnerte ihn an den Viehtrog, in dem seine Mutter schlafen musste. Mittlerweile jedoch besaß der mit Theresa verheiratete Bauer Schmidt ein genügend großes Anwesen, um sämtliche Mitglieder des Hiedler-Pölzl-Clans unterzubringen. Der Hof bestand aus nicht mehr als dem Land, dem Haus, den Ställen, den Anbauten und den Tieren, aber Schmidt war ein fleißiger Arbeiter, und er hatte sein Eigentum nach den Maßstäben von Spital profitabel gemacht. Da es verschiedene Felder zu bestellen gab und Waldgelände für die Nussernte, konnte er Klaras ganze Arbeitskraft gebrauchen. »Es wird gut für ihren Kummer sein, dass sie ihn hier abarbeiten kann«, sagte er.

Im Gegensatz zu anderen Mitgliedern der Familie arbeitete Adolf in diesem Sommer nicht. Er spielte mit den jüngeren Bauernkindern, wenn sie nachmittags ihre Aufgaben erledigt hatten, und versuchte ihnen ein paar Kriegsspiele beizubringen, auch wenn seine Rekruten so müde waren, dass sie auf ihren Posten fast einschliefen.

Von Klara geschützt, verbrachte er den Morgen und den frühen Nachmittag mit Zeichnen oder Lesen, wonach er in den Wald wanderte, um neue militärische Stellungen zu erkunden. Einmal wurde er gebeten, auf dem Feld mitzuarbeiten, aber Klara erklärte, dass er wegen der andauernden Probleme mit seiner Lunge nicht arbeiten durfte. Sie bot ihrer Schwester Theresa an, für seinen Unterhalt zu zahlen, da sie nicht wollte, dass er arbeitete. Das wurde akzeptiert.

Nach dem Sommer sollte Angela einen Mann namens Leo Raubal heiraten, der als Notar bei einer Bank arbeitete. Er gefiel Adolf nicht. Wenn Raubal zu Besuch kam, sagte er seinem zukünftigen Schwager: »Mit deiner Lunge ist es nicht so schlimm, wie du behauptest, oder?« Und das reichte, um Adolf in heftigen Zorn zu versetzen. Woher sollte Raubal diese Idee haben, wenn nicht von Angela?

Nichtsdestoweniger konnte Adolf ein positives Element in dieser Ehe sehen – seine eigene finanzielle Situation würde sich verbessern. Ihm würde ein größerer Teil des Pensionsgeldes zustehen, wenn Angela aus dem Haus war. Natürlich war Angela selbst von ihrer Situation nicht entzückt. Sie schloss die Ehe mit einem Mann, den sie nicht anbetete, der aber immerhin zur Verfügung stand. Aus Klaras großartigen Plänen für Angela war also wenig geworden. Dass Angela in diese Heirat einwilligte, enttäuschte und überraschte Klara. Sie war auf sich selbst wütend. Sie hatte Angela kein gesellschaftliches Leben geboten. Die Familie wohnte im Gartenhaus, einem geeigneten Ort für junge Mädchen, um Gäste zu empfangen, aber Klara hatte es nicht verstanden, die richtigen Freunde dafür zu finden. Wenn es darauf ankam, Fremden zu begegnen und sie mit Charme und dem möglichen Ausmaß einer Mitgift zu beeindrucken, waren sie und Angela viel zu schüchtern gewesen. Raubal erwies sich als die beste Partie weit und breit.

In Klaras Augen hatte dieser Mann Glück, dass er ihr die Stieftochter stahl. Es war praktisch ein Verbrechen. Angela hatte auf viel mehr Anspruch. Raubal sah nicht einmal gesund aus.

Klara wusste nicht, dass Angela ein schuldhaftes Geheimnis hegte. Sie hatte nie aufgehört, sich nach Alois junior zu sehnen. Sie wusste, dass er nie zurückkommen würde, aber in den sieben Jahren seiner Abwesenheit war er in ihren Gedanken zu einem perfekten jungen Mann herangewachsen. Sie erinnerte sich daran, wie stattlich er auf Ulan ausgesehen hatte. Sie war sich sicher, dass sie nie etwas Unschickliches getan hätte, wenn sie und Alois junior noch zusammen wären, aber wenn ihr Bruder in diesem Augenblick von seinem Pferd stieg, würde sie ihm erlauben, sie zu küssen. Noch als die Familie ins Gartenhaus eingezogen war und Angela ihr eigenes Zimmer hatte, bewahrte sie immer, sorgfältig verborgen, ein Bild ihres Bruders auf, das ein reisender Fotograf an einem warmen Tag in Hafeld aufgenommen hatte. Alois junior war stolz darauf, ein Foto von sich, neben seinem Pferd stehend, zu bekommen. Er hatte Ulan aus dem Stall geholt und ihn vor das Auge der Kamera geführt.

Angela stahl das Bild. Auf diese Weise wollte sie es Alois junior heimzahlen, dass er sie so oft geneckt hatte, wenn sie sich weigerte, auf Ulan zu steigen. Als das Foto verschwunden war, musste sie Alois junior schwören, dass sie keine Ahnung hatte, wo es sein mochte. »Das schwöre ich bei einem ganzen Stapel von Bibeln«, hatte sie gesagt.

»Wo sind denn die Bibeln?«, fragte Alois junior.

»In meinem Kopf. Sie sind hier. Du kannst mir vertrauen.«

Es machte ihr nichts aus, dass er so litt, als hätte er eine goldene Uhr verloren. Er verdiente es zu leiden, weil er sie so grausam gequält hatte.

Angela hielt das Foto immer noch versteckt, doch als das Datum ihrer Hochzeit näherrückte, sorgte sie sich um die Gefühle, die sie in ihrem Herzen in Verbindung mit diesem unschuldigen – oder doch nicht so unschuldigen – sepiabraunen Porträt hegte. Schließlich gelangte sie zu der grausamen Erkenntnis, dass die Fotografie vernichtet werden musste. (Andernfalls hätte Raubal es früher oder später herausgefunden.) Als sie eines Abends nicht einschlafen konnte, veranstaltete sie eine kleine, aber höchst private Zeremonie, indem sie dieses kleine Stück ihrer Vergangenheit zerriss, im Morgengrauen die Schnipsel in eine flache Schale legte, sie mit einem Streichholz entzündete und leise weinte, während die Fragmente der Fotografie verkohlten.

Nach der Hochzeit war Adolf von dem Gedanken besessen und gleichzeitig verstört, welch hässlichen Akt Angela und Leo im Bett veranstalteten. Adolf hatte einmal den Phallus des Bräutigams gesehen, als sie nebeneinander auf einem Acker urinierten, und gemeint, es sei kein angenehmer Anblick. Jetzt drängte Leo ihn in Angela hinein – immer wieder und immer wieder – wie ekelhaft! Seine Gedanken setzten aus, als er begriff, dass sein Vater und seine Mutter sich nicht anders verhalten hatten als diese frisch Verheirateten. Wie schrecklich war dieses Geheimnis, das alle Männer und Frauen für sich behalten mussten.

4

Im Mai des folgenden Jahres, 1904, erhielt Adolf wieder mittelmäßige Noten und er versagte in Französisch. Er konnte die Prüfung im Herbst nachholen. Mittlerweise war er zwar versetzt, doch der Direktor verzieh ihm immer noch nicht die Episode mit Herrn Schwamm. Falls Adolf Hitler sein letztes Jahr auf einer Realschule absolvieren wollte, dann nicht in Linz, erklärte der Direktor. Zur Vergeltung sagte Adolf bei sich: »Ich werde nicht zulassen, dass diese Schule noch einmal meine Intelligenz beleidigt.«

Klara löste das Problem, indem sie Adolf in eine Stadt namens Steyr schickte, mehr als zwanzig Kilometer von Leonding entfernt. Dort sollte er die Realschule beenden. Mit ihrer Pension konnte Klara es sich leisten, ein Zimmer für Adolf zu mieten, statt die tägliche Hin- und Rückfahrt mit dem Zug zu bezahlen. Also wohnte Adolf von Sonntagabend bis Freitagnachmittag bei einer Frau, die noch vier andere Schüler beherbergte. Es war Frau Sekiras Aufgabe, darauf zu achten, dass ihre Kostgänger gut ernährt wurden und ihre Hausaufgaben erledigten. Sie war eine mütterliche Person. Adolf grüßte sie immer höflich und verschwand dann in seinem kleinen Zimmer, wo er las und zeichnete. Seine Noten in der Steyrer Realschule waren jedoch nicht besser als in Linz, und am Ende versagte er wieder in Französisch. Im Herbst 1905 stand ihm eine weitere Prüfung offen, um sein Abgangszeugnis zu bekommen.

Für den Sommer reiste Klara mit Adolf und Paula nach Spital zurück, doch im September fuhr er wieder zu seiner Französischprüfung nach Steyr. Diesmal bestand er sie und erhielt sein Abgangszeugnis. Zur Feier des Tages veranstaltete er mit einigen neuen Kostgängern ein Fest in Frau Sekiras Haus. Einer der Jungen hatte vier Flaschen Wein von zu Hause mitgebracht und war so großzügig, sie mit den anderen zu teilen. »Mein Vater sagt, es ist gut, wenn man einmal im Jahr die Sau herauslässt. Das hat mein Vater gesagt. Ein Mal, nicht zwei Mal.« Sie applaudierten alle dem abwesenden Vater.

Die Schüler blieben bis spät in der Nacht auf, und am Ende erklärte Adolf: »Ich bin so betrunken, wie mein Vater es nie war«, und schlief auf dem Fußboden ein. Am nächsten Morgen konnte er sein Zeugnis nicht finden. Es hatte in seiner Tasche gesteckt und war verschwunden. Da er später am Tag nach Hause fahren wollte, musste er es wiederhaben, um es seiner Mutter zu zeigen. Sie würde ihm nicht glauben, dass er den Abschluss geschafft hatte, wenn er das Zeugnis nicht vorweisen konnte. Er dachte sich eine Erklärung aus, indem er ihr erzählte, dass er das kostbare Stück Papier im Zug auseinandergefaltet hatte, um sich an seinem Anblick zu ergötzen, aber da es ein warmer Tag war, hatte er auch das Abteilfenster geöffnet.

Ohne Vorwarnung hatte ein Windstoß es davongetragen! Doch als er nach draußen ging, um klar denken zu können, wurde ihm bewusst, dass diese Geschichte nicht reichen würde. Es war zufällig ein kalter Tag.

Bevor er sich von Frau Sekira verabschiedete, erwähnte er sein Problem. Frau Sekira schlug vor, er solle seine Mutter nicht täuschen. »Es ist nicht ratsam«, sagte sie. »Wenn sie dir deine Geschichte glaubt, fühlst du dich schuldig. Und wenn sie es herausfindet, wird es noch schlimmer.«

Im vergangenen Schuljahr war sie nichts weiter gewesen als eine Frau, die ihnen jeden Tag zu essen gab und ein Mal in der Woche die Bettwäsche wechselte. Jetzt war sie für ihn ein seltenes, teilnahmsvolles menschliches Wesen. In seinem Elend fragte er: »Was soll ich tun?«

»Oh«, sagte sie, »sag in der Schule die Wahrheit. Sie mögen schimpfen, aber sie werden dir bestimmt eine Kopie geben.«

Adolf ging also in die Schule zurück, die er nie wieder betreten wollte, und der Direktor ließ ihn warten. Es war gerade Anmeldungstag. Als er ihn endlich hereinließ, öffnete er einen verschlossenen Schrank und nahm eine Tasche aus Packpapier heraus. Danach sagte er: »Hier ist dein Zeugnis. Es ist in vier Stücke zerrissen. Du wirst gleich seinen Zustand sehen.« Der Direktor starrte ihn an. »Es spricht nichts dagegen, dass ein Schüler seinen Abgang feiert, besonders wenn er die Prüfung erst im zweiten Anlauf geschafft hat. Er mag jetzt denken, dass er vielleicht einen wertvollen Schritt in die Zukunft gemacht hat. Es ist aber etwas anderes, Adolf, sich in einen Rausch zu stürzen, der mit abscheulichen Handlungen endet.« Er schüttelte den Kopf. »Ich schließe aus dem Fehlen des Begreifens in deinem Gesicht, dass du dich nicht einmal an den widerlichen Vorgang erinnerst, den du dir erlaubt hast.«

Es wurde Adolf allmählich so, als stünde er wieder vor dem langnasigen Priester, der ihn beim Rauchen erwischt hatte. »Herr Direktor, was habe ich getan?«, brachte er heraus. »Seien Sie so gütig und sagen es mir.«

»Mein lieber Hitler, ich bin so gütig, es dir zu sagen. Du hast dieses Dokument in die Hand genommen und deinen Kot darauf hinterlassen!« Seine Hände zitterten vor Ekel, als er Adolf die Tasche reichte. »Ich kann mir nicht vorstellen, dass irgendein anderer Schüler unserer Anstalt so widerwärtig gehandelt hätte. Du solltest dich davor hüten, durchs Leben zu gehen, ohne deine perversen Impulse zu beherrschen. Soll ich deiner Mutter schreiben? Nein, ich werde es nicht tun. Sie ist wahrscheinlich eine anständige Frau, die eine solche Peinlichkeit nicht verdient. Stattdessen schwörst du mir, dass ich von dem Augenblick an, in dem du mein Büro verlässt, dein Gesicht nie wieder zu sehen brauche. Stelle nur sicher, dass du die Tasche nicht öffnest, solange du innerhalb der Mauern dieser Schule bist.«

Adolf nickte. Inzwischen erinnerte er sich wieder. Ja, er hatte das Zeugnis genommen und sich den Hintern damit abgewischt. Der Moment kehrte zurück. Er hatte sich so von Erhabenheit erfüllt gefühlt! Wie seine Trinkgenossen applaudiert hatten! Sein Hintern stand jetzt über dem ganzen gelehrten Unsinn.

Schlimmer war die Frage, wie der Direktor es herausgefunden hatte. Es gab nur eine Erklärung. Einer der vier Schüler, mit denen er getrunken hatte, musste es ihm hinterbracht haben. Wer mochte es sein? Er wollte es nicht herausfinden. Die Konfrontation könnte noch zu seiner Schande beitragen. Vielleicht war der Täter einer der beiden Burschen, die größer waren als er? Das war sehr wahrscheinlich.

In Frau Sekiras Haus verbrachte er lange Zeit am Waschbecken, um das Zeugnis zu säubern und es anschließend zu trocknen. Dann klebte er die Stücke auf ein anderes Blatt Papier. Nun hatte er den Nachweis seiner bestandenen Prüfung. Für Klara würde er irgendeine Erklärung finden.

»Oh Mutter, je länger ich es mir angeschaut habe, desto mehr ist mir aufgegangen, wie viel du für mich geopfert hast und wie wenig ich es geschätzt habe. Ich habe es zerrissen, um nicht zu weinen wie ein Säugling.« Ja, dachte Adolf, damit wäre die Sache erledigt.

Er fragte sich aber weiterhin, welcher Schüler der Verräter war. Es hätten alle vier sein können! Er beschloss, nie wieder zu trinken. »Schnaps ist für Verräter«, sagte er sich. Er schnüffelte an dem Dokument, um sicherzugehen, dass es nur nach Talkumpuder roch.

Ich muss anmerken, dass kein anderes Ereignis seit Alois' Tod so nahe daran war, Adolfs Gefühl seiner eigenen Wichtigkeit zu untergraben. Ich hatte jedoch einen solchen Schutzzaun um seine Vorstellung von sich selbst gezogen, dass selbst diese Episode nicht zum Desaster wurde.

5

Klara weinte vor Rührung, als sie hörte, warum das Zeugnis in vier Stücken angekommen war.

»Das macht es für mich noch wertvoller«, sagte sie.

In dieser Stunde entschied er, dass die Fähigkeit, geschickt zu lügen, eine schätzenswerte Kunst war, und Mutter und Sohn verbrachten in der Tat einen schönen Abend. Als Paula schlief, saßen sie Seite an Seite und erinnerten sich an alte Zeiten, als er zwei und drei Jahre war.

Es war eine besondere Gelegenheit. Als er im vergangenen Jahr an den Wochenenden von Steyr heimgekommen war, hatte es ihn ermüdet, Klara ständig von Alois reden zu hören. Nach ihrem Empfinden sollte man sich an den alten Mann als Säule des Imperiums, als zutiefst treuen Beamten erinnern. Seine langstieligen Tonpfeifen standen auf dem Kaminsims, jede in ihrem eigenen Halter. Für die Familie war es Evangelium, dass Alois seinem Sohn seinen Segen erteilt hatte. Adolf war mit einem Vater gesegnet, der in seiner Karriere einen hohen Berg bezwungen hatte.

Ich selbst redete es ihm ein. In jenen Tagen wollte ich Adolf die Idee implantieren, dass Alois ihm die Gelegenheit verschafft hatte, von einem höheren Ort als sein Vater zu beginnen und so ein Mann von höchstem Ansehen zu werden. Ich weiß nicht, ob Klara den größeren Einfluss in der Angelegenheit hatte oder ich, aber diese Gedanken setzten sich derart in Adolfs Gehirn fest, dass er neunzehn Jahre später, als er 1924 *Mein Kampf* schrieb, in den höchsten Tönen von Alois sprach:

> *Mit noch nicht einmal dreizehn Jahren schnürte der damalige kleine Junge sein Ränzlein und lief aus der Heimat, dem Waldviertel, fort. Ein bitterer Entschluss, sich mit drei Gulden für Wegzehrung so auf die Straße zu machen ins Ungewisse hinein. Als der Dreizehnjährige aber siebzehn geworden war, hatte er seine Gesellenprüfung abgelegt, jedoch nicht die Zufriedenheit gewonnen. Mit der ganzen Zähigkeit eines durch Not und Harm schon in halber Kindheit »alt« Gewordenen verbohrte sich der Siebzehnjährige in seinen neuen Entschluss – und wurde Beamter. Nun schien auch die Voraussetzung für ein Gelübde erfüllt, das sich der arme Junge einst gelobt hatte, nämlich nicht eher in das liebe väterliche Dorf zurückzukehren, als bis er etwas geworden wäre.*

6

Um ihre ökonomische Situation weiter zu verbessern, verkaufte Klara das Haus in Leonding, und die Familie zog in eine Wohnung in Urfahr, von Linz aus direkt auf der anderen Seite des Flusses. Tagsüber verließ Adolf kaum sein neues Heim. Er sah keinen Gewinn darin, in die Reihen der Werktätigen einzutreten. Er spürte auch nicht den Wunsch, für andere zu arbeiten. Außerdem fühlte er sich einen Hauch schwindsüchtig – gerade hinreichend, um Klara in einen Zustand kontrollierten Schreckens zu versetzen. Würde er wie Alois an einem Lungenblutsturz sterben? Sie war leicht davon zu überzeugen, dass es gegenwärtig unklug war, nach einem Beruf für ihn zu suchen. Wie er ihr darlegte, würde er einst als großer Maler, großer Architekt oder als beides geehrt werden. Indem er momentan zu Hause blieb, könne er trotzdem seine Bildung erweitern: Er würde lesen und er würde zeichnen. Mehr brauchte er nicht zu sagen. Nach fünf Jahren des Leidens unter der Strenge der Realschule genoss er sein neues Leben in der Humboldtstraße in Urfahr. Seine Mutter bezahlte die Rechnungen, und Paula putzte das Badezimmer. Er ließ sich einen Lippenbart wachsen. Er ging selten nach draußen an die Sonne. Erst am Abend schlenderte er von Urfahr über die Donaubrücke nach Linz und dort am Opernhaus vorbei. Klara hatte ihn neu eingekleidet, und er ging in seinem guten dunklen Anzug aus, mit einem dunklen Mantel darüber und einem schwarzen Filzhut, in der Hand einen Spazierstock mit silbernem Griff, seinem teuersten Besitz. Man würde ihn, glaubte er, als jungen Angehörigen des Linzer Stadtadels betrachten. Jeder Blick von sich selbst, den er im Vorübergehen in den Schaufenstern erhaschte, bestätigte ihm diese Wirkung.

Seinem Bedürfnis, während des Tages im Haus zu bleiben, kam nur seine Liebe zur Dunkelheit gleich. Nicht alle Klischees im Zusammenhang mit dem Teufel sind falsch. Die meisten Menschen ermessen gar nicht die Profundität der generellen Annahme, dass alles, was man als böse verdammt, tatsächlich die Dunkelheit sucht. Aus gutem Grund. Die Nacht ist offener für Beschwörungen.

Klara war stolz auf seine Erscheinung. Sie wusste, sobald er bereit war, würden sich Möglichkeiten ergeben. Er war ein höchst ungewöhnlicher Junge, und im Augenblick brauchte er wahrscheinlich diesen Müßiggang.

Auch Adolfs Stil des Onanierens hatte sich geändert. Im Wald hatte er sich immer über die nächsten Blätter ergossen. (Er liebte Baumblätter, und er liebte es, sich über sie zu ergießen.) Jetzt hielt er hinter seiner verriegelten Zimmertür ein Taschentuch bereit. Bevor er jedoch seinen Gedanken erlaubte, seiner Kontrolle zu entgleiten, hielt er lange Zeit seinen Arm im Winkel von fünfundvierzig Grad hoch. Er dachte an die Tage im Baderaum der Realschule zurück, als er anderen Schülern diese Meisterschaft demonstriert hatte. Sie mochten ihre zwei Hoden haben und er nur einen, aber er konnte seinen Arm lange hochhalten und sie nicht.

Natürlich hatte es zu viele Gelegenheiten gegeben, bei denen das allgemeine Interesse in eine andere Richtung ging. Die Jungen versammelten sich etwa um die Pissoirs, um die Größe ihrer Genitalien zu vergleichen. Es war seltsam. Sie hatten immer Angst, dass ein Lehrer hereinplatzte. Die Erektionen waren deshalb bei dem geringsten Geräusch blitzschnell dahin, und Adolfs Fähigkeit, seinen Arm erhoben zu halten, diente dann als Ablenkung. In seinem Zimmer fand er nun heraus, dass er seine eigene Erektion auch mit erhobenem Arm beibehalten konnte. Gedanken an die Variationen der persönlichen Ausstattung, die er bei den Schülern beobachtet hatte, erfüllten ihn mit herzlichen Erinnerungen.

Ein Makel blieb jedoch in seinem gegenwärtigen Leben. Es war Angelas Ehemann Leo Raubal. Jedes Mal, wenn er mit Adolf sprach, dröhnte er ihm ins Ohr: »Bursche, du musst langsam deinen eigenen Unterhalt verdienen. Bis dahin wirst du dich unwohl fühlen. Ich glaube, dich deprimiert der Gedanke, dass alle deine Verwandten in Spital meinen, du seist ein Tunichtgut. Wir wissen, dass es nicht stimmt, aber du musst deinen gegenwärtigen Beruf aufgeben, der aus Nichtstun besteht.«

Daraufhin pflegte Adolf das Zimmer zu verlassen. Und Angela war verärgert. Wie grob er zu ihrem Mann war! Obwohl Klara alles mithörte, schwieg sie, aber nur mit Rücksicht auf Angela. Dieser Tölpel Leo Raubal war immerhin der Ehemann ihrer geliebten Stieftochter. Deshalb wollte sie keinen Streit entfachen. Sie würde als Schwiegermutter niemals Zwietracht bei einem frisch verheirateten Paar säen. Das mochte noch schlimmer sein, als zuhören zu müssen, wie ihr eigener Sohn von diesem neuen Schwiegersohn gescholten wurde, der eine übertrieben hohe Meinung von dem Wert seiner Ratschläge hatte. Bei sich selbst dachte sie: »Adolf ist kein Faulenzer. Er bleibt im Haus, aber er arbeitet fleißig, wenn er zeichnet. Außerdem trinkt und raucht er nicht. Das passt nicht zu einem Faulenzer. Er vergeudet nicht seine Zeit. Er trifft keine schlechten Mädchen. Keine Mädchen, um die ich mir Sorgen machen müsste. Vielleicht wird er noch ein großer Künstler. Wer weiß es? Wer kann es sagen? Er ist so ernsthaft. Wenn er allein ist und arbeitet, ist er so stolz auf sich selbst. Er ist so überzeugt, dass auch aus ihm etwas wird. Insofern ist er wie Alois. Oder vielleicht noch mehr. Alois wollte zu viel auf einmal.« Und sie wiederholte: »Adolf vergeudet seine Zeit nicht mit Mädchen. Es gibt keine schlechten Mädchen in seinem Leben.«

Es sollte sie auch lange Zeit nicht geben. Sie hätte besser daran getan, sich um seine kommenden Liebesaffären mit Männern und Knaben zu sorgen, manche davon mit bösen Männern.

Da Klara nun Adolf aus der vollen Liebe ihres Herzens betrachtete, kam es ihr kaum in den Sinn, darüber nachzudenken, was in seinem Kopf vorgehen mochte, wenn er masturbierte. Wie sollte sie es auch erraten? Es gab keine Beweise. Er achtete darauf, sein Taschentuch auszuwaschen. Nein, sie wusste nicht, dass Adolf, während er sein Glied streichelte und immer näher an den Punkt geriet, da sich alles entlud, darüber nachdachte, ob irgendeine Verbindung bestand zwischen seiner Weigerung, beim Zoll zu arbeiten, und dem letzten Blutsturz seines Vaters. Falls es zutraf, hätte er im wirklichen Leben zwei Personen skalpiert: Alois und Edmund. Und dieser Gedanke, zusammen mit den Gedanken an die Schüler der Realschule um die Pissoirs herum, erregte seine rasch wachsenden Zuckungen derart, dass er nicht länger an sich halten konnte, und presto! war es vorbei. Es war vorbei und er war glücklich und er war erschöpft von all dem, das in seinem Inneren geschäumt hatte.

7

Jahre später sah ein Mädchen, das dieselbe Schule wie Paula besuchte, wie sie oft mit ihrer Mutter spazieren ging. Bis vor Kurzem hatte dieses Mädchen auf einem Bauernhof gelebt, doch jetzt beobachtete sie fast an jedem Werktag, dass Klara ihre Tochter den ganzen Weg zur Schule brachte und sich mit einem Kuss von ihr verabschiedete. Nichts Derartiges war dem Bauernmädchen je widerfahren. Seine Mutter war dafür immer zu beschäftigt. Es machte dem Mädchen daher nichts aus, dass Paula in der Klasse ein wenig zurückblieb und vernachlässigt wurde – das Bauernmädchen beneidete sie trotzdem. Mutterliebe, entschied, sie, musste so süß wie Honig sein.

Ja, auch wir genießen ihn.

Epilog

Zu Beginn habe ich gesagt, mein Name sei D.T., und das war nicht ganz falsch. Es war ein Spitzname für Dieter, während ich den Körper und die Person eines SS-Mannes bewohnte – eine Installation, die erst am Ende des Zweiten Weltkrieges aufhörte. (Als Dieter aus Berlin fliehen musste.) Auf diese Weise geriet ich, kurz gesagt, an den Rand eines Aufruhrs auf einem Feld, wo die ganze Nacht hindurch eine Feier stattfand. Ein Konzentrationslager war gerade am letzten Apriltag 1945 von den Amerikanern befreit worden.

In einer Kabine wurde ich von einem Psychiater im Rang eines Hauptmannes vernommen, der zu der US-Division gehörte, die das Lager erobert hatte. Nach den Tumulten der letzten Tage hatte man ihm eine 45er-Pistole zugeteilt, die jetzt neben seiner Hand auf dem Tisch lag. Ich merkte, dass ihm die Waffe unangenehm war, aber er war ja ein Arzt und hatte keine Erfahrung mit Handfeuerwaffen.

Der Name an seinem Rockaufschlag war jüdisch, und er war natürlich verstört davon, was er sah. Dieser jüdische Offizier war von seinem Wesen her Pazifist, und er hatte sein Bestes getan, um sich dem Schlimmsten in seiner jetzigen Umgebung zu entziehen – was heißt, dass er den widerlichsten menschlichen Gerüchen entfliehen wollte. Scharfe Ausdünstungen begleiteten die Jubelrufe der früheren Gefangenen. Ja, sie stanken so pestartig, dass der Amerikaner mir als dem einzig Verfügbaren von der gegnerischen Seite befahl, bei ihm in seinem Büro zu bleiben. Dort antwortete ich nach Mitternacht auf seine Fragen.

Da wir allein waren wie zwei Seelen auf einem Felsen im Ozean, der nicht groß genug für drei war, spielte ich mit seinen Empfindungen. Ich hatte gerade eine Niederlage erlitten. Für mich war das Spiel fast vorbei. Der Maestro hatte mich soeben aus seinen Diensten entlassen. »Im Augenblick musst du selbst zurechtkommen«, sagte er. »Ich verlagere unsere Operationen nach Amerika und werde mich bei dir melden, sobald ich einige Entscheidungen darüber getroffen habe, wie wir dort verfahren wollen.«

Ich wusste nicht, ob ich ihm glauben konnte. Wilde Gerüchte gingen bei uns um. Ein Teufel wagte sogar anzudeuten, dass der Maestro degradiert worden sei.

Falls diese Möglichkeit zutraf, wies sie daraufhin, dass es im Reich des Maestros Höhen und Tiefen gab, die weit über mein Fassungsvermögen hinausgingen. Deshalb reagierte ich wie ein Mensch – ich dachte lieber nicht darüber nach. Ich stürzte mich in ein ganz anderes Spiel. Ich beschloss, diesen jüdischen Psychiater zu täuschen, indem ich vorgab, ihm die Weltanschauung der Leute zu erklären, denen ich gedient hatte. Ich malte ihm die psychologischen Expeditionen aus, die wir Nazis in unbekannte Regionen unternommen hatten.

Es blieb nicht ohne Effekt. Dieter war ein charmanter SS-Mann, groß, schnell, blond, blauäugig, witzig. Um die Schraube noch etwas fester anzudrehen, deutete ich sogar an, dass er ein reuiger Nazi wäre. Ich redete mit der feinen Nachahmung eines echten Gefühls, was die verdammungswürdigen Exzesse bei den Errungenschaften des Führers betraf. Draußen vor dem Zimmer rannten die früheren Insassen das Paradefeld hinauf und hinunter. Diejenigen, die noch genügend Kraft in der Stimme hatten, brüllten wie junge Burschen. Im weiteren Verlauf des Abends konnte der jüdische Hauptmann die Situation nicht mehr ertragen. Verborgen in den Tiefen jedes durchschnittlichen Pazifisten wohnt ein Mörder, wie sich unweigerlich herausstellen wird. Deshalb ist dieser Mensch überhaupt erst zum Pazifisten geworden. Unter der Wirkung meines subtilen Angriffs auf *seine* vermeintlichen menschlichen Werte nahm der Amerikaner jetzt die 45er in die Hand, löste die Sicherung und erschoss mich.

Ich kann von mir sagen, dass ich schon mehrere Körper verlassen musste. Also zog ich weiter. Ich reiste nach Amerika. Ich sprach mit dem Maestro. Er bemerkte: »Ja, dieser jüdische Hauptmann hat mir den Weg gewiesen. Wir investieren jetzt in Araber und Israelis!«

Woraufhin er mir viel Glück wünschte und ich mich allein in Amerika zurechtfinden musste. Das ist eine andere, und ich fürchte weniger interessante Geschichte. Die Personen, mich eingeschlossen, sind kleiner. Ich bin nicht mehr Teil der Historie.

Es bleibt nur noch zu diskutieren, warum ich diesen Titel gewählt habe: *Das Schloss im Wald.* Manche Leser, die mir von Adolf Hitlers Geburt an über seine Kindheit bis zu einem Abschnitt in seiner Jugend gefolgt sind, mögen jetzt fragen: »Dieter, wo ist die Verbindung in deinem Text? In deiner Geschichte gibt es zwar viel Wald, aber wo ist das Schloss?«

Meine Antwort darauf lautet: Es ist zufällig der Name, den die Insassen vor einigen Jahren ihrem eben befreiten Lager gegeben hatten. »Das Schloss im Wald« steht auf der leeren Fläche eines früheren Kartoffelackers. Bäume gibt es kaum zu sehen, und keine Spur von einem Schloss. Nichts von Interesse zeigt sich am Horizont. »Das Schloss im Wald« war eine Bezeichnung der klügsten Insassen für ihr Areal. Ein Stolz sollte bis zum Ende erhalten bleiben, nämlich der Stolz, dass sie ihren Sinn für Ironie nie aufgeben würden. Das war zu ihrer Stärke geworden. Es überrascht nicht, dass die Gefangenen, die dieses Stück Nomenklatur erfunden hatten, aus Berlin stammten.

Wenn man als Deutscher über eine rege Intelligenz verfügt, braucht man die Gabe der Ironie, um seinen Stolz zu wahren. Das Deutsche begegnete uns ursprünglich als Sprache von einfachen Leuten, guten heidnischen Wilden und Bauern und Stammesmitgliedern, die für die Jagd und das Feld taugten. Diese Sprache war voll von Magenknurren und dem Wind in den Därmen der Lebensgenießer, dem Blasebalg der Lungen, dem Zischen der Luftröhre, den Kommandos, die man Haustieren zuruft, und dem Brüllen, das einem beim Anblick von Blut in der Kehle aufsteigt. Jedoch, angesichts des Zwangs, dem dieses Volk durch die Jahrhunderte unterlag

– nämlich die Segnungen der westlichen Zivilisation zu ergreifen, bevor die Chance für immer vorbei war –, finde ich es gar nicht erstaunlich, dass immer mehr Angehörige der deutschen Bourgeoisie, die aus schmutzigen Scheunenhöfen in die Städte gezogen waren, ihr Bestes taten, um mit samtweicher Stimme zu sprechen. Besonders die Damen. Ich schließe dabei keine langen deutschen Wörter ein, die häufig zu Vorboten unserer heutigen technologischen Geistesverfassung geworden sind, nein, ich meine die haftenden Gaumenlaute, die sentimentalen Töne für unterbelichtete Gehirne. Für jeden scharfsinnigen deutschen Burschen, besonders für die Berliner, musste die Ironie zu einem notwendigen Korrektiv werden.

Ich merke schon, dass diese Abhandlung uns von der Erzählung fortführt, die wir durchquert haben, aber genau das möchte ich auch. Es gibt mir die Möglichkeit, an den Beginn zurückzukehren, als Dieter ein Mitglied der Sonderabteilung IV-2a war. Ich hoffe, wir sind seitdem ein gutes Stück vorangekommen. Falls mein Verrat an dem Maestro mich nicht vernichtet, werde ich vielleicht eines Tages in der Lage sein, einen weiteren Bericht über meinen Anteil an der frühen Karriere von Adolf Hitler bis in die späten 1920er- und die frühen 1930er-Jahre vorzulegen, weil Adolf in dieser Zeit die Liebesaffäre seines Lebens hatte, und zwar mit Geli Raubal, Angelas Tochter. Geli war kräftig gebaut, gut aussehend und blond. Hitler betete sie an. Sie hatten eine perverse Beziehung. Wie ein hoher Untergebener, ein brillanter Pianist und Salonlöwe namens Putzi Hanfstaengl, es ausdrückte, »will Adolf nur auf den schwarzen Tasten spielen.«

Im Jahr 1930 wurde Geli Raubal tot auf dem Boden ihres Schlafzimmers gefunden, das im selben Flügel des Gebäudes an der Prinzregentenstraße in München lag, in dem auch Hitler wohnte. Sie war erschossen worden. Entweder das, oder sie hatte sich selbst getötet. Die Antwort wurde nie gefunden. Der Vorfall wurde strikt verschwiegen.

Hinsichtlich dieser Frage stehe auch ich vor einem Rätsel. Kurz vor dem Ereignis wurde ich von meiner Zuteilung an Adolf Hitler abgelöst. Der Maestro hatte entschieden, dass der zukünftige Führer inzwischen genügend Gewicht besaß, um von einer höheren Präsenz als mir geleitet zu werden. Ja, ich vermute, dass der Maestro selbst mich ersetzte. Jedenfalls erfuhr ich nichts mehr über Gelis Tod. Ein absolutes Schweigen war die einzige Äußerung über das Geschehnis. Drei Jahre später waren Hitler und seine Nazis an der Macht, und mir wurde befohlen, mich in den Körper des aufrechten SS-Mannes Dieter zu begeben. Ich bekenne, dass ich dem Maestro meine Degradierung nicht verzeihen konnte, was vielleicht mein stärkstes Motiv war, dieses Buch zu schreiben.

Es könnte aber noch einen anderen Grund geben. Ein Gedanke lässt mich nicht los: Ist es möglich, dass der Maestro, dem ich in hundert verschiedenen Rollen gedient habe, voller Stolz darauf, ein Stabsoffizier des mächtigen Satans zu sein, mich betrogen hat? Ist der Maestro in Wirklichkeit nicht Satan, sondern auch nur ein Günstling, wenngleich auf sehr hoher Ebene?

Darauf gibt es natürlich keine Antwort, doch die Frage könnte dazu geführt haben, dass die Saat meiner Rebellion Wurzeln geschlagen hat.

Wenn es den Leser verstört, dass er nicht einmal mehr weiß, ob mein Bericht Satans Worte enthält oder nur die sardonischen Einsichten irgendeines Vermittlers, so gestehe ich, dass ich Teufel genug bleibe, um kein Mitgefühl zu empfinden. Wir Teufel überleben, weil wir weise genug sind zu erkennen, dass es keine Antworten gibt – es gibt nur Fragen.

Stimmt es aber nicht auch, dass jeder Teufel gern auf beiden Seiten der Straße agiert? Ich gestehe, dass ich ein überraschend hohes Maß an Zuneigung für diejenigen meiner Leser empfinde, die mich auf diesem ganzen Weg begleitet haben. Und ich bin selbst so tief in diese Geschichte eingestiegen, dass ich nun nicht mehr weiß, ob ich nach erfolgversprechenden Mandanten oder nach treuen Freunden suche. Vielleicht gibt es auch darauf keine Antwort, aber gute Fragen vibrieren immer im Herzen weiter.

Danksagung

An meine vorzüglichen Assistenten, die verstorbenen Judith McNally und Dwayne Prickett; an meinen guten Freund und Archivar J. Michael Lennon; an David Ebershoff, meinen Lektor, und an Gina Centrello, meine Verlegerin, für ihre Zusammenarbeit und ihre klugen Ansichten; an Jason Epstein für sein bereitwilliges Lesen eines frühen Entwurfs; an Holly Webber und Janet Wygal für ihre exzellenten Fahnenkorrekturen; an meine guten Freunde Hans Janitschek und Ivan Fisher für ihr Lesen des Manuskripts; an Elke Rosthal für ihren Unterricht in Deutsch; an meine Frau Norris und meine neun Kinder für die Wärme, die sie meinem Leben verleihen; und an Andrew Wylie und Jeff Posternak, meine tüchtigen und durchsetzungsfähigen Agenten.